Als Single hatte **Lucy Gordon** so viel Spaß, dass sie sich gar nicht vorstellen konnte, das ungebundene Leben zugunsten einer Ehe aufzugeben. Doch dann traf sie während eines Urlaubs in Italien einen großen, gut aussehenden Mann, der aus Venedig stammte und ihr bereits am zweiten Tag einen Antrag machte, den sie sofort annahm.

Wenn die erfolgreiche Autorin **Diana Hamilton** nicht am Schreibtisch sitzt, um mitreißende Liebesromane zu schreiben, ist sie eine begeisterte Gärtnerin. Und wussten Sie, dass sie in einem Herrenhaus lebt, das sie eigenhändig restauriert hat?

In ihrem Heimatort nahe der walisischen Grenze war die öffentliche Bibliothek das Gebäude, das **Catherine George** in ihrer Jugend am häufigsten aufsuchte. Ihre Mutter förderte ihren Lesehunger, und es ist sicher ihrer Motivation zu verdanken, dass **Catherine George** heute eine erfolgreiche Autorin ist.

Liebesreise in die Toskana

MIRA®

MIRA® TASCHENBUCH
Band 15023
1. Auflage: April 2008

MIRA® TASCHENBÜCHER
erscheinen in der Cora Verlag GmbH & Co. KG,
Valentinskamp 24, 20350 Hamburg
Deutsche Taschenbucherstausgabe

Konzeption/Reihengestaltung: fredebold&partner gmbh, Köln
Umschlaggestaltung: pecher und soiron, Köln
Redaktion: Ivonne Senn
Titelabbildung: Getty Images, München
Satz: Buch-Werkstatt GmbH, Bad Aibling
Druck und Bindearbeiten: Ebner & Spiegel, Ulm
Printed in Germany
ISBN 978-3-89941-511-7

www.mira-taschenbuch.de

Lucy Gordon

Eine italienische Hochzeit

Roman

Aus dem Englischen von
Dr. Susanne Hartmann

MIRA®

1. KAPITEL

Er hasst mich wirklich!, dachte Alex. Sie hatte ein bisschen Groll erwartet, aber nicht diese kalte Feindseligkeit. Während der ganzen Reise von England nach Italien war sie gespannt gewesen auf Rinaldo und Gino Farnese, die beiden Männer, die sie teilweise enteignet hatte.

Jetzt, da sie Rinaldo über das Grab seines Vaters hinweg in die Augen sah, glaubte Alex, noch nie so viel geballte Verbitterung an einem Menschen wahrgenommen zu haben. Sie blinzelte und überlegte, ob es eine optische Täuschung sein könnte. Die strahlende Sonne Italiens hob Kanten hervor, die so scharf wie Schwertklingen waren, und ließ dunkle Schatten entstehen, die das Licht verschlangen. Die Farben hier waren leuchtend. Rot, Orange, Gelb, Schwarz. Kraftvoll. Intensiv. Gefährlich.

Das bilde ich mir nur ein, dachte sie.

Aber die Gefahr war da, in Rinaldo Farneses wütendem Blick.

Isidoro, ihr ältlicher italienischer Anwalt, hatte ihr die beiden Brüder Farnese gezeigt, doch Alex hätte sie auch so erkannt. Die Familienähnlichkeit war deutlich. Beide Männer waren groß, hatten markante Gesichtszüge und dunkle Augen. Gino, offensichtlich der jüngere, sah aus, als hätte er eine sanftere Seite. Sein Haar lockte sich ein bisschen, und ein humorvoller Zug um seinen Mund ließ darauf schließen, dass Gino Farnese etwas für Spaß und Flirten übrighatte.

Rinaldo hatte nichts Sanftes an sich. Sein Gesicht hätte aus Granit gemeißelt sein können. Alex schätzte ihn auf Ende dreißig. An seiner Körperhaltung und den zusammengepressten Lippen war zu erkennen, dass er unter einer starken Anspannung stand und sich mit äußerster Anstrengung beherrschte.

Von ihm war keine Nachgiebigkeit zu erwarten. Er würde sich nicht erweichen lassen und nicht verzeihen.

Wie komme ich überhaupt auf den Gedanken, dass ich Rinaldo

Farneses Vergebung brauche?, fragte sich Alex. Sie hatte ihm kein Unrecht zugefügt.

Aber ihm war Unrecht getan worden, nicht von ihr, sondern vom Vater, der ein Drittel des Familienbesitzes mit einer Hypothek belastet hatte, ohne es seinen Söhnen zu sagen. Sie hatten es erst nach seinem Tod auf brutale Weise erfahren.

„Vincente Farnese war ein reizender Mann", hatte Isidoro zu Alex gesagt. „Leider hatte er jedoch die grässliche Angewohnheit, unangenehme Sachen aufzuschieben und auf ein Wunder zu hoffen. Rinaldo hat so weit wie möglich die Verantwortung übernommen, und trotzdem hat ihm der alte Knabe am Ende eine böse Überraschung hinterlassen. Ich kann es Rinaldo nicht verübeln, dass er ein bisschen verärgert ist."

Der Mann, der sie über das Grab hinweg anblickte, war nicht „ein bisschen verärgert". Er war bereit, einen Mord zu begehen. „Ich hätte wohl nicht zur Beerdigung ihres Vaters kommen sollen", flüsterte Alex ihrem Anwalt zu.

„Nein, wahrscheinlich glauben die Brüder, Sie seien aus Schadenfreude hier."

„Ich wollte die beiden nur kennenlernen und ihnen versichern, dass ich ihnen eine faire Chance geben will, die Hypothek zu tilgen."

„Alex, haben Sie das nicht verstanden? Aus ihrer Sicht schulden sie Ihnen nichts, und Sie sind eine unberechtigte Besitzergreiferin. Den Brüdern eine ‚faire Chance' anzubieten, Sie auszuzahlen, ist ein Rezept für Blutvergießen. Verschwinden wir besser schnell von hier."

„Gehen Sie nur. Ich laufe nicht vor ihnen davon."

„Vielleicht werden Sie sich noch wünschen, Sie hätten es getan", erwiderte Isidoro finster.

„Unsinn, was können sie mir denn tun?"

Vor einer Woche, als Alex mit David in dem eleganten Londoner Restaurant gesessen hatte, war ihr alles so einfach vorgekommen.

„Mit dieser Erbschaft kannst du wahrscheinlich deine Mitbeteiligung bezahlen", sagte David.

„Und noch viele andere Dinge." Alex dachte lächelnd an das Traumhaus, in dem sie nach ihrer Hochzeit gemeinsam wohnen würden.

Ohne direkt darauf zu antworten, hob David sein Champagnerglas.

David Edwards gehörte zu Alex' Lebensplan. Er war vierzig, sah gut aus und war der Chef einer sehr teuren, sehr renommierten Steuerberatungs- und Wirtschaftsprüfungsfirma.

Alex hatte vor acht Jahren dort angefangen, nachdem sie ihr Examen mit Auszeichnung bestanden hatte. Sie hatte immer gewusst, dass sie eines Tages Teilhaberin werden und David heiraten würde. In den acht Jahren hatte sie sich von einem ziemlich schüchternen, linkischen jungen Mädchen in eine umwerfend attraktive, weltkluge Frau verwandelt.

Es war David, der die Verwandlung unwissentlich in Gang gesetzt hatte. Sobald Alex in der Firma anfing, war sie hingerissen von seinem guten Aussehen und sehnte sich danach, seine Aufmerksamkeit zu erregen. Nach sechs erfolglosen Monaten hörte sie ihn zufällig einen Kollegen fragen: „Wer ist der Pudding in dem roten Kleid?"

David ging weiter, ohne zu ahnen, dass der „Pudding" ihn gehört hatte und Traurigkeit und Wut unterdrückte.

Zwei Tage später gab David seine Verlobung mit der Tochter des Seniorpartners bekannt.

Alex stürzte sich in die Arbeit. In den folgenden fünf Jahren erlaubte sie sich nur flüchtige Beziehungen. Am Ende dieser Zeit war sie durch ihre Überstunden und hervorragenden Ergebnisse eine Macht in der Firma geworden. Der Seniorpartner setzte sich zur Ruhe, und David übernahm seine Position. Jetzt brauchte er den Einfluss seines Schwiegervaters nicht mehr, aber nur boshafte Leute brachten das in Zusammenhang mit seiner Scheidung.

Nachdem Alex jahrelang ebenso hart an sich selbst wie an ihrem beruflichen Erfolg gearbeitet hatte, war sie zu einem perfekten Kunstwerk geworden. Ihr Körper war der Triumph des Fitnesstrainings. Mit ihren langen, schlanken Beinen konnte sie die kürzesten Röcke anziehen. Selbst in einem hautengen Kleid war kein Pfund zu viel an ihr zu sehen. Ihr blondes Haar war kurz, von einem der besten Friseure Londons geschnitten.

Inzwischen hatten David und sie eine Beziehung, und alle wussten, dass die beiden Stars der Firma bald heiraten und das Geschäft gemeinsam führen würden.

Und es sah aus, als hätte es nicht besser kommen können. Ihrer Erbschaft würde die Teilhaberschaft folgen und dann die Heirat.

„Vielleicht erfordert es ein bisschen Zeit, die Sache zu regeln", sagte David jetzt nachdenklich. „Du hast nicht wirklich einen Anteil am Besitz geerbt, stimmt's?"

„Nein, Enrico hat mir in seinem Testament das Hypothekendarlehen übertragen. Die Brüder Farnese schulden mir also viel Geld, und erst wenn sie es nicht innerhalb einer angemessenen Frist zurückzahlen können, darf ich auf ein Drittel des Gutes Anspruch erheben."

„Entweder das oder du verkaufst deinen Anteil an jemand anders, was vernünftiger wäre. Was willst du mit einem Drittel eines landwirtschaftlichen Betriebs?"

„Nichts, aber mir wäre nicht wohl dabei, wenn ich verkaufen würde. Ich muss zuerst den Brüdern die Chance geben, mich auszuzahlen."

„Sicher, und, wie gesagt, das dauert vielleicht eine Weile. Komm nicht überstürzt zurück. Bleib so lange, wie es nötig ist, und wickle es ordentlich ab."

Alex lächelte. Wie verständnisvoll er ist, dachte sie liebevoll. Es würde alles leichter machen.

„Du hast deine italienischen Verwandten nicht oft gesehen, stimmt's?", fragte David.

„Meine Mutter war Enrico Moris Nichte. Er hat uns einige Male besucht. Genau wie sie war er reizbar und sehr emotional."

„Du bist anders."

Alex lachte. „Tja, ich konnte es mir nicht leisten, emotional zu sein. Mom hat mit ihrem Melodrama das Haus beherrscht. Ich habe meine Mutter geliebt, aber wohl darauf reagiert, indem ich meinen gesunden Menschenverstand entwickelt habe. Eine von uns musste kühl, gelassen und konzentriert sein. Ich erinnere mich daran, dass Enrico einmal stirnrunzelnd zu mir gesagt hat: ‚Du bist bestimmt wie dein englischer Vater.' Es war kein Kompliment. Ich war zwölf, als Dad gestorben ist, aber ich weiß noch, dass er niemals die Beherrschung verloren oder geschrien hat."

„Du tust es auch nicht."

„Was für einen Sinn hat das? Dinge vernünftig auszudiskutieren ist besser. Mom hat immer gesagt, wir würden eines Tages zusammen nach Italien fahren und mir würde ‚ein Licht aufgehen'. Sie hat mir sogar Italienisch und einen toskanischen Dialekt beigebracht, damit ich nicht völlig ratlos bin, wenn wir ‚mein anderes Land' besuchen."

„Aber ihr seid niemals gefahren?"

„Mom ist krank geworden. Als sie vor drei Jahren gestorben ist, habe ich Enrico auf ihrer Beerdigung wiedergesehen."

„Bist du seine einzige Erbin?"

„Nein, entfernte Cousins und Cousinen erben sein Land und sein Haus. Er war ein reicher Mann, unverheiratet und kinderlos. Er hat allein in Florenz gelebt, viel getrunken und Frauen gejagt."

„Und wo ist Vincente Farnese ins Spiel gekommen?"

„Sie waren alte Freunde. Vor einigen Jahren hat er sich von Enrico Geld geliehen und dafür ‚Belluna' mit der Hypothek belastet, so heißt das Gut. In der vergangenen Woche waren sie nach einer Sauftour mit dem Auto unterwegs nach Hause und hatten den tödlichen Unfall."

„Und Vincente Farneses Söhne hatten keine Ahnung von der Hypothek?", fragte David.

„Anscheinend haben sie erst davon erfahren, als Enricos Testament verlesen worden ist."

„Also wagst du dich direkt in die Höhle des Löwen? Sei vorsichtig."

„Du glaubst doch wohl nicht etwa, dass ich in einer dunklen Gasse einem Mordanschlag zum Opfer falle? Ich werde nach Florenz fahren, eine Vereinbarung mit den Brüdern Farnese treffen und zurückkommen."

„Und wenn sie das Geld nicht beschaffen können und du deinen Anteil an einen Außenstehenden verkaufen willst? Werden sie das tatenlos hinnehmen?"

„Sei nicht melodramatisch, David", wies Alex ihn lachend zurecht. „Ich bin sicher, sie sind ebenso vernünftig wie ich. Wir werden schon eine Lösung finden."

„Vernünftig?", brauste Rinaldo auf. „Unser Vater hat eine gewaltige Hypothek auf diesen Besitz aufgenommen, ohne es uns zu sagen, und die Anwälte wollen, dass wir vernünftig sind?"

Gino seufzte. „Ich begreife es noch immer nicht. Wie konnte unser Vater das nur so lange geheim halten, besonders vor dir?"

Das Licht wurde schwächer. Rinaldo stand am Fenster und blickte über die Hügel und Felder, das Land, das er mit eigenen Händen kultiviert hatte, manchmal unter schweren Opfern. Er musste daran festhalten, oder er würde verrückt werden.

„Wir beide sind Vaters Erben und die rechtmäßigen Eigentümer von Belluna", fuhr Gino fort. „Diese Frau kann das nicht ändern."

„Sie kann es, wenn wir sie nicht auszahlen. Wenn sie ihr Geld nicht bekommt, kann sie auf ein Drittel von Belluna Anspruch erheben. Unser Vater hat niemals Rückzahlungen geleistet, deshalb schulden wir ihr den ganzen Betrag, plus Zinsen."

„Tja, ich nehme an, wir haben von dem Geld profitiert", sagte Gino nachdenklich.

„Das stimmt", gab Rinaldo widerstrebend zu. „Wir haben neue

Maschinen gekauft, zusätzliche Arbeiter eingestellt und das beste Düngemittel gekauft, was unsere Ernte stark verbessert hat. All das hat ein Vermögen gekostet. Unser Vater hat einfach behauptet, er hätte im Lotto gewonnen."

„Und wir haben es geglaubt, bis die Testamente verlesen worden sind", stellte Gino bedrückt fest. „Dass er es uns so hat herausfinden lassen, tut wirklich weh. Trotzdem, wir sollten es ihm wohl nicht verübeln. Er konnte nicht ahnen, dass er plötzlich sterben würde. Weißt du irgendetwas über diese Frau, abgesehen davon, dass sie Engländerin ist?"

„Laut dem Anwalt heißt sie Alexandra Dacre. Sie ist Ende zwanzig, lebt in London und ist Steuerberaterin und Wirtschaftsprüferin."

Gino seufzte. „Sie gefällt mir nicht."

„Mir auch nicht. Das ist eine kaltblütige Angelsächsin. Sie arbeitet mit Geld, und sie wird sich für nichts anderes interessieren." Rinaldo drehte sich plötzlich um. Er machte ein grimmiges Gesicht. „Wir haben keine Wahl. Wir müssen sie loswerden."

Gino fuhr zusammen. „Wie? Rinaldo, um Himmels willen ..." In diesem Moment traute er seinem Bruder jede grausame Tat zu.

„Reg dich ab." Rinaldo lächelte flüchtig, was ihn seltsamerweise noch grimmiger aussehen ließ. „Ich plane keinen Mord. Der Gedanke ist reizvoll, aber das habe ich nicht gemeint. Ich will die Frau legal loswerden."

„Dann müssen wir bezahlen."

„Wie denn? Wir haben alles in den Boden investiert. Bis zur Ernte haben wir kein Bargeld. Unser Bankkonto haben wir schon überzogen, und einen Kredit würden wir nur zu ruinösen Zinsen bekommen."

„Hat unser Anwalt keinen Vorschlag?"

„Der Mann wird langsam senil. Alexandra Dacre ist Single, und deshalb ist ihm der brillante Einfall gekommen, einer von uns beiden könnte sie heiraten."

„Das ist es!“, rief Gino. „Alle Probleme gelöst.“ Er breitete triumphierend die Arme aus. Mit seinen achtundzwanzig Jahren hatte er noch immer etwas Jungenhaftes an sich. „Dann müssen wir sie kennenlernen. Ob sie wohl zur Beerdigung unseres Vaters kommt?“

„Sie wird es nicht wagen!“, erwiderte Rinaldo scharf. „Jetzt lass uns zu Abend essen. Teresa hat alles fertig.“

Die Brüder gingen in die Küche, wo die alte Haushälterin gerade den Tisch deckte. Sie weinte bei der Arbeit, wie jeden Tag, seit Vincente gestorben war.

Rinaldo hatte keinen Hunger, aber das zu sagen würde die alte Frau nur noch mehr aufregen. Er legte ihr tröstend die Hand auf die Schulter, bis Teresa zu weinen aufhörte. „So ist es besser. Du weißt, wie unser Vater es gehasst hat, wenn jemand ein langes Gesicht gemacht hat.“

Sie nickte. „Er hat immer gelacht. Selbst wenn die Ernte missraten ist, hat er etwas gefunden, worüber er lachen konnte. Er war ein außergewöhnlicher Mann.“

„Ja, das war er. Und so müssen wir ihn in Erinnerung behalten“, erwiderte Rinaldo.

Die Haushälterin sah den Sessel in der Ecke an, in dem Vincente oft gesessen hatte. „Er sollte hier sein. Lustige Geschichten erzählen und Witze reißen. Du weißt, wie furchtbar seine Witze waren.“

„Und seine Wortspiele waren die schlimmsten, die ich jemals gehört habe.“

Gino kam herein und umarmte Teresa. Es fiel ihm leicht, andere unbefangen zu umarmen, und deshalb war er überall beliebt. Jetzt genügte es, um sie wieder zum Weinen zu bringen. Er hielt sie geduldig in seinen starken Armen, bis sie sich beruhigt hatte.

Rinaldo ließ die beiden allein. Als er draußen war, sagte Teresa: „Er hat so viele von denen verloren, die er geliebt hat. Und mit jedem Verlust ist sein Gesichtsausdruck finsterer und freudloser geworden.“

„Ja.“ Gino wusste, dass Teresa von Rinaldos Frau Maria und ihrem gemeinsamen Baby sprach, die im zweiten Ehejahr gestorben waren. „Wenn sie am Leben geblieben wären, dann wäre der Junge inzwischen fast fünfzehn, und wahrscheinlich hätten sie noch mehr Kinder gehabt."

„Jetzt hat er nur noch dich."

„Und dich. Und diesen verrückten Köter. Manchmal glaube ich, Brutus bedeutet ihm mehr als jedes andere Lebewesen, weil er Marias Hund war. Ansonsten liebt er das Gut, und er will es unbedingt behalten, weil er kaum etwas anderes hat. Ich hoffe, Signorina Dacre hat gute Nerven, denn die wird sie brauchen."

Rinaldo kam mit dem großen Mischlingshund zurück, den Gino als „verrückten Köter" bezeichnet hatte. Brutus verband Freundlichkeit mit Anarchie und hatte riesige Pfoten. Er ignorierte Teresas missbilligenden Blick und legte sich unter den Tisch, direkt neben sein Herrchen.

Bei Pasta und Pilzen sagte Gino lässig: „Einer von uns muss die Engländerin also heiraten."

„Mit ‚einer von uns' meinst du vermutlich mich", erwiderte Rinaldo mürrisch. „Dir würde das Eheleben nicht gefallen, nicht wenn es bedeutet, mit deinen Mätzchen aufzuhören. Außerdem ist sie offensichtlich eine systematisch denkende Frau. Du würdest sie innerhalb von fünf Minuten in den Wahnsinn treiben."

„Dann solltest du sie heiraten."

„Nein danke." Rinaldos Ton war eine Warnung.

„Aber du bist jetzt das Familienoberhaupt. Ich finde, es ist deine Pflicht. Hey, was machst du da mit dem Wein?"

„Ich will ihn dir über den Kopf schütten, wenn du nicht den Mund hältst."

„Irgendetwas müssen wir tun. Wir brauchen einen Masterplan."

Rinaldo stellte die Flasche wieder hin. Er war jetzt eher belustigt als verärgert. Ginos Flapsigkeit mochte oft störend sein, doch er kombinierte sie mit sehr viel Charme. Rinaldo hätte behauptet, immun gegen diesen Charme zu sein, trotzdem lächelte er jetzt unwillkürlich. „Dann mach dich an die Arbeit. Verdreh ihr den Kopf."

„Ich habe einen besseren Vorschlag. Lass uns um sie losen."

„Um Himmels willen, werd endlich erwachsen, Gino!"

„Im Ernst, lassen wir das Los entscheiden."

„Aber nach dieser Farce will ich nichts mehr davon hören. Schnell, bringen wir es hinter uns!"

Gino nahm eine Münze aus der Hosentasche und warf sie in die Luft. „Sag!"

„Zahl."

Gino fing die Münze und schlug sie auf seinen Handrücken. „Zahl! Die Engländerin gehört dir."

Rinaldo stöhnte. „Ich dachte, du benutzt deine Münze mit zwei Vorderseiten, sonst hätte ich nicht gespielt."

„Als würde ich so etwas tun." Gino klang gekränkt.

„Ich habe schon Zeiten erlebt, in denen ... Oh, schon gut. Ich bin nicht interessiert. Du kannst sie haben." Rinaldo stand auf und leerte sein Glas. Er konnte dieses Gespräch nicht länger ertragen.

Gino ging als Erster ins Bett. Er war jung. Trotz seiner Trauer um den geliebten Vater schlief er gut.

Rinaldo konnte sich kaum noch daran erinnern, wie es war, gut zu schlafen. Als im Haus alles still war, schlüpfte er hinaus. Der Mond war aufgegangen und warf ein bläulich weißes Licht über die Bäume und Hügel. Dies war das Land, dem Rinaldo sein ganzes Leben gewidmet hatte. Hier, auf diesem Boden, hatte er eines Abends mit einem jungen Mädchen gelegen, das nach Blumen und Freude duftete.

„Bald ist unser Hochzeitstag, Liebe meines Lebens. Komm zu mir, sei für immer die Meine", hatte er geflüstert.

Sie war zu ihm gekommen, leidenschaftlich, zärtlich, großzügig gebend, und er hatte ihren jungen, geschmeidigen Körper in den Armen gehalten.

Aber nur so kurze Zeit.

Ein Jahr und sechs Monate von ihrer Hochzeit bis zu dem Tag, an dem er seine Frau und sein Kind zusammen begraben hatte.

Und sein Herz mit ihnen. Rinaldo ging weiter. Er hätte den Weg mit geschlossenen Augen einschlagen können. Jeder Zentimeter des Landes war Bestandteil seines Wesens. Er wusste, dass es hart und grausam sein konnte. Manchmal lieferte es gute Erträge, aber öfter verlangte es schwere Opfer. Bis zu diesem Tag hatte er die Opfer gebracht, nicht immer gern, gelegentlich voller Qual und Verbitterung, doch er hatte den hohen Preis bezahlt.

Und jetzt das.

Rinaldo verlor jegliches Zeitgefühl. Im Geiste sah er vor sich, wie Vincente ihn liebevoll anlächelte. Sein Vater hatte geglaubt, dass die Welt schön sei, weil es Freundlichkeit, Liebe und Großzügigkeit immer gab. Und er hatte versucht, seinen kleinen Sohn dazu zu bringen, es auch zu glauben. Vincente war sein Verbündeter bei hundert Kinderstreichen gewesen. „Wir erzählen es deiner Mutter nicht. Es würde sie nur aufregen."

Aber Rinaldo sah auch den alten Mann vor sich, der sich ins Fäustchen lachte über den Streich, den er seinen Söhnen gespielt hatte, ganz besonders seinem energischen älteren Sohn. Vincente hatte die Gefahr nicht erkannt. Deshalb waren sie nicht gewarnt worden, und jetzt waren sie nicht vorbereitet. Rinaldo hatte seinen Vater immer geliebt, aber in diesem Moment war es schwer, ihn nicht zu hassen.

Die Morgendämmerung brach an. Rinaldo war kilometerweit gelaufen. Jetzt wurde es Zeit, dass er zurückging und sich für den größten Kampf seines Lebens rüstete.

2. KAPITEL

Rinaldo Farnese riss den Blick von der Frau los, die seine Feindin war. Er hatte registriert, dass sie schön war. Ihre glamouröse, großstädtische Schönheit hätte seine Feindseligkeit noch verstärkt, wenn sie nicht schon auf dem Höhepunkt gewesen wäre. Alles an dieser Frau bestätigte seinen Verdacht, von ihrem blonden Haar bis zu ihrem eleganten Outfit.

Es war an der Zeit, dass die Trauernden am Grab sprachen. Vincente war beliebt gewesen, deshalb ergriffen viele das Wort. Ältere Männer, „Komplizen“, die mit ihm in der Sonne gesessen, Wein getrunken und Erinnerungen ausgetauscht hatten. Mehrere Frauen mittleren Alters und alte Frauen, die vor den Ohren ihrer eifersüchtigen Männer wehmütig süße Erfahrungen andeuteten.

Schließlich waren seine Söhne an der Reihe. Gino sprach bewegend. Er erinnerte an die Güte und Liebenswürdigkeit seines Vaters, daran, wie gern er gelacht hatte. „Er hatte ein schweres Leben. Jahrelang hat er jeden Tag bis spätabends gearbeitet, damit seine Familie zu Wohlstand kommen konnte. Aber es hat ihn nicht verbittert werden lassen, und am Ende seines Lebens war es sein größtes Vergnügen, anderen einen Streich zu spielen.“

Gino verstummte, und ein Raunen ging durch die Menschenmenge. Inzwischen wussten alle über Vincentes letzten Streich Bescheid. Als Gino klar wurde, was er da gesagt hatte, blickte er verzweifelt seinen Bruder an.

Rinaldos Gesicht verriet nichts. Er nickte Gino zu und nahm seinen Platz ein. „Mein Vater war ein Mann, der die Liebe anderer gewinnen konnte“, begann Rinaldo. „Das beweist die Anwesenheit so vieler seiner Freunde heute. Es ist nicht mehr, als er verdient hat. Ich danke Ihnen allen, dass Sie gekommen sind, um ihm Ehre zu erweisen.“

Das war alles. Die Trauergäste entfernten sich vom Grab. Rinaldo warf Alex einen letzten Blick zu und wandte sich dann ab.

„Warte“, sagte Gino.

„Nein.“

„Irgendwann müssen wir sie sowieso kennenlernen. Außerdem …“ Gino stieß einen leisen Pfiff aus. „Sie ist schön.“

„Denk daran, wo du bist, und sei nicht so respektlos“, wies Rinaldo ihn scharf zurecht.

„Unseren Vater würde es nicht stören. Er wäre der Erste gewesen, der bewundernd gepfiffen hätte. Hast du schon einmal so eine Schönheit gesehen?“

„Ich freue mich für dich“, erwiderte Rinaldo. „Das müsste deine Aufgabe einfacher machen.“

Gino sah den Anwalt an, neigte den Kopf in Alex' Richtung und zog die Augenbrauen hoch. Isidoro nickte, und Gino ging zu ihnen hinüber.

Ein einnehmender junger Mann, dachte Alex, als Gino auf sie zukam. Sogar in Schwarz gekleidet hatte er etwas Heiteres an sich. Sein jugendliches Aussehen hatte wenig damit zu tun. Freudigkeit lag in seinem Wesen und würde ihn sein ganzes Leben lang begleiten, wenn nicht irgendetwas passierte, was sie zerstörte.

Isidoro beeilte sich, die Vorstellung zu übernehmen. „Gino, das ist Alexandra Dacre. Enrico war ihr Großonkel.“

„Ich habe schon von Signorina Dacre gehört.“ Gino lächelte fast verschwörerisch, als wollte er zu verstehen geben, dass sie alle gemeinsam in diesem Schlamassel steckten.

Alex erwiderte sein Lächeln und begann ihn zu mögen. „Allmählich kommt es mir so vor, als hätte ganz Florenz von mir gehört.“

„Die ganze Toskana“, berichtigte Gino sie. „Sensationen wie diese passieren nicht jeden Tag.“

„Mir wurde erzählt, Sie hätten nichts davon gewusst.“

„Überhaupt nichts, bis die Anwälte den Papierkram durchgegangen sind.“

„Das muss ein Schock gewesen sein. Ich bin überrascht, dass Sie mir die Hand geben wollen.“

„Es ist nicht Ihre Schuld“, sagte Gino sofort und schüttelte ihr freundlich die Hand. „Wir müssen uns richtig kennenlernen und miteinander reden.“

„Ja, wir haben viel zu besprechen“, stimmte Alex zu. „War es falsch von mir, zur Beerdigung Ihres Vaters zu kommen?“, platzte sie heraus. „Vielleicht war es taktlos, aber ich ... ich habe es nur gut gemeint.“

„Ja, es war taktlos.“ Rinaldo war neben Gino aufgetaucht. „Für Sie ist hier kein Platz.“

„Rinaldo, bitte“, warnte Gino seinen Bruder leise.

„Nein, er hat recht“, warf Alex schnell ein. „Ich habe einen Fehler gemacht. Ich werde jetzt gehen.“

„Aber wir geben einen Empfang im Hotel Favello. Enrico war der engste Freund unseres Vaters, und Sie gehören zu Enricos Familie, also sind Sie selbstverständlich eingeladen.“ Gino blickte seinen Bruder an.

Einen Moment lang führten Rinaldos gute Manieren Krieg mit seiner Feindseligkeit. Dann zuckte er die Schultern. „Natürlich.“ Dann ging er davon, ohne auf Alex’ Antwort zu warten.

„Es ist nicht weit zum Hotel“, erklärte Gino. „Ich führe Sie hin.“

„Nicht nötig, ich wohne dort“, erwiderte Alex. „Ich bin gestern Abend angekommen. Sie haben Gäste, um die Sie sich kümmern müssen. Ich werde allein hingehen.“ Sie eilte davon, bevor Gino widersprechen konnte.

Isidoro holte sie mühsam ein. „Wenn Sie sich in die Höhle des Löwen wagen, komme ich mit.“

„Das ist eine gute Idee“, räumte Alex ein. „Er hatte wirklich viele Freunde, stimmt’s?“

„Ja, Vincente Farnese war sehr beliebt. Aber auf dem Empfang werden nicht nur seine Freunde und Geliebten sein, sondern auch die Aasgeier, die über der Hypothek kreisen. Nehmen Sie sich vor einem Mann namens Montelli in Acht. Er ist habgierig und skrupellos, und es wird Rinaldo wütend machen, wenn er Sie mit Montelli sprechen sieht."

„Alles, was ich tue, wird Rinaldo Farnese wütend machen, also werde ich einfach tun, was mir passt."

Das Hotel Favello war ein Renaissancebau, der früher einmal der Familie Favello gehört hatte, die jahrhundertelang reich und einflussreich gewesen war, jetzt jedoch schwere Zeiten durchmachte. Das Gebäude war so unaufdringlich in ein Luxushotel mit allem Komfort umgewandelt worden, dass sich darin scheinbar seit Jahrhunderten nichts geändert hatte.

Alex ging zuerst nach oben in ihr Zimmer. Sie wünschte, sie hätte Zeit zu duschen. Es war Juni, und so eine Hitze wie hier in Florenz hatte sie in England noch nie erlebt. Sie tupfte sich das Gesicht ab und musterte sich im Spiegel. Wie immer sah sie tadellos aus. Es wäre übertrieben gewesen, Schwarz zu tragen für einen Mann, den sie nicht gekannt hatte. Sie hatte ein förmliches marineblaues Leinenkleid mit einem dazu passenden Mantel gewählt. Bis auf eine silberne Brosche hatte sie auf Schmuck verzichtet. Sie warf den Mantel beiseite und ging nach unten.

Alex war erleichtert, als sie sah, dass der Empfangssaal schon überfüllt war und sie kaum Aufmerksamkeit erregte.

Ihr Anwalt kam auf sie zu und deutete auf einige der anderen Gäste. „Die Leute dort in der Ecke, die Sie finster anblicken, sind Mitglieder von Enricos Familie."

„Die sind auch ärgerlich auf mich?"

„Natürlich. Sie haben gehofft, mehr zu erben."

„Also stehe ich von beiden Seiten in der Schusslinie", sagte Alex entnervt. „Oh Himmel!"

„Dies ist Italien", erwiderte Isidoro sarkastisch. „Die Heimat der Blutfehde. Da kommen sie."

Zwei Männer und zwei Frauen erschienen geschlossen vor Alex. Grüße wurden ausgetauscht, nicht offen feindselig, aber wachsam. Der ältere Mann – anscheinend der Wortführer der Gruppe – sagte irgendetwas über „notwendige Besprechungen".

Alex nickte zustimmend, und die Gruppe setzte sich in Bewegung. Hinter ihnen wartete bereits ein massiger Mann mittleren Alters. Der schmierige Typ stellte sich als Leo Montelli vor und sagte, sie sollten sich unterhalten, je eher, desto besser.

Nach ihm kam ein Grundbesitzer aus der Gegend, und ihm folgte der Vertreter einer Bank. Alex wurde es schwindlig. Alle im Saal wussten offensichtlich, wer sie war und warum sie hier war. Und Rinaldo Farnese beobachtete sie. Seine Miene war unergründlich, Alex hatte jedoch den Eindruck, dass er sich im Geiste Notizen machte.

„Isidoro, ich gehe", sagte sie. „Was hier passiert, ist ungehörig."

„Soll ich Termine mit den Leuten vereinbaren?"

„Noch nicht. Zuerst muss ich mit den Brüdern Farnese sprechen. Und jetzt schleiche ich mich davon."

„Sehen Sie, wer da kommt?"

Rinaldo bahnte sich einen Weg durch das Gedränge. „Ich möchte, dass Sie sofort gehen", forderte er sie sehr leise auf. „Ihr Benehmen ist ungehörig."

„Hey, Moment mal …"

„Wie können Sie es wagen, hier zu erscheinen? Gehen Sie sofort. Oder ich werde Sie hinauswerfen."

„Signore …" Isidoro versuchte vergeblich, Rinaldos Aufmerksamkeit auf sich zu lenken.

„Ich wollte sowieso gerade gehen", sagte Alex.

„Sicher, Signorina, ich glaube Ihnen", erwiderte er ironisch.

„Das sollten Sie auch besser tun." Alex verlor die Geduld. „Signor Farnese, ich mag Sie ebenso wenig wie Sie mich, und ich lasse es mir nicht gefallen, eine Lügnerin genannt zu werden. Wenn dies nicht ein ernster Anlass wäre, würde ich jetzt mit größtem Vergnügen einen Wutanfall bekommen, den Sie niemals vergessen würden."

Sie stürmte hinaus. Wenn sie ihm das ganze Gut hätte wegnehmen und es verkaufen können, hätte sie es in diesem Moment getan.

Das Hotel Favello lag an der Piazza della Republica, im Herzen von Florenz. Hier hatte Alex die bedeutenden Bauwerke in der Nähe, den Palazzo Vecchio, den Dom, den Ponte Vecchio über den Arno und viele andere Sehenswürdigkeiten, die sie vor der Abreise besichtigen wollte.

Am Abend nach der Beerdigung beschloss Alex, nicht im Hotel zu essen, sondern in ein Restaurant zu gehen, möglichst in eins, das eine gute Sicht auf die von Flutlicht beleuchteten Bauwerke bot. Sie hatte geduscht, sobald sie vom Empfang gekommen war, doch jetzt tat sie es noch einmal kalt. Das Zimmer war klimatisiert, aber sie fühlte sich noch immer, als wäre ihr die Hitze durch und durch gegangen. Auf eine Strumpfhose verzichtete sie ebenso wie auf einen BH. Sie konnte den Gedanken nicht ertragen, dass ihr irgendetwas an der Haut klebte.

Gerade als Alex in einem weißen Seidenkleid mit nur einem Slip darunter losziehen wollte, klopfte es. Sie öffnete die Tür und hatte Rinaldo Farnese vor sich. Er hatte das Jackett seines eleganten schwarzen Anzugs ausgezogen und ließ es am Daumen über die Schulter hängen. Die obersten Knöpfe des weißen Hemds waren offen. Sein Haar war unordentlich, und er sah müde aus.

„Es wird nicht lange dauern." Er stieß die Tür weiter auf und kam ins Zimmer.

„Hey, ich habe Sie nicht hereingebeten", protestierte Alex.

„Ich habe Sie auch nicht eingeladen, und Sie sind trotzdem hier", erwiderte er.

„Und ich wollte gerade essen gehen."

An diesem Punkt hätte ihr ein Gentleman zumindest einen Drink angeboten. Rinaldo zuckte nur die Schultern.

„Dann fasse ich mich kurz", sagte er.

„Ja, bitte!"

„Zunächst einmal entschuldige ich mich für mein Benehmen heute Nachmittag."

Alex war sprachlos. Eine Entschuldigung war das Letzte, was sie von diesem Mann erwartet hatte.

„Nachdem Sie gegangen waren, habe ich mit Isidoro gesprochen, der bestätigt hat, dass Sie gerade hatten gehen wollen und selbst das Wort ‚ungehörig' benutzt hatten." Rinaldo atmete tief durch. „Ich entschuldige mich dafür, dass ich an Ihrer Ehrlichkeit gezweifelt habe."

„Das weiß ich zu schätzen", erwiderte Alex. „Umso mehr, da es Sie fast umgebracht hat, es zu sagen."

„Ich bin nicht bekannt für meine gewandten Umgangsformen", räumte Rinaldo ein.

„Das hätte ich niemals erraten."

„Wollen Sie mich mit Ironie aus der Fassung bringen? Bemühen Sie sich nicht."

Alex nickte. „Sie haben recht. Ihnen ist die Meinung anderer nicht wichtig genug, um sich darum zu kümmern. Ich bin sicher, Unhöflichkeit hat ihre Vorteile, abgesehen davon, dass sie weniger anstrengend ist." Diesmal hatte sie ihn zweifellos erreicht. Er blickte sie mit zusammengekniffenen Augen an. „Darf ich Sie daran erinnern, dass ich nur zu dem Empfang gekommen bin, weil Ihr Bruder mich eingeladen hatte? Meine Idee war das nicht, und ich wäre garantiert nicht gekommen, wenn ich gewusst hätte, was passieren würde. Vielleicht sollte vielmehr ich mich bei Ihnen entschuldigen. Die Einladung anzunehmen war ungeschickt von mir."

Sie sahen einander wachsam an, keiner von ihnen beiden war durch die versöhnlichen Worte des anderen im Geringsten besänftigt.

Trotz ihrer Verärgerung war Alex neugierig auf Rinaldo Farnese. Im Vergleich zu den glatten, gewandten Männern, die sie in London kannte, kam er ihr wie ein wildes Tier vor. Es war fast, als könnte sie die starken Gefühle spüren, die ihn antrieben. Er beherrschte sie, aber nur gerade eben. Alex dachte an David, der niemals irgendetwas tat, was er nicht geplant hatte. Dass er die Kontrolle über sich verlor war unvorstellbar. Bei Rinaldo Farnese konnte sie es sich mühelos vorstellen.

Seltsamerweise erschreckte sie der Gedanke nicht, sondern machte sie nur noch neugieriger.

Rinaldo begann ungeduldig im Zimmer herumzugehen. Erst jetzt wurde Alex so richtig bewusst, wie groß er war. Über einen Meter achtzig, breitschultrig und schlank, war er, anders als sein eleganter Bruder, eher der athletische Typ.

„Jetzt haben Sie all die Aasgeier getroffen", sagte er. „Sie glauben, dass Sie sich nur für Geld interessieren. Irren sie sich?"

„Sie sind ziemlich direkt."

„Ich bin hierhergekommen, um zu erfahren, was Sie vorhaben."

„Zurzeit bin ich flexibel. Ich warte ab, was sich entwickelt."

„Sehen Sie sich als Landwirtin?"

„Nein. Ich bin keine und habe auch nicht den Ehrgeiz, eine zu werden."

„Eine kluge Entscheidung. Es würde immer zwei zu eins gegen Sie stehen."

„Von Beschönigungen halten Sie nicht viel, stimmt's?", fragte Alex.

„Nein. Was haben Sie vor?"

„Ich werde die Situation mit Ihnen besprechen. Die Aasgeier können glauben, was sie wollen. Zunächst einmal bekommen Sie und Ihr Bruder die Chance, das Darlehen zu tilgen. Hören Sie, ich bin kein Monster. Ich weiß, dass Geld ein Problem sein kann. Ich bin Steuerberaterin und Wirtschaftsprüferin …"

„Ja, das ist mir bekannt", unterbrach Rinaldo sie ungeduldig. „Jemand, der mit Geld arbeitet. Und Geld ist das Einzige, was Sie interessiert."

„Das reicht!", sagte sie hart. „Ich dulde nicht, dass Sie so mit mir sprechen. Ich bin für diese Situation nicht verantwortlich."

„Aber es stört Sie nicht, davon zu profitieren?"

„Nein, weil Enrico es so wollte. Ich vermute, er hätte mir Geld hinterlassen, doch sein Bargeld ist bei Ihnen festgelegt. Sie führen sich auf, als hätte ich kein Recht, es einzutreiben. Es tut mir leid, wenn es ein Schock für Sie war, aber es ist nicht meine Schuld, dass Ihr Vater Sie nicht informiert hat."

„Seien Sie still!", stieß Rinaldo feindselig hervor. „Sprechen Sie nicht von meinem Vater."

„In Ordnung, nur geben Sie bitte nicht mir die Schuld an einer Situation, die ich nicht verursacht habe."

Rinaldo schwieg einen Moment lang. „Niemand zieht Ihr Recht in Zweifel, die Erbschaft anzunehmen. Ich empfehle Ihnen jedoch, darauf zu achten, wie Sie damit umgehen."

„Was bedeutet, dass Sie von mir verlangen, so damit umzugehen, wie es Ihnen passt", erwiderte Alex sofort.

„Sagen wir, dass Sie die ganze komplexe Situation berücksichtigen sollten. Jeder Cent, den wir besitzen, liegt bis zur Ernte fest. Sie werden Ihr Geld bekommen, aber in Raten."

„Das nützt mir nichts. Ich habe schließlich meine Pläne."

„Ich rate Ihnen, sie aufzugeben, wenn sie mit meinen kollidieren. In der Zwischenzeit sollten Sie das Land verlassen."

„Nein", sagte Alex unverblümt.

„Ich rate Ihnen dringend …"

„Die Antwort ist Nein."

„Signorina, Sie kennen dieses Land nicht."

„Umso mehr Grund, zu bleiben. Ich bin Halbitalienerin. Dies ist auch mein Land."

„Ich habe nicht Italien, sondern die Toskana gemeint. Sie sind hier nicht im kühlen, zivilisierten England. Die Toskana ist für Eindringlinge gefährlich. Die Hügel sehen einladend aus, aber zu oft haben sich dort schon Banditen versteckt, die außer ihrem eigenen kein Gesetz anerkennen."

„Und ich wette, ihr Anführer war jemand wie Sie", erwiderte

Alex. „Jemand, der meint, alle müssten vor ihm zittern. Sehen Sie mich zittern?“

„Vielleicht wäre es klüger von Ihnen, das zu tun.“

„Versuchen Sie nicht, mich einzuschüchtern. Es wird nicht funktionieren. Ich tue, was ich will und wann ich es will. Wenn Ihnen das nicht gefällt … Pech für Sie. Schließlich leben Sie selbst nach dieser Regel.“ Das war ein Schuss ins Blaue. Alex kannte Rinaldo kaum, aber sein Benehmen hatte ihr klargemacht, was für ein Mann er war. Er war herrisch und hatte nicht allzu viele Skrupel, wenn es darum ging, seinen Willen durchzusetzen. Je eher er erkannte, dass er in ihr seinen Meister gefunden hatte, desto besser.

„Wollen Sie andeuten, dass ich ein Bandit bin, Signorina?“

„Ich denke, Sie können einer sein, wenn Sie es für notwendig halten.“

„Wird es notwendig sein?“

„Sagen Sie es mir. Wir beurteilen die Sache wohl verschieden. Ich will keine Raten. Ich brauche ziemlich bald die ganze Summe. Mir bietet sich eine einmalige Gelegenheit, und um sie zu ergreifen, brauche ich Geld. Aber wir können eine Lösung finden. Vielleicht übernimmt jemand anders die Hypothek.“

Plötzlich war Rinaldos Gesicht wutverzerrt. „Ziehen Sie nicht Fremde in diese Sache hinein! Glauben Sie, ich würde zulassen, dass irgendwelche Leute kommen und sich einmischen, uns vorschreiben …“

„Ich habe es satt, wie Sie mit mir sprechen“, unterbrach Alex ihn energisch. „Ich werde mich nicht einschüchtern lassen. Falls Sie geglaubt haben, ich würde einfach zusammenbrechen, haben Sie sich die Falsche ausgesucht. Ich gehe jetzt aus. Wenn Sie mit mir reden wollen, können Sie einen Termin mit meinem Anwalt abmachen.“

„Ich werd den Teufel tun!“

Alex nahm ihre Handtasche und ging zur Tür. Rinaldo bewegte sich blitzschnell, und sie dachte, er würde ihr den Weg versperren. Stattdessen öffnete er ihr die Tür und folgte ihr nach draußen.

Auf der Straße lief Alex einfach drauflos, ohne darauf zu achten, in welche Richtung.

Rinaldo blieb neben ihr. „Mit wem von ihnen treffen Sie sich jetzt?"

„Das geht Sie nichts an."

„Wenn Sie sich mit Montelli treffen, geht es mich etwas an."

„Falls und wenn ich mich mit Signor Montelli treffe, wird es im Büro meines Anwalts sein. Und dort werde ich mich auch mit Ihnen treffen – immer vorausgesetzt, dass ich es will. Jetzt lassen Sie mich bitte in Ruhe. Ich möchte mir gern ein Restaurant suchen."

„Ich kann Ihnen ein gutes Restaurant eine Straße weiter empfehlen …"

„Sie meinen, ein Freund von Ihnen führt es und behält mich im Auge?"

„Wie misstrauisch Sie sind!"

„Sollte ich es nicht sein?"

Rinaldo nickte. „Außerdem sind Sie eine sehr kluge Frau."

„Klug genug, das Restaurant selbst auszuwählen. Das von Ihnen ausgesuchte hat vielleicht Arsen im Wein."

„Nur wenn Sie mich in Ihrem Testament eingesetzt haben", erwiderte Rinaldo.

Ein Scherz war das Letzte, was Alex von ihm erwartet hatte, und sie brach in Lachen aus. Schnell unterdrückte sie es, da sie ihm nicht einen Punkt zugestehen wollte. Dann bog sie um die Ecke und blieb entzückt stehen.

Vor ihr war eine große Loggia voller Verkaufsstände mit Bildern, Lederwaren und Textilien. Alles war strahlend bunt, und es herrschte geschäftiges Treiben. Am faszinierendsten war ein großer Bronzeeber. Anders als der Rest seines Körpers glänzte die Schnauze in der Sonne. Zwei Frauen gingen gerade zu dem Eber und rieben seine Schnauze.

„Deshalb glänzt sie so", erklärte Rinaldo. „Man reibt sie und wünscht sich, dass man eines Tages wieder nach Florenz zurückkommt."

Lächelnd streckte Alex die Hand aus und zog sie dann zurück, ohne das Bronzetier berührt zu haben. „Mir zu wünschen, irgendwann nach Florenz zurückzukehren, würde ja bedeuten, dass ich bald abreise, oder? Und genau dazu wollen Sie mich bringen, also sollte ich doch lieber das Gegenteil tun."

Rinaldo blickte sie entnervt an, aber er wurde nicht wirklich ärgerlich, wie Alex gehofft hatte.

„Natürlich, wenn ich einfach beschließe, hierzubleiben, brauche ich auch nicht zurückzukommen", sprach sie nachdenklich weiter.

„Ich nehme an, Sie amüsieren sich gut", meinte er mürrisch. „Für mich ist es Zeitverschwendung."

„Sie haben sicher recht. Ich schiebe die Entscheidung auf, bis ich weiß, worüber Sie sich am meisten ärgern würden." Alex wollte weitergehen, aber Rinaldo packte sie am Arm. Sie spürte die stählerne Kraft seiner Finger und wusste, dass sie Rinaldo erst entkommen würde, wenn er sie losließ.

„Und dann ärgern Sie mich, nur zum Spaß", sagte er. „Sehen Sie sich vor, für mich ist es nämlich kein Spaß. Belluna ist mein Leben. Denken Sie daran, und respektieren Sie es, denn sonst werden Sie sich wünschen, es getan zu haben. Ich habe Sie gewarnt." Er ließ sie los. „Genießen Sie Ihr Abendessen." Er warf ihr noch einen scharfen Blick zu und verschwand dann im Gedränge.

Es war vorbei. Rinaldo war weg. All das, was sie hätte sagen sollen, fiel ihr jetzt ein, da es zu spät war. Alex entfernte sich vom Markt und ging weiter durch die Straßen. Sie fand ein Restaurant, in dem das Essen hervorragend war. Sie hatte schon in den besten Lokalitäten von London und New York diniert, aber die Ententerrine mit Trüffeln und die Kichererbsensuppe mit Garnelenschwänzen waren eine völlig neue Erfahrung: mehr Kunst als Essen.

Er kann sagen, was er will, ich fahre ganz bestimmt nicht vorzeitig nach Hause, dachte Alex.

3. KAPITEL

Alex beschloss, die Sehenswürdigkeiten zu besichtigen. Es war auf jeden Fall besser, als in ihrem Zimmer zu sitzen und abzuwarten, was Rinaldo als Nächstes tun würde. Aber während sie durch die Hotelhalle ging, entdeckte sie plötzlich Signor Montellis massige Gestalt. Alex stöhnte beim Anblick des schmierigen, uncharmanten Mannes, den sie auf dem Empfang nach der Beerdigung kennengelernt hatte. Widerstrebend setzte sie sich mit ihm an einen Tisch im Café des Hotels.

„Ich bin gekommen, um Ihre Probleme zu lösen", verkündete er hochmütig.

Das war die falsche Einleitung. Er hatte Alex sofort gegen sich aufgebracht. „Ich habe keine Probleme, über die Sie Bescheid wissen können", erwiderte sie kühl.

„Ich meine, dass ich bereit bin, einen hohen Preis für die Hypothek, die auf dem Grundbesitz der Farneses ruht, zu zahlen. Wir können uns sicher einigen."

„Ja, vielleicht, aber nicht jetzt. Die erste Chance muss ich den Brüdern Farnese geben."

Montelli tat es mit einem Schulternzucken ab. „So viel haben sie nicht."

„Woher wissen Sie, wie viel es ist?", fragte Alex neugierig.

„Ach, diese Dinge werden bekannt. Sie wollen Ihre Erbschaft doch bestimmt so schnell wie möglich zu Geld machen."

Genau aus dem Grund war Alex nach Italien gekommen, deshalb war es unvernünftig, beleidigt zu sein, dennoch wurde ihr Widerstand stärker. Der Mann war viel zu selbstsicher. „Leider kann ich erst mit Ihnen darüber verhandeln, wenn ich mit den Brüdern Farnese darüber gesprochen habe."

Montelli nannte einen Kaufpreis.

Unwillkürlich war Alex verunsichert. Er bot ihr mehr Geld, als ihr geschuldet wurde. Sie sollte das Geschäft sofort abschließen. Ihr

Gerechtigkeitssinn ließ es jedoch nicht zu. „Ich muss zuerst mit den beiden reden."

Er kniff die Augen zusammen. „Ich bin kein geduldiger Mensch, Signorina."

„Ich muss eben das Risiko eingehen, dass Sie Ihr Angebot zurückziehen", erwiderte Alex lässig. „Wenn Sie mich jetzt bitte entschuldigen würden."

Montelli packte sie am Handgelenk, als sie aufstand. „Wir sind mit unserem Gespräch noch nicht fertig."

„Doch, sind wir", erwiderte sie scharf, „und wenn Sie mich nicht sofort loslassen, schlage ich Ihnen so hart ins Gesicht, dass Ihnen eine Woche lang die Ohren klingen."

„Tun Sie es besser, Montelli", riet Gino. „Sonst werde ich Sie bearbeiten."

Keiner von ihnen beiden hatte ihn hereinkommen sehen. Montelli blickte ihn finster an und ließ Alex los.

„Soll ich ihn trotzdem für Sie verprügeln?", fragte Gino sie freundlich.

„Unterstehen Sie sich!", antwortete sie energisch. „Wenn es denn sein muss, möchte ich das selbst erledigen."

Gino lächelte. Dann sah er Montelli an. „Ziehen Sie ab."

Die Verwandlung war erstaunlich. Aus dem lächelnden großen Jungen war plötzlich ein stahlharter Mann geworden. Nur einen Moment später war er wieder der freundliche Gino.

Montelli erkannte, dass er keine Chance hatte, und eilte davon.

„Das war die Gelegenheit, eine Frau in Not zu retten", sagte Gino lachend. „Und Sie mussten alles verderben. Hätten Sie nicht meinem männlichen Ego zuliebe so tun können, als hätten Sie ein bisschen Angst?"

Alex lachte mit. „Ach, ich denke, Ihr männliches Ego ist in Bestform, ohne dass ich Ihnen schmeichle."

„Signorina, Sie verstehen mich."

Bei ihm klang „Signorina" anders als bei seinem Bruder, weicher, fast wie eine Liebkosung, nicht grimmig und anklagend. Gino war der geborene Charmeur. Ein lustiger, unkomplizierter Typ. Er würde ein ausgezeichneter Begleiter sein.

„Wollten Sie ausgehen?"

„Ja, ich dachte, ich besichtige die Sehenswürdigkeiten. Ich bin das erste Mal in Florenz."

„Darf ich Ihnen die Stadt zeigen?"

„Das wäre nett. Besprechen wir es bei einem Kaffee."

Sie fanden ein kleines Café in der Nähe der Loggia und in Sichtweite des Bronzeebers. Alex wartete darauf, dass Gino ihr von dem abergläubischen Brauch erzählte, aber er tat es nicht.

Weil er natürlich alles über den Besuch seines Bruders bei ihr am vergangenen Abend wusste! Rinaldo hatte ihm erzählt, wie sie sich gestritten hatten und dann hierhergekommen waren. Dieses Zusammentreffen war kein Zufall. Alex lächelte Gino an, während sie ihren Gedanken nachhing. Zweifellos hatte Rinaldo zu Gino gesagt, er solle mal sehen, ob Charme besser funktionierte als Einschüchterung. Tja, du bist süß, mein Freund, und ich verbringe gern den Tag mit dir, aber ich lasse mich keinen Moment von dir täuschen!, dachte Alex.

„Hat Montelli Ihnen wehgetan?" Gino umfasste vorsichtig ihren Arm und sah sich ihr Handgelenk an, als würde er nach blauen Flecken suchen.

Sie spürte Ginos Berührung kaum. Und sie konnte sich nicht erinnern, wie sich Montellis Hand angefühlt hatte, so unangenehm es ihr auch gewesen war, von ihm angefasst zu werden. Rinaldos Griff am vergangenen Abend war ihr im Gedächtnis geblieben. Es war, als könnte sie die Berührung immer noch spüren. Einen Moment lang sah Alex im Geiste Rinaldo vor sich, angespannt, unversöhnlich, zu allem fähig, wenn bedroht war, was ihm gehörte.

„Nein, Montelli hat mir nicht wehgetan", erwiderte sie.

Gino hielt ihren Arm nur ein bisschen länger als nötig fest, bevor er sie losließ. „Zuerst gehe ich mit Ihnen in die Uffizien. Wir haben hier in Florenz die bedeutendsten Kunstwerke der Welt."

In der Galerie versuchte Alex, sich all die Gemälde anzusehen und Gefallen an ihnen zu zeigen, aber es war zu viel für sie. Irgendwann war ihr, als würden die Kunstwerke sie verfolgen und angreifen.

Gino und Alex aßen in einem kleinen Restaurant mit Blick auf den Arno und den Ponte Vecchio zu Mittag.

„Ich kann nicht aufhören, die Brücke anzusehen", erklärte Alex. „Mit all den Gebäuden darauf sieht sie so kopflastig aus, dass ich ständig denke, sie bricht zusammen. Unglaublich."

Gino nickte. „Stimmt. Andererseits ist ganz Florenz unglaublich. Sechzig Prozent der bedeutendsten Kunstwerke der Welt sind in Italien und fünfzig Prozent davon in Florenz. Weil in den vergangenen Jahrhunderten ..."

Was Gino erzählte, bekam Alex kaum mit. Sie war von ihm fasziniert. Wo sonst würde ein Landwirt einen Vortrag über Kunst halten? Aber dies war Florenz, die Heimat der Renaissance, die Menschen mit einem vielseitigen, klugen, umfassenden Geist hervorgebracht hatte.

„Tut mir leid", sagte Gino plötzlich. „Langweile ich Sie?"

„Keineswegs. Sie lassen mich an den Renaissancemenschen denken. Ich nehme an, es gibt ihn so viele Generationen später immer noch."

„Natürlich. Das ist unser Stolz. Nicht dass Rinaldo dieser Meinung ist. Er sieht niemals vom Ackerboden auf. Ich dagegen finde, ein Mann sollte die Seele eines Künstlers haben, auch wenn er sich die Hände schmutzig macht."

Alex lächelte und fragte sich, ob Ginos Hände jemals richtig schmutzig waren. Bei Rinaldo konnte sie es glauben. Er schien ein Bestandteil von Erde zu sein.

Gino blickte sie verständnisvoll an. „Ich hatte eigentlich vor, Ihnen nach dem Mittagessen den Dom zu zeigen, aber ..."

„Könnten wir das ein anderes Mal machen?", bat sie. „Eine Kathedrale kann ich jetzt nicht auch noch bewältigen."

„In Ordnung, suchen wir uns etwas weniger Tugendhaftes, was dafür viel mehr Spaß macht."

„Was, zum Beispiel?"

„Reiten?", fragte Gino unschuldig. „Was dachten Sie denn, was ich meine?"

„Schon gut. Ich würde gern reiten gehen."

Seine Augen funkelten vor Humor. Sein Blick schien zu sagen, dass er genau das gemeint hatte, was sie vermutet hatte. Aber das konnte später kommen.

Da sie keine entsprechende Kleidung hatte, mussten sie diese erst einmal einkaufen. Gino hatte Sinn für Damenmode und wollte Alex nicht allein entscheiden lassen. „Das ist das Richtige. Die Farben passen perfekt zu Ihnen", meinte er schließlich, als sie eine olivgrüne Hose und eine cremefarbene Bluse auswählte.

Während Alex bezahlte, holte er sein Auto zum Geschäft. Nach wenigen Minuten waren sie aus der Stadt heraus und fuhren nach Norden. In einem kleinen Mietstall nahm sich Gino zwei Pferde, und er und Alex ritten los. Nach einem schönen Galopp durch die Landschaft machten sie wenig später in einem Dorf Pause. Sie saßen im Garten des Gasthofs und ließen sich frisch gebackenes Brot und würzigen Käse schmecken.

„Ich reite gern, aber ich bin schon lange nicht mehr dazu gekommen. Dieser Nachmittag ist wundervoll", stellte Alex fest. Zum ersten Mal seit Tagen war sie völlig entspannt und zufrieden. Die wilde Landschaft war ihr fremd, trotzdem fühlte sie sich gut. David würde es hier nicht gefallen. Er ritt im Park seines Landsitzes, auf Pferden aus seinen eigenen Stallungen. Plötzlich fiel ihr ein, dass sie seit ihrer Ankunft noch nicht mit David gesprochen hatte. Als sie angerufen hatte, war sein Handy ausgeschaltet gewesen, und sie hatte eine Nachricht hinterlassen. Alex zog ihr Handy aus der Jackentasche und bemerkte, dass es auch ausgeschaltet war. Wann hatte sie das gemacht? Sie fand eine Nachricht von David vor. Er hatte zurückgerufen und war nicht durchgekommen. Sie wählte und merkte, dass sie mit seinem Anrufbeantworter verbunden war. Nachdem sie eine Nachricht hinterlassen hatte, schaltete sie wieder aus, schob das Telefon zurück in die Jackentasche und sah auf.

„Ist er Ihr Lover?“, fragte Gino.

„Wie bitte?“

„Entschuldigen Sie, ich habe nicht das Recht, zu fragen. Aber es ist wichtig für mich, Bescheid zu wissen.“

„Sie wollen sicher nur wissen, ob ich Verstärkung hierher holen werde, oder?“

Gino schüttelte den Kopf. „Nein, das habe ich nicht gemeint. Ich habe andere Gründe.“

Sein Blick verriet ihr, was das für Gründe waren. Alex schwieg.

„Sie sind wie Rinaldo. Er lässt sich auch nicht in die Karten schauen.“

„Wie können Sie behaupten, ich sei wie er!“, rief sie gespielt empört. „Er hat keine Manieren und ist stur wie ein Panzer.“

„Er ist Ihnen gestern Abend wirklich unter die Haut gegangen, oder?“

„Also hat er Ihnen davon erzählt? Und wie viel von diesem Treffen werden Sie ihm erzählen?“, neckte sie ihn.

„Alles nicht“, erwiderte Gino im selben Ton.

„Machen Sie ihm klar, dass ich auch stur sein kann.“

„Ich wette, das haben Sie ihm schon selbst klargemacht.“

Alex lachte. „Wenn ich es mir recht überlege, ja, habe ich.“

„Sie haben viel Macht, und Rinaldo mag es nicht, wenn andere Macht über ihn haben.“

„Das wird bald alles geregelt sein.“

„Und wie? Sie wollen Ihr Geld.“

„Hey, es ist nicht nötig, mich profitgierig erscheinen zu lassen – auch wenn Rinaldo glaubt, ich sei es.“

„Tut mir leid. So habe ich das nicht gemeint. Aber wenn wir das Geld nicht schnell beschaffen, werden viele da sein, die es können, nicht nur Montelli. Sind schon welche von den anderen an Sie herangetreten?“

„Gino, warum sagen Sie Rinaldo nicht einfach, er soll mich nicht wie ein dummes Ding behandeln? Berichten Sie ihm, Sie hätten heute nur Ihre Zeit verschwendet.“

Seine Augen funkelten. „Aber der Tag ist noch nicht vorbei. Und auch wenn Sie es vielleicht nicht glauben, mir kommt die Hypothek mit jeder Minute unwichtiger vor. An Ihnen ist so vieles, was von größerer Bedeutung ist.“

Alex blickte ihn lächelnd an, erwiderte jedoch nichts.

Sie ritten in der untergehenden Sonne langsam zurück. Gino sagte wenig, während er Alex wenig später nach Florenz fuhr, aber als er vor dem Hotel hielt, fragte er: „Darf ich Sie heute Abend zum Essen ausführen?“

„Um sicherzustellen, dass es niemand anders tut?“

Er schüttelte lächelnd den Kopf. „Nein. Deshalb ganz bestimmt nicht.“

Das grenzt an ein Wunder!, hätte Alex fast erwidert. Gino war ein netter Typ, und es würde ihr Spaß machen, den ganzen Abend mit ihm zu flirten. Es wäre etwas anderes, wenn sie sich von seinen Schmeicheleien täuschen lassen würde, aber das tat sie nicht. Ihr Herz war nicht in Gefahr und seins bestimmt auch nicht. Sie würde David nicht untreu sein und könnte bei dem kommenden Kampf etwas Nützliches lernen. „Ich glaube Ihnen. Tausende würden es nicht tun“, neckte sie ihn.

Sie vereinbarten, dass Gino sie um acht Uhr abholen würde, was ihr Zeit gab, etwas zum Anziehen zu finden. Sie hatte ihre Garderobe für gut ausgestattet gehalten, aber in der Einkaufspassage des Hotels war eine Boutique mit den neuesten Modellen aus Mailand, und Alex stellte fest, dass italienische Mode anders war als alles, was sie bisher getragen hatte. Als sie den Laden wieder verließ, war sie die stolze Besitzerin eines engen dunkelblauen Seidenkleids, das hinten tief ausgeschnitten war.

Gino zog die Augenbrauen hoch, als er sie in dem gewagten Kleid sah, zu dem sie als einzigen Schmuck Diamantohrringe gewählt hatte. „Signorina“, sagte er leise, „mit Ihnen gesehen zu werden ist eine Ehre.“

Alex konnte nicht anders. Sie lachte los.

„Was ist?“ Gino tat erschrocken.

„Tut mir leid“, stieß sie hervor, „aber ich kann nicht ernst bleiben, wenn ich dieses ‚Signorina‘ höre. Ich wünschte, Sie würden mich einfach Alex nennen und daran denken, dass Sie viel anziehender sind, wenn Sie sich nicht so große Mühe geben.“

„Bedeutet das, dass Sie mich manchmal anziehend finden?“

„Wollen Sie mit mir essen gehen, oder wollen wir den ganzen Abend hier herumstehen?“, fragte sie streng.

„Ich habe uns einen Tisch in einem Restaurant ganz in der Nähe reservieren lassen“, sagte Gino schnell. „Können Sie in den Schuhen laufen?“

Alex trug zierliche silberfarbene Sandaletten mit hohen Absätzen. „Natürlich“, erwiderte sie. „Das ist nur eine Frage der Balance. Und ich bin sehr gut darin, einen Balanceakt zu vollbringen“, erklärte sie vielsagend.

Sie gingen zum Ufer des Arno und über den Ponte Vecchio. Wie am Mittag dinierten sie mit Blick auf den Fluss. Es wurde dunkel, und die Lampen gingen an. Mit den sich im Wasser spiegelnden Lichtern entstand ein neuer Zauber.

Außerdem war Gino ein perfekter Begleiter, der Alex in einen Kokon aus Behaglichkeit und Rücksicht hüllte und sie mit lustigen Geschichten unterhielt. Sie brachte ihn dazu, über das Gut und sein Leben dort zu sprechen, während sie sich das Menü schmecken ließ: Hühnerleber-Kanapees, Nudeln mit Hasenfleischsoße und Bistecca Fiorentina, ein am offenen Feuer gegrilltes Lendenstück vom Jungrind.

„Sie wird seit dem vierzehnten Jahrhundert so zubereitet“, erklärte Gino. „Die Legende sagt, dass die Ratsherren die Bistecca im

Palazzo Vecchio zubereitet haben, wenn sie einen arbeitsreichen Tag hatten. So haben sie es sich erspart, zum Mittagessen nach Hause zu gehen."

„Das haben Sie erfunden."

„Nein. Ich behaupte nicht, dass es wahr ist, aber so geht die Legende."

„Und eine gute Legende kann ebenso mächtig sein wie die Wahrheit."

Gino nickte. „Mächtiger. Weil die Legende sagt, was die Leute glauben wollen."

Alex lachte. „So wie Ihr Bruder glauben will, dass ich eine Hexe bin."

„Wissen Sie, wie oft Sie das tun?", fragte Gino gequält.

„Was denn?"

„Das Gespräch auf Rinaldo zurückbringen. Sie sind überzeugt, dass ich seine Marionette bin, und ich habe das Gefühl, als würden Sie mich eigentlich überhaupt nicht sehen. Als würden Sie die ganze Zeit über an mir vorbei ihn anblicken."

„Tut mir leid", sagte Alex schnell. „Es ist nur … Vielleicht sollten Sie ihm die Schuld dafür geben. Ich bin sicher, dass er sich gern als jemand sieht, der die Fäden in der Hand hält. Und irgendwie akzeptiert man ihn so, wie er sich selbst einschätzt."

„Das stimmt", meinte Gino seufzend. „Lassen Sie uns Champagner trinken." Er wandte sich um und rief den Ober.

Gino hatte recht, und das erschütterte Alex. Tatsächlich schien Rinaldo wie ein unsichtbarer Geist ständig da zu sein, während sie mit Gino redete und flirtete.

Nachdem der Champagner gebracht worden war, kam Gino noch einmal auf seine Kindheit zurück. „Ich werde niemals den Tag vergessen, an dem mein Vater mit mir zum Straßenfest nach Florenz gefahren ist. Wir sind zusammen von einem Stand zum anderen gezogen. Mein Vater war genauso ein Kind wie ich. Zumindest hat meine Mutter das immer behauptet."

„Wie alt waren Sie, als sie starb?"

„Acht."

„Und Ihr Vater hat nie wieder geheiratet?"

„Nein, er hat gesagt, er würde es nicht tun, und ist bis zu seinem Tod dabei geblieben."

„Das hört sich an, als wäre er ein wundervoller Mensch gewesen."

„Er war es. Rinaldo war natürlich der Meinung, unser Vater sei zu frivol, weil er immer Witze gemacht hat, wenn er hätte ernst sein sollen. Er hat Rinaldo ständig aufgezogen und zu ihm gesagt: ‚Werde heiterer, die Welt ist besser, als du glaubst.'"

„Jetzt tun Sie es. Sie bringen das Gespräch auf Rinaldo zurück."

„Ich weiß. Es ist schwer, es nicht zu tun", räumte Gino ein.

„Wie hat Rinaldo reagiert, wenn Ihr Vater ihn geneckt hat?"

„Er hat immer nur finster dreingeblickt und behauptet, er müsse noch arbeiten. Für ihn ist außer Arbeit nichts von Bedeutung."

„Tja, irgendwie ist das wohl gut", sagte Alex. „Die Arbeit muss schließlich getan werden."

„Hey, ich leiste meinen Teil. Es ist nur so, dass ich wie mein Vater auch viel davon halte, Spaß zu haben."

„Ist Rinaldo schon immer so trübsinnig gewesen?"

„Ernst war er immer, aber wirklich mürrisch ist er erst seit dem Tod seiner Frau."

„Seiner Frau?", wiederholte Alex überrascht.

„Ja, sie hieß Maria und stammte aus Fiesole, einer kleinen Stadt hier in der Nähe. Es war eine Jugendliebe. Sie haben sich verlobt, als sie fünfzehn Jahre alt waren, und mit zwanzig haben sie geheiratet."

„Wie war sie?", fragte Alex neugierig. Sie fand es schwer, sich Rinaldo verliebt vorzustellen.

„Maria war hübsch, mollig und mütterlich. Sie würden sie wahrscheinlich altmodisch nennen, weil sie nichts anderes wollte, als sich um uns zu kümmern. Meine Mutter war tot, und es war wirklich nett, Maria zu haben."

„Hat Rinaldo sie deshalb geheiratet?“, fragte Alex empört. „Damit wieder eine Frau im Haus war?“

Gino lachte. „Nein, er war verrückt nach ihr, und sie schienen sehr glücklich zu sein. Er war damals ein anderer Mensch. Er hat viel gelacht.“

„Was ist passiert?“

„Sie erwarteten ein Baby. Maria war im siebten Monat, als es auf die Welt gekommen ist. Mutter und Kind sind gestorben.“

„Oh nein!“, flüsterte Alex entsetzt. „Wie lange ist das her?“

„Fünfzehn Jahre. Sie waren weniger als zwei Jahre verheiratet gewesen.“

„Wie schrecklich für ihn! So jung zu sein und seine Frau sterben zu sehen …“

„Es war noch schlimmer. Er war nicht da. Niemand hatte damit gerechnet, dass das Baby so früh kommen würde. Er war verreist, um Maschinen zu kaufen. Unser Vater hat ihn angerufen, und Rinaldo ist die ganze Nacht durchgefahren, aber als er im Krankenhaus eingetroffen ist, war es zu spät. Ich war da und werde seinen Anblick niemals vergessen. Er hat wie ein Wahnsinniger ausgesehen. Als ihm der Arzt eröffnet hat, Maria sei tot, wollte Rinaldo es nicht glauben. Er ist in ihr Zimmer gerannt und hat sie in die Arme genommen. Ich hatte ihn noch nie weinen sehen. Das Baby war zu dem Zeitpunkt noch am Leben. Rinaldo wollte seinen Sohn halten, aber er musste im Brutkasten bleiben. Genützt hat es nichts. Er ist eine halbe Stunde später gestorben. Rinaldo war wie in Trance. Er hat vor sich hingestarrt und nichts gesehen. So war er auch während der Beerdigung. Es war fast, als wüsste Rinaldo nicht, was vorging.

Er spricht niemals von den beiden. Wenn ich versuche, Maria und das Kind zu erwähnen, schneidet er mir das Wort ab. Ich weiß nicht, was er jetzt empfindet. Wahrscheinlich nichts.“

„Kann ein Mensch seine Gefühle so abtöten?“, fragte Alex.

„Rinaldo kann es. Er kann alles, was er sich vornimmt. Warum sollte er noch einmal solche Qualen durchmachen?“

„Aber so etwas würde doch nicht wieder passieren? Kein Mensch kann zweimal so ein Pech haben."

„Ich denke, er hat beschlossen, das Risiko nicht einzugehen. Seit Marias Tod ist das Gut sein ganzes Leben. Unser Vater hat die Leitung ihm überlassen."

„Was ist mit Ihnen?"

Gino zeigte sein anziehendes jungenhaftes Lächeln. „Theoretisch habe ich ebenso viel zu sagen wie mein Bruder, aber Rinaldo ist großartig darin, einem klarzumachen, wer der Boss ist. Dass er neun Jahre älter ist, erleichtert ihm natürlich die Sache."

Alex erwiderte Ginos Lächeln starr. Ihre Vorstellung von Rinaldo als herrischem Mann hatte sich verflüchtigt. Jetzt sah sie im Geiste einen jungen Mann vor sich, der wegen des Todes seiner Frau und seines Kindes unerträgliche Qualen ausgestanden hatte, dann zu schnell gealtert und in seiner Verzweiflung hart geworden war.

„Ist alles in Ordnung mit Ihnen?", fragte Gino, als sich Alex die Augen rieb.

„Ja, ich bin nur ein bisschen müde. So große Hitze bin ich nicht gewohnt."

„Ich bringe Sie zurück zum Hotel."

Die Abendluft war glücklicherweise kühl, als Alex und Gino langsam zurückgingen. Zu ihrer Erleichterung war er ebenso schweigsam wie sie.

Vor dem Hoteleingang nahm er ihre Hand. „Ich würde dich ja gern um ein Wiedersehen bitten, aber du würdest nur denken, Rinaldo hätte mich dazu gebracht. Deshalb werde ich es nicht tun."

Alex lächelte. „Das ist sehr klug."

„Anrufen darf ich dich doch, oder?"

„Ja, aber nicht morgen."

Gino nickte. Er küsste sie auf die Wange und ging davon.

Gino schlüpfte leise ins Haus. Wie er befürchtet hatte, war seine Vorsicht jedoch überflüssig.

„Guten Abend“, begrüßte Rinaldo ihn, der gerade die Buchhaltung machte.

„Schläfst du niemals?“, fragte Gino.

Rinaldo antwortete nicht. Er wandte den Blick vom Computerbildschirm ab, lehnte sich zurück und streckte sich. „Du siehst aus wie der Kater, der sich die Sahne einverleibt hat. Ich hoffe, die Sahne war gut.“

„Sei nicht so derb.“

„Ich hoffe auch, du hast nicht vergessen, dass du dich nicht nur amüsieren, sondern eine Gefahr neutralisieren solltest.“

„Alex ist keine Gefahr. Sie bemüht sich, uns behilflich zu sein.“

Rinaldo stöhnte. „Sie ist dir wirklich unter die Haut gegangen, stimmt’s? Bevor du zu weltfremd wirst, denk lieber daran, dass die Frau auf der Beerdigung unseres Vaters mit Montelli verhandelt hat.“

„Sie hat nicht verhandelt. Er ist einfach an sie herangetreten. Tatsächlich hat er es heute wieder getan, und sie hat ihn unter Gewaltandrohung verjagt. Ich habe es gehört.“

„Er war wieder dort?“

„Sie waren im Café, als ich angekommen bin, und sie hat ihn weggeschickt.“

„Natürlich – weil sie dich gesehen hat.“

„Du bist ein zynischer Mistkerl.“

„Ich weiß mehr über Frauen als du, und viel mehr über Geld. Und einer von uns beiden muss zynisch sein, was diese Frau betrifft. Du bist offensichtlich ein hoffnungsloser Fall. Was hat sie getan? Mit den Wimpern geklimpert und dich tief in ihre blauen Augen blicken lassen?“

„Sie sind nicht direkt blau“, erwiderte Gino. „Eher veilchenblau.“

„Mir schien es ein gewöhnliches Blau zu sein.“

„Vielleicht hast du dir ihre Augen nicht richtig angesehen.“

„Ich habe sie mir mit Argwohn angesehen, und das ist richtig“, stieß Rinaldo gereizt hervor.

„Na gut, vielleicht lag es an dem Kleid“, räumte Gino ein. „Das war dunkelblau, elegant und sehr eng …“

Rinaldo stand auf. „Ich will nichts mehr hören. Du hast dich offensichtlich lächerlich gemacht.“

„Wenn du meinst, dass ich bezaubert bin, bekenne ich mich schuldig.“

„Bezaubert! Du hattest einen Auftrag und redest bei deiner Rückkehr viel sentimentales Zeug. Wahrscheinlich lacht sie in diesem Moment über dich. Tatsächlich würde es mich nicht wundern, wenn sie sofort Montelli angerufen hat, sobald du weg warst.“

„Du willst unbedingt das Schlechteste von ihr denken.“

„Mit Recht.“

„Du weißt nichts von ihr“, erwiderte Gino wütend. „Du bist seit dem ersten Moment voreingenommen.“

„Verübelst du mir das?“

„Ich verüble dir, dass du ihr keine Chance gibst.“

Rinaldo seufzte. „Aber es hängt nicht von mir ab. Jetzt liegt es in ihrer Hand, und das ist so verdammt …“

„Keine Sorge“, sagte Gino. „Sie ist so verrückt nach mir wie ich nach ihr. Alles wird gut werden.“

4. KAPITEL

Alex hatte oft vom Zauber Italiens gehört, da sie ein sachlicher Mensch war, hatte sie ihn jedoch als romantische Schwärmerei abgetan. Jetzt stellte sie fest, dass er real war. Vielleicht lag es am Licht, das jede Farbe verstärkte. Oder vielleicht war es Florenz, voller mittelalterlicher Bauwerke und mit ebenso viel Kopfsteinpflaster wie modernen Straßen. Alex versuchte sich nicht von der Schönheit verführen zu lassen. Sie war nur hier, um Geld zu beschaffen. Dann würde sie nach London zurückkehren, zu David, zu ihrer Heirat, zur Teilhaberschaft. Mit anderen Worten: in ihr „richtiges" Leben.

Es war nur, dass es ihr plötzlich weniger richtig vorkam, und sie hatte keine Eile, die Sache voranzutreiben. David hatte gesagt, sie solle sich so viel Zeit nehmen, wie sie benötige, und vielleicht war es tatsächlich besser, eine Weile hierzubleiben und ihren Horizont zu erweitern.

Also tat Alex am Tag nach ihrem Treffen mit Gino etwas, was sie seit Jahren nicht getan hatte. Sie machte blau. Sie schaltete ihr Handy aus, mietete ein Auto und fuhr nach Fiesole. Nachdem sie dort eine Stunde lang durch die Straßen gelaufen war, fand sie ein Restaurant mit Tischen auf einem Balkon. Sie trank einen Kaffee und blickte hinunter auf Zypressenreihen und elegante Villen.

„Sie befinden sich in guter Gesellschaft", sagte plötzlich jemand leise neben ihr.

Rinaldo war anscheinend wie aus dem Nichts aufgetaucht. Alex fragte sich, wie lange er schon dort gestanden und sie beobachtet hatte. „In guter Gesellschaft?"

„Ihre englischen Schriftsteller, Shelley und Dickens, haben dieses Tal bewundert." Rinaldo setzte sich zu Alex an den Tisch. „Da unten ist die Villa, in der Lorenzo de Medici seine Schriftstellerfreunde bewirtet hat. Diese kleine Stadt ist als Mutter von Florenz bekannt. Blicken Sie sich um, und Sie werden erkennen, warum."

Alex sah es sofort. Ganz Florenz schien vor ihnen zu liegen. Die Stadt leuchtete in der Mittagssonne, der große Dom erhob sich aus einem Meer von Dächern und ließ alles andere klein erscheinen.

„Was machen Sie hier?“, fragte Rinaldo.

„Brauche ich Ihre Erlaubnis?“

„Keineswegs, aber wäre es nicht besser, wenn Sie sich mit Verhandlungen befassen würden? Sie sind Geschäftsfrau. Und anstatt zu arbeiten, verschwenden Sie hier Ihre Zeit.“

„Vielleicht müssen Sie Ihre Meinung über mich ändern. Sie haben sich vorgestellt, dass ich Hof halte, einen Übernahmeinteressenten nach dem anderen empfange und an den Meistbietenden verkaufe. Und, machen wir uns nichts vor, Sie ziehen es vor, mich so zu sehen.“

Rinaldo winkte einen Ober herbei und bestellte zwei Kaffee.

Sie hatte das Gefühl, dass er sich eine Atempause verschaffte, um ihre Attacke zu bewältigen. „Wahrscheinlich sind Sie mir hierher gefolgt, weil Sie überprüfen wollten, ob ich mich hinter Ihrem Rücken mit einem potenziellen Käufer treffe“, sprach sie weiter.

„Nein, ich habe Freunde besucht. Dieses Zusammentreffen ist reiner Zufall.“

Plötzlich fiel Alex ein, dass Gino ihr erzählt hatte, Rinaldos Ehefrau stamme aus Fiesole. Hatte er Marias Familie besucht? „Wie dem auch sei, Sie irren sich“, fuhr Alex freundlicher fort. „Ich werde weder mit Montelli noch irgendeinem anderen von seinem Schlag verhandeln, bis ich ernsthaft mit Ihnen geredet habe. Ich kann Montelli sowieso nicht leiden.“

Rinaldo lächelte spöttisch. „Die Frage ist, ob Sie mich noch weniger leiden können.“

„Bisher habe ich mich nicht entschieden, aber es macht keinen Unterschied. Ich lasse mich bei Geschäften niemals von Persönlichem beeinflussen.“

„Wie eine gute Wirtschaftsprüferin?“, spottete er.

„Nein, wie ein zivilisierter Mensch“, erwiderte Alex scharf.

Rinaldo nickte. Den Treffer für sie erkannte er an.

Der Kaffee wurde gebracht, was ihnen beiden eine kurze Atempause verschaffte.

„Ich würde gern wissen, was Ihr Begriff von ‚zivilisiert' umfasst", begann Rinaldo, als sie wieder allein waren. „Meinen Bruder?"

„Ihr Bruder ist ein netter Mann, aber behandeln Sie mich nicht wie ein dummes Ding."

„Wie meinen Sie das?"

„Sie sollten sich schämen, so durchschaubar zu sein. Sie haben Ihren Bruder losgeschickt, weil Sie dachten, die dusselige Engländerin würde in Ohnmacht fallen, sobald ihr ein Italiener einen einladenden Blick zuwirft und Süßholz raspelt. Tja, Ihr Bruder ist wirklich hinreißend, und er hat mir den Kopf verdreht – nicht so sehr, wie Sie es geplant hatten, aber für einen netten Tag hat es gereicht. Lassen Sie mich jedoch eins klarstellen, Signor Farnese, ich treffe keine wichtigen Entscheidungen, wenn ich nicht hoch konzentriert bin."

Er lachte. „Gino hat sich etwas vorgemacht. Das ist nicht der Eindruck, den er erweckt hat."

Ein Schweigen folgte.

„Signor Farnese, wenn Sie darauf warten, dass ich frage, was Ihr Bruder über mich gesagt hat, werden Sie ewig warten."

Er zog die Augenbrauen hoch. „Es interessiert Sie nicht?"

„Ich habe eine außergewöhnliche Selbstbeherrschung."

„Mein Kompliment, Signorina. Sie kämpfen mit Mut und Geschicklichkeit. Armer Gino. Ich fürchte, Sie werden ihm das Herz brechen."

„Das glaube ich nicht! Er weiß, was für ein Duell wir austragen. Sein Herz ist ebenso wenig beteiligt wie meins."

„Seien Sie dessen nicht zu sicher. Gino ist ein Mensch, der schnell seine Zuneigung gewährt. Er ist nicht wie Sie oder ich."

„Sie wissen nichts von mir."

„Nur das, was Sie mir gerade verraten haben: dass Sie gern die Kontrolle haben."

„Genau wie Sie."

„Genau wie ich. Und wie bei mir herrscht Ihr Verstand über Ihr Herz. Ich respektiere das, aber es bringt mich dazu, mich vor Ihnen in Acht zu nehmen.“

„Sie meinen, dass ich nicht die einfältige, leicht zu besiegende Gegnerin bin, mit der Sie gerechnet haben.“

„Ich würde Sie niemals einfältig nennen“, erwiderte Rinaldo ernst. „Darf ich Sie zum Mittagessen einladen?“

„Nein danke. Es wird Zeit, dass ich zurückfahre.“

„Ich begleite Sie zu Ihrem Auto.“

Als sie zum Parkplatz kamen und Rinaldo ihren Leihwagen sah, verzog er das Gesicht.

„Was haben Sie?“, fragte Alex.

„Ich kenne dieses Auto und die Mietwagenfirma. Beide sind nicht zuverlässig.“

Wie zum Beweis sprang der Motor nicht an. „Oh, großartig!“, schimpfte Alex. „Was mache ich denn jetzt?“

„Sie müssen es stehen lassen und den Leuten Bescheid sagen, dass sie das Auto abholen sollen.“

Murrend stieg Alex aus und rief an. Der Angestellte lehnte die Verantwortung ab und behauptete, das Auto sei in einwandfreiem Zustand gewesen, als es ihr übergeben worden war. Sie müsse es selbst zurückbringen. Der Streit wurde hitziger. Mit der Miene eines Mannes, der es nicht länger ertragen konnte, nahm Rinaldo ihr schließlich das Handy aus der Hand und sprach mit dem Mann.

Als Alex das Telefon zurückbekam, plapperte der Angestellte vor Beflissenheit. Alex konnte sich nicht entscheiden, ob sie eher erleichtert oder wütend war. Das Problem war gelöst, aber jetzt war sie Rinaldo zu Dank verpflichtet. Sein spöttisches Lächeln verriet, dass er ihr Dilemma durchschaut hatte.

„Ich bin Ihnen dankbar für Ihre Hilfe“, sagte sie kühl.

„Nein, sind Sie nicht“, erwiderte er vergnügt. „Sie würden mich am liebsten umbringen.“

Alex’ Handy klingelte, bevor sie es wieder ausschalten konnte.

Sie wandte sich ab und nahm den Anruf entgegen.

„Alex?“ Es war David.

„Hallo, Liebling.“

„Ich habe deine Nachricht erhalten. Entschuldige, dass ich nicht früher zurückgerufen habe. Wie kommst du zurecht?“

„Die Sache hat Höhen und Tiefen.“

„Ich vermute, die Abwicklung ist problematisch?“

„Sehr. Aber ich werde es schaffen.“

„Machen die Brüder Farnese Schwierigkeiten?“

„Nichts, womit ich nicht fertig werden kann“, erwiderte Alex so laut, dass Rinaldo es hören konnte.

„Lass dir nichts gefallen“, riet David. „Du hast alle Trümpfe in der Hand.“

„Das weiß ich. Nur ist alles nicht so einfach, wie es bei unserem Gespräch vor meiner Abreise zu sein schien.“

„Wenn sie unangenehm werden, hetz einfach die Anwälte auf sie.“

„Es ist süß von dir, dass du dir Sorgen um mich machst“, flüsterte Alex zärtlich, „aber ehrlich, Liebling, ich komme gut damit zurecht.“

„Hm! Tja, das stimmt wohl. Du bist ja immer so tüchtig.“

Alex verzog das Gesicht. Dem Kompliment fehlte irgendetwas. David war jedoch niemals ein Mann gewesen, der Liebeserklärungen machte. Früher hatte ihr das an ihm gefallen. Jetzt hatte es einen Misston. „Überlass einfach alles mir.“

Er lachte plötzlich. „Ich fange an, die Brüder Farnese zu bedauern. Sie wissen ja nicht, mit wem sie es zu tun bekommen.“

Sie lachte mit, aber es anders ausgedrückt zu hören wäre ihr lieber gewesen.

„Nimm dir so viel Zeit, wie du brauchst“, meinte David. „Ich erledige deine Arbeit mit, also mach dir darüber keine Gedanken.“

„Danke. Natürlich denke ich trotzdem ständig daran. Und an dich. Es wird wundervoll sein, zu dir zurückzukehren.“

„Und dann haben wir viel zu besprechen.“

Rinaldo hörte Alex’ Lachen, und es entmutigte ihn. Was er von dem Gespräch aufgeschnappt hatte, alarmierte ihn. Dieser Mann war ihr Liebhaber, an den sie ständig dachte. Sie nannte ihn „Liebling" und sehnte sich danach, wieder bei ihm zu sein. Jetzt begann Rinaldo, das Ausmaß der Bedrohung richtig einzuschätzen, und er schimpfte sich einen Dummkopf, weil er die Gefahr unterschätzt hatte. Er kniff nachdenklich die Augen zusammen und kam zu einem Entschluss.

Als Alex das Gespräch beendete hatte und sich wieder zu ihm umwandte, lächelte Rinaldo sie an. „Kommen Sie", sagte er und nahm ihre Hand. „Mein Auto steht dort drüben."

„Ich muss auf den Abschleppwagen warten."

„Unsinn. Lassen Sie einfach die Schlüssel stecken. Da das Auto nicht mehr fährt, kann es auch niemand stehlen. Jetzt kommen Sie schon mit." Rinaldo zog sie zu einem Geländewagen auf der anderen Seite des Parkplatzes.

„Wohin?", fragte Alex und versuchte ohne Erfolg, sich loszureißen.

„Sie müssen einige Dinge sehen."

„Würden Sie mich bitte loslassen?"

„Nein."

„Das ist Kidnapping!", brauste sie auf.

„Nennen Sie es, wie Sie wollen."

Um Hilfe zu rufen und einen Passanten aufzufordern, ihr beizustehen, wäre einfach gewesen. Alex verstand nicht so recht, warum sie es nicht tat. Und sie dachte noch immer darüber nach, als Rinaldo die Beifahrertür öffnete.

Alex stieg ein, und bald waren sie aus Fiesole heraus am Fuß des Tals und fuhren auf die Hügelketten zu, die schemenhaft vor ihnen lagen. „Wollen Sie mir Belluna zeigen?"

„Einen Teil davon. Es wird Zeit, dass Sie wissen, worüber Sie verhandeln."

Die Straße begann wieder anzusteigen. Florenz geriet außer Sicht. Die Landschaft wurde wildromantisch, irgendwie düsterer, und dennoch hatte Alex noch nie so intensive Farben gesehen. „Halten Sie an", forderte sie Rinaldo auf. Sobald er stoppte, öffnete sie die Tür und sprang hinaus.

„Vorsicht!", rief er. „Es ist steil hier. Aber Sie haben sich eine schöne Stelle ausgesucht."

Sie waren hoch oben und blickten weit über das Tal. Die Sonne schien auf Felder mit gelbem Getreide. In der Ferne war ein Dorf, dessen rote Dächer und funkelnde Fenster in warmes Licht getaucht waren.

Alex atmete tief die reine, frische Luft ein. Sie war in der Großstadt geboren und aufgewachsen und hatte London immer als ihre Heimat angesehen. Aber hier draußen hatte sie plötzlich das Gefühl, zum ersten Mal frei atmen zu können.

„Dort drüben sind die Weinberge", sagte Rinaldo, der ihr gefolgt war. „Sehen Sie, an dem steilen Hang sind die Weinstöcke so angeordnet, dass sie alle möglichst viel Sonne einfangen. Wir bauen auch Weizen und Oliven an. Vermutlich haben die Anwälte Ihnen das schon erzählt."

„Ich habe ihre Schriftsätze gelesen", gab Alex zu. „Aber dies ... ist anders."

„Für Sie ist es nur Geld, für uns ist das Land ein lebendiges Wesen, das mit uns zusammenarbeitet, um neues Leben zu erzeugen. Manchmal arbeitet es auch gegen uns und versucht sogar, uns zu töten. Dennoch gehört es zu uns, und wir gehören zu ihm."

Alex fuhr sich über die Stirn. Es war die heißeste Zeit des Tages.

„Kommen Sie hier herüber." Rinaldo umfasste ihren Arm und führte Alex zu einem Bach, an dem einige Bäume Schatten spendeten. „Vielleicht hätte ich nicht gerade jetzt mit Ihnen hierherfahren sollen. Sie sind an so eine Hitze nicht gewöhnt."

„Ich bin sehr robust."

„Sie sehen aber aus, als könnte ein leichter Wind Sie einfach wegpusten."

Alex lachte. „Welcher Wind?"

„Setzen Sie sich." Rinaldo drängte sie zum Ufer des Bachs. Er selbst schwitzte auch. Er zog ein sauberes Taschentuch heraus, machte es nass und drückte es über seinem Gesicht aus.

Alex versuchte dasselbe zu tun, doch ihr Taschentuch war zu klein, um damit irgendeine Wirkung zu erzielen. Rinaldo tränkte seins wieder im Bach und gab es ihr. Sie legte es sich dankbar aufs Gesicht. Als sie es abnahm, bemerkte sie, dass Rinaldo sie forschend ansah. Vermutlich wartete er auf ein Zeichen der Schwäche. Wenn ja, würde er enttäuscht werden. Sie hatte jetzt neue Energie und wusste, dass sie mit dieser Situation fertig werden konnte. Die Wildheit der Elemente in diesem Land hatte sie sogar in Begeisterung versetzt. Geh jetzt, bevor sie noch größer wird und dich zu beherrschen beginnt, warnte eine innere Stimme.

Stattdessen legte Alex die Hand auf den Boden und ließ die Finger über die Erde gleiten.

„Nicht so", sagte Rinaldo leise. „Grab die Hand tief ein. Spür die Erde richtig. Lass sie zu dir sprechen."

Alex versuchte es und wusste sofort, was er meinte. Die Erde war weich und feucht und strömte einen starken Geruch aus, der nicht unangenehm war. „Hier könnte man alles anbauen", flüsterte sie fast benommen.

Rinaldo hob mit der rechten Hand einen Klumpen Erde hoch, packte mit der linken Alex' Hand und drückte sie in die fruchtbare Erde, die er hielt. „Verstehst du?", fragte er eindringlich. „Verstehst du?"

„Ja", flüsterte Alex. Irgendetwas schien von ihr Besitz ergriffen zu haben. Sie wollte die Faust nicht öffnen. Die Erde fühlte sich gut an, und die Kraft in Rinaldos Händen machte sie seltsam schwindlig.

Dann öffnete er ihre Finger und tauchte ihre Hand ins Wasser. „Es ist Zeit, dass wir gehen", meinte er leise.

Alex nickte, unfähig zu sprechen.

Wenig später wendete er den Wagen und fuhr dorthin zurück, wo sich die Straße gabelte. Ein Wegweiser zeigte die Richtung nach

Florenz an, aber Rinaldo bog in die andere ab.

„Wohin fahren wir?", fragte Alex.

„Zu mir nach Hause."

Sie ließ sich nicht anmerken, wie sehr sie sich freute. Ihre Neugier auf sein Zuhause war größer, als sie zugeben wollte. Sie hatte sich ein verwittertes Bauernhaus vorgestellt, aber das Gebäude, das schließlich in Sicht kam, hatte etwas Herrschaftliches. Es hatte drei Stockwerke, und eine geschwungene Doppeltreppe führte zum Eingang. Am meisten erstaunte Alex jedoch, dass es aus einem Stein gebaut war, der in der untergehenden Sonne rosafarben aussah.

„Wie schön!", flüsterte sie.

„Ja", stimmte Rinaldo ihr zu. „Der Mann, dem es vor zweihundert Jahren gehört hat, ist in finanzielle Schwierigkeiten geraten. Er musste einen Teil seiner Ländereien verkaufen und anfangen, den Rest zu bewirtschaften. Das Landgut hat mehrmals den Besitzer gewechselt. Mein Großvater hat es gekauft und sich zu Tode gearbeitet, damit es ein Erfolg wurde. Mein Vater hat auch sein ganzes Leben Belluna gewidmet."

„Und du wohnst in dem schönen Haus?"

„In einem Teil davon. Der Rest ist fest verschlossen. Unsere Haushälterin Teresa beklagt sich darüber, wie schwer es ist, allein die bewohnten Zimmer sauber zu halten."

Eine ebenerdige Tür ging in diesem Moment auf, und ein großer Mischlingshund trottete aus dem Haus.

Dann trabte er plötzlich auf den Wagen zu und kam ihm gefährlich nahe, sodass Rinaldo scharf bremsen musste. Sein Schimpfen machte dem Hund anscheinend nichts aus. Er sprang an der Fahrertür hoch, steckte den Kopf zum Fenster herein und leckte Rinaldo eifrig ab.

„Jetzt reicht es aber", stieß dieser grimmig hervor, schob das Tier jedoch nicht weg. „Das ist Brutus", sagte er zu Alex. „Der alberne Kerl glaubt, er gehört mir. Oder ich ihm. Eins von beidem." Rinaldo zog den Hund an den Ohren. „Vai via!"

Brutus ging widerwillig zurück. Sobald sie ausstiegen, kam er jedoch wieder, und diesmal lief er auf Alex zu, die erschrocken aufschrie und im nächsten Moment an sich hinunterblickte. Auf ihrer eleganten Hose war jetzt ein großer, schmutziger Pfotenabdruck. Alex wollte Pfui! rufen, unterließ es aber beim Anblick des freudig erregten Hundes. Er war offensichtlich überzeugt, dass er eine brillante Tat vollbracht hatte. „Es wäre wohl Zeitverschwendung, dir zu sagen, was ich davon halte, stimmt's?", fragte sie ihn und zeigte auf den Schmutzfleck.

Brutus bellte zustimmend.

Unwillkürlich lächelte Alex. „Dann gebe ich mich nicht damit ab. Aber wenn du das noch einmal machst ..."

Der Hund wartete, und es sah aus, als würde er grinsen.

Sie gab sich geschlagen. „Wenn du es noch einmal machst, muss ich dir wohl einfach wieder verzeihen."

Begeistert von diesem Verständnis für sein Verhalten platzierte Brutus einen weiteren Pfotenabdruck neben dem ersten.

„Ich bitte um Entschuldigung", sagte Rinaldo angespannt. „Brutus!"

„Ach, sei nicht böse auf ihn", erwiderte Alex. „Er wollte nur freundlich sein. Ich nehme an, so ist er einfach."

„Nein, normalerweise mag er keine Fremden. Er hat das noch nie getan. Selbstverständlich zahle ich die Reinigungskosten."

Alex schüttelte den Kopf. Dass Rinaldo ihr gegenüber im Nachteil war, besserte ihre Laune. „Die Flecken werden nicht rausgehen."

„Dann ersetze ich den Schaden."

Alex lachte. „Frag lieber nicht, was die Hose gekostet hat. Ich möchte dir nicht das Abendessen verderben."

Er sah sie seltsam an. „Du reagierst sehr nett auf den Vorfall."

„Und das gibt dir zu denken, richtig? Wenn ich nett bin, dann muss es mit böser Absicht sein. Um Himmels willen, vergiss es! Hunde machen nun einmal Schmutz." Jetzt hatte sie ihn wirklich auf dem falschen Fuß erwischt, wie Alex erfreut sah. Er war sich nicht mehr ganz sicher, was er von ihr halten sollte, und das verwirrte ihn. Gut! Je länger er verwirrt blieb, desto besser.

Die Haushälterin erschien. Sie war alt und hatte schlohweißes Haar.

„Teresa, das ist Signorina Dacre aus England. Enrico Mori war ihr Großonkel."

„Buon giorno, Signorina." Die alte Frau ließ schnell den Blick über Alex gleiten.

„Buon giorno, Teresa." Alex fragte sich, wie unverblümt die Brüder über sie gesprochen hatten und wie viel die Haushälterin mitbekommen hatte.

„Gehen wir hinein", sagte Rinaldo. „Die Signorina ist zu lange in der Sonne gewesen. Führ sie ins Gästezimmer, Teresa."

Die Mauern des Hauses waren dick genug, um die Hitze abzuhalten. In dem altmodischen Zimmer war es herrlich kühl, und nach einer halben Stunde war Alex wieder hergestellt. Sie ging zurück nach unten und wurde in einen Raum an der Rückseite des Hauses gebracht. Hohe Glastüren führten auf eine Veranda, wo Rinaldo an einem Tisch saß.

„Fühlst du dich besser?", fragte er freundlich.

„Ja, danke. Wohlgemerkt, ich habe mich niemals wirklich schlecht gefühlt. Ich war nur ... ein bisschen überwältigt. Es war plötzlich so ..." Alex fand keine angemessenen Worte dafür.

Rinaldo nickte, und ihr war klar, dass er wusste, was sie sagen wollte.

Er schenkte ihr ein Glas Wein ein, und sie stellte dankbar fest, dass dieser eiskalt war. Jetzt wurde es draußen kühler, und sie konnten auf der Veranda essen. Teresa servierte ihnen eine Pastete mit Makkaroni und Fleischsoße, die Pasticcio alla fiorentina hieß, wie Rinaldo ihr erklärte.

„Ist es klug von dir, mich so zu bewirten?", neckte Alex ihn. „Du könntest mich dazu bringen, bleiben zu wollen."

„Was ist mit dem Mann, der dich angerufen hat? Wartet er nicht sehnsüchtig auf deine Rückkehr?"

Alex stellte sich David sehnsüchtig vor und musste lachen.

„Was hast du?“, fragte Rinaldo.

„David ist nicht so. Sehnsucht zu haben passt nicht zu ihm.“

„Und wie ist er?“

„Hm … ich weiß nicht …“

„Aber du liebst ihn?“

„Ja … nein … das geht dich nichts an.“

„Solange ich in deiner Gewalt bin, geht mich alles an dir etwas an.“

„Ich sehe keinen Grund, über David zu sprechen.“

„Ist das ein schmerzliches Thema?“

„Nein. Es ist nur, dass unsere Beziehung … schwer zu beschreiben ist.“

„Du meinst, sie ist nicht leidenschaftlich“, stellte Rinaldo gelassen fest.

„Ich meine nichts dergleichen.“

„Dann ist sie leidenschaftlich? Seine Küsse erregen dich, dein Körper sehnt sich nach ihm, wenn ihr getrennt seid?“

Um Alex' Mund zuckte es. Ihr Sinn für Humor kam ihr zu Hilfe. „Du vergisst, dass ich eine kaltblütige Nordeuropäerin bin. Wir sind nicht leidenschaftlich. Es ist schlecht fürs Geschäft.“

Rinaldos Augen funkelten. „So eine Bemerkung ist reine Provokation.“

„Fass es auf, wie du willst. Ich werde David heiraten, und ich lehne es ab, noch weiter über unsere Beziehung zu sprechen.“

Ein langes Schweigen folgte.

Alex wusste, dass sie Rinaldo mit der Ankündigung ihrer Hochzeit den Fehdehandschuh hingeworfen hatte. Sie warnte ihn damit, dass sie ihre eigene Tagesordnung hatte.

„Teresa kommt mit dem nächsten Gang“, erklärte Rinaldo schließlich. „Ich hoffe, du bist hungrig.“

5. KAPITEL

Teresa servierte mit Marsalawein und Wacholderbeeren gekochtes Rebhuhn, das einfach köstlich schmeckte. Alex sagte sich, dass weitere Auseinandersetzungen warten konnten. Die Sonne färbte sich dunkelrot, bevor sie unterging, und die wenigen Wolken sahen aus, als würden sie von hinten rot angestrahlt.

Brutus setzte sich zwischen Rinaldo und Alex und bettelte. Zu ihrer Überraschung zeigte Rinaldo keine Verärgerung, sondern fütterte den alten Hund geduldig. „Lass dich nicht von ihm belästigen", riet er jedoch Alex.

„Ich habe aber nichts dagegen", erwiderte Alex und streichelte das Tier. „Er ist schön."

„Er ist ein Hund", bemerkte Rinaldo kurz angebunden. Er ging hinein und rief Brutus, der ihm fügsam folgte.

Alex wunderte sich über Rinaldos plötzlichen Stimmungswechsel. Es war, als hätte sie ihn beleidigt, indem sie seinen Hund gestreichelt hatte.

Kurz darauf kehrte Rinaldo zurück und hatte die Sache anscheinend vergessen. „Es ist gut, dass wir die Gelegenheit haben, uns zu unterhalten. Jetzt verstehe ich deine Lage besser. Du willst also diesen David heiraten, und deshalb brauchst du Geld."

„Nein, ich brauche es, um Teilhaberin in der Firma zu werden, in der ich arbeite. David ist der Seniorpartner. Es ist eine der Topfirmen in London, deshalb ist ein solcher Einstieg teuer." Alex wartete darauf, dass Rinaldo eine spitze Bemerkung machte, doch er nickte nur.

„Wie gut hast du Enrico gekannt?", fragte er.

„Nicht gut, aber er hatte meine Mutter sehr gern, und sie hat oft von ihm gesprochen. Und von Italien. Sie hat mir viel über die Toskana erzählt und mir sogar Italienisch beigebracht."

Rinaldo runzelte die Stirn, als versuchte er, sich an etwas zu erinnern. „Wie hieß deine Mutter?“

„Berta.“

„War sie eine kleine, zierliche Rothaarige?“

„Ja. Hast du sie gekannt?“

„Ich habe sie vor Jahren einmal getroffen. Enrico hat sie zu einer Feier mitgebracht. Ich war damals ungefähr sieben Jahre alt, und sie war erwachsen, aber sehr lustig. Ich hatte ein Würfelspiel, das ich mit allen spielen wollte, und alle waren schon völlig genervt. Sie hat mit mir gespielt. Sie war unverschämt gut und hat mich haushoch geschlagen. Einige Monate später ist sie nach England gegangen, und ich habe sie nie wieder gesehen. Du bist also Bertas Tochter.“

„Aber das musst du doch gewusst haben.“

„Ich nehme an, es ist mir nicht eingefallen, weil ich zu wütend war, um klar zu denken.“

„Bin ich jetzt keine so große Feindin mehr?“

Rinaldo überlegte. „Kannst du gut würfeln?“

Sie lachten beide.

„Erzähl mir mehr von ihr“, forderte er Alex auf.

„Meine Mutter hatte ein sehr hitziges Temperament und war sehr dramatisch. Wir haben uns nicht verstanden, aber wir haben uns geliebt. Ich glaube, jetzt fange ich an, sie besser zu verstehen.“

„Schon? Du bist erst wenige Tage hier.“

„Es hat nichts mit meinem Verstand zu tun. Ich atme es mit der Luft ein. Wie kann irgendjemand in diesem Land kühl und gelassen sein?“

Rinaldo nickte. „Man kann es nicht. Und wir sind es nicht.“

„Es muss doch wohl auch einige gemäßigte und vernünftige Italiener geben?“, neckte Alex ihn.

Er lächelte. „In entlegenen Gegenden verstecken sich möglicherweise ein oder zwei.“

„Wahrscheinlich ist es ihnen peinlich, sich zu zeigen.“

„Zweifellos. In Italien regiert die Leidenschaft und nicht die Vernunft. Mäßigung hätte nicht die großartigen Bauwerke und Gemälde hervorgebracht, die du in Florenz gesehen hast. Sie sind aus Leidenschaft entstanden, und alles andere Lohnenswerte – gutes Essen, Wein, Schönheit – findet man nicht, wenn man am Schreibtisch sitzt."

„Du meinst mich. Aber hat Ordnung nicht auch eine gewisse Schönheit?" Alex erwartete, dass Rinaldo ihren Einwand mit einer Handbewegung wegwischen würde, doch zu ihrer Überraschung nickte er.

„Ja. Aber nicht, wenn es das Einzige in deinem Leben ist."

Alex hätte sich gegen diese Verleumdung verteidigt, wenn sie sich nicht plötzlich im Geiste an ihrem Schreibtisch gesehen hätte, am Computer, von einem Meeting zum anderen hetzend, in einem klimatisierten grauen Gebäude, aus dem frische Luft und alles Natürliche ausgesperrt waren. Sie dachte an die starren Termine mit David. Alles war Bestandteil ihres Lebensplans. Ordnung. Aber Schönheit?

Die letzten rötlich goldenen Strahlen der Sonne fielen auf Alex und Rinaldo. Alex spürte ihre Wärme und empfand Zufriedenheit. Vielleicht wäre es klüger, sich gegen das Gefühl zu wehren, überlegte sie schläfrig. Fürs Erste brachte sie jedoch nicht die Willenskraft auf, das zu tun.

In der Ferne bewegte sich etwas. Einen Moment später konnte Alex erkennen, dass es Ginos Auto war. Als er nah am Haus war, winkte er, bevor er zur Seite fuhr und verschwand. Alex mochte ihn gern, sie wünschte jedoch, er wäre noch ein bisschen länger weggeblieben. Gerade jetzt würde er die märchenhafte Atmosphäre stören.

Wie seltsam, dass ausgerechnet Rinaldo hier mit ihr saß und ein Teil des Zaubers war. Der Mann, der ihr bisher nur seine harte, gefährliche Seite gezeigt hatte, war mit einem Mal entspannt und freundlich.

Alex war erleichtert, als Gino nicht sofort zu ihnen kam. Teresa brachte Obst in Sirup und schwarzen, süßen Kaffee. „Das ist Schönheit", gab Alex zu.

„Ich werde es an Teresa weitergeben. Sie wird es zu schätzen wissen."

„Ich sage es ihr selbst, bevor ich gehe."

„Das ist eine gute Idee", erwiderte Rinaldo nach kurzem Zögern.

„Ich muss bald los. Ich will früh ins Bett, damit ich für Enricos Beerdigung morgen gerüstet bin. Seine Verwandten machen eine große Feier daraus."

„Bist du keine Verwandte?"

„Doch, ja. Du weißt, welche ich meine. Die Leute, die hier leben und ihn gut kannten. Und für sie gehöre ich nicht zur Familie. Sie sind ebenso wütend auf mich wie du."

„Ich bin nicht wütend auf dich, wie ich heute hoffentlich klargemacht habe. Belluna hat von dem Geld stark profitiert, das mein Vater geliehen hat, und du hast ein Recht darauf, dass es an dich zurückgezahlt wird."

Alex rümpfte die Nase. „Ich mag nicht von ‚Rechten' sprechen", erwiderte sie und wunderte sich über sich selbst. In der Welt, die sie hinter sich gelassen hatte, der Welt der Schreibtische und Ordnung, war alles nach Rechten organisiert. Man hatte ein Recht auf dies, man hatte kein Recht auf das. So wusste man immer, wo man in der Welt stand.

Hier, wo sich eine rotgoldene Flut über das Land ausbreitete, schienen Rechte unwichtig zu sein.

„Vermutlich wird es genauso ablaufen wie auf der Beerdigung deines Vaters", sagte Alex. „Die Aasgeier werden sich mir von allen Seiten nähern."

„Ich denke, ich habe eine Möglichkeit, das zu verhindern", erwiderte Rinaldo.

Bevor sie fragen konnte, was er meinte, tauchte Gino auf. Er begrüßte sie begeistert und küsste sie auf die Wange.

„Ich freue mich so", meinte er. „Als Rinaldo es mir gesagt hat, konnte ich es zuerst nicht glauben."

„Was gesagt?"

„Dass du bei uns bleibst, natürlich."

„Aber ich bleibe nicht. Ich wollte gerade nach Florenz zurück."

Ein Schweigen folgte. Gino blickte Rinaldo an, der die Schultern zuckte. Zu jedem anderen Zeitpunkt hätte sich Alex über seine schuldbewusste Miene amüsiert, jetzt jedoch stand sie voller Argwohn auf.

„Ich habe dein ganzes Gepäck hergebracht", protestierte Gino.

Alex drehte sich blitzschnell zu ihm um. „Und warum hast du das getan?"

„Weil Rinaldo gesagt hat ... Hey, Bruder, so etwas würdest du doch wohl nicht tun?"

„Wollen wir wetten?" Alex kochte vor Wut.

„Hör zu", begann Rinaldo, „ich halte es für richtig, dass du eine Weile bleibst und Belluna kennenlernst."

„Okay. Das klingt vernünftig. Aber warum hast du mich nicht einfach gefragt?"

„Vielleicht hättest du es abgelehnt", erwiderte er ausdruckslos.

„Ich sage Nein und lehne es kategorisch ab, hierzubleiben."

„Teresa ist in diesem Moment oben im Gästezimmer und packt deine Koffer aus", warf Gino bestürzt ein.

„Wie bist du überhaupt an mein Gepäck gekommen?", fragte Alex ihn wütend.

„Jemand vom Hotel hat deine Sachen eingepackt. Es war alles für mich bereit."

„Und wer hat das veranlasst?"

Gino hob die Hände und wich zurück.

„Ich", gestand Rinaldo. „Ich habe im Hotel angerufen und den Leuten mitgeteilt, du würdest nicht zurückkehren, sie sollten bitte deine Sachen zum Abholen fertig haben."

„Hast du auch meine Rechnung bezahlt, oder machen sie sich deswegen keine Sorgen?"

„Du hast bei deiner Ankunft einen Kreditkartenbeleg unterschrieben. Sie brauchen ihn nur weiterzuleiten. Aber sie hätten sich ohnehin keine Sorgen gemacht. Der Direktor ist ein alter Freund von mir."

„Und befolgt deine Befehle?", fragte Alex wütend.

Rinaldo zuckte die Schultern. „Befehle zu geben war nicht nötig. Er weiß, dass er mir vertrauen kann. Und, wie gesagt, er hatte deine Unterschrift schon."

„Du musst völlig verrückt sein. Ich werde nicht hierbleiben." Alex sah Gino an. „Ich habe mehr von dir gehalten."

„Ich wusste es wirklich nicht", erwiderte er flehend. „Ich dachte, du wärst damit einverstanden."

„Würdest du mich bitte nach Florenz zurückbringen? Oder muss ich mir ein Taxi rufen?"

„Natürlich fahre ich dich hin", sagte Gino sofort.

„Das kannst du vergessen!", stieß Rinaldo hervor.

„Nein", erwiderte Gino energisch. „Was denkst du dir eigentlich dabei?"

„Ich denke daran, wie diese ganze Sache enden wird!", schrie Rinaldo.

„Und alle anderen sind deine Marionetten, die nach deinen Wünschen herumtanzen sollen!", brauste Alex auf. „Hast du im Ernst geglaubt, ich füge mich deinem Beschluss und lasse mich von dir gefangen nehmen?"

„Dich gefangen nehmen? Sei nicht melodramatisch."

„So würde ich das auch nennen", mischte sich Gino ein. „Ich fahre dich nach Florenz zurück, Alex."

Rinaldo blickte seinen Bruder wütend, ungläubig und verletzt an. „Nimm nicht Partei für jemanden gegen mich", warnte er ihn.

„Dann erzwing du nicht einen Streit bezüglich dieser Sache", erwiderte Gino. Noch nie hatte Alex ihn in so scharfem Ton sprechen hören. „Du bist zu weit gegangen. Es ist immer dasselbe mit dir. Du verlierst die Geduld und vergisst alles andere. Zu viele Leute tanzen nach deiner Pfeife. Alex tut es nicht. Und darüber hast du dich geärgert."

„Mach doch, was du willst", stieß Rinaldo hervor.

Gino sah Alex an. „Ich möchte nicht, dass du uns verlässt. Aber wenn du es wünschst, bringe ich dich jetzt zurück."

„Willst du wirklich, dass ich bleibe?", fragte sie.

„Mehr als alles andere auf der Welt."

„Gino, wenn ich freundlich darum gebeten und nicht ‚überfahren' werde, bleibe ich gern hier."

Er lächelte breit, kniete vor ihr nieder und nahm ihre Hand. „Alex, würdest du uns bitte die Ehre erweisen, unser Gast zu sein, solange du willst?"

„Ich nehme die Einladung an", erwiderte sie schnell. Sie befürchtete, dass Rinaldo vor Wut in die Luft gehen würde. Er beobachtete sie beide grimmig.

„Um Himmels willen!", murrte er. „Wozu die ganze Aufregung, wenn du bleiben willst?"

„Du verstehst es wirklich nicht, oder?", fragte Alex.

„Nein, tut er nicht", antwortete Gino.

Rinaldo blickte ihn finster an.

„Wenn die Gentlemen fertig sind, gehe ich nach oben in mein Zimmer." Alex hatte von beiden genug und stürmte davon.

Teresa war gerade damit fertig, Alex' Sachen aufzuhängen, und wollte einige Kleider und Hosen mitnehmen, um die Knitterfalten herauszubügeln.

„Das mache ich", sagte Alex auf Italienisch.

Teresa war schockiert. „Nein! Sie sind die Frau im Haus."

„Das lassen Sie mal nicht Rinaldo hören", murmelte Alex auf Englisch. „Sonst bringt er mich um, bevor ich ihn umbringen kann."

Sie konnte sich ihren Ärger nicht erklären. Rinaldo hatte sich schlecht benommen, doch mit Ginos Hilfe hatte sie die Oberhand gewonnen. Die Sache sollte erledigt sein. Nur war sie das nicht. Alex musste ständig daran denken, wie gut es Rinaldo gelungen war, sie zu überrumpeln. Er hatte gelächelt, und im Nu war sie dem Zauber erlegen gewesen, den er gesponnen hatte. Sie hatte ihm nicht einmal einen Kampf geliefert. Der Aufenthalt am Bach, die Erinnerungen an ihre Mutter, der Sonnenuntergang. Rinaldo hatte auf die richtigen Knöpfe gedrückt, und sie war darauf hereingefallen.

Alex schlug ihn sich energisch aus dem Kopf und sah sich das Zimmer gründlich an. Es war altmodisch mit dunklen Eichenmöbeln eingerichtet, hatte einen blank polierten Holzfußboden und bot nicht den modernen Komfort ihres Schlafzimmers zu Hause, das nach ihren Vorgaben kostspielig entworfen und angefertigt worden war. Aber es gefiel ihr.

Noch war es draußen nicht völlig dunkel. Einer plötzlichen Regung folgend lief Alex die Treppe hinunter und schlüpfte hinaus. Nach der Hitze des Tages war es jetzt herrlich kühl, und sie stand da und atmete tief die frische Luft ein.

„Sprichst du noch mit mir?"

Alex drehte sich zu Gino um. „Auf dich bin ich doch gar nicht wütend. Ganz im Gegenteil."

„Das klingt vielversprechend."

„Ich meine, dass du mir geholfen hast. Mir gefällt der Gedanke, hier zu wohnen, aber nach dem, wie sich dein Bruder benommen hat … Wenn du nicht diese Schau abgezogen hättest, hätte ich gehen müssen, um mich durchzusetzen."

„Es war keine Schau", sagte Gino. „In meinem Herzen knie ich immer vor dir nieder."

„Lass den Quatsch", erwiderte Alex freundlich. „Oder ich nehme dich ernst, und wo stehst du dann?"

„Im siebten Himmel. Na schön, vergiss, was ich gesagt habe, wenn es dir nicht gefällt. Ich zeige dir den Stall. Wir haben ein Pferd, das genau richtig für dich wäre."

Als sie losgingen, hörten sie Getrappel hinter sich. Im nächsten Moment kam Brutus aus dem Haus und steuerte auf Alex zu. Sie streichelte ihn und drückte das Gesicht an sein weiches Fell.

„Er hat Maria gehört", erklärte Gino. „Sie hat ihn als Welpen zur Hochzeit mitgebracht. Er ist inzwischen sehr alt, aber Rinaldo gibt ein Vermögen dafür aus, ihn am Leben zu erhalten. Brutus hat Arthritis, und er ist nur so fit, weil er jeden Monat teure Spritzen bekommt. Ich schwöre, Rinaldo gibt mehr für Brutus als für sich selbst aus."

Alex dachte daran, wie Rinaldo den Hund ins Haus gebracht hatte, als sie ihn hatte verwöhnen wollen. Sie hatte es Verärgerung zugeschrieben. Jetzt sah sie Rinaldos Reaktion in einem neuen Licht. Er wollte das einzige Lebewesen, das ihn an seine Frau erinnerte, mit niemandem teilen. Aber es war so viele Jahre her. Wie lange konnte ein Mann trauern?

Gino führte Alex zwischen den Bäumen hindurch zu einem Gebäude, in dem sich eine Garage und ein Pferdestall befanden. Er schaltete das Licht ein und zeigte ihr die drei Tiere. „Der große Hengst am Ende gehört Rinaldo. Dies hier ist mein Pferd, und das dritte ist so etwas wie eine Reserve. Ich glaube, du wirst ihn mögen."

Sie mochte den Fuchswallach mit dem sanften Blick sofort.

„Wir reiten morgen aus", sagte Gino. „Am späten Nachmittag, wenn wir von der Beerdigung zurückkommen und es kühler ist."

Als sie den Stall verließen, legte er ihr den Arm um die Taille, zog Alex an sich und schaffte es, sie flüchtig auf den Mund zu küssen.

„Benimm dich." Sie entwischte Gino und rannte zum Haus zurück.

Er holte sie direkt neben der Verandalampe ein. „Du bist eine hartherzige Frau", beschwerte er sich. „Oder soll ich wieder in die Knie gehen?"

„Sei nicht albern", erwiderte Alex liebevoll. „Und lass mich los. Es wird Zeit, dass ich ins Bett komme."

Gino verstärkte den Druck seiner Arme und küsste Alex noch einmal, so zärtlich, dass sie ihm nicht böse sein konnte. Er war wie ein verspielter junger Hund, der sich mit ein bisschen Zuneigung wieder beruhigen ließ.

„Alex", flüsterte er nach einer Weile, „können wir nicht …?"

„Nein", antwortete sie energisch. „Jetzt ist es genug. Ich bin verlobt, und Treue ist mir wichtig."

„Aber wenn du es nicht wärst, würden wir beide ...“

Sie versuchte, nicht zu lachen. „Schluss damit!“

„Nur noch einen Kuss.“

Gino gelang es, ihr noch einen zu stibitzen, bevor Alex loskam und ins Haus lief. Vor Freude warf er den Kopf zurück und atmete tief ein.

„Hm!“

Gino drehte sich um und entdeckte seinen Bruder am offenen Fenster seines Zimmers. „Ich vermute, du hast alles gesehen?“

„Genug!“

„Sie liebt mich. Sie liebt mich.“

„Geh ins Bett.“ Rinaldo knallte sein Fenster zu.

Enricos Begräbnisfeier war für den nächsten Tag um zwei Uhr im großen Dom angesetzt. Seine Verwandten hatten darauf bestanden, dass für einen so bedeutenden Mann nur diese Kirche angemessen sei.

Am Morgen sagte Rinaldo zu Alex: „Du möchtest vermutlich dein Gepäck mit in die Stadt nehmen, sodass du wieder im Hotel einchecken kannst.“

„Warum sollte ich das tun wollen?“

„Ich hatte den Eindruck, dass dir sehr viel daran liegt, dieses Haus zu verlassen.“

„Das war, bevor mich Gino so freundlich gebeten hat, zu bleiben. Ich fand seine Einladung unwiderstehlich.“ Alex’ ironischer Ton war eine Kampfansage.

„Treib keine Spiele mit mir“, erwiderte Rinaldo sanft.

„Tue ich nicht. Ich nehme eine Einladung an, die ursprünglich von dir ausgesprochen worden ist. Daran erinnerst du dich doch wohl noch?“

Er machte ein finsteres Gesicht.

Alex spürte, dass er bei so einem Rededuell im Nachteil war. Wenn er könnte, würde er sie einfach ins Auto werfen und vor dem

Hotel abladen. Wie die Dinge lagen, kämpften sie jetzt jedoch zu ihren Bedingungen. „Weißt du, vielleicht wirst du noch bereuen, mich hierher gebracht zu haben", meinte sie lächelnd.

„Ich bereue es schon jetzt", stieß er gereizt hervor.

„Ist alles in Ordnung?" Gino war plötzlich aufgetaucht.

„Alles ist bestens", versicherte Alex ihm. „Rinaldo hat gerade gesagt, er hoffe, dass ich wirklich längere Zeit bleibe."

Gino legte ihr einen Arm um die Taille. „Und du weißt, dass ich es auch möchte. Versprich, dass du bleibst."

„Solange ihr mich hier haben wollt", erwiderte Alex.

Rinaldo ging ohne ein weiteres Wort davon.

Am Mittag fuhren sie nach Florenz. Als sie den Dom betraten, drehten sich viele Leute nach ihnen um. Alex entdeckte Montelli. Sie drei zusammen zu sehen ärgerte ihn sichtlich. Das hatte Rinaldo mit seiner Bemerkung gemeint, er könne die anderen von ihr fernhalten. Jetzt, da ihre Wut fast verraucht war, war Alex ihm beinahe dankbar.

Hinterher auf dem Empfang kam ihr Anwalt Isidoro zu ihr. „Ich habe einem Dutzend Leuten versprochen, dass Sie mit ihnen reden würden."

„Natürlich … später."

„Aber …"

„Ich habe Ihnen doch gesagt, dass zuerst die Brüder Farnese ihre Chance bekommen müssen. Das können Sie weitergeben."

Isidoro dämpfte die Stimme. „Ich habe Sie zusammen mit ihnen ankommen sehen, einer auf jeder Seite, wie Wärter. Halten die Brüder Sie gefangen?"

Alex lächelte boshaft. „Tatsächlich ist es umgekehrt. Ich habe meinen eigenen Plan."

„Wissen die beiden, wie der aussieht?"

„Sie glauben es zu wissen. Werden Sie die Aasgeier für mich los, Isidoro. Sagen Sie ihnen, ich spreche dann mit ihnen, wenn es mir passt." Alex wollte entwischen, aber in diesem Moment stürzten sich Enricos Verwandte auf sie und beteuerten eifrig ihre Zuneigung. Als

Alex einige Minuten später wieder zu den Brüdern zurückging, lächelte sie.

„Was ist so lustig?“, fragte Rinaldo.

„Sie haben mich alle zum Abendessen eingeladen. Ich habe gesagt, ich komme gern, wenn ich euch beide mitbringen dürfe. Das hat sie abgeschreckt.“

Rinaldo lachte. „Wir übertreffen sie noch und laden sie selbst alle ein“, schlug er vor.

„Ich könnte ihnen nicht raten, die Einladung anzunehmen“, erwiderte Alex. „Ich weiß ja nicht, was du vielleicht in die Suppe tust. Oder andererseits ... vielleicht weiß ich es.“

Rinaldo lächelte sie an. Es hatte etwas Verschwörerisches.

6. KAPITEL

Am nächsten Morgen ging Rinaldo zum Frühstück nach unten und sah seinen Bruder am Treppenabsatzfenster stehen und aufmerksam hinausblicken. „Hast du irgendeinen guten Grund, nicht mit der Arbeit anzufangen?“

„Tja, das da ist ein ziemlich guter Grund“, erwiderte Gino, ohne den Blick von der Gestalt abzuwenden, die zwischen den Bäumen hin und her lief.

Zuerst sah Rinaldo nur etwas Rotes aufblitzen. Dann machte er einen schlanken, perfekt geformten weiblichen Körper aus. Alex trug enge rote Shorts, und der dazu passende rote Sport-BH ließ keinen Zweifel an der Schönheit ihrer Figur.

Alex absolvierte ihr tägliches Fitnesstraining.

Die Brüder beobachteten, wie sie schließlich auf die Scheune zulief und darin verschwand. Nachdem sie sich verblüfft angesehen hatten, gingen Rinaldo und Gino nach draußen. Kurz darauf wurde ihnen klar, warum Alex die Scheune gewählt hatte. An der Decke verliefen Holzbalken. An einem davon hatte Alex Ringe befestigt, an denen sie turnte. Ein Heuballen unter ihr zeigte, wie sie es geschafft hatte, dort hochzukommen. Sie hangelte sich an den Ringen entlang, drehte sich am Ende herum und hangelte sich zurück zu dem Heuballen, wo sie mühelos abspringen konnte.

Aber dort stand jetzt Gino, der den Heuballen beiseite getreten hatte. Er streckte die Arme aus, um Alex aufzufangen. „Na los!“, rief er.

Sie warf sich nach vorn. Aber nicht Gino fing sie auf. Irgendwie hatte Rinaldo seinen Platz eingenommen und hielt sie mit den Händen um ihre nackte Taille fest.

„Hey!“, protestierte Gino. „Mich so aus dem Weg zu schubsen war nicht nötig.“

„Natürlich war es das“, sagte Rinaldo. „Für eure albernen Spiele ist keine Zeit. Dies ist ein landwirtschaftlicher Betrieb, und wir haben viel zu tun."

„Aber du hattest kein Recht ..."

„Könnt ihr beide euch vielleicht ein anderes Mal streiten?", fragte Alex wütend. „Ich möchte hinunter."

Rinaldo stellte sie auf die Füße. Nach ihren Übungen atmete sie schwer, und ihr war, als würde die Hitze durch ihren Körper pulsieren.

„Danke", stieß sie atemlos hervor.

„Willst du denn diesem Gehampel oft frönen?", fragte Rinaldo höflich.

„Ich trainiere jeden Tag. Es hält mich fit."

„Auf einem großen Gut zu arbeiten hat dieselbe Wirkung", antwortete Rinaldo trocken. „Vielleicht findest du das ja interessant. Wenn du deine Methode vorziehst, schlage ich vor, dass du dich sittsamer anziehst. Ich will nicht, dass meine Arbeiter abgelenkt werden." Dann ging er davon, ohne sich noch einmal umzublicken, und bekam nicht mit, dass Alex ihm folgen wollte.

Gino hielt sie jedoch zurück. „Spar dir das."

„Ich bringe ihn um!"

„Träum davon, wie wir anderen es tun."

„Was meint er mit ‚sittsamer'?"

„Du bist ein toller Anblick, und an dir ist ganz schön was dran." Gino legte ihr die Arme um die Taille.

„Du solltest mich besser loslassen", fuhr Alex ihn an. „Es geht ja nicht, dass ich dich ‚ablenke'."

„Du lenkst mich ständig ab", erwiderte er sehnsüchtig.

„Gino!", schrie Rinaldo draußen vor der Scheune.

„Bringen wir ihn gemeinsam um", murmelte Gino und ließ Alex resigniert los.

Bevor sie frühstückte, duschte Alex lauwarm. Aber ihr war so heiß, dass das Wasser auch keine Abkühlung brachte. Sie spürte diese Hitze, seit Rinaldo ihre Taille umfasst hatte. Vielleicht ist es ein Glück, dass nicht Gino mich aufgefangen hat, dachte Alex. Er hätte den Moment bestimmt für einen Kuss genutzt. Rinaldo dagegen war völlig ungerührt gewesen. Sie seifte die Stellen ein, meinte wieder den Druck von Rinaldos Händen zu fühlen, und eine neue Hitzewelle durchflutete sie. Alex stellte das Wasser auf kalt und hoffte, das Gefühl würde verschwinden.

Sie wartete lange, bevor sie frühstücken ging. Und als sie schließlich nach unten kam, waren die Brüder weg.

Alex war von Belluna fasziniert. Mit Rinaldo hatte sie aus der Ferne einen Überblick bekommen, aber jetzt ritt sie mit Gino aus und sah aus der Nähe Felder voller Weizen, Olivenhaine und Weinberge.

„Wir bauen die Sangiovesetrauben an, aus denen Chianti gemacht wird“, erklärte ihr Gino. „Echter Chianti, hergestellt und abgefüllt in dieser Region. Wir haben Nachahmer auf der ganzen Welt, deren Wein ist jedoch nicht derselbe.“

Gino klang stolz und ein bisschen arrogant, und Alex musste lächeln. Er war mehr als nur ein lässiger Charmeur. Was jedoch pure Arroganz betraf, die sie wirklich rasend machte, da war Rinaldo nicht zu schlagen. Er verlor kein Wort darüber, wie oft Gino und Alex zusammen weg waren. Die ganze Angelegenheit schien keine Beachtung zu verdienen. Er zeigte kein Interesse, wenn sie abends über ihre Erlebnisse sprachen. Er hörte mürrisch zu und verschwand bei der ersten Gelegenheit in sein Arbeitszimmer.

„Wie kann ihn nur irgendjemand ertragen?“, fragte Alex eines Abends verbittert, als Rinaldo fort war. Es ließ sie vor Wut kochen, wie er sie ignorierte.

„Man braucht lange Übung.“ Gino gähnte. „Es war ein anstrengender Tag.“

„Ja, ich gehe sofort ins Bett.“ Alex hatte ihr altmodisches Schlafzimmer inzwischen noch mehr lieb gewonnen. Schnell hatte sie die typisch italienische Gewohnheit angenommen, jeden Morgen das Bett abzuziehen und Decke und Laken zum Lüften aus dem Fenster zu hängen. Teresa protestierte zwar, dass ein Gast im Haus nichts tun dürfe, aber Alex machte die Arbeit Spaß. Besonders hatte sie den Moment genossen, als ihr die Bettdecke hinausgefallen und auf Rinaldo gelandet war, der zufällig unter ihrem Fenster gestanden hatte. Sein Aufschrei und der wütende Blick, den er ihr zugeworfen hatte, gehörten zu ihren glücklichsten Erinnerungen.

„Teresa regt sich deinetwegen auf", erklärte Rinaldo eines Morgens beim Frühstück.

„Ja, ich weiß. Sie findet es schockierend, dass ich mein Zimmer selbst mache und ihr in der Küche helfe."

„Warum verletzt du ihre Gefühle?"

„Weil ich ihr nicht noch mehr aufbürden will. Hat einer von euch eine Ahnung, wie alt Teresa ist?"

„Sie hat mehr Jahre auf dem Buckel, als ich zählen kann, das weiß ich", erwiderte Gino.

„Meint ihr wirklich, sie wird ohne Hilfe mit diesem großen Haus fertig?"

„Ich habe angeboten, noch jemanden einzustellen", erwiderte Rinaldo. „Sie will das aber nicht."

Alex schnaufte verärgert. „Und du hast es dabei bewenden lassen, weil es bequem war. Großartig!"

„Darf ich dich daran erinnern, dass bis vor Kurzem mein Vater am Leben war? Es war seine Entscheidung", sagte Rinaldo kalt.

„Dann hat er die falsche Entscheidung getroffen, und du hättest ihn überstimmen sollen. Teresa ist eine alte Frau, und die Hausarbeit ist zu viel für sie. Sie wird es nicht zugeben, weil sie stolz ist und fürchtet, dass du sie wegschickst."

„Was für ein Unsinn! Das würde ich niemals tun!"

„Sag ihr das. Sag ihr, dass sie jemanden braucht, der ihr die schweren Arbeiten abnimmt, ob es ihr gefällt oder nicht. Sei energisch. Bist du ein Mann oder ein Angsthase?"

„Das frage ich mich allmählich auch", erwiderte Rinaldo grimmig.

„Oh, hör auf! Du weißt, dass ich recht habe."

„Der Himmel bewahre mich vor Frauen, die sagen: ‚Du weißt, dass ich recht habe.'"

„Ja, weil du weißt, dass sie recht haben."

„Könnt ihr beiden euch eigentlich niemals unterhalten, ohne euch zu streiten?", klagte Gino.

Alex zuckte die Schultern. „Es ist eine ebenso gute Methode der Kommunikation wie jede andere. Zumindest ist sie ehrlich. Menschen sind dann am aufrichtigsten, wenn sie sich beschimpfen."

„Das verstehe ich nicht."

Aber Rinaldo verstand es. Er warf ihr denselben komplizenhaften Blick zu wie nach Enricos Beerdigung. Sie beide sahen die Welt im selben Licht, und zum Teufel mit den anderen.

„Ich bin erstaunt über deine Verschwendungssucht", fuhr Rinaldo fort. „Je mehr Löhne ich zahle, desto länger musst du auf dein Geld warten."

Alex verdrehte die Augen. „Das neue Hausmädchen wird in einem der vielen freien Zimmer hier im Haus wohnen. Die Miete ist ein Teil des Lohns, der dich nichts kostet. Alle Probleme gelöst."

„Wenn ich daran denke, dass ich dich unbedingt hierher bringen wollte, kann ich mich nur über meine eigene Dummheit wundern", erwiderte Rinaldo.

„Jetzt hör doch auf, zu widersprechen!", fuhr ihn Alex an. „Tu es einfach. Schwäch es ab, indem du Teresa bittest, die Person selbst auszusuchen. Wahrscheinlich hat sie eine Verwandte, die für den Job ideal ist. Los. Mach schon."

„Du gehst ein Risiko ein", wandte sich Gino an Alex, während er seinen Bruder beobachtete, als wäre der ein Löwe kurz vor dem Sprung. „Er mag es nicht, herumkommandiert zu werden. Aber keine Angst. Ich werde dich beschützen."

„Ich kann mich sehr gut selbst vor Rinaldo schützen, danke", erwiderte Alex, aber auch sie betrachtete ihn wachsam. „Was kann er mir denn schon tun?"

„Dich hinauswerfen", stieß er wütend hervor.

„Das tust du nicht", höhnte sie. „Dann hast du mich ja nicht mehr direkt vor Augen. Du wirst nicht mehr ruhig schlafen können, weil du dich ständig fragst, was ich gerade tue und mit wem ich mich treffe."

„Alex", bat Gino, „sei vorsichtig."

„Wer will vorsichtig sein? Das ist langweilig." Sie amüsierte sich gut.

„Ich habe es so verstanden, dass wir das Vorkaufsrecht haben", stellte Rinaldo frostig fest.

„Natürlich. Und ich werde es Montelli und all den anderen mitteilen. Aber wer hat behauptet, dass ich es ihnen nicht während eines Abendessens bei Kerzenlicht mitteilen kann?"

„Hey", sagte Gino sofort, „wenn es Abendessen bei Kerzenlicht sein soll, dann lade ich dich ein."

„Mit Champagner?"

„Mit allem, was du willst, amore mio."

Rinaldo stand plötzlich auf und ging in die Küche. Kurz darauf hörten Alex und Gino Schimpfen und Weinen und dazwischen Rinaldos Stimme. Er sprach sanfter, als Alex es jemals erlebt hatte.

Am nächsten Tag fuhr er mit Teresa in das ungefähr fünfzig Meilen entfernte Dorf, in dem sie geboren war. Gegen Abend kehrten sie zusammen mit zwei stämmigen jungen Frauen zurück, die Teresa als ihre Großnichten Celia und Franca vorstellte.

Alex wollte ihnen ins Haus folgen, doch Rinaldo hielt sie am Arm zurück. „Danke", sagte er rau. „Ich habe nicht daran gedacht ... Du hattest recht."

„Und sie wird in Gesellschaft der beiden glücklicher sein."

„Daran habe ich auch nicht gedacht. Teresa und mein Vater haben abends manchmal geplaudert, wenn er nicht mit Enrico unterwegs war. Seit seinem Tod sitzt sie immer allein in der Küche. Warum hast du es gesehen und ich nicht?"

„Fremde sehen oft am klarsten."

„Du bist keine Fremde", antwortete Rinaldo kurz angebunden

und ging dann davon.

Innerhalb von zwei Tagen hatten Celia und Franca die Hausarbeit unter ihre Kontrolle gebracht und überließen Teresa nur noch das Kochen. Ob Rinaldo es ihr gesagt oder ob sie die Wahrheit erraten hatte, wusste Alex nicht. Aber es war klar, dass Teresa sie jetzt als Freundin betrachtete. Wenn sie ihr das Essen servierte, war sie besonders aufmerksam und blickte sie fragend an. Mochte sie es so zubereitet gern? Ja? Bene!

Bei einer dieser Gelegenheiten merkte Alex, dass Rinaldo sie nachdenklich musterte, und sie erinnerte sich daran, wie er in seltsamem Ton gesagt hatte: „Du bist keine Fremde."

Sie lieh sich ein anderes Auto, und mit dem Wissen, unabhängig zu sein, verschwand das Bedürfnis, das Gut zu verlassen. Zu Hause in London war sie auf Partys und zu Premieren gegangen, jetzt verbrachte sie die Abende zufrieden damit, Grassamen aus Brutus' langem Fell zu bürsten. Bald erwartete er es von ihr, erschien immer zur selben Zeit und rollte sich auf den Rücken, um es ihr leicht zu machen.

„Früher habe ich das getan", erklärte Rinaldo, „aber heutzutage läuft er nicht mehr so oft durchs hohe Gras, deshalb ist es nicht mehr notwendig gewesen. Bis jetzt."

„Er begleitet mich, wenn ich morgens jogge", erzählte Alex. „Zumindest läuft er mit mir zusammen los. Wenn er müde wird, steigt er aus und wartet in der Scheune auf mich. Während ich an den Ringen turne, beobachtet er mich irgendwie verwirrt. Wir sind inzwischen die besten Freunde, stimmt's, alter Junge?" Sie tätschelte Brutus zärtlich. „Und wenn ich dieses Zeug nicht herausbekomme, wird ein Rasen auf dir wachsen." Rinaldo schien nichts mehr dagegen zu haben, dass sie Brutus verhätschelte. Als sie einen Moment später aufsah, stellte sie fest, dass er sie lächelnd beobachtete.

„Du würdest mir einen Gefallen tun, wenn du heute Morgen im Haus bleiben würdest", sagte Rinaldo eines Tages zu ihr. „Der Tierarzt kommt, um Brutus eine Spritze zu geben, und wenn ich nicht rechtzeitig zurück bin, wirst zumindest du bei ihm sein."

„Natürlich. Der Tierarzt fährt den ganzen Weg hierher raus?"

„Du meinst, warum ich Brutus nicht in die Praxis bringe? Weil er Autofahren hasst und dabei so durchdreht, dass er die ganze Zeit herumklettert. Das ist schlecht für seine Arthritis. Natürlich kostet es mehr ..."

„Also muss ich fünf Minuten länger auf das Geld warten? Ich wünschte, du würdest aufhören, solche Dinge zu sagen."

„Ich will dir nur versichern, dass ich nicht aus Eigensinn verschwenderisch bin."

„Nein, bist du nicht", erwiderte Alex empört. „Du reibst es mir unter die Nase. Brutus Schmerzen zu ersparen ist jede Ausgabe wert, und du wusstest, dass ich so etwas sagen würde, also lass das Thema bitte fallen."

Rinaldo nickte und ging.

Den ganzen Vormittag saß Alex neben dem alten Hund auf dem Sofa. Brutus hechelte stark und wollte sich nicht bewegen.

Endlich kam der Tierarzt, ein noch ziemlich junger Mann namens Silvio, den Alex sofort mochte. Sie erklärte ihm, wer sie war, hatte jedoch das Gefühl, dass er es schon wusste. Gibt es irgendjemanden in der Toskana, der die Situation nicht kennt?, fragte sie sich.

„Wie lange hechelt er schon so?", fragte Silvio, sobald er Brutus sah.

„Seit heute Morgen. Ich dachte, seine Arthritis peinigt ihn, da es lange her ist, dass er eine Spritze bekommen hat. Mit dem neuen Medikament wird es doch besser, oder?"

„Ich kann ihm die Schmerzen nehmen, aber dies ist etwas anderes." Silvio betastete den Hals des Hundes, und Brutus winselte leise. „Hier ist eine Schwellung, und in seinem Alter ist das wahrscheinlich etwas Schlimmes. Sehen Sie, wie weiß seine Schnauze ist. Er ist sehr alt. Er hat sein Leben gehabt. Das Netteste wäre, ihn friedlich gehen zu lassen."

„Ich kann Sie nicht ermächtigen, das zu tun“, erwiderte Alex. „Er ist Rinaldos Hund.“

„Richten Sie ihm aus, er soll mich anrufen, dann komme ich noch einmal wieder. Am besten heute. Rinaldo kann das Unvermeidliche nicht länger aufschieben. Soll ich Brutus trotzdem die Spritze geben?“

„Natürlich“, antwortete Alex sofort.

Als der Tierarzt gegangen war, streichelte sie Brutus den Kopf. „Wie kann er dich jemals loslassen? Du warst ihr Hund. Du bist alles, was ihm von ihr geblieben ist.“

Gino kehrte vor Rinaldo zurück. Alex erzählte ihm, was passiert war, und er sank neben Brutus auf die Knie und redete mitfühlend mit ihm.

Wenige Minuten später kam auch Rinaldo. Der Hund rutschte vom Sofa und ging ihn begrüßen. Er bewegte sich jetzt weniger mühsam, und Alex sah Rinaldo an, wie sehr er sich über die Verbesserung freute. „Danke, Alex. Aber er hechelt immer noch. Hat sich Silvio dazu geäußert?“

„Ja, er glaubt, dass es etwas Schlimmes ist. Er möchte, dass du ihn anrufst und mit ihm darüber sprichst, Brutus einzuschläfern.“

„Unsinn! Er braucht was Vernünftiges zu fressen.“

„Ich habe ihn heute Nachmittag gefüttert. Er hat nur ein bisschen zu sich genommen und es sofort erbrochen.“

„Was ich ihm gebe, wird er bei sich behalten.“

Aber Brutus sah nur traurig das Futter an, das ihm Rinaldo hinstellte.

„Na los“, drängte er ihn. „Es ist dein Lieblingsfutter.“

Der Hund blickte zu ihm auf, als würde er darauf vertrauen, dass sich sein Herrchen der Wahrheit stellen und tun würde, was getan werden musste.

Rinaldo bemerkte, wie ihn Alex und Gino ansahen. „Man würde meinen, es ist noch nie vorgekommen, dass ein Hund nicht fressen will!“, brauste er auf, ging ins Nebenzimmer, und sie hörten ihn mit

Silvio telefonieren. Als er zurückkam, sagte er: „Ich mache einen Spaziergang." Der alte Hund folgte ihm langsam nach draußen in die Abenddämmerung.

Gino seufzte. „Er hat es noch nicht begriffen."

„Doch, er weiß es", flüsterte Alex.

Nach einer Stunde war Silvio da. Er sah Rinaldo und Brutus unter den Bäumen sitzen und ging zu ihnen. Gino und Alex kamen dazu, als der Tierarzt gerade sagte: „Ich kann ihm Tabletten geben, die sein Leben noch einige Wochen verlängern würden. Aber es wären keine glücklichen Wochen. Nicht für ihn."

Rinaldo zuckte die Schultern. „Damit ist der Fall erledigt. Die Scheune ist am besten." Er ging los, und Brutus folgte ihm.

„Sollen wir mitkommen?", fragte Gino.

„Nicht nötig", sagte Rinaldo über die Schulter.

Nach zehn Minuten kam Silvio aus der Scheune und fuhr weg. Kurz darauf tauchte Rinaldo auf. Seine Miene verriet nichts. Er schloss das Tor und verschwand zwischen den Bäumen.

Alex und Gino unterhielten sich zerstreut, bis Rinaldo eine Stunde später zurückkehrte. Als sie mit ihm sprechen wollten, winkte er ab und ging in sein Arbeitszimmer. Gino, der ihn wenig später aufsuchte, kam niedergeschlagen zurück.

„Rinaldo sagt, er müsse arbeiten und könne seine Zeit nicht mit etwas verschwenden, was abgeschlossen ist. Er prüft Rechnungsbeträge."

„Das ultimative Zeichen von Herzlosigkeit", stellte Alex sarkastisch fest.

„Herzlos stimmt", erwiderte Gino scharf.

Schließlich ging Alex ins Bett, konnte jedoch nicht schlafen. Sie stand wieder auf und stellte sich ans Fenster. Der Vollmond tauchte das Land in silberfarbenes Licht. Plötzlich erstarrte sie. Hinter den Bäumen bewegte sich etwas. Sie zog ihren Morgenmantel an, verließ ihr Zimmer und klopfte an Rinaldos Tür. Nach einem Moment klopfte sie lauter, aber er reagierte nicht. Sie versuchte es nicht noch einmal. Vielleicht hatte sie sich geirrt. Sie konnte sich seine spöttischen Bemerkungen vorstellen, wenn sie ihn wegen nichts wecken würde.

Nach kurzem Überlegen ging Alex die Treppe hinunter und durch die Hintertür nach draußen. Hinter den Bäumen war jemand zu sehen. Jetzt hörte sie auch Geräusche. So leise wie möglich schlüpfte sie zwischen den Bäumen hindurch, bis sie zu einer kleinen Lichtung kam. Was sie sah, ließ sie scharf einatmen und schnell zurücktreten.

Der Spaten bewegte sich rhythmisch, und das Loch, in dem Rinaldo bis zur Taille stand, wurde breiter. Schließlich legte Rinaldo den Spaten beiseite und griff nach Brutus, der neben dem Grab auf dem Boden lag. Er nahm den Hund in die Arme und begann, ihn langsam hinabzusenken. Dann verharrte er und drückte das Gesicht an Brutus' Kopf. Alex glaubte, Tränen auf Rinaldos Wange glänzen zu sehen. Er hielt seinen Freund, als wäre er unfähig, endgültig Abschied zu nehmen.

„Perdona mi! Ti prego perdona mi!"

Verzeih mir. Bitte verzeih mir. Das waren Worte, die Alex von diesem harten Mann niemals zu hören erwartet hatte.

Er sank auf die Knie und verharrte lange so.

Alex wich weiter zurück. Er durfte sie hier nicht entdecken. Als sie aus dem Gehölz heraus war, rannte sie aufs Haus zu und schimpfte sich dabei eine Närrin. Sie hatte niemals irgendetwas über Rinaldo gewusst. Oder vielmehr hatte sie genau das gewusst, was sie wissen sollte. In dieser Nacht hatte sie seinen verzehrenden Kummer mit angesehen, den er vor der Welt geheim halten wollte.

Zurück in ihrem Zimmer, stellte sich Alex ans Fenster und wartete. Nach langer Zeit kam Rinaldo aus dem kleinen Wald heraus. Sie trat schnell zurück, aber er hätte sie ohnehin nicht bemerkt, denn er durchquerte mit gesenktem Kopf den Hof und verschwand dann aus ihrem Sichtfeld.

Beim Frühstück am nächsten Morgen sah Rinaldo aus, als hätte er nicht geschlafen. Was wohl stimmt, dachte Alex. Sie hätte ihn so gern getröstet, aber sie wusste, dass er sie niemals so nah an sich heranlassen würde. Er würde es ihr übel nehmen, wenn sie so etwas auch nur versuchte.

Er setzte sich nicht hin, sondern aß im Stehen ein Brötchen und hielt in der anderen Hand eine Tasse Kaffee.

Gino kam in die Küche. „Ich bin gerade in der Scheune gewesen. Brutus ist weg. Ich dachte, wir könnten ihn anständig beerdigen", sagte er bekümmert.

„Wozu?", fragte Rinaldo kühl.

„Wozu? Du hast ihn geliebt. Ich auch, aber du und er, ihr habt euch so nahegestanden ..."

„Er war ein Hund, Gino."

„Aber ..."

„Ich habe ihn schon entsorgt."

„Entsorgt?", wiederholte Gino entsetzt. „Wie Abfall? Das war Brutus! Wie kannst du nur so gefühllos sein?"

„Er war tot."

„Du hast ihn einfach weggeworfen. Kein Grab, kein ..."

„Ich rate dir, endlich erwachsen zu werden und nicht so sentimental zu sein." Rinaldo trank seinen Kaffee in einem Zug aus und ging dann hinaus.

„Nicht zu glauben!" Gino raufte sich fast die Haare. „Angeblich hat er den Hund geliebt. Schöne Liebe!"

„Jeder Mensch zeigt seine Gefühle anders", sagte Alex.

„Immer vorausgesetzt, dass er Gefühle hat. Brutus ist tot. Schmeiß ihn weg! So sieht Rinaldo das. Er hat nicht einmal geweint, als der arme alte Kerl gestorben ist."

„Das weißt du nicht. Wir waren nicht dabei."

„Du hast sein Gesicht gesehen, als er aus der Scheune gekommen ist. Ausdruckslos."

„Das bedeutet nichts", protestierte Alex, die daran dachte, was sie in der Nacht beobachtet hatte. „Er würde es wahrscheinlich für Schwäche halten, seine Trauer zu zeigen."

„Überhaupt Gefühle zu haben ist für Rinaldo schon Schwäche, ganz zu schweigen davon, welche zu zeigen. Deshalb verdrängt er sie völlig."

Zum ersten Mal ärgerte sich Alex über Gino. „Ich wette, du weißt nicht halb so viel, wie du glaubst. Vielleicht kann eine Fremde mehr aufschnappen."

„Oha! Hier kommt die weibliche Intuition!"

„Hier kommt der Kaffee, den ich dir über den Kopf schütte, wenn du so redest."

Gino lachte und sprang schnell aus dem Weg. „Friede! Ich nehme es zurück. Aber ich verstehe Rinaldo so, wie du es niemals tun wirst."

Und ich beginne ihn so zu verstehen, wie es niemand anders tut, dachte Alex. Sie sehnte sich danach, Gino dazu zu bringen, zu erkennen, wie sein Bruder wirklich war, doch sie hatte nicht das Recht, Rinaldos Geheimnis zu verraten.

7. KAPITEL

Alex ging frustriert nach draußen in den Hof. Durch das offene Tor sah sie Rinaldo in der Scheune hantieren. „Willst du mir auch sagen, was für ein herzloses Monster ich bin?", fragte er ironisch, als sie hereinkam. „Wenn ja, lass es."

„Nein, das will ich nicht. Nach gestern Nacht weiß ich es besser", erwiderte Alex.

Er warf ihr einen wachsamen Blick zu. „Was meinst du damit?"

„Ich habe dich Brutus begraben sehen."

Einen Moment lang war Rinaldo wie erstarrt. „Unsinn", erwiderte er dann kurz angebunden.

„Nein. Ich habe eine Bewegung hinter den Bäumen wahrgenommen und bin nach unten gegangen. Ich war dort, während du das Grab ausgehoben und ihn hineingelegt hast."

„Du hast eine blühende Fantasie."

Die Abfuhr machte Alex wütend. „Ach, du glaubst, Gino würde es nicht interessieren, was ich gesehen habe? Probieren wir es doch aus." Sie machte auf dem Absatz kehrt, aber Rinaldo war blitzschnell vor ihr und packte sie an den Armen.

„Wag es nicht, ihm irgendetwas zu sagen", stieß er grimmig hervor. „Was geht es dich an, was ich tue?"

„Es stimmt doch, oder? Brutus zu verlieren hat dir das Herz gebrochen. Warum willst du es leugnen?"

„Weil es niemanden etwas angeht!"

„Er ist dein Bruder. Meinst du nicht, er würde mit dir empfinden?"

„Ich möchte sein Mitgefühl nicht. Deins auch nicht."

„Und mit wem teilst du deine Gefühle, jetzt, da Brutus tot ist?", fragte Alex.

„Für einen Hund spricht viel. Er hält den Mund und macht sich keine Gedanken über Dinge, die ihn nichts angehen. Warum musstest du nach Belluna kommen und dich einmischen?"

„Du hast mich mehr oder weniger genötigt, hierherzukommen."

„Und es war die schlechteste Arbeit, die ich jemals geleistet habe."

„Du wolltest, dass ich verstehen lerne, wie es ist, ein Gut zu besitzen. Genau das tue ich. Ich lerne gerade, dass alles nicht ganz so ist, wie es scheint."

„Soll heißen?"

„Du, zum Beispiel. Du gibst dir große Mühe, anders zu erscheinen, als du bist. Ich frage mich nur, warum."

„Es schützt mich vor Schnüfflern."

„Schließt das Gino ein? Ihm entziehst du dich auch. Du lässt niemand an dich heran, stimmt's? Brutus war die Ausnahme."

Rinaldo schüttelte Alex. „Hör gefälligst auf damit!", fuhr er sie an.

„Tut mir leid. Ich weiß, dass es mich eigentlich nichts angeht. Aber jetzt bin ich einfach darin verwickelt. Wo ziehe ich die Grenze?"

„Genau hier. Du hast die Grenze erreicht. Bleib auf deiner Seite, und wir werden zurechtkommen."

Plötzlich wurde Alex bewusst, dass Rinaldo am ganzen Körper zitterte. „Schließ mich nicht aus", bat sie sanft. „Lass mich dir helfen."

„Ich brauche deine Hilfe nicht."

„Nach gestern Nacht ist es zu spät. Ich weiß, was ich weiß." Alex war klar, dass sie gefährlichen Boden betrat, und einen Moment lang dachte sie, Rinaldo würde sich nicht mehr beherrschen können. Aber seine Wut verschwand, und er seufzte.

„Wie kannst du mir denn helfen?", fragte er bedrückt.

„Du meinst, ich sei der letzte Mensch, der es könnte. Weil ich für all die Probleme verantwortlich bin."

Als Alex so unverblümt aussprach, was Rinaldo ihr vorwarf, schien ihm das einen Schock zu versetzen. Er ließ sie los und setzte sich auf einen Heuballen.

„Nein, es ist nicht deine Schuld", gab er müde zu. „Im Grunde weiß ich, dass du diese Situation nicht verursacht hast." Er atmete tief durch. Sein Gesicht war aschfahl. „Mein Vater, dem ich vertraut habe, hat mich im Wolkenkuckucksheim leben lassen. Er hat mich nicht gewarnt, das ist, was …" Rinaldo zuckte verlegen die Schultern.

„Was wehtut, stimmt's?" Alex setzte sich neben ihn.

Er blickte sie resigniert, fast verzweifelt an. „Ja. Wir sind bis spät in die Nacht aufgeblieben und haben Probleme besprochen. Ich dachte, wir seien ein Team, und dabei hat er die ganze Zeit Abstand zu mir gehalten und mir die Wahrheit nicht anvertraut."

„Oh nein", widersprach Alex. „So war es nicht."

„Woher willst du das wissen?"

„Ich habe das seltsame Gefühl, ihn zu kennen. Alle reden davon, wie nett er war, dass er gelacht und gesungen und das Leben von seiner positiven Seite betrachtet hat. Ich denke, das hat ihn zu einem wundervollen Menschen und liebenswerten Vater gemacht, aber vielleicht nicht gerade zu einem ernsthaften Landwirt."

Rinaldo nickte. „Das stimmt."

„Du bist ernsthaft. Vermutlich hast du deinen Vater einige Male vom Abgrund zurückgezogen."

„Das stimmt auch. Er ist immer irgendwelchen verrückten Projekten nachgejagt und musste gerettet werden. Man sollte doch meinen, er hätte daraus gelernt."

Alex schüttelte den Kopf. „Solche Menschen tun das niemals", erwiderte sie freundlich. „Sie sind immer sicher, dass sie beim nächsten Mal Erfolg haben. Ich glaube, dein Vater hat sich völlig auf dich verlassen und hatte ein bisschen Ehrfurcht vor dir."

„Unsinn, wie könnte er …" Rinaldo verstummte. „Vielleicht", räumte er nach einem Moment ein.

„Du hast gesagt, das Gut habe von dem Geld profitiert."

„Sehr. Mein Vater hat es in Belluna investiert – ein so guter Landwirt war er immerhin."

„Er muss sein Geheimnis geliebt haben, das Gefühl, dass er die

Dinge in Ordnung gebracht hat, anstatt alles dir zu überlassen. Wahrscheinlich hat er sich darauf gefreut, dich eines Tages damit zu überraschen: ‚Na bitte, bin ich nicht clever? Was sagst du dazu?'"

Rinaldo sah sie wie vom Donner gerührt an. „Ja. Genau so war er. Ich meine fast, ihn das sagen zu hören."

„Es ist nicht seine Schuld, dass es schiefgegangen ist. Er konnte nicht wissen, dass er sterben würde. Vielleicht hat es seinen Stolz verletzt, dass er sich so auf dich verlassen musste. Er wollte, dass du ihn bewunderst."

„Das klingt sehr überzeugend", gab Rinaldo leise zu. „Wenn ich mich nur erinnern könnte ..."

„An was?"

„An irgendeinen Umstand, der mir verraten würde, was in ihm vorgegangen ist. Ich habe ständig das Gefühl, dass da etwas ist. Ich träume davon, aber wenn ich aufwache, ist es weg."

„Es wird dir wieder einfallen. Nicht jetzt, solange du völlig durcheinander bist. Dann, wenn du unbeschwerter bist."

Rinaldo lächelte gequält. „Ich glaube, ich habe vergessen, wie es ist, unbeschwert zu sein."

Alex betrachtete seine kräftigen Hände. Sie spürte noch immer, wo er sie festgehalten hatte. Er war ein so großer, starker Mann, und dennoch jetzt so hilflos. „Du trägst für alle die Last, stimmt's?"

Er antwortete nicht, und Alex fragte sich, ob sie zu weit gegangen war. Aber er wurde nicht wütend. Er blickte sie nur forschend an, als würde er versuchen, sie zu ergründen.

„Hey! Ist jemand da?", rief in diesem Augenblick Gino draußen.

Er kam auf die Scheune zu. Rinaldo legte den Zeigefinger auf die Lippen und ging schnell hinaus.

„Ich wollte gerade los. Wir haben heute viel zu tun", hörte Alex ihn sagen.

Die Stimmen der Brüder wurden leiser. Sie wartete noch eine Weile, dann verließ sie die Scheune. Zurück im Haus, rief sie David an, geriet aber nur an seinen Anrufbeantworter. Sie hatten mehrmals miteinander gesprochen, seit sie auf Belluna wohnte, und sie hatte sich dafür entschuldigt, dass sie so lange brauchte. David hatte sie jedes Mal ermuntert, so lange wie nötig zu bleiben. Er war dermaßen nett und verständnisvoll gewesen, dass sich Alex nach den Gesprächen immer ein bisschen schuldig gefühlt hatte.

Eins war jedoch sicher: Es kam nicht infrage, dass sie vor dem Fest des St. Romauld abreiste, das am neunzehnten Juni stattfand.

„Festwagen fahren durch die Straßen", erzählte Gino ihr. „Und wir laufen herum, essen, trinken und tanzen. Ich werde nur mit dir tanzen, amore mio. Und du darfst nur mit mir tanzen."

„Das kann sie nicht machen", legte Rinaldo sofort sein Veto ein. „Montelli und die anderen werden bestimmt ihre Aufmerksamkeit in Anspruch nehmen. Und du musst ja das Nötige tun, um sie alle im Unklaren zu lassen, stimmt's, Alex?" Sein Ton war freundlich, als würde er scherzen.

Sie ging darauf ein. „Natürlich."

„Aber wozu brauchst du die anderen, wenn du doch uns hast?" Gino umfasste ihre Taille und beugte sich theatralisch über Alex.

„Ich mag Abwechslung." Sie hielt sich lachend an ihm fest, um nicht hintenüberzufallen.

Jeder auf dem Gut Beschäftigte fuhr zum Fest. Ganze Familien zwängten sich in Autos, und von überall her bogen Fahrzeuge auf die Hauptstraße nach Florenz ein, sodass sie schließlich die „Belluna-Prozession" waren, wie Gino erklärte.

Alex hatte für diesen Tag ein leuchtend rotes Kleid mit einem tiefen V-Ausschnitt gewählt. Sie sah darin sensationell aus. Das war etwas Neues. In London bemühte sie sich, elegant und geschäftsmäßig auszusehen, nicht sensationell. Plötzlich schien nur sensationell richtig zu sein.

Ein Arbeiter, der keine Familie hatte, nahm Teresa, Celia und Franca in Rinaldos Geländewagen mit. Die Brüder und Alex fuhren in ihrem Leihwagen. Sie gab Rinaldo die Schlüssel. „Dir ist es bestimmt lieber so."

„Sei vorsichtig, Alex", erwiderte er. „Wenn du einen Mann dein Auto fahren lässt, könnte dich jemand für eine traditionelle Frau halten."

„Niemand, der mich kennt, würde den Fehler begehen", sagte sie. „Ich kann mich nicht daran gewöhnen, dass das Steuer auf der linken Seite ist."

„Ach ja, die Engländer fahren auf der falschen Straßenseite", murmelte er.

Sie ignorierte die Provokation. „Wahrscheinlich ist es sicherer, wenn du fährst."

„Ich muss mich verhört haben. Hast du das wirklich gesagt?"

„Steig ein und fahr", befahl sie wütend.

Rinaldo lachte und setzte sich ans Steuer. Gino drängte Alex schnell auf den Rücksitz, und so fuhren die drei in die Stadt. Auch die beiden Männer hatten sich „fein gemacht". Sie trugen schneeweiße Hemden mit Rüschen auf der Vorderseite. Gino kleidete sich immer modisch, während Rinaldo nur in seinen schäbigen Arbeitssachen herumlief. Von den Beerdigungen abgesehen hatte Alex ihn noch nie anders gesehen. Nur gut, dass ich schon „versprochen" bin, dachte sie. Sonst könnten die beiden Brüder mein seelisches Gleichgewicht ernsthaft stören. So wie die Dinge lagen, freute sie sich jedoch einfach darauf, das Fest mit ihren beiden gut aussehenden Begleitern zu besuchen.

Es war später Nachmittag, und die Leute feierten schon ausgelassen. Als Heilige, Dämonen, Zauberer und Clowns verkleidete Gestalten tanzten in den Straßen. Mehrere Male wurde Alex gepackt und mitgezogen, sodass Gino sie retten musste.

Rinaldo trennte sich von ihnen, sobald sie in Florenz ankamen. Nach einer Weile trafen sie ihn zufällig. Er war in ein Gespräch mit einem ernst aussehenden Mann vertieft.

„Das ist der Bankfilialleiter", sagte Gino.

„Auf einem Fest?", fragte Alex.

„Man sollte meinen, er könnte sich mal fünf Minuten freinehmen, stimmt's?"

„Vielleicht will er den Rest des Grundbesitzes mit einer Hypothek belasten, damit er mich auszahlen kann."

„Wie bitte?" Gino war entsetzt.

„Es würde alle Probleme lösen." Alex versuchte fröhlich zu klingen.

„Nein, würde es nicht. Du würdest weggehen. Ich will nicht, dass du gehst. Du willst doch nicht weg, oder?"

Sie antwortete nicht. Sie konnte es nicht.

Überall waren Stände aufgebaut. Gino kaufte Kuchen und Wein, und sie wanderten herum, Hand in Hand, wie Kinder. Als das Tageslicht schwächer wurde, leuchteten die bunten Lichter heller. Tische wurden in den Straßen aufgestellt, und eine Band begann zu spielen.

Schließlich fanden sie Rinaldo. Er saß allein an einem Tisch auf der Piazza della Signorina und brütete bei einem Glas Wein vor sich hin.

„Hallo, Bruder", sagte Gino. „Amüsierst du dich gut? Du siehst nicht so aus."

„Wir müssen nicht alle ausflippen, um uns zu amüsieren", erwiderte Rinaldo ungerührt, als sie sich zu ihm setzten. „Der Umzug müsste gleich anfangen."

Genau in diesem Moment ertönten Trompeten, und die ersten Festwagen kamen in Sicht. Alex sah sie sich neugierig an. Obwohl es ein religiöses Fest war, hatten nicht alle Wagen dieses Thema. Manche Darstellungen waren fast obszön, andere grausam. „Ist der mit dem Bäcker und dem Laib Brot wirklich so derb, wie es mir vorkommt?", fragte sie.

„Oh ja", antwortete Gino. „Je derber, desto besser. So mögen wir es. Deshalb feiern wir St. Romauld. Er ist ein guter Vorwand, derb zu sein."

„Ich hatte noch nie von ihm gehört."

„Er ist keiner der bekannten Heiligen", räumte Rinaldo ein. Aber er hat den Vorteil, völlig ausschweifend gewesen zu sein, bevor er fromm wurde. Er lebte vor ungefähr tausend Jahren. Nachdem er viel getrunken und gehurt hatte, wurde er Mönch und gründete hier in der Nähe ein Kloster."

„Aber er wurde ständig in Versuchung geführt", erzählte Gino die Geschichte weiter. „Natürlich widerstand er ihr, es bedeutet jedoch, dass dieser Umzug sehr bunt sein darf. Auf jeden Wagen, der ihn als Heiligen darstellt, kommen zehn andere, die weltliche Zügellosigkeit zeigen."

Alex lachte. „Ein religiöses Fest ist es angeblich trotzdem?"

„Sicher", erwiderte Gino. „Hinterher gehen die Leute in die Kirche und bitten um Verzeihung. Erst muss man die fleischlichen Genüsse richtig genießen, weil sonst die Reue nicht echt wäre, und das wäre ein Sakrileg."

Alex versetzte ihm einen Rippenstoß. „Das klingt nach einer sehr bequemen Philosophie."

„Unser Vater hat sie mich gelehrt. Er hat gesagt, es sei ein alter Brauch. Ich glaube, er hat es erfunden."

Rinaldo nickte. „Das würde mich nicht überraschen."

„Was wird denn damit dargestellt?", fragte Alex plötzlich lachend. Sie zeigte auf einen Festwagen, der gerade in Sicht kam. Auf einem Thron saß eine sehr schöne junge Frau mit langem goldblonden Haar. Hinter ihr stand ein Mann in prächtiger Rüstung, offensichtlich ein siegreicher Krieger. Zwei andere Männer kauerten unterwürfig zu Füßen der Frau. Einer von ihnen hielt ein Ferkel fest, das quiekend zu fliehen versuchte. Als der Wagen vorbeifuhr, gelang es dem Tier, sich zu befreien. Es flitzte zum Rand und sprang. Alex machte gerade rechtzeitig einen Satz und fing es auf. „Du willst doch wohl nicht auf der harten Straße landen", sagte sie und reichte es dem Mann auf dem Wagen.

„Grazie, Circe!", rief er.

„Was hat er gemeint?", fragte Alex.

„Die Frau auf dem Festwagen soll Circe sein, die Zauberin der griechischen Mythologie. Sie hat Männer in ihre Höhle gelockt und in Schweine verwandelt."

„Deshalb das Ferkel", sagte Alex.

„Ja, es ist wohl das Beste, was sie für den Umzug bekommen konnten."

„Sie war nicht nur eine Zauberin", wandte Gino ein. „Sie war auch eine Heilerin und weise Frau. Der Mann, der auf dem Wagen hinter ihr steht, ist Odysseus, der sie mit Liebe besiegt hat."

„Hat er das?", fragte Rinaldo. „Er dachte, er hätte es getan, aber sie konnte Männer blind für alles andere machen. Er war auf einer wichtigen Reise, und dann hat er es vergessen und ist ein Jahr bei ihr geblieben. Wer hat da wen besiegt?"

„Du magst sie nicht, stimmt's?", forderte Alex ihn lachend heraus. „Denk dir nur, eine Frau, die ihn dazu gebracht hat, sie an die erste Stelle zu setzen! Schockierend! Rinaldo, dies ist ein Fest. Um Himmels willen, sei lockerer."

„Hey, Gino!" Drei spärlich bekleidete junge Frauen stürzten sich auf ihn, küssten ihn und entführten ihn mit roher Gewalt.

Er blickte sich zu Alex und Rinaldo um und zuckte gespielt entsetzt die Schultern.

„Mein Bruder ist sehr beliebt", erklärte Rinaldo. „Aber er ist eher der Gejagte als der Jäger."

„Du musst ihn nicht entschuldigen", erwiderte Alex fröhlich. „Ich bin froh über die Gelegenheit, eine Weile ruhig hier zu sitzen."

„Lass mich dir Wein bestellen."

„Nein danke, keinen Wein."

„Mineralwasser?"

„Am liebsten hätte ich eine schöne Tasse Tee", sagte Alex sehnsüchtig.

Rinaldo winkte einem Ober, sprach einige Worte auf Toskanisch und gab ihm einen Geldschein. Der Ober nickte und eilte davon.

„Ich glaube es nicht!", rief Alex bewundernd. „Hast du es wirk-

… geschafft, Tee zu bestellen? Auf einem Fest, bei dem der Wein in …römen fließt?"

„Wir müssen abwarten."

Nach wenigen Minuten kam der Tee, und Alex trank ihn begeistert. „Nichts hat jemals so gut geschmeckt. Danke!" Im nächsten Moment wurden ihre Augen groß vor Entsetzen. „Du meine Güte, dort drüben ist Montelli. Er folgt mir anscheinend überallhin."

„Soll ich dich allein lassen, damit du mit ihm sprechen kannst?" Rinaldo wollte aufstehen.

Alex legte ihm die Hand auf den Arm. „Untersteh dich! Ich verlasse mich darauf, dass du ihn für mich loswirst."

„Und meinen schlechten Ruf bestätige. Weißt du, dass allgemein behauptet wird, ich hätte dich gefangen genommen und würde dich von allen fernhalten?"

„Tja, das war der ursprüngliche Plan, stimmt's?", neckte sie ihn.

„Ich kann mich wirklich nicht erinnern", erwiderte Rinaldo verlegen.

Montelli kam an den Tisch. Sein strahlendes Lächeln verbarg seine Sorge nicht. Er wollte sich auf Ginos Platz setzen, aber Alex warf schnell ihre Handtasche auf den Stuhl. „Signorina, was für eine Freude! Sie sind neuerdings so schwer zu erreichen."

„Ja, ich lasse mein Handy ausgeschaltet. Sie müssen diesem schönen Land die Schuld geben. Es erfordert meine ganze Aufmerksamkeit."

„Italien ist tatsächlich ideal für einen Urlaub, aber eine hellhäutige Nordeuropäerin sollte vielleicht nicht ständig hier leben."

„Wie nett von Ihnen, dass Sie so um mein Wohl besorgt sind", sagte Alex lächelnd. „Würde es Sie wirklich beunruhigen, wenn ich bleiben würde?"

Montelli wurde blass bei dieser Andeutung, dass sie möglicherweise überhaupt nicht verkaufen würde. „Nun, wir wären natürlich …le entzückt … Du lieber Himmel, Sie trinken Tee. Ist der Mann zu …zig, um Ihnen ein Glas Wein zu spendieren?"

„Viel zu geizig“, mischte sich Rinaldo ein, und es klang belustigt.

„Das ist empörend! Signorina, lassen Sie mich Ihnen irgendwo anders Champagner spendieren.“ Montelli umfasste energisch Alex’ Arm.

Im nächsten Moment gellte ein Schrei durch die Luft, und Montelli tupfte hektisch heißen Tee von seiner Hose.

„Das tut mir so leid“, rief Alex, nicht besonders überzeugend. „Ich kann mir gar nicht erklären, wie das passiert ist.“

Montelli warf ihr einen anklagenden Blick zu, war jedoch zu klug, um etwas zu sagen. Dann eilte er davon.

„Warum bist du mir nicht zu Hilfe gekommen?“, fragte sie Rinaldo.

„Ich habe noch nie eine Frau erlebt, die weniger Hilfe braucht. Und ich hätte wohl kaum deinen Tee über ihn schütten können.“

„Das war ein Unfall.“

„Natürlich.“

Der Umzug war zu Ende, und die Straßen waren voll von feiernden Leuten. Irgendwo in der Ferne konnten sie Gino sehen. Er hatte Blumen im Haar und tanzte mit drei Frauen auf einmal.

„Soll ich ihn holen?“, fragte Rinaldo.

„Wozu? Er ist frei und ungebunden“, erwiderte Alex.

„Und du? Bist du frei und ungebunden? Mit einem Verlobten in England?“

Sie versuchte vergeblich, sich an Davids Gesicht zu erinnern. „Ich habe gemeint, dass ... Gino ...“

„Ihr beide verbringt viel Zeit zusammen.“

„Nur weil du ihn dazu angestiftet hast. Lass ihn in Ruhe.“

Ein tanzendes Paar stieß gegen den Tisch. „Wenn du deinen Tee ausgetrunken hast, sollten wir vielleicht weiterziehen“, schlug Rinaldo vor. „Hier ist es nicht sicher.“

Alex folgte ihm durch Nebenstraßen zum Fluss, wo ein herrlich kühler Wind wehte. Eine Weile standen sie am Ufer und genossen die Abendluft. Alex blickte hinunter ins dunkle Wasser und sah ihr ensterhaftes Spiegelbild. Nein, dachte sie. Kein Gespenst, son-rn das Bild eines anderen Ichs.

„Woran denkst du?“, fragte Rinaldo.

„Ich frage mich, wer ich bin.“

„Das habe ich mich auch schon gefragt. Du bist nicht die Person, für die ich dich zuerst gehalten habe.“

„Niemand konnte die Frau sein. Sie war eine Figur aus einer Horrorgeschichte.“

Er nickte. „Ich habe dir niemals gedankt.“

„Wofür?“

„Dafür, dass du dich um Brutus gekümmert hast. Du hast erkannt, was ich hätte erkennen müssen. Ich habe ihn zu lange leben lassen. Ich habe mich den Anzeichen verschlossen, weil ich den Gedanken nicht ertragen konnte, mich von ihm zu trennen.“

„Hast du ihn deshalb um Verzeihung gebeten?“

„Ja“, sagte Rinaldo leise.

„Er war der Hund deiner Frau.“

„Ich nehme an, Gino hat es dir erzählt.“ Ein zärtliches, erinnerungsträchtiges Lächeln umspielte Rinaldos Mund. „Maria ist mit dem Welpen unter dem Arm zu unserer Hochzeit gekommen. Sobald sie ihn hinuntergesetzt hat, ist er davongelaufen. Und er hat geschrien, wenn sie ihn jemand anders gegeben hat. Also hat sie ihn während des ganzen Gottesdienstes festgehalten. Sie hat gesagt, er sei der Start unserer Familie, dass wir viele Kinder und viele Hunde haben würden. Aber so ist es nicht gekommen.“

Jetzt war ihm nichts mehr von seiner Frau geblieben. Jene, die er geliebt hatte, waren ihm einer nach dem anderen genommen worden. Nur Gino war noch übrig, und trotz der Zuneigung füreinander herrschte eine gewisse Distanz zwischen den Brüdern, weil sie öllig verschieden waren. „Du musst so einsam sein“, sagte Alex d berührte spontan seinen Arm. Rinaldo blickte auf ihre Hand, einen Moment lang dachte Alex, er würde seine Hand auf ihre . Aber dann lächelte er, und sie wusste, dass sie einen Fehler gemacht hatte. Sein Lächeln war so unversöhnlich, dass sie sich fühlte, als würde ihr eine Eisentür vor der Nase zugeschlagen.

„Durchaus nicht", erwiderte er und zog seinen Arm weg.

Alex war wütend auf sich, weil sie bei diesem schwierigen Mann einen Schritt zu weit gegangen war. Im letzten Moment war er vor ihrem Mitgefühl zurückgeschreckt und hatte sich misstrauisch vor ihr verschlossen. Sie spürte sein Unbehagen und war sicher, dass er sich alles ins Gedächtnis zurückrief, was er ihr anvertraut hatte. Aus seiner Sicht war er unvorsichtig geworden und hatte vergessen, dass sie noch immer eine Gefahr darstellte.

Vergeblich rang Alex nach Worten, die ihn zu ihr zurückbringen konnten. Rinaldo hatte sich schon abgewandt und ging die schmale Straße entlang.

„Lass uns Gino suchen", rief er über die Schulter.

8. KAPITEL

Kümmere dich nicht um Gino", bat Alex verzweifelt. „Er gehört mir nicht, und er wäre der Erste, der darauf hinweist."

„Deshalb sehe ich euch beide wohl ständig zusammen herumalbern", erwiderte Rinaldo ironisch. „Ich frage mich, was du deinem Verlobten erzählen wirst."

„Ich werde es überhaupt nicht erwähnen. Das ist nicht notwendig."

„Was für ein kühles Volk die Engländer sein müssen. Wenn du meine Partnerin wärst, würde ich wissen wollen, ob du mit einem anderen Mann flirtest."

Wenn ich deine Partnerin wäre, würde ich mit keinem anderen Mann flirten, dachte Alex unwillkürlich. „Wirklich?"

„Ja, weil ich dann etwas dagegen tun könnte."

Ihr war völlig klar, was er meinte. Sie sollte ihm Einhalt gebieten. Aber sie wollte es nicht. „Ich bezweifle, dass du das könntest", provozierte sie ihn.

Im nächsten Moment legte er ihr den Arm über die Brust und drängte Alex gegen eine Mauer. „Mit mir spielt man nicht, verstanden?", sagte er leise. „Versuch nicht, mich zu reizen. Ich bin kein unreifer Junge, der betteln kommt."

„Wie kannst du es wagen, mich zu beschuldigen, ich wolle dich reizen?", fragte Alex mit bebender Stimme.

„Du führst etwas im Schilde. Ich bin nicht dumm, Circe."

„Ich auch nicht. Du hast Gino auf mich angesetzt, erinnerst du dich? Für wie blöd hältst du mich? Würdest du mich jetzt bitte gehen lassen?" Sie versuchte seinen Arm wegzustoßen, aber er lag wie Stahl über ihrer Brust.

„Noch nicht. Wir müssen uns unterhalten."

„Ich kann mir nicht denken, worüber." Alex bemühte sich, ruhig zu bleiben, doch mit seinem kräftigen Körper an ihrem war sie bewegungsunfähig, und seine Hitze übertrug sich auf sie und vermischte sich mit ihrer eigenen wachsenden Erregung.

„Du hast das heute Abend sehr gut gemacht“, sagte Rinaldo leise.

„Ich weiß nicht, was du meinst.“

„Doch, tust du. Du warst sehr subtil. Einfach nett sein zu dem Rohling und zusehen, wie er weich wird. Und du bist dicht an dein Ziel herangekommen, bis du dich dann übernommen hast. Jeder Mann muss dich begehren, oder? Gino befriedigt deine Eitelkeit, dein Verlobter befriedigt deinen Ehrgeiz. Und ich? Was würde ich befriedigen?“

Rinaldos Worte überfluteten Alex wie heiße Lava und ließen sie klar sehen. Er würde ein tief gehendes, schmerzliches Verlangen befriedigen, das, uneingestanden, von Anfang an da gewesen war. Wie lange hätte sie sich weiter etwas vormachen können, wenn er ihr die Erkenntnis nicht aufgedrängt hätte?

Aber eher würde die Hölle zufrieren, als dass sie es zugeben würde. „Du schmeichelst dir. Wenn du nicht so eingebildet wärst, würdest du dich daran erinnern, dass ich nichts zu dir gesagt habe, was ich nicht vor Gino hätte sagen können.“

„Du bist clever. Circe webt ihren Zauber und zeigt allen von uns ein verschiedenes Gesicht. Bei Gino würde die subtile Methode nicht funktionieren, aber bei mir hattest du damit fast Erfolg.“

Alex antwortete nicht. Ein warmes Sehnen durchflutete sie, machte ihre Glieder schwer und trübte ihre Sinne. Dennoch war sie sich seiner Lippen auf ihrem Hals brennend bewusst. Stolz veranlasste sie, den Kopf wegzudrehen, doch sie konnte Rinaldo nicht entkommen.

Er versuchte nicht, sie auf den Mund zu küssen, sondern ließ nur die Lippen über ihren Hals gleiten. Und er löste einen inneren Aufruhr aus, dessen Heftigkeit erschreckend war. Rinaldo warnte sie davor, sich auf einen Kampf mit ihm einzulassen. Wenn sie es tun würde, konnte er dies mit ihr machen. Er konnte sie dazu bringen, ihn zu begehren, obwohl sie es nicht wollte. Es erforderte all ihre

Willenskraft, sich nicht an ihn zu schmiegen und neue, intimere Liebkosungen zu suchen.

Sie durfte nicht erlauben, dass so etwas passierte, aber es passierte trotzdem. Überall war Gefahr, doch plötzlich war Gefahr Alex' Element. Sie legte ihm die Arme um den Nacken. Nichts konnte sie aufhalten. Und Rinaldo bedeckte ihr Gesicht mit Küssen, machte sie rasend mit zarten, aufreizenden Liebkosungen, die Alex unbefriedigt ließen, weil sie so viel mehr wollte.

Bald waren sie nicht mehr allein in der Straße. Lachende, singende Menschen tanzten an ihnen vorbei, aber niemand beachtete sie. Ein Liebespaar unter so vielen!

Schwer atmend zog sich Rinaldo ein bisschen zurück. Er kann meine Reaktion sehen, dachte Alex verzweifelt. Sie konnte nicht verbergen, wie sich ihre Brüste hoben und senkten und wie heftig der Puls an ihrem Hals schlug.

„Geh … weg … von … mir“, sagte sie mit bebender Stimme.

Rinaldo trat zurück.

Und Alex sah einen Moment lang sein Gesicht, das brennende Leidenschaft verriet. Und … Angst. Es war zu spät, Alex auszuschließen, und er wusste es.

Er drehte sich um und ging zur Hauptstraße.

Alex lehnte an der Mauer und versuchte sich zu beruhigen. Nach einigen Minuten folgte sie ihm langsam. Als sie fast die Piazza erreicht hatte, kam Gino auf sie zu, nicht mehr ganz nüchtern. Er umarmte sie stürmisch.

„Da bist du ja, carissima. Warum bist du nicht mit Rinaldo zusammen? Sag nicht, ihr beiden streitet euch wieder!“

Die Rückfahrt würde Alex niemals vergessen. Rinaldo fuhr, sie saß mit Gino auf dem Rücksitz. Es war eine Erleichterung, dass Gino zu schläfrig war, um zu reden, aber andererseits kamen ihr Gedanken, die sie nicht haben wollte, während sie starr hinaus in die Dunkelheit blickte.

Sobald sie zu Hause waren, wünschte Alex den Brüdern eine gute Nacht und ging nach oben in ihr Zimmer. Sie musste allein sein, um ihre Gefühle unter Kontrolle zu bringen.

Sie war wütend, auf Rinaldo und auf sich selbst, weil sie sich hatte überrumpeln lassen. Das Verlangen war die ganze Zeit über da gewesen. Ein animalisches, fast unbeherrschbares Verlangen, das nicht mit Zuneigung verbunden war. Unzivilisiert. Fremd in ihrer wohlgeordneten Welt. So ein Gefühl hatte Alex niemals wirklich für möglich gehalten. Es war, als hätte es darauf gewartet, sich endlich zu zeigen und sie lächerlich zu machen.

Und wie lächerlich! Ihre Erregung musste offensichtlich gewesen sein. Rinaldo hatte sie dazu gebracht, ihn zu begehren, und er wusste es. Sie war an diesem Abend zum ersten Mal wirklich lebendig gewesen. Aber sie wollte nicht so für Rinaldo empfinden, und sie würde sich mit aller Macht dagegen wehren. Es würde bald vorbei sein. Wenn sie nach England zurückkehrte, würde sie diese Verirrung vergessen.

Nachdem sie kalt geduscht hatte, fühlte sich Alex ein bisschen besser. Während sie sich ein Handtuch umwickelte, fiel ihr etwas ein. Das Datum des Festes war ihr die ganze Zeit so bekannt vorgekommen. Jetzt wusste sie, warum. Es war der Termin für die Sitzung, bei der David dafür sorgen wollte, dass ihr die Teilhaberschaft angeboten wurde. Das Meeting musste an diesem Nachmittag stattgefunden haben. Wahrscheinlich hatte er seitdem versucht, zu ihr durchzukommen.

Alex hätte laut loslachen können. Etwas so Wichtiges zu vergessen! Italien hatte sie wirklich hypnotisiert. Sie hatte sogar ihr Handy zurückgelassen, als sie zum Fest nach Florenz gefahren waren. Na schön, sie musste nur ihre Nachrichten überprüfen.

Von David waren keine da. Aber vier von ihrer Sekretärin, unter ihrer Privatnummer. Jenny war eine mütterliche Frau und unermüdliche Arbeiterin. Alex mochte sie sehr gern. Warum bemühte sie sich so, sie zu erreichen, während sich David ausschwieg?

Vielleicht war sie von den anderen Teilhabern nicht akzeptiert worden, und David stritt noch immer mit ihnen. Alex wählte Jennys Nummer.

„Dem Himmel sei Dank, dass Sie anrufen", sagte Jenny erleichtert. „Sie werden nicht glauben, was ich Ihnen zu berichten habe. Sitzen Sie?"

„Ja, auf dem Bett. Jetzt erzählen Sie schon."

„Heute Nachmittag hat David seine Verlobung mit Erica bekannt gegeben."

Im ersten Moment war Alex so schockiert, dass ihr nur eins in den Sinn kam. „Wer ist Erica?"

„Seine Sekretärin. Seltsam, dass niemand ihren Namen kennt, aber so ist sie. Kleine graue Maus. Hebt sich nicht von der Tapete ab."

Jetzt erinnerte sich Alex an die blasse dünne junge Frau, die sie manchmal in Davids Büro gesehen hatte. Und diese kleine Null hatte die glamouröse, dynamische Alex Dacre verdrängt?

„Da ist noch etwas", sagte Jenny. „David hat sein Veto gegen Ihre Mitbeteiligung eingelegt. Alle dachten, es sei nur eine Formalität, Sie auf der Versammlung heute Nachmittag zur Teilhaberin zu machen, aber David wollte es nicht einmal in Erwägung ziehen."

„Wie bitte?"

„Er hat argumentiert, sie könnten sich nicht auf jemanden verlassen, der so lange der Firma fernbleibt ..."

„Zu mir hat er gesagt, ich solle mir so viel Zeit nehmen, wie ich brauche!"

„Das wissen wir alle. Niemand glaubt das. Es ist nur ein Vorwand. Er behauptet, Sie könnten weiterhin als Angestellte in der Firma arbeiten ..."

„Er weiß, dass ich das nicht tun werde!", brauste Alex auf.

„Richtig. Nach dem, wie er Sie behandelt hat, will er Sie nicht mehr in der Firma haben. Entlassen kann er Sie nicht, aber er kann Ihnen das Leben schwer machen, bis Sie freiwillig gehen."

„Was hätte er getan, wenn ich nicht nach Italien gefahren wäre?"

„Er hätte sich etwas ausgedacht. Sie haben es ihm leicht gemacht. Alle Ihre Mandanten sind anderen Leuten anvertraut worden. Offiziell während Ihrer Abwesenheit, aber ...“

„Ich werde sie nicht zurückbekommen. Der Teufel soll ihn holen! Die Hälfte dieser Auftraggeber sind nur bei uns, weil ich um sie gekämpft habe.“

„Und das ist David ein Dorn im Auge. Sie sind zu einer mächtigen Konkurrentin geworden, und er ist sehr eitel.“

„Danke, dass Sie mich informiert haben, Jenny“, sagte Alex schwer atmend.

„Was werden Sie jetzt tun?“

„Meine Rache planen.“

„Wie bitte?“, rief Jenny erschrocken.

„Ich bin Halbitalienerin, vergessen Sie das nicht. Wir schmieden nachts ein Komplott und halten das Stilett bereit. Vielleicht sollten Sie ihm das sagen. Es könnte ihm ein oder zwei schlaflose Stunden bereiten.“

„Oh Alex, ich weiß, dass Sie schrecklich verletzt sein müssen, aber ist er das wert?“

„Nein. Ich rufe später noch einmal an.“ Nachdem Alex aufgelegt hatte, saß sie lange reglos da. In Wirklichkeit war sie überhaupt nicht verletzt. Sie hatte sich gegen Davids wahren Charakter verschlossen, doch im Grunde ihres Herzens hatte sie immer gewusst, was für ein Mann er war. Kühl, egozentrisch und skrupellos, was seine eigenen Interessen anbelangte. Es hatte keine Rolle gespielt, weil sie geglaubt hatte, genauso zu sein.

Jetzt wusste sie es besser. Bei dem Gedanken, David nachzutrauern, hätte sie fast gelacht. Deshalb war er also so verständnisvoll wegen ihrer langen Abwesenheit gewesen. Es hatte ihm prima gepasst. Er musste schon vor ihrer Abreise geplant haben, sie aus der Firma zu drängen. Sie würde keine Zeit damit verschwenden, sich zu grämen. Die Beleidigung einzustecken war eine andere Sache.

Alex bemerkte eine kleine Tonfigur auf dem Nachttisch. Im

nächsten Moment zersprang sie an der gegenüberliegenden Wand, und die Wucht des Aufpralls ließ das Zimmer erzittern. Alex sah sich den Schaden an und fühlte sich viel besser.

„Ist alles in Ordnung mit dir?", rief Gino vor der Tür.

„Ja." Alex zog schnell einen Morgenmantel an und machte auf. Rinaldo war auch da.

Gino stürmte herein und nahm ihre Hände. „Was war das für ein Krach? Ist etwas heruntergefallen? Hast du dir wehgetan?"

Sie befreite sich und hob einige Scherben auf. „Es war nur das hier."

Rinaldo kam ins Zimmer und sah sich die Delle in der Wand an. „Eindrucksvoll", meinte er. „Du musst mit ziemlicher Kraft geworfen haben. Erinnere mich daran, dass ich mich ducke."

„Der Schaden an eurer Wand tut mir leid." Alex fühlte sich seltsam ruhig, jetzt, da sie sich abreagiert hatte.

„Hattest du einen besonderen Grund für die Gewalttätigkeit?", fragte Rinaldo. „Oder war dir einfach danach?"

Alex blickte ihn an. Ihre Augen funkelten. „Mir war einfach danach." Nichts auf der Welt hätte sie in diesem Moment dazu gebracht, ihm die Wahrheit zu sagen.

Gino war allein in der Küche und verdrückte ein herzhaftes Frühstück, als Alex am nächsten Morgen nach unten kam. Sie sah ihn spöttisch an und stellte belustigt fest, dass er ihren Blick kaum erwidern konnte. „‚Ich werde nur mit dir tanzen, amore mio. Und du darfst nur mit mir tanzen'", wiederholte sie seine Worte.

„Ich weiß, ich weiß", antwortete Gino leise. „Ich habe mich mitreißen lassen."

„Ja, ich habe gesehen, wie du mitgerissen worden bist … von dreien. Natürlich konntest du nicht widerstehen."

Er bedachte sie mit einem argwöhnischen Blick. „Bist du jetzt einfach nur sehr nett, oder soll ich mich darauf gefasst machen, dass mir siedendes Öl auf den Kopf tropft?"

„Du wirst abwarten müssen“, neckte sie ihn.

Er nahm ihre Hand und küsste sie. „Ich bete dich an, Alex.“

„Nein, tust du nicht. Du betest deine drei Begleiterinnen von gestern Abend an. Zumindest habe ich drei gesehen. Es würde mich nicht wundern, wenn ...“

„Ja, nun, lass es gut sein“, unterbrach Gino sie schnell. „Ehrlich, carissima, es hat nichts zu bedeuten. Es ist die Atmosphäre auf dem Fest. Die ganzen Dämonen und Darstellungen von Zügellosigkeit. Alles Mögliche kann passieren, und man wird es passieren lassen, und wer weiß, wie der Abend endet?“

Alex schwieg. Ginos Worte hatten sie schwer getroffen. Die erotische Stimmung des vergangenen Abends hatte sie auch erfasst und sie etwas empfinden lassen, was sie vielleicht besser nicht empfunden hätte. Und sie hatte es sogar genossen.

Aber jetzt war heller Tag.

„Tut mir leid“, entschuldigte sich Gino, der ihren Gesichtsausdruck falsch deutete. „Das hätte ich nicht sagen sollen.“

„Warum nicht? Ich verstehe es. Auf einem Fest bleibt man niemals mit der Person zusammen, mit der man gekommen ist, sonst macht es keinen Spaß.“

„Du bist ein süßer, verzeihender Engel.“ Gino küsste Alex auf den Mund.

Sie ließ es zu. Es war nicht unangenehm. Tatsächlich fühlte sie überhaupt nichts.

„Du weißt, dass ich dich über alles liebe, stimmt's?“, fragte Gino. „Du bist diejenige, von der ich träume ...“

„Nur nicht während eines Fests.“

„Können wir das jetzt hinter uns lassen?“, bat er entnervt.

„Tut mir leid, aber ich muss einfach lachen. Du bist so ein Komödiant.“

„Ich offenbare dir meine Gefühle, und du lachst“, sagte er traurig. „Ach, na schön!“ Er schlug sich theatralisch auf die Brust. „Ridi, pagliacco, ridi! Lach, Clown, lach, auch wenn dir das Herz bricht.“

„Clown stimmt“, sagte Alex streng.

Seine Stimmung schlug plötzlich um, was typisch für ihn war. „Geh nicht zurück nach England.“

„Gino …“

„Du hast dich verändert, seit du hierhergekommen bist. Ich wette, du erkennst dich selbst nicht wieder.“

Er hatte recht. Ginos Auffassungsgabe konnte beunruhigend sein. Alex war jedoch nicht bereit, ihm die Wahrheit anzuvertrauen.

„Du kannst nicht in dieses andere Leben zurückkehren“, drängte er. „Du gehörst dort nicht mehr hin.“

„Hör auf damit. Ich durchschaue deine kleinen Intrigen“, neckte sie ihn, um ihn von der richtigen Spur abzulenken.

„Bitte, cara …“, flehte er.

„Du bist genauso schlimm wie Rinaldo. Ihr beide habt das alles geplant, bevor ich angekommen bin. Ich würde es euch ohne Weiteres zutrauen, dass ihr mit einer Münze um mich gelost habt.“ Alex hatte die Bemerkung nicht ernst gemeint, aber Ginos beunruhigter Blick sagte ihr alles. „Ihr habt es getan!“

„Ja … nein … so war es nicht.“

„Ich wette, es war so. Ihr beiden Frechdachse!“

„Du bist nicht böse?“

„Ich sollte wohl einfach dankbar sein, dass du gewonnen hast.“

Ermutigt durch ihre sachliche Einstellung, lächelte Gino breit. „Habe ich nicht. Rinaldo hat gewonnen. Er hat behauptet, er hätte geglaubt, ich würde meine Münze mit den zwei Vorderseiten verwenden, sonst hätte er nicht gespielt. Jedenfalls hat er gesagt, er sei nicht interessiert und ich könne dich haben.“

„Ach, tatsächlich?“, fragte Alex gefährlich leise.

„Aber du bist doch froh, dass du stattdessen mich bekommen hast? Los, gib es zu. Du magst mich lieber als Rinaldo.“

„Ich mag jeden lieber als ihn.“

„Ich habe mich schlecht benommen, als ich dich gestern Abend mit ihm allein gelassen habe, stimmt's? Es tut mir leid, wenn er dich beleidigt hat."

„Vielleicht habe ich ja ihn beleidigt", erwiderte Alex ausweichend.

„Ich frage mich, ob er deshalb weggefahren ist."

„Wie bitte?"

„Ja, er ist am frühen Morgen losgefahren. Er will sich nach gebrauchten landwirtschaftlichen Maschinen umsehen. Ich wusste nicht, dass wir welche benötigen."

Alex hätte über die Atempause froh sein sollen. Stattdessen fühlte sie sich, als wäre ihr ein Schlag versetzt worden. Die Sache zwischen ihnen war nicht erledigt. Rinaldo wusste das ebenso gut wie sie. Und er ließ sie einfach im Ungewissen. Sie blickte sich nach einem Gegenstand um, den sie werfen konnte, doch sie beherrschte sich und verbarg ihren inneren Aufruhr.

Bei einem Ausritt dachte Alex über ihre Möglichkeiten nach. Sie konnte nach England zurückkehren und kämpfen, oder sie konnte hierbleiben und kämpfen. Nur die Siegerpreise waren ungleich. Sollte sie in die Firma zurück und sich auf einem kalten, seelenlosen Arbeitsplatz gegen David behaupten? In ein anderes Unternehmen wechseln? Oder London aufgeben und damit alles, wofür sie all die Jahre gearbeitet hatte: die besten Mandanten, die beste Wohnung, die beste Designermode, die besten Einladungen. Dafür würde sie ein Leben in einem Land eintauschen, das ihr Herz erobert hatte. Und den täglichen Kontakt mit einem Mann, der unhöflich war, feindselig und unnachgiebig. Einem Mann, der sie zurückgewiesen hatte, bevor er sie überhaupt gesehen hatte, und zu dem sie sich trotzdem hingezogen fühlte.

„Unsinn!", sagte Alex laut. „Es fällt mir nicht im Traum ein, mich in Rinaldo zu verlieben! Für wen hält er sich eigentlich?"

Nach einer Weile fasste sie einen Entschluss. Sie galoppierte zurück und packte ihre Koffer. Ohne Rücksicht auf Ginos Proteste fuhr sie am nächsten Morgen zum Flughafen, wo sie das Auto bei der örtlichen Filiale der Mietwagenfirma abgab. Eine Stunde später saß sie im Flugzeug.

Rinaldo war eine Woche lang weg. Zweimal rief er an und hinterließ Nachrichten auf dem Anrufbeantworter. Schließlich ging Teresa ans Telefon und erzählte ihm, dass Alex abgereist sei und nicht zurückkommen würde.

Am folgenden Abend kam Rinaldo nach Hause.

Er fand Gino am Schreibtisch in seinem Arbeitszimmer, wo er stirnrunzelnd über den Geschäftsbüchern saß. „Das schaffst du nie. Gib auf“, meinte er lächelnd.

„Rinaldo!“ Gino sprang auf und umarmte seinen Bruder.

„Was gibt es hier Neues?“, fragte Rinaldo.

„Alex ist weg“, erwiderte Gino niedergeschlagen.

„Das habe ich schon von Teresa erfahren.“

„Mehr hast du nicht dazu zu sagen?“, rief Gino empört.

„Was soll ich sagen? Es war immer klar, dass sie dorthin zurückkehrt, wo sie hingehört.“

„Ich hatte das Gefühl, dass sie hierher gehört.“ Gino seufzte.

„Sie wollte, dass du das glaubst, damit du nicht auf der Hut bist. Circe hat ihre Spiele getrieben, und wir haben uns fast täuschen lassen. Vergiss sie.“

„Du hast mir so gut wie aufgetragen, mit ihr zu schlafen.“

„Ja, und ich hätte es besser wissen sollen. Du bist ihr nicht gewachsen. Es ist ein Glück, dass du dich nicht ernsthaft in sie verliebt hast.“

„Wer sagt, dass ich es nicht getan habe?“

„Ich kenne dich. Deine leidenschaftlichste unsterbliche Liebe hat ganze zwei Tage angehalten, wenn ich mich richtig erinnere.“

Gino zuckte die Schultern. „Ja ... Jedenfalls ist sie jetzt weg.“

„Also vergiss sie.“

„Glaubst du, sie liebt ihn wirklich?“

„Vergiss sie, habe ich gesagt!“

„Hey!“ Gino blickte Rinaldo erstaunt an. „Kein Grund, wütend auf mich zu werden.“

„Tut mir leid.“ Rinaldo rieb sich die Augen. „Ich habe eine lange Fahrt hinter mir und bin nicht in der besten Stimmung.“

„Du siehst ziemlich erledigt aus“, stellte Gino fest. Tatsächlich sah sein Bruder aus, als hätte er die ganze Woche nicht geschlafen. Oder Albträume gehabt. Armer Kerl, dachte Gino. Dass Belluna bedroht war, musste Rinaldo mehr quälen, als er sich anmerken ließ. „Komm und iss etwas“, forderte Gino ihn auf. „Und du kannst mir von den Maschinen erzählen.“

„Maschinen?“

„Die du kaufen wolltest.“

„Ach so. Nein, ich habe keine gefunden. Etwas zu essen klingt gut.“

Die Hausmädchen waren schon ins Bett gegangen. Teresa servierte den Brüdern in der Küche und zog sich dann auch zurück.

Gino bemerkte, dass Rinaldo aß, als würde er nicht einmal sehen, was er auf dem Teller hatte.

„Wann ist Alex abgereist?“, fragte Rinaldo plötzlich.

„Am Tag nach dir. Ich warte ständig darauf, von den Anwälten zu hören, aber bis jetzt ist nichts passiert.“

„Wir hören von ihnen, wenn es Alex passt“, sagte Rinaldo. „Sie treibt ihr Spiel mit uns.“ Das hatte er während der vergangenen Tage wie besessen wiederholt. Sie trieb ihr Spiel mit ihnen, was bedeutete, dass es richtig gewesen war, zu verschwinden. Schon auf der Beerdigung seines Vaters hatte er gewusst, dass er es sich nicht leisten konnte, schwach zu werden, was diese Frau anbelangte. Und er hatte bereut, sie Gino „geschenkt“ zu haben. Eine wie sie war ein Job für einen Mann, nicht für einen großen Jungen.

Die Feindschaft zwischen ihnen hatte ihm eine Atempause verschafft, aber Alex war clever gewesen. Sie hatte einem Mann ihr Mitgefühl angeboten, der zu lange für andere hatte stark sein müssen. Da wäre er fast schwach geworden, er war jedoch rechtzeitig entkommen.

Also hatte er gewonnen, wie er es immer tat. Aber jetzt stellte er fest, dass ihm sein Sieg keine Freude machte.

„Ich glaube nicht, dass sie nur ein Spiel getrieben hat", meinte Gino leise.

„Warum ist sie dann wieder in England und plant ihre Hochzeit?"

Gino hatte darauf keine Antwort. Er war völlig deprimiert. Im Haus war es still, seit Alex weg war. Das Leben hatte seine Würze verloren.

Rinaldo holte eine Flasche alten Whisky, und die Brüder tranken schweigend, bis Gino zögernd sagte: „Ich wollte dich schon eine Weile etwas fragen."

„Dann tu es endlich."

„Der Tag, an dem unser Vater gestorben ist … du warst als Erster im Krankenhaus. Bei meinem Eintreffen war es zu spät. Und ich habe mich immer gefragt, was vorgefallen ist."

„Nichts. Er war bewusstlos."

„Ich weiß, aber … ist er nicht einmal für einen Moment zu sich gekommen?"

„Wenn es so gewesen wäre, hätte ich es dir gesagt." Rinaldo sah im Geiste seinen Vater vor sich, in Verbände eingewickelt, schrecklich still. Er hatte darauf gewartet, dass er die Augen öffnen, seinen Sohn erkennen und etwas sagen würde. Sie würden – mussten – vor dem Ende noch einmal miteinander sprechen … Wie an jenem Tag mit Alex in der Scheune hatte Rinaldo auch jetzt das Gefühl, dass da noch etwas war. Aber es fiel ihm nicht ein. „Ich wünschte, ich hätte dir etwas zu erzählen." Er seufzte bedrückt. „Für mich ist es auch hart, dass er uns ohne Abschied oder Erklärung verlassen hat. Jetzt lass uns ein bisschen schlafen."

Sie gingen nach oben ins Bett. Nach einer Stunde wachte Gino wieder auf. Er wusste nicht, was ihn geweckt hatte, hatte jedoch das

Gefühl, dass irgendetwas nicht stimmte. Er zog einen Morgenmantel an und verließ sein Zimmer. Auf dem Flur traf er Rinaldo, in Shorts gekleidet.

„Unten ist ein Einbrecher", flüsterte Rinaldo.

Sie schlichen barfuß dieTreppe hinunter und konnten den Eindringling im Wohnzimmer herumgehen hören. Rinaldo schaltete nicht das Licht ein, sondern schätzte die Position der Person allein nach den Geräuschen ein. Dann stürzte er los und prallte gegen jemanden, der hinfiel und unter ihm auf dem Boden landete. Einen Moment lang kämpften sie schweigend miteinander. Als ihn irgendetwas seitlich am Kopf traf, schrie Rinaldo auf.

Schnell machte Gino das Licht an ... und erstarrte.

Rinaldo atmete scharf ein. „Du!"

Alex blickte ihn finster an. „Geh von mir runter!"

Schwer atmend zog er sich von ihr zurück und stand auf.

Gino hielt ihr die Hand hin und half Alex hoch.

„Was zum Teufel hast du hier zu suchen?", fragte Rinaldo.

„Ich wohne hier. Ich bin weggefahren, jetzt bin ich zurückgekommen."

„Ich wusste, dass du uns nicht einfach verlassen und vergessen würdest!", sagte Gino glücklich.

„Bei meiner Abreise war nicht klar, was daraus werden würde. Ich musste die Lage peilen und mir einen Überblick verschaffen. Jetzt weiß ich Bescheid, und ich bin wieder da, um zu bleiben."

„Was sagt der englische Verlobte dazu?", fragte Rinaldo, der sich verlegen das Gesicht rieb. „Dürfen wir uns darauf freuen, dass er bei uns einfällt? Soll Teresa ein Zimmer für ihn vorbereiten? Hast du vielleicht vor, hier zu heiraten?"

„Jetzt mach mal Sendepause!", befahl Alex energisch. „David ist weg vom Fenster."

„Du hast ihn abserviert?", rief Gino erfreut.

„Nein, er hat mich abserviert. Ich habe am Abend des Festes erfahren, dass er sein Veto gegen meine Teilhaberschaft eingelegt und sich mit seiner Sekretärin verlobt hat. Ich bin nach England geflogen und habe ihm vor allen einige Wahrheiten gesagt, was ich sehr genossen habe. Mein Anwalt wird eine Abfindung verlangen. Ich habe meine Wohnung zum Verkauf angeboten und bin zurückgekommen."

„Hättest du uns nicht wie ein zivilisierter Mensch benachrichtigen können, dass du kommst?", fragte Rinaldo.

„Was macht das für einen Spaß? Eigentlich wollte ich früher hier sein, aber ich musste noch das Auto abholen, das ich mir unterwegs gekauft hatte. Da ich euch nicht wecken wollte, bin ich durch das Fenster dort drüben eingestiegen, das nicht richtig schließt. Also, hier bin ich! Dies ist jetzt auch mein Zuhause. Gewöhnt euch an mich, weil ich für immer bleibe."

9. KAPITEL

Die Brüder betrachteten Alex' Auto in ehrfürchtigem Schweigen. Es war gleichzeitig sportlich-elegant, luxuriös und strapazierfähig.

„Wie viel?", fragte Rinaldo schließlich.

„Mehr, als ich mir leisten konnte", erwiderte Alex glücklich.

„Ich ziehe den Hut vor dir."

Sie hatte gesagt, sie würde bleiben, aber das Auto war ein Zeichen dafür, dass sie es ernst meinte.

„Ich werde in der nächsten Woche viel herumfahren", erklärte sie. „Ich will mir jeden Teil von Belluna ansehen. Du hast doch nichts dagegen, oder?"

„Ich habe nicht das Recht, dagegen zu sein", erwiderte Rinaldo höflich.

Alex hätte den rauen Ton vorgezogen, an den sie sich gewöhnt hatte. Seit ihrer Rückkehr wurde sie von beiden Männern mit Samthandschuhen angefasst. Gino war liebenswürdig, Rinaldo wachsam.

Sie begann sich Belluna aus nächster Nähe anzusehen. Wo auch immer sie hinfuhr, traf sie auf Leute, die über sie im Bilde waren und sie mit Vorsicht und Respekt behandelten. Wenn sie merkten, dass Alex ein bisschen den toskanischen Dialekt konnte, wurden sie freundlich, lachten über ihre Fehler und verbesserten sie eifrig.

Eines der schönsten Erlebnisse hatte sie, als sie auf der Rückfahrt von einem Ausflug Rinaldo neben seinem kaputten Geländewagen am Straßenrand stehen sah. Normalerweise trug er schäbige Jeans und ein altes Hemd. Jetzt hatte er einen eleganten dunkelgrauen Anzug an. Sein Haar war ordentlich gekämmt, und er war fast ein anderer Mann. Ein gut aussehender Mann mit einer besonderen Ausstrahlung, die die meisten Männer nicht hatten. Zusammen mit der ihm angeborenen Autorität machte es ihn erschreckend attraktiv, und Alex' Herz schlug bei seinem Anblick schneller. Sie hielt an und blieb wartend am Steuer sitzen, als er sich ihrem Auto näherte.

„Wenn du lachst …“, begann er grimmig.

„Nichts liegt mir ferner“, log sie. „Ist der Abschleppwagen unterwegs?“

„Nein, ich bin heute ohne Telefon losgefahren. Ich warne dich …“

Um ihren Mund zuckte es. „Sei nicht so aggressiv, oder ich fahre weiter und lasse dich hier stehen.“

„So tief würdest du nicht sinken“, sagte er.

„Ich könnte es versuchen.“ Alex stieg aus und ging zum Kofferraum. „Ich habe ein Abschleppseil, und es wäre eine Schande, es nicht zu nutzen. Du hältst dich besser zurück, sonst ruinierst du dir vielleicht den Anzug.“

Rinaldo zog Jackett und Hemd aus.

Das hätte er nicht tun sollen, dachte Alex. Sie vermutete, dass er oft mit nacktem Oberkörper in der heißen Sonne arbeitete, denn sein breiter Rücken, die Schultern und Brust waren gleichmäßig gebräunt. Groß und muskulös, sah Rinaldo sehr männlich aus. Und sie sollte ein Abschleppseil anbringen. Es gab keine Gerechtigkeit auf der Welt.

Alex konzentrierte sich wieder auf die Arbeit und schaffte es, ihren Teil zu leisten.

„Du verstehst dein Handwerk tatsächlich“, stellte Rinaldo fest.

„Wenn du so vielen Vorurteilen gegenüber Frauen am Steuer begegnet wärst wie ich, würdest du auch dafür sorgen, dass du alles selbst machen kannst. Oh verdammt!“ Alex waren die Haare in die Stirn gefallen. In letzter Zeit schien sie sich dauernd die Haare aus dem Gesicht streichen zu müssen. Wann war sie eigentlich zuletzt beim Friseur gewesen?

Rinaldo zog seine Sachen wieder an und setzte sich auf den Beifahrersitz.

„Wohin soll ich dich bringen?“, fragte Alex.

„Auf halbem Weg nach Florenz ist eine Reparaturwerkstatt. Wenn wir den Wagen abgeliefert haben, muss ich in die Stadt. Ich nehme mir ein Taxi nach Hause."

„Es macht mir nichts aus, auf dich zu warten. Ich kann inzwischen einkaufen gehen."

„Das ist nicht nötig", erwiderte Rinaldo kurz angebunden.

„Ach, ich verstehe. So ist das."

„Was meinst du damit?"

„Ich soll nicht wissen, wohin du willst. Vermutlich ist es ein heimliches Treffen mit einer Frau ..."

„Warum müsste es ein Geheimnis sein? Ich bin frei und ungebunden."

„Tja, vielleicht ist sie nicht die Einzige. Du könntest in Florenz einen ganzen Harem haben. Oder vielleicht ..."

„Ich besuche unseren Steuerberater."

Rinaldo traf sich also nicht mit einer Frau! Es dauerte einen Moment, die Freude zu unterdrücken. Als Alex sicher war, dass sie ruhig sprechen konnte, sagte sie: „Ach so. Du befürchtest, dass ich mitkommen will."

Er seufzte resigniert. „Du wirst dabei sein."

„Vielleicht komme ich auf einen Sprung mit rein, nur um dir einen Gefallen zu tun."

Er biss die Zähne zusammen. „Bieg hier ab."

Nachdem sie seinen Wagen in der Werkstatt abgeliefert hatten, fuhr Alex in die Innenstadt. „Wohin?"

„Via Bonifacio Lupi. Er heißt Enrico Varsi."

„Ist es in Ordnung, wenn ich mit hineingehe?"

„Du fragst mich?"

„Ja."

„Und wenn ich Nein sage?"

„Dann warte ich brav vor der Tür. Aber ich werde dir Arsen in die Suppe tun", erwiderte Alex. Sie konnte den Blick nicht von der Straße nehmen, doch sie war sicher, dass Rinaldo grinste.

Es war ein Stadtteil von Florenz, in dem sich viele Rechtsanwälte und Steuerberater niedergelassen hatten. Alex musste ein Stück weiter die Straße hoch parken, und während sie zurückliefen, studierte sie die Schilder neben den Türen. Eins veranlasste sie, stehen zu bleiben und es so lange anzusehen, dass Rinaldo sie rufen musste.

„Wenn du jetzt nicht kommst, gehe ich ohne dich rein."

Alex beeilte sich, ihn einzuholen. „Du hast nachgegeben", neckte sie ihn.

„Ich erkenne nur an, dass du gewisse finanzielle Rechte hast, und ich will mich angemessen verhalten."

„Das ist dasselbe", spottete sie.

„Rein da, bevor ich dich erdrossele."

Signor Varsis Büros waren luxuriös, die Umgebung eines sehr erfolgreichen Mannes. Er konnte sich gut ausdrücken, behandelte komplexe Angelegenheiten, ohne Notizen zu konsultieren, und beherrschte sein Fach offensichtlich. Alex gegenüber benahm er sich tadellos. Er zeigte die unter Kollegen übliche Höflichkeit und bat sie sogar mehrmals um ihre Meinung. Alex sagte wenig, spitzte jedoch die Ohren, um so viel wie möglich zu lernen.

Hinterher gingen Rinaldo und sie in der Nähe des Doms Kaffee trinken.

„Du bist sehr nachdenklich", stellte er schließlich fest.

„Ich bin fasziniert von der Entdeckung, dass das italienische Geschäftsjahr vom ersten Januar bis zum einunddreißigsten Dezember läuft."

„Natürlich. Wie sonst könnte es sein?", fragte er verwirrt.

„In meinem Jahr läuft es von April bis April."

„Und die Briten haben den Nerv, uns Italiener ein unlogisches Volk zu nennen?"

„Ich weiß." Alex lachte auf und blickte dann wieder starr in ihren Kaffee.

„Ist alles in Ordnung mit dir?", fragte Rinaldo ungewöhnlich sanft. „Du bist so still."

Sie sah auf. Sein Blick war weder ironisch noch misstrauisch, sondern ehrlich besorgt. „Was soll nicht in Ordnung sein?"

„Du hast den Mann verloren, den du liebst. Aber du lässt dir nicht anmerken, dass es dir etwas ausmacht. Jeder, der dich nicht kennt, würde denken, dass alles bestens ist."

„Glaubst du, du kennst mich?"

„Ich kenne dich so gut, wie du es mir erlaubst. Und ich weiß, dass du nicht so fröhlich sein kannst, wie es scheint. Du hast mir auch schon einmal angeboten, mich an deiner Schulter auszuweinen."

Rinaldo war noch nie so freundlich zu ihr gewesen. Es war fast ihr Verderben. „Ich weine nicht", erwiderte sie heiser.

„Nein, dafür bist du zu stark."

„Stark? Bist du sicher, dass du nicht hart meinst?"

„Ich habe dich früher einmal für hart gehalten. Jetzt nicht mehr. Du hast ein Herz, aber du hütest es sorgfältig."

„Wie du deins."

„Ja", sagte Rinaldo nach einem kurzen Schweigen. „Wie ich es selbst tue. Wir haben beide gelernt, vorsichtig zu sein. Trotzdem müssen Gefühle irgendwie ausgedrückt werden. Ich erinnere mich an die Delle in der Wand."

„Delle?", fragte Alex. „Oh, als ich die Tonfigur geworfen habe, meinst du."

„Deshalb hast du es getan, stimmt's?"

„Ja", erwiderte sie trübselig.

„Also bist du doch eine Italienerin. Die Frau, die du bei deiner Ankunft hier warst, hätte nicht mit Gegenständen geschmissen. Sie hätte nur einige gewählte Worte geäußert."

„Ich war damals nicht ganz so kühl, wie es schien. Allerdings habe ich wirklich geglaubt, dass man alles mit Vernunft lösen kann." Alex lächelte flüchtig. Wie wenig Vernunft bedeutete, während sie hier mit dem Mann saß, der Leben in sie gebracht hatte. „Jetzt denke ich, dass ein plötzlicher Gefühlsausbruch manchmal sehr befriedigend sein kann."

Rinaldo lachte. „Deine Mutter wäre stolz auf dich."

„Ja", erwiderte Alex, der klar wurde, dass es stimmte. „Sie hätte genau das getan, was ich getan habe."

„Was hat sie von deinem Verlobten gehalten?"

„Sie mochte ihn nicht. Er war ihr zu organisiert."

„Das ist doch eine Tugend in seinem Beruf. Und deinem."

„David ist es nicht nur bei der Arbeit", erwiderte Alex nachdenklich. „Alles in seinem Leben ist organisiert. Wir hatten unsere Ehe geplant, unser Zuhause, die Zusammenarbeit in der Firma. Verheiratet hätten wir sie dominiert. Und das wollte er nicht. Er wollte sie allein beherrschen. Ich dachte, wir würden uns lieben, und er hat die ganze Zeit über heimlich geplant, mich irgendwie loszuwerden. Wahrscheinlich konnte er sein Glück kaum fassen, als ich nach Italien abgereist bin. Du lieber Himmel, ich habe es ihm leicht gemacht!"

„Weil du ihm vertraut hast", wandte Rinaldo ein.

„Ja. Vertrauenswürdigkeit ist Davids großer Pluspunkt. Sie ist mindestens dreißig Prozent des Rechnungsbetrags wert." Alex wusste, dass sie verbittert klang, aber sie konnte nichts dagegen tun. Närrin!, schalt sie sich. Sie hatte sich so lange täuschen lassen.

„Wie lange hast du ihn gekannt?"

„Viele Jahre. Als ich in der Firma angefangen habe, war ich noch sehr jung. Ich habe für David geschwärmt, hauptsächlich wegen seines guten Aussehens. Es hat lange gedauert, bis wir zusammengekommen sind."

„Du bist sehr zielstrebig."

„Sich entscheiden, was man will, und darauf losgehen. Das bin ich."

„Und was willst du jetzt?", fragte Rinaldo.

„Zum ersten Mal in meinem Leben weiß ich es nicht. Ich fühle mich völlig hilflos."

„Du scheinst so selbstsicher wie immer zu sein, Circe."

Alex lächelte wehmütig. „Das ist wirklich unfair. Ist dir schon mal der Gedanke gekommen, dass Circe ein verwirrter Mensch war?“

„Sie war kein Mensch, sondern eine Göttin. Eine Zauberin, die überall um sich her Verwirrung stiftete.“

„Das wollte ich nicht. Aber wir beide hatten so vorgefasste Meinungen übereinander. Es musste Verwirrung geben.“

Rinaldo nickte. „Ich werde dich nie wieder als Roboter ansehen, für den nur kalte Vernunft zählt.“

„Kann ich das schriftlich haben?“, fragte Alex skeptisch.

„Nein, ich werde es dir einfach beweisen müssen.“

„Dafür lasse ich dich das Auto fahren.“ Sie gab ihm die Schlüssel.

Rinaldo steckte sie in die Hosentasche. „Zeigst du so, dass du sanftmütig und feminin bist?“

„Nein. Ich bin nur müde. Du kannst die Arbeit machen.“

Lachend gingen sie zum Auto.

„Ich habe noch nicht völlig aufgegeben, vernünftig zu sein“, sagte Alex. „Aber ich habe eingesehen, dass die Vernunft manchmal überbewertet wird.“

„Nur manchmal?“

„Sie hat ihren Platz im Leben, sogar für dich. Du warst in Varsis Büro sehr vernünftig.“

Ein Lastwagen ratterte vorbei, als Rinaldo antwortete, und Alex konnte ihn nicht deutlich verstehen. Sie versuchte zu glauben, dass er wirklich gesagt hatte: „Enrico Varsi will ich ja auch nicht küssen.“

„Wie bitte?“, fragte sie benommen.

„Ich habe gesagt, wir biegen hier ab“, erwiderte Rinaldo schnell.

Dass er es jetzt abstritt, überzeugte sie seltsamerweise davon, dass er es gesagt hatte. Plötzlich wünschte sie, dieser Nachmittag würde ewig dauern.

Auf der Fahrt nach Hause schwieg Rinaldo, und Alex war damit zufrieden, nicht zu reden. Es passierte etwas, das Worte nur kaputt machen würden.

Später an diesem Abend, nachdem sie sich auf ihr Zimmer zurückgezogen hatte, rief Alex ihre ehemalige Sekretärin an.

„Leider bin ich als Informationsquelle nicht zu gebrauchen“, sagte Jenny. „Ich habe die Firma verlassen. Wenn ich Davids blasierte Miene noch länger hätte ansehen müssen, hätte ich zugeschlagen.“

„Es tut mir leid, dass Sie arbeitslos sind.“

„Bin ich nicht. Ich arbeite jetzt für ...“ Jenny nannte eine andere Firma, die ebenso renommiert war und sich gleich auf der anderen Straßenseite befand. „Ich glaube, sie würden Sie auch gern nehmen.“

„Ich habe hier zu tun. Jenny, sagt Ihnen der Name Andansio etwas?“

„Vor fünf Jahren, bevor ich Ihre Sekretärin wurde, hatte mein damaliger Chef mit ihm zu tun.“

„Können Sie mir etwas über ihn erzählen?“

„Viel. Einiges davon ist ziemlich sensationell.“

Alex hörte eine halbe Stunde lang zu und machte sich Notizen. Als sie auflegte, war sie sehr nachdenklich.

Einige Tage später rief Varsis Sekretärin an, um Bescheid zu geben, dass die Geschäftsbücher abgeholt werden könnten. Oder sollten sie mit der Post zugeschickt werden? Alex nahm den Anruf entgegen und erwiderte, sie werde noch an diesem Nachmittag vorbeikommen. Auf dem Weg nach draußen traf sie Rinaldo und teilte ihm mit, was sie vorhatte.

„Und natürlich wirst du mir die Bücher übergeben, ohne sie dir anzusehen?“, fragte er ironisch.

„Habe ich das gesagt?“ Sie blickte ihn mit großen Augen an.

„Zumindest spielst du fair“, lobte er sie.

Sobald sie mit den Geschäftsbüchern wieder zu Hause war, schloss sich Alex mit ihnen für mehrere Stunden in ihrem Zimmer ein. Sie wollte von niemanden gestört werden.

„Die meisten Seiten sind ausgedruckt und später in Ringbücher eingeheftet worden", sagte sie beim Abendessen zu Rinaldo.

„Mein Vater hat einen Computer benutzt. Er war sehr stolz darauf, dass er das beherrscht hat."

„Kann ich mir die Dateien ansehen?"

Rinaldo ging mit Alex ins Arbeitszimmer, schaltete den Computer ein und zeigte ihr, was sie brauchte. Dann ließ er sie allein.

Sie kam zu dem Schluss, dass Rinaldos und Ginos Vater mit Recht stolz gewesen war. Er hatte tadellos Buch geführt. Als Nächstes griff sie auf Dateien früherer Jahre zu und machte die entsprechenden Bücher ausfindig. Sie verbrachte die ganze Nacht damit, alles zu überprüfen.

Der Morgen dämmerte, als Alex den Computer ausschaltete. Anstatt ins Bett zu gehen, zog sie ihre Trainingssachen an und joggte. Danach duschte sie und fuhr nach einem schnellen Frühstück in die Stadt.

Sie fing an, sich immer länger in Florenz aufzuhalten. Manchmal kam sie spätabends zurück, manchmal übernachtete sie in einem Hotel. Ohne viel zu erzählen, erweckte sie bei den Brüdern den Eindruck, sie würde einkaufen und ins Theater gehen. Rinaldo warf ihr gelegentlich einen verwirrten Blick zu, doch er sagte nichts.

Bald war sowieso keine Zeit für Fragen mehr, weil die Ernte begann. Weizen, Oliven und Zitronen waren reif und mussten eingebracht, gelagert und verkauft werden.

„Und danach kommt der Wein", sagte Gino zu Alex. „Vielleicht im Oktober."

„Vielleicht? Ihr wisst es nicht?"

„Den richtigen Moment für das Pflücken der Trauben zu beurteilen kann sehr heikel sein. Man muss warten, bis sie süß genug sind, oder man hat schließlich Essig. Probier diese." Sie saßen auf der Veranda und genossen die letzten Sonnenstrahlen. Auf dem Tisch lagen frisch gepflückte Weintrauben. Gino nahm eine und bot sie Alex an. „Süß?", fragte er.

„Sie schmeckt sehr süß."

„Aber nicht süß genug. Sie sind noch nicht so weit."

„Und du kannst den richtigen Zeitpunkt nach dem Geschmack bestimmen?"

„Rinaldo ist der Experte. Er behauptet, sich niemals zu irren."

„Sprecht ihr über mich?" Rinaldo kam aus dem Haus und zog sich einen Stuhl heran.

„Ich erkläre Alex gerade, dass du deine Geschmacksknospen höher einschätzt als die Errungenschaften der Wissenschaft", erklärte Gino.

„Was hat Wissenschaft damit zu tun?", fragte Alex.

„Nichts", erwiderte Rinaldo. „Weintrauben zu beurteilen ist eine Kunst. Entweder man beherrscht sie oder nicht. Mein kleiner Bruder tut es nicht, deshalb behauptet er, Wissenschaft sei das Nächstbeste."

„Das Beste", sagte Gino. Er holte eine dünne Metallröhre aus seiner Hosentasche. Sie erinnerte Alex an ein kleines Teleskop, nur dass an einem Ende ein Glasdeckel war, den Gino jetzt anhob. Darunter war ein kleines Fach, in das er eine Weintraube legte. Als er den Deckel schloss, wurde die Traube zerquetscht, sodass der Saft auslief. „Jetzt sieh her." Gino hielt die Röhre hoch.

Alex sah eine Skalenscheibe. Die Nadel bewegte sich bis in den roten Bereich hinein, blieb dort aber nicht stehen.

„Sie zeigt den Zuckergehalt an", erklärte Gino. „Wenn der richtig ist, ist es Zeit für die Lese."

Rinaldo schnaufte verächtlich.

„Du hast die Röhre auch schon benutzt", protestierte Gino.

„Gelegentlich habe ich damit gezeigt, dass ich recht habe."

„Und wenn sie dein Urteil nicht bestätigt, ignorierst du sie."

„Weil ich Weintrauben besser kenne als irgendein Apparat. Genug Geschwätz. Ich gehe ins Bett. Wir haben einen langen, schweren Weg vor uns."

Wie schwer, sollte Alex noch herausfinden. Rinaldo und Gino

leisteten bei der Ernte ihren vollen Beitrag und pflückten zusammen mit ihren Arbeitern. Alex stürzte sich auch in die Arbeit, weil sie sich ihren Platz auf Belluna nicht nur durch Geld verdienen wollte. Sogar sie, völlig unerfahren, wusste, dass es eine gute Ernte sein würde. In dem langen, heißen Sommer waren die Feldfrüchte perfekt reif geworden. Schließlich waren nur noch die Weintrauben übrig.

„Und mit denen fangen wir morgen an", sagte Rinaldo.

Die Brüder und Alex saßen unterschiedlich erschöpft auf der Veranda.

„Morgen?", wiederholte Gino. „Das kann nicht dein Ernst sein."

„Doch. Die Trauben sind erntereif."

„Laut diesem nicht." Gino zeigte auf das Messgerät, das auf dem Tisch lag.

„Ich brauche keinen Apparat, der mir sagt, dass die Weintrauben geerntet werden können."

„Rinaldo, sei vernünftig. Niemand sonst erntet jetzt schon. Alle warten noch eine Woche."

„Großartig. Dann sind wir die Ersten auf dem Markt, und unsere Trauben werden die besten sein. Wir erzielen den höchsten Preis. Ich gehe jetzt ins Bett."

Gino blickte seinem Bruder schockiert nach. „Er hat den Verstand verloren. So habe ich ihn noch nie erlebt."

„Du hast gesagt, er sei der Experte", erinnerte ihn Alex. „Ist so etwas noch nie vorgekommen?"

„Sonst ist es dabei um ein oder zwei Tage gegangen. Aber eine Woche? Rinaldo hat noch nie völlig allein dagestanden. Warum riskiert er so viel? Was ist nur in ihn gefahren?"

„Ist das Risiko wirklich so groß?"

„Schon sich um einen Tag zu irren kann den Erfolg der Lese abschwächen. Rinaldo riskiert alles."

Am nächsten Tag begann das mühselige Lesen der Weintrauben, denn dies war noch etwas, was Rinaldo nicht Maschinen anvertrauen wollte. Er behauptete, sie würden die Pflanzen beschädigen.

Alex pflückte, bis ihre Hände wund waren. Wenn sie mit Rinaldo zu sprechen versuchte, hatte sie das Gefühl, dass er sie nicht wirklich wahrnahm. Sie wusste nicht, wie sie durch diese Woche kommen sollte. Als die letzten Trauben gelesen waren, fühlte sie sich erschöpft und nutzlos, als wäre ihr das Lebensziel genommen worden.

Die Farneses waren keine Hersteller, sondern verkauften die Trauben an eine Weinkellerei. Signor Valli, der Repräsentant der Firma, stieß einen Freudenschrei aus, als er auf das Gut gerufen wurde. „Das ist großartig. Ich weiß, dass wir uns auf Rinaldos Gaumen verlassen können. Ich komme sofort."

Alex hatte vorgehabt, während Signor Vallis Besuch da zu sein, aber dann musste sie nach Florenz und ein Gespräch mit dem Wirtschaftsprüfer Andansio führen. Es war dunkel, als sie zurückfuhr. Im Haus fand sie die Brüder vor, die sich schweigend gegenüberstanden.

„Was ist los?", fragte sie.

„Ich habe mich geirrt", sagte Rinaldo bedrückt. „Der Wein ist zu früh geerntet worden. Er hätte noch eine Woche gebraucht. Ich habe geglaubt, was ich glauben wollte. Das tun Menschen jeden Tag, aber ich habe uns um eine hervorragende Weinlese gebracht."

„Du meinst, die Trauben sind nicht verwendbar?", fragte Alex schockiert.

„Nein, Valli wird sie kaufen. Nicht zum Spitzenpreis für Chianti, sondern als Güteklasse zwei. Sie werden minderwertigen Wein daraus machen."

„Das ist uns noch nie passiert", erklärte Gino.

Seine Worte trafen Rinaldo zutiefst. „Nein. Und es wäre auch diesmal nicht passiert, wenn ich nicht so ein blinder Narr gewesen wäre und auf Gino gehört hätte."

„Du hast nun einmal einen Fehler gemacht“, erwiderte Gino freundlich. „Das ist doch keine Katastrophe.“

Rinaldos Stimme klang plötzlich wie die eines alten Mannes. „Du bist sehr großzügig, mein Bruder. Wie immer. Aber das ist eine Katastrophe. Ich brauche Zeit zum Nachdenken. Folgt mir nicht.“ Er ging zur Verandatür und verschwand in der Dunkelheit.

10. KAPITEL

Es war warm für Oktober, und Alex schlief bei offenem Fenster, um den leichten Wind einzufangen. Trotzdem schlief sie unruhig und wachte schließlich auf. Sie glitt aus dem Bett und stellte sich nackt ans Fenster. Draußen würde niemand sein, der sie sehen konnte, deshalb machte sie sich nicht die Mühe, sich etwas überzuziehen.

Sie dachte daran, wie sie aus diesem Fenster geblickt und Rinaldo seinen Hund hatte beerdigen sehen. In jener Nacht hatte sie erkannt, dass Rinaldo ein Herz hatte. Vielleicht war ihr damals schon der Verdacht gekommen, dass sie es erobern wollte. Jetzt wusste sie es mit Sicherheit. Sie liebte Rinaldo. Er hatte von ihrem Herzen Besitz ergriffen, von ihrer Seele, ihren Hoffnungen, Träumen und Gefühlen.

Nur ihren Körper hatte Rinaldo noch nicht in Besitz genommen. Alex sehnte sich immer mehr danach, mit ihm zu schlafen, eins mit ihm zu werden. Vielleicht konnte sie ihn dann über den Misserfolg hinwegtrösten, den er sich selbst eingebrockt hatte. Aus Gründen, die sie noch immer nicht verstand. Sie hatte ihm folgen wollen, sein Verbot hatte sie jedoch daran gehindert.

Als sie jetzt die Bewegung zwischen den Bäumen wahrnahm, dachte Alex, sie würde im Geiste noch einmal jenen ersten Vorfall durchleben. Dann wurde ihr klar, dass Rinaldo wirklich dort war, und im Mondlicht konnte sie an seiner Haltung erkennen, dass er tief deprimiert war. Sie ertrug es einfach nicht. Ganz gleich, was er gesagt hatte, sie musste bei ihm sein. Schnell zog sie ein kurzes Nachthemd und einen leichten Morgenmantel aus Leinen an, schlüpfte in Hausschuhe und lief die Treppe hinunter und nach draußen.

Alex erreichte die Bäume und verlor Rinaldo aus den Augen, aber schließlich sah sie ihn auf einem gefällten Baumstamm sitzen. Sie sank vor ihm auf die Knie und umfasste sein Gesicht. „Rinaldo, wende dich nicht von mir ab“, bat sie.

Er versuchte nicht, sich wegzudrehen. Er blickte sie einfach nur an, und seine Traurigkeit veranlasste Alex, auf Worte zu verzichten und ihn stattdessen sanft auf den Mund zu küssen.

Rinaldo hätte ihr fast widerstanden, aber er hatte nicht die Kraft, sich zu wehren. Im nächsten Moment zog er Alex fest an sich, und es wurde ein langer, wilder Kuss. Alex spürte Rinaldos Verzweiflung und schmiegte sich an ihn, schenkte sich ihm mit allem, was sie zu geben hatte.

„Alex …“, flüsterte er.

„Nein“, sagte sie heftig. „Noch nicht.“

„Noch nicht“, stimmte er rau zu.

Er küsste sie wieder, und zwar so ungestüm, als hätte er Angst, Alex würde ihm entrissen werden. Sie erwiderte seine Küsse genauso leidenschaftlich und versuchte ihn dazu zu verleiten, ihr das zu geben, was sie sich in diesem Moment am meisten von ihm wünschte. Aber dann spürte sie, dass er erstarrte.

„Halt“, stieß er heiser hervor, „ich muss dir etwas sagen.“

„Das kann warten.“ Sie wollte ihn, und Worte störten nur.

„Nein.“ Er ließ sie los. „Du musst mich erst anhören.“

Er klang, als wäre es lebenswichtig für ihn. Alex versuchte sich zu beruhigen. „Dann sag mir, was dich so fertigmacht. Es können nicht nur die Weintrauben sein.“

„Du verstehst nicht“, brauste er auf. „Wenn ich recht gehabt hätte, wären wir die Ersten auf dem Markt gewesen und hätten einen Spitzenpreis erzielt. Und das wollte ich so sehr, dass ich mich der Wahrheit verschlossen habe. Deshalb habe ich festgestellt, was ich feststellen wollte, als ich die Trauben probiert habe. Ich Idiot! Dummer, eingebildeter Clown!“

Seine Qual und Selbstverurteilung schockierten Alex.

„Ich dachte, ich könnte Dingen befehlen, so zu sein, wie ich es will.“ Rinaldo lachte freudlos. „Man sollte doch meinen, ich hätte es inzwischen besser gelernt.“

„Sei bitte nicht so hart zu dir. Also hast du dich von deinem Stolz leiten lassen …“

„Nicht von Stolz, sondern von Überheblichkeit. Jetzt habe ich meine größten Hoffnungen zunichtegemacht und Belluna Schaden zugefügt."

„Der Rest der Ernte war gut …"

„Ja, wir werden nicht untergehen. Wir stehen jedoch nicht so günstig da, wie wir es hätten tun sollen. Weil ich unbesonnen und dickköpfig war. Weil es so wichtig war, dass ich nichts anderes sehen wollte!"

„Aber was war so wichtig?", fragte Alex.

Rinaldo blickte sie starr an. „Ist das nicht offensichtlich?"

„Für mich nicht."

„Ich hätte meine Schulden bei dir tilgen können – oder zumindest den größten Teil davon. Wochenlang habe ich nur dafür gelebt. Ich habe nur an den Moment gedacht, in dem ich dich auszahlen würde. Ich wollte mit den Trauben den Höchstpreis erzielen. Und ich habe es vermasselt. Jetzt kann ich dich nur in Raten bezahlen."

„Ich verstehe", sagte Alex. Sie hatte sich etwas vorgemacht. Rinaldo begehrte sie, aber er hatte niemals die Hoffnung aufgegeben, sie schließlich loszuwerden.

„Du verstehst überhaupt nichts", erwiderte er heftig.

„Du wolltest mich auszahlen, und alles wäre in Ordnung gewesen."

„Ja, weil ich dann Dinge zu dir hätte sagen können, die ich nicht sagen kann, solange ich dein Schuldner bin. Wie kann ein Mann einer Frau verraten, was sie ihm bedeutet, wenn er ihr Geld schuldet?"

Alex wurde reglos. „Ich nehme an, das hängt davon ab, wie viel sie ihm bedeutet", flüsterte sie.

„Mehr, als ich mit Worten ausdrücken kann." Rinaldo berührte ihr Gesicht. „Ich habe davon geträumt, keinen finanziellen Grund zu haben, dich zu heiraten, weil du mir dann glauben könntest, dass ich dich liebe. Die ganze Zeit über habe ich etwas sagen wollen, aber ich habe mir befohlen zu warten, bis ich Geld habe."

„Zum Teufel mit deinem Geld! Ich will es nicht. Ich will dich, und wenn du nicht blind vor Stolz gewesen wärst, hättest du das schon lange gewusst. Warum muss die Hypothek so wichtig sein?"

„Für mich ist es wichtig, erhobenen Hauptes zu dir zu kommen."

„Du wirst immer erhobenen Hauptes herumlaufen. Denkst du, ich würde dich verdächtigen, gewinnsüchtig zu sein? Niemand könnte dir vorwerfen, mir geschmeichelt zu haben!"

Rinaldo lächelte flüchtig.

„Ich weiß, dass du dickköpfig, hart und schwierig bist", sprach Alex weiter. „Aber würdest du mir wirklich wegen dieser Hypothek den Rücken kehren?"

„Das könnte ich niemals tun", sagte Rinaldo leise. „Ich habe mir eingeredet, ich könnte es, doch das stimmt nicht. Ich wünschte nur, diese Sache würde nicht zwischen uns stehen."

„Rinaldo, zwischen uns ist alles richtig, wenn wir uns lieben."

„Dass ich mich dir nicht als Gleichgestellter nähern kann, tut mir hier weh." Er zeigte auf sein Herz.

„Liebst du mich so sehr, wie ich dich liebe? Wenn ja, sind wir auf die einzige Art Gleichgestellte, die zählt."

„Ich liebe dich tausendmal mehr. Ich dachte, ich brauche niemanden. Dann bist du gekommen und hast mir gezeigt, dass es nicht stimmt. Deshalb habe ich so gegen dich gekämpft."

„Das ist der Grund, warum ich weiß, dass du mich liebst", flüsterte Alex.

„Ah, du verstehst …", sagte Rinaldo.

Er hatte ihr erklärt, er wolle keine Liebesbeziehung zwischen ihnen, solange er ihr Schuldner sei, aber jetzt hatte er keine Wahl mehr. Sie hatte das Hindernis durch ihr Vertrauen beseitigt. Ihm blieb nur noch die Kapitulation – schwer, fast unmöglich für einen so auf seine Unabhängigkeit bedachten Mann. Alex machte es ihm leicht, indem sie es in einen Triumph verwandelte.

Rinaldo umarmte sie wieder und erforschte sie mit Händen und Lippen, und jetzt war sie frei, sich ihm völlig hinzugeben. Sie spürte, wie seine Anspannung verschwand. Er küsste sie auf den Mund und spielte mit ihrer Zunge. Das Gefühl versetzte Alex in solche Erregung, dass sie sich zurücksinken ließ und Rinaldo zu sich herunterzog.

Er streifte ihr den Morgenmantel und das Nachthemd mühelos ab. Darunter war sie nackt, und ihr Anblick brachte Rinaldo dazu, sich schnell auszuziehen. Alex half ihm ungeduldig. Sie wollte ihn und schämte sich nicht, es zu zeigen. Mit ausgebreiteten Armen empfing sie ihn, als er sich neben sie legte.

„Das habe ich schon so lange tun wollen", sagte er heiser, während er die Hände über ihren Körper gleiten ließ.

Wie konnte die Berührung eines Mannes so sanft und gleichzeitig so fordernd sein? Jede Liebkosung war voller Leidenschaft. Er küsste sie überall, weil er sie erregen wollte, bis sie für ihn bereit war. Aber Alex war es schon und nahm ihn willig in sich auf, als er sich auf sie schob und mit seinem Gewicht in die weiche, nach Herbst duftende Erde drückte.

Ihre Liebe zu Rinaldo beherrschte Alex völlig, und sie dachte nur noch daran, dass dieser Mann ihr gehörte, damit sie ihn zärtlich liebte, befriedigte und beschützte. Ihn zu beschützen war etwas, was sie heimlich tun musste. Er würde es nicht verstehen. Ihre Leidenschaft brauchte jedoch kein Geheimnis mehr zu sein, und sie erhob rückhaltlos Anspruch auf ihn.

Hinterher küsste Rinaldo sie sanft. „Lass uns hineingehen", flüsterte er. „Wir haben gerade erst angefangen." Er nahm ihre Hand, zog Alex auf die Füße und half ihr in ihre Sachen.

Sie liefen zum Haus, gingen leise die Treppe hinauf und in Alex' Zimmer.

Alex wachte in Rinaldos Armen auf. Nachdem er ihr gegenüber so lange reserviert gewesen war, hatte er jetzt jede Abwehr aufgegeben und hielt sie fest, als wollte er sie nie wieder loslassen.

Sie hatten sich die ganze Nacht hindurch geliebt. Jedes Mal hatten sie hinterher ein bisschen geschlafen und waren mit neuem Verlangen aufgewacht, bis sie vor Erschöpfung in tiefen Schlaf gesunken waren.

„Wir müssen aufstehen", flüsterte Rinaldo.

„Ja, es ist ein neuer Tag."

„Ein neuer Tag für uns. Ich werde dich niemals gehen lassen. Du kannst jetzt nicht mehr fortgehen, das weißt du doch?"

Alex lächelte glücklich. „Ich habe nichts dagegen."

Er küsste sie. „Es wird nicht einfach sein. Ich liebe dich, aber das macht mich sicher nicht zur Freundlichkeit in Person."

Sie lachte leise. „Gut. Ich würde dich sonst auch nicht wiedererkennen."

„Es ist so lange her, dass ich geliebt habe. Ich dachte, ich hätte vergessen, wie das ist."

„Ich werde immer da sein, um dich daran zu erinnern."

Sie lösten sich langsam voneinander und standen auf. Rinaldo zog seine Jeans an. „Bevor ich gehe, solltest du besser einen Blick in den Flur werfen. Ich möchte nicht, dass Gino mich aus deinem Zimmer kommen sieht."

Alex nickte. „So darf er das mit uns nicht erfahren."

Nach kurzem Zögern fragte Rinaldo verlegen: „Wird es Probleme geben, wenn wir es ihm mitteilen?"

„Nein, zwischen uns war niemals etwas Ernstes. Gino hat nur mit mir geflirtet. Auf deinen Befehl."

„Ich habe nicht direkt ...", begann Rinaldo nervös.

Alex lachte los. „Oh, mein Schatz! Du solltest dein Gesicht sehen! Pass auf, was du sagst. Gino hat mir alles erzählt."

„Was genau umfasst ‚alles'?", fragte Rinaldo vorsichtig.

„Tja, sagt dir ‚Münze mit zwei Vorderseiten' etwas?"

Er schlug stöhnend die Hände vors Gesicht. „Ich bringe ihn um!"

Alex fand es lustig, aber sie ermahnte sich, dass Rinaldo in humorvollen Dingen wenig erfahren war. Sie würde ihm beibringen müssen, zu lachen und glücklich zu sein. Deshalb legte sie die Arme um ihn und sagte ihm ohne Worte, dass davon die Welt nicht untergehe.

„Hör zu …“, begann er verzweifelt.

„Liebling, es ist in Ordnung. Vielleicht ist es sogar besser, dass du deinen Gewinn nicht eingesteckt hast. Wir haben all das Streiten gebraucht. Sonst hätten wir uns niemals so gut kennenlernen können.“

„Ich hätte meinen Gewinn nicht ‚einstecken‘ können. Mich dir unter solchen Umständen zu nähern …“ Rinaldo schauderte. „Andererseits war ich so wütend, dass ich alles getan hätte. Möglicherweise hätte ich …“

„Schluss damit.“ Sie legte ihm einen Finger auf den Mund. „Du musst mir nichts erklären. Ich kenne dich, Rinaldo.“

„Ja, das tust du. Du hast es von Anfang an getan. An jenem Abend, als du gesagt hast, ich sei einsam, habe ich dich ausgeschlossen, weil du mich durchschaut hattest. Ich hatte meine Gefühle so lange verdrängt, dass ich das Risiko nicht eingehen konnte, sie dir zu offenbaren. Deshalb habe ich dich zurückgewiesen. Ich habe dir Falschheit vorgeworfen, um mich zu schützen. Und es war alles zwecklos, weil es keinen Schutz vor Liebe gibt. Meine Gefühle haben mich so beunruhigt, dass ich wie ein Feigling davongelaufen bin. Als ich erfahren habe, dass du abgereist bist, habe ich geglaubt, es sei sicher, nach Hause zu kommen. In Wirklichkeit ist alles nur noch schlimmer geworden. Ich konnte den Gedanken nicht ertragen, dich niemals wiederzusehen. Wenn du nicht zurückgekehrt wärst, hätte ich nachgegeben und wäre dir nach England gefolgt. In der Nacht, in der du eingebrochen bist und wir miteinander gekämpft haben – erinnerst du dich?“

„Ja“, erwiderte Alex lächelnd. „Ich erinnere mich an alles.“

„Dich unter mir zu spüren … Ich schwöre, du warst nicht sicher. Wenn Gino nicht dabei gewesen wäre, hätte ich … Na ja, jedenfalls wollte ich.“

„Mm! Ich auch."

„Du warst nicht mehr mit diesem Mann verlobt, ich wusste jedoch nicht, wie du dich deswegen gefühlt hast. So oft habe ich dich in die Arme nehmen und sagen wollen, dass nichts anderes eine Rolle spielt. Aber es spielte eine Rolle, deshalb habe ich angefangen, alle meine Hoffnungen auf die Ernte zu setzen. Und ich habe mich geirrt, weil ich nur auf mein Herz und nicht auf meinen Verstand gehört habe. Ich wollte dich auszahlen und dir dann voller Stolz gegenübertreten." Rinaldo seufzte. „Das war auch ein Irrtum von mir, oder?"

„Du hältst die falschen Dinge für wichtig. Liebe ist wichtig. Stolz nicht."

„Ist es wirklich so einfach?"

„Ja, ist es", erwiderte Alex leise.

Sie küssten sich zärtlich, doch sie sah ihm an, dass ihn noch immer etwas quälte.

„Bist du sicher, dass es für Gino so einfach sein wird?", fragte er. „Ich habe mal geglaubt, dass er in dich verliebt sei. Jetzt weiß ich nicht so recht."

„Ist er nicht. Er hat ein großes Drama daraus gemacht, aber ich denke, so ist er eben."

Rinaldo nickte. „Sein ganzes Leben muss eine Inszenierung sein."

„Aber seit ich zurück bin, ist er ruhiger, sehr höflich und respektvoll. Ist es dir nicht aufgefallen?"

„Doch. Und es passt nicht zu ihm."

„Nach all der theatralischen Leidenschaft ist es ihm vielleicht peinlich, sich zurückzuziehen, besonders, da meine Verlobung gelöst ist." Alex lachte plötzlich. „Oh, jetzt begreife ich. Armer Gino. Er hat Angst, ich würde erwarten, dass er mich heiratet. Jetzt lässt er mich sehr freundlich wissen, dass so etwas nicht drin ist."

Rinaldos Stirnrunzeln verschwand. „So wird es wohl sein. Aber um fair zu sein: Er war wahrscheinlich schon ein bisschen in dich verliebt – ungefähr zwei Tage lang."

Alex zog die Augenbrauen hoch. „Mehr bin ich nicht wert, meinst du?"

„Nein, aber das ist sein Rekord."

Sie lachten beide.

„Glaub mir, Gino wird froh sein, dass sein Problem gelöst ist", meinte Alex. Sie öffnete die Tür und blickte den Flur entlang, dann gab sie Rinaldo ein Zeichen.

Einige Minuten später folgte ihm Alex nach unten. Er war allein in der Küche. Gino betrat gerade das Haus.

„Jetzt?", fragte Rinaldo leise.

Alex schüttelte den Kopf. „Nein, zuerst habe ich euch beiden etwas mitzuteilen."

Gino kam in die Küche und lächelte beim Anblick seines Bruders. „Du siehst fröhlicher aus als gestern Abend."

„Und gleich werdet ihr beide noch fröhlicher aussehen", verkündete Alex. „Enrico Varsi schuldet euch ziemlich viel Geld, wenn meine Berechnungen stimmen."

„Wie das?", fragte Rinaldo.

Alex atmete tief ein. „Er betrügt euch schon seit Jahren."

„Das halte ich für sehr unwahrscheinlich", entgegnete Rinaldo. „Varsi ist ein berühmter Mann …"

„Was es ihm leichter macht, damit durchzukommen."

„Er war auch ein guter Freund unseres Vaters, der ihm völlig vertraut hat."

„Jemand, der einem vertraut, ist am einfachsten zu täuschen. Ich nehme an, eurem Vater ist niemals eingefallen, dass sein Freund ihn bestehlen könnte. Ich habe Verdacht geschöpft, sobald ich mir eure Geschäftsbücher angesehen habe."

„Ich weiß, dass du es gut meinst", begann Rinaldo. „Und du bist eine Expertin. Aber wir haben in Italien ein anderes Geschäftsjahr, erinnerst du dich?"

„Ja, und alle möglichen anderen Dinge sind auch verschieden. Deshalb habe ich einen Crashkurs in italienischer Buchführung bei einem Mann namens Tomaso Andansio gemacht. Sein Büro ist in derselben Straße wie Varsis."

„Hast du dir deshalb an jenem Tag sein Schild so lange angesehen?"

„Ja. Der Name ist mir bekannt vorgekommen, und dann ist mir eingefallen, dass wir in London irgendwann einmal mit ihm zu tun hatten. Signor Andansio ist brillant und völlig ehrlich. Ich habe ihn angerufen, und er hat mich eine Woche in seinem Büro verbringen und alles Nötige lernen lassen. Ich habe ihm meine Beweise gezeigt, und er ist meiner Meinung. Es besteht kein Zweifel. Varsi hat euch bestohlen."

Gino umarmte Alex und tanzte mit ihr durch die Küche. „Du bist ein Genie!", schrie er. „Unser guter Engel, unser Glücksstern ..."

„Ja, ich gebe zu, dass es interessante Möglichkeiten eröffnet", unterbrach ihn Rinaldo, „aber ..."

„Ist das alles, was du zu sagen hast? Nach dem, was Alex für uns getan hat?" Gino ließ sie los. „Du hast sie niemals richtig zu schätzen gewusst, und ich finde, es wird Zeit, dass du ..."

„Ich versuche nur, realistisch zu sein", warf Rinaldo schnell ein.

„Er meint, er traut mir nicht zu, diese Dinge zu verstehen", sagte Alex fröhlich. „Das habe ich vorhergesehen, deshalb habe ich dafür gesorgt, dass wir heute noch einen Termin bei Signor Andansio bekommen. Ihm wird Rinaldo glauben, weil er ein Mann ist."

„Weil er Italiener ist." Rinaldo ließ sich nicht provozieren und lächelte sie an. „Ihn zu besuchen ist ein guter Vorschlag, Alex."

Sie ging sofort zum Telefon, und am Nachmittag fuhren sie nach Florenz. Signor Andansio bestätigte, was Alex gesagt hatte. „Überträgt man gewisse Sachen von einer Spalte in eine andere, ergibt sich ein neues Bild. Zwischen den beiden ‚Bildern' klafft eine Lücke, in die viel Geld fallen kann. Ihre Steuerschuld ist jahrelang niedriger gewesen als der Betrag, den Sie bezahlt haben, und da die Schecks über Signor Varsi geleitet wurden ..."

„Und unser Vater hat es niemals nachgeprüft, weil er ihm vertraut hat.“ Gino seufzte.

„Es hätte nichts geändert, wenn er es nachgeprüft hätte“, erklärte Andansio freundlich. „Der Betrug ist raffiniert angelegt. Man muss wissen, wonach man sucht.“ Er lächelte Alex an. „Diese Dame war besonders scharfsichtig. Ich habe ihr schon gesagt, in meiner Firma sei immer eine Stelle für sie frei, falls sie beschließt, die Prüfungen hier in Italien abzulegen.“

„Vielleicht tue ich das“, erwiderte Alex.

„Was ist jetzt der nächste Schritt?“, fragte Rinaldo. „Zur Polizei gehen? Lässt es sich beweisen?“

„Oh ja, aber wir können auch anders mit ihm fertig werden“, sagte Andansio. „Wir zeigen ihm unsere Beweise und verlangen Rückerstattung, nicht nur für Sie, sondern für alle Mandanten, die er bestohlen hat, denn Sie sind bestimmt kein Einzelfall. Das nützt allen mehr als ein langer Prozess, und glauben Sie mir, Varsi kann es sich leisten. Dafür müssen wir uns verpflichten, den Mund zu halten.“

„Und er kann neue Opfer berauben.“

„Ich denke, nicht“, erwiderte Andansio ruhig. „Ich werde ihm klarmachen, dass ich ihn von jetzt an überwache.“

„Wie viel muss er uns zurückzahlen?“, fragte Rinaldo.

Andansio nannte eine Summe.

„Aber das ist …“ Gino schnappte nach Luft.

„Fast so viel wie die Hypothek“, murmelte Rinaldo.

Alex lächelte nur.

„Ich nehme an, Sie wollen ihm Ihre Angelegenheiten entziehen“, fuhr Andansio fort.

„Und in Ihre Hände legen“, stimmte Rinaldo zu.

„Darf ich dann vorschlagen, dass Sie alles mir überlassen? Ich denke, ich werde ziemlich bald gute Nachrichten für Sie haben.“

Wie betäubt gingen sie nach draußen. Einige Minuten lang standen sie einfach da und sahen sich an. Gino erholte sich als Erster.

„Eine Feier!“, verkündete er. „Weil wir wirklich etwas zu feiern haben. Ich kann es fast gar nicht glauben.“

Es war beinahe Abend. Gino führte Rinaldo und Alex in das beste Restaurant der Stadt. „Jetzt können wir es uns ja leisten. Ober, bringen Sie uns den besten Champagner, den Sie haben."

Gino war außer sich vor Freude. Rinaldo und Alex beruhigten ihn, so gut sie es konnten, doch es gelang ihnen nur für kurze Zeit. Später, nach einem ausgezeichneten Essen, luden sie ihn auf den Rücksitz des Autos, wo er mit einem Lächeln einschlief.

11. KAPITEL

Die ganze Gegend um Florenz schien ein einziges großes Erntedankfest zu sein. Jeden Abend fand irgendwo eine Party statt.

An dem Abend, an dem sich die Nachbarn auf Belluna versammelten, war gute Laune angesagt. Bunte Lichter hingen in den Bäumen, schwer beladene Tische waren draußen aufgestellt. Teresa, Celia und Franca hatten den ganzen Tag gearbeitet, damit es die schönste Party in der Gegend wurde.

„Du bist wunderschön", flüsterte Rinaldo Alex zu, als sie in einem blau-weißen Kleid und weißen Sandaletten aus ihrem Zimmer kam. „Ich möchte allen mitteilen, dass du mir gehörst. Ich wünschte, wir könnten es heute Abend tun."

„Ich auch. Aber wir müssen erst mit Gino sprechen, und ich kann ihn nicht erwischen."

„Er ist in euphorischer Stimmung, seit sich Varsi damit einverstanden erklärt hat, das Geld zurückzuzahlen, und wir festgestellt haben, dass es unsere Schulden bei dir abdeckt. Was hast du?", fragte Rinaldo besorgt, weil Alex plötzlich unglücklich aussah.

„Ich will kein Bargeld. Ich möchte zu Belluna gehören."

„Als meine Frau tust du das."

„Ich weiß, es ist nur ..."

Rinaldo war schon viel verständnisvoller geworden. „Wenn dir das nicht genügt, kannst du die Düngemittel fürs nächste Jahr bezahlen und die Reparatur der Maschinen und die neuen Scheunen. Dann müssen wir keinen Kredit aufnehmen, und du bist finanziell an Belluna beteiligt."

„Das ist besser", stimmte sie zu.

„Jetzt mach nicht gleich so ein fröhliches Gesicht. Weißt du, was Dünger kostet?"

„Nachdem ich all die Geschäftsbücher gelesen habe? Natürlich. Es ist ein wundervoller Einfall."

„Wenn wir Gino endlich erwischen, klären wir das mit ihm. Schließlich ist es auch sein Gut, und ich sollte keine Entscheidungen treffen, ohne mich mit ihm zu beraten. Wo zum Teufel bleibt er denn?"

„In den vergangenen Tagen ist er hier immer nur auf der Durchreise gewesen. Heute habe ich ihn überhaupt noch nicht gesehen."

„Er hat mir gesagt, er habe etwas Wichtiges in Florenz zu erledigen, aber er wollte nicht verraten, worum es geht."

„Bestimmt hat er eine Freundin", erwiderte Alex triumphierend. „Vielleicht bringt er sie heute Abend mit zur Party."

Die ersten Gäste trafen ein, als Rinaldo und Alex nach unten gingen. Binnen einer halben Stunde waren an die hundert Leute versammelt.

Alex sah sich freudig um. Sie fühlte sich endlich zu Hause. Jetzt war nur noch eine Hürde zu nehmen. Wenn nur Gino kommen würde.

Und dann war er plötzlich da. Er parkte sein Auto, sprang heraus und wurde von den Gästen begeistert begrüßt. Er war wirklich bei allen beliebt.

Nachdem er die Runde gemacht und jede Frau geküsst und lächelnd zurückgelassen hatte, erschien er schließlich bei seinem Bruder und Alex. „Es tut mir leid", entschuldigte er sich zerknirscht.

„Das sollte es auch", erwiderte Rinaldo. „Dies ist Alex' erste Party auf Belluna, und sie hat sehr viel Arbeit investiert."

„Alex wird mir verzeihen, wenn sie hört, was ich zu sagen habe." Gino sah sie mit strahlenden Augen an.

Sein Blick beunruhigte Alex plötzlich. „Warum holst du dir nicht etwas zu trinken?"

„Noch nicht. Was ich dir zu sagen habe, ist viel wichtiger. Ich habe bis jetzt gewartet, aber länger kann ich nicht warten, carissima. Ich liebe dich. Ich möchte dich heiraten."

„Gino …"

„Nicht, lass mich dir erst das hier zeigen." Er zog ein kleines

Etui aus der Jacketttasche und öffnete es. Der mit Diamanten und Saphiren besetzte antike Ring war wunderschön. „Ich habe ihn vor einer halben Ewigkeit im Schaufenster gesehen und sofort gedacht, wie gern ich ihn dir an dem Tag schenken würde, an dem ich dich bitte, meine Frau zu werden. Aber als ich wieder hingegangen bin, hatten sie ihn verkauft. Ich habe lange gebraucht, den Käufer aufzuspüren und ihm den Ring abzukaufen. Jetzt ist es meiner. Was bedeutet, dass es deiner ist."

„Gino ...", flüsterte Alex.

„Mach nicht so ein überraschtes Gesicht, carissima. Du hast immer gewusst, was ich für dich empfinde. Selbst als ich den Narren gespielt habe, hat mein Herz dir gehört. Oder hast du nicht geglaubt, wie sehr ich dich liebe? Vielleicht wird dich dies überzeugen." Er kniete vor ihr nieder und nahm ihre Hand. „Alex, mein Schatz, willst du mich heiraten?"

Sie musste dem ein Ende machen, aber sie war wie gelähmt vor Entsetzen.

Gino steckte ihr den Ring an.

Sie blickte starr auf die schönen Diamanten und Saphire. Tränen traten ihr in die Augen, als sie daran dachte, wie sehr sie Gino würde wehtun müssen. Warum habe ich das nicht kommen sehen?, fragte sie sich unglücklich.

Sie wusste die Antwort. Rinaldo hatte sie völlig in Anspruch genommen. Gino hatte nur am Rande existiert.

Er lächelte sie an, verstand ihr Schweigen noch immer nicht. Hinter ihm stand Rinaldo. Er war blass und blickte sie schockiert an. Sie schüttelte den Kopf. Was getan werden musste, musste sie allein tun.

„Gino, bitte steh auf", sagte sie leise. „Lass uns nicht jetzt darüber reden."

„Was gibt es da zu reden?" Er stand auf und sah sie zärtlich an.

„Nein, es tut mir leid ..." Sie zog den Ring ab und drückte ihn Gino in die Hand. „Ich kann nicht ..."

Seine strahlende Freude verschwand, er war jedoch nicht enttäuscht, sondern verwirrt. Er war von ihren Gefühlen für ihn überzeugt, und jetzt konnte er nichts anderes glauben. Alex riss sich zusammen. „Komm mit." Sie nahm seine Hand und führte ihn weg von den anderen. Hochrufe folgten ihnen. Nur wenige Gäste hatten gehört, was Alex gesagt hatte. Die meisten hielten sie beide für Liebende, die allein sein wollten.

Gino dachte ebenso. Sobald sie außer Sicht waren, umarmte er Alex. „Es tut mir leid, carissima, ich hätte das nicht vor all den Leuten tun sollen."

„Bitte, Gino …"

„Du wirst mir verzeihen, wenn ich dir noch einmal sage, wie sehr ich dich liebe. Obwohl du das sicherlich schon gewusst hast?"

„Nein, nein, habe ich nicht. Zuerst hast du mit mir geflirtet, und seit ich aus England zurück bin, hast du dich von mir ferngehalten."

„Ich habe mich bemüht, deine Gefühle zu respektieren. Die Trennung von deinem Verlobten muss dir wehgetan haben. Ich wollte dir Zeit geben, über ihn hinwegzukommen. Ich bin kein unsensibler Flegel, Liebling."

„Nein, du bist ein liebenswerter, netter Junge …"

„Ich bin kein Junge. Neben Rinaldo mag ich wie einer aussehen, aber ich bin Manns genug, um zu wissen, dass ich dich von ganzem Herzen liebe. Ich habe dir Zeit gegeben. Muss ich noch länger warten? Kannst du mich jetzt nicht lieben?"

„Gino, ich habe es nicht begriffen, weil du immer so einen Spaß daraus gemacht hast", sagte Alex leise.

„Ja, habe ich am Anfang. Erst als du abgereist bist, habe ich erkannt, was ich für dich empfinde. Es war unerträglich ohne dich. Wenn du nicht zurückgekommen wärst, dann wäre ich dir nach England gefolgt."

Alex rang nach Atem, als sie hörte, dass Gino genau das getan hätte, was auch Rinaldo vorgehabt hatte.

„Ich wäre dir gefolgt, weil ich wusste, dass du die Richtige bist", sprach Gino weiter, „die Einzige, so ganz anders als all die Frauen, mit denen ich gespielt und die ich für fünf Minuten geliebt habe. Diesmal ist es für mein ganzes Leben und darüber hinaus."

„Nein!", rief Alex. „Sag das nicht. Es darf nicht wahr sein."

„Warum darf es nicht wahr sein?", fragte er verwirrt.

„Weil ich dich nicht liebe."

Er sah sie an, als würden die Worte keinen Sinn ergeben. „Du liebst noch immer diesen Mann in England", stellte er schließlich fest. „Ich habe mich zu früh zu erkennen gegeben."

„Nein, nein, er ist es nicht, es ist ..." Alex beherrschte sich. Das mit Rinaldo und ihr konnte sie Gino nicht hier und jetzt, auf einer Party, erzählen. „Bitte lass uns später darüber reden", bat sie.

„Ja. Ich habe es falsch angefangen, stimmt's? Ich habe dich gedrängt. Aber ich kann warten." Er lächelte sie flüchtig an und ging zurück zu den anderen.

Alex machte sich bittere Vorwürfe, weil sie es nicht hatte kommen sehen. Gino hatte recht. Er war kein Junge mehr, sondern ein Mann. Ein Mann mit einer Sensibilität für ihre Gefühle, von der sie nichts geahnt hatte. Es hatte sie zu der Ansicht verleitet, dass sie ihm nichts bedeutete.

Als wolle er seine neue Reife beweisen, ließ sich Gino nichts anmerken. Er unterhielt alle Leute auf der Party, ließ keinen Tanz aus und flirtete unaufhörlich. Allgemein wurde geglaubt, dass sich sein Herzenswunsch erfüllt hatte, weil er sich als ein sehr glücklicher Mann präsentierte. Nur wenigen Gästen fiel auf, dass er sich Alex für den Rest des Abends nicht mehr näherte.

Schließlich gingen die Gäste, satt und zufrieden, singend und Abschiedsgrüße rufend.

„Wo ist Gino?", fragte Rinaldo, als er und Alex allein waren.

„Ich habe ihn zuletzt vor einer halben Stunde gesehen. Oh Rinaldo ..."

„Ja, es ist furchtbar. Am Ende wird er es verstehen, aber er hat dir vor all den Leuten einen Heiratsantrag gemacht. Er muss ja verletzt sein."

„Er hat sich seitdem wundervoll verhalten. So fröhlich zu sein ist bestimmt sehr schwer gewesen, nach dem, was ich zu ihm gesagt habe."

„Wie viel hast du gesagt?"

„Nur, dass ich ihn nicht liebe. Es war nicht der richtige Moment, ihm den Rest zu erzählen." Alex ging zu Teresa und den Hausmädchen und half ihnen, die Tische abzuräumen.

Später fand sie Rinaldo auf der Veranda. „Teresa hat Gino wegfahren sehen."

„Ich nehme an, er will eine Weile nachdenken. Hinterher wird er sich besser fühlen." Trotz der zuversichtlichen Worte blieb Rinaldo noch eine halbe Stunde lang stehen und blickte starr in die Dunkelheit.

„Lass dich nicht von ihm dabei erwischen, wie du auf ihn wartest", riet Alex ihm freundlich. „Er ist kein Kind mehr."

„Du hast recht. Ich kann es mir nicht abgewöhnen, mich als seinen zweiten Vater zu sehen. Jetzt werde ich es tun müssen. Es wird schwer, ihm das mit uns mitzuteilen."

„Meinst du, wir sollten vielleicht nicht …?"

Rinaldo schüttelte den Kopf. „Ich kann dich nicht aufgeben. Ohne dich kann ich nicht leben. Ich liebe meinen Bruder, aber nicht einmal für ihn würde ich auf dich verzichten. Komm jetzt, ich muss mit dir allein sein."

Sie gingen im Dunkeln nach oben. Noch bevor sie das Ende der Treppe erreicht hatten, umarmten und küssten sie sich.

Rinaldo öffnete die erste Tür, zu der sie kamen. Es war sein Zimmer. „Ich kann es kaum erwarten", flüsterte er und zog Alex hinein. Sobald er die Tür geschlossen hatte, beeilte er sich, Alex auszuziehen.

Sie half ihm, seine Sachen abzulegen, und dann sanken sie zusammen aufs Bett. Rinaldo zog Alex an sich und küsste sie lange. Sie genoss es, wie er behutsam und geschickt ihr Verlangen steigerte. Er ließ die Hand über ihre Brüste gleiten, umfasste eine und liebkoste sie, sodass Alex von Hitze durchflutet wurde. Vor allem dafür liebte sie ihn. Er zeigte ihr, dass sie eine sinnliche Frau war, die sich dem geliebten Mann völlig überlassen konnte.

Rinaldo war ein sanfter und rücksichtsvoller Liebhaber. Er wartete, bis sie bereit war, aber lange musste er nicht warten. Sie begehrte ihn und wollte mehr von den umwerfenden Empfindungen, die sich in ihr ausbreiteten, wollte alles. Sie bog sich ihm entgegen und trieb ihn an, bis sie gemeinsam Erfüllung fanden. Alex sah ihm dabei in die Augen und war erstaunt über seine Ehrfurcht und Hingabe.

Er schlief zuerst ein, und Alex stützte sich auf den Ellbogen und nutzte die seltene Gelegenheit, Rinaldo zu betrachten, ohne dass er sich dessen bewusst war. Seine Gesichtszüge wirkten im Schlaf kaum weicher. Er war ein harter, dickköpfiger Mann, und sie würden sich weiterstreiten. Davor hatte er sie gewarnt, und er hatte recht. Aber für sie beide würde Streiten ein Aspekt ihrer Liebe sein. Alex wusste, dass sie mit gleicher Münze zurückzahlen konnte. Doch sie würde vorsichtig sein müssen. Ihr Gefühl sagte ihr, dass Rinaldo verwundbarer war als sie, leichter zu kränken, weniger fähig, es zu zeigen, und daher mehr gefährdet.

Alex berührte mit den Fingerspitzen sein Gesicht, dann küsste sie ihn so sanft, dass er nicht davon aufwachte. Er gehörte ihr. Weil er sie brauchte.

Rinaldo war wieder an dem mysteriösen Ort, der keinen Namen hatte. Er wartete auf etwas, wusste aber nicht, auf was. Sein Vater war da und blickte ihn gequält an. Das war der Moment, in dem Rinaldo immer aufwachte. Diesmal hatte er die Botschaft jedoch verstanden.

Er schreckte hoch und saß aufrecht im Bett, am ganzen Körper zitternd.

„Was ist los?“, fragte Alex. „Hast du schlecht geträumt?“

„Mir ist endlich wieder eingefallen, was am Todestag meines Vaters geschehen ist. Ich bin vor Gino im Krankenhaus angekommen und einige Minuten mit unserem Vater allein gewesen. Er hat versucht, mit mir zu sprechen, aber er hat nur ‚Tut mir leid‘ herausgebracht. Das hat er immer wieder gesagt und mich verzweifelt angesehen. Er wollte mir irgendetwas mitteilen und konnte es nicht. Schließlich habe ich seine Hand genommen und ihm versichert, alles würde gut werden. Er ist ruhiger geworden. Und dann ist er gestorben. Ich glaube, er wollte mir von der Hypothek erzählen. Die ganze Zeit über habe ich es ihm verübelt, aber er hat versucht, mich zu warnen. Er hat uns nicht im Stich gelassen. Das habe ich ihm vorgeworfen. Vielleicht war es unvernünftig, doch ich habe es so empfunden. Jetzt ist es, als hätte ich meinen Vater wiederbekommen. Das habe ich dir zu verdanken.“

„Du hättest dich auf jeden Fall erinnert“, sagte Alex.

„Nein, es ist passiert, weil ich mit dir Frieden gefunden habe. Ohne diesen inneren Frieden konnte ich mich nicht mit meinem Vater versöhnen. Jetzt habe ich es getan. Er ist wieder in meinem Herzen, und ich werde ihn niemals verlieren – deinetwegen.“ Rinaldo klammerte sich plötzlich an sie. „Verlass mich nicht, Alex.“

„Niemals. Ich werde hier sein, solange du mich brauchst.“

„Ich werde dich immer brauchen. Was, wenn du nicht nach Italien gekommen wärst und wir uns nicht begegnet wären?“

„Vielleicht sollten wir uns begegnen“, erwiderte Alex leise. „Erinnerst du dich an jenen ersten Tag?“

„Auf der Beerdigung meines Vaters? Ja.“

„Ich glaube, ich wusste damals schon, dass du eine wichtige Rolle in meinem Leben spielen würdest. Wie, wusste ich nicht, aber mir war sofort klar, dass wir einander nicht gleichgültig sein würden.“

„Nein, wir hätten einander niemals gleichgültig sein können.“

„In jener ersten Zeit waren wir Feinde.“

„Waren wir das?“, flüsterte Rinaldo.

„Oh ja." Alex lächelte zärtlich. „Wir mussten Feinde sein, bevor wir etwas anderes werden konnten. Es ist keine schlechte Methode, sich als Feinde kennenzulernen."

„Jetzt müssen wir uns als Liebende kennenlernen."

„Du meinst, wir kennen uns noch nicht?"

Rinaldo antwortete nicht sofort. Er sah auf, und sie blickten sich wissend an. Sie kannten sich. „Ich freue mich auf alles Übrige. Jeden Tag mit dir zusammen zu sein, zu erfahren, was du magst und nicht magst. Mit dir alt zu werden. Ein Teil von dir zu werden und dich zu einem Teil von mir zu machen."

„Ich bin ein Teil von dir, und so wird es immer sein", sagte Alex.

Sie küssten sich, nicht leidenschaftlich, sondern zärtlich. Leidenschaftlich geliebt hatten sie sich schon, und sie würden es wieder tun. Jetzt umarmten sie sich voller Frieden und Vertrauen. Schließlich schliefen sie eng umschlungen ein.

Alex wusste nicht, was sie geweckt hatte. Sie hatte das unbehagliche Gefühl, dass etwas nicht in Ordnung war. Langsam öffnete sie die Augen.

Gino stand am Fußende des Betts.

12. KAPITEL

Einen Moment lang konnte sich Alex nicht rühren. Sie war unendlich traurig. Gino war so großzügig und liebevoll, der letzte Mensch, dem sie würde wehtun wollen. Aber seine Miene verriet, dass er tief verletzt war.

Rinaldo schlief in ihren Armen, sein Kopf lag auf ihrer Brust. Noch deutlicher hätten sie Gino nicht sagen können, was zwischen ihnen war.

Noch immer stand er wie gelähmt da. Er schien mit jeder Sekunde blasser zu werden. Alex streckte die Hand nach ihm aus.

Er wich zur Tür zurück, den Blick auf seinen Bruder und die Frau gerichtet, die er liebte.

Alex stieß Rinaldo an und weckte ihn. Als er Gino sah, stöhnte er auf vor Entsetzen.

Gino hatte die Tür erreicht. Er schüttelte den Kopf, als würde er versuchen zu leugnen, was er vor Augen hatte. Dann verschwand er.

Fast in einer einzigen Bewegung sprang Rinaldo aus dem Bett, zog seine Jeans an und rannte seinem Bruder nach. „Gino!“, schrie er.

Verzweifelt schlug Alex die Hände vors Gesicht. Sie war todunglücklich wegen Gino, der es nicht verdiente, so verletzt zu werden. „Nein“, flüsterte sie. „Bitte nicht! Es tut mir so leid!“ Sie zog schnell ihre Sachen an und ging nach unten.

Rinaldo hatte Gino in dem Zimmer eingeholt, das auf die Veranda führte. Die Glastüren standen weit offen und gaben den Blick frei auf den Tisch und die Stühle, wo die Brüder und Alex so viele schöne Abende verbracht hatten.

Gino hörte Alex hereinkommen und drehte sich um. Sie war schockiert, als sie sein abgehärmtes Gesicht sah. Er schien um Jahre gealtert zu sein.

„Warum habt ihr es mir nicht gesagt?“, fragte er. „So schwer wäre das ja wohl nicht gewesen. Stattdessen habt ihr mich hinters Licht geführt und vorgetäuscht, dass ihr Feinde seid. Ihr habt mich glauben lassen, was ich glauben wollte. Warum?“ Er blickte Alex kalt an. „Hat es dir Spaß gemacht, mich am Gängelband zu führen?“

„Das habe ich nicht …“

„Beleidige nicht meine Intelligenz, Alex. Die ganze Zeit über …“

„Nein, nicht die ganze Zeit über. Rinaldo und ich sind wirklich Feinde gewesen. Wir haben es nicht vorgetäuscht. Wenn du uns hast streiten sehen, ist das echt gewesen.“

„Und was hat sich geändert?“

„Nichts“, sagte Rinaldo. „Was wir füreinander empfinden, war auch die ganze Zeit über da, wir haben es nur nicht erkannt. Oder vielleicht haben wir es geahnt und dagegen angekämpft. Ich war voller Groll auf Alex, das weißt du. Ich wollte mich nicht in sie verlieben, aber ich konnte nicht anders, weil sie eine wundervolle …“

„Ja, schon gut“, unterbrach ihn Gino scharf.

„Es tut mir leid“, sagte Rinaldo leise.

Alex hatte ihn noch nie so deprimiert erlebt. Er liebte seinen Bruder, und es zerriss ihm das Herz, mit ihm zu streiten.

„Es tut mir leid“, wiederholte er. „Ich hatte wirklich gehofft, du würdest verstehen …“

„Ich habe schon alles Nötige verstanden“, erwiderte Gino.

„Rinaldo hat nichts genommen, was dir gehört hat“, sagte Alex. „Es wäre immer er gewesen. Wir haben beide lange gebraucht, bis wir es erkannt haben. Aber er hat recht. Zwischen uns war von Anfang an etwas. Wir haben uns ineinander verliebt, während wir uns gestritten haben.“ Sie ging zu Gino und stellte sich direkt vor ihn. „Bitte glaub mir, ich wollte dir niemals wehtun.“

„Ach ja? Du hättest mich warnen können.“

„Ich wusste nicht, was du empfindest. Du betrachtest Liebe als ein Spiel, und du spielst es dermaßen gut, dass es nur das zu sein scheint.“

„So hat es angefangen“, gab Gino zu. „Aber dann habe ich gemerkt, dass ich wirklich in dich verliebt bin.“

„Ich wusste das nicht. Wenn ich es gewusst hätte, dann hätte ich dir früher gesagt, dass ich dich niemals lieben kann. Nicht so, wie du es möchtest, jedenfalls."

Er nickte. „Nicht so, wie ich es möchte", wiederholte er leise.

„Was auf der Party passiert ist ... ich hätte es verhindert, wenn ich gekonnt hätte."

„Also habe ich mich vor unseren Nachbarn lächerlich gemacht. Das ist nicht wichtig." Er blickte Rinaldo an. „Ich bin zurückgekommen, weil ich mit dir darüber sprechen wollte. Ich wollte dich um Rat bitten. Was für ein Witz. Und ich verrate dir noch etwas Lustiges: Dass ich Alex in deinem Bett finden würde war das Einzige, woran ich überhaupt nicht gedacht habe."

„Ich wünschte, das wäre nicht passiert", sagte Rinaldo bedrückt. „Aber Alex und ich lieben uns, und wir werden heiraten. Ich habe sie dir nicht weggenommen. Sie hatte die Wahl."

Alex hätte es nicht für möglich gehalten, dass Gino noch blasser werden konnte, doch jetzt wurde sein Gesicht bleich wie der Tod.

„Der Teufel soll euch beide holen!", stieß er leise hervor und ging hinaus.

„Gino ...!", rief Alex und wollte ihm nachlaufen.

„Nein." Rinaldo hielt sie zurück. „Er kann den Anblick von uns beiden im Moment nicht ertragen. Wenn er sich beruhigt hat, wird er uns verzeihen. Jetzt muss er allein sein, und wir sollten das respektieren."

Trostlos nickte sie und ließ sich wegführen. Am oberen Ende der Treppe blieben sie stehen und sahen sich an. Sie konnten in dieser Nacht nicht wieder zusammen sein, nicht, nachdem Gino sie beide voller Qual verdammt hatte.

Alex ging in ihr Zimmer. Einen Moment später hörte sie Rinaldo seine Tür schließen.

Es war seltsam, am nächsten Morgen nach unten zu kommen und Gino nicht in der Küche anzutreffen. Sein gut aussehendes Gesicht, sein Herumalbern und seine Gutherzigkeit hatten immer einen Bestandteil ihrer Freude an Belluna ausgemacht. Alex liebte ihn. Nicht so, wie sie Rinaldo liebte, mit brennender Leidenschaft, sondern mit der zärtlichen Zuneigung einer Schwester. Aber Gino wollte so viel mehr von ihr, dass die Kluft unüberbrückbar war.

Die Hoffnung nicht aufgebend, ging Alex nach draußen auf die Veranda, aber er war nirgendwo zu sehen. Ihr Blick fiel auf den Stuhl, der immer Ginos Platz gewesen war. Auf der Sitzfläche lag das Jackett, das er am vergangenen Abend getragen hatte. Alex ließ die Finger darübergleiten und dachte daran, wie er es angezogen und den Ring in die Tasche gesteckt hatte, um ihr auf der Party den Heiratsantrag zu machen. Er war voller eifriger Liebe gewesen, davon überzeugt, dass seine Liebe erwidert wurde. Und dann war daraus so großer Kummer geworden.

Irgendetwas fiel klirrend zu Boden. Es war der Ring. Alex setzte sich und schlug die Hände vors Gesicht. Kurz darauf spürte sie Rinaldos Hand auf ihrer Schulter.

„So fühle ich mich auch", sagte er.

Eine Weile saßen sie schweigend da, nur aus der Gegenwart des anderen Trost schöpfend.

„Gino ist weggefahren", sagte Rinaldo schließlich. „Einige seiner Sachen fehlen."

„Er wird doch zurückkommen?", fragte Alex schnell.

„Natürlich. Wir müssen einfach Geduld haben. Alles wird gut werden."

Alex erwiderte seinen Blick und erkannte, dass Rinaldo es ebenso wenig glaubte wie sie.

„Ich habe ihn aufwachsen sehen, bin wie ein zweiter Vater für ihn gewesen, und jetzt …" Er seufzte. „Wenn ich daran denke, was ich ihm angetan habe …"

„Was wir ihm angetan haben", sagte Alex.

„Er hat sich verändert. Gestern Nacht war es mir, als würde ich mit einem alten Mann sprechen. Wie auch immer es weitergeht, den

Gino, den wir gekannt haben, werden wir niemals wiedersehen."

Alex sprach aus, was ihr schreckliche Angst machte. „Wie kann ich hierbleiben, wenn wir ihm das damit antun? Wenn ich fortgehe ..."

„Nein", unterbrach Rinaldo sie sofort. „Ich kann ohne dich nicht leben. Ich lasse dich nicht gehen."

„Ich will ja nicht", flüsterte sie, „aber ..."

„Kein Aber! Wir haben ein Recht auf unsere Liebe. Außerdem würde es das Problem nicht lösen. Gino und ich können die Zeiger der Uhr nicht auf die Zeit vor deiner Ankunft zurückstellen. Und ich würde es ohnehin nicht tun. Ich könnte nicht zu dem halben Leben zurückkehren, in dem ich dich noch nicht gekannt und geliebt habe. Mein Bruder und ich haben nur eine einzige Möglichkeit, uns zu versöhnen: wenn er die Frau findet, die wirklich seine große Liebe ist." Rinaldo umfasste Alex' Gesicht. „Ich habe zu ihm gesagt, wir würden heiraten, obwohl ich dich noch nicht gefragt hatte."

„Du weißt, dass du mich nicht fragen musstest. Hier bei dir zu bleiben ist alles, was ich möchte."

„Es ist auch alles, was ich möchte. So Gott will, werden wir viele gemeinsame Jahre haben."

Sie setzten den Termin für die Hochzeit auf einen Tag drei Wochen später fest und wählten eine kleine Dorfkirche am Rande des Guts. Hochzeitsgeschenke trafen ein, aber Alex und Rinaldo wünschten sich nur, etwas von Gino zu hören, der nicht zurückgekehrt war.

Er kam unerwartet an einem Tag, an dem sie beide nicht da waren. Als sie am späten Nachmittag auf das Haus zufuhren, sahen sie ihn Gepäck in sein Auto laden.

Sie waren über sein Aussehen entsetzt. Er war tatsächlich um Jahre gealtert und machte den Eindruck, als würde er nie wieder lächeln.

„Ich bin gekommen, um den Rest meiner Sachen zu holen", sagte er. „Aber ich habe auf euch gewartet. Ich konnte nicht wegfahren, ohne mich von euch zu verabschieden."

„Du gehst für immer fort?", fragte Rinaldo. „Dies ist dein Zuhause."

Da lächelte Gino, matt und ironisch. „Was schlägst du denn vor? Dass wir alle drei zusammenleben? Ihr wisst, dass wir das nicht können."

Er hatte Alex und Rinaldo zum Schweigen gebracht. Ihnen war klar, dass Gino recht hatte.

„Wo bist du gewesen?", fragte Rinaldo schließlich.

„Ich wohne zurzeit bei Freunden. Wahrscheinlich werde ich ins Ausland gehen."

„Aber dir gehört die Hälfte des Guts."

„Ich weiß. Wir müssen irgendeine Vereinbarung treffen."

„Das hat Zeit", widersprach Rinaldo. „Bleib zumindest bis zur Hochzeit hier und …"

„Nein", unterbrach ihn Gino.

„Aber du kommst doch?", fragte Alex flehend.

Er zuckte die Schultern. „Rechnet nicht mit mir."

„Ich muss dir noch etwas erzählen", sagte Rinaldo. „Über unseren Vater. Du hast mich gefragt, was im Krankenhaus passiert ist, als ich allein mit ihm war. Ich konnte dir nichts berichten, weil ich keine Erinnerung an jene Minuten hatte. Es war wie ausgelöscht. Und dann, in der Nacht, als du zurückgekommen bist und uns …"

„Weiter."

„Es ist mir wieder eingefallen. Er hat mit mir gesprochen und versucht, mir von der Hypothek zu erzählen. Er konnte es nicht herausbringen, doch er hat es versucht. Er wollte es uns nicht so herausfinden lassen, wie wir es dann getan haben."

Gino nickte. „Danke. Ich bin froh, dass du es mir gesagt hast. Es scheint ihn uns irgendwie zurückzugeben."

„Ja. Genauso habe ich es auch empfunden."

Einen Moment lang waren sie wieder Brüder.

„Ich sollte jetzt besser fahren." Gino zögerte, bevor er fragte:

„Darf ich mit Alex allein sprechen?"

„Natürlich", sagte sie sofort.

Rinaldo nickte und ging ins Haus.

„Es ist in Ordnung, Alex", versicherte ihr Gino. „Ich werde dich nicht in Verlegenheit bringen. Ich wollte nur sagen ... ach, ich weiß nicht. Ich hatte vor, so viel zu sagen, und jetzt ist alles weg."

„Verzeih mir", bat sie.

„Du hattest das Recht, deine Wahl zu treffen. Also gibt es nichts zu verzeihen. Du wirst niemals wissen, wie sehr ich dich liebe, weil es mir jetzt nicht mehr freisteht, darüber zu sprechen."

„Ich glaube, du hast es mir gerade gesagt", flüsterte Alex.

Gino schüttelte den Kopf. „Das drückt es nicht im Entferntesten aus. Zu entdecken, dass so ein Gefühl existiert, war wie ein Wunder."

„Du wirst wieder so empfinden, wenn du die Richtige für dich triffst."

„Vielleicht."

Alex sah ihm an, dass er ihr nicht glaubte.

„Aber falls das nicht geschehen sollte – danke."

Es dauerte einen Moment, bevor sie sprechen konnte. „Du hast mir für nichts zu danken."

„Oh doch, und ich tue es."

Sie streckte die Hand nach ihm aus, aber Gino zuckte zurück. Er schwächte es mit einem Lächeln ab, das Alex wehtat.

„Die Wahrheit hat mir die ganze Zeit über ins Gesicht geblickt, stimmt's? Erinnerst du dich an den Abend, an dem wir essen waren? Ich habe gesagt, du würdest das Gespräch immer zurück auf Rinaldo bringen. Das war schon der Anhaltspunkt, wenn ich nur Verstand genug gehabt hätte, ihn zu erkennen. Es ist allein meine Schuld."

„Komm herein und bleib eine Weile", bat Alex. „Geh nicht so."

„Ich denke, ich sollte besser losfahren."

„Dann hol zumindest deinen Ring. Du hast ihn hier zurückgelassen, und du solltest ihn an dich nehmen."

„Hol du ihn. Ich warte hier."

Alex ging ins Haus. An der Tür drehte sie sich um und sah Gino neben dem Auto stehen und sie beobachten. Oben fand sie Rinaldo und erklärte ihm, was sie wollte. Er begleitete sie in ihr Zimmer und sah zu, während sie den Ring aus einer Schublade nahm. „Wenn ich ihn Gino gebe, können wir vielleicht …" Sie verstummte, als sie Motorengeräusch hörte. „Nein!", flüsterte sie.

Rinaldo und sie liefen zum Fenster und sahen Ginos Auto in der Ferne verschwinden.

Da konnte Alex nicht anders. Sie drückte das Gesicht an Rinaldos Brust und weinte.

Die Hochzeit war gleichzeitig schön und traurig. Unter anderen Umständen hätten sich Alex und Rinaldo liebevoll darüber gestritten, wer von ihnen Ginos Dienste in Anspruch nehmen würde. Alex hätte gewollt, dass er sie zum Altar führte, Rinaldo, dass er ihm bei der Ausrichtung der Hochzeit half. So wie die Dinge lagen, wurde Alex von ihrem Anwalt Isidoro zum Altar geführt, und Rinaldo wurde von seinem Vorarbeiter unterstützt.

Alle anderen Gedanken verschwanden jedoch, als sie zusammen vor dem Altar standen. Für Alex war es der Moment der Erfüllung, der den Rest ihres Lebens überstrahlen würde. Sie sah Rinaldo an und wusste, dass er es ebenso empfand.

Plötzlich lief ein Raunen durch die Kirche. Alex blickte über die Schulter. Ein junger Mann stand an der Tür. Sein Gesicht war nicht zu erkennen, aber die Sonne erreichte gerade sein Haar und verlieh ihm fast einen Heiligenschein. Alex glaubte zu sehen, dass er weiter nach vorn kam, um sich auf eine Bank zu setzen. Natürlich ist er gekommen, dachte sie erleichtert. Wie sehr er auch litt, Ginos Warmherzigkeit ließ nicht zu, dass er der Hochzeit fernblieb.

Der Priester fragte Rinaldo, ob er Alex zur Frau nehmen wolle. Er sagte mit fester Stimme Ja. Dann war Alex an der Reihe, und sie vergaß Gino. Ihre ganze Aufmerksamkeit galt dem Mann, den sie liebte, der sie zu der Seinen machte und jetzt fürs ganze Leben der Ihre war.

Aber als der Gottesdienst vorbei war und Rinaldo sie geküsst hatte, flüsterte sie ihm zu: „Gino ist hier."

„Ich weiß. Ich habe ihn an der Tür stehen sehen."

Mehr brauchten sie nicht, um glücklich zu sein. Während sie den Gang entlanggingen, suchten sie die Bankreihen nach dem einen Gesicht ab, das ihnen wichtig war.

Aber er war nicht da. Wenn er überhaupt in der Kirche gewesen war, dann hatte er sie schon wieder verlassen.

Der Empfang fand in der größten Scheune statt, die mit Blumen und bunten Bändern geschmückt war. Braut und Bräutigam tanzten, lachten und tranken, wenn Toasts auf sie ausgebracht wurden, doch insgeheim sehnten sie sich beide danach, dass alle gingen und sie ihr gemeinsames Leben beginnen konnten. Gino ließ sich nicht blicken.

Als der letzte Gast weg war und Rinaldo und Alex zum Haus kamen, wartete dort jemand auf sie.

„Bruno!", rief Rinaldo erfreut. „Wir hatten gehofft, dich auf der Feier zu sehen."

„Ich bin mit Gino zur Kirche gefahren, aber er ist sofort wieder gegangen, und ich hatte das Gefühl, dass ich bei ihm bleiben sollte."

„Ich wünschte, er hätte noch einmal mit mir gesprochen", sagte Rinaldo niedergeschlagen. „Ich habe die Dinge so regeln wollen, dass er Geld hat, von dem er leben kann. Er hat mir geschrieben, er werde nichts annehmen. Er sollte es tun. Die Hälfte des Guts gehört ihm."

„Er meint, er dürfe kein Einkommen aus Belluna beziehen, wenn er nicht dafür arbeitet. Mit dem Geld, das er nicht nimmt, kannst du mehr Arbeiter bezahlen." Bruno wurde plötzlich nervös, und er schaffte es nicht, Alex' Blick zu erwidern. „Signora, er entschuldigt sich, weil er einfach davongefahren ist. Ich glaube, seine

Gefühle haben ihn an jenem Tag überwältigt. Das Einzige, was er möchte …“

„Ist der Ring“, sagte Alex. „Ich hole ihn.“ Sie hatte das wertvolle Schmuckstück inzwischen im Safe in Rinaldos Arbeitszimmer eingeschlossen. Es dauerte nur wenige Minuten, ihn zu holen.

„Danke.“ Bruno steckte den Ring in seine Jackentasche und zog einen Umschlag heraus. „Gino hat den Brief geschrieben, nachdem er die Kirche verlassen hatte. Er hat mich gebeten, ihn euch zu geben. Und jetzt gute Nacht.“ Bruno ging zu seinem Auto und fuhr davon.

Alex stand da und blickte auf den Brief in ihrer Hand. Sie hörten Teresa die Mädchen rufen.

„Komm.“ Rinaldo umfasste ihren Arm und zog Alex zur Treppe. „Lesen wir ihn, wo wir sicher sein können, dass wir nicht gestört werden.“

In ihrem gemeinsamen Schlafzimmer stellte sich Alex ans Fenster und nahm den Brief aus dem Umschlag.

„Lies ihn mir vor“, sagte Rinaldo leise.

Alex faltete das Blatt Papier auseinander und begann zu lesen.

An meinen Bruder und meine Schwester,
ich dachte, ich könnte es nicht ertragen, eure Hochzeit mitzuerleben, aber am Ende musste ich doch kommen, nur für einige Minuten. Ihr habt so richtig glücklich zusammen ausgesehen. Verzeiht mir, dass ich nicht länger geblieben bin. Vergesst meine harten Worte. Ich war halb wahnsinnig und wusste nicht, was ich redete. Ich kann nicht zurückkehren. Wir drei können nicht unter demselben Dach wohnen. Aber ich empfinde keinen Hass oder Zorn. Alex, ich dachte, Du bist die Richtige für mich, doch Du kannst es nicht sein, und vielleicht braucht Rinaldo Dich mehr. Kümmere Dich um ihn. Man muss sich um ihn kümmern. Aber das weißt Du schon. Vielleicht, wie Du gesagt hast, gibt es eine andere, die darauf

wartet, dass ich sie finde. Dann können sie und ich teilen, was ihr beide miteinander teilt. Ich hoffe es.
Gott segne euch beide!
Euer Bruder Gino
PS: Ihr dürft euer erstes Baby nach mir nennen. Natürlich nur, wenn es ein Junge ist.

„Wie typisch für ihn, so seinen Brief zu beenden“, sagte Alex zwischen Lachen und Weinen.

„Ja.“ Rinaldos Stimme klang auch heiser.

„Wo er jetzt wohl ist?“, fragte Alex.

„Er ist dort, wo er sein eigenes Schicksal findet. So wie wir es getan haben. Hab keine Angst um ihn. Er ist viel stärker, als wir dachten, und seine glückliche Zeit wird noch kommen.“ Rinaldo schaltete das Licht aus.

Draußen lag die Landschaft friedlich im Mondschein.

Rinaldo führte Alex vom Fenster weg und zog sie fest an sich.

„Aber jetzt gehört die Zeit uns, mein Liebling. Verschwenden wir sie nicht länger.“

– ENDE –

Diana Hamilton

Verwechslungsspiel in der Toskana

Roman

Aus dem Englischen von
Karin Weiss

MIRA®

1. KAPITEL

Cesare Saracino forderte den Taxifahrer auf, zu warten. Dann schwang er die langen Beine aus dem Wagen und ging über das nasse Pflaster auf die kleine altmodische Metzgerei am Ende der fast menschenleeren schmalen Straße zu. Seine Miene drückte Entschlossenheit aus.

Die Adresse von Jilly Lees Mutter herauszufinden war überhaupt kein Problem gewesen. Der Privatdetektiv hatte sie ihm bereits einen Tag nach Aufnahme seiner Recherchen übermittelt. Doch Cesare konnte sich nicht vorstellen, dass Jilly Lee hierher zurückkehren würde, nicht in dieses Apartment über der Kleinstadtmetzgerei in der Nähe von Wales, wo überhaupt nichts los war. Sie, die Glanz und Pracht und die Gesellschaft großzügiger Männer brauchte, die sie bewunderten.

Jilly Lee war bestimmt nicht hier. Aber ihre Mutter wusste vermutlich, wo sie sich aufhielt, seit sie heimlich aus der Villa verschwunden war. Dafür würde sie büßen. Er würde sie finden und zwingen, in die Toskana zurückzukehren, und Wiedergutmachung verlangen. Außerdem würde er sie zwingen, sich auf den Job zu konzentrieren, statt auf Betrügereien und die Suche nach einem reichen Mann.

Er verzog verbittert die Lippen. Es war zu befürchten, dass Jilly Lee sowieso eines Tages in der Villa nicht mehr gebraucht wurde. Seine Großmutter wurde zusehends schwächer, obwohl sie sich, wie er sich widerwillig eingestand, seit der Ankunft der jungen Frau sichtlich erholt und wieder Freude am Leben gewonnen hatte.

„Es sind keine ernsthaften Erkrankungen festzustellen", hatte der Spezialist, den Cesare auf Wunsch des Hausarztes hinzugezogen hatte, vor drei Monaten erklärt. „Aber Ihre Großmutter ist über achtzig und verwitwet. Wie lange lebt sie schon allein?"

„Seit dreißig Jahren."

„Wahrscheinlich sind die meisten ihrer Freundinnen und Bekannten schon gestorben. Sie wird immer gebrechlicher, weil sie nichts mehr hat, worauf sie sich freuen kann."

Cesare war der Meinung gewesen, dass seine Großmutter sich nicht gehen lassen dürfe und mehr Abwechslung brauche. Deshalb hatte er vorgeschlagen, eine Gesellschafterin einzustellen.

„Denkst du dabei an eine ältere Frau, die mir vorliest, während ich sticke? Und die sich über die Jugend von heute beklagt, mir etwas vorjammert und mich langweilt mit Geschichten aus ihrer eigenen Vergangenheit?", hatte sie ihn gefragt und dabei seine Hand gestreichelt und ihn liebevoll angelächelt. „Nein, das ist nichts für mich."

„Es muss aber jemand im Haus sein, der dir Gesellschaft leistet. Du sollst nicht mehr so oft allein sein."

„Allein bin ich doch gar nicht bei dem vielen Personal. Maria kann mir Gesellschaft leisten."

„Unsere Haushälterin hat genug Arbeit und bestimmt keine Zeit, mit dir im Garten zu sitzen, spazieren zu gehen und dergleichen."

Seine Großmutter sah ihn spöttisch an. „Unsere Gärtner sind doch ständig im Garten. Sie können mir helfen, wenn ich wirklich einmal hinfallen sollte – falls du dir deswegen Sorgen machst."

Er nahm ihre Hände. „Ich versuche, mehr Zeit hier in der Villa zu verbringen, aber ich muss sehr oft geschäftlich verreisen, wie du weißt. Natürlich mache ich mir Sorgen um dich. Du hast mich als Zwölfjährigen aufgenommen und mich großgezogen, was sicher nicht leicht für dich war, denn ich war in den ersten Jahren recht schwierig. Jetzt kann ich für dich sorgen. Eine Gesellschafterin muss doch nicht unbedingt in deinem Alter sein."

Den Text für die Anzeige hatte er daraufhin selbst aufgesetzt und ein außergewöhnlich hohes Gehalt in Aussicht gestellt. Bei den Vorstellungsgesprächen war er dabei gewesen, und ihm war sogleich aufgefallen, dass seine Großmutter, als Jilly Lee hereingekommen war, zum ersten Mal Interesse gezeigt hatte.

Die junge Frau kam ihm irgendwie bekannt vor. Vielleicht hatte er sie in dem Nachtclub in Florenz gesehen, in dem er mit einem amerikanischen Kunden gewesen war. Der Mann hatte sich an dem Abend unbedingt amüsieren wollen. Ob die Frau, an die er sich zu erinnern glaubte, wirklich Jilly Lee war, konnte Cesare jedoch nicht sagen. Die jungen Frauen in den Nachtclubs, die auf der Suche nach einem Mann waren, sahen alle ziemlich gleich aus. Sie hatten langes blondes Haar, rot geschminkte Lippen und trugen kurze, knappe Outfits, um ihre Silikonbrüste und die endlos langen Beine zu zeigen. Mit seinen vierunddreißig Jahren hatte er mehr als genug solcher jungen Damen kennengelernt. Er kannte sich mit ihnen aus. Das hatte dazu geführt, dass er in gewisser Weise ziemlich zynisch geworden war, wie seine Großmutter ihm manchmal vorhielt, ohne ihn zu kritisieren.

Ms. Lee hatte langes blondes Haar, doch sie trug es mit einem schwarzen Samtband im Nacken zusammengebunden, und ihr blaues Kleid war keineswegs zu kurz, obwohl es ihre üppigen Rundungen nicht verbarg.

Wie schon bei den drei anderen Bewerberinnen, die sich vorgestellt hatten, überließ er es seiner Großmutter, die Fragen zu stellen. Er mischte sich nur ein, wenn Klärungsbedarf bestand.

Auf den ersten Blick schien Jilly Lee die ideale Besetzung zu sein. Sie war fünfundzwanzig, wirkte keineswegs langweilig und war somit für seine Großmutter durchaus akzeptabel. Sie war Engländerin, sprach jedoch recht gut Italienisch, und sie hatte ausgezeichnete Referenzen von einem Londoner Kosmetiksalon. Eine Zeit lang war sie durch Italien gereist, hatte die Sprache gelernt, mal hier, mal da gearbeitet, um ihre Ersparnisse aufzustocken, und hatte sich nie lange an einem Platz aufgehalten. Jetzt wollte sie sich dauerhaft in diesem schönen Land niederlassen, wie sie erzählte.

Nur selten blickte sie Cesare an, während sie charmant und locker plauderte. Seine Großmutter war von ihr sehr eingenommen und bat schließlich die junge Frau, sie und Cesare kurz allein zu lassen. Dann erklärte sie so aufgeregt und lebhaft wie schon lange nicht mehr: „Sie gefällt mir, sie ist jung, temperamentvoll und sehr schön. So jemanden brauche ich um mich. Schade, dass du dich beharrlich weigerst, zu heiraten und eine junge Frau ins Haus zu bringen, die mich aufheitert und durch die ich wieder Freude am Leben bekomme. Als Engländerin kann Ms. Lee mir helfen, meine Kenntnisse in dieser Sprache aufzufrischen. Früher habe ich genauso gut Englisch gesprochen wie du, aber ich bin ganz aus der Übung. Sollen wir uns für sie entscheiden? Was meinst du?"

Er zögerte einen Augenblick. Auf den ersten Blick schien sie in Ordnung zu sein, doch er hatte ein ungutes Gefühl, irgendetwas störte ihn. Leicht ungeduldig zuckte er die Schultern und behielt seine Bedenken für sich. Seine Großmutter musste mit der jungen Frau zurechtkommen, nicht er. Zum ersten Mal seit vielen Monaten wirkte sie wieder fröhlich und interessiert. Offenbar hatte sie den Lebenswillen noch nicht ganz verloren und würde sich nicht selbst aufgeben.

„Wenn du glaubst, sie sei die richtige Gesellschafterin für dich, dann soll es mir recht sein."

Für seine Großmutter tat er alles, denn er hatte ihr viel zu verdanken. Sie war der erste Mensch gewesen, der ihm echte Zuneigung entgegengebracht hatte. Seine Eltern hatten sich nicht gut verstanden, sie hatten aus Vernunftgründen geheiratet. Sein Vater war ein Workaholic und nur selten zu Hause gewesen. Um sich für die mangelnde Aufmerksamkeit und Zuneigung zu entschädigen, war seine Mutter mit dem vielen Geld allzu verschwenderisch umgegangen und hatte wechselnde Liebschaften gehabt.

Cesare nahm an, dass sie den Schein hatten wahren wollen und sich deshalb nicht scheiden ließen. In den Kreisen, in denen sie sich bewegten, war sowieso alles nur leerer und schöner Schein. Bei einer der seltenen gemeinsamen Reisen waren sie schließlich beim Absturz ihres Privatjets ums Leben gekommen. Als einziges Kind erbte Cesare das riesige Vermögen, ein Firmenimperium, das sich unter anderem aus verschiedenen petrochemischen Unternehmen und Luxushotels zusammensetzte und dem Handel mit Kunstgegenständen und Edelsteinen gewidmet war.

Seine Großmutter hatte ihm in jeder Hinsicht geholfen und ihn schon während der Schulzeit und später während des Studiums auf die vor ihm liegende verantwortungsvolle Aufgabe vorbereiten lassen. Bis zu seiner Volljährigkeit wurde das Firmenimperium von den Managern geleitet, die sein Vater noch eingesetzt hatte und die seiner Großmutter regelmäßig Bericht erstatten mussten.

Aus all diesen Gründen und weil er sie sehr gern hatte konnte er ihr keinen Wunsch abschlagen. Doch er hatte vorsichtshalber hinzugefügt: „Ich möchte mich persönlich davon überzeugen, dass mit ihr alles in Ordnung ist, und werde deshalb in den ersten Wochen ihrer Tätigkeit häufiger zu Hause sein und versuchen, meine Termine auf später zu verschieben."

Zorn überkam ihn jetzt, als er den Durchgang neben dem Laden betrat. Jilly Lee hatte seine Großmutter dazu gebracht, ihr uneingeschränkt zu vertrauen und sich auf sie zu verlassen. Doch als Cesare der jungen Frau hatte klarmachen müssen, dass er nicht mit ihr schlafen wollte und im Traum nicht daran dachte, sie zu heiraten, hatte sie sich aus dem Staub gemacht. Und dann musste er auch noch feststellen, dass sie seiner Großmutter ziemlich viel Geld gestohlen hatte.

Aber er würde dafür sorgen, dass sie alles zurückzahlte. Mit grimmiger Miene drückte er auf die Klingel.

Milly Lee knipste die Deckenlampe an und zog die Vorhänge zu. An diesem Apriltag hatte es von morgens bis abends geregnet, was ziemlich deprimierend war. Genauso deprimierend war die kleine Wohnung, in der Milly nicht länger als unbedingt nötig bleiben wollte. Nach dem Tod ihrer Mutter hätte sie sich gern sogleich eine erschwinglichere Unterkunft gesucht, aber dann hätte ihre Zwillingsschwester Jilly nicht gewusst, wie und wo sie sie erreichen konnte. Nachdem Jilly den Job in Florenz aufgegeben hatte, hatte Milly nichts mehr von ihr gehört.

Das war typisch für Jilly. Sie war gedankenlos. Doch früher oder später würde sie sich melden. Irgendwann erinnerte sie sich immer an ihre Familie. Leider wusste Jilly noch nicht, dass ihre Mutter gestorben war. Bis ihrer Zwillingsschwester einfiel, sich zu Hause zu melden, musste Milly wohl oder übel das Apartment behalten.

Während sie sich eine Strähne des blonden Haares aus der Stirn strich, schlug sie die Abendzeitung auf, die sie sich auf dem Nachhauseweg von der Arbeit gekauft hatte. Optimistisch fing sie an, die Stellenangebote durchzulesen. Sie brauchte einen neuen Job, denn an diesem Morgen hatte ihre Chefin Manda verkündet, dass sie den Blumenladen verkaufen würde. Sie und ihr Mann wollten endlich Nachwuchs haben, und da sie schon sechsunddreißig war, wurde es langsam Zeit.

„Du fängst am besten gleich an, dir eine andere Stelle zu suchen", hatte Manda ihr geraten. „Falls du irgendwo sofort anfangen kannst, brauchst du keine Kündigungsfrist einzuhalten. Die kurze Zeit komme ich auch allein zurecht."

Als es an der Haustür läutete, hob sich Millys Stimmung. Ihre beste Freundin Cleo hatte versprochen, heute Abend vorbeizukommen und eine Flasche Wein mitzubringen. Sie wollten über Cleos Hochzeit sprechen, auf der Milly Brautjungfer spielen sollte.

Milly lief die Treppe hinunter, froh darüber, dass ihre Freundin zwei Stunden früher als geplant hatte kommen können, und öffnete die Tür. Zu ihrer Überraschung stand ein ungemein attraktiver Fremder vor ihr.

Ein seltsames Gefühl drohenden Unheils beschlich sie, das sich noch verstärkte, als es in den dunklen Augen des Mannes triumphierend aufleuchtete. Auch sein Lächeln wirkte eher triumphierend als freundlich.

„Durch die Verkleidung lasse ich mich nicht täuschen, Jilly, aber ob Sie es glauben oder nicht, das schlichte Outfit, die dezentere Aufmachung und die neue Frisur stehen Ihnen gut", sagte er mit tiefer Stimme.

Es überlief Milly kalt. Der Fremde hielt sie offenbar für ihre glamouröse Zwillingsschwester. Jilly würde jedoch niemals in Jeans und einem einfachen Wollpullover herumlaufen. Im Gegensatz zu ihrer Schwester, deren Haar beinah bis zur Taille reichte, trug Milly das silberblonde Haar schulterlang. Sie schüttelte den Kopf und wollte dem Mann erklären, dass es sich um einen Irrtum handelte. Doch dazu kam sie nicht, denn er ging an ihr vorbei in den Flur und fuhr fort: „Sie hätten wissen müssen, dass Sie sich vor mir nicht verstecken können. Niemand wagt es ungestraft, mich und meine Angehörigen zu betrügen. Sie werden dafür büßen."

Oh nein, was hatte Jilly jetzt schon wieder angestellt? Der Fremde blieb an der Treppe stehen und drehte sich zu Milly um. Er trug einen eleganten Anzug, hatte breite Schultern und lange Beine und wirkte so Furcht einflößend, dass es Milly die Sprache verschlug. Das dunkle Haar, in dem Regentropfen glitzerten, war perfekt geschnitten, und er hatte regelmäßige Gesichtszüge. Wenn seine Lippen nicht so sinnlich gewirkt hätten, hätte man ihn als kühl bezeichnen können. Mit den dunkelbraunen Augen sah er Milly durchdringend an.

„Meine Großmutter vermisst Sie schon, und ich werde verhindern, dass sie sich Ihretwegen aufregt. Ich habe behauptet, Sie hätten wegen einer dringenden Familienangelegenheit nach England zurückkehren müssen. Sie werden dasselbe sagen." Er verzog angewidert die Lippen. „Wenn es nach mir ginge, würden Sie die Villa nicht mehr betreten. Aber meiner Großmutter zuliebe bestehe ich darauf, dass Sie morgen mit mir in die Toskana zurückfliegen und weiterhin ihre Gesellschafterin spielen, jedoch mit einer Einschränkung: Sie werden nicht mehr mit ihr nach Florenz zum Einkaufen fahren und sich nichts mehr von ihr bezahlen lassen. Ist das klar?"

Aus zusammengekniffenen Augen betrachtete er ihr blasses Gesicht und fuhr, ohne eine Antwort abzuwarten, fort: „Als Alternative kann ich Ihnen anbieten, Sie anzuzeigen. Da ich mich selbst um die Finanzen meiner Großmutter kümmere, ist mir Ihr Betrug aufgefallen. Haben Sie wirklich geglaubt, es würde niemand merken? Die gefälschten Unterschriften auf den Schecks, die Sie vorgelegt haben, waren gerade mal gut genug, um einem Bankangestellten, der sie nur flüchtig prüft, nicht aufzufallen, weil er wusste, dass Sie die Gesellschafterin meiner Großmutter sind. Außerdem war ihm bekannt, dass sie lieber bar statt mit der Kreditkarte bezahlt. Aber mir ist die Fälschung natürlich sofort aufgefallen."

Milly wurde noch blasser. Vor lauter Entsetzen stand sie wie erstarrt da, und das Herz klopfte ihr bis zum Hals. In ihrem Kopf drehte sich alles. Während sie sich die Anschuldigungen anhörte, versuchte sie, die Zusammenhänge zu begreifen. Den Irrtum aufzuklären war wahrscheinlich keine gute Lösung, denn offenbar steckte ihre Zwillingsschwester in ernsthaften Schwierigkeiten. Da der Mann ihr mit einer Anzeige drohte und ihr Betrug und Diebstahl vorwarf, hielt Milly es für besser, ihm nicht zu verraten, dass er nicht Jilly vor sich hatte.

Ehe sie sich zu der ganzen Sache äußerte, musste sie wissen, wie sie Jilly helfen konnte. Sie wünschte, es wäre nur ein böser Traum, doch leider war es Wirklichkeit.

Schließlich ging der Fremde mit großen Schritten und geschmeidigen Bewegungen wieder zur Tür und öffnete sie. Sogleich drang die feuchte und kühle Luft herein. „Morgen früh um sechs werden Sie abgeholt. Wenn Sie wieder versuchen, zu verschwinden, werde ich Sie finden. Darauf können Sie sich verlassen." Sein Blick wirkte kühl und hart. „Und falls Sie sich nicht an meine Anweisungen halten, werde ich Sie anzeigen und dafür sorgen, dass Sie verurteilt werden. Natürlich möchte ich es meiner Großmutter ersparen, zu erfahren, dass die Frau, die sie eingestellt und der sie vertraut hat, nur eine schäbige kleine Betrügerin ist. Wenn Sie mich jedoch dazu zwingen, bin ich bereit, ihr die Wahrheit zu sagen."

2. *KAPITEL*

Er kann dich doch nicht zwingen!", rief Cleo empört aus. Milly wünschte sich verzweifelt, die Freundin hätte recht. Aber sie liebte ihre Zwillingsschwester und konnte es mit ihrem Gewissen nicht vereinbaren, Jilly im Stich zu lassen. Als Cleo mit Stoffmustern, Brautmodeheften und einer Flasche Wein gekommen war, hatte Milly immer noch wie betäubt auf der Treppe in dem zugigen Flur gesessen.

Während Cleo den Wein einschenkte, hatte Milly angefangen zu erzählen. „Du bist verrückt, so zu tun, als wärst du Jilly. Ruf ihn an und sag ihm, wer du wirklich bist. Wie heißt er eigentlich, und in welchem Hotel übernachtet er?"

Milly zuckte die Schultern und drehte das Weinglas mit den Fingern hin und her. „Woher soll ich das wissen? Ich konnte ihn doch nicht nach seinem Namen fragen. Dadurch hätte ich mich verraten. Er hält mich für Jilly. Sie war offenbar die Gesellschafterin seiner Großmutter. Außerdem hatte ich keine Gelegenheit, ihn zu fragen, wo er übernachtet. Er hat mich gar nicht zu Wort kommen lassen. Und ich war auch viel zu schockiert. Wie hätte ich da noch einen einzigen klaren Gedanken fassen können? Er hat mir ununterbrochen gedroht ..."

„Und genau deshalb musst du ihm die Sache erklären", warf Cleo ein. „Du hast nichts mit ihm zu tun. Jilly muss selbst geradestehen für alles, was sie getan hat."

Obwohl Milly sich eingestand, dass Cleo recht hatte, erwiderte sie: „Ich bin ihretwegen sehr beunruhigt. Der Mann ist offenbar sehr zornig. Wenn ich ihm die Wahrheit sage und er die Suche nach Jilly fortsetzen muss, verliert er wahrscheinlich bald die Geduld und schaltet die Polizei ein. Mit ihm ist nicht zu spaßen, befürchte ich. Ich traue ihm zu, dass er sie anzeigt." Ihr verkrampfte sich der Magen bei dem Gedanken. „Jilly ist sehr eigensinnig, aber sie war immer ehrlich. Sie ist keine Betrügerin. Vermutlich handelt es sich um ein Missverständnis.“

„Ist es deiner Meinung nach ein Zeichen von Ehrlichkeit, dass sie deine Mutter überredet hat, das Haus mit einer Hypothek zu belasten und das Sparkonto deines verstorbenen Vaters aufzulösen, um diesen verrückten Schönheitssalon zu eröffnen?“, entgegnete Cleo scharf. „Als sie Konkurs gemacht hat, ist sie einfach verschwunden und hat deine Mutter mit dem Schuldenberg alleingelassen, sodass sie das Haus aufgeben und in diesem schäbigen Apartment zur Miete wohnen musste.“

Das hörte sich so an, als wäre Jilly wirklich sehr egoistisch. Millys schöne grüne Augen schienen plötzlich ganz dunkel zu werden. Der Fairness halber fügte sie insgeheim hinzu, dass ihre Mutter mit Jillys Plänen einverstanden gewesen war, denn es hatte ihr die Möglichkeit eröffnet, wieder in der Nähe ihrer Lieblingstochter zu sein. Durch ihre offene, charmante Art bezauberte Jilly alle, und jeder hatte sie gern. Milly hingegen war ruhig und zurückhaltend. Sie hatte nicht so viel Mut und Temperament wie ihre Zwillingsschwester, deshalb war sie zufrieden damit gewesen, im Hintergrund zu stehen.

Als ihr Vater völlig überraschend an einem Herzinfarkt gestorben war, waren sie und Jilly achtzehn gewesen. Ihre Mutter war nach seinem Tod sehr verzweifelt und erschüttert und fühlte sich hilflos. Ihr Mann Arthur hatte alle Entscheidungen allein getroffen und in der kleinen Familie ein strenges Regiment geführt. Nach seinem Tod hatte Jilly ihre Mutter dazu überredet, ihr die Ausbildung als Kosmetikerin zu bezahlen. Sie hatte von zu Hause weggehen können und beinah die ganzen Ersparnisse der Familie ausgegeben. „Ich zahle dir alles zurück, sobald ich genug Geld verdiene“, hatte Jilly versprochen.

Ihre Mutter hatte nicht Nein sagen können, denn Jilly konnte jeden um den Finger wickeln. Milly musste arbeiten gehen. Sie nahm die Stelle in dem Blumenladen an und kümmerte sich um die Finanzen der Familie. Da das große frei stehende Haus mit den sechs Zimmern in der Nähe von Ashton Lacey im Unterhalt zu teuer geworden war, sorgte Milly dafür, dass es verkauft wurde. Im selben Ort kauften sie eine Doppelhaushälfte mit vier Zimmern.

Als Jilly nach bestandener Prüfung zurückgekommen war, hatte sie fantastisch ausgesehen. Dank der Besuche im Solarium war sie leicht gebräunt. Zu den engen weißen Jeans trug sie eine grüne Seidenbluse, die die Farbe ihrer Augen betonte und sie wie funkelnde Edelsteine wirken ließ.

Zwei Tage blieb sie und ließ sich von ihrer Mutter, die fasziniert von ihrer schönen Tochter war, in jeder Hinsicht bedienen. Dann fuhr sie nach London zu einem Bewerbungsgespräch. Man hatte ihr angeblich eine gute Stelle in einem Kosmetiksalon mit angeschlossener Schönheitsfarm angeboten. Den Job hatte sie bekommen, was sowieso niemand bezweifelt hatte. Aber ihre Mutter wurde immer mürrischer und lächelte nur noch selten. Obwohl Milly sich sehr bemühte, sie aufzuheitern, konnte sie ihr die Lieblingstochter nicht ersetzen.

Eines Tages kam Jilly zurück und verkündete zum Erstaunen aller: „Ich habe den Job gekündigt und will hier in Ashton Lacey einen Schönheitssalon eröffnen. Warum soll ich irgendwo als kleine Angestellte arbeiten? Lieber bin ich selbstständig und streiche den Gewinn selbst ein."

„Woher hast du das Geld?", fragte Milly. „Es kostet doch sehr viel, ein Geschäft zu eröffnen."

Jilly lächelte sie nachsichtig an. „Du warst schon immer ein Spielverderber, Schwesterherz." Mit zuckersüßem Lächeln wandte sie sich an ihre Mutter. „Du kennst doch das Sprichwort, „Wer nicht wagt, der nicht gewinnt", oder, Mom? Ich sehe es auch so. Du könntest eine Hypothek auf das Haus aufnehmen und Dads Sparkonto auflösen. Zusammen machen wir dann das Geschäft auf. Jeder von uns beiden ist mit fünfzig Prozent daran beteiligt oder du mit sechzig und ich mit vierzig, wenn dir das lieber ist. Du wirst es nicht bereuen und sehen, wie gut es läuft. Nachdem ich zwei Jahre als Angestellte in dieser Branche gearbeitet habe, kenne ich mich bestens aus. Wir können reich werden dabei. Die Hypothek haben wir rasch zurückgezahlt, und das Geld wird nur so hereinströmen. Sag Ja, Mom. Gleich morgen fangen wir an, geeignete Geschäftsräume zu suchen."

Natürlich war ihre Mutter einverstanden. Die Freude darüber, dass ihre Lieblingstochter zurückkommen würde, machte sie blind für die Risiken, die mit der Geschäftseröffnung und dem Schuldenmachen verbunden waren. Allzu gut erinnerte Milly sich daran, dass sie sich wie ein Miesmacher gefühlt hatte, als sie auf die Gefahren hingewiesen hatte.

Nach zwei Jahren hatte Jilly Konkurs anmelden müssen. Es gab in Ashton Lacey keine Kundschaft für einen Schönheitssalon. Dazu war der Ort zu klein. Und genau das hatte Milly vorhergesagt. Die wenigen Kundinnen, die gekommen waren, erschienen selten ein zweites Mal.

Das Haus war verkauft worden, um die Gläubiger zu befriedigen, und Jilly ging nach Italien, um dort ihr Glück zu machen, ohne ihrer Mutter zu helfen, eine andere Unterkunft zu finden. Milly mietete für sie beide das Apartment über der Metzgerei.

Zuerst schickte Jilly ab und zu eine Ansichtskarte. Sie fand eine Stelle in einem Nachtclub in Florenz und mietete sich eine kleine Wohnung hinter dem Palazzo Vecchio. Sie lernte interessante Leute kennen, hatte viel Spaß und konnte ihre Sprachkenntnisse verbessern, wie sie schrieb. Leider verdiente sie noch nicht genug, um zu helfen, die Schulden zurückzuzahlen. Sogar eine Telefonnummer, unter der sie fast immer nachmittags zu erreichen war, gab sie an. Ungefähr achtzehn Monate später traf die letzte Nachricht von ihr ein.

Ich glaube, ich habe es geschafft. Ich bin auf dem Weg nach oben. Wenn ich die Möglichkeiten, die sich mir bieten, nutze – was ich tun werde –, kann ich Dir bald das ganze Geld zurückzahlen, liebste Mom. Sogar mit Zinsen! Ich schreibe Dir bald ausführlicher und gebe Dir auch meine neue Adresse an.

Danach hatten sie nichts mehr von ihr gehört.

„Jilly wollte immer alles richtig machen, sie wollte unserer Mutter das Geld zurückzahlen", verteidigte Milly ihre Schwester. „Sie hatte solche verrückten Ideen und war fest davon überzeugt, Erfolg zu haben. Wie sie aber glauben konnte, als Gesellschafterin ein kleines Vermögen zu verdienen, ist mir rätselhaft."

„Wahrscheinlich wollte sie das Geld stehlen", stellte Cleo spöttisch fest, und Milly hätte sie am liebsten geohrfeigt.

„Es muss sich um ein Missverständnis handeln, das weiß ich genau."

Cleo schüttelte den Kopf. „Nach allem, was dieser Mann zu dir gesagt hat, erscheint mir das wenig plausibel. Deine Schwester ist offenbar wieder einmal weggelaufen, und ich verstehe nicht, warum du sie immer noch verteidigst."

Sekundenlang war Milly sprachlos und blickte die Freundin zornig an. Doch dann wurde ihr bewusst, dass Cleo aufrichtig um sie besorgt war, und sie atmete tief ein. „Du kannst natürlich nicht nachvollziehen, wie nahe sich Zwillinge stehen. Als wir Kinder waren, hat sie sich sehr um mich gekümmert und mir geholfen. Unser Vater war sehr streng und ... ziemlich schwierig. Wenn ich etwas falsch gemacht hatte, hat sie die Schuld auf sich genommen und die Strafe, die unser Vater ihr auferlegte, tapfer ertragen. Dafür habe ich sie sehr geliebt, und sie kann sich auf mich verlassen."

„Es tut mir leid." Cleo streichelte ihr die Hand. „Ich kann den Mund nicht halten, das ist mein Problem. Es gefällt mir aber nicht, dass du mit diesem Mann, der dich oder besser gesagt die Frau, für die er dich hält, verachtet, in die Toskana fliegen willst. Was meinst du, wie reagieren er wird, wenn er herausfindet, dass du ihn zum Narren gehalten hast?"

„Das wird er nicht herausfinden", versicherte Milly ihr im Brustton der Überzeugung. „Jilly und ich sind eineiige Zwillinge. Sie wirkt zwar glamouröser als ich, weil sie sich anders kleidet und viel Make-up benutzt. Das ist jedoch kein Problem. Sie hat genug Sachen zurückgelassen und hat bestimmt nichts dagegen, wenn ich sie mir ausleihe. Wenn ich mich so zurechtmache wie sie, merkt er den Unterschied nicht. Und solange er mich für Jilly hält und ich alles tue, was er von mir verlangt, ist sie in Sicherheit. Ich gehe davon aus, dass auch eine Gesellschafterin ab und zu einen freien Tag hat. Den werde ich nutzen, sie zu suchen. Vielleicht hat sie alles hingeworfen, weil sie es leid war, nach der Pfeife einer alten Dame zu tanzen. Hinsichtlich des Geldes muss es sich um ein Missverständnis handeln. Jedenfalls hat sie bestimmt keine Ahnung, dass der Enkel der alten Dame hinter ihr her ist. Wenn ich sie finde, kann sie zurückgehen und ihm alles erklären."

„Meinst du, du wirst sie finden?"

„Das muss ich", erwiderte Milly mit Nachdruck. „Wenigstens weiß ich, dass ihr nichts zugestoßen ist. Wir haben uns große Sorgen gemacht, als wir so lange nichts von ihr gehört haben. Obwohl ich versucht habe, meine Mutter zu beruhigen, und sie daran erinnert habe, dass Jilly nie gern geschrieben und während ihrer Ausbildung in London auch nur einige wenige Ansichtskarten geschickt hat, war ich zutiefst beunruhigt. Sie hatte uns nicht mitgeteilt, wie sie so viel Geld verdienen wollte. Und da ich weiß, wie eigensinnig und leichtfertig sie ist, habe ich mir alles Mögliche vorgestellt. Zumindest brauche ich mir jetzt deswegen keine Sorgen mehr zu machen. Sie war bei dieser netten alten Dame gut aufgehoben. So." Milly sprang unvermittelt auf und ignorierte das Unbehagen, das sie beschlich. „Hilf mir dabei, Jillys Sachen durchzusehen, und sag mir, was ich einpacken soll. Ihre Dessous brauche ich nicht, ich nehme meine eigenen und auch meine Nachthemden mit. Darin sieht er mich ja nicht."

„Okay, wenn es unbedingt sein muss." Cleo folgte ihr in Jillys Schlafzimmer. „Aber ich bin von dir enttäuscht. Du sollst meine Brautjungfer sein, schon vergessen?"

Milly drehte sich zu ihr um und umarmte sie. „Du heiratest doch erst in drei Monaten. Bis dahin bin ich längst wieder hier", versprach sie zuversichtlich.

Doch als sie einige Stunden später im Bett lag und nicht einschlafen konnte, fragte sie sich, ob sie vielleicht zu viel versprochen hatte. Was wollte sie machen, wenn von Jilly jede Spur fehlte? Milly hatte schon alle Brücken hinter sich abgebrochen. Sie hatte Manda angerufen und erklärt, sie würde nicht mehr kommen, weil sie einen anderen Job gefunden hätte. Dann hatte sie dem Vermieter drei Monatsmieten im Voraus überwiesen, damit sie die wenigen Sachen, die sie besaß, und die Möbel noch in der Wohnung lassen konnte.

Morgen würde sie mit diesem einschüchternd wirkenden Fremden, der sie für eine Betrügerin hielt und sie mit Argusaugen beobachtete, so als befürchtete er, sie würde mit dem Familienschmuck verschwinden, nach Italien fliegen.

Irgendwie hatte sie das Gefühl, über ihre Zukunft nicht mehr selbst bestimmen zu können. Und das machte sie ganz mutlos.

3. KAPITEL

Ängstlich beobachtete Milly die große Eingangstür des exklusiven Hotels auf dem Land, in dem der Fremde offenbar übernachtet hatte. Wenigstens wusste sie jetzt, wie er hieß. Als der Chauffeur pünktlich um sechs erschienen war, hatte er erklärt: „Ms. Lee, Signor Saracino hat mich gebeten, Sie abzuholen."

Jetzt war der Mann in dem Hotel verschwunden und würde jeden Moment mit diesem Signor Saracino herauskommen und sie beide zum Flughafen fahren. Milly verkrampfte sich der Magen. Am liebsten wäre sie aus dem Wagen gesprungen und schnell wie der Blitz über die Einfahrt zurück auf die Straße gelaufen. Aber sie musste an ihre Schwester denken, die sie unbedingt finden und vor dem Zorn dieses Mannes beschützen wollte. Offenbar war er zu allem entschlossen und nicht bereit, nachzugeben.

Schließlich erblickte sie ihn und drehte sich rasch um. Er wirkte so stark, hart und rücksichtslos, dass ihr das Herz vor Angst bis zum Hals schlug. Ihre Hände, die sie nervös im Schoß rang, wurden feucht, und sie atmete tief durch, um sich zu beruhigen. Würde sie die Sache auch wirklich durchstehen?

Sie musste es Jilly zuliebe schaffen, eine andere Wahl hatte sie nicht. Falls dieser Mann erfuhr, dass er auf eine Täuschung hereingefallen war, würde er noch zorniger werden und vielleicht ganz andere Maßnahmen gegenüber Jilly ergreifen.

Signor Saracino warf ihr nur einen flüchtigen Blick zu, während der Chauffeur das Gepäck im Kofferraum verstaute, und stieg zu ihrer Erleichterung vorn ein. Wahrscheinlich wollte er nicht neben ihr sitzen, weil er befürchtete, sich zu beschmutzen oder zu infizieren. Milly betrachtete es als gutes Omen.

Je mehr Abstand er wahrte, desto sicherer war sie vor Entdeckung. Gesellschafterin für jemanden zu spielen würde ihr nicht schwerfallen. Natürlich erwartete man, dass sie sich auskannte und genau wusste, was sie tun musste. Doch das Problem ließ sich bestimmt lösen.

Glücklicherweise fiel bei der Passkontrolle am Flughafen niemandem auf, dass der Vorname in ihrem Pass nicht mit dem auf dem Ticket übereinstimmte. Auch das hielt Milly für ein gutes Omen.

Nachdem sie eingecheckt hatten, sah der Mann sie aufmerksam an. In seinen dunklen Augen blitzte es spöttisch auf, als er sie von oben bis unten musterte. Wieder verkrampfte sich ihr der Magen. Sie zwang sich, seinen kühlen Blick unerschrocken zu erwidern, und sagte sich, es sei völlig unmöglich, dass er merkte, die falsche Frau mitgenommen zu haben.

Jillys cremefarbenes Leinenkostüm mit dem kniefreien Rock wirkte sehr elegant. Und da er Milly am Abend zuvor sogar in ihrem eigenen bescheidenen Outfit für ihre Schwester gehalten hatte, würde er jetzt erst recht keinen Verdacht schöpfen. Darüber, dass sie das Haar kürzer trug als Jilly und kaum Make-up benutzte, machte er sich offenbar keine Gedanken.

Dennoch zitterte sie beinah vor Angst, als er scharf erklärte: „Wenigstens haben Sie aufgehört, sich zu verkleiden. Das war sowieso sinnlos. Wahrscheinlich sind Sie jetzt wütend darüber, dass ich Sie aufgespürt habe und von Ihnen verlange, weiterhin die Gesellschafterin meiner Großmutter zu spielen, unentgeltlich natürlich." Er zuckte so gleichgültig die Schultern, als wäre ihm egal, ob sie wütend war oder nicht. Hart fügte er hinzu: „Sie werden ihr erzählen, Sie hätten plötzlich wegen einer dringenden Familienangelegenheit nach Hause fliegen müssen. Ist das klar?"

Ihr sank der Mut, und sie nickte nur. Erst jetzt begriff sie, dass man ihr kein Gehalt zahlen würde. Ihre Kreditkarte wollte sie auch nicht benutzen, denn nachdem sie die Miete für drei Monate im Voraus bezahlt hatte, hatte sie fast nichts mehr auf dem Konto und wollte es nicht überziehen. Und das bedeutete, sie würde in der Freizeit, falls man ihr diesen Luxus überhaupt gewährte, ihre Schwester nicht suchen können.

Milly versuchte sich ihre Aufregung nicht anmerken zu lassen und so zu reagieren, wie Jilly es in der Situation getan hätte. „Etwas Freizeit gestehen Sie mir aber noch zu, oder?“, fragte sie betont selbstbewusst. „Oder werden Sie mich in meinem Zimmer einsperren, wenn Ihre Großmutter mich nicht braucht, Signor Saracino?“

Verächtlich zog er eine Augenbraue hoch. „Gut, dass Sie sich entschlossen haben, wieder die formelle Anrede zu benutzen. Ich habe jedoch nicht vergessen, wie Sie mich genannt haben, als Sie zu mir ins Schlafzimmer gekommen sind.“ Dann drehte er sich um und ließ Milly einfach stehen, denn in dem Moment wurde ihr Flug aufgerufen.

Schockiert über das, was sie soeben gehört hatte, folgte Milly ihm. Dass er ihre Frage nicht beantwortet hatte, war in dem Moment unwichtig.

Als sie auf ihren Plätzen in der ersten Klasse saßen, bemühte sie sich, die Gedanken zu ordnen. Mit einem flüchtigen Seitenblick stellte sie fest, dass Signor Saracino sich in irgendwelche Dokumente vertiefte, die er aus dem Aktenkoffer gezogen hatte. In den schlanken gebräunten Fingern hielt er einen Kugelschreiber, und er schrieb ab und zu etwas an den Rand der Seiten.

Rasch wandte sie sich wieder ab. Ihr Herz klopfte zum Zerspringen, während sie zu der Erkenntnis kam, dass Jilly und dieser Mann ein Liebespaar gewesen waren.

Aber warum bin ich so entsetzt darüber, es ist doch nichts Neues, fragte Milly sich sogleich. Ihre Schwester hatte immer wieder irgendwelche Affären gehabt.

„Ich habe da etwas laufen“, so nannte sie es. Keine dieser Affären hatte länger als zwei Monate gedauert. Jilly war ein rastloser Mensch und langweilte sich rasch.

War es dieses Mal anders gewesen? Hatte Jilly sich in den attraktiven Mann verliebt? Das könnte ich verstehen, er sieht wirklich ausgesprochen gut aus und hat eine faszinierende Ausstrahlung, dachte Milly.

Hatte Jilly geglaubt, er würde ihre Liebe erwidern? Hatte sie vielleicht erwartet, er würde sie heiraten? Das erklärte, warum sie in der letzten Nachricht an ihre Mutter geschrieben hatte, sie würde das Geld bald zurückzahlen können, wenn sie die Möglichkeiten nutzte, die sich ihr böten. Zweifellos war dieser Mann sehr reich, und das war wahrscheinlich für Jilly ausschlaggebend gewesen, die Stelle als Gesellschafterin der älteren Dame anzunehmen. Unter normalen Umständen hätte Jilly sich für diesen Job nie interessiert. Vermutlich hatte sie in der Nähe des Mannes sein wollen, den sie liebte und der sie heiraten würde, wie sie gehofft hatte.

Hatte er ihr das Herz gebrochen und ihr klargemacht, dass er keineswegs beabsichtigte, sie zu ehelichen? War sie deshalb spurlos verschwunden?

Das kam Milly plausibel vor, aber sie würde es erst genau wissen, wenn sie ihre Schwester gefunden hatte. Der Gedanke, dass dieser kaltherzige Mann Jilly enttäuscht hatte und sie jetzt auch noch wegen eines dummen Fehlers verfolgte, machte Milly zornig. Sie schwor sich, ihre Schwester zu finden und dafür zu sorgen, dass sich alles aufklärte. Mehr denn je war sie entschlossen, Jilly zu helfen. Das war sie ihr schuldig.

„Schnallen Sie sich an! Wir landen gleich.“ Signor Saracino stieß Milly mit dem Ellbogen an, und sie schreckte aus dem Schlaf auf.

Sein verächtlicher und ungeduldiger Tonfall störte sie sehr. Dass sie neben diesem so gereizt und hart wirkenden Mann hatte einschlafen können, fand sie erstaunlich. Da sie aber in der vergangenen Nacht kein Auge zugetan hatte, war es verständlich. Sie unterdrückte ein Gähnen und tat, was er gesagt hatte.

„Aus irgendeinem mir unverständlichen Grund hält meine Großmutter große Stücke auf Sie“, erklärte er spöttisch, nachdem sie Pisa hinter sich gelassen hatten und auf den kurvenreichen Straßen der Toskana unterwegs waren. „Seit Ihrem Verschwinden ist sie sehr unruhig und mürrisch. Sie werden alles vermeiden, was sie aufregen könnte. Haben Sie das verstanden?"

„Natürlich."

Er warf ihr einen merkwürdigen Seitenblick zu. „Nehmen Sie sich zusammen. Sie tun gerade so, als wäre das alles eine Strafe. Dabei sollten Sie dankbar sein, so glimpflich davonzukommen. Nur weil meine Großmutter Sie sehr gern hat, habe ich Sie noch nicht angezeigt. Das können Sie mir glauben."

Milly atmete tief ein. Wie sie es schaffte, sich zu beherrschen und den Mann nicht zu ohrfeigen, wusste sie selbst nicht. Vor lauter Zorn errötete sie. Wenn Jilly ihn jetzt hören könnte, würde sie ihn bestimmt nicht mehr lieben. Da Milly jedoch befürchtete, sich zu verraten, wenn sie auf seine verächtliche Bemerkung einging, schwieg sie lieber.

Normalerweise hätte sie die Fahrt in dem offenen Sportwagen durch die wunderschöne Landschaft genossen. Die Sonne schien, es war warm, doch Milly betrachtete die vielen Weinberge und die Zypressen, die die Straßen säumten, mit mäßigem Interesse. Sie wurde immer nervöser und gereizter, und als sie schließlich von der Straße abbogen und durch das schmiedeeiserne Tor die Einfahrt entlang auf die beeindruckende Villa zufuhren, hatte sie das Gefühl, die Anspannung nicht mehr ertragen zu können.

Würde es ihr gelingen, den alles entscheidenden Test zu bestehen und sich Signor Saracinos Großmutter gegenüber nicht zu verraten? Zu Hause in England war Milly noch überzeugt gewesen, es sei alles sehr einfach, sie brauche nur Jillys Kleidung zu tragen, und jeder würde sie für ihre Schwester halten. Doch die Begegnung mit seiner Großmutter war sicher das Schwierigste und Riskanteste an der ganzen Sache.

Ich muss gut aufpassen und darf nichts Falsches sagen, ermahnte sie sich, während sie ausstieg, nachdem Signor Saracino mit grimmiger Miene vor der breiten Eingangstür angehalten hatte. Wie aus dem Nichts tauchte ein relativ kleiner Mann neben ihm auf, und er reichte ihm die Autoschlüssel.

„Stefano wird Ihr Gepäck auf Ihr Zimmer tragen", verkündete Signor Saracino an Milly gewandt. „Warten Sie in der Eingangshalle. Ich will meine Großmutter erst darauf vorbereiten, dass Sie mit mir zurückgekommen sind."

Statt auf ihn zu warten, werde ich die Gelegenheit nutzen und mich mit der Umgebung vertraut machen, nahm sie sich vor. Sie schwieg jedoch und ging ihm voraus in die mit Marmorfliesen ausgelegte Eingangshalle. Dann blickte sie hinter Signor Saracino her, dessen eleganter hellgrauer Anzug die breiten Schultern, die schmalen Hüften und die langen Beine betonte. Zielstrebig eilte er auf eine der vielen mit Schnitzereien verzierten Holztüren zu. Schließlich atmete Milly tief ein und folgte Stefano die Treppe hinauf. Insgeheim gratulierte sie sich dazu, dass sie es wagte, Signor Saracinos Befehl nicht zu befolgen und zu erkunden, wo sich Jillys Zimmer befand. Sie wollte sich die Peinlichkeit ersparen, später so tun zu müssen, als könnte sie sich nicht mehr erinnern, wie sie in ihr Zimmer gelangte.

Den Weg prägte sie sich genau ein und zählte die Türen, die rechts und links von dem mit Holztäfelung verkleideten Flur abgingen.

Die erste Hürde habe ich genommen, dachte sie, als Stefano die dritte Tür rechts öffnete. Beim Betreten des Raums war sie entzückt. Es war das schönste Zimmer, das sie jemals gesehen hatte. Wände und Decke waren mit hellem Holz verkleidet, ein weicher cremefarbener Teppich bedeckte den Fußboden, und die alten Möbel waren bestimmt sehr wertvoll. Auf dem breiten, sehr bequem wirkenden Himmelbett lag eine rosenholzfarbene Tagesdecke.

Während Stefano Millys Gepäck auf die Truhe stellte, fragte er: „Benutzen Sie nicht die schöne Reisetasche, die die Signora für Sie gekauft hat?" Dabei wandte er den Blick nicht von dem alten Koffer ab, in den sie Jillys elegante Outfits gepackt hatte.

Milly zauberte ein Lächeln auf die Lippen. „Ich wollte die Reisetasche noch schonen, sie ist eigentlich zu schade, um sie zu benutzen“, improvisierte sie.

Stefanos Miene hellte sich auf, und Milly gratulierte sich insgeheim. Bis jetzt machte sie offenbar alles richtig. Doch wenige Sekunden später verschwand ihre Zuversicht. Nachdem der Mann den Raum verlassen hatte, betrachtete sie sich in dem großen Spiegel. Dass Signor Saracino auf die Täuschung hereingefallen war, war kaum zu glauben. Es stimmte, sie und Jilly sahen sich auf den ersten Blick zum Verwechseln ähnlich. Wenn man aber genauer hinsah, bemerkte man die Unterschiede. Während Jilly selbstbewusst und forsch auftrat, wirkte Milly zurückhaltend und etwas unsicher.

Rasch straffte sie die Schultern und strich sich einige Haarsträhnen aus der Stirn. Im Gegensatz zu Jilly benutzte sie kein Augen-Make-up, und sie hatte im Zimmer ihrer Schwester auch keinerlei Make-up finden können. Deshalb hatte sie sich mit dem eigenen rosafarbenen Lippenstift, den sie nur selten auftrug, begnügen müssen. Jilly hingegen schminkte die Lippen immer grell rot, tuschte die Wimpern und trug Lidschatten auf.

Es war kein Wunder, dass Signor Saracino von Verkleidung und dezenterer Aufmachung geredet hatte.

Ich muss mich mehr anstrengen, mich so bewegen wie meine Schwester, so reden wie sie und mich so benehmen wie sie, ermahnte Milly sich. Wenn sie es nicht tat, würde es früher oder später jemandem auffallen, dass etwas nicht stimmte. Bei dem Gedanken wurde Milly ganz nervös, und sie ging langsam in die riesige Eingangshalle zurück.

Dort wartete Signor Saracino schon auf sie. „Ich habe Ihnen doch gesagt, Sie sollten hier warten“, fuhr er sie an.

Egal wie Jilly auf diesen schrecklichen Kerl reagiert hatte, Milly war nicht bereit, sich von ihm behandeln zu lassen, als wäre sie ein kleines Dummchen. „Ja, da haben Sie recht“, stimmte sie ihm betont nachsichtig zu und fügte mit ernster Miene hinzu: „Ich musste leider kurz das Badezimmer benutzen. Jetzt möchte ich mich bei Großmutter entschuldigen.“

„Für Sie ist sie nicht einfach nur ‚Großmutter', sondern immer noch Signora Saracino. Wenn Sie mit ihr allein sind, können Sie sie weiterhin mit Filomena anreden!" Er verzog verächtlich die Lippen, während er Milly unsanft am Arm packte und sie in das luxuriös möblierte Wohnzimmer zog. Dass er ihr mit der Zurechtweisung sehr geholfen hatte, ahnte er nicht.

Die Türen zur Veranda standen weit offen und ließen die warme Frühlingsluft hinein. Milly beachtete die großartige Umgebung jedoch kaum und konzentrierte sich auf die ältere Dame, die in einem Sessel saß. Sie wirkte sehr zerbrechlich und strahlte übers ganze Gesicht.

„Jilly, du dummes Mädchen!", rief sie erfreut aus und streckte die Hände aus. „Wie konntest du einfach verschwinden, ohne mir etwas zu sagen? Komm her, lass dich ansehen."

Milly glaubte, Signor Saracinos Blick im Rücken zu spüren, und sie fühlte sich sehr unbehaglich, während sie auf seine Großmutter zuging. Wenn ich jetzt den kleinsten Fehler mache, fliegt der ganze Schwindel auf, und Filomena Saracino entlarvt mich als Betrügerin, schoss es ihr durch den Kopf.

Dann nahm die ältere Dame ihre Hände und begrüßte Milly so herzlich und liebevoll, dass sie hätte weinen können. Die Zuneigung galt nicht ihr, sondern ihrer Schwester. Jilly, diese strahlende junge Frau, brauchte nur ihren Charme spielen zu lassen, und schon flogen ihr alle Herzen zu.

„Du hast dein Haar abschneiden lassen. Warum, mein Kind?"

Milly errötete prompt, und das war etwas, was ihrer Schwester nie passierte. Milly widerstrebte es, diese freundliche und liebenswerte ältere Dame zu belügen, und hatte plötzlich das Gefühl, keine Luft zu bekommen. Deshalb atmete sie tief durch, ehe sie erwiderte: „Ach, ich fand das lange Haar auf einmal sehr unpraktisch." Hinter ihr räusperte sich Signor Saracino, und Milly wusste natürlich, warum. Er war der Überzeugung, sie hätte ihr Aussehen verändert, um von ihm nicht so leicht gefunden zu werden.

„Es steht dir gut. So siehst du jünger aus. Stimmt's, Cesare?" Seine Großmutter sah ihn an.

Er antwortete nicht, aber immerhin kannte Milly jetzt seinen Vornamen. Das war wichtig, damit das Lügengebäude nicht einstürzte. Sie hatte ein schlechtes Gewissen und verachtete sich wegen des Spiels, das sie ihrer Schwester zuliebe spielte.

Signora Saracino ließ Millys Hände los und forderte sie auf: „Zieh den Sessel heran, und setz dich neben mich. Dann erzählst du mir, weshalb du so plötzlich nach Hause fliegen musstest."

Schweigend schob Cesare einen Sessel näher zu seiner Großmutter heran, ehe er den Raum durchquerte und sich an die Kaminverkleidung aus Marmor lehnte.

Er schien völlig entspannt zu sein, doch der Eindruck täuschte. Mit Argusaugen beobachtete er Milly, ihm entging nichts. Sie ließ sich in den Sessel sinken, den er ihr zurechtgerückt hatte, und zog den Rock über die Knie. Ihr war klar, dieser Mann wollte sich vergewissern, dass sie nichts Falsches sagte, was seine Großmutter irritierte oder aufregte.

„Es war offenbar sehr wichtig", mutmaßte Filomena. „Sonst wärst du bestimmt nicht verschwunden, ohne dich zu verabschieden und ohne mich irgendwann anzurufen." Ihre Stimme zitterte etwas. „Ich habe dich wirklich vermisst. Ohne dich kamen mir die Tage so grau und lang vor." Ihre Augen, die kurz zuvor noch geleuchtet hatten, verloren den Glanz. „Wärst du zurückgekommen, wenn Cesare nicht hinter dir hergeflogen und dich gesucht hätte?"

Was soll ich darauf antworten?, überlegte Milly leicht verzweifelt.

„Reg dich bitte nicht auf, Großmutter", mischte Cesare sich glücklicherweise ein und warf Milly einen so kühlen und verächtlichen Blick zu, dass sie insgeheim erbebte. „Ich weiß, dass Jilly dir alles erklären und dich beruhigen kann." An Milly gewandt fügte er hinzu: „Das stimmt doch, Jilly, oder?"

Es klang wie eine Warnung.

4. KAPITEL

Das Gurren der Tauben jenseits der Terrasse kam Milly in der erwartungsvollen Stille, die plötzlich im Raum herrschte, unnatürlich laut vor. Sie schluckte und betrachtete ihre kurzen Fingernägel. Um sie zu verbergen, ballte sie die Hände zu Fäusten, denn Jilly kannte man nur mit langen, gepflegten und lackierten Nägeln.

Eine Familienkrise zu erfinden kam für Milly nicht infrage. Sie wollte nicht mehr Lügen erzählen als unbedingt nötig. Außerdem hatte es in der letzten Zeit in ihrem Leben genug Krisen gegeben. Ihre Mutter war gestorben, ihre Schwester war verschwunden, und Cesare Saracino hatte sie gezwungen, mit ihm nach Italien zu fliegen.

Der Tod ihrer Mutter vor etwas über einem Monat war das Schlimmste gewesen, was Milly hatte passieren können. Sie war noch längst nicht darüber hinweg, und der Schmerz über den Verlust war immer noch unerträglich. Manchmal hatte sie sogar das Gefühl, es sei erst gestern geschehen. Deshalb war ihre Verzweiflung nicht gespielt, als sie flüsterte: „Meine Mutter ist völlig unerwartet gestorben." Und dann konnte sie sich nicht mehr beherrschen, ihr liefen Tränen über die Wangen. Dass sie Jilly nicht hatte benachrichtigen können und ihre Schwester nicht zur Beerdigung gekommen war, um ihrer Mutter das letzte Geleit zu geben, war für Milly sehr bedrückend.

„Oh, meine Liebe, das tut mir leid. Es war sicher ein Schock für dich." Filomena beugte sich vor und nahm Millys Hände, während sie sie mitfühlend ansah. „Ich schäme mich, dass ich mich beschwert habe. Natürlich warst du verwirrt und aufgewühlt und hast in deinem Kummer nicht daran gedacht, dich zu verabschieden oder mich anzurufen. Das kann ich gut verstehen. Verzeih mir, dass ich an deiner Absicht, zurückzukommen, gezweifelt habe."

Milly unterdrückte ein Schluchzen und erwiderte: „Natürlich verzeihe ich Ihnen das." Mehr brachte sie nicht heraus.

Filomena warf ihrem Enkel einen scharfen Blick zu. „Hoffentlich hat Cesare keinen Druck ausgeübt und dich dazu gedrängt, zurückzukommen, ehe du selbst bereit dazu warst."

Ehrlicherweise hätte Milly zugeben müssen, dass Cesare Saracino sogar großen Druck ausgeübt hatte. Aber ohne eine Antwort abzuwarten, fuhr die ältere Dame fort: „Ich erinnere mich, dass du einmal erzählt hast, deine jüngere Schwester sei sehr praktisch veranlagt, etwas schwerfällig, unsensibel und fantasielos. Kommt sie jetzt allein zurecht? Ohne dich wird sie sich in der ersten Zeit nach diesem schmerzlichen Verlust sehr einsam fühlen."

„Sie schafft das schon", versicherte Milly ihr. Sie war wie vor den Kopf geschlagen. Dass Jilly sie als ihre kleine Schwester bezeichnete, konnte sie noch nachvollziehen. Jilly war immer die Mutigere gewesen. Doch dass diese sie als praktisch veranlagt, schwerfällig, unsensibel und fantasielos beschrieb, tat sehr weh.

Cesare stellte sich hinter den Sessel seiner Großmutter und blickte Milly nachdenklich an. Und das machte alles noch viel schlimmer.

Lächelnd schlug die ältere Dame vor: „Deine Schwester ist herzlich eingeladen, bei uns Urlaub zu machen. Vielleicht kann sie schon nächsten Monat kommen? Im Mai ist es noch nicht so heiß. Es wird euch beiden guttun, und mir wird es großen Spaß machen, zwei junge Frauen in meiner Nähe zu haben, die mir Gesellschaft leisten." Als Milly sie entsetzt ansah, fügte sie hinzu: „Ich erwarte natürlich nicht, dass ihr beide euch ständig um mich kümmert. Du kannst eins unserer Autos nehmen, ihr die Umgebung zeigen und mit ihr zum Einkaufen fahren. Ruf doch deine Schwester an, damit sie weiß, dass du gut angekommen bist. Sprich mit ihr über den Urlaub." Filomena erhob sich steif. „Ich möchte mich jetzt hinlegen und mich ausruhen. Das solltest du auch tun. Wir sehen uns beim Abendessen."

Cesare reichte ihr den Spazierstock. Dann wandte er sich an Milly und sagte etwas auf Italienisch, was sie natürlich nicht verstand. Ihre Nerven waren zum Zerreißen gespannt. Sie biss sich auf die Lippe und erinnerte sich daran, dass Jilly auf einer ihrer Ansichtskarten erwähnt hatte, sie hätte ihre Sprachkenntnisse verbessert. Würde die Täuschung schon nach so kurzer Zeit auffliegen? Milly wusste nicht, was sie sagen oder machen sollte und schwieg.

„Bitte, Cesare", half Filomena ihr, ohne es zu ahnen, aus der Klemme, „du kennst doch die Regeln. In Jillys Gegenwart sprechen wir nur Englisch."

„Du hast recht", räumte er sogleich ein. Mit einem angedeuteten Lächeln und einem geradezu eisigen Blick wandte er sich wieder an Milly. „Entschuldigen Sie. Ich werde meine Frage auf Englisch wiederholen. Sie können mir die Telefonnummer in England nennen, unter der Ihre Schwester zu erreichen ist. Ich stelle schon die Verbindung her, und Sie sprechen dann mit ihr."

„Das ist nicht nötig, vielen Dank", entgegnete Milly höflich. „Meine Schwester rufe ich später an. Sie arbeitet und ist tagsüber nicht zu Hause. Ich begleite Signora Saracino in ihr Schlafzimmer."

Erleichtert darüber, die Schwierigkeiten mit viel Glück überwunden zu haben, begleitete sie die ältere Dame in ihre Suite im Erdgeschoss. Dann half sie ihr, sich hinzulegen, und musste ihr versprechen, sich auch bis zum Abendessen auszuruhen.

Da sich Milly den Weg zu Jillys Zimmer gut eingeprägt hatte, fand sie den Raum mühelos wieder. Sie setzte sich auf das breite Bett und stützte den Kopf in die Hände.

Zu Hause in England war es ihr nur darauf angekommen, ihre Schwester, die bestimmt völlig unschuldig war, davor zu bewahren, wie eine Kriminelle behandelt zu werden. Das Täuschungsmanöver hatte Milly schon allein deshalb für nötig gehalten, um Zeit zu gewinnen und ihre verschwundene Schwester zu finden. Sie wollte Jilly warnen und ihr die Gelegenheit geben, alles richtigzustellen.

Cesare, dieser hartherzige Mann, sollte Jilly nicht als Erster finden. Er würde gar nicht zuhören, was sie zu ihrer Verteidigung zu sagen hatte, und sie ohne zu zögern anzeigen.

Und das wollte Milly verhindern. Doch dieser Betrug machte sie ganz krank, und sie schämte sich zutiefst, dass sie sich für die fragwürdige Sache hergegeben hatte. Cesare etwas vorzuspielen machte ihr weniger aus. Er war ein gemeiner Kerl, denn er hatte ihrer Schwester das Herz gebrochen. Jilly hatte mit ihm geschlafen, weil er sie in dem Glauben gelassen hatte, er würde sie heiraten. Dann hatte er sie kaltblütig sitzen lassen. Nur deshalb war Jilly verschwunden, davon war Milly überzeugt.

Aber diese liebenswerte ältere Dame zu täuschen fand sie unverzeihlich. Es belastete Millys Gewissen, und sie nahm sich vor, reinen Tisch zu machen.

Nachdem Cesare das zweite Telefongespräch beendet hatte, drehte er sich mit dem Bürostuhl herum und blickte zu dem hohen, breiten Fenster hinaus auf den gepflegten Rasen. Die Sonne näherte sich dem Horizont, und die Schatten wurden länger. Die Hügel in der Ferne mit den terrassenförmig angeordneten ockerfarbenen Häusern und Gehöften waren in einen Dunstschleier gehüllt.

Mit gerunzelter Stirn atmete er tief ein und drehte sich wieder zum Schreibtisch um. Normalerweise beruhigte ihn der Blick aus dem Fenster, heute jedoch nicht. Schließlich nahm er das Adressbuch in die Hand.

Die Gesellschafterin seiner Großmutter gab ihm Rätsel auf. Jilly Lee war eine Betrügerin, das wusste er natürlich. Aber einiges stimmte hier nicht. Sie verhielt sich momentan sehr untypisch, war ruhig und zurückhaltend und nicht mehr so vorlaut, lebhaft und temperamentvoll wie zuvor. Auch ihre Fingernägel waren kürzer und nicht lackiert.

Dafür gab es vielleicht Erklärungen. Er hatte sie überrumpelt und gezwungen, mit ihm zurückzufliegen und das Geld, das sie gestohlen hatte, abzuarbeiten. Hinzu kam, dass sie nach dem Tod ihrer Mutter noch sehr deprimiert war. Das stand außer Zweifel. Ihr Kummer war echt und nicht gespielt.

Aber Cesare täuschte sich selten in der Beurteilung eines Menschen, und er war zu dem Schluss gekommen, dass Jilly Lee eine oberflächliche, egoistische Frau war, die zu keinen tieferen Gefühlen fähig war. Sie konnte sich doch nicht innerhalb so kurzer Zeit so grundlegend verändert haben, oder?

Da war noch etwas. Als er Italienisch mit ihr gesprochen hatte, hatte sie ihn nur verständnislos angeblickt, was sehr seltsam war, denn Jilly beherrschte die Sprache beinahe perfekt.

Seine Großmutter hatte darauf bestanden, in Jillys Gegenwart nur Englisch zu sprechen, weil sie ihre Sprachkenntnisse hatte auffrischen wollen. Doch ihre Gesellschafterin hatte mit dem Personal immer Italienisch gesprochen, genauso wie mit ihm, wenn sie mit ihm allein gewesen war.

Warum hatte sie ihn dann nicht verstanden, als er sie nach der Telefonnummer ihrer Schwester gefragt hatte? Nein, hier stimmte wirklich etwas nicht.

Das Rätsel musste gelöst werden. Er hatte zwei Privatdetektive beauftragt, einer von ihnen hatte Jilly Lees Adresse in England ausfindig gemacht, und der andere suchte in Italien nach der jungen Frau.

Aber Cesare konnte auch selbst etwas tun, um der Sache auf den Grund zu gehen. Er zog das Telefon zu sich heran, griff nach dem Hörer und wählte eine Nummer.

Während des Abendessens fühlte Milly sich nicht in der Verfassung, die schöne Umgebung, die köstlichen Gerichte, den ausgezeichneten Wein, die Kristallgläser, das kostbare Porzellan und die silbernen Bestecke gebührend zu würdigen.

Es belastete sie zu sehr, dass sie Filomena etwas vorspielte, und sie hatte sich entschlossen, ihr alles zu gestehen. Das würde sie jedoch nicht in Gegenwart dieses attraktiven und zynischen Mannes tun. Er würde in Zorn geraten und sowieso nicht hören wollen, was sie zur Verteidigung ihrer Schwester vorzubringen hatte. Filomena hingegen würde sich alles anhören, dessen war sich Milly sicher.

„Du bist heute Abend in guter Form“, stellte Cesare unvermittelt fest, nachdem er seine Großmutter, die unbekümmert und munter plauderte, eine Zeit lang beobachtet hatte.

Sie hob das Glas und antwortete: „Ja, weil meine liebe Jilly wieder hier ist, um mir Gesellschaft zu leisten und mir die Langeweile zu vertreiben.“

„Offenbar kann ich dir die Langeweile nicht vertreiben“, entgegnete er.

„Doch, natürlich kannst du das.“ Sie zwinkerte ihm zu. „Aber es ist etwas anderes, mit einer Frau zu reden. Außerdem warst du meist geschäftlich unterwegs. Doch ich muss zugeben, in der letzten Zeit bist du öfter zu Hause.“ Wieder zwinkerte sie und lächelte verständnisvoll.

Hat Filomena gemerkt, dass Jilly und Cesare eine Affäre hatten, und vielleicht genau wie Jilly gehofft, die beiden würden heiraten?, überlegte Milly.

Die ältere Dame hatte Jilly offenbar sehr gern. Wahrscheinlich hatte ihre Schwester wieder einmal ihren ganzen Charme aufgeboten. Auch Filomena würde es für ausgeschlossen halten, dass Jilly ihre Unterschrift auf den Schecks gefälscht hatte. Es würde bestimmt eine harmlose Erklärung für die ganze Sache geben.

Milly sah auf und begegnete Cesares durchdringendem Blick. Sein leichtes Lächeln wirkte so verführerisch, dass sich die seltsamsten Gefühle in ihr ausbreiteten, genau wie zuvor, als er zu ihr ins Zimmer gekommen war.

Er hatte kurz angeklopft und die Tür sogleich geöffnet, während Milly in ihren schlichten Dessous vor dem Bett gestanden hatte. Sie war vor Verlegenheit errötet, hatte schnell nach dem schwarzen Seidenkleid ihrer Schwester gegriffen und es vor sich gehalten. „Was wollen Sie?“, stieß sie verwirrt und verlegen hervor.

Betont ungezwungen lehnte er sich an den Türrahmen. In dem hellen Dinnerjackett und der perfekt sitzenden schwarzen Hose wirkte er ungemein sexy. Kein Wunder, dass Jilly sich in diesen herzlosen, gemeinen Kerl verliebt hat, dachte Milly, während sie das Kleid krampfhaft festhielt.

„Ich wollte Sie nur daran erinnern, dass wir meiner Großmutter zuliebe immer schon um halb acht essen – falls Sie es vergessen haben. Sie müssen sich beeilen, wenn Sie nicht zu spät kommen wollen“, erklärte er spöttisch.

„Ich habe nichts vergessen, sondern bin eingeschlafen und zu spät wach geworden“, behauptete sie. Dass sie zu viel Zeit damit verbracht hatte, alles zu durchsuchen in der Hoffnung, irgendwelche Hinweise darauf zu finden, wo Jilly sich aufhielt und was sie vorhatte, durfte er nicht erfahren. Sie hatte jedoch nichts gefunden. Nachdem sie ein heißes Bad genommen hatte, hatte sie das schwarze Kleid aus dem Schrank genommen, das jemand vom Personal zusammen mit den anderen Sachen ausgepackt hatte. Anschließend hatte sie nach unten gehen und Filomena die Wahrheit sagen wollen.

„Wenn Sie mich nicht endlich allein lassen, damit ich mich anziehen kann, komme ich noch später“, fuhr sie angespannt fort und wünschte, er würde verschwinden.

„Ich warte lieber hier auf Sie.“ Wie um seinen Worten Nachdruck zu verleihen, betrat er das Zimmer. Mit hoch erhobenem Kopf und verächtlicher Miene sah Milly ihn an. Dann ging sie rückwärts ins Badezimmer und schlug die Tür hinter sich zu.

Für wen hält er sich?, fragte sie sich zornig. Ihre Absicht, seiner nichts ahnenden Großmutter noch vor dem Essen die Wahrheit zu sagen, konnte sie vergessen. Doch morgen würde sie wahrscheinlich lange genug mit Filomena allein sein und in aller Ruhe mit ihr reden können, obwohl es Milly lieber gewesen wäre, sie hätte ihr Gewissen noch heute Abend erleichtern können.

Cesare ahnte offenbar noch nichts. Sonst hätte er sie längst hinausgeworfen und alle Türen hinter ihr verschlossen und verriegelt.

Mit einem Blick in einen der vielen vom Boden bis zur Decke reichenden Spiegel stellte Milly fest, dass ihre Wangen vor lauter Zorn und Frustration gerötet waren. Ärgerlich versuchte sie, den langen Reißverschluss im Rücken hochzuziehen, was ihr jedoch nicht gelang.

„Lassen Sie mich das machen", ertönte plötzlich Cesares Stimme hinter ihr. Ohne zu zögern, zog er den Reißverschluss hoch. Als er dabei federleicht mit den Fingern ihre Haut berührte, bekam Milly eine Gänsehaut. „Ich hatte schon befürchtet, Ihnen sei etwas zugestoßen." Er verzog spöttisch die Lippen und musterte sie ungeniert von Kopf bis Fuß.

Milly war empört über das Verhalten dieses Mannes. Wie die meisten Outfits, die Jilly besaß, war auch dieses Kleid hauteng. Milly hingegen trug lieber weitere und unauffällige Outfits, die ihre üppigen Brüste, die wohlgerundeten Hüften und die schmale Taille nicht betonten. Zu ihrem Entsetzen zeichneten sich ihre aufgerichteten Brustspitzen deutlich unter dem feinen Material des Kleides ab.

Weshalb sie so auf ihn reagierte, wusste sie selbst nicht. Es störte sie sehr, dass sie sich nicht besser unter Kontrolle hatte.

Rasch hatte sie sich umgedreht und war an Cesare vorbei ins Schlafzimmer gegangen. Dann war sie in Jillys hochhackige Schuhe geschlüpft und ihm nach unten ins Esszimmer gefolgt.

Jetzt saß sie mit ihm und seiner Großmutter am Tisch und empfand es als sehr anstrengend, auf Filomenas Geplauder einzugehen und so zu tun, als würde sie das Essen genießen. Als es endlich beendet war, lehnte sich Cesare mit dem Glas Wein in der Hand entspannt und zufrieden auf dem Stuhl zurück.

An der Unterhaltung hatte er sich kaum beteiligt. Aber er hatte Milly aufmerksam beobachtet, sodass sie vor lauter Unbehagen am liebsten im Erdboden versunken wäre. Schließlich kam eine untersetzte und ganz in Schwarz gekleidete Frau mit dem Kaffee herein. Filomena stand auf und erklärte: „Für mich bitte keinen Kaffee mehr, Maria. Ich möchte mich nach diesem aufregenden Tag früh hinlegen."

Sofort stand auch Cesare auf und drückte seine Großmutter wieder auf den Stuhl. „Bleib noch einen Augenblick sitzen. Ich möchte dir etwas mitteilen."

„Etwas Angenehmes?", fragte sie lächelnd.

„Ja, es wird dir gefallen", antwortete er liebevoll. „Amalia kommt morgen und möchte zwei Wochen hierbleiben."

„Amalia kommt? Ach, wie schön." In den Augen der älteren Dame leuchtete es auf vor Freude, und sie lächelte Milly an. „Die Contessa di Moroschini ist meine älteste Freundin. Sie wird dir gefallen."

„Da ist noch etwas, Großmutter. Da du vollauf mit Amalia beschäftigt sein wirst, möchte ich Jilly für eine Woche mit auf die Insel nehmen, damit sie sich von den Strapazen der letzten Zeit erholen kann. Vorausgesetzt natürlich, du bist damit einverstanden."

Vor Entsetzen war Milly sprachlos, und ihr schauderte.

„Das ist eine wunderbare Idee." Mit zufriedener Miene stand Filomena noch einmal auf, und Milly fühlte sich in ihrer Vermutung bestätigt. Die Signora Saracino wusste Bescheid über die Affäre ihres Enkels mit Jilly und schien zu hoffen, dass es ein Happy End geben würde. Irgendwann musste Milly sie eines Besseren belehren und ihr eröffnen, dass ihr ach so wunderbarer Enkel Jilly nur benutzt hatte und sie mit gebrochenem Herzen die Flucht ergriffen hatte. Doch das hatte Zeit bis später, sie wollte der älteren Dame die Freude über den bevorstehenden Besuch ihrer Freundin nicht verderben.

„Ich begleite Sie." Milly erhob sich. Sie wollte endlich reinen Tisch machen und Filomena verraten, wer sie wirklich war, ohne das schäbige Verhalten ihres Enkels zu erwähnen.

„Nein, das ist nicht nötig." Die ältere Dame ging zur Tür. „Ich komme allein zurecht. Trinkt ihr beide in aller Ruhe den Kaffee. Vor der Reise habt ihr sicher noch einiges zu besprechen."

Milly setzte sich wieder hin und nahm resigniert die Tasse Kaffee entgegen, die Cesare ihr reichte. Sie wollte mit ihm nicht auf eine Insel fliegen. Jilly wäre sicher begeistert gewesen über den Vorschlag und die vermeintliche Chance, eine Versöhnung herbeiführen zu können. Milly war ratlos und wusste nicht, wie sie sich verhalten sollte.

Cesare trank den Kaffee aus, stellte die Tasse auf den Tisch und erklärte: „Wir fahren um halb sieben ab. Sie sollten pünktlich fertig sein.“ Dann verließ er ohne ein weiteres Wort den Raum.

Milly erbebte. Der Gedanke, mit ihm eine Woche auf einer Insel festzusitzen, ohne ihre Schwester suchen und Filomena auf ihre Seite bringen zu können, verursachte ihr Übelkeit. Wahrscheinlich würde Cesare mit ihr Italienisch sprechen wollen, und dann würde der ganze Schwindel sowieso auffliegen. Er würde herausfinden, dass sie nicht Jilly war. Und es war nicht auszudenken, was dann passieren würde.

5. KAPITEL

Das Rätsel war gelöst. Cesare wusste jetzt, warum die junge Frau ihn nur verständnislos angeblickt hatte, als er Italienisch mit ihr gesprochen hatte, und warum es ihr so peinlich gewesen war, als er in ihr Zimmer gekommen war und sie in ihren Dessous überrascht hatte. Jilly hätte eine solche Situation ohne zu zögern ausgenutzt.

Insgeheim triumphierte er, während er den Hubschrauber auf dem Landeplatz aufsetzte, der auf der westlichen Seite der kleinen Insel lag, die ihm gehörte. Von dem Felsplateau aus hatte man einen herrlichen Blick über das azurblaue Meer bis hin zur Insel Elba in der Ferne.

Er wartete, bis die Rotorblätter zum Stillstand kamen, und betrachtete Milly aus zusammengekniffenen Augen.

Was war sie doch für eine miese kleine Betrügerin. Glaubte sie etwa, sie würde damit durchkommen? Weshalb hatte sie sich überhaupt auf dieses Spiel eingelassen?

Er hatte sich entschlossen mitzuspielen und war gespannt darauf, wie weit sie gehen würde.

In verkrampfter Haltung saß Milly da. Zu dem blauen Seidentop trug sie enge weiße Jeans. Seit sie die Villa verlassen hatten, hatte sie kein Wort gesprochen. Sie hatte noch nicht einmal gefragt, wohin sie flogen. Die verführerischen Lippen hatte sie wie ein Teenager zu einem Schmollmund verzogen. Ihr wachsamer Blick verriet, dass sie auf der Hut war und ihr die Situation nicht behagte.

Wahrscheinlich befürchtete sie, dass der Schwindel aufflog und früher oder später jemand merkte, wie wenig sie mit ihrer Schwester gemeinsam hatte außer der auf den ersten Blick verblüffenden Ähnlichkeit.

Als er kurz vor dem Abflug den Anruf des Privatdetektivs aus England erhalten hatte, war Cesare zornig, aber nicht überrascht gewesen. Ihm war schon während des Flugs von England nach Pisa und auf der Fahrt in die Villa immer klarer geworden, dass diese junge Frau nicht Jilly sein konnte.

Jilly Lee hatte eine Zwillingsschwester, Milly Lee, die ihr angeblich zum Verwechseln ähnlich sah, wie der Privatdetektiv berichtet hatte. Im ersten Moment hatte Cesare dieser Betrügerin in seinem Zorn die Meinung sagen und sie einfach auf dem Flugplatz auf dem Festland stehen lassen wollen. Hätte sie doch selbst sehen sollen, wie sie nach England zurückkam. Dann aber hatte seine Vernunft die Oberhand gewonnen.

Er hatte es seiner Großmutter nicht antun wollen, ohne Milly nach Hause zu kommen. Es wäre ein harter Schlag für die ältere Dame gewesen. Sie war momentan so ausgesprochen glücklich, und er wollte ihr die Freude über den Besuch der Freundin nicht verderben. Außerdem war sie offenbar auch erfreut darüber, dass Cesare mit ihrer jungen Gesellschafterin eine Woche auf der einsamen Insel verbringen wollte. Da sie sich wünschte, er würde endlich heiraten, versprach sie sich offenbar viel von dieser Kurzreise.

Seine Großmutter war alt, gebrechlich, und er liebte sie sehr. Deshalb nahm er jede erdenkliche Rücksicht und beschloss, sie noch nicht mit diesen unerfreulichen Neuigkeiten zu belasten.

Ursprünglich hatte er auf der Insel das Rätsel, das Milly ihm aufgegeben hatte, lösen wollen. Da sich jedoch alles aufgeklärt hatte, beschloss er, sich auf ihre Kosten zu amüsieren. Sie war ihm etwas schuldig. Und wenn sie es am wenigsten erwartete, wollte er ihr ins Gesicht sagen, dass er alles wusste. Vielleicht würde sie ihm dann vor lauter Entsetzen verraten, wo sich ihre Schwester aufhielt, falls die Privatdetektive in England und Italien Jilly bis dahin noch nicht aufgespürt hatten.

„Sie können aussteigen." Seine Stimme klang sanft, während er mit verächtlicher Miene ihr schönes Profil betrachtete.

Die beiden Schwestern sahen sich äußerlich wirklich zum Verwechseln ähnlich. Aber Milly wirkte weicher und seltsam verletzlich, Eigenschaften, die Jilly nicht hatte. Mit dem schulterlangen blonden Haar und den wunderschönen grünen Augen sah sie beinah aus wie ein Kind. Doch ihre vollen Brüste, die schmale Taille und die wohlgerundeten Hüften hatten ganz und gar nichts Kindliches.

Die Zwillinge waren sehr schöne Frauen, hatten jedoch einen schlechten Charakter. Milly war wahrscheinlich genauso hinterhältig und berechnend wie ihre Schwester.

Sie antwortete nicht, sondern nickte nur leicht mit dem Kopf, ehe sie zögernd den Sicherheitsgurt löste.

Fühlte sie sich unbehaglich? Dazu hatte sie auch allen Grund. Vermutlich rechnete sie damit, dass er Italienisch mit ihr sprach, und dann wäre sie gezwungen, ihre Identität preiszugeben. Sie war bestimmt außer sich vor Angst und befürchtete das Schlimmste.

Als er aus dem Hubschrauber sprang und seine Füße den Boden berührten, lächelte er triumphierend. Er nahm sich vor, Milly langsam die Angst zu nehmen und sie dazu zu bringen, sich in Sicherheit zu wiegen. Erst dann würde er sie mit der Wahrheit konfrontieren. Das war nicht fair, wie er sich eingestand, doch niemand durfte seine Großmutter ungestraft betrügen. Das würde er nie zulassen.

Vor Angst schlug Milly das Herz bis zum Hals. Völlig aufgewühlt und durcheinander sah sie Cesare dabei zu, wie er ihren alten Koffer und seinen Rucksack aus dem Hubschrauber beförderte. Er hängte sich den Rucksack über die Schulter, nahm den Koffer in die Hand und ging Milly voraus über den steinigen Pfad. Sie hatte keine Wahl, sie musste ihm folgen.

Warum er mit ihr eine Woche auf der Insel verbringen wollte, konnte sie nicht sagen. Doch egal was seine Gründe waren, es verhieß nichts Gutes. Cesare hielt sie für eine Diebin, eine Betrügerin, und in ihrer Rolle als Jilly hatte sie nicht versucht, sich zu verteidigen und alles abzustreiten, so wie es Jilly zweifellos getan hätte. Stattdessen hatte Milly zu den Vorwürfen geschwiegen, weil sie es für die einzige Möglichkeit gehalten hatte, ihre Schwester davor zu bewahren, von diesem rachsüchtigen Mann angezeigt und vor Gericht gezerrt zu werden.

Sie hatte das beängstigende Gefühl, alles würde bald herauskommen und Cesare würde sie früher oder später durchschauen und wieder Jagd auf Jilly machen. Er brauchte jetzt nur mit ihr Italienisch zu sprechen, dann war alles aus. Ihr war bewusst, wie kläglich sie versagt hatte und dass sie ihrer Schwester keinen Gefallen getan hatte. Sie war so sehr in die bedrückenden Gedanken versunken, dass sie nicht auf den Weg achtete. Prompt stolperte sie, schrie leise auf und fiel der Länge nach hin. Atemlos lag sie da in der heißen Sonne und wurde Sekunden später von zwei starken Händen hochgehoben. Was für eine Demütigung!

„Sind Sie verletzt?"

Milly rang nach Atem. In ihren Augen schimmerten Tränen, sie schluckte und schüttelte den Kopf. Dann liefen ihr zwei Tränen über die Wangen. Cesares Stimme hatte sich so angehört, als wäre er um sie besorgt. Und auch als er sie aus zusammengekniffenen Augen musterte, wirkte er leicht beunruhigt.

Er legte die Hände auf ihre Schultern, eine beruhigende und tröstliche Geste, wie Milly fand. Plötzlich verspürte sie das seltsame Verlangen, sich an ihn zu schmiegen und den Kopf an seiner muskulösen Brust zu bergen.

Eine solche Schwäche durfte sie sich jedoch nicht erlauben. Er war der Gegner ihrer Schwester, und somit auch ihr Gegner. Schnell nahm sie sich zusammen und wischte die Tränen weg. Jilly würde jetzt fluchen und dann über ihr Missgeschick scherzen. Ich spiele meine Rolle ziemlich schlecht, ich muss mir mehr Mühe geben, mahnte Milly sich.

„Nein, es ist alles in Ordnung. Ich habe nicht auf den Weg geachtet." Sie zauberte ein Lächeln auf die Lippen, hob den Kopf und überlegte, was Jilly als Nächstes sagen würde. „Wie weit ist es noch? Gibt es hier keine Taxis oder dergleichen?" Ihre Schwester ging nicht gern zu Fuß und benutzte bei jeder Gelegenheit ein Taxi.

Cesare verzog spöttisch die Lippen und antwortete: „Außer einem einzigen kleinen Cottage gibt es nichts auf der Insel, weder Menschen noch Straßen noch sonst irgendetwas." Er zog die Hände zurück, drehte sich um und schlenderte weiter über den steinigen Pfad zu dem Gepäck, das er abgestellt hatte. Dann wartete er, bis Milly ihn eingeholt hatte. „Mein Vater hat es vor vielen Jahren bauen lassen, nachdem er die Insel gekauft hatte. Er war ein Workaholic und zog sich mindestens einmal im Jahr hierhin zurück, um neue Kräfte zu tanken."

„Sie haben sicher schöne Kindheitserinnerungen", erwiderte Milly. Sie war verblüfft darüber, dass er überhaupt eine so persönliche Bemerkung machte, und versuchte sich unter den schwierigen Umständen so normal wie möglich zu verhalten. Was geschehen würde, wenn er sie durchschaute, wagte sie nicht sich auszumalen. Jedenfalls traute sie ihm zu, dass er sie in seinem Zorn ganz allein auf der Insel zurückließ.

Er verzog verächtlich die Lippen und erklärte: „Meine Mutter war nie hier. Sie war eine Großstädterin. Mein Vater brachte seine jeweilige Geliebte mit auf die Insel, und dabei konnte er mich nicht gebrauchen. Erst nach seinem Tod habe ich von der Existenz dieser Insel erfahren."

Am liebsten hätte Milly ihm irgendetwas Nettes gesagt. Doch auf ihr Mitgefühl verzichtete er wahrscheinlich gern. Deshalb schwieg sie und konzentrierte sich auf den Pfad, der immer steiler wurde. Die Sonne schien heiß auf die vielen blühenden Pflanzen, deren Duft sich mit dem der Pinien und dem Geruch nach Meer vermischte. Weder die Hitze noch der steile Aufstieg schienen Cesare etwas auszumachen. Atemlos versuchte Milly, ihm zu folgen.

Wenn sein Vater keinen Hehl daraus gemacht hatte, dass er Freundinnen hatte, war er seinem Sohn kein gutes Vorbild gewesen. Man brauchte sich deshalb über Cesares Verhalten nicht zu wundern. Er schien es für normal zu halten, mit einer Frau zu schlafen und sie wegzuschicken, sobald er ihrer überdrüssig war.

Die arme Jilly, dachte Milly und betrachtete ihn. Beim Anblick seines von der leichten Brise, die vom Meer herwehte, zerzausten dunklen Haares überkam sie ein eigenartiges Gefühl. Er wirkte nicht mehr so unnahbar wie zuvor und nicht mehr wie der harte, rücksichtslose, weltgewandte Tycoon, als den sie ihn kennengelernt hatte. Es war durchaus verständlich, dass sich ihre Schwester, die bisher sehr flatterhaft gewesen war, Hals über Kopf und rettungslos in ihn verliebt hatte. Kaum eine Frau würde diesem Mann mit der faszinierenden Ausstrahlung widerstehen können.

„Wir haben es bald geschafft“, verkündete er.

Seine Stimme klang so seidenweich, dass es Milly heiß überlief. Hatte er etwa Mitleid mit ihr und wollte sie trösten? Sie blieb stehen und kniff die Augen zusammen. Sie waren oben auf dem Hügel angekommen, und vor ihnen lag ein bewaldetes Tal. Am Fuß des Hügels entdeckte Milly die kleine Bucht mit einem Sandstrand und das niedrige, weitläufige Haus. Es war das ideale Versteck für ein Liebespaar.

„Warum haben Sie mich hierher mitgenommen?“, fragte sie unvermittelt. Eigentlich wollte sie die Antwort gar nicht hören, denn sie wusste, sie würde ihr nicht gefallen. Doch die Ungewissheit zermürbte sie und zerrte an ihren Nerven.

„Warum wohl, Jilly?“

Sein Lächeln, seine ungemein verführerischen Lippen und das Leuchten in seinen schönen Augen, das erschreckend intim wirkte, verursachten ihr Herzklopfen. Sein Vater hatte dieses Haus auf der einsamen Insel bauen lassen, um ungestört mit seiner jeweiligen Geliebten zusammen sein zu können. Hatte Cesare ihr das nur deshalb erzählt, damit sie wusste, was ihr bevorstand?

Jilly und er waren ein Liebespaar gewesen, das war Milly klar. Beabsichtigte er etwa, die Beziehung wieder aufzunehmen? Sollte sie als eine Art Wiedergutmachung für den angeblichen Scheckbetrug mit ihm schlafen?

Ihr verkrampfte sich der Magen bei dem Gedanken, und die Beine drohten unter ihr nachzugeben. Das konnte er unmöglich planen. Und wenn doch? Was sollte sie dann machen?

Als er merkte, wie blass sie plötzlich wurde, musste Cesare lachen. Sie war eine schlechte Betrügerin, denn man sah ihr an, was sie dachte. Offenbar hatte sie begriffen, was er ihr hatte beibringen wollen, und war entsetzt. Wusste sie wirklich nicht, wie ihre Zwillingsschwester auf die indirekte Einladung reagiert hätte? Jilly wäre begeistert gewesen und hätte sich vor Freude auf ihn gestürzt.

„Kommen Sie, ich helfe Ihnen. Der Abstieg ist stellenweise gefährlich."

Als er Millys Hand nahm und seine warmen, starken Finger sich um ihre schlossen, fing ihr Puls an zu rasen. Sie erbebte und hatte das Gefühl, keine Luft mehr zu bekommen. Es war unglaublich, dieser Mann, den sie für einen rücksichtslosen Herzensbrecher hielt, half ihr aufmerksam und geduldig, den teilweise sehr steilen Abstieg zu bewältigen. Erst auf dem gepflasterten Vorplatz des Hauses ließ er ihre Hand los.

Die Fenster waren geöffnet und die breite Holztür nicht verschlossen. Offenbar musste man hier nicht mit Einbrüchen und Diebstählen rechnen.

Ihre Überraschung wurde noch größer, als er sie in den mit Natursteinfliesen ausgelegten großen Raum führte, der eine Art Wohnküche war.

Auf dem großen Holztisch stand eine blühende Pflanze in einem hübschen Blumentopf, und der Kühlschrank war eingeschaltet. Neugierig öffnete Milly ihn und prüfte den Inhalt. Dann drehte sie sich um und sah Cesare erstaunt an. „Wer hat ihn gefüllt? Hier lebt doch angeblich niemand." Hatte er sie belogen? Wohnten noch andere Leute auf der Insel, an die sie sich im Notfall wenden konnte, falls er sie allein zurückließ?

Er lächelte belustigt. „Das ist ganz einfach. Ich habe jemanden auf dem Festland damit beauftragt, regelmäßig hier nach dem Rechten zu sehen und den Kühlschrank zu füllen, wenn ich mein Kommen ankündige. Er stellt den Generator an und vergewissert sich, dass die Wasserpumpe funktioniert." Spöttisch zog er eine Augenbraue hoch. „Haben Sie gedacht, dass ich Sie hier verhungern lassen wollte oder Sie sich von Fischen ernähren sollten? Die müssten Sie schon selbst fangen, dazu habe ich keine Geduld."

Milly errötete und hob das Kinn. Wohl oder übel musste sie sich damit abfinden, dass sie wirklich mit ihm allein auf dieser Insel war.

Sie hätte sich denken können, dass er jemanden beauftragt hatte, sich um das Haus zu kümmern.

Um nicht wieder so eine vielsagende Antwort zu provozieren, würde sie ihn nicht noch einmal fragen, warum er sie mitgenommen hatte. „Zeigen Sie mir bitte den Raum, in dem ich schlafen soll, und verraten Sie mir, was Sie essen möchten", forderte sie ihn auf. „Sie wollen bestimmt von mir bedient werden, oder?"

Wahrscheinlich konnte er noch nicht einmal Wasser kochen. Er war in einem Haushalt mit vielen Angestellten aufgewachsen, die ihm sicher schon als Kind jeden Wunsch von den Augen abgelesen hatten.

„Das ist eine interessante Vorstellung." Er blickte sie so seltsam an, dass sie sich verlegen abwandte. Er war viel zu attraktiv, aber sie hatte nicht vor, dem Beispiel ihrer Schwester zu folgen. Als er ihren Koffer in die Hand nahm, seufzte Milly insgeheim erleichtert auf.

Sie folgte ihm die Treppe hinauf. Auf der Galerie öffnete er die eine der beiden Türen, die in ein zweckmäßig ausgestattetes Badezimmer führte. Hinter der zweiten Tür verbarg sich ein Schlafzimmer mit dem breitesten Bett, das sie jemals gesehen hatte.

Brachte Cesare genau wie sein Vater seine Freundinnen mit in dieses Haus? War Jilly auch hier gewesen? Wenn ja, hatte sie, Milly, einen großen Fehler gemacht, denn mit ihren Fragen hatte sie bewiesen, dass sie sich in dem Haus und auf der Insel nicht auskannte.

Wo würde er schlafen? Offensichtlich gab es hier nur ein Schlafzimmer. Die Kehle war ihr wie zugeschnürt, und die eigenartigsten Gefühle durchströmten sie. Sie wirbelte herum und wollte ihm klarmachen, dass sie unter keinen Umständen mit ihm in einem Bett schlafen würde. Wenn das seine Absicht war, würde er eine Überraschung erleben.

Aber er war verschwunden, und sie hörte ihn unten in der Wohnküche pfeifen. Er schien bester Stimmung zu sein. Frustriert biss Milly die Zähne zusammen. Freute er sich schon darauf, die Frau, die er gezwungen hatte, nach Italien zurückzukehren, um den angeblichen Schaden wiedergutzumachen, bald in seinem Bett zu haben?

6. KAPITEL

Nachdem Milly sich frisch gemacht hatte, blieb sie noch eine ganze Stunde in dem Zimmer. Sie lehnte sich aus dem Fenster, um die warme und wunderbar reine Luft einzuatmen und die herrliche Aussicht zu genießen. Vor ihr lag das Tal mit den vielen Bäumen, und über ihr wölbte sich der blaue Himmel. Es herrschte eine geradezu himmlische Ruhe.

Unter anderen Umständen wäre sie von der Insel begeistert gewesen, ganz besonders dann, wenn sie mit dem Mann, den sie liebte, zusammen sein könnte. Es war der perfekte Platz für eine Romanze. Du liebe Zeit, wie komme ich denn darauf?, fragte sie sich schockiert. Es gab doch gar keinen Mann in ihrem Leben, den sie liebte.

Anders als ihre Schwester, die von Männern umschwärmt wurde, hatte Milly nicht viel im Sinn mit dem anderen Geschlecht. Sie war ein ruhiger und zurückhaltender Mensch. Immer hatte sie in Jillys Schatten gestanden, war kaum beachtet worden und ganz bestimmt noch nie verliebt gewesen.

Die erste Verabredung mit einem jungen Mann war für Milly eine einzige Katastrophe gewesen. Als sehr naive Sechzehnjährige hatte sie sich geschmeichelt gefühlt, als Mitch Farraday, der Schwarm aller weiblichen Teenager, sie aus heiterem Himmel ins Kino eingeladen hatte.

Er war ein sehr gut aussehender und allzu selbstbewusster junger Mann gewesen. Alle ihre Freundinnen waren in ihn verliebt. Aber das Treffen endete damit, dass er Milly beschimpfte. Es war für ihn selbstverständlich gewesen, mit ihr in der letzten Reihe des Kinos Sex zu haben, nachdem er ihr die Eintrittskarte bezahlt hatte. Milly war jedoch entsetzt gewesen über seine Annäherungsversuche und hatte sich mit allen Kräften gewehrt.

Dieses Erlebnis hatte sie abgeschreckt, und sie war lange Zeit mit keinem Mann mehr ausgegangen. Das änderte sich, als sie Bruce kennenlernte. Er war Buchhalter, zwölf Jahre älter als sie und lebte bei seiner verwitweten Mutter.

Er war in das Blumengeschäft gekommen und hatte eine Topfpflanze gekauft. Sie hatten sich unterhalten und gemeinsame Interessen entdeckt. Genau wie Milly liebte er Parks und Gärten. Eine Woche später kam er wieder und lud sie ein, mit ihm und seiner Mutter zu den Gärten von Bassett Hall zu fahren. Milly hatte gehört, dass es dort ein Meer von blühenden Rhododendren und Azaleen gab sowie mehrere Seen und Grotten. Da sie kein Auto besaß, hatte sie bisher keine Möglichkeit gehabt, dorthin zu fahren, und deshalb nahm sie die Einladung gern an.

Weil Bruce sehr vertrauenerweckend und seriös wirkte, fühlte sie sich in seiner Gesellschaft wohl. In den letzten zwei Jahren hatten sie sich regelmäßig einmal in der Woche gesehen. Er war ein angenehmer Mensch und versuchte nicht, mit ihr zu schlafen. Das änderte sich jedoch nach dem Tod ihrer Mutter. Andeutungsweise sprach er davon, die Beziehung zu intensivieren. Seine Mutter hatte sich nicht mit Andeutungen zufriedengegeben, sondern vorgeschlagen, ihr Sohn und Milly sollten sich verloben.

Seufzend trat sie vom Fenster zurück. Sie hatte Bruce und seine Mutter sehr gern, doch sie liebte ihn nicht. Immer wieder hatte sie darüber nachgedacht, wie sie es ihm beibringen sollte, ehe er ihr einen Heiratsantrag machte, denn sie wollte ihn nicht verletzen.

Und dann war Cesare aufgetaucht mit seinen falschen Behauptungen und Drohungen. In ihrer Aufregung hatte sie nicht mehr an Bruce gedacht. Er würde sich jetzt Sorgen machen, und sie hatte ein schlechtes Gewissen. Momentan konnte sie jedoch nichts unternehmen und musste warten, bis sie wieder auf dem Festland war. Vielleicht würde sie ihn anrufen und erklären, man hätte ihr völlig überraschend eine zeitlich befristete Stelle als Gesellschafterin angeboten und sie hätte sofort nach Italien fliegen müssen. Schließlich gestand sie sich ein, dass sie zu feige war, ihm die Wahrheit zu sagen.

Zunächst musste sie sich darauf konzentrieren, Cesare weiterhin etwas vorzuspielen und herauszufinden, warum er sie mit auf die

Insel genommen hatte. Sie befürchtete, es ginge ihm nur um Sex, hoffte jedoch, dass sie sich täuschte.

Offenbar war er davon überzeugt, die Gesellschafterin seiner Großmutter fest im Griff zu haben und sie würde aus lauter Angst, angezeigt zu werden, alles tun, was er von ihr verlangte. Glaubte er, da weitermachen zu können, wo er zuvor aufgehört hatte? Fand er den Gedanken erregend, mit ihr zu schlafen, nur um sich zu rächen?

Seiner Meinung nach hatte Jilly seiner Großmutter Geld gestohlen, er hatte aber noch nicht gesagt, wie viel. Die Vorstellung, dass er darauf bestehen würde, sie solle den angeblichen Schaden in voller Höhe abarbeiten, kam Milly wie ein Albtraum vor. Schließlich richtete sie sich kerzengerade auf, straffte die Schultern und ging nach unten, um das Essen vorzubereiten. Sie war nicht hungrig, doch dieser gewissenlose Kerl erwartete wahrscheinlich, dass sie für ihn kochte.

Zu ihrer Verblüffung war er jedoch damit beschäftigt, ein Gericht, das er in der Pfanne zubereitet hatte, auf zwei Teller zu verteilen.

„Ich wollte Sie gerade rufen." Er lächelte freundlich. „Wir können draußen essen. Die Flasche Wein habe ich schon geöffnet. Würden Sie ihn bitte einschenken?"

Er hatte einen kleinen Tisch und zwei Stühle auf den gepflasterten Vorplatz des Hauses gestellt, wie Milly bemerkte, als sie in den Sonnenschein hinausging. Die herunterhängenden Enden der Tischdecke wehten in der leichten Brise hin und her.

Offenbar hatte er an alles gedacht. Gläser, Bestecke, ein Korb mit Brötchen und Butter auf einem kleinen blauen Porzellanteller, alles war da. Mit zittrigen Händen schenkte Milly den Wein ein. Dann ließ sie sich auf den Stuhl sinken, der ihr am nächsten stand, denn sie fühlte sich plötzlich ganz schwach auf den Beinen.

„Sagen Sie mir, wie es Ihnen schmeckt." Cesare stellte die beiden Teller auf den Tisch, ehe er sich auf den anderen Stuhl setzte. „Ich experimentiere gern beim Kochen. Manchmal ist das Essen allerdings nicht genießbar."

Wider Erwarten regte der köstliche Duft ihren Appetit an, und Milly fing an zu essen. Die Garnelen mit Reis waren mit Champignons und viel Pfeffer zubereitet, und es schmeckte hervorragend. In einem Anfall von Heißhunger nahm Milly sich ein Brötchen und bestrich es mit Butter.

„Nun, was halten Sie davon?", fragte er ruhig.

„Es ist einfach großartig. Sie können immer für mich kochen." Zum ersten Mal seit Tagen erhellte ein strahlendes Lächeln ihr Gesicht.

Cesare lächelte genauso strahlend und sehr zufrieden, ehe er anfing zu essen.

Manchmal wirkt er wirklich sehr menschlich, dachte Milly. Sie war verwirrt und versuchte, einen klaren Gedanken zu fassen. Es war erstaunlich, wie leicht es ihm fiel, sie aufzuheitern. Sie runzelte die Stirn. Milly war überzeugt gewesen, Cesare Saracino könne noch nicht einmal Kaffee kochen und wolle es auch gar nicht lernen. Und jetzt hatte er das köstlichste Gericht zubereitet, das sie jemals gegessen hatte.

Gut, in dieser Hinsicht hatte sie sich geirrt. War es vielleicht ein Fehler, ihn für einen durch und durch schlechten Menschen zu halten? Und noch etwas anderes fiel ihr ein: War es das Dümmste gewesen, was sie hatte tun können, sich auf diese widerwärtige Täuschung einzulassen?

Sie saß hier fest, und auf dem Festland saß sie in der Villa fest. In ihrer Naivität hatte sie geglaubt, sie könnte Jilly in Florenz finden. Sie hatte unter der Nummer anrufen wollen, die Jilly ihr einmal als Kontaktadresse gegeben hatte, als sie dort noch arbeitete. Außerdem hatte Milly die Freunde und Bekannten ihrer Schwester sowie den früheren Arbeitgeber in der Hoffnung ausfindig machen und befragen wollen, irgendeinen Hinweis zu bekommen, wo Jilly sich aufhielt.

Aber das konnte Milly vergessen. Im Taxi oder mit dem Bus nach

Florenz zu fahren war unmöglich, denn sie hatte kein Geld und bekam auch kein Gehalt.

Nachdenklich nippte sie an dem Wein. Cesare lehnte sich auf dem Stuhl zurück, legte einen Arm über die Lehne und sagte sanft: „Ich wünschte, ich könnte Ihre Gedanken lesen."

„Das lohnt sich nicht." Sie schreckte aus den Gedanken auf und kehrte in die Wirklichkeit zurück.

Sollte sie weiterhin so tun, als wäre sie Jilly, oder sollte sie Cesare verraten, wer sie wirklich war, und sich ihm auf Gedeih und Verderb ausliefern? Seltsamerweise behandelte er sie seit der Ankunft auf der Insel ausgesprochen nett und freundlich, obwohl er sie für ihre Schwester hielt, die seiner Meinung nach eine Betrügerin war. War das nur ein Trick? Wollte er sie gefügig machen, damit sie mit ihm ins Bett ging?

Um ihr Gewissen zu beruhigen, hätte sie die Sache am liebsten sogleich in Ordnung gebracht. Doch sie hatte sich, ohne nachzudenken, auf dieses schändliche Spiel eingelassen und wollte nicht noch einmal so unbesonnen handeln, sondern sich erst alles gründlich überlegen.

„Meinen Sie? Das würde ich gern selbst herausfinden."

Milly stockte der Atem. Dieser attraktive Mann irritierte sie. Die Lippen hatte er zu einem Lächeln verzogen, und in seinen dunklen Augen blitzte es rätselhaft auf, als er sie aufmerksam ansah. Sie bekam Herzklopfen, und zu ihrem Entsetzen richteten sich ihre Brustspitzen unter dem Seidentop auf.

Er ist gefährlich, schoss es ihr durch den Kopf. Um die ganze Tortur, das Herzklopfen, das Zittern der Hände und das Kribbeln ihrer Haut zu beenden, sprang Milly unvermittelt auf und verkündete angespannt: „Ich wasche das Geschirr ab."

„Nein, lassen Sie das." Er hielt sie am Handgelenk fest und stand auch auf. Milly errötete, als er sie ungeniert von oben bis unten musterte.

Deutlicher könnte er mir gar nicht zu verstehen geben, was er vorhat, dachte sie aufgebracht und wurde von Panik erfasst.

Seine Nähe beunruhigte sie viel zu sehr, und sie wusste nicht, wie sie mit der Situation umgehen sollte. Wieso reagierte sie überhaupt so heftig auf diesen gemeinen Kerl? Nur weil er so attraktiv, sexy und charismatisch war wie kein anderer Mann, den sie kannte?

Schließlich kam er um den Tisch herum, ließ ihre Hand los und legte ihr seine etwas zu lange auf den Rücken. „Ziehen Sie Wanderschuhe an. Ich zeige Ihnen die Insel", sagte er ruhig, und sie lief ins Haus.

Während Cesare den Tisch abräumte und das Geschirr abwusch, lächelte er zufrieden vor sich hin. Die kleine Betrügerin hatte offenbar ein mulmiges Gefühl. Seine spontane Entscheidung, mit ihr auf die Insel zu fliegen, war richtig gewesen. Aber er konnte kaum glauben, dass sie immer noch überzeugt war, er hätte das Spiel nicht durchschaut.

Wie konnte sie so naiv sein? Wenn er ihr in die Augen sah, errötete sie wie ein Teenager. Jilly hingegen hätte seine Blicke interessiert und voller Verlangen erwidert, die Lippen einladend geöffnet und die Lider mit den künstlichen Wimpern leicht gesenkt. Sie hätte bestimmt nicht angefangen zu zittern, als hätte sie Angst vor ihm.

Milly verriet sich mit allem, was sie tat. Er überlegte, wie lange er noch mitspielen wollte, ehe er sie mit seinem Wissen konfrontierte. Doch in dem Moment erschien sie oben auf der Treppe.

Sie trug immer noch das blaue Seidentop, das ihre schönen, vollen Brüste betonte, und die engen Jeans. Dazu trug sie flache Sandaletten. Sollten das Wanderschuhe sein?

Er war seltsam berührt, als er merkte, wie dunkel ihre Augen auf einmal wirkten. Als sie zaghaft versuchte, ein Lächeln auf die Lippen zu zaubern, ging ihm ein Stich durchs Herz.

Plötzlich gestand er sich ein, dass er sich schlecht benahm, und er verspürte den Wunsch, sie zu beschützen und ihre verführerischen Lippen so lange zu küssen, bis sie seine Küsse leidenschaftlich und voller Verlangen erwiderte. Sie sollte sich beruhigen und nicht mehr so angespannt sein.

Langsam und unsicher kam sie die Treppe herunter. Sekundenlang schloss er die Augen, um Milly nicht mehr sehen zu müssen. Er ärgerte sich darüber, dass er wie ein unreifer Teenager auf Millys schönes Gesicht und ihre fantastische Figur reagierte.

Er durfte nicht vergessen, dass sie ihm nur etwas vormachte. Sie war kein verletzliches kleines Mädchen. Sie und Jilly hatten ihre Unschuld längst verloren. Trotz ihrer makellosen Schönheit und ihrer zurückhaltenden Art war sie genauso falsch und hinterhältig wie ihre frivole, betrügerische Zwillingsschwester.

Er würde Milly noch eine Zeit lang im Ungewissen darüber lassen, was er von ihr in ihrer Rolle als Jilly erwartete, und ihr erst später an diesem Abend erzählen, was er wusste. Hoffentlich war sie dann so schockiert, dass sie ihm verriet, wo Jilly sich aufhielt, denn dass sie es wusste, bezweifelte er nicht.

Als er sie bei der ersten Begegnung in England für Jilly gehalten hatte, hatte Milly den Irrtum nicht aufgeklärt. Und das bewies, dass sie nicht ehrlicher und anständiger war als ihre Schwester.

Vielleicht hatte sie mit Jilly telefoniert, nachdem er sie allein gelassen hatte. Und vielleicht hatte Jilly sich sogar oben in der Wohnung aufgehalten, und sie hatten den Plan zusammen ausgeheckt, ihn zum Narren zu halten. Vermutlich wollten die beiden Zeit gewinnen, damit Jilly sich woanders verstecken und ihre Spuren verwischen konnte. Sobald Milly glaubte, ihre Schwester sei in einem sicheren Versteck, wo er sie nicht finden konnte, würde auch sie eines Nachts heimlich verschwinden.

Milly blieb unten an der Treppe stehen, und er lächelte leicht. „Lassen Sie uns gehen“, forderte er sie betont unbekümmert auf. Dann wandte er sich ab, damit sie nicht merkte, wie zornig er war.

„Nein, warten Sie noch“, erwiderte sie forsch, obwohl ihr angst und bange war. Während sie unter Jillys Sachen so etwas wie Wanderschuhe gesucht hatte, war ihr klar geworden, dass es so nicht weitergehen konnte. Die Situation wurde immer unerträglicher. Da sie ein durch und durch ehrlicher Mensch war, hasste sie sich dafür, Cesare und seine Großmutter zu belügen. Außerdem hatte sie Angst vor seiner Reaktion, wenn durch irgendeinen dummen Zufall der ganze Schwindel aufflog. Dem wollte sie zuvorkommen und ihm freiwillig alles gestehen.

Bis jetzt hatte er offenbar noch keinen Verdacht geschöpft und schien nicht zu ahnen, dass sie nicht Jilly war. Er war sogar sehr nett zu ihr gewesen und hatte mit ihr geflirtet. Wollte er wirklich wieder mit Jilly schlafen, auch wenn er gar nicht daran dachte, sie zu heiraten?

Milly schämte sich sehr, dass sie sich zu diesen Lügen hatte hinreißen lassen, und sie war sehr nervös. Doch plötzlich entschied sie sich wieder anders. Sie konnte ihm noch nicht sagen, wer sie wirklich war, denn sie erinnerte sich daran, wie sehr Jilly sie früher beschützt hatte. Milly konnte sie nicht im Stich lassen. Irgendwie musste es ihr gelingen, Cesare zuvorzukommen und Jilly vor ihm zu finden.

Deutlich spürte sie, wie seine Schultern sich unter dem weißen Leinenhemd anspannten, ehe er sich zu ihr umdrehte. Sein Lächeln raubte ihr beinah den Atem. Eine Augenbraue zog er teils fragend, teils belustigt hoch, und diese Geste verlieh seinen sonst so harten Zügen einen ganz besonderen Charme. „Soll ich Ihnen Schuhe leihen, die sich nicht nach den ersten Metern auflösen?"

„Nein." Die Schuhe sind doch gar nicht das Problem, schoss es ihr durch den Kopf. Wenn sie dieses lächerliche Spiel fortsetzen wollte, musste sie zuerst etwas klären, egal wie Jilly in der Situation reagieren würde. Das war sie sich schuldig. Sie straffte die Schultern, sah ihn an und begann entschlossen: „Ich möchte wissen, warum Sie es für nötig gehalten haben, mich hierher mitzunehmen." Nachdem sie tief eingeatmet hatte, fügte sie hinzu: „Und wo Sie heute Nacht schlafen werden."

7. KAPITEL

Sie wissen genau, warum ich Sie mitgenommen habe", antwortete Cesare betont unschuldig. „Wie ich in Ihrem Beisein meiner Großmutter gegenüber erwähnt habe, sollen Sie sich nach den Strapazen der letzten Zeit erholen. Ich bin kein Unmensch, falls Sie das noch nicht gemerkt haben."

Als er sie damit an den Tod ihrer Mutter erinnerte, wurden Millys schöne Augen ganz dunkel vor Schmerz. Cesare ballte die Hände zu Fäusten.

Immerhin war Milly im Gegensatz zu ihrer Schwester nicht gefühllos, auch wenn sie eine miese kleine Betrügerin war. Jilly hätte demonstrativ einige Tränen über den Tod ihrer Mutter vergossen, aber Cesare konnte sich nicht vorstellen, dass sie auch nur zu einer einzigen Gefühlsregung fähig war. Wenn man sie nach ihrer Familie gefragt hatte, hatte sie lachend erklärt, ihre Mutter sei eine engstirnige Frau und ihre jüngere Schwester sei schwerfällig und langweilig. „Sie sind anders als wir, es lohnt sich nicht, über sie zu reden", hatte sie hinzugefügt.

Cesare zog die dichten dunklen Augenbrauen zusammen und betrachtete Milly aufmerksam. Sie hatte die Lider mit den langen Wimpern gesenkt, ihre verführerischen Lippen zitterten etwas, und ihre wunderschönen Brüste hoben und senkten sich bei jedem Atemzug. Ja, diese Frau hatte tiefe Gefühle, trotz ihrer offenkundigen charakterlichen Schwächen.

„Kommen Sie." Voller Mitgefühl und Bedauern über seine gedankenlose Bemerkung legte er ihr den Arm um die Schulter und dirigierte Milly hinaus. „Beim Wandern können wir uns entspannen." Unbewusst streichelte er mit den Fingern ihre warme Haut. Doch als er merkte, was er da tat, zog er rasch den Arm zurück. „Sie wollten wissen, wo ich heute Nacht schlafe. Im Erdgeschoss neben der Küche befindet sich ein kleines Schlafzimmer", erklärte er spöttisch. „Wenn Sie jetzt enttäuscht sind, brauchen Sie es nur zu sagen. Vielleicht können Sie heute Abend nicht einschlafen und fragen sich, wann ich endlich meinen niederen Instinkten nachgebe und zu Ihnen ins Bett komme." Er war selbst überrascht, wie rau seine Stimme auf einmal klang.

„Möchten Sie noch mehr Pasta?", fragte Cesare.

Milly schüttelte den Kopf. Es überlief sie heiß, und ihr kribbelte die Haut. Das hatte nichts mit der schmackhaften Tomatensoße und den Spaghetti zu tun, die sie gemeinsam gekocht hatten, sondern nur etwas mit den Gefühlen, die er in ihr weckte. Immer wieder hatten sie sich versehentlich mit den Händen berührt, oder er hatte ihren Arm mit seinem gestreift. Sie kam sich vor wie eine Hochseilartistin ohne Sicherheitsnetz.

Natürlich hatte er sie nicht mitgenommen, damit sie sich erholte. Hielt er sie für so dumm, dass sie ihm das glaubte? Der Aufenthalt auf der Insel sollte so etwas wie eine Bestrafung sein, denn er war ja immer noch davon überzeugt, sie sei Jilly, seine ehemalige Geliebte, auf die er sehr zornig war. Schlimm war nur, dass Milly nicht wusste, was für eine Strafe sie erwartete. Die ganze Situation verwirrte und verunsicherte sie.

Warum hatte sie zugelassen, dass sie sich am Nachmittag, als er sie über die Insel führte, nähergekommen waren? Sie hatte sogar viel zu oft vergessen, warum sie hier war und wie sehr sie ihn täuschte. Sie war so entspannt gewesen, dass sie jeden einzelnen Augenblick genossen hatte.

Warum fiel ihr immer wieder ein, wie sie sich gefühlt hatte, als er mit seinen schlanken Fingern ihren Arm gestreichelt und ihr den Arm um die Taille gelegt hatte, als sie auf den Klippen oberhalb der Bucht gestanden und den weißen Sandstrand tief unter sich betrachtet hatten?

„Morgen gehen wir schwimmen", hatte er verkündet. „Wir nehmen genug zu essen mit und verbringen den Tag am Strand."

Milly war wie betäubt gewesen. Aber nicht weil der schmale

Pfad hinunter zur Bucht haarsträubend gefährlich ausgesehen hatte, sondern weil seine starke Hand sich auf ihrer Taille so warm angefühlt hatte. Sie hatte geglaubt, Schmetterlinge im Bauch zu haben. Seine Berührungen hatten verheerende Auswirkungen gehabt, und sie hatte befürchtet, die Beine würden unter ihr nachgeben.

„Sie sind müde, oder? Möchten Sie sich hinlegen?“, fragte er jetzt.

Seine raue, tiefe Stimme ließ die Frage wie eine Einladung klingen, und es überlief Milly heiß. Wäre sie stark genug, Nein zu sagen, wenn es wirklich als Einladung gemeint war? Oder würde sie wie ihre arme betrogene Schwester mit offenen Augen ins Unglück rennen und sich ihm hingeben, nur um am Ende weggeschickt zu werden?

Nein, eine Einladung war es bestimmt nicht. Ehe sie über die Insel gewandert waren, hatte er prophezeit, sie könne vielleicht nicht einschlafen und würde sich fragen, wann er endlich seinen niederen Instinkten nachgeben und zu ihr ins Bett kommen würde. Das konnte nur eins bedeuten: Er fand es abstoßend, mit einer Frau Sex zu haben, die er für eine Betrügerin hielt.

„Ich bin noch nicht müde“, erwiderte sie und versuchte, den Aufruhr ihrer Gefühle zu ignorieren. „Es ist so friedlich, ich möchte noch eine Zeit lang hier sitzen bleiben.“

Friedlich war es wirklich. Sie saßen draußen, und als es dunkel geworden war, hatte Cesare ein Windlicht angezündet und auf den Tisch gestellt. Nur das leise Plätschern der Wellen durchbrach die Stille, die hier herrschte. Es war geradezu paradiesisch. Milly konnte das alles jedoch nicht genießen, weil sie beunruhigt darüber war, wie sehr sie sich zu ihm hingezogen fühlte, und weil sie nicht wusste, was er vorhatte.

„Gut.“ Cesare spürte, wie angespannt sie war. Befürchtete sie, er würde mit ihr schlafen wollen? In dem Glauben hatte er sie absichtlich gelassen, wie er sich eingestand. Irgendwie musste er sich ja dafür rächen, dass sie sich für Jilly ausgab.

Plötzlich wurde der Wunsch, aufzustehen und ihren Nacken und ihre Schultern zu massieren, bis sie sich entspannte, übermächtig. Er stellte sich vor, wie sie sich an ihn lehnte, während er die Hände unter ihr Top gleiten ließ und ihre herrlichen Brüste streichelte. Doch rasch unterdrückte er diese Gedanken. Er wollte sich nicht dazu hinreißen lassen, etwas zu tun, was er später bereute.

Eigentlich hatte er sie an diesem Abend damit konfrontieren wollen, dass er wusste, wer sie war. Und er hatte sie auffordern wollen, ihm zu verraten, wo sich ihre Zwillingsschwester versteckte. Doch aus irgendeinem Grund hatte er es sich anders überlegt.

Er brauchte mehr Zeit, um sie besser kennenzulernen und sich ein Urteil über sie zu bilden, wie er sich einredete. Doch dann verzog er die Lippen. Wahrscheinlich brauchte er mehr Zeit, um seine Reaktionen auf diese Frau zu analysieren. Das kam der Wahrheit näher.

Während er sich auf dem Stuhl zurücklehnte, setzte er eine spöttische Miene auf und beobachtete Milly. Sie griff nach dem Glas Wein. Ihre Hand zitterte jedoch so sehr, dass sie es sogleich wieder hinstellte.

Ihm war aufgefallen, dass sie jedes Mal erbebte, wenn er sie berührte. Sie hatte den Atem angehalten, und ihre Brustspitzen hatten sich unter dem feinen Material ihres Tops aufgerichtet. Bedeutete das, dass sie ihn mit offenen Armen in ihrem Bett empfangen würde? Dieser Gedanke hatte etwas Faszinierendes. Heißes Verlangen stieg in Cesare auf.

Du liebe Zeit, sagte er sich und presste die Lippen zusammen. Solche Regungen wollte er sich nicht erlauben. Er wollte Milly bestrafen, nicht sich selbst.

„Trinken Sie den Wein aus“, forderte er sie kühl auf und erhob sich. „Wir sehen uns morgen.“

Als Cesare ins Haus eilte, atmete sie tief durch. Dann wurde eine Tür zugeschlagen, und Milly überlegte, ob er in das Schlafzimmer im Erdgeschoss gegangen war, das er erwähnt hatte. Warum er plötzlich so zornig gewesen war, konnte sie sich nicht erklären.

Sie fuhr sich mit der Hand über die gerunzelte Stirn, wie um sie zu glätten. Er ist zornig auf Jilly, nicht auf mich, sagte Milly sich. Es war wirklich sehr anstrengend, ständig daran denken zu müssen, dass sie in die Rolle ihrer Schwester geschlüpft war.

Schließlich stand Milly auf und räumte das Geschirr zusammen. Vielleicht gelang es ihr, ihre Schwester irgendwo aufzuspüren, und vielleicht war sie schon über die von Anfang an aussichtslose Affäre mit diesem charismatischen und viel zu attraktiven Tycoon hinweggekommen, sodass sie sich gegen die haltlosen Beschuldigungen wehren konnte. Es würde Jilly sicher gelingen, ihn zu überzeugen, dass er sich geirrt hatte.

Wenn ich aber noch mehr Zeit mit ihm verbringe, werde ich mich am Ende in ihn verlieben, schien eine kleine innere Stimme Milly zu warnen. Ärgerlich verdrängte sie den Gedanken und trug das Geschirr ins Haus. Nachdem sie es abgewaschen und sich die Hände abgetrocknet hatte, stand sie reglos da und lauschte in die Stille, bis sie sich etwas beruhigt hatte.

Auf einmal entdeckte sie die Tür in der gegenüberliegenden Wand, die ihr bisher noch nicht aufgefallen war. Vermutlich führte sie zu dem Schlafzimmer, von dem Cesare gesprochen hatte. Sie konnte den Blick nicht abwenden, als erwartete sie, er würde jeden Moment mit vom Duschen feuchtem Haar herauskommen. Wassertröpfchen würden noch auf seiner nackten und herrlich gebräunten Haut glitzern, und er hätte sich das Duschtuch um die schmalen Hüften geschlungen.

Erwartete sie es nur, oder wünschte sie es sich? Als es sie heiß überlief und heftiges Verlangen sie durchflutete, schämte Milly sich. Rasch drehte sie sich um, faltete das Geschirrtuch sorgsam zusammen und schalt sich wegen ihrer Dummheit und Schwäche.

In dieser Nacht hatte sie von ihm nichts zu befürchten. Dessen war sie sich ziemlich sicher. Sein Verhalten von vorhin ließ darauf schließen. Er würde sie vorerst nicht belästigen und da weitermachen wollen, wo er und Jilly aufgehört hatten.

Aber hätte ich überhaupt etwas dagegen, dass er zu mir kommen würde?, überlegte Milly. Wenn ein Schlüssel im Schloss gesteckt hätte, hätte sie vorsichtshalber die Schlafzimmertür abgeschlossen.

„Wir wollten schwimmen gehen. Schon vergessen?"

Als Cesares sanfte Stimme ertönte, schreckte Milly aus dem Schlaf auf. Sie setzte sich auf, und erst jetzt fiel ihr ein, dass sie nichts anhatte. Rasch zog sie die Decke über ihre Brüste und bereute in dem Moment zutiefst, dass sie sich gestern Abend nach dem Duschen entschlossen hatte, nackt zu schlafen. Vor lauter Verlegenheit errötete sie und blickte ihn mit ihren grünen Augen abweisend an.

Betont ungezwungen hatte er sich an den Türrahmen gelehnt. In den perfekt sitzenden Jeans und dem olivgrünen T-Shirt wirkte er ungemein sexy. Milly hielt den Atem an beim Anblick seines schlanken, muskulösen Körpers. Er lächelte verführerisch, und seine dunklen Augen waren unter den halb gesenkten Lidern mit den langen dichten Wimpern verborgen.

Wenn ihre weltgewandte, erfahrene Schwester, die schon als Teenager jeden Mann um den kleinen Finger hatte wickeln können, schwach geworden war und ihm nicht hatte widerstehen können, wie sollte es dann ihr gelingen?

Jilly hatte beinah jeden Mann haben können, der ihr gefiel, und sie war jeden Mann rasch wieder leid gewesen, ohne auch nur einem einzigen Verehrer eine Träne nachzuweinen. Doch dieses Mal war sie jemandem begegnet, der ihr gewachsen war. Offenbar hatte sie sich zum ersten Mal richtig verliebt, und Milly konnte gut nachvollziehen, warum.

Wieder fiel ihr Jillys letzte Ansichtskarte ein. Sie musste sie geschrieben haben, kurz bevor sie die Stelle als Gesellschafterin der Signora Saracino antrat. Sie war sich so sicher gewesen, dass sie in Zukunft genug Geld haben würde und die Schulden zurückzahlen konnte. Anscheinend hatte sie fest damit gerechnet, ihr neuer Liebhaber würde bald ihr Ehemann sein.

„Machen Sie sich fertig. Wir frühstücken am Strand", erklärte er und beobachtete fasziniert, wie ihr noch mehr Röte in die Wangen stieg. Doch dann zwang er sich, den Blick abzuwenden, ehe ihn diese kleine Betrügerin zu sehr aus der Fassung brachte. Sie versuchte krampfhaft, ihren nackten Körper unter der dünnen Decke zu verbergen. Aber sie schaffte es nicht ganz, denn ihre langen, schlanken Beine blieben bis zu den Oberschenkeln unbedeckt. Er mahnte sich, sich zu beherrschen und sich nicht ablenken zu lassen. Heute wollte er ihr einige Fragen stellen und einiges klären.

Nachdem er den Raum verlassen hatte, seufzte Milly erleichtert auf. Sie konnte kaum glauben, wie verletzlich sie sich gefühlt hatte. Cesare hatte sie so interessiert betrachtet, als könnte er durch die dünne Decke hindurchblicken. Darüber wollte sie jetzt jedoch nicht nachdenken. Ich mache meine Sache gut, und er hält mich immer noch für meine Schwester, sagte sie sich und stand auf. Solange er glaubte, sie sei Jilly, würde er die richtige Jilly nicht suchen.

Glücklicherweise hatte er bisher noch nicht versucht, Milly zu nahezukommen. Doch falls er es irgendwann einmal tat, musste sie ihn zurückweisen, egal was sie in dem Moment empfand.

Unter Jillys Sachen fand sie einen schwarzen Bikini, der aus wenig mehr als aus drei winzigen Stückchen Stoff bestand. Den hat bestimmt Cleo in den Koffer gelegt, als sie mir beim Packen geholfen hat, überlegte Milly und errötete. In so einem winzigen Bikini würde sie sich niemals zeigen. Sie warf ihn achtlos in den Koffer zurück. Dann setzte sich hin und zwang sich, den Tatsachen ins Auge zu sehen.

Jilly würde keine Sekunde zögern, dieses winzige Etwas zu tragen, und wenn ich die Rolle weiterhin überzeugend spielen will, muss ich mich so kleiden und benehmen wie meine Schwester, mahnte sich Milly leicht deprimiert. Schließlich zog sie den Bikini an und darüber zartgelbe Shorts und eine ärmellose Seidenbluse in einem etwas dunkleren Gelb, die sie unter ihren Brüsten zusammenband, sodass ihre Taille nackt blieb. Dann schlüpfte sie in elegante flache Sandaletten und ging hinunter in die Küche.

„Kaffee?“ Cesare schob einen Becher mit heißem schwarzem Kaffee über den Küchentisch in Millys Richtung. Mit ausgestreckten Beinen saß er da und hatte außer verwaschenen Jeans nichts an.

Der Anblick seiner gebräunten Haut und der muskulösen Brust war mehr, als sie ertragen konnte. Die Kehle war ihr plötzlich wie zugeschnürt, und unter seinem durchdringenden Blick überlief es sie heiß. Sie nahm den Becher in die Hand, durchquerte den Raum und lehnte sich an den Türrahmen. Um Cesare nicht ansehen zu müssen, schaute sie sich mit gespieltem Interesse die Umgebung an und bemühte sich, entspannt zu wirken. Er spielte ein Spiel, dessen war sie sich sicher. Doch was für eins?

Ehe sie auf der Insel angekommen waren, hatte er Milly verächtlich und kühl behandelt, und in seinen Augen hatte es immer wieder zornig aufgeblitzt. Er hatte sie nur deshalb nicht angezeigt und sie in die Villa zurückgeholt, weil seine Großmutter die lebhafte junge Gesellschafterin wirklich gern hatte. Das Glück und das Wohlergehen der älteren Dame lag ihm sehr am Herzen und war ihm wichtiger als alles andere.

„Es ist ein wunderschöner Tag, finden Sie nicht auch?“

Milly hatte nicht gemerkt, dass Cesare sich hinter sie gestellt hatte. Beim Klang seiner tiefen, verführerischen Stimme stockte ihr der Atem, und heiße Schauer liefen ihr über den Rücken.

Sie trat zur Seite und stellte den Becher auf den Tisch. „Ja, stimmt“, brachte sie hervor. Was hatte er vor? Und wann würde er seine Karten aufdecken? Die Ungewissheit war zermürbend.

Ich brauche dringend frische Luft, sagte sie sich. Sie trat hinaus ins Freie und atmete tief ein. Dabei nahm sie den Duft nach Meer und den Kräutern wahr, die hier in üppiger Fülle wuchsen.

„Machen wir uns auf den Weg?“ Cesare war ihr gefolgt. Den Rucksack hatte er über die Schulter gehängt, er trug bequeme Mokassins, und seine gebräunte Haut schimmerte in der Sonne wie Seide.

Mit weichen Knien hielt Milly sich dicht hinter ihm. Der Pfad, der auf die Klippe führte, wurde immer schmaler, und wenn sie aufs Meer hinunterblickte, kam ihr der Abgrund noch beängstigender und der Aufstieg noch gefährlicher vor als am Tag zuvor.

„Geben Sie mir Ihre Hand."

„Danke, ich schaffe es allein." Milly wollte unbedingt jeden Körperkontakt mit Cesare vermeiden.

Er ignorierte jedoch ihre Weigerung, nahm ihre Hand, die ihr stark und kräftig vorkam, und half ihr so liebevoll und fürsorglich, als wäre sie seine beste Freundin oder seine Geliebte. Seltsamerweise gefiel ihr diese Vorstellung, und sie wünschte sich sekundenlang, sie wäre wirklich seine Geliebte.

Aus lauter Verwirrung oder Verlegenheit wegen der dummen Gedanken stieg ihr Röte in die Wangen. Sobald sie den weißen Sandstrand der kleinen Bucht erreicht hatten, zog sie die Hand zurück. Sie ärgerte sich darüber, dass sie sich auf dieses Spiel eingelassen hatte. Wie lange soll das so weitergehen, und wie kann ich aus der Sache herauskommen?, fragte sie sich, während sie Cesare beobachtete. Er stellte den Rucksack in den Schatten neben einen Felsblock. Dann drehte er sich zum Wasser um, neigte den Kopf zurück und ließ sich die Sonne auf den halb nackten Körper scheinen. Wie er so dastand in der leichten Brise, die vom Meer herwehte, wirkte er ungemein erotisch.

Milly konnte den Blick nicht abwenden. Dieser Mann war schlicht und einfach viel zu faszinierend. Als er sie ansah, raubte sein unwiderstehliches Lächeln ihr beinahe den Atem.

„Kommen Sie, wir gehen schwimmen." Mit den langen, schlanken Fingern öffnete er den Gürtel seiner Jeans.

In dem Moment erinnerte sich Milly daran, wie winzig der Bikini war, den sie unter den Shorts und der Bluse trug. Sie fühlte sich unbehaglich und überlegte, ob sie sich weigern sollte, ins Wasser zu gehen. Niemand konnte sie zwingen, mit diesem Mann im Meer herumzuschwimmen.

Aber Jilly würde natürlich keine Sekunde zögern, ihren perfekten Körper zur Schau zu stellen. Mit so einem begehrenswerten Mann würde sie sich voller Begeisterung ins Wasser stürzen, das stand außer Frage.

Hier auf dieser einsamen Insel und ganz allein mit dem Mann, den sie liebte, würde Jilly hoffen, ihn dazu zu bringen, seine Meinung zu ändern und sie vielleicht doch zu heiraten. Sie würde ihn verführen und ihre Unschuld beteuern, was die angeblich gefälschten Unterschriften auf den Schecks betraf. So weit wollte Milly natürlich nicht gehen, das war viel zu gefährlich. Ihre Zwillingsschwester musste ihm selbst erklären, wie sich die Sache verhielt. Und verführen wollte Milly ihn auch nicht. Doch wenn sie in ihrer Rolle als Jilly glaubhaft wirken wollte, musste sie sich zumindest annähernd so verhalten wie ihre Schwester.

Während sie die Bluse öffnete, bemerkte sie, dass Cesare die Jeans schon ausgezogen hatte und nur eine winzige Badehose trug. Sie schluckte und kehrte ihm den Rücken zu. Ihre Nerven waren zum Zerreißen gespannt. Warum musste dieser Mann so attraktiv sein? Widerstrebend streifte sie die Bluse ab und forderte ihn auf: „Sie brauchen nicht auf mich zu warten. Gehen Sie schon ins Wasser, ich komme nach.“

Cesare rührte sich jedoch nicht von der Stelle. Er spürte, wie unbehaglich sie sich fühlte und wie angespannt sie war. Sie hatte die Daumen unter den Bund der Shorts geschoben und zögerte, sie abzustreifen. Mitgefühl durchflutete ihn. Hatte ihre egoistische, hartherzige Schwester sie zu diesem Rollentausch gezwungen? Es sah beinahe so aus. So rücksichtslose Frauen wie Jilly Lee schreckten vor nichts zurück, um zu bekommen, was sie haben wollten.

Er ballte die Hände zu Fäusten und öffnete sie wieder, als Milly schließlich die Shorts auszog. Fasziniert betrachtete er ihren festen Po und die langen schlanken Beine. Sie hatte einen fantastischen

Körper. Als sie sich halb zu ihm umdrehte, wurde ihm der Mund trocken. Der Bikini war unverschämt winzig, und das Oberteil, das von dünnen Trägern gehalten wurde, bedeckte kaum mehr als ihre Brustspitzen.

Ja, dieser Bikini passte zu Jilly. Offenbar glaubte Milly, er sei schon im Wasser, denn als sie ihn sah, errötete sie und warf ihm einen ärgerlichen Blick zu. Dann lief sie ins Wasser. Langsam folgte Cesare ihr. Es gefiel ihm gar nicht, dass er sich an diesem unwürdigen Spiel beteiligte und sie quälte. Nachdem sie auf der Insel angekommen waren, hätte er ihr gleich sagen müssen, dass er wusste, wer sie war. Und er hätte sie auffordern müssen, ihm zu verraten, wo er ihre Zwillingsschwester finden könne.

Cesare hatte sich nie für Jilly interessiert. Ihre frivole Art und die aufreizenden Outfits hatten ihn abgestoßen. Doch ob es ihm passte oder nicht, er musste sich eingestehen, dass er sich zu Milly, die viel feiner, sanfter und zurückhaltender war als ihre Schwester, sehr stark hingezogen fühlte.

Als Milly in das kühle Wasser eintauchte, entspannte sie sich etwas. Sie war davon überzeugt gewesen, er hätte nicht auf sie gewartet. Aber er hatte die ganze Zeit hinter ihr gestanden und sie beobachtet, während sie sich auszog. Hinten war sie so gut wie nackt, und vorn sah die Sache auch nicht viel besser aus. Die kleinen Stoffstücke bedeckten kaum etwas.

Sie durfte gar nicht daran denken, wie er sie angesehen hatte. Es war zu beschämend. Mit kräftigen Zügen schwamm sie auf die Landzunge zu, die die Bucht begrenzte. Sie war eine gute Schwimmerin, hatte während der Schulzeit mehrere Wettkämpfe gewonnen und Jilly, die körperliche Anstrengung generell lieber vermied, weit übertroffen.

Zum ersten Mal, seit sie die folgenschwere Entscheidung getroffen hatte, Cesare glauben zu lassen, sie sei Jilly, fühlte sich Milly wohl. Im Wasser war sie in ihrem Element. Doch sosehr sie sich auch anstrengte, sie kam der Landzunge nicht näher. Wenn sie so weitermachte, würde sie diese erst in einer Woche erreichen.

Plötzlich rang Milly nach Luft. Eine große Welle rollte über sie hinweg, und sie hatte das Gefühl, sie würde von einem Riesentintenfisch oder dergleichen angegriffen. Sie wand sich hin und her, bis Cesares Kopf neben ihr auftauchte. Das Wasser lief ihm in kleinen Bächen übers Gesicht, und er legte die Arme fest um sie.

„Was soll das? Was machen Sie da?“, fuhr sie ihn empört an. Offenbar war er ihr gefolgt. War das Meer nicht groß genug für sie beide? Nur weil sie kurze Zeit hatte allein sein wollen, war sie so weit hinausgeschwommen. „Lassen Sie mich los!“, forderte sie ihn auf. Es war schlimm genug, dass er ihr die Freude verdarb und es ihr unmöglich machte, sich frei und unbeschwert zu fühlen. Noch schlimmer war jedoch, dass ihre Körper sich berührten. Milly spürte seine muskulöse Brust an ihren Brüsten, und das war mehr, als sie ertragen konnte. Ihr Herz klopfte heftig, während sie sich bemühte, sich zu beherrschen. Am liebsten hätte sie sich an ihn geschmiegt, ihm die Arme um den Nacken und die Beine um die Hüften gelegt.

„Ich habe Sie vor dem Ertrinken gerettet“, erklärte er angespannt. „Die Strömung ist gefährlich. Ich wollte Sie warnen, aber Sie waren schon weg, ehe ich dazu kam.“ Ungeduldig schüttelte er den Kopf. „Wir müssen zurück, so rasch wie möglich.“

Als Milly bewusst wurde, dass die Strömung, gegen die sie, ohne es zu ahnen, angekämpft hatte, sie immer weiter mit hinausgezogen hatte, erbebte sie. Zutiefst erschrocken, nahm sie alle Kräfte zusammen und schwamm die ganze Strecke zurück an den Strand. Sie war Cesare unendlich dankbar dafür, dass er an ihrer Seite blieb, denn seltsamerweise fühlte sie sich sicher, solange er neben ihr war.

Nachdem sie aus der Strömung heraus waren, schwamm er vor ihr her, und als er Grund unter den Füßen spürte, richtete er sich auf. Das Wasser reichte ihm bis zur Taille. Seine finstere Miene ließ Milly befürchten, dass ihr ein Donnerwetter bevorstand.

Langsam schwamm sie auf ihn zu. Von der Anstrengung, die es

gekostet hatte, sich nicht von der Strömung mitreißen zu lassen, war sie immer noch atemlos. Schließlich legte Cesare ihr die Hände unter die Arme und stellte Milly auf die Füße.

„Machen Sie so etwas nie wieder!" In seinen dunklen Augen blitzte es zornig auf, und er packte Milly an den Schultern. „Sie hätten ertrinken können, Sie kleiner Dummkopf!"

Er hat sich selbst in Lebensgefahr gebracht bei dem Versuch, mich zu retten, dachte sie. Doch sein vorwurfsvoller Ton und sein Zorn reizten sie zum Widerspruch. Obwohl sie immer noch Herzklopfen hatte und ihre Brüste sich bei jedem Atemzug hoben und senkten, hob sie das Kinn und fuhr ihn genauso zornig an: „Das konnte ich nicht wissen! Und hören Sie gefälligst auf, mich so anzufauchen!" Um sich aus seinem Griff zu befreien, wand sie sich hin und her.

Statt sie loszulassen, legte er ihr die Hände auf die Taille und zog Milly an sich. „Du kleine ...!", stieß er hitzig hervor, ehe er die Lippen ärgerlich und stürmisch auf ihre presste. Zugleich drückte er Milly mit einer Hand so fest an sich, dass sie seine Erregung spürte. Mit der anderen Hand umfasste er ihren Kopf. Sie war ihm völlig ausgeliefert und hatte keine Chance, sich von ihm zu lösen.

Das wollte sie auch gar nicht. Heißes Verlangen durchflutete sie, und sie hatte das Gefühl, dahinzuschmelzen. Noch nie zuvor hatte sie so etwas erlebt.

Milly legte ihm die Arme um den Nacken und öffnete instinktiv die Lippen, wie um ihn willkommen zu heißen. Cesare stöhnte leise auf und fing an, sanft und behutsam ihren Mund zu erforschen. Dann senkte er den Kopf und ließ die Lippen über ihren Hals zu ihren Brüsten gleiten.

Anschließend führte er Milly langsam zum Strand. Sie klammerten sich aneinander und nahmen um sich her kaum noch etwas wahr. Immer wieder küsste er sie sanft. Er war fasziniert von ihrem perfekten Körper, ihrem schönen Gesicht, der feinen Haut und dem schlanken Hals, und er zögerte nicht, ihr das winzige Bikinioberteil abzustreifen. Atemlos betrachtete er ihre wunderschönen vollen Brüste und fühlte sich wie verzaubert. Als er sie zu streicheln begann und mit den Fingern die aufgerichteten Spitzen liebkoste, warf sie den Kopf zurück, schloss die Augen und presste sich mit den Hüften fest an seine.

Und als er den warmen Sand unter seinen Füßen spürte, ließ er sich langsam auf den Boden gleiten, ohne Milly loszulassen. Immer wieder küsste er sie heiß und voller Verlangen und stöhnte auf, als sie ihm die Beine um die Hüften legte.

Es war der helle Wahnsinn, wunderbar und einzigartig. Milly begehrte ihn, und er wollte sie haben.

„Meine Schöne …“

8. KAPITEL

In dem Moment läutete Cesares Handy. Er schoss geradezu in die Höhe und hatte das Gefühl, jemand hätte ihm einen Eimer eiskaltes Wasser über den Kopf geschüttet. Du liebe Zeit, habe ich den Verstand verloren?, fragte er sich. Zum ersten Mal in seinem Leben hatte er sich von seinem Verlangen beherrschen lassen. Er hatte vergessen, wer Milly und wer er war. Diese bittere Erfahrung hätte er sich lieber erspart.

Milly klammerte sich an seine Schultern. Doch ohne sie anzusehen, schob er ihre Hände weg, sprang auf und lief zu der wenige Meter entfernten Stelle, wo er den Rucksack abgestellt hatte.

Mit Abscheu registrierte er, dass seine Hände leicht zitterten, als er das Handy hervorzog. „Hallo?", meldete er sich schließlich.

Milly hätte weinen können vor Enttäuschung, Scham und Entsetzen. Sie stand auf, ging über den warmen Sand und zog sich an. Was dachte er jetzt von ihr? In ihren Augen schimmerten Tränen, und Röte stieg ihr in die Wangen. Er musste sie für ein billiges Flittchen halten.

Aber er sollte keine schlechte Meinung von ihr haben, das war ihr wichtig. Wie sollte sie ihm erklären, dass sie so etwas noch nie getan hatte? Würde er ihr überhaupt zuhören und ihr glauben? Er hielt sie ja immer noch für Jilly, seine ehemalige Geliebte. Und das machte alles noch schlimmer. Es war für ihn offenbar selbstverständlich gewesen, dass sie seine Zärtlichkeiten leidenschaftlich erwiderte.

Milly hatte sich so sehr nach ihm gesehnt und ihn so sehr begehrt, dass sie vergessen hatte, wer sie seiner Meinung nach war. Sie hatte ihm sogar klarmachen wollen, dass sie noch nie zuvor so auf einen Mann reagiert hatte und er für sie ein ganz besonderer Mann war.

Die ganze Sache war ihr schrecklich peinlich. Sie war nahe daran gewesen, sich zu verraten, wie sie sich eingestand. Wenn sein Handy nicht plötzlich geläutet hätte, hätte die stürmische Umarmung zu mehr geführt. Sie hätten miteinander geschlafen. Und da Milly im

Gegensatz zu ihrer Schwester noch unschuldig war, wäre ihm sogleich klar gewesen, dass sie nicht Jilly sein konnte.

Als sie Bluse und Shorts wieder angezogen hatte, blickte sie zu Cesare hinüber. Er wirkte sehr angespannt, sagte ab und zu etwas auf Italienisch, beendete dann das Gespräch und steckte das Handy wieder in den Rucksack. Anschließend zog er rasch die Jeans an, hängte sich den Rucksack über die Schulter und drehte sich zu Milly um. Mit zusammengezogenen Augenbrauen sah er sie an, als erinnere er sich erst jetzt wieder an sie. Was für eine Demütigung, sagte sie sich deprimiert.

„Das war Maria. Meine Großmutter ist heute Morgen gestürzt. Wir müssen sofort zurückfliegen", erklärte er hart und eilte davon.

Milly folgte ihm und holte ihn auf dem Pfad ein, der die Klippe hinaufführte. Ihre eigenen Probleme waren vergessen, zu groß war die Sorge um die ältere Dame, die sie sehr gern hatte. „Ist sie verletzt?", fragte sie.

Cesare warf ihr einen flüchtigen Blick zu. „Nicht lebensgefährlich, aber sie hat sich das Schlüsselbein und einige Rippen gebrochen. Außerdem steht sie unter Schock. In ihrem Alter ist das ..." Er verstummte, und Milly legte ihm die Hand auf den Arm.

„Reg dich nicht auf", sagte sie mitfühlend. „Wir sind ja bald bei ihr. Am besten gehst du schon voraus, schaltest den Generator aus, schließt das Haus ab und machst den Hubschrauber startklar. Ich komme nach. Die Sachen, die ich mitgebracht habe, können wir hierlassen, um keine Zeit mit Packen zu verschwenden", schlug sie ruhig vor.

Zuerst betrachtete Cesare ihre Hand, die auf seinem Arm lag, und dann hob er den Kopf. Nach ihrer Miene zu urteilen, war Milly offenbar ehrlich besorgt. Und das berührte ihn sehr.

„Du kommst nicht nach, sondern wir gehen zusammen zurück. Du sollst nicht von der Klippe fallen, sonst muss ich dich auch noch ins Krankenhaus bringen", entgegnete er rau und nahm ihre Hand.

Natürlich wäre es unangenehm für ihn und würde ihn nur aufhalten, wenn ich stolperte und hinfiele und er sich um mich kümmern müsste, überlegte sie, während er sie den schmalen Pfad entlangführte. Sie durfte nicht zu viel in seine Bemerkung hineininterpretieren.

Nachdem sie die Klippe hinter sich gelassen hatten, lief er ihr doch voraus, und Milly fühlte sich in ihrer Vermutung bestätigt. Es wäre ihm lästig gewesen, wenn ihr etwas zugestoßen wäre oder sie sich verletzt hätte. Vor dem Cottage wartete er auf sie. Er hatte sich eine leichte Jeansjacke übergezogen und fragte: „War das ernst gemeint, dass du deine Sachen hierlassen kannst?"

„Ja. In der Villa habe ich noch mehr als genug zum Anziehen. Ich brauche nicht nackt herumzulaufen." Wie komme ich dazu, so eine dumme Bemerkung zu machen?, überlegte sie und ärgerte sich über sich selbst.

Cesare lächelte und zog vielsagend eine Augenbraue hoch, während er zum Landeplatz ging. Milly folgte ihm.

Während des Rückflugs und der anschließenden Fahrt im Auto schwiegen Milly und Cesare die meiste Zeit. Seine Ungeduld stand ihm ins Gesicht geschrieben. Nachdem er den Wagen vor der Villa abgestellt hatte, sprang er heraus und eilte in die Eingangshalle, wo Maria ihm entgegenkam.

Da die beiden sich auf Italienisch unterhielten, verstand Milly nur das Wort *dottore*. Und als Cesare in Richtung der Suite seiner Großmutter lief, folgte sie ihm besorgt. Sie wollte sich mit eigenen Augen davon überzeugen, wie es Filomena ging.

Die hohen Fenster, die vom Fußboden bis zur Decke reichten, waren geöffnet und ließen die warme Luft herein, und die zugezogenen Vorhänge wehten in der leichten Brise. Filomena saß in ihrem Bett mit vielen Kissen im Rücken, den einen Arm trug sie angewinkelt in einer Schlinge.

Cesare nahm ihre freie Hand, hob sie an die Lippen und sagte leise etwas auf Italienisch. Es klang liebevoll und tröstend. Dann wandte er sich an den Mann mittleren Alters, der gerade das Stethoskop in die schwarze Arzttasche zurücklegte, und stellte ihm mehrere Fragen.

Milly blieb unsicher im Türrahmen stehen und wusste nicht, wie sie sich verhalten sollte. Irgendwie habe ich hier nichts zu suchen, dachte sie. Der Aufruhr ihrer Gefühle war nach allem, was zwischen ihr und Cesare am Morgen auf der Insel geschehen war, noch nicht abgeklungen. Sie drehte sich um und wollte sich in ihr Zimmer zurückziehen, doch in dem Moment bemerkte Filomena sie.

„Mein Kind, komm her, setz dich zu mir." Im nächsten Atemzug fügte sie an Cesare gewandt hinzu: „Cesare, sprich bitte Englisch mit mir, wie wir es vereinbart haben."

Zögernd ging Milly auf sie zu und zuckte insgeheim zusammen, als Cesare herumwirbelte und sie mit finsterer Miene betrachtete. Offenbar hatte er ihre Anwesenheit wieder einmal vergessen und schien nur ungern daran erinnert zu werden, dass sie noch da war. Nie wird er mich wirklich beachten, und ich werde nie wichtig sein für ihn, sagte sie sich unglücklich und wünschte sich, dass sie sich irrte.

Während er den Arzt hinausbegleitete, ließ Milly sich in den bequemen Sessel, der an Filomenas Bett stand, sinken und lächelte sie mitfühlend an. „Sie Ärmste, wie geht es Ihnen? Haben Sie starke Schmerzen?"

Die ältere Dame war sehr blass, doch in ihren Augen leuchtete es auf, als sie antwortete: „Nur wenn ich mich bewege. Ich habe nicht aufgepasst, und deshalb muss ich jetzt leiden."

„Wie ist es denn passiert?" Milly streichelte ihr die Hand und versuchte, das prickelnde Gefühl im Nacken zu ignorieren. Cesare war zurückgekommen. Er stand hinter ihr und durchbohrte sie mit den Blicken, wie sie deutlich spürte.

„Amalia und ich sind im Garten spazieren gegangen. Ich habe dem Klatsch und Tratsch, den sie erzählte, so begeistert zugehört, dass ich auf nichts anderes mehr geachtet habe. Und prompt bin ich auf der Treppe ausgerutscht, die zum Gartenhaus führt."

„Wo ist die Contessa jetzt?", fragte Cesare und ging um das Bett herum auf die andere Seite.

„Sie ist nach Hause gefahren, als ich im Krankenwagen zurückgebracht wurde. Sie wollte nicht im Weg sein. Was für ein Theater!"

„Ich hätte dich niemals mit ihr allein lassen dürfen, wenn du noch nicht einmal aufpassen kannst, wohin du trittst", stellte er leicht gereizt fest.

„Mein Lieber, wie redest du mit mir? Ich bin doch kein Kind!" Filomena war plötzlich sehr niedergeschlagen, und Milly beschloss einzugreifen. Obwohl sie sich vorgenommen hatte, ihn nicht zu beachten, warf sie ihm einen vorwurfsvollen Blick zu. „Du brauchst deine Großmutter nicht so herablassend zu behandeln. Wenn du nichts Nettes sagen kannst, solltest du dir jemand anders suchen, an dem du deine schlechte Laune auslassen kannst." Es ist mir völlig egal, was er jetzt denkt, fügte sie insgeheim beim Anblick seiner verblüfften Miene hinzu.

So wie sie ihn einschätzte, war es ihm zur zweiten Natur geworden, alles und jeden zu kritisieren. Er hielt sich offenbar für unfehlbar. Wahrscheinlich hatte ihm in seinem ganzen Leben noch niemand widersprochen. Deshalb wurde es Zeit, dass es endlich einmal jemand wagte.

Filomena drückte Milly liebevoll die Hand, während sich Cesare entschuldigte. „Es tut mir leid, Großmutter. Ich habe mir große Sorgen gemacht, das ist alles. Ich werde dafür sorgen, dass du professionell betreut wirst." Steif drehte er sich um und wollte den Raum verlassen. Als seine Großmutter jedoch protestierte, blieb er stehen.

„Nein, ich werde nicht zulassen, dass Fremde ins Haus kommen. Ich bin nicht schwer krank, sondern muss nur etwas kürzertreten, bis alles wieder in Ordnung ist. Jilly und Maria können mir helfen, ich brauche keine professionelle Betreuung, wie du es ausgedrückt hast."

Langsam drehte er sich wieder um und sah Milly an. „Traust du dir das zu?“

Sie hob den Kopf. „Natürlich. Das ist für mich kein Problem.“ Mit ihren grünen Augen blickte sie ihn unverwandt an und hielt den Atem an. Würde er nachgeben oder darauf bestehen, eine Krankenpflegerin zu engagieren?

Was die beiden nicht wissen konnten: Jilly hätte längst die Flucht ergriffen, denn sie konnte es nicht ertragen, ein Krankenzimmer zu betreten. Für Krankheiten und Schwächen anderer hatte sie keine Geduld.

Mit skeptischer Miene betrachtete er sie, als zweifele er an ihren Fähigkeiten. Offenbar suchte er ein überzeugendes Argument, um seinen Willen durchzusetzen, und Milly beschloss, noch einmal ein Machtwort zu sprechen.

„Du kannst Maria bitten, für deine Großmutter etwas Leichtes zu kochen.“ Dann wandte sie sich an Filomena. „Möchten Sie vielleicht eine Suppe?“ Nachdem die ältere Dame belustigt genickt hatte, fügte Milly energisch hinzu: „Anschließend braucht sie Ruhe, Cesare.“

Verzog er etwa die Lippen? Milly konnte es nicht genau sagen und wollte auch nicht darüber nachdenken, denn sie wollte überhaupt nicht an ihn denken, besonders nicht nach dem, was am Morgen geschehen war. Es war einfach schrecklich, wie sie sich benommen hatte.

„Du hast ihn gut im Griff“, stellte Filomena fest, nachdem er die Tür hinter sich zugemacht hatte. „Normalerweise tritt er sehr autoritär auf. Meist hat er ja auch recht, das muss ich zugeben.“ Sie hörte sich müde an, und Milly fragte sich, ob sie auf Cesares Bemerkung anspielte, sie könne nicht aufpassen, wohin sie trat. Vermutlich regte sich die ältere Dame sehr darüber auf.

„Er liebt Sie sehr und meint es gut mit Ihnen“, versicherte Milly ihr rasch, wie um sie zu trösten. „Er war nur so gereizt, weil er sich Ihretwegen große Sorgen gemacht hat. Das ist alles.“

Hat er mich etwa nur aus lauter Zorn darüber, dass ich mich unabsichtlich in Gefahr gebracht habe, so heiß und leidenschaftlich geküsst?, überlegte Milly. Hatte er sie mit dem Kuss zur Besinnung bringen wollen? Das war eine einleuchtende Erklärung. Und was danach geschehen war, ließ sich auch ganz leicht erklären: Er hielt sie immer noch für Jilly, mit der er eine Affäre gehabt hatte, und der erste Kuss hatte die Leidenschaft neu entfacht.

Seine Zärtlichkeiten haben nichts mit mir zu tun, ich darf das alles nicht persönlich nehmen, ermahnte Milly sich. Glücklicherweise erschien Maria wenig später mit dem Essen und brachte Milly auf andere Gedanken. Nachdem sie das Tablett sicher auf dem Bett abgestellt hatte, blickte die Haushälterin sie an. „Möchten Sie der Signora Gesellschaft leisten? Soll ich Ihnen auch etwas zu essen bringen?"

Dankbar nahm Milly das Angebot an. „Gern, Maria. Wenn es Ihnen nichts ausmacht, werde ich in Zukunft immer mit der Signora hier essen." Dann brauche ich nicht mit Cesare am Tisch zu sitzen, und je seltener ich ihn sehe, desto besser ist es für mich, fügte sie insgeheim hinzu.

„Das ist eine gute Idee", pflichtete die Haushälterin ihr bei und strahlte übers ganze Gesicht.

Danach sah Milly Cesare nur noch jeden Morgen und jeden Abend gegen zehn Uhr, wenn er seine Großmutter besuchte oder wenn der Arzt kam, um sich nach dem Befinden seiner Patientin zu erkundigen. Jedes Mal entschuldigte Milly sich und verließ den Raum. Sie kam erst zurück, nachdem die Luft rein war. Die restliche Zeit verbrachte Cesare in seinem Arbeitszimmer im ersten Stock oder in dem Hauptsitz seines Firmenimperiums in Florenz.

Sie ging ihm nicht aus Feigheit aus dem Weg, sondern weil es das Vernünftigste war, wie sie sich immer wieder versicherte. Sie war in großer Gefahr, sich hoffnungslos in ihn zu verlieben. Es reichte ihr, jede Nacht von ihm zu träumen. Diese Träume waren so erotisch, dass sie sich beim Aufwachen wegen ihrer Fantasie schämte. Deshalb verzichtete sie gern darauf, tagsüber Zeit mit ihm zu verbringen.

Vier Wochen später ging es Filomena wieder viel besser, und Cesare war schon seit zehn Tagen auf Geschäftsreise in Hongkong und im Fernen Osten. Offenbar hatte er keine Bedenken, seine Großmutter mit Milly allein zu lassen, was ein Vertrauensbeweis war, wie sie fand.

Insgesamt war sie entspannter als in der ersten Wochen nach ihrer Ankunft. Es machte ihr Spaß, Filomena Gesellschaft zu leisten, und mit jedem Tag gewöhnte sie sich mehr an sie. Das Leben in der Villa war für Milly zur Routine geworden.

Doch ihr Gewissen ließ ihr keine Ruhe. Es war einfach abscheulich, diese liebenswerte ältere Dame so sehr zu täuschen. Außerdem hatte Milly noch keine Gelegenheit gehabt, ihre Schwester zu suchen. Auch Cesare zu täuschen fand sie nicht in Ordnung.

Ich muss den beiden endlich reinen Wein einschenken, nahm sie sich bestimmt zum hundertsten Mal vor. Bei dem Gedanken ging ihr ein Stich durchs Herz. Cesare mit seinem Reichtum sollte sich selbst darum kümmern, ihre Schwester aufzuspüren. Jilly konnte dann alle Missverständnisse aufklären, und Milly würde nach England zurückkehren – es sei denn, Cesare würde auch sie wegen Betruges anzeigen wollen, was sie ihm durchaus zutraute.

Weitaus weniger wichtig, aber dennoch unangenehm für sie war, dass sie immer noch Jillys abgelegte Outfits tragen musste, die entweder hauteng, viel zu kurz oder beides waren. Milly fühlte sich darin einfach nicht wohl.

Sie erklärte sich ihre schlechte Laune an diesem Tag damit, dass sie Jillys hellen Minirock aus Leder und das farblich darauf abgestimmte ärmellose Ledertop trug. Mit finsterer Miene holte sie die Gartenschere aus dem Geräteraum und stolzierte in den eleganten Schuhen mit den lächerlich hohen Absätzen über den gepflasterten Hof. Wie jeden Nachmittag hatte sich Maria für zwei Stunden zu Filomena gesetzt, und Milly wollte die Gelegenheit nutzen, Rosen für die ältere Dame zu schneiden. Es waren ihre Lieblingsblumen, und sie konnte noch nicht wieder selbst in den Garten gehen.

Bei der Aussicht, Zeit in dem wunderschönen Garten zu verbringen, hellte sich Millys Stimmung auf. Sie schlenderte an dem schönen Brunnen, den zahlreichen Topfpflanzen und den vielen Figuren, die zur Dekoration aufgestellt waren, vorbei bis zu dem Pfad, der zu dem Teil führte, den Filomena den Englischen Garten nannte. Dort wuchsen die herrlichsten Rosen und wunderbar duftender Lavendel.

Nachdem Cesare kurz mit seiner Großmutter geredet hatte, eilte er in sein Arbeitszimmer und stellte den Aktenkoffer ab. Endlich wieder zu Hause, dachte er, während er die Krawatte lockerte.

Dass er in den letzten Monaten so oft zu Hause oder in Florenz gewesen war, hatte ihn gestört. Er hatte sich eingeengt gefühlt, weil er nicht in seinem Privatjet von einer Niederlassung seines Firmenimperiums zur anderen hatte fliegen und überall dort eingreifen können, wo es nötig gewesen war.

Seiner Großmutter zuliebe hatte er eine Zeit lang auf die Geschäftsreisen verzichtet. Doch nachdem er nun die Probleme in den Niederlassungen im Fernen Osten und Hongkong gelöst hatte, hatte er es kaum erwarten können, nach Hause zurückzukehren. Über die wiedergefundene Freiheit hatte er sich nicht freuen können.

Er durchquerte den Raum, stellte sich an das breite Fenster, das zum Hof hinausging, streifte das Jackett ab und ignorierte das monotone Rattern des Faxgeräts.

Plötzlich hielt er den Atem an. Erregung durchflutete ihn, als er Milly entdeckte. Mit einem großen Strauß Rosen lief sie über den Hof auf den Geräteraum zu. Man sah ihr an, dass ihr zu heiß war und sie sich unbehaglich fühlte. Sie blieb kurz stehen und strich sich eine Strähne ihres silberblonden Haares aus der Stirn. Dann zog sie ärgerlich den Minirock glatt.

Ihre Zwillingsschwester trägt solche geschmacklosen Outfits

gern, sie passen zu ihr, aber nicht zu Milly, dachte er und atmete tief aus. In einem Anflug von Mitgefühl beschloss er, etwas für sie zu tun. Er zog das Handy aus der Innentasche seines Jacketts und tippte eine Nummer ein.

„Die Rosen sind wunderschön, meine Liebe." Filomena war begeistert, als Milly die Vase mitten auf den Tisch stellte. „Ich vermisse das Umherwandern im Garten sehr. Es ist sehr aufmerksam von dir, mir meine Lieblingsblumen zu bringen."

„Bald können Sie wieder alles tun, was Ihnen Spaß macht", erwiderte Milly und lächelte freundlich. In der nächsten Woche sollte Filomena noch einmal geröntgt werden. Wenn der Bruch geheilt war, konnte sie die Schlinge ablegen und den Arm wieder bewegen. Sie hatte keine Schmerzen mehr, stand schon wieder auf, konnte im Haus herumlaufen und saß stundenlang in ihrem Sessel an einem der hohen Fenster. Die Rippenbrüche waren offenbar gut verheilt. „Soll ich Ihnen etwas vorlesen?", fragte Milly.

In dem Regal standen viele neue Bücher, die Filomena mit Jilly zusammen in Florenz gekauft und noch nicht gelesen hatte.

„Nein, lieber später." Sie zwinkerte Milly zu, ehe sie fortfuhr: „Ich möchte mich mit dir unterhalten und mehr über dich erfahren, besonders über deine Freunde. Ich bin sicher, zu Hause wartet ein ganz besonderer junger Mann auf dich und will dich unbedingt wiedersehen – genau wie deine kleine Schwester."

Milly wurde von Panik erfasst. Bis jetzt war Filomena nicht mehr auf ihren Vorschlag zurückgekommen, Millys ‚kleine Schwester' einzuladen, in der Villa Urlaub zu machen. Wollte die ältere Dame den vermeintlichen Freund etwa auch einladen?

Vor Entsetzen war Milly sekundenlang sprachlos. Dann nahm sie sich zusammen, zog an dem schrecklichen Ledertop und entgegnete wahrheitsgemäß: „Ich habe keinen Freund."

Sie hatte Bruce nach der Rückkehr von der Insel einmal angerufen, als Cesare nach Florenz gefahren war, und ihm alles erklärt.

Zu ihrer Überraschung hatte Bruce ganz anders reagiert, als sie erwartet hatte. Er hatte sie als rücksichtslos bezeichnet und ihr unterstellt, sie sei flatterhaft. „Meine Mutter und ich haben dich für zuverlässig und vernünftig gehalten, ich bin von dir enttäuscht", hatte er gesagt.

Schließlich hatte sie das Gespräch einfach beendet und war froh darüber gewesen, nie mehr als nur einen Freund in ihm gesehen zu haben.

„Es fällt mir schwer, das zu glauben", antwortete Filomena lächelnd.

Unbehaglich rutschte Milly in dem Sessel hin und her. Der Lederrock klebte ihr an den Oberschenkeln, und sie wünschte, sie könnte diese lächerlichen Schuhe abstreifen, denn ihre Füße schmerzten viel zu sehr. Dass sich Jilly in solchen Outfits wohlfühlte, war eigentlich unvorstellbar.

Glücklicherweise kam in dem Moment Cesare herein, sodass das Thema vorerst beendet war. Milly hatte nicht gewusst, dass er schon wieder da war. Während sie seine breiten Schultern, den muskulösen Rücken und seine lange Beine betrachtete, empfand sie auf einmal heftiges Verlangen. Das ist ja der reinste Horror, wieso reagiere ich so heftig auf diesen Mann?, schoss es ihr durch den Kopf. Ohne sie eines Blickes zu würdigen, ging Cesare auf seine Großmutter zu, nahm ihre Hände und führte sie an die Lippen.

Milly wollte sich diskret zurückziehen und stand auf.

„Bleib bitte hier", forderte Cesare sie jedoch auf und drehte sich zu ihr um. „Ich muss mit euch beiden reden." An seine Großmutter gewandt fuhr er fort: „Wenn du eine Zeit lang auf Jilly verzichten kannst, würde ich sie gern mit nach Florenz nehmen. Ich muss unbedingt ins Büro fahren. Sie kann sich die Geschäfte ansehen, etwas kaufen, wenn sie möchte. Anschließend gehen wir zusammen essen."

Milly war wie vom Donner gerührt. Was hatte er vor? In ihrer Rolle als Jilly müsste sie sich darüber freuen, Zeit mit dem ehemaligen Geliebten verbringen zu können, und wieder einmal hoffen, er würde seine Meinung doch noch ändern und sie vielleicht heiraten.

Da sie aber nicht Jilly war und ihre Rolle sowieso nur mehr schlecht als recht spielte, musste sie irgendwie aus der Sache herauskommen. Außerdem sehnte sie sich viel zu sehr nach diesem Mann, was ausgesprochen gefährlich für sie war.

Sie blickte Filomena Hilfe suchend an. Doch zu Millys Enttäuschung war die ältere Dame sogleich einverstanden. „Das ist eine gute Idee. Wegen meines dummen Unfalls musstet ihr den Aufenthalt auf der Insel abbrechen, und Jilly hat sich liebevoll um mich gekümmert. Sie hat nie die Geduld verloren und war immer freundlich und nett. Eine eigene Tochter hätte es nicht besser machen können. Ja, sie hat es verdient, verwöhnt zu werden“, antwortete sie.

So viel Lob und Anerkennung habe ich nicht verdient, sagte sich Milly. Die Täuschung belastete ihr Gewissen immer mehr. Mit welcher Begründung konnte sie die Einladung ablehnen? Sie konnte Kopfschmerzen oder dergleichen vortäuschen, doch sie war eine schlechte Schauspielerin, man würde es ihr nicht abnehmen. Deshalb blieb ihr nichts anderes übrig, als einzuwilligen. „Okay, ich ziehe mich rasch um“, erklärte sie leise.

„Das ist nicht nötig.“ Cesare war sogleich neben ihr und packte sie am Arm. Zum ersten Mal seit jenem Morgen am Strand berührte er sie wieder. Mit allen Sinnen reagierte sie auf die Berührung, sie erbebte und bekam eine Gänsehaut. Was soll ich nur machen, wie komme ich jemals wieder aus der Sache heraus?, überlegte sie hilflos.

„Du kannst dich nachher umziehen“, meinte er sanft. „Stefano wartet schon. Er wird uns fahren.“

9. KAPITEL

Dank der Klimaanlage war es angenehm kühl in dem Wagen, und Milly fühlte sich während der Fahrt nicht mehr ganz so unbehaglich wie zuvor. Sobald ich mit Cesare unter vier Augen reden kann, werde ich ihm endlich die Wahrheit sagen, nahm sie sich fest vor. Alles Weitere würde sich ergeben.

Sie biss die Zähne zusammen. Ihre Nerven waren zum Zerreißen gespannt, und ihr verkrampfte sich der Magen bei der Vorstellung, wie sehr er sie hassen und verachten würde. Warum nahm er sie überhaupt mit nach Florenz? Und was hatte er damit gemeint, sie könne sich nachher umziehen? Das Ganze kam ihr rätselhaft vor, und sie warf ihm einen kurzen Blick zu. Schweigend, in Gedanken versunken und mit undefinierbarer Miene saß er neben ihr.

Am liebsten hätte sie ihn gefragt, was das alles zu bedeuten habe. Aber sie wusste genau, er würde sie, solange sie nicht allein waren, mit einer lapidaren Antwort abspeisen.

Als sie schließlich vor dem Palazzo Saracino, dem Hotel, das zu seinem Firmenimperium gehörte, anhielten, betrachtete Milly beeindruckt das wunderbare Renaissance-Gebäude. Filomena hatte einmal beiläufig erwähnt, dass sich das Hotel schon seit Jahrzehnten im Besitz der Familie befand.

Beim besten Willen konnte Milly sich nicht vorstellen, was es bedeutete, zu so einer alten und ungemein reichen Familie zu gehören. Sie saß reglos da, während Cesare seinem Chauffeur Anweisungen auf Italienisch erteilte. Dann schwang er die langen Beine aus dem Wagen, und sie dachte, er hätte Stefano gebeten, sie irgendwo anders abzusetzen und später wieder abzuholen.

Doch in dem Moment wurde die Tür neben ihr geöffnet, und Milly blickte in Cesares markantes Gesicht. „Wir halten den Verkehr auf, steig aus“, forderte er sie ungeduldig auf.

„Entschuldige, ich war der Meinung …“

„Egal, steig endlich aus.“

Erst jetzt wurde ihr bewusst, dass die Autos hinter ihnen hupten, und sie stieg schnell aus. Dabei rutschte der Minirock bis zu ihrem weißen Slip hoch. Vor Verlegenheit errötete sie tief. Ohne eine Miene zu verziehen, legte er ihr die Hand unter den Ellbogen und führte sie an dem Portier vorbei, der ihn respektvoll grüßte und ihnen die Tür aufhielt, in das Hotel.

Von allen Seiten wurde er freundlich und ehrerbietig gegrüßt, während sie die riesige Empfangshalle durchquerten. Milly war sich der neugierigen Blicke der Leute allzu sehr bewusst.

Wahrscheinlich dachten seine Mitarbeiter, er hätte sie auf der Straße aufgelesen. Am liebsten hätte sie sich unsichtbar gemacht und brachte leise hervor: „In diesem Outfit passe ich nicht in die luxuriöse Umgebung, ich bin hier fehl am Platz. Wenn du beabsichtigst, hier zu essen, musst du es ohne mich tun."

Cesare dirigierte sie jedoch schweigend in den privaten Aufzug. Dann lehnte er sich an die Wand und sah Milly an. Ihr silberblondes Haar war zerzaust, und in den Schuhen mit den lächerlich hohen Absätzen konnte sie kaum noch laufen. Ihr Unbehagen war so offensichtlich, dass ihm ein Stich durchs Herz ging. Er wunderte sich über die Schuldgefühle, die ihn plötzlich überkamen. Tat er das Richtige?

Wenn er ihr sagte, dass er wisse, wer sie sei, würde er sie in Verlegenheit bringen. Und das wollte er nicht. Er wollte sie nicht verletzen und nicht verwirren. Aber weshalb hatte er auf einmal das dringende Bedürfnis, sie zu beschützen? Am Ende werde ich noch so etwas wie ein Softi, dachte er leicht belustigt und wechselte die Stellung.

Es muss sein, sagte er sich dann energisch, als die Tür beinah geräuschlos aufglitt und sie das Wohnzimmer der eleganten Suite betraten, die ausschließlich für ihn reserviert war.

Die Absätze von Millys Schuhen sanken tief in den grünen Teppich, der den Boden des großen Raumes bedeckte. Einige Sessel standen um einen niedrigen Marmortisch herum, und der Raum war insgesamt geschmackvoll mit antiken Möbeln eingerichtet.

„Diese Suite wird nur von mir benutzt", stellte er kühl fest. Er musste sich sehr beherrschen, Milly nicht in die Arme zu nehmen und zu küssen. Zu gern hätte er gewusst, ob sie wieder so leidenschaftlich reagierte wie an jenem unvergesslichen Morgen am Strand. „Zuweilen stelle ich sie guten Geschäftsfreunden und wichtigen Kunden zur Verfügung."

Hatte er Jilly auch mit hierher gebracht? Hatte er die Affäre vor seiner Großmutter und dem Personal in der Villa geheim halten wollen? Aber in dem Moment fiel Milly ein, wie dumm diese Gedanken waren, denn er hielt sie ja für Jilly. Offenbar war ihre Schwester noch nie hier gewesen, sonst hätte er ihr jetzt nichts erklärt.

Dieses lächerliche und unwürdige Spiel musste beendet werden. Milly nahm ihren ganzen Mut zusammen, blickte Cesare an und wollte es hinter sich bringen. Dazu kam sie jedoch nicht.

„Ich habe etwas für dich." Beinah liebevoll sah er sie an und führte sie ins Schlafzimmer. Sein verführerisches Lächeln ließ sie vergessen, was sie hatte sagen wollen. „Das ist für dich." Er wies auf die vielen Geschenkkartons, die auf dem breiten Bett lagen. „Als Ersatz für die Sachen, die du mir zuliebe auf der Insel zurückgelassen hast, weil ich es so eilig hatte, nach Hause zu meiner Großmutter zurückzufliegen. Hoffentlich gefallen sie dir. Ich habe dich der Direktrice in der Boutique genau beschrieben und versucht rüberzubringen, was zu dir passt und was nicht."

Milly wurde zornig. Glaubte er etwa, er müsse sie neu einkleiden, nur weil sie beinahe mit ihm geschlafen hätte? Sie konnte sich gut vorstellen, was er gekauft hatte: verführerische Dessous, Miniröcke, durchsichtige Tops und andere Outfits, die seine Fantasie anregten.

Er legte ihr die Hand auf den Rücken und wollte sie zum Bett schieben. Aber Milly blieb stehen. „Das kann ich nicht annehmen", entgegnete sie. Weil sie nicht undankbar erscheinen wollte und er ihr oder eigentlich Jilly offenbar einen Gefallen hatte tun wollen, fügte sie hinzu: „Es ist nett von dir, doch ich kann es wirklich nicht annehmen." Dann atmete sie tief durch und stieß unvermittelt hervor: „Ich bin nicht Jilly, sondern ihre Zwillingsschwester. Es tut mir leid, dass ich dich getäuscht habe, ich hatte jedoch gute Gründe dafür." So, endlich hatte sie es geschafft.

Cesare war so erleichtert, dass er zunächst kein Wort herausbrachte. Vieles hatte darauf hingedeutet, dass Milly die Situation, in die sie sich gebracht hatte, immer unerträglicher fand. Vielleicht hatte ihre Schwester sie ja wirklich zu diesem Rollentausch gezwungen. Jedenfalls hatte sie endlich den Mut gehabt, ihm die Wahrheit zu sagen, was er bewundernswert fand. Oder empfand er für sie mehr als nur Bewunderung? Rasch verdrängte er den Gedanken.

Milly war sehr blass. Sie hatte den Kopf gesenkt und wirkte so angespannt, als erwartete sie einen Zornesausbruch. Dann musste er sie schnell eines Besseren belehren. Sanft legte er ihr den Finger unters Kinn und zwang sie, ihn anzublicken.

Sie errötete, und ihr wurde ganz schwindlig.

„Das weiß ich, Milly", erwiderte er nachsichtig. „Als wir in der Villa eintrafen, nachdem ich dich in England gezwungen hatte, mich zu begleiten, hatte ich erste Zweifel. Und an dem Morgen, als wir auf die Insel flogen, erhielt ich einen Anruf, der meinen Verdacht bestätigte. Du bist Jilly Lees Zwillingsschwester Milly."

„Oh!" Ihr Herz fing an zu rasen, und sie bekam weiche Knie. „Warum hast du nie …?"

„Du meinst, warum ich nichts gesagt habe?" Er legte ihr den Arm um die Taille und führte sie zum Sofa. Sie ließ sich darauf sinken, und man sah ihr an, dass sie am liebsten im Erdboden versunken wäre. „Mehrere Male hatte ich mir vorgenommen, dich mit der Wahrheit zu konfrontieren, aber immer passierte irgendetwas, was mich davon abhielt." Er setzte sich neben sie und fuhr lächelnd fort: „Im Nachhinein bin ich froh darüber. Wenn ich dir gesagt hätte, was ich wusste, hätte ich nie herausgefunden, dass du ganz anders bist als deine Schwester."

„Das verstehe ich nicht", erwiderte sie. Cesare saß so dicht neben ihr, dass sie den herben Duft seines Aftershaves wahrnahm. Es machte sie ganz nervös. Von seiner Nähe fühlte sie sich wie betäubt.

Als sie leise aufstöhnte, erhob er sich und verließ den Raum. Milly wusste nicht, ob sie froh sein sollte, dass der befürchtete Zornesausbruch ausgeblieben war, oder ob sie sich gedemütigt fühlen sollte, weil er die ganze Zeit gewusst hatte, wer sie war. Insgeheim hatte er sich wahrscheinlich totgelacht über ihre sinnlosen Versuche, Jilly zu imitieren.

Wenige Sekunden später kam er zurück und reichte ihr ein Glas, ehe er sich wieder neben sie setzte. „Trink den Brandy, den brauchst du jetzt. Du stehst unter Schock, glaube ich."

Er hört sich so verdammt selbstgefällig an, dachte Milly. Sie stürzte die Flüssigkeit hinunter, die ihr wie Feuer in der Kehle brannte, und brachte ärgerlich hervor: „Du hast es die ganze Zeit gewusst, insgeheim über mich gelacht und mir dabei zugeschaut, wie ich mich lächerlich gemacht habe. Ich hasse dich!"

„Nein, das tust du nicht", entgegnete er so ruhig, dass sie sich noch mehr ärgerte, und nahm ihr das leere Glas aus der Hand. „Heiterkeit hast du ganz bestimmt nicht in mir ausgelöst, dafür aber einige andere Gefühle. Zugegeben, zuerst war ich schrecklich wütend, als mein Verdacht bestätigt wurde. Doch dann interessierte mich, warum du in die Rolle deiner Zwillingsschwester geschlüpft bist, obwohl ihr so verschieden seid."

„Wir sind nicht wirklich verschieden", widersprach sie. Der Alkohol fing an zu wirken und machte sie leichtsinnig. „Nur unsere Frisuren sind verschieden, das ist alles. Jilly würde das lange Haar nie abschneiden lassen, aber das konntest du nicht wissen."

„Äußerlich seid ihr euch zum Verwechseln ähnlich, das stimmt. Das Äußere ist jedoch nicht wichtig, es kommt nur auf die geistig-seelischen Eigenschaften an. Und in der Hinsicht bist du völlig anders als deine Schwester." Er umfasste ihr erhitztes Gesicht mit beiden

Händen. „Jilly ist hart und egoistisch. Sie manipuliert die Menschen und bietet ihren Charme auf, wenn er für sie nützlich ist. Um zu bekommen, was sie haben will, kokettiert sie mit ihren weiblichen Reizen. Und das finde ich abstoßend."

Mit den Daumen streichelte er Millys Wangen. Ihr stockte der Atem, und als er fortfuhr, vergaß sie alles, was sie zur Verteidigung ihrer Schwester hatte vorbringen wollen. „Du bist wunderschön, sanft, herzlich und liebevoll. Außerdem zögerst du nicht, deine Meinung zu sagen, wenn du glaubst, jemandem sei Unrecht geschehen – so wie du mir völlig zu Recht Vorhaltungen gemacht hast, als ich meiner Großmutter gegenüber zu hart war. Das finde ich bewundernswert. Da seid ihr völlig verschieden, du und deine Schwester."

Es war herrlich, seine Hände zu spüren. Hitze durchflutete sie, und ihre Brustspitzen richteten sich auf. Milly hätte ihn am liebsten umarmt, sich an ihn geschmiegt und ihn geküsst. Sie durfte jedoch nicht vergessen, dass er nur nett zu ihr war, weil sie soeben hatte erfahren müssen, wie lächerlich sie sich gemacht hatte. Wenn sie ihm jetzt zeigte, wie sehr sie ihn begehrte, würde sie sich nur noch lächerlicher machen.

Schließlich zog er die Hände zurück und stand auf. „Es muss sehr schwierig für dich gewesen sein. Komm." Er nahm ihre Hand und zog Milly hoch. „Du kannst duschen, dann ziehst du dir etwas anderes an, was besser zu dir passt, und wir gehen essen. Dabei kannst du mir erzählen, warum du dich als deine Schwester ausgegeben hast."

Es gefiel ihr, wie er ihre Hand in seine nahm. Obwohl sie sich über ihre Schwäche ärgerte, ließ sie sich von Cesare zum Bett führen. „Such dir etwas aus", schlug er vor. „Du hast dich sehr unbehaglich in den Sachen deiner Schwester gefühlt, das war nicht zu übersehen."

Dazu gab es nichts zu sagen, denn es stimmte. Millys Hände zitterten leicht, als sie einen Karton nach dem anderen öffnete. Zu ihrem Erstaunen hatte er ihren Geschmack genau getroffen. Sie breitete die sportlichen und eleganten Outfits auf dem Bett aus und erklärte mit

Bedauern: „Ich kann das alles wirklich nicht annehmen."

„Doch, das kannst du", widersprach er. „Betrachte es als Bezahlung für das, was du für meine Großmutter getan hast. Vergiss nicht, du hast kein Gehalt bekommen."

„Du hast von Anfang an keinen Zweifel darüber aufkommen lassen, dass ich keine Bezahlung zu erwarten habe", erinnerte sie ihn. Er hielt sie für sanft und liebevoll, obwohl sie sich selbst nie so beschrieben hätte, doch sie nahm keine Wohltaten an.

Auch darauf wusste er eine Antwort, die sich kaum widerlegen ließ. „Das habe ich gesagt, als ich der Meinung war, du seist Jilly. Aber das bist du ja nicht. Du hast dich rührend um meine Großmutter gekümmert. Du hast ihr vorgelesen, dich mit ihr unterhalten, ihr Blumen gebracht und sie von ihren Schmerzen abgelenkt. Ich kann es nicht zulassen, dass jemand umsonst für ein Mitglied meiner Familie arbeitet. Deshalb kannst du bedenkenlos alles annehmen, was hier liegt. Zieh dich bitte jetzt um."

Cesare drehte sich um. Er war nahe daran, die Beherrschung zu verlieren, ihr den lächerlich kurzen Rock und das enge Top abzustreifen und sich mit ihr unter die Dusche zu stellen. Was war eigentlich mit ihm los? Er verstand sich selbst nicht mehr.

Milly gab es auf, herausfinden zu wollen, was für ein Mensch er war. Im Grunde seines Herzens war er bestimmt ein guter Mensch. Er behandelte seine Mitarbeiter gut, war immer höflich und rücksichtsvoll, und er liebte seine Großmutter sehr. Da er gewusst hatte, dass sie nicht Jilly war, war er auch zu ihr freundlich gewesen und hatte sogar darauf verzichtet, ihr wegen der Täuschung Vorwürfe zu machen.

Der Mann war ihr ein Rätsel. Ich brauche mir gar nicht den Kopf zu zerbrechen, ich finde sowieso keine Erklärungen, sagte sie sich, als sie aus der Duschkabine herauskam. Noch nie zuvor hatte sie das Duschen so sehr genossen wie dieses Mal.

Während sie sich in das große weiche Badetuch hüllte, fiel ihr plötzlich etwas ein. Sie war wie vom Donner gerührt und rang nach Atem. Als er mit ihr hatte schlafen wollen, hatte er genau gewusst, wer sie war. Er hatte sie nicht für seine Exgeliebte gehalten. Und das bedeutete, er begehrte sie und nicht ihre Schwester.

Sie bekam Herzklopfen und betrachtete sich mit weit geöffneten Augen im Spiegel. Ihre Lippen waren leicht geschwollen. Sie wirkten weich und verführerisch. Insgeheim stöhnte Milly auf und wandte sich ab. Dann fing sie an, das Haar trocken zu reiben. Nein, ich lasse mich auf nichts ein, es hat keinen Sinn, ich bin am Ende die Dumme, überlegte sie.

Schließlich benutzte sie die dezent duftende Bodylotion, die sie im Badezimmer vorgefunden hatte, und genoss es, sich wieder frisch und sauber zu fühlen. Nachdem sie sich die hübschen Dessous angezogen hatte, an die Cesare auch gedacht hatte, schlüpfte sie in eines der wunderschönen Kleider, ein traumhaft elegantes Seidenkleid, das wunderbar zu ihr passte. Darin wirkte sie kühl und zurückhaltend und wesentlich feiner als in Jillys auffallenden Outfits.

Mit der Bürste, die auf der Ablage unter dem Spiegel lag, bürstete sie sich das Haar. Dann atmete sie tief durch, zog farblich auf das Kleid abgestimmte Schuhe an und ging zur Tür. Jetzt musste sie Cesare noch davon überzeugen, dass Jilly keine Diebin oder Betrügerin war und ihn bitten, alles daranzusetzen, um sie zu finden. Milly machte sich immer größere Sorgen um ihre Schwester.

Als sie die Tür öffnete, musterte Cesare sie aufmerksam von oben bis unten. Er hatte das Jackett abgelegt und die Krawatte gelockert. Milly spürte sogleich, wie angespannt er war, was sie sich jedoch nicht erklären konnte.

Doch dann verzog er die Lippen langsam zu einem ungemein verführerischen Lächeln. „Komm her“, bat er Milly rau.

10. KAPITEL

Wie in Trance durchquerte Milly das Wohnzimmer. Cesares durchdringendem Blick konnte sie sich nicht entziehen, wie magisch fühlte sie sich zu diesem Mann hingezogen.

Als sie vor ihm stand, hatte sie das Gefühl, vor Anspannung zu vibrieren. Sie spürte die Wärme seines Körpers und erbebte, als er ihre Taille mit beiden Händen umfasste. Seine dunklen Augen, in denen es rätselhaft aufleuchtete, waren unter den Lidern mit den dichten schwarzen Wimpern halb verborgen.

„Du bist wunderschön. Die Direktrice hat genau begriffen, wie du bist und was zu dir passt. Offenbar habe ich dich gut beschrieben", stellte er zufrieden fest. „Verzeih mir, dass ich einige Male Italienisch mit dir gesprochen habe. Das mache ich nicht mehr, solange du die Sprache nicht verstehst. Es war der erste Test kurz nach deiner Ankunft. Da du mich offenbar nicht verstanden hattest, war ich immer mehr davon überzeugt, dass etwas nicht stimmen konnte."

Mit beiden Daumen streichelte er ihre Taille. Es überlief Milly heiß, und sie wagte kaum zu atmen, während sich ihre aufgerichteten Brustspitzen deutlich unter dem feinen Material des Kleides abzeichneten. Sie errötete, aber nicht weil es ihr fürchterlich peinlich war, von ihm schon nach wenigen Stunden durchschaut worden zu sein, sondern weil sie sich viel zu sehr nach Cesare sehnte und ihn zu sehr begehrte.

Langsam ließ er die Hände höher gleiten, und Milly stand reglos und in gespannter Erwartung da. Nur noch wenige Zentimeter, dann würde er ihre Brüste berühren.

Schauer der Erregung liefen ihr über den Rücken, und Hitze durchflutete sie, während sie ihn mit der Kraft ihrer Gedanken dazu bringen wollte, die Hände diese wenigen Zentimeter weiter nach oben gleiten zu lassen.

Doch dann versprach er ihr mit seiner tiefen, rauen Stimme: „Ich werde dir helfen, Italienisch zu lernen. Es wird uns beiden Spaß machen."

Mit geradezu furchterregender Geschwindigkeit landete sie wieder auf dem Boden der Wirklichkeit. Was mache ich eigentlich hier?, schoss es ihr durch den Kopf. Und wovon redete er? Wann wollte er ihr helfen, seine Sprache zu lernen? Erwartete er etwa, sie würde noch länger als Filomenas Gesellschafterin in der Villa bleiben, obwohl die ältere Dame sie wegen der Täuschung verachten würde? Oder sollte sie noch länger bei ihm bleiben, weil er sie begehrte, so wie er Jilly eine Zeit lang begehrt hatte? Sollte sie für ihn da sein und das Bett mit ihm teilen, wann immer ihm danach zumute war?

Sie legte die Hände auf seine muskulöse Brust, schob ihn von sich und drehte sich um. Dann verschränkte sie die Arme und versuchte zu verbergen, dass sie anfing zu zittern. „Wir müssen uns über meine Schwester unterhalten. Schon vergessen?", brachte sie hervor.

„So? Müssen wir das?" Leicht belustigt stellte er sich hinter sie, legte ihr die Hände auf die Schultern und streichelte sanft ihre nackten Arme. Schließlich berührte er ihren Nacken mit den Lippen.

Milly erbebte und bekam eine Gänsehaut. Nur mit Aufbietung ihrer ganzen Willenskraft konnte sie sich zurückhalten, sich umzudrehen, ihm die Arme um den Nacken zu legen und ihn zu bitten, sie zu küssen.

„Du hast sie sehr verletzt", sagte sie und trat einige Schritte zur Seite, weg von ihm und aus der Gefahrenzone. „Jedenfalls vermute ich es."

„Gut. Verrate mir, weshalb du das annimmst." Er schien verblüfft zu sein.

Er ist ein guter Schauspieler und ein Frauenheld, wie er im Buch steht, das darf ich nicht vergessen, mahnte sie sich. Wenn sie schwach geworden und auf seine Verführungskünste hereingefallen wäre, hätte er ihr jetzt schon die Kleidung vom Leib gerissen, und sie würde ihm helfen, sich auszuziehen. Anschließend würden sie in dem breiten Bett landen, ohne dass sie einen einzigen Gedanken an den Kummer und Schmerz, die unweigerlich darauf folgten, verschwendete. Nur ihre Sehnsucht und ihr heißes Verlangen wären in dem Moment wichtig.

Verschaffte es ihm eine gewisse Genugtuung, auch mit ihr zu schlafen, nachdem er eine Affäre mit ihrer Schwester gehabt hatte? Fand er es vielleicht erregend? Und hätte ich es genossen, mit ihm zu schlafen, weil ich ihn liebe?, fragte sie sich plötzlich und erschrak zutiefst bei diesem Gedanken. Sprach- und fassungslos stand sie da.

„Verrate mir bitte, weshalb du annimmst, ich hätte deine Schwester verletzt“, wiederholte er.

In dem Moment klopfte es, und ein Ober kam mit dem Servierwagen herein. Cesare bat den jungen Mann, den Tisch auf dem Balkon zu decken.

„Wir können uns während des Essens unterhalten.“ Cesare legte Milly die Hand auf den Rücken und dirigierte sie hinaus auf den Balkon mit Blick auf einen wunderschönen Garten. Es duftete betörend nach Jasmin und anderen blühenden Pflanzen.

Cesare rückte ihr höflich den Stuhl zurecht. „Und wer weiß, vielleicht machen wir anschließend noch etwas ganz anderes“, fügte er rau hinzu, während Milly sich hinsetzte.

Sie erbebte, obwohl es ein warmer Abend war, und beschloss, nicht darüber nachzudenken, was Cesares Bemerkung zu bedeuten hatte. Immer wieder forderte er sie auf, dieses oder jenes Gericht zu probieren, was sie auch tat. Sie hätte jedoch später nicht sagen können, was sie gegessen hatte, denn sie war viel zu aufgewühlt.

Nach einem großen Schluck Champagner, der herrlich schmeckte, fand sie endlich den Mut, das Thema anzuschneiden, das ihr am Herzen lag. „Jilly ist keine Diebin oder Betrügerin. Ich bin der Meinung, sie ist nur verschwunden, weil du sie sehr verletzt hast. Auf der letzten Karte, die wir von ihr erhalten haben, hat sie geschrieben, sie würde den Job als Empfangsdame – jedenfalls glaube ich, dass sie als Empfangsdame gearbeitet hat, ich weiß es jedoch nicht mehr genau – in einem luxuriösen Nachtclub in Florenz aufgeben. Was sie danach machen wollte, hat sie nicht mitgeteilt. Doch sie hat erwähnt, sie würde die Schulden, die sie bei unserer Mutter hatte, sehr bald voll und ganz zurückzahlen."

Sie warf ihm einen vorwurfsvollen Blick zu und spießte eine Garnele mit der Gabel so heftig auf, als wünschte sie, sie könnte dasselbe mit ihm machen. „Offenbar war sie davon überzeugt, alles würde gut werden. Wir hatten keine Ahnung, dass sie zu euch in die Villa gezogen ist und die Gesellschafterin deiner Großmutter gespielt hat. Sie muss dich hier in Florenz kennengelernt haben, davon gehe ich aus. Ihr wart ein Liebespaar, und ich vermute, sie hat geglaubt, ihr würdet heiraten."

Nach einem weiteren Schluck Champagner fuhr sie fort: „Als ihr dann bewusst wurde, dass sie sich getäuscht hatte und du sie nicht heiraten würdest, war sie fassungslos, bestürzt und deprimiert und ist einfach verschwunden. Sie war noch nie zuvor verliebt, dessen bin ich mir sicher. Natürlich hatte sie viele Freunde, kein Mann konnte ihr widerstehen, wie sie uns immer wieder erzählt hat. Es waren jedoch nur flüchtige Affären, nie etwas Ernstes, bis sie dich kennengelernt hat. Aber du wolltest nur mit ihr schlafen", erklärte Milly und stellte das Glas viel zu heftig auf den Tisch. „Was den angeblichen Diebstahl angeht, muss es sich um ein Missverständnis handeln, das unbedingt aufgeklärt werden sollte. Deshalb möchte ich dich bitten, mir zu helfen, Jilly zu finden. Ich mache mir große Sorgen. Sie weiß noch gar nicht, dass unsere Mutter gestorben ist." Nach ihrer Stimme zu urteilen, war Milly nahe daran, in Tränen auszubrechen.

„Liebes, es tut mir weh, dich so aufgewühlt zu sehen." Cesare lehnte sich über den Tisch und sah sie aufmerksam an. „Wir werden sie finden, das verspreche ich dir. Ich habe schon jemanden mit der Suche beauftragt."

„Wirklich?" Sie runzelte skeptisch die Stirn.

„Natürlich." Er lehnte sich wieder zurück, entspannte sich und strahlte Zuversicht aus.

Plötzlich dämmerte es ihr. „Natürlich", wiederholte sie spöttisch und verbittert zugleich. „Wie konnte ich so dumm sein? Ich bin nur in die Rolle meiner Schwester geschlüpft, um zu verhindern, dass du sie verfolgst. Sie sollte etwas mehr Zeit haben, über die Enttäuschung, die du ihr bereitet hast, hinwegzukommen. Früher oder später hat sie die Sache überwunden und kann sich dir gegenüber verteidigen. Aber jetzt ist mir klar, dass du in dem Moment, als du begriffen hast, wer ich wirklich bin, die Suche fortgesetzt hast."

Als er eine Augenbraue leicht spöttisch hochzog, wurde Milly so zornig, dass sie aufsprang. „Ich möchte zurück in die Villa. Es ist schon spät." Sie hob entschlossen das Kinn, und in ihren grünen Augen blitzte es ärgerlich auf. „Ich bleibe bei Filomena, bis es ihr wieder gut geht, vorausgesetzt, dass sie mich noch um sich haben will, nachdem sie erfahren hat, wer ich bin. Dann bin ich weg, und du kannst eine andere Gesellschafterin einstellen." Das ist die einzige Möglichkeit, heil und unbeschadet aus der Sache herauszukommen, dachte sie. Sie war im Begriff, eine Dummheit zu begehen und auf einen Schürzenjäger hereinzufallen. Wenn sie noch länger hierblieb, würde er ihr das Herz brechen. Sie wollte jedoch nicht dasselbe durchmachen müssen wie ihre Schwester.

„Meine Großmutter rechnet heute Abend nicht mit unserer Rückkehr", erklärte er ruhig.

Oh nein, dieser verdammte Kerl! Er hatte sie mitgenommen nach Florenz, sie mit exklusiven Outfits verwöhnt, ein Essen servieren lassen, das sie kaum angerührt hatte, ihr Champagner aufgedrängt, und das alles nur in der Absicht, sie zu verführen. Milly errötete vor Zorn.

Als sie ins Zimmer gehen wollte, stand er rasch auf und versperrte ihr den Weg. Sie sah ihn empört an. „Verfährst du immer nach der gleichen Masche? Überhäufst du eine Frau, die dir gefällt, mit Geschenken, versprichst ihr die Ehe und ein Leben in Reichtum und Luxus und lässt sie einfach sitzen, sobald du ihrer überdrüssig bist?“ Sie atmete tief ein und forderte ihn kühl auf: „Lass mich bitte durch.“

Obwohl es schon dunkel war, bemerkte sie seine ärgerliche Miene. Einem so selbstbewussten und stolzen Mann wie Cesare Saracino gefiel es natürlich ganz und gar nicht, auf seine Fehler und Schwächen hingewiesen zu werden, das war ihr klar.

„Ich habe es nicht nötig, irgendwelche Tricks anzuwenden, und ich kann mich nicht daran erinnern, dir einen Heiratsantrag gemacht zu haben“, entgegnete er und packte sie am Arm. „Da du mich offenbar für durch und durch schlecht hältst, gibt es einiges zu klären“, stellte er grimmig fest. „Zuerst muss ich dich darüber aufklären, was deine Schwester wirklich gemacht hat, ehe sie zu uns in die Villa kam. Sie hat als sogenannte Hostess in einem Nachtclub gearbeitet, nicht als Empfangsdame, wie du zu glauben scheinst. Das hat sie jedoch in ihrem Lebenslauf nicht erwähnt, als sie sich um den Job als Gesellschafterin beworben hat. Meine Nachforschungen haben ergeben, dass sie dort nicht beliebt war und keiner mehr etwas von ihr gehört hat. Ich habe auch in London in dem Kosmetiksalon, wo sie früher einmal gearbeitet hat, nach ihr suchen lassen. Ihre ehemaligen Kolleginnen hatten sie längst vergessen, niemand hatte mit ihr in Kontakt bleiben wollen. Jetzt konzentriert sich die Suche wieder auf Italien.“ Er spürte, wie bestürzt Milly war, und fügte sanfter hinzu: „Es tut mir leid. Es mag Männer geben, die Jilly anziehend finden, aber bei Frauen ist sie nicht beliebt.“

Milly versuchte zu begreifen, was Cesare ihr da erzählte. Stimmte es wirklich, dass ihre schöne, lebenslustige Schwester bei den Kolleginnen unbeliebt gewesen war? Sie war so sehr in ihre Gedanken versunken, dass sie sich nicht wehrte, als er ihr den Arm um die Schulter legte, sie ins Zimmer führte und in einen Sessel drückte.

Dann setzte er sich auf die Lehne des Sessels neben ihrem. Im Schein der Deckenleuchte glänzte sein dunkles, beinahe schwarzes Haar, und sein markantes Gesicht wirkte wie gemeißelt.

Milly wandte den Blick ab. Dieser Mann war viel zu attraktiv. Sie hasste ihn, weil er so schlecht über ihre Schwester redete, und begehrte ihn zugleich. Irgendwie musste sie Jilly verteidigen, aber wie?

„Es steht außer allem Zweifel, dass deine Schwester die Unterschriften auf den Schecks gefälscht hat“, erklärte Cesare in dem Moment. „Ich habe sie einem Sachverständigen vorgelegt, und er hat bestätigt, was ich vermutet hatte.“ Er zwang sich zu ignorieren, dass Milly plötzlich ganz blass wurde, und fuhr fort: „Und damit du es weißt: Ich war nie ihr Liebhaber.“

Jetzt richtete sich Milly auf. „Du hast es doch schon längst zugegeben, zumindest indirekt“, erinnerte sie ihn. „Als ich dich in England mit Signor Saracino angeredet habe, hast du gesagt, du hättest nicht vergessen, wie Jilly dich genannt hat, als sie zu dir ins Schlafzimmer gekommen ist.“ Sie blickte ihn herausfordernd an, doch plötzlich wurde ihr ganz übel, und sie wandte sich ab. Wenn das eine Lüge gewesen war, hätte er vielleicht auch in jeder anderen Hinsicht gelogen.

„Das stimmt.“ Er umfasste ihr Kinn und zwang sie, ihn wieder anzusehen. „Ich will die unfeinen Ausdrücke nicht wiederholen, die sie benutzt hat, als sie ungebeten und nackt in mein Schlafzimmer kam. Ich habe sie aufgefordert, blitzartig aus dem Raum zu verschwinden, oder sie würde den Job verlieren, egal wie sehr meine Großmutter ihre Gesellschaft schätzte. Dass deine Schwester sich so an mich heranmachte, fand ich abstoßend und ekelhaft. Nie habe ich mich für sie interessiert. Kurz nach diesem Zwischenfall ist sie verschwunden. Sie hat vermutlich eingesehen, dass sie keine Chancen bei mir hatte. Als ich einige Tage später die Buchführung meiner Großmutter auf den neuesten Stand brachte, fielen mir die gefälschten Unterschriften auf zwei Barschecks auf, die über sehr hohe Beträge ausgestellt waren. Den Rest der Geschichte kennst du.“

Milly schloss sekundenlang die Augen, um die Tränen zu unterdrücken. Sie war verwirrt, alle möglichen Gedanken gingen ihr durch den Kopf. Sie hatte gekämpft und an Jillys Unschuld geglaubt. Aber sie musste akzeptieren, dass Cesare nicht gelogen hatte, denn dafür hatte er gar keinen Grund.

Sie musste endlich damit aufhören, alles zu beschönigen, was Jilly machte, und sie so sehen, wie sie wirklich war. Durch Jillys Leichtsinn hatte ihre Mutter das Haus, das sie liebte, und alle Ersparnisse verloren. Dann hatte ihre Schwester versprochen, alles zurückzuzahlen, aber nichts war geschehen. Schließlich hatte sie gar nichts mehr von sich hören lassen, als wären ihr die Angehörigen völlig egal. Es hatte Jilly offenbar nicht gestört, dass ihre Mutter und ihre Schwester sehr bescheiden in einer kleinen, schäbigen Mietwohnung leben und den Schuldenberg zurückzahlen mussten, den sie zu verantworten hatte. Sie hatte sich um nichts mehr gekümmert.

Wie sehr hatte sie immer betont, sie könne jeden Mann haben, den sie haben wolle. Doch Cesare hatte sie nicht bekommen. Und das fand Milly ausgesprochen erfreulich.

Mit dem Daumen wischte er ihr eine einzelne Träne weg, die ihr über die Wange lief, während Milly von allen möglichen Emotionen ergriffen wurde, die sie nicht einordnen konnte. Aber sie waren echt und sehr stark.

„Es tut mir leid, dass ich dich so sehr aus der Fassung gebracht habe, Liebes. Doch ich musste es dir sagen. Das war ich mir schuldig."

Er war es sich schuldig? Was bedeutete das? Sie konnte sich keinen Reim darauf machen. Als er auf einmal vor ihr stand, sie hochzog und in die Arme nahm, wehrte sie sich nicht.

„Du hast deine Schwester immer für ehrlich und anständig gehalten und ihr nichts Schlechtes zugetraut", stellte Cesare fest. Er war stolz darauf, dass es ihm gelang, sich zu beherrschen und Milly nicht zu küssen. Aber er musste ihr Zeit lassen, mit allem zurechtzukommen, was sie soeben über ihre Schwester erfahren hatte.

„Ja, das stimmt." Sie sah Cesare in die Augen. „Sie war immer die Stärkere von uns beiden, charakterlich, meine ich."

Jilly ist herrschsüchtig und dominant, das heißt jedoch nicht, dass sie charakterlich gefestigter ist, dachte er.

„Sie hat mir als Kind und auch als Teenager sehr geholfen, und ich konnte mich immer an sie wenden, wenn ich Probleme mit anderen Kindern hatte", fuhr Milly fort.

Ja, auf die Art hat sie sichergestellt, dass Milly immer abhängiger von ihr wurde und sie immer mehr Macht über sie hatte, sagte Cesare sich. Jilly war überaus egoistisch und hatte bei allem, was sie tat, Hintergedanken, dessen war er sich sicher. Seine Hände schienen ein Eigenleben zu führen, jedenfalls ertappte er sich plötzlich dabei, dass er Millys Rücken streichelte.

„Sie konnte sich unserem Vater gegenüber am besten von uns allen behaupten", erzählte Milly ruhig. „Er war so etwas wie ein Kontrollfreak, und auch ihr gelang es nicht immer, ihren Willen durchzusetzen. Unsere Mutter hingegen konnte sie um den kleinen Finger wickeln, bei ihr durfte Jilly sich alles erlauben." Und das hat am Ende dazu geführt, dass unsere Mutter sich von Jilly finanziell hat ruinieren lassen, fügte Milly insgeheim hinzu. Zorn erfasste sie, als sie sich daran erinnerte, wie sehr sie und ihre Mutter hatten sparen müssen, um die Miete zu bezahlen, und wie wenig sie zum Leben gehabt hatten.

Und so als schämte sie sich wegen dieses Gedankens, gab sie leise zu: „Als du erschienen bist und mit einer Anzeige gedroht hast, beschloss ich, alles zu tun, um ihr zu helfen. Glaub mir, egal was sie gemacht hat, das Band zwischen Zwillingen ist sehr stark."

Das mag sein, doch in diesem Fall ist es eine sehr einseitige Bindung, korrigierte Cesare sie insgeheim. „Früher oder später werden wir sie finden, und ich werde sie nicht anzeigen, wenn dir das lieber ist", versprach er. „Aber ich werde ihr einen solchen Schrecken einjagen, dass sie nie wieder wagt, jemanden zu betrügen."

Milly war sehr erleichtert und schloss sekundenlang die Augen. Dass Cesare sein Wort halten würde, bezweifelte sie nicht. Vielleicht war Jilly allzu sorglos im Umgang mit dem Geld anderer und zu sorglos, wenn es darum ging, den Kontakt mit ihrer Familie zu halten, doch eine Betrügerin war sie nicht. Sie musste sehr verzweifelt gewesen sein, um Filomenas Unterschrift zu fälschen und die Schecks einzulösen. Das entschuldigte natürlich die Sache nicht, aber sie war ihre Schwester, und Milly hätte alles getan, um zu verhindern, dass Jilly angezeigt und verurteilt wurde.

„Da fällt mir noch etwas ein." Cesare ließ die Lippen sanft über ihre Stirn, ihre Augen und ihre Wangen gleiten, und Milly stöhnte leise auf. „Ich habe diese Outfits für dich bringen lassen, weil ich wusste, dass du dich in den Sachen deiner Schwester überhaupt nicht wohlgefühlt hast. Ich bin nicht mit dir in dieses Hotel gegangen, um dich zu verführen, obwohl ich zugeben muss, dass ich der Versuchung kaum widerstehen kann."

Sie öffnete die Augen und sah ihn an. Voller Verlangen erwiderte er ihren Blick, und sie gestand sich ein, dass Cesare der einzige Mann war, der eine so verzehrende Sehnsucht in ihr wecken konnte. Sie war bereit, alles zu nehmen, was er ihr anbot, und ihm alles zu geben, ohne Rücksicht auf die Folgen.

„Und du kannst der Versuchung auch kaum widerstehen." Atemberaubend sanft und zärtlich streichelte er ihre Brüste.

Verzweifelt versuchte sie, die Kontrolle über sich und ihre Gefühle nicht zu verlieren. „Das sollte nicht geschehen", flüsterte sie und war entsetzt über ihre heftige Reaktion auf diesen Mann. Am liebsten hätte sie ihm das Hemd und die Hose abgestreift und seinen nackten Körper an ihrem gespürt. So kannte sie sich gar nicht, und sie errötete vor Scham über ihre geheimen Wünsche.

Federleicht berührte er ihre Lippen mit seinen und sagte leise: „Lass dein Herz sprechen, und hör nicht auf deinen Verstand."

Genau das war ja so gefährlich. Milly fühlte sich leicht und beschwingt, ihr ganzer Körper schien vor Erregung zu prickeln. So ging es nicht weiter, irgendetwas musste ihr einfallen, damit sie wieder zur Besinnung kam. Während Cesare sie sanft und verführerisch küsste und gar nicht daran dachte, sich von ihr zu lösen, wisperte sie: „Vergiss nicht, ich bin nicht meine Schwester."

Sogleich hob er den Kopf und blickte sie erstaunt an. „Das ist mir völlig klar. Wie könnte ich das vergessen, Liebes? Wenn du Jilly wärst, wäre ich nicht hier. Ich begehre dich so sehr, wie ich noch nie zuvor eine Frau begehrt habe."

Er ließ die Hände über ihren Körper zu ihrer Taille gleiten und presste Milly fester an sich. Sie sollte spüren, wie sehr er sie begehrte. Als sie aufstöhnte, fügte er rau hinzu: „Hör bitte auf, dich mit ihr zu vergleichen und zu glauben, sie sei begehrenswerter als du, denn das stimmt nicht. Ihr seid beide sehr schön, aber deine Schönheit strahlt von innen heraus, du wirkst warm und herzlich, während deine Schwester eher eine harte, künstliche Schönheit ist. Das darfst du nie vergessen."

Seine Worte wirkten ungemein beruhigend und ermutigend. Milly konnte es gar nicht fassen, was er da gesagt hatte. Ihr Leben lang hatten die Menschen Jilly bevorzugt. Wenn sie in ihrer temperamentvollen Art einen Raum betreten und sogleich angefangen hatte, unbekümmert zu plaudern, waren ihr alle Herzen zugeflogen. Die Aufmerksamkeit aller war ihr sicher gewesen.

Da Milly nie eifersüchtig gewesen war, hatte sie sich wie selbstverständlich damit abgefunden, dass sie immer hinter Jilly zurückstehen würde. Sie hatte nicht mehr zu hoffen gewagt, jemals aus dem Schatten ihrer Schwester heraustreten zu können. Doch dieser attraktive, charismatische und so sexy wirkende Mann zog sie ihrer schönen Schwester vor. Es war unglaublich.

Irgendetwas Wunderbares geschah mit Milly. Sie legte Cesare die Arme um den Nacken und gestand sich ein, dass sie ihn liebte. Sie hatte keine Angst mehr vor ihren Gefühlen und stand dazu. Sie war bereit, sich mit ihm einzulassen. Es war fantastisch, und sie würde es nie bereuen, obwohl sie genau wusste, dass er ihre Gefühle nicht erwiderte.

Er fuhr ihr mit den Händen durch das dichte blonde Haar und senkte den Kopf. Zuerst küsste er sie so federleicht, dass es sich anfühlte wie ein Windhauch, dann immer leidenschaftlicher und voller Verlangen. Schließlich fing er an, mit der Zunge ihren Mund zu erforschen. Während Milly seine Küsse mit derselben Leidenschaft erwiderte, glaubte sie dahinzuschmelzen.

Cesare konnte kaum glauben, was da mit ihm geschah. Diese wunderschöne Frau brachte ihn um den Verstand. Als sie sich voller Verlangen an ihn schmiegte, löste er sich etwas von ihren Lippen und flüsterte: „Ich brauche dich, ich muss dich haben und kann mich nicht mehr beherrschen."

Sie antwortete ihm auf ihre Art, indem sie die Hände unter sein Hemd schob und seine nackte Haut streichelte. Er stöhnte auf vor Lust, hob Milly hoch und trug sie ins Schlafzimmer.

11. KAPITEL

Erst im Morgengrauen schlief Milly in Cesares Armen ein. Doch schon nach zwei Stunden wurde sie wieder wach, weil jemand an die Tür klopfte. Es musste der Zimmerservice sein, wie sie vermutete. Die Sonne schien durch die Vorhänge zum Fenster herein, und Milly wusste instinktiv, dass sie allein war in dem zerwühlten Bett. Dennoch zögerte sie aufzustehen. Wahrscheinlich hatte Cesare schon ihr Flugticket bestellt und alle Vorbereitungen für ihre Rückkehr nach England getroffen. Filomena würde sie zweifellos nicht mehr als Gesellschafterin um sich haben und sie auch nicht mehr sehen wollen.

Auch wenn es ihm vielleicht lieber wäre, sie würde noch in der Villa bleiben, bis er Milly leid war und sich eine neue Geliebte gesucht hatte, würde er sich immer nach den Wünschen seiner geliebten Großmutter richten und nichts tun, was ihr nicht gefiel. Natürlich war Milly bei dem Gedanken ganz unglücklich, doch eine rasche Trennung ohne große Auseinandersetzungen war vermutlich für sie und ihn das Beste. Allerdings fand sie die Vorstellung, ihn zu verlassen, schon jetzt absolut unerträglich. Wie viel mehr würde sie leiden, wenn sie sich erst nach Wochen oder Monaten innigen Zusammenseins trennten?

Sie beschloss, noch etwas länger im Bett liegen zu bleiben und in Gedanken die wunderbarste Nacht ihres Lebens in allen Einzelheiten noch einmal zu durchleben. Sie liebte Cesare heiß und innig und hatte ihn für immer in ihr Herz geschlossen.

An diese Nacht würde sie sich immer erinnern. Sie würde nie bereuen, was sie getan hatte. Ich werde diesen Mann nie vergessen und auch nicht, was er mir bedeutet, schwor sie sich, während sie sich umdrehte und das Gesicht in den Kissen barg.

Dass sie noch keinerlei Erfahrung gehabt hatte, hatte Cesare natürlich gemerkt. Aber er war so geduldig und zärtlich gewesen, dass Milly zu Tränen gerührt war. Doch als er sich kurz umdrehte, um sich zu schützen, fragte sie sich, ob er sich so sicher gewesen war, dass sie mit ihm schlafen würde.

Sie sagte sich jedoch, Cesare sei nur vorsichtig und vernünftig, und der leise Zweifel löste sich wieder auf. Cesare wollte verhindern, dass sie schwanger wurde, obwohl sie eigentlich nichts dagegen hatte. Sie wäre sogar froh und glücklich, wenn sie ein Kind von ihm bekommen würde, wie sie sich eingestand. Die Freude darüber würde die Probleme und Schwierigkeiten überwiegen, die man als alleinerziehende Mutter hatte.

Doch auch dieser Gedanke hatte sich aufgelöst, als Cesare sich ihr wieder zuwandte, ihre Beine auseinanderschob und ihren nackten Körper mit vielen zärtlichen Küssen bedeckte, ehe er in sie eingedrungen war.

Ihr Körper kam ihr unter der dünnen Decke immer noch ganz heiß vor, während sie sich daran erinnerte, dass sie von Cesare nicht genug hatte bekommen können, nachdem sie sich das erste Mal geliebt hatten. Ihr unersättliches Verlangen hatte ihn offenbar über alle Maßen erregt.

„Liebes", ertönte in dem Moment seine Stimme, und er küsste sie auf die nackte Schulter.

Sie hob den Kopf, sah ihn verschlafen an und lächelte. Sein beinah schwarzes Haar war noch feucht vom Duschen, und auf seiner gebräunten Haut entdeckte sie einige Wassertröpfchen. Außer dem Badetuch, das er sich um die Hüften geschlungen hatte, hatte er nichts an.

Bewundernd betrachtete sie ihn. Dann streckte sie die Arme nach ihm aus und war glücklich darüber, dass nichts von der geradezu betörenden Vertrautheit, die sie in der Nacht geteilt hatten, bei Tageslicht verloren gegangen war. Die Decke rutschte hinunter, und Milly sehnte sich danach, dass er ihre nackten, vollen Brüste berührte.

Er ließ sich auf das Bett sinken und nahm ihre Hände. „Du bist einfach unwiderstehlich. Dennoch müssen wir so schnell wie möglich zurückfahren." Er nahm die Tasse Kaffee vom Nachttisch und reichte sie ihr. „Anschließend muss ich mit meinem persönlichen Assistenten reden und ihn bitten, für nächste Woche einige Sitzungen einzuberufen.“

Diese Ankündigung wirkte auf Milly wie eine kalte Dusche. Schade, dass etwas, was für mich so wunderschön war, für ihn offenbar nur eine angenehme Abwechslung war, die in dem Moment, wenn es um sein Firmenimperium und seine Geschäfte geht, nicht mehr wichtig ist, dachte sie. Die Nacht, in der sie so vertraut miteinander umgegangen waren und die für Milly etwas ganz Besonderes gewesen war, lag hinter ihm und war vergessen. Er konzentrierte sich wieder auf die wichtigen Dinge des Lebens und tat so, als wäre nichts geschehen. Das war wohl die normale Reaktion auf einen One-Night-Stand.

Auch das war für Milly eine neue Erfahrung. Sie hatte so etwas noch nie zuvor gemacht und kannte die Regeln nicht. Sie war aber zu stolz, um sich jetzt an ihn zu klammern oder ihm eine Szene zu machen. Rasch zog sie die Decke über ihre Brüste.

Sie mied seinen Blick, weil sie nicht wieder schwach werden wollte. „Was soll ich Filomena sagen?“, fragte sie. „Sie wird sich sehr aufregen, wenn sie erfährt, dass ich sie getäuscht habe. Ich möchte ihr nichts mehr vormachen. Lange genug habe ich deswegen ein schlechtes Gewissen gehabt. Wenn du aber der Meinung bist, ich solle mit ihr über die ganze Sache erst reden, sobald sie wieder ganz gesund ist, müsste ich wohl noch einige Tage oder eine Woche so tun, als wäre ich meine Schwester.“ Schließlich sah sie ihn doch an. „Was meinst du?“

„Also“, begann er langsam und lächelte. Dabei leuchtete es in seinen Augen liebevoll. Sogleich verspürte Milly wieder diese heftige Sehnsucht nach seinen Zärtlichkeiten. „Ich bin der Meinung, wir sollten ihr sagen, dass du meine Frau wirst.“

Sekundenlang war sie sprachlos. „Bleib bitte ernst“, forderte sie ihn dann schockiert auf. „Es war kein guter Scherz, ich kann darüber nicht lachen.“

Cesare nahm ihr die Tasse aus der Hand und stellte sie auf den Nachttisch. „Ich habe in meinem ganzen Leben noch nie etwas ernster gemeint, mein Liebling“, versicherte er, ehe er ihre Hände nahm und sie an die Lippen führte. „Ich will dich für mich haben, deinen herrlichen Körper, dein liebevolles Herz. Ich will dich so, wie du bist. Ich will für dich sorgen, dich beschützen, dich verwöhnen und dich an meiner Seite haben. Du sollst meine Frau und die Mutter meiner Kinder sein.“

Wie betäubt schüttelte sie den Kopf. Träumte sie? Wie konnte dieser attraktive Mann ausgerechnet sie heiraten wollen? Ihre Hand zitterte leicht, als Milly die Finger über seine Wangen und seine verführerischen Lippen gleiten ließ, wie um sich zu vergewissern, dass es kein Traum war und sie sich das alles nicht nur einbildete, weil sie ihn so sehr liebte.

„Sag Ja“, bat er sie rau. Die leichte Unsicherheit in seiner Stimme überraschte Milly. Und dann küsste er sie ungestüm und leidenschaftlich.

Sogleich war sie von heißem Verlangen erfüllt und erwiderte heiser: „Ja, oh ja, Cesare. Ich liebe dich so sehr.“

Er hob den Kopf und versprach ihr: „Du wirst es nie bereuen, mein Liebling.“ Nachdem er ihr die Hände auf die Schultern gelegt und Milly etwas von sich geschoben hatte, fügte er hinzu: „So leid es mir tut, wir müssen uns jetzt anziehen. In dreißig Minuten ist Stefano hier, um uns abzuholen.“

Mit einem hinreißenden Lächeln richtete er sich auf, legte das Badetuch beiseite und durchquerte völlig nackt den Raum. Dann zog er einen Slip aus der Schublade der Kommode, stellte sich vor den Schrank und nahm wahllos eine Hose heraus. Fasziniert beobachtete Milly ihn. Er hat einen herrlichen Körper, dachte sie wieder einmal und hätte vor lauter Glück und Freude jubeln können. Jetzt war sie auch bereit, ihm zu verzeihen, wie rasch er sich nach dieser unglaublich intensiven Liebesnacht wieder auf das Geschäftliche konzentriert hatte. So war er eben, und seine Arbeit war ihm offenbar schon immer sehr wichtig gewesen, sonst wäre er nicht so erfolgreich.

„Ich habe es mir anders überlegt, Liebes", unterbrach er ihre Gedanken. „Falls du einverstanden bist, warten wir, bis meine Großmutter wieder ganz gesund ist, ehe wir ihr erzählen, dass wir heiraten werden." Er zog die hellen Chinos an und machte den Ledergürtel zu. „Da ich weiß, wie eigensinnig sie ist, würde sie aus lauter Freude darüber, dass ich endlich heirate, sogleich mit den Hochzeitsvorbereitungen anfangen wollen. Sie würde die Gästeliste aufstellen, sich um die Blumen, dein Brautkleid und den Empfang kümmern wollen. Nichts und niemand könnte sie davon abhalten. Aber in ihrem momentanen Zustand sollte sie sich nicht zu viel zumuten. Sie muss sich noch schonen. Verstehst du, was ich meine?"

„Natürlich." Milly sah ihn liebevoll an. Es war ihr egal, ob die Hochzeit einige Wochen früher oder später stattfand.

„Danke für dein Verständnis." Lächelnd zog er ein schwarzes Seidenhemd aus dem Schrank. „Außerdem muss ich für einige Wochen geschäftlich ins Ausland fliegen. Das ist schon länger geplant. Ich kann die Termine nicht verschieben. Nach meiner Rückkehr verraten wir ihr die Neuigkeit. Und mach dir keine Gedanken mehr darüber, wie meine Großmutter reagieren wird, wenn sie erfährt, wer du wirklich bist, mein Liebling. Sie weiß es schon." Er knöpfte das Hemd zu.

„Wie bitte?" Milly setzte sich im Bett auf und blickte ihn mit großen Augen an.

„Ja, sie weiß es", wiederholte er. „Ehe wir gestern nach Florenz gefahren sind, habe ich es ihr gesagt und auch mit ihr über den Scheckbetrug deiner Schwester geredet. Sie war überhaupt nicht überrascht. Als ich erwähnte, ich würde dich mitnehmen in unser Hotel, um endlich mit dir über alles zu sprechen, hat sie mich gebeten, nicht zu hart mit dir ins Gericht zu gehen. Sie ist davon überzeugt, dass du gute Gründe hattest, in Jillys Rolle zu schlüpfen, und sie weiß, was für ein sanfter, liebevoller Mensch du bist. Etwas Böses oder Schlechtes traut sie dir gar nicht zu."

Mit vier großen Schritten war er wieder neben ihr, nahm ihre Hände und zog Milly aus dem Bett. „Du hast überhaupt nichts zu befürchten. Es ist alles in Ordnung. Und jetzt mach dich bitte fertig."

Direkt nach ihrer Ankunft in der Villa verschwand Cesare in seinem Arbeitszimmer. Wenig später traf auch sein persönlicher Assistent ein, ein ernster junger Mann, der sehr professionell wirkte.

Trotz Cesares Beteuerungen hatte Milly ein ungutes Gefühl, als sie Filomenas Suite betrat.

Aber als Filomena sie herzlich begrüßte und sich aufrichtig freute, sie zu sehen, beruhigte Milly sich wieder. Die ältere Dame forderte sie auf, sich mit ihr auf die Terrasse zu setzen, damit sie endlich über das Thema reden konnten, das Filomena auf den Nägeln brannte, seit Cesare ihr gesagt hatte, wer Milly wirklich war.

Mit großem Aufwand räumten Stefano und das gesamte Hauspersonal den großen Holztisch und die Bänke zur Seite und schafften Filomenas bequemen Sessel mit den vielen Kissen nach draußen. Dann brachte Maria ihnen Orangensaft und Mandelkuchen.

„Ich war etwas verblüfft darüber, als ich feststellen musste, dass meine Gesellschafterin sich so sehr verändert hatte", gab Filomena lächelnd zu, nachdem das Personal sich zurückgezogen hatte. „Aber ich habe mir nichts dabei gedacht. Die vermeintliche Jilly war auf einmal nicht mehr so temperamentvoll und flatterhaft wie zuvor, sondern sanft, herzlich und rücksichtsvoll. Du hast mir auch aus anderen Büchern vorgelesen als deine Schwester. Du ziehst klassische Literatur vor, doch dafür hatte deine Schwester kaum Verständnis. Versteh mich bitte nicht falsch, ich will nicht behaupten, deine Schwester sei keine gute Gesellschafterin gewesen. Ich war froh, dass sie da war, denn ich hatte angefangen, mich zu langweilen und wusste nicht mehr, womit ich mich beschäftigen sollte. Cesare war überzeugt, ich hätte nicht mehr leben wollen. Mit ihrem unbekümmerten Geplauder hat Jilly mich aufgeheitert. Besonders wenn Cesare in der Nähe war, hat sie ihren ganzen Charme spielen lassen. Manchmal habe ich sie abends mit ihm im Garten lachen hören, nachdem ich mich hingelegt hatte. Sie hat wirklich Leben ins Haus gebracht. Sie war so charmant, dass man bereit war, ihr beinahe alles zu verzeihen."

„Auch den Scheckbetrug?" Milly schämte sich sehr für ihre Schwester.

„Ja, auch den. Sie muss sehr verzweifelt gewesen sein, und ich habe mehr als genug Geld. Aber ich hätte kein Verständnis mehr dafür, wenn sie es gewohnheitsmäßig machen würde", fügte Filomena härter und strenger hinzu. „Doch genug davon. Lass uns über erfreulichere Dinge reden."

An dem Abend aß Filomena zum ersten Mal seit ihrem Unfall wieder mit Cesare und Milly zusammen im Esszimmer statt in ihrer Suite. Als er sich schließlich zu ihnen gesellte, war Milly sehr deprimiert, denn er beachtete sie kaum. Sie musste jedoch mit ihm über die Hochzeit ihrer Freundin reden.

„Ich habe Cleo angerufen. Sie wünscht sich sehr, dass ich ihre Brautjungfer bin. Ich hatte es ihr versprochen und möchte sie nicht enttäuschen. Außerdem muss ich die Wohnung ausräumen", begann sie. Sie hatte die Hoffnung aufgegeben, dass Jilly versuchen würde, Kontakt mit ihr aufzunehmen. Falls ihre Schwester doch noch auftauchte, konnte Cleo ihr sagen, wo Milly sich aufhielt.

Sie strahlte auf einmal übers ganze Gesicht. Sie brauchte das Apartment nicht mehr, denn sie und Cesare würden heiraten. Dieser Gedanke versetzte sie in Hochstimmung, obwohl Cesare sie ignorierte und sie das Gefühl hatte, unsichtbar zu sein.

„Wann findet denn die Hochzeit statt?", fragte er.

Sie begegnete seinem kühlen Blick und konnte ihre Enttäuschung kaum verbergen. Am Abend zuvor hatte er sie voller Verlangen angeblickt, sodass sie sich wie im siebten Himmel gefühlt hatte. Und jetzt sah er sie an, als wäre sie eine kleine Angestellte, die Urlaub haben wollte, obwohl ihr keiner zustand.

„In ungefähr sechs Wochen", erwiderte sie unsicher. „Aber ich muss schon zwei Wochen früher in England sein, um das Kleid auszusuchen und mich um die Wohnung zu kümmern. Gleich nach der Hochzeit würde ich zurückkommen."

Er wandte sich ab, und sie bezweifelte, dass er ihr überhaupt zugehört hatte. Schließlich rettete Filomena die Situation.

„Natürlich musst du nach England fliegen. Wer weiß, vielleicht erfährst du bei der Gelegenheit, wo sich deine Schwester aufhält. Cesare, nimmst du die Sache in die Hand und buchst den Flug?"

„Großmutter", er legte das Besteck hin, lehnte sich auf dem Stuhl zurück und zog eine Augenbraue hoch, „ich habe dir doch erzählt, dass ich geschäftlich wegmuss. Deshalb kann ich mich um gar nichts mehr kümmern. Aber Stefano wird alles erledigen." Er stand auf. „Entschuldigt mich bitte, ich habe noch viel zu tun, ehe ich morgen früh nach Madrid fliege."

Während sie das Abendessen ohne ihn beendeten, verhielt sich Milly Filomena gegenüber so wie immer. Auch später, als sie der älteren Dame half, sich für die Nacht fertig zu machen, ließ Milly sich nicht anmerken, was in ihr vorging.

Cesare hat praktisch durch mich hindurchgeblickt, dachte sie später in ihrem Schlafzimmer. Außer dass er ihr eine einzige Frage gestellt hatte, hatte er kein Wort mit ihr geredet. Sie war zutiefst verletzt und wusste nicht, was sie von seinem Benehmen halten sollte. War das noch derselbe Mann, der sie in der Nacht leidenschaftlich geliebt und sie gebeten hatte, seine Frau zu werden?

Sie nahm sich vor, sehr früh aufzustehen, ihn zur Rede zu stellen und einige Antworten zu verlangen, ehe er die Villa verließ. Nachdem sie geduscht und sich die Zähne geputzt hatte, zog sie ein weites T-Shirt über und legte sich hin. Sie war zu aufgewühlt, um jetzt noch, zu dieser späten Stunde, zu ihm ins Arbeitszimmer zu gehen und ihn zu fragen, was los sei.

Nicht ein einziges Mal hatte er gesagt, er liebe sie, wie ihr plötzlich einfiel. Es beunruhigte und verunsicherte sie. Doch dann mahnte sie sich, ruhig zu bleiben und nicht die Nerven zu verlieren. Wenn Cesare sie nicht liebte, hätte er sie nicht gebeten, seine Frau zu werden. Wahrscheinlich war er zu sehr mit der bevorstehenden Geschäftsreise beschäftigt und hatte kaum Zeit für etwas anderes.

Weshalb sollte er sich auch Gedanken über seine Verlobte machen? Vermutlich war er der Meinung, er hätte deutlich genug zum Ausdruck gebracht, was er für sie empfand. Wenn er merkte, wie verunsichert sie war, was seine Gefühle betraf, würde er sich sicher nur ärgern. Er sollte nicht glauben, sie erwarte von ihm, dass er mehr Zeit für sie hatte. Und er sollte auch nicht befürchten müssen, sie mache ihm eine Szene, wenn er es wagte, länger zu arbeiten und später nach Hause zu kommen.

Nachdem sie sich vorgenommen hatte, vernünftig zu sein, knipste sie die Nachttischlampe aus und schloss die Augen. Doch als wenig später die Tür geöffnet wurde und Cesare hereinkam, richtete Milly sich im Bett auf. Im Schein der Flurlampe hinter ihm sah sie, dass er einen Bademantel anhatte. Er machte die Tür hinter sich zu, durchquerte das dunkle Zimmer und blieb an Millys Bett stehen.

„Verzeih mir, mein Liebling“, bat er sie leise, während er sie in die Arme nahm und an sich zog. „Es tut mir leid, dass ich dich ignoriert habe. Aber wenn ich dich nur ansehe oder mit dir rede, kann ich meine Gefühle für dich nicht verbergen. Nur weil wir vereinbart haben, meine Großmutter vorerst noch nicht in unsere Heiratspläne einzuweihen, habe ich mich so abweisend verhalten. Im Allgemeinen hat sie ein gutes Gespür für solche Dinge.“ Er atmete tief ein und aus, und sie spürte seinen warmen Atem an ihren Wangen. „Verzeihst du mir?“

„Natürlich! Ich verzeihe dir alles.“ Milly schmiegte sich an ihn, schob die Hände unter seinen Bademantel und streichelte seine nackte Brust. Vor lauter Sehnsucht und Glück fühlte sie sich wie betäubt. Und sie ärgerte sich über die Zweifel, die sie gehabt hatte, und ihre Unsicherheit. Sanft und liebevoll küsste sie ihn auf die Lippen.

„Es ist ganz gut, dass ich eine Zeit lang nicht da bin. Dann gerate ich nicht in Versuchung. Nach meiner Rückkehr reden wir mit meiner Großmutter.“ Er küsste sie leidenschaftlich und erforschte ihren Mund mit der Zunge. Schließlich streifte er sich den Bademantel ab, zog Milly das T-Shirt aus und knipste die Nachttischlampe an.

„Ich möchte dich sehen, mein Liebling“, sagte er rau und drückte sie mit seinem Körper in die Kissen. Dann liebkoste er ihre aufgerichteten Brustspitzen mit den Fingern, ehe er die Hände über ihren flachen Bauch und weiter hinuntergleiten ließ.

Milly konnte es kaum erwarten, mit ihm vereint zu sein. Immer wieder stöhnte sie auf und presste sich an ihn. Er schien zu wissen, wie sehr sie sich nach ihm sehnte, denn er küsste sie ungemein sanft und zärtlich und flüsterte: „Wir haben viel Zeit, Liebes. Es wird eine wunderschöne Nacht, das verspreche ich dir.“

12. KAPITEL

Es regnete in Strömen, und in dem Apartment war es kühl und feucht. Ohne die Vorhänge, Brücken und farbigen Kissen, die Milly an einem trüben Wintertag gekauft hatte, um die Wohnung etwas freundlicher zu gestalten, wirkte alles ziemlich schäbig und trostlos.

Der Gedanke, dass ihre Mutter zu Lebzeiten ihres Vaters in einem hübschen Haus mit Garten auf dem Land gewohnt hatte und dann die letzten Jahre ihres Lebens hier hatte verbringen müssen, schnürte Milly die Kehle zu. Das hatten sie und ihre Mutter nur Jillys Leichtsinn und Egoismus zu verdanken gehabt.

Das ist alles, was von dem Leben meiner Mutter übrig geblieben ist, dachte Milly traurig, während sie die gepackten Umzugskartons zusammenschob. Es war erschreckend wenig. Jillys Sachen hatte sie getrennt eingepackt. Die Kleidung ihrer Mutter und ihrer Schwester hatte Milly zu der Kleidersammelstelle einer Hilfsorganisation gebracht. Alles andere wurde zusammen mit den Möbeln eingelagert. Vielleicht brauchte Jilly das eine oder andere, falls sie einmal zurückkam und beschloss, in England zu wohnen. Jedenfalls hatte Milly nicht alles wegwerfen wollen, ohne ihre Schwester vorher zu fragen.

Ob sie wohl jemals wieder auftaucht?, überlegte Milly. Sie war zornig auf Jilly wegen ihres schlechten Verhaltens Cesare und seiner Großmutter und ihrer eigenen Familie gegenüber. Zugleich war sie aber auch sehr besorgt darüber, dass Jilly spurlos verschwunden war.

Ich muss damit zurechtkommen, es hat keinen Sinn, stundenlang zu grübeln, sagte sie sich. Sie ging in die winzige Küche, um Tee für die Leute von der Spedition aufzubrühen.

Am Tag zuvor hatte Cleo geheiratet. Es war ein warmer, sonniger Tag gewesen. Die Freundin hatte in dem weißen Kleid wunderschön ausgesehen, und der Bräutigam war stolz auf seine schöne Braut gewesen. Daran erinnerte Milly sich gern.

Sie würde in einem Flughafenhotel übernachten und am nächsten Morgen nach Italien zurückfliegen. Und dann würde sie Cesare wiedersehen. Darauf freute sie sich sehr. Ihre Stimmung hellte sich bei dem Gedanken auf. Sie vermisste ihn, doch bald war die Warterei vorbei. Nach seiner Abreise hatte er jede Woche zweimal angerufen, mit seiner Großmutter gesprochen und sich nach ihrem Befinden erkundigt. Einige Male hatte Milly mit ihm reden können, und diese Gespräche hatten sie aufgeheitert. Seit sie in England war, hatte Milly jedoch nichts mehr von ihm gehört.

Nachdem sie den Tee aufgegossen hatte, stellte sie die Becher auf ein Tablett. Cesare hatte ihr sogar ein Konto eröffnet, und sie konnte nach Belieben über den hohen Betrag verfügen, den er ihr zur Verfügung gestellt hatte. Das war ausgesprochen großzügig, denn sie waren ja noch nicht verheiratet, sondern nur heimlich verlobt. Es war Milly sehr schwergefallen, es niemandem zu verraten. Besonders Cleo hatte sie gedrängt, ihr mehr über den Mann zu erzählen, der sie erpresst und gezwungen hatte, mit ihm nach Italien zu fliegen.

Allzu gern hätte Milly der Freundin verraten, dass sie und Cesare bald heiraten würden. Aber sie hatte ihm versprochen zu schweigen und nicht über die Pläne zu reden, und sie hatte ihr Wort gehalten.

Filomena ging es mittlerweile wieder gut. Das hatte sie jedenfalls Milly vor zwei Tagen am Telefon versichert. Sie kümmerte sich schon wieder um den Garten und hatte einige Änderungen veranlasst, die sie Milly unbedingt zeigen wollte. Und das bedeutete, Cesare konnte die Verlobung bekannt geben und den Termin für die Hochzeit festsetzen.

Milly war plötzlich ganz aufgeregt. Er war ein wunderbarer Mann, und er wollte sie heiraten! Sie lehnte sich mit dem Rücken an die Spüle und dachte über Cesare nach, der ihr Leben so sehr verändert hatte. Der Tee und die drei Möbelpacker, die gerade das alte Sofa mit viel Getöse die schmale Treppe hinuntertrugen zu dem Möbelwagen, der vor dem Haus stand, waren vergessen. Sie malte sich aus, wie sie in einem wunderschönen weißen Brautkleid durch die

Kirche auf Cesare zuging, der am Altar auf sie wartete und sie mit den dunklen Augen voller Liebe ansah.

„Milly!"

Sie versteifte sich, und ihr stockte der Atem. Unvermittelt kehrte sie in die Wirklichkeit zurück. Nur ein einziger Mensch konnte ihren wenig schönen Namen so aussprechen, dass er wie ein ganz besonderer klang. Und nur die Stimme eines einzigen Mannes verursachte ihr eine Gänsehaut. Cesare war da!

Und dann geriet sie in Bewegung, lief aus der Küche, die Holztreppe hinunter und geradewegs in seine Arme. Ohne zu zögern, senkte er den Kopf und küsste Milly so lange und leidenschaftlich, dass sie sich wie betäubt fühlte.

„Danach habe ich mich gesehnt, mein Liebling", erklärte er schließlich rau. Er packte sie an den Armen und hielt Milly etwas von sich ab, um sie besser betrachten zu können. „Du bist viel zu schön!" Er ließ den Blick über das elegante helle Leinenkostüm gleiten, die bis zur Taille reichende Jacke und den knielangen Rock. „Das steht dir gut. Du verstehst es, dich geschmackvoll zu kleiden, wenn du nicht jeden Cent dreimal umdrehen musst."

Milly errötete vor Unbehagen. Er sollte sie nicht für geldgierig halten. Das Kostüm war sehr teuer gewesen, und sie hatte lange überlegt, ob sie es überhaupt kaufen sollte. Doch Cleo hatte sie überredet und gesagt: „Das musst du nehmen! Es sitzt perfekt und steht dir gut." Doch sie hatte Hemmungen, das Geld, das Cesare ihr zur Verfügung gestellt hatte, auszugeben.

„Cleo und ich waren vor der Hochzeit einen Tag in London", berichtete sie. „Dort habe ich mir die neue Frisur machen lassen." Und es hat ein kleines Vermögen gekostet, fügte sie insgeheim hinzu. Sie erinnerte sich daran, wie schuldig sie sich gefühlt hatte, als sie den hohen Betrag auf der Rechnung gesehen hatte. Sie gestand sich jedoch ein, dass der Friseur in London gute Arbeit geleistet hatte.

„Außer diesem Kostüm habe ich mir noch einige Outfits gekauft", gab sie mit wachsendem Unbehagen zu.

„Liebes, mach dir doch deswegen keine Gedanken." Er küsste sie wieder und blickte ihr dann lächelnd in die Augen. „Als meine Frau erwarte ich von dir, dass du nur das Beste trägst und dich elegant kleidest. Ich verlange es sogar", erklärte er energisch und trat zur Seite, um einen der Möbelpacker vorbeizulassen, der die zusammengerollten Brücken in den Transporter trug.

„Wir haben den Tee gefunden, Ms. Lee! Danke." Der Mann blinzelte ihr freundlich zu.

„Wie lange brauchen Sie noch?", fragte Cesare.

„Wir sind gleich fertig."

Cesare sah auf die goldene Armbanduhr. „In fünf Minuten?"

„Ja. Länger brauchen wir bestimmt nicht mehr."

„Bist du reisefertig?", wandte Cesare sich dann an Milly.

„Natürlich. Ich muss nur noch den Koffer holen." Auch der war neu und größer als der alte, damit alles, was sie gekauft hatte, hineinpasste. Wieder errötete sie und versuchte sich zu überzeugen, dass Cesare ihr das Geld zur Verfügung gestellt hatte, damit sie es ausgab. Dennoch hatte sie Schuldgefühle. Sein Reichtum bedeutete ihr nichts. Sie würde ihn auch heiraten, wenn er bettelarm wäre. Sie scheute sich nicht, zu arbeiten und ihr Geld selbst zu verdienen.

Während sie die Treppe hinauflief, überlegte sie, warum er es so eilig hatte. Konnte er es nicht erwarten, mit ihr allein zu sein? Sie bekam Herzklopfen. Wahrscheinlich hatte seine Großmutter ihm erzählt, dass sie heute die Wohnung ausräumen ließ und morgen nach Italien zurückkommen wollte. Würden sie zusammen zurückfliegen? Jedenfalls hatte die Eile, die er an den Tag legte, auch etwas Gutes: Milly hatte keine Zeit, der Vergangenheit nachzutrauern und sich den Erinnerungen hinzugeben.

Cesare folgte ihr und trug den Koffer nach unten. Milly schloss die Wohnung ab und warf den Schlüssel in den Briefkasten, wie sie es mit dem Vermieter vereinbart hatte. Dann lächelte sie Cesare an. „Ich habe heute gar nicht mit dir gerechnet. Aber ich bin froh, dass du da bist."

„Meine Großmutter hat mir gesagt, dass du morgen nach Pisa zurückfliegen willst. Ich habe die Reise unterbrochen, einige Termine verschoben und gehofft, dich noch hier anzutreffen. Der Chauffeur da drüben in der Limousine fährt uns zum Flughafen, dann fliegen wir mit dem Firmenjet nach Italien."

„Oh, du schaffst es immer wieder, mich zu überraschen", erwiderte sie lächelnd. Sie fühlte sich privilegiert und war auch etwas stolz darauf, einen Mann zu heiraten, der sich alles erlauben konnte. Doch auch ohne seinen Reichtum wäre er dank seiner faszinierenden Ausstrahlung ein ganz besonderer Mann.

Er erwiderte ihr Lächeln nicht, sondern blickte Milly mit ernster Miene an.

„Ist etwas passiert? Geht es Filomena schlechter?", fragte sie bestürzt.

„Nein, es geht ihr gut." Er legte ihr den Arm um die Schulter und führte sie zu der silberfarbenen Limousine. „Wir haben deine Schwester gefunden. Sie arbeitet in Neapel, und ich möchte dich zu ihr bringen."

„Ich sehe keinen Grund, nicht sofort mit Jilly zu reden", sagte Milly, als Cesare aus dem Badezimmer der Suite kam und sich das Haar mit dem Badetuch trocken rieb. Sie wandte den Blick von dem wunderbaren Sonnenuntergang ab, den sie durch das breite Fenster des Hotelzimmers beobachtet hatte. Obwohl es ältere Hotels mit mehr Atmosphäre in Neapel gab, hatte er sich für dieses moderne Luxushotel entschieden, weil es hier nicht so laut war wie in der Stadt und man ungestörter schlafen konnte, wie er Milly erklärt hatte. Lächelnd hatte er hinzugefügt, dass Letzteres nicht ausschlaggebend gewesen sei.

„Nein, besser morgen früh", antwortete er, während er das Badetuch weglegte und sich anzog.

Milly seufzte. Mit dem feuchten dunklen Haar und in dem schwarzen Hemd und der hellen Leinenhose sah er ungemein gut aus. Am liebsten hätte sie ihn geküsst und in seinen Armen die Welt um sich her vergessen.

„Morgen früh arbeitet sie“, wandte sie ein.

„Sie arbeitet jetzt.“ Er ging auf sie zu und fuhr ihr mit dem Finger über die gerunzelte Stirn. „Deine Schwester arbeitet unter dem Namen Jacinta Le Bouchard als Tänzerin und Hostess in einem Nachtclub, den ich mit dir nicht betreten würde.“

Sie sank in sich zusammen. Die Bezeichnung Hostess war offenbar eine freundliche Umschreibung für das, was ihre Schwester machte. Das schloss Milly aus Cesares verächtlicher Miene. War ihre Schwester etwa so tief gesunken, dass sie ihren Körper verkaufte?

Jetzt wunderte es Milly nicht mehr, dass sich Cesare während des Fluges kaum zu dem Thema geäußert hatte. Er hatte nur berichtet, der Privatdetektiv hätte Jilly gefunden. Dann hatte er Milly noch einmal versprochen, sie könne mit ihrer Schwester allein reden, so lange sie wolle. Jilly wusste noch nicht, dass ihre Mutter gestorben war, und Milly musste es ihr beibringen. Anschließend wollte Cesare der jungen Frau die Meinung sagen, aber er hatte nicht vor, sie anzuzeigen.

„Es tut mir leid, mein Liebling.“ Er umarmte sie liebevoll und fuhr ihr mit den Fingern durch das seidenweiche blonde Haar. „Ich hätte es dir gern erspart. Doch das ist nicht möglich. Dass du dir Sorgen um sie machst, ist mir klar. Dir zuliebe werde ich eine andere Stelle für sie finden, vorausgesetzt, sie willigt ein, ihr Leben zu ändern.“

Er hielt sie etwas von sich ab. „Während du duschst und dich umziehst, bestelle ich uns beim Zimmerservice etwas zu essen. Und heute Nacht wirst du alle Sorgen und Ängste vergessen, das verspreche ich dir. Ist das okay?“ In seinen Augen leuchtete es voller Liebe auf.

Millys Herz floss über vor Zärtlichkeit, und sie wagte kaum zu atmen. Sie liebte ihn so sehr, dass es fast körperlich schmerzte.

Ihr zuliebe war er bereit, darauf zu verzichten, Jilly anzuzeigen, obwohl er es sich zunächst fest vorgenommen hatte. Und er wollte Jilly sogar helfen, aus dem Sumpf herauszukommen, in dem sie versunken war, indem er ihr eine andere Stelle anbot. Milly nahm sich vor, die Gedanken an ihre Schwester bis zum nächsten Morgen zu verdrängen und die Nacht mit Cesare zu genießen.

„Ich liebe dich", sagte sie leise und hätte sich am liebsten gar nicht von ihm gelöst.

Er küsste sie flüchtig auf die Lippen und forderte sie rau auf: „Geh bitte ins Badezimmer, sonst kann ich mich nicht mehr beherrschen und nehme alles vorweg, was ich mir für heute Nacht vorgenommen habe."

Während sie das große Schlafzimmer durchquerte und auf die Tür zu dem angrenzenden Badezimmer zuging, freute sie sich auf die vor ihr liegende Liebesnacht mit diesem Mann.

„Verbring nicht zu viel Zeit im Bad, Liebes. Ich bin ein ungeduldiger Mann!", rief er hinter ihr her.

Innerhalb weniger Minuten hatte Milly geduscht. Nachdem sie sich abgetrocknet hatte, lief sie nackt ins Schlafzimmer, öffnete den Koffer und wühlte darin herum. Als sie die weiche Seide unter ihren Fingern spürte, lächelte sie. Ja, das war genau das Richtige. Sie zog das verführerische schwarze Nachthemd hervor, das sie in einer exklusiven Boutique in London entdeckt hatte. Eigentlich wollte sie es in der Hochzeitsnacht tragen, doch warum sollte sie es nicht jetzt schon anziehen?

Als sie dieses doch sehr unpraktische Etwas gekauft hatte, hatte Cleo erstaunt gefragt: „Bist du ganz sicher, dass es keinen Mann in deinem Leben gibt? Ich meine, einen anderen als Bruce. Der ist zu steif und schwerfällig und wüsste gar nicht, was er von so einem verführerischen Nachthemd halten sollte."

Milly zog es an und betrachtete sich im Spiegel. Sie freute sich schon auf Cesares Reaktion. Ihre vollen Brüste mit den harten Spitzen und ihre wohlgerundeten Hüften zeichneten sich deutlich unter der feinen Seide ab. Beim Gehen öffneten sich die seitlichen Schlitze, die bis zu den Oberschenkeln reichten, und gaben den Blick auf ihre schlanken Beine frei.

Plötzlich kamen ihr Bedenken. War es nicht schamlos, so etwas zu tragen? Nein, Cesare ist mein zukünftiger Mann, und es ist völlig in Ordnung, mich ihm so zu zeigen, gab sie sich sogleich selbst die Antwort.

Aber hatte er nicht gesagt, es hätte ihn abgestoßen, dass Jilly mit ihren weiblichen Reizen kokettiert hatte? Kurz entschlossen zog Milly das zu dem Nachthemd passende weite Negligé über. Es war knöchellang und sehr elegant. Ja, so fühlte sie sich wohler. Erleichtert atmete sie auf und öffnete die Tür zum Wohnzimmer.

Cesare stand am Fenster und blickte hinaus. Die Hände hatte er in die Taschen der Leinenhose geschoben, und er strahlte Kraft, Macht und Stärke aus. Er war so faszinierend, dass es Milly den Atem raubte. Langsam ging sie auf ihn zu. Er drehte sich um und sah sie bewundernd an.

„Du siehst ganz bezaubernd aus.“ Cesare nahm ihre Hände und betrachtete Milly so aufmerksam und voller Bewunderung von oben bis unten, dass sie errötete und ihr Herz viel zu heftig pochte.

Schließlich umfasste er ihre Taille mit beiden Händen und zog Milly an sich. „Statt zu essen, würde ich lieber etwas ganz anderes machen“, sagte er rau an ihrem Ohr. „Aber das Essen ist serviert, und wir sollten es wenigstens probieren.“ Er führte sie zu dem niedrigen Tisch, der vor dem breiten, bequemen Sofa stand und mit weißen Servietten, Silberbestecken und wertvollen Kristallgläsern gedeckt war. Es gab Champagner, eine große Auswahl an Meeresfrüchten, verschiedene Salate und Pasta. Milly konnte sich jedoch nicht vorstellen, irgendetwas hinunterzubekommen, dazu war sie viel zu angespannt. Sie ließ sich auf das Sofa sinken.

Als Cesare ihr aber ein Glas Champagner reichte und sich neben sie setzte, entspannte sie sich etwas – bis er ihr Knie mit seinem berührte. Sogleich überlief es sie heiß, und sie wagte kaum zu atmen.

Vor lauter Sehnsucht nach ihm verliere ich noch den Verstand, dachte sie und stellte das Glas auf den Tisch. In dem Moment zog Cesare ein kleines Kästchen aus der Hosentasche und drückte es ihr in die Hand. „Für dich, mein Liebling. Mach es auf."

Sekundenlang sah sie ihm in die Augen. Er hatte noch nie gesagt, dass er sie liebte, doch sein Blick verriet es ihr. Langsam öffnete sie das Kästchen und rang nach Luft. Der Ring aus Gold mit dem großen funkelnden Smaragd war wunderschön. Cesare nahm ihn heraus und steckte ihn Milly an den Finger.

„Du bist die erste und einzige Frau, der ich einen Heiratsantrag gemacht habe." Er nahm auch noch die feine Goldkette aus dem Kästchen, die sie noch gar nicht bemerkt hatte, und reichte sie ihr. „Den Ring kannst du an dieser Kette um den Hals tragen, bis wir meiner Großmutter nach meiner Rückkehr erzählt haben, dass wir heiraten werden."

Sie neigte den Kopf leicht zur Seite. „Was meinst du damit, nach deiner Rückkehr? Fahren wir nicht zusammen zurück zur Villa?"

„Nein. Du weißt doch, ich war auf Geschäftsreise. Den Abstecher zu dir und nach Neapel habe ich nur zwischen die anderen Termine geschoben. Morgen Nachmittag fliegst du nach Pisa, dort holt Stefano dich am Flughafen ab. Und ich setze die Geschäftsreise fort."

Milly war enttäuscht. Sie hatte geglaubt, sie würden zusammen zur Villa fahren, Filomena die wunderbare Neuigkeit mitteilen und anfangen, die Hochzeitsfeier zu planen.

Glücklicherweise war sie ein vernünftiger Mensch und fing nicht wie ein Kind bei jeder Enttäuschung an, sich zu beschweren und zu jammern. Cesare war ein erfolgreicher Geschäftsmann mit einem riesigen Firmenimperium, um das er sich kümmern musste. Lächelnd hob sie das Glas und blickte ihn an. „Auf die längste heimliche Verlobung, von der ich jemals gehört habe!" In ihren Augen blitzte es belustigt auf.

„Ich verspreche dir, es wird keine lange Verlobungszeit geben", antwortete er mit ernster Miene. Milly wusste nicht, was sie von dem plötzlichen Stimmungsumschwung halten sollte. Sie dachte jedoch nicht weiter darüber nach, denn er nahm die Gabel in die Hand und fing an, Milly einen Bissen nach dem anderen in den Mund zu schieben. Kurz entschlossen machte sie es ihm nach und schob ihm auch das Essen in den Mund. Die Stimmung war wieder heiter und ausgelassen.

Erst als er auf einmal seltsam reglos dasaß und sie wie gebannt betrachtete, merkte Milly, dass sich das Negligé vorn geöffnet hatte und ihre vollen Brüste unter dem feinen Material des Nachthemds zu sehen waren. Schließlich legte er die Gabel nieder, sagte leise etwas auf Italienisch vor sich hin, was sich wie ein Fluchen anhörte, sprang auf und zog Milly an sich.

„Du bist zu verführerisch, ich kann mich nicht länger beherrschen", flüsterte er und trug sie ins Schlafzimmer.

Die engen Straßen, durch die Milly und Cesare im Schneckentempo fuhren, waren schmutzig, und die Häuser waren verkommen. Zum ersten Mal an diesem Morgen überkam sie ein ungutes Gefühl bei dem Gedanken an die bevorstehende Begegnung mit ihrer Schwester.

Es war wirklich eine unvergessliche Nacht gewesen, und Milly war gut gelaunt aufgestanden. Cesare hatte ihr das Frühstück, das aus Orangensaft, Kaffee, Toast und fein geschnittenem Schinken und Käse bestanden hatte, ans Bett gebracht. Anschließend hatte er sich, nur mit einem Slip bekleidet, neben ihr ausgestreckt, die Hand über ihre nackte Schulter gleiten lassen und leise gesagt: „Du bist so schön und sexy, ich kann der Versuchung nicht widerstehen und muss dich immer wieder berühren."

„Das gefällt mir", gab sie heiser zu und erbebte, als er ihre aufgerichteten Brustspitzen liebkoste. Sie schob das Tablett weg, drehte sich zu ihm um und streifte ihm den Slip ab.

Später hatten sie zusammen geduscht und sich wieder nicht beherrschen können und sich leidenschaftlich geliebt.

Auch als sie danach die cremefarbene Leinenhose und das grüne Baumwolltop anzog und Cesare im Wohnzimmer telefonierte, hatte sie noch das Gefühl gehabt, auf Wolke sieben zu schweben. Nicht ein einziges Mal hatte sie über ihre Schwester nachgedacht.

Doch während sie jetzt durch das Gewirr von Straßen fuhren, verkrampfte sich ihr der Magen. Ihr wurde ganz bange zumute, und sie fragte sich, wie das Gespräch mit Jilly verlaufen würde. Cesare schien ihre Gedanken lesen zu können, denn er nahm ihre Hand und erklärte: „Mach dir keine Sorgen, Liebes. Lass dich von ihr nicht einschüchtern und belügen. Sag ihr, dass eure Mutter gestorben ist und ich Beweise habe für ihre Betrügereien. Den Rest überlass mir. Ich verspreche dir, ich werde sie nicht anzeigen."

Sie lehnte sich an ihn und barg den Kopf an seiner Schulter. „Ich bin dir so dankbar. Sie hat so viel Rücksicht gar nicht verdient, aber ..."

„Sie ist deine Zwillingsschwester, ich weiß. Sie steht dir sehr nahe, und du würdest alles für sie tun. Ich bezweifle jedoch, dass sie, was dich betrifft, genauso denkt." Ehe Milly ihm widersprechen konnte, verkündete er: „Wir sind da."

Vor einem schäbigen Gebäude mit verschlossenen Türen hielten sie an. In den Fenstern waren Fotos leicht bekleideter Frauen in aufreizenden Posen ausgestellt, und darunter standen Namen, weithin sichtbar auch Jacinta Le Bouchard.

Milly war sehr beunruhigt, während Cesare ihr beim Aussteigen aus der schwarzen Limousine half. Dann sprach er kurz mit dem Chauffeur. Der Mann nickte, nahm die Zeitung in die Hand, die auf dem Beifahrersitz gelegen hatte, und fing an zu lesen.

„Komm." Cesare legte ihr die Hand unter den Ellbogen und führte Milly zu dem schmalen Durchgang neben dem Nachtclub. „Ich lasse dich zwanzig Minuten mit ihr allein, höchstens eine halbe Stunde, ehe ich dich abhole und ihr meine Meinung sage. Nachdem das hier beendet ist, fahren wir zum Flughafen. Du fliegst nach Pisa, und wenig später fliege ich nach London." Er zog die Hand zurück, und seine Miene wirkte auf einmal angespannt.

„Danke", sagte sie nur. Mehr brachte sie nicht heraus. Die Situation war zu bedrückend, und sie hatte plötzlich das eigenartige Gefühl, ein Abgrund hätte sich zwischen ihr und Cesare aufgetan und er würde sich absichtlich von ihr distanzieren. Dachte er jetzt, nachdem er mit eigenen Augen gesehen hatte, wo und als was ihre Schwester arbeitete, ernsthaft darüber nach, ob er sie wirklich heiraten und zu einem Mitglied seiner vornehmen Familie machen wollte?

Dieser Gedanke war zu quälend, und Milly verdrängte ihn sogleich wieder. Sie ging hinter Cesare her die Stufen hoch und durch die offene Tür in einen schmalen Flur. An der ersten Tür, die sie entdeckten, klebte ein Zettel mit dem Namen Jacinta Le Bouchard. Ohne Milly anzusehen, betätigte Cesare die Klingel. Die Lippen hatte er verächtlich verzogen. Als nach längerem Läuten die Tür aufgerissen wurde, stand Jilly in einem bunten Morgenmantel vor ihnen. Das lange blonde Haar war zerzaust, und sie sah ihre Schwester und Cesare fassungslos und schockiert mit weit aufgerissenen Augen an.

Er drehte sich zu Milly um, warf ihr einen rätselhaften Blick zu und verschwand. Beunruhigt schaute sie hinter ihm her, bis er verschwunden war.

Was mochte er jetzt denken? Erinnerte er sich daran, dass sie ihn getäuscht und sich für ihre Schwester ausgegeben hatte? Warf er sie mit Jilly in einen Topf?

„Warum, zum Teufel, tauchst du hier mit diesem gemeinen Kerl auf?"

Milly sah ihre Schwester an. Auf ihrem Gesicht waren noch Spuren von Make-up zu erkennen, was so gar nicht zu ihr zu passen schien, denn sie hatte immer allergrößten Wert auf ein perfektes Aussehen und eine gepflegte Haut gelegt. Es gab Milly einen Stich. „Darf ich hereinkommen?"

Schweigend drehte Jilly sich um, ging über den winzigen Flur und dann durch einen Vorhang ins Zimmer. Milly folgte ihr in den Raum, der als Wohn-, Schlafzimmer und Küche diente. Überall lagen Kleidungsstücke herum, und in dem Moment fiel Milly wieder ein, dass Jilly schon immer sehr unordentlich gewesen war und das

Aufräumen anderen überlassen hatte.

„Es tut mir leid, es gibt schlechte Neuigkeiten“, begann Milly, nachdem Jilly sich auf das Bett gesetzt hatte.

„Heraus damit.“ Uninteressiert zuckte Jilly die Schultern und zündete sich eine Zigarette an.

Milly kam näher und bereitete sich darauf vor, Jilly trösten zu müssen. „Unsere Mutter ist vor einigen Monaten völlig überraschend gestorben.“ Sie nahm Jillys freie Hand und spürte, wie schockiert ihre Schwester war. „Ich hätte es dir gern früher mitgeteilt, aber ich wusste nicht, wo du warst. Du hast ja nichts mehr von dir hören lassen, nachdem du Florenz verlassen hast.“

Jilly wurde blass und saß mit zusammengebissenen Zähnen da, als wäre sie verzweifelt. Mitfühlend drückte Milly ihr die Hand.

Doch Jilly zog ihre Hand zurück. „Wie hast du mich denn gefunden? Und wo hast du diesen schrecklichen Kerl kennengelernt?“ Sie verzog verächtlich die Lippen und drückte die Zigarette in dem überquellenden Aschenbecher aus.

„Ist das alles, was du dazu zu sagen hast? Bist du völlig gefühllos? Ist es dir egal, dass unsere Mutter gestorben ist?“, fuhr Milly sie an. Die Schwester, die sie so sehr bewundert und geliebt hatte, kam ihr auf einmal wie eine Fremde vor.

Jilly zuckte die Schultern. „Natürlich bin ich sehr betroffen. Spiel dich nicht so auf. Aber unsere Mutter hatte sowieso kaum noch Freude am Leben, oder?“

„Wessen Schuld war das denn?“ Milly hätte sie am liebsten an den Schultern gepackt und geschüttelt. „Sie war jedenfalls bis zuletzt davon überzeugt, du würdest das Geld eines Tages zurückzahlen. Sie hat immer an dich geglaubt.“

„Ich wollte es ja zurückzahlen“, verteidigte sich Jilly und schien sich zum ersten Mal unbehaglich zu fühlen.

Milly schob den Stapel Dessous, der auf dem Sessel lag, zur Seite und setzte sich hin, weil die Beine unter ihr nachzugeben drohten. Noch nie zuvor hatte sie ein einziges hartes Wort zu ihrer Zwillingsschwester gesagt, aber jetzt konnte sie gar nicht mehr damit aufhören.

„Wie denn? Etwa von dem gestohlenen Geld?", fragte sie verächtlich.

„Was hast du da gesagt?" Jilly blickte sie zornig an.

Milly atmete tief ein. Es brachte sie nicht weiter, wenn sie sich gegenseitig anfauchten. Deshalb erzählte sie die ganze Geschichte, so ruhig sie konnte, und begann damit, dass Cesare sie zunächst für Jilly gehalten und sie das Missverständnis nicht aufgeklärt habe. „Er verhält sich wirklich mehr als anständig", fügte sie am Ende hinzu. „Immerhin hast du die Unterschriften auf den Schecks gefälscht und das Geld kassiert. Dafür hat er Beweise. Er hat jedoch versprochen, dich nicht anzuzeigen." In ihren Augen schimmerten Tränen. „Oh, Jilly, wie konntest du so etwas tun? Ich mache mir Sorgen um dich."

„Offenbar hast du dich von dem verdammten Kerl einwickeln lassen!"

„Wie bitte? Wie meinst du das?" Milly begegnete dem kalten, harten Blick ihrer Schwester und erbebte.

„Ich nehme an, das weißt du genau. Doch wenn du es nicht weißt, bist du dümmer, als ich geglaubt habe." Jilly steckte sich noch eine Zigarette an, und in dem Rauch, der sie einzuhüllen schien, wirkte sie ziemlich gewöhnlich. „Hat er schon mit dir geschlafen? Ist das sein Ring, den du trägst?" Milly errötete, und das war für Jilly die Bestätigung. „Das habe ich mir gedacht. Okay, ich habe mir von der alten Frau Geld genommen. Sie hat genug und vermisst es sowieso nicht." Sie sprang auf, durchquerte den schäbigen Raum und blieb vor Milly stehen. „Ich brauchte das Geld, weil Cesare mich sitzen gelassen hat, nachdem ich ihm erzählt habe, dass ich sein Kind erwarte", erklärte sie verbittert.

13. KAPITEL

Das ist nicht wahr, ich habe mich verhört, dachte Milly wie betäubt. Ihr wurde schwindlig, und sie hielt sich krampfhaft an den Lehnen des Sessels fest.

„Du bist schwanger und erwartest Cesares Kind?“, wiederholte sie mit schwacher Stimme.

„Ich war schwanger“, entgegnete Jilly und seufzte. „Ich hatte eine Fehlgeburt. In den ersten Schwangerschaftswochen ging es mir gar nicht gut, ich hatte gesundheitliche Probleme. Deshalb bin ich nicht nach England zurückgekommen. Außerdem wäre unsere Mutter entsetzt gewesen, dass ich ein Kind erwartete, ohne verheiratet zu sein. Du weißt doch, wie sie war.“

Milly presste sich die Finger auf die Schläfen. Alles um sie her schien sich zu drehen, und ihr Kopf dröhnte. Dass es ein schwieriges Gespräch werden würde, hatte sie gewusst. Aber mit dem, was sie jetzt erlebte, hatte sie nicht gerechnet. Sie zuckte zusammen, als Jilly ihr die Hand auf die Schulter legte.

„Möchtest du einen Brandy oder irgendetwas anderes, Kindchen?“

Widerstand regte sich in Milly. Ich bin kein Kindchen, und Cesare würde niemals sein eigenes Kind verleugnen oder im Stich lassen, sagte sie sich. Sie vertraute ihm, oder etwa nicht?

Es lag ihr auf der Zunge, ihrer Schwester zu erklären, sie glaube ihr kein Wort und Cesare habe ihr erzählt, dass er sie, Jilly, abstoßend finde. Doch sie wollte Jilly nicht verletzen und schwieg. Jilly wusste jetzt, dass ihre Betrügereien ans Licht gekommen waren, und das war schlimm genug für sie. Dass Cesare ihre ruhige, zurückhaltende Schwester vorzog, wäre eine zusätzliche Demütigung.

„Wir werden heiraten. Du brauchst nicht zu versuchen, ihn schlechtzumachen, ich glaube dir sowieso kein Wort“, stieß sie unbedacht hervor.

„Natürlich wollt ihr heiraten.“ Jilly lachte spöttisch auf. „Das hat er mir damals auch versprochen." Sie zog sich einen Stuhl heran und setzte sich neben Milly. „Hör zu, Kindchen. Dass du mir nicht glauben willst, kann ich verstehen. Aber habe ich dir nicht immer geholfen, wenn es schwierig wurde?"

„Hast du mir etwa geholfen, als ich mich ganz allein um unsere Mutter kümmern musste, nachdem du ihr ganzes Geld ausgegeben hattest? Es hat mir nichts ausgemacht, für sie zu sorgen, doch du hättest uns zumindest mitteilen können, wo du warst und was du machtest." Milly wollte unbedingt das Thema wechseln, denn sie konnte die Lügen, die Jilly über Cesare erzählte, nicht mehr ertragen. Es sind doch Lügen, oder täusche ich mich?, überlegte sie und versuchte aufzustehen. Sie wollte nur noch weg von diesem schrecklichen Ort. Aber es gelang ihr nicht, die momentane Schwäche zu überwinden, und sie musste sich wohl oder übel Jillys Gerede anhören.

„Dafür hatte ich meine Gründe, okay? Als ich in dem exklusiven Nachtclub in Florenz gearbeitet habe, kam eines Abends dieser attraktive Kerl mit einem anderen Mann herein. Alle Frauen drehten sich sogleich nach ihm um. Wahrscheinlich habe ich mich da schon in ihn verliebt. Ich habe mich erkundigt und erfahren, dass er der Besitzer eines riesigen Firmenimperiums ist. Dann entdeckte ich das Stellenangebot in der Zeitung. Er suchte eine Gesellschafterin für seine Großmutter. Ich habe mich beworben, und er hat mich eingestellt. Dass er sich für mich interessiert hat, habe ich sogleich gemerkt. Als Frau spürt man das, stimmt's? Die alte Frau hat mir erzählt, er sei neuerdings öfter zu Hause als früher. Mir war klar, dass es etwas mit mir zu tun hatte. Du musst zugeben, er ist ein fantastischer Liebhaber. Er hat mir ewige Liebe geschworen, mir einen Heiratsantrag gemacht und einen Ring an den Finger gesteckt."

Sie nahm Millys Hand und betrachtete den Ring eingehend. Dann kniff sie verächtlich die Augen zusammen. „Ja, es ist derselbe. Ich habe ihn dagelassen, nachdem ich ihn habe schätzen lassen. Er ist wertlos, sonst hätte ich ihn mitgenommen und verkauft. Dann hätte ich in meiner Verzweiflung das Geld der alten Frau nicht anzurühren brauchen. Er hatte mich gebeten, den Ring noch nicht zu tragen, weil er seiner Großmutter erst nach und nach beibringen wollte, dass er vorhatte, eine Engländerin zu heiraten." Sie seufzte dramatisch. „Wenn du mir immer noch nicht glaubst, kannst du ihn ja fragen. Ich befürchte jedoch, dass er alles abstreiten wird. Die alte Frau zu fragen bringt auch nichts, denn er hatte dafür gesorgt, dass sie nichts ahnte von der Verlobung und der geplanten Heirat. Ich war sehr in ihn verliebt und habe ihm jedes Wort geglaubt. Da er so verdammt reich ist, habe ich sogar gehofft, er würde mir nach der Hochzeit ein eigenes Konto eröffnen und mir monatlich einen bestimmten Betrag als Taschengeld zur Verfügung stellen. Dann hätte ich anfangen können, unserer Mutter das Geld zurückzuzahlen. Finde dich damit ab, Kindchen, ein Mann wie er heiratet nicht – oder höchstens eine Frau, die genauso reich ist wie er."

Fassungslos und bestürzt hörte Milly zu. Wie schleichendes Gift drangen Jillys Worte immer tiefer in ihr Bewusstsein ein. Sie wollte das alles nicht glauben, dennoch …

Hatte Cesare ihrer Schwester etwa auch eine goldene Kette geschenkt, an der sie den Ring tragen sollte, bis sie die Verlobung offiziell bekannt geben würden? Sowohl ihr als auch Jilly gegenüber hatte er behauptet, mit Rücksicht auf seine Großmutter die Verlobung vorerst geheim halten zu wollen, wenn auch aus unterschiedlichen Gründen. Milly gestand sich ein, dass es plausibel klang, was ihre Schwester ihr erzählte.

Warum hätte Jilly die Schwangerschaft erfinden sollen? Das wäre völlig sinnlos gewesen. Alles deutete darauf hin, dass Jilly die Wahrheit gesagt hatte. Sie war von dem Mann, der ihr die Ehe versprochen hatte, schwanger geworden, und dann hatte er sie im Stich gelassen. In ihrer Verzweiflung hatte sie das Geld gestohlen und sich eingeredet, es sei ihr gutes Recht. Das entschuldigte natürlich den Diebstahl nicht, aber es erklärte ihn.

Ihr wurde schwindlig, und Jillys Stimme schien wie aus weiter

Ferne zu kommen. Sie klang wie ein Echo am Ende eines langen Tunnels. „Pass mal auf, Kindchen, ich rate dir, dich von ihm zu trennen, ehe er dich fallen lässt. Dann rettest du wenigstens deinen Stolz. Verschwinde einfach, bevor er zurückkommt, falls er das überhaupt tut. Flieg nach England zurück, da gehörst du hin. Hier." Sie stand auf, ging zum Bett und zog ein Bündel Banknoten aus dem mit rotem Satin bezogenen Kopfkissen hervor. „Ich kann dir das Geld für den Rückflug leihen. Fahr mit einem Taxi zum Flughafen. Du siehst, ich sorge immer noch gut für dich."

Milly schüttelte den Kopf und zwang sich aufzustehen. Die Banknoten ignorierte sie. Sie atmete tief ein, dann straffte sie die Schultern. „Wir sind Zwillinge, und uns verbindet viel. Keiner von uns beiden würde dem anderen absichtlich schaden. Schwörst du, dass du die Wahrheit gesagt hast?"

„Bezweifelst du es immer noch?" Jilly verdrehte die Augen. „Weshalb hätte ich das alles erfinden sollen? Milly ..." Sie wollte ihre Schwester umarmen, doch Milly wich zurück. Sie war nahe daran, zusammenzubrechen, und Jillys mitfühlende Umarmung hätte ihr den Rest gegeben. „Hör auf mich, verlass ihn, ehe du dich so lächerlich machst wie ich."

Langsam drehte Milly sich um. Cesare hatte gesagt, er würde ihr Zeit geben, allein mit ihrer Schwester zu sprechen. Aber würde er im Auto auf sie warten, wenn er damit rechnen musste, dass Jilly ihr alles erzählte, was sich zwischen ihr und ihm abgespielt hatte? Oder würde er Milly in dem Fall einfach ihrem Schicksal überlassen?

Als sie über den schmalen Flur ging, hoffte sie sogar, er wäre ohne sie weggefahren und hätte sie in dieser ihr fremden Stadt mit den vielen Menschen, deren Sprache sie nicht verstand, alleingelassen. Alles war ihr lieber, als diesen attraktiven, aber hinterhältigen und gemeinen Mann noch einmal zu sehen.

Nachdem sie die Schwäche nach dem Schock überwunden hatte, packte sie heller Zorn. Ich bringe ihn um, wenn er noch da ist, schoss es ihr durch den Kopf. Er hatte sie zum Narren gehalten. Sie liebte ihn, aber er hatte nur mit ihr gespielt. Dafür würde er büßen.

Zornig und so tief verletzt, dass sie den Schmerz kaum ertragen konnte, trat sie hinaus ins Freie – und stieß prompt mit jemandem zusammen. Cesare hatte auf sie gewartet!

Als er sie umarmen wollte, wich sie zurück. Dann hob sie den Kopf und blickte Cesare schmerzerfüllt an, während sie den Ring vom Finger zog, ihn vor seine Füße warf und mit brüchiger Stimme ausrief: „Leg ihn zurück in das Geschenkekästchen!"

„Mein Liebling ..." Er streckte die Arme nach ihr aus, aber sie wich noch weiter zurück.

„Fass mich nicht an, du gemeiner Kerl! Ich will dich nie wiedersehen!", stieß sie verächtlich hervor.

Unter keinen Umständen würde sie sich zu ihm ins Auto setzen, sondern lieber zu Fuß zum Hotel zurückgehen und ihre Sachen abholen, und wenn sie den ganzen Tag unterwegs war. In dem Moment sauste ein Jugendlicher auf einem Skateboard zwischen ihnen hindurch. Milly nutzte die Gelegenheit, in den bereitstehenden Wagen zu steigen. Sie verstand nicht, was Cesare dem Chauffeur zurief, es war ihr auch egal. „Zurück zum Hotel, bitte rasch!", forderte sie den Fahrer auf Englisch auf und hoffte, Cesare würde nicht auch noch einsteigen. Als der Mann losfuhr, sah sie, dass Cesare sich umdrehte und mit Unheil verkündender Miene auf den Durchgang zu der Unterkunft ihrer Schwester zuging.

Unglücklich ließ Milly sich auf dem Sitz zurücksinken und kämpfte mit den Tränen. Schließlich hielt der Chauffeur vor dem Hotel an und ließ sie aussteigen. Wahrscheinlich hatte Cesare ihn aufgefordert, sie zurückzufahren, damit sie ihr Gepäck holen konnte, und sie dann allein zu lassen. Wieder geriet sie in Zorn und hörte kaum, dass der Fahrer sagte: „Sie warten hier. Okay?" Dann fuhr er davon, und sie konnte zusehen, wie sie weiterkam. Das ist keine Strafe und keine Katastrophe, sondern genau das, was ich mir gewünscht habe, dachte sie.

Mit grimmiger Miene durchquerte sie die luxuriöse Eingangshalle. Weshalb hat mich der Mann aufgefordert zu warten?, überlegte sie auf einmal. Sollte sie hier herumhängen wie ein lästiges Anhängsel, für das Cesare keine Verwendung mehr hatte, nur um ihn noch einmal zu sehen, wenn er das Gepäck holte? Nein, das würde sie sich nicht antun.

Glücklicherweise sprach der junge Mann am Empfang perfekt Englisch. Sie bat ihn, ihr ein Taxi zu bestellen, mit dem sie zum Flughafen fahren wollte. Dann tauschte sie ihr letztes englisches Geld in Euro um, damit sie die Taxifahrt bezahlen konnte. Dummerweise musste sie das Flugticket mit ihrer Kreditkarte bezahlen. Das bedeutete, sie musste ihr Konto überziehen. Das beunruhigte sie umso mehr, weil sie keine Arbeit und keine Wohnung hatte. Das waren jedoch Probleme, mit denen sie sich später auseinandersetzen wollte. Ihr gebrochenes Herz und die zerstörten Hoffnungen und Träume machten ihr momentan viel mehr zu schaffen.

Als sie wenig später vor dem Flughafen aus dem Taxi stieg, eilte sie durch die Abflughalle, ohne darüber nachzudenken, ob in der nächsten Maschine, die nach London flog, überhaupt noch ein Platz zu bekommen war. Glücklicherweise war noch etwas frei, und der Flieger sollte in einer halben Stunde starten.

Cesare lief aus dem Hotel und schwang sich auf den Rücksitz des Autos, das mit laufendem Motor vor dem Eingang stand, und sogleich fuhr der Chauffeur los in Richtung Flughafen.

Milly hatte nicht auf ihn gewartet. Hatte er wirklich damit gerechnet? Nachdem er Jilly dazu gebracht hatte, ihm zu verraten, was sie Milly vorgelogen hatte, war ihm klar, dass diese nur noch den einen Wunsch hatte, mit dem nächsten Flugzeug nach England zurückzufliegen.

Die kurze Strecke zum Flughafen schien endlos lang zu sein. Er fluchte leise, ehe er sich nach vorn beugte und den Fahrer aufforderte, schneller zu fahren und sich nicht an die Geschwindigkeitsbegrenzungen zu halten. Der junge Mann am Empfang hatte ihm gesagt, die Signorina hätte den Flieger nach London erreichen wollen. Und der startete in fünfzehn Minuten.

Frustriert biss er die Zähne zusammen. Selbst wenn sich wie durch ein Wunder der Abflug verzögerte und er mit Milly reden konnte, war sehr fraglich, ob er ihr Vertrauen zurückgewinnen konnte nach allem, was Jilly ihr vorgelogen hatte. Das Schlimmste war, dass die Geschichte, die Jilly erfunden hatte, relativ plausibel klang. Schon als seine Großmutter damals darauf bestanden hatte, diese Frau einzustellen, hatte er ein ungutes Gefühl gehabt und befürchtet, es würde Ärger geben. Sie war eine Betrügerin, konnte sehr geschickt lügen, war egoistisch und dachte nur an sich. Milly hingegen war ein warmherziger, liebevoller, ehrlicher und rücksichtsvoller Mensch. Er liebte sie mehr als alles auf der Welt.

In dem Moment, als sie vor dem Abflugterminal vorfuhren, sollte die Maschine starten, wie Cesare mit einem Blick auf die Uhr feststellte. Völlig frustriert ballte er die Hände zu Fäusten. Doch er gab nie auf. Er hatte sowieso vorgehabt, mit seinem Privatjet in einer Stunde nach London zu fliegen. Also würde er nicht viel später dort ankommen als sie. Natürlich hatte er keine Ahnung, wo Milly wohnen oder übernachten würde, denn das Apartment hatte sie aufgegeben. Aber er würde ihre Freundin finden, auf deren Hochzeit sie gewesen war, und diese Frau half ihm bestimmt weiter.

Plötzlich erblickte er Milly und konnte sein Glück kaum fassen. Wie verloren stand sie draußen vor dem Terminal. Nachdem der Chauffeur den Wagen angehalten hatte, sprang Cesare heraus. Ihm floss das Herz über vor Liebe, während er auf sie zulief. Und dann hob sie den Kopf und sah Cesare an. Er hätte schwören können, dass sich so etwas wie Erleichterung in ihrem Gesicht spiegelte.

Er wollte sie in die Arme nehmen, sie an sich pressen und sie nie wieder loslassen. Doch die Situation war zu heikel. Zuerst musste er ihr Vertrauen zurückgewinnen. Das hatte absolute Priorität.

„Ich wusste nicht, ob ich dich noch antreffen würde“, sagte sie leise. „Ich wollte zum Hotel zurückfahren.“

„Aber ich hätte dich gefunden, mein Liebling. Ich hätte dich überall gesucht."

Milly blickte ihm in die Augen, in denen es liebevoll aufleuchtete. „Ich hatte beschlossen, nach England zurückzufliegen. Doch plötzlich wurde mir bewusst, dass du mich nie mit Jilly zusammengebracht und mich mit ihr allein gelassen hättest, wenn das, was sie mir erzählt hat, wahr wäre. Du hättest mir noch nicht einmal verraten, dass du sie aufgespürt hast."

Cesare musste sich sehr beherrschen, sie nicht an sich zu reißen und zu küssen.

„Ich habe dir den wunderschönen Ring vor die Füße geworfen und dich beleidigt, ohne dich zu fragen, ob es stimmte, was Jilly behauptet hat. Angeblich hast du ihr einen Heiratsantrag gemacht und sie verlassen, als sie von dir schwanger war. Ich habe es ihr geglaubt. Es tut mir so leid." Sie senkte den Kopf.

Jetzt zögerte er nicht mehr, sie zu umarmen. „Mein Liebling, du glaubst mir und vertraust mir wieder, das ist das Wichtigste", flüsterte er an ihren Lippen. „Ich habe Jilly dazu gebracht, zuzugeben, dass sie dich belogen hat. Im ersten Moment war ich wütend auf dich, weil du mir all die Schlechtigkeiten zugetraut hast. Dann gewann mein gesunder Menschenverstand die Oberhand." Er legte ihr den Finger unters Kinn und zwang sie, ihn anzusehen. „Mir wurde bewusst, wie überzeugend ihre Lügen klingen, und ich konnte mir gut vorstellen, dass du nicht nur schockiert, sondern auch verletzt warst und glauben musstest, ich hätte dich belogen und betrogen. Doch ich schwöre, ich habe deine verdammte Schwester kein einziges Mal angefasst. Das ist dir sicher mittlerweile klar geworden. Ich liebe dich von ganzem Herzen und wünsche mir, dass du meine Frau wirst. Einverstanden?"

„Ja." Sie liebte ihn mehr als alles auf der Welt. Langsam hob sie die Hände und fuhr ihm durch das dunkle Haar. Sogleich senkte er den Kopf und küsste sie so leidenschaftlich und besitzergreifend, dass sie vor Freude und Glück zutiefst gerührt war. Beinah hätte sie ihn verloren, obwohl sie sich so sehr liebten.

Lange standen sie eng umschlungen da, bis sich Cesare schließlich von ihren Lippen löste. Milly errötete, als ihr auffiel, dass die Menschen, die an ihnen vorbeigingen, sie lächelnd und interessiert musterten. Doch Cesare erwiderte das Lächeln der Leute, ehe er Milly den Arm um die Schulter legte und sie zu dem Wagen dirigierte. Dann bat er den Chauffeur, der geduldig gewartet hatte, sich um Millys Gepäck zu kümmern.

Als sie wenig später in die Stadt zurückfuhren, zog Cesare sein Handy aus der Innentasche des Jacketts, tippte eine Nummer ein und unterhielt sich kurz mit jemandem.

„Fliegen wir zusammen nach London?", fragte Milly hoffnungsvoll. Sie hatte kein Wort verstanden, weil er Italienisch gesprochen hatte.

„Ich habe umdisponiert. Wir fliegen nach Pisa und erzählen meiner Großmutter die Neuigkeit. Mein Mitarbeiter wird die Sitzungen auf spätere Termine verschieben. Von jetzt an lasse ich dich nicht mehr allein." Wieder legte er ihr den Arm um die Schulter und zog sie an sich. „In den letzten Wochen habe ich dich sehr vermisst. Aber ich konnte nicht früher zurückkommen, weil ich zu viel regeln und meine fähigsten Manager in die Pläne einweihen musste."

„Was für Pläne hast du denn?"

„Ich will öfter zu Hause sein bei dir und unseren Kindern, falls wir welche bekommen." Wieder küsste er sie ungestüm und leidenschaftlich.

Als sie wenig später in seinem Privatjet saßen, nahm Cesare Millys Hand und steckte ihr den Ring wieder an den Finger. „Es wäre schade, ihn in dem Kästchen aufzubewahren. Viel lieber sehe ich ihn an deinem Finger." Sie errötete bei der Anspielung auf ihre zornigen Worte und schämte sich sehr. „Es ist ein Erbstück meiner Familie. Es wird mir eine Freude sein, dich mit funkelnden Diamanten, Rubinen und Smaragden zu verwöhnen."

Der Gedanke an seinen Reichtum löste bei ihr Unbehagen aus,

und sie blickte Cesare an: „Damit das klar ist: Ich will nur dich. Alles andere ist mir egal."

„Du hast mich doch und wirst mich nicht mehr los. Aber kleine Extras sind auch nicht schlecht, oder? Und da wir gerade von Extras reden: Heute Morgen im Hotel, als du dich fertig gemacht hast, habe ich telefoniert und erfahren, dass in unserer Niederlassung in New York die Stelle einer Empfangsdame neu zu besetzen ist. Ich habe vereinbart, dass deine Schwester diesen Job haben kann. Einer meiner Mitarbeiter wird sich mit ihr in Verbindung setzen, ihr das Flugticket aushändigen und ihr genaue Anweisungen erteilen. Ehe du erneut Zweifel bekommst und dich fragst, warum ich ihr gegenüber so großzügig bin, obwohl sie es verdient hätte, für ihre Betrügereien bestraft zu werden, kann ich dir versichern, dass ich es nur deinetwegen tue. Ich weiß, du freust dich darüber, dass sie die Chance hat, aus dem ganzen Sumpf herauszukommen und ihr Leben in Ordnung zu bringen. Du hast sie sehr gern und machst dir große Sorgen um sie, und ich möchte dich glücklich sehen. Vermutlich wirst du ihr alles verzeihen, weil du so ein warmherziger, liebevoller Mensch bist. Aber ich werde ihr niemals verzeihen, was sie getan und gesagt hat", erklärte er energisch. „Also, vergiss bitte nie, dass ich ihr nur dir zuliebe helfe, damit du glücklich und zufrieden bist."

„Das glaube ich dir, darauf kannst du dich verlassen", versicherte sie. „Da ist noch etwas anderes, worüber ich mit dir reden möchte."

„Was denn?"

„Als wir vor dem Nachtclub standen, wo sie arbeitet, hatte ich plötzlich das Gefühl, du hättest dich innerlich von mir entfernt. Hast du in dem Moment vielleicht gedacht, ich sei genauso wie sie, weil ich dich getäuscht und so getan habe, als wäre ich Jilly?"

„Nein, ganz bestimmt nicht. Etwas ganz anderes ist da mit mir geschehen." Er sah sie aufmerksam an. „Zum ersten Mal in meinem Leben hatte ich große Angst und war sehr verunsichert. Da sie sehr durchtrieben und hinterhältig ist, habe ich befürchtet, sie würde versuchen, uns beide auseinanderzubringen. Ich wusste, wie sehr du an ihr hängst. Du hast sie ja auch immer in Schutz genommen und verteidigt. Leider haben sich meine Befürchtungen bewahrheitet, sie hat es immerhin geschafft, dass du ihr die Lügen zunächst geglaubt hast. Nein, ich hatte mich nicht innerlich von dir entfernt, sondern war nur sehr beunruhigt."

„Cesare", sagte sie leise. Es war erschreckend, wie nahe sie daran gewesen war, diesen Mann, der sie sehr liebte, wegen der Lügen ihrer Schwester zu verlassen. Beinah eine Stunde hatte sie gebraucht, um Jillys Absicht zu durchschauen und sich einzugestehen, dass ihre Schwester eine Lügnerin war. Milly legte ihm die Arme um den Nacken und wisperte: „Küss mich."

Ohne zu zögern, erfüllte er ihr die Bitte.

Ungefähr ein Jahr später legte Milly in der Villa in Amalfi ihren Sohn Antonio in das Kinderbettchen, während Maria, die freundliche und etwas behäbige Kinderfrau, die Cesare eingestellt hatte, die Jalousien herunterließ.

Liebevoll lächelnd betrachtete Milly den Kleinen. Er war jetzt drei Monate alt und wurde seinem attraktiven, eigensinnigen Vater, der ihn geradezu anbetete, immer ähnlicher. Milly hätte gar nicht glücklicher sein können an der Seite ihres so sexy wirkenden, liebevollen und zärtlichen Mannes.

Seine Großmutter war begeistert gewesen, als sie ihr eröffnet hatten, dass sie heiraten wollten. Nach der Geburt ihres ersten Enkelkindes lebte sie sichtlich auf. Millys Glück war völlig ungetrübt, denn Jilly hatte vor zwei Monaten endlich Kontakt mit ihr aufgenommen. Sie hatte sich für die Lügen und ihr schlechtes Benehmen Cesare und seiner Großmutter gegenüber entschuldigt und berichtet, dass sie vor Kurzem Teddy Meerburg, einen wirklich großartigen Mann, wie sie schrieb, geheiratet hatte. Sie hatte Milly zur Hochzeit nicht eingeladen, weil sie befürchtet hatte, es sei noch zu früh und Milly hätte ihr die schlimme Geschichte noch nicht verziehen, was sie hoffentlich eines Tages doch noch tun würde.

Als Cesare den Brief las, verfinsterte sich seine Miene. „Meerburg ist ein sehr reicher Mann, ich habe ihn in New York kennengelernt. Er ist ein feiner Mensch. Seine erste Frau ist gestorben. Für Jilly ist er etwas zu alt, finde ich, doch sie wird schon allein wegen seines Geldes bei ihm bleiben." Er gab Milly den Brief zurück. „Ich nehme an, du hast ihr längst alles verziehen. Vielleicht laden wir die beiden zur Taufe unseres dritten Kindes ein, wenn wir so viele Kinder bekommen, was ich mir sehr wünsche. Ich werde jedenfalls alles versuchen – an mir soll es nicht liegen", hatte er mit einem verführerischen Lächeln hinzugefügt.

Milly gestand sich ein, dass es ihr nichts ausmachen würde, ihre Schwester nie mehr wiederzusehen. Es reichte ihr, zu wissen, dass Jilly glücklich war und jemanden gefunden hatte, der für sie da war.

Sie warf noch einen Blick auf ihren schlafenden Sohn, ehe sie das Kinderzimmer verließ. Auf dem Flur kam ihr Cesare in der nassen Badehose entgegen. Bei seinem Anblick bekam sie weiche Knie.

„Ich war im Swimmingpool und habe vergessen, wie spät es ist", erklärte er überflüssigerweise. „Schläft der Kleine schon?"

„Ja. Aber er nimmt es dir bestimmt nicht übel, dass du ihm nicht Gute Nacht gesagt hast."

„Trotzdem tut es mir leid, dass ich ihn nicht zugedeckt habe." Mit der einen Hand umfasste er ihre Taille, während er mit der anderen die Knöpfe ihres wunderschönen Sommerkleides öffnete. „Ehrlich gesagt habe ich mir ausgemalt, was wir gemacht hätten, wenn du mit mir im Wasser gewesen wärst. Dabei habe ich nicht auf die Zeit geachtet. Zieh das aus, dann zeige ich dir, was ich mir vorgestellt habe."

„Okay, bis zum Abendessen haben wir noch zwei Stunden Zeit." Lächelnd nahm sie seine Hand und führte ihn in das große, lichtdurchflutete Schlafzimmer. „Das sollte reichen, oder?"

„Vielleicht", antwortete er rau, während er ihr das Kleid abstreifte und den BH aus Spitze öffnete. „Weißt du eigentlich, wie sehr ich dich liebe und begehre?“

„Wenn du mich halb so sehr liebst und begehrst wie ich dich, bin ich schon zufrieden“, erwiderte sie leise und voller Vorfreude auf das, was kommen würde.

– ENDE –

Catherine George

Verzaubert in Florenz

Roman

Aus dem Englischen von
E. M. Simmet

MIRA®

1. KAPITEL

Der Abflug von London nach Pisa würde sich etwas verzögern, erklärte der Pilot über Lautsprecher. Durch die bis auf einen leeren Platz am Mittelgang voll besetzte Maschine ging ein hörbares Raunen, und die Stewardessen beeilten sich, mit beruhigendem Lächeln zu versichern, dass kein Anlass zur Sorge bestehe und man nur auf einen verspäteten Passagier gewartet habe.

Georgia lehnte sich zu ihrer Schwester hinüber, die am Fenster saß. „Da kommt er ja!"

Charlotte, schon leicht benommen von der Beruhigungstablette, die sie genommen hatte, verfolgte mit verzagtem Blick, wie ein großer dunkelhaariger Mann vom Flugpersonal zu dem leeren Platz neben Georgia auf der anderen Seite des Gangs geführt wurde. Zwei Stewardessen waren dem Mann dabei behilflich, sein Handgepäck zu verstauen, und Georgia lauschte amüsiert dem italienischen Wortschwall, mit dem die beiden Frauen den Spätankömmling überschütteten.

„Was ist los?", erkundigte sich Tom mit gedämpfter Stimme.

„Sie entschuldigen sich, weil die erste Klasse ausgebucht ist und er mit der zweiten vorliebnehmen muss", flüsterte Georgia ihrem Schwager ins Ohr. „Eine echte Zumutung!"

Tom leitete die Nachricht an seine Frau weiter, die darauf nur matt lächelte. Georgia wusste, dass ihre Schwester sich im Moment nichts sehnlicher wünschte, als das Flugzeug auf dem schnellsten Weg zu verlassen und mit dem nächsten Zug nach Hause zu fahren. Die Motoren begannen zu dröhnen, und die beiden Stewardessen eilten zu ihren Plätzen. Tom Hannay griff nach der eiskalten Hand seiner Frau, als sich das Flugzeug in Bewegung setzte und Sekunden später vom Boden abhob.

Georgia, die im Gegensatz zu ihrer Schwester nicht unter Flugangst litt, lehnte sich zurück und beobachtete, wie die Maschine durch die Wolkendecke stieß. Dann drehte sie sich zu Tom um und stellte erleichtert fest, dass Charlottes Augen geschlossen waren. Die Tablette begann also zu wirken, und bald würde ihre Schwester tief und fest schlafen, wie Georgia aus Erfahrung wusste.

Sobald die Aufforderung zum Anschnallen erloschen war, erhob sich der Spätankömmling und verstaute seine elegante Wildlederjacke in der Kleiderablage über den Sitzen. Dabei fiel ihm eine schmale Lederbrieftasche aus der Jacke und direkt in Georgias Schoß. Sie wartete, bis er die langen Beine ausgestreckt hatte, und gab ihm dann sein Eigentum zurück.

Er sah sie mit seinen leuchtend blauen Augen bewundernd an. „Grazie!“, bedankte er sich lächelnd mit jener tiefen und leicht rauen Stimme, die nach Georgias Erfahrung ein typisches Merkmal italienischer Männer war. „Sie muss mir aus der Jacke gerutscht sein. Sie wurden doch nicht etwa verletzt?“

„Nein“, erwiderte sie kühl.

„Tut mir leid, dass sich meinetwegen der Abflug verzögert hat“, fuhr er unbeirrt fort. „Hoffentlich sind Ihnen dadurch keine Unannehmlichkeiten entstanden.“

„Nein, absolut keine“, versicherte sie ihm, wissend, dass Tom dem auf Englisch geführten Gespräch amüsiert lauschte.

„Reisen Sie nur bis Pisa oder weiter nach Florenz?“

Georgia zog das Magazin aus der Tasche am Vordersitz und hoffte, der Mann würde den Wink verstehen. „Nach Florenz.“

„Ist das Ihr erster Besuch dort?“ Der Italiener lehnte sich bequem in seinem Sitz zurück. Offenbar gedachte er die Unterhaltung fortzusetzen, was Georgia erboste. Wieso der Mann sie so in Rage brachte, wusste sie selbst nicht. Vielleicht sah er einfach zu gut aus und war zu sehr von seiner Unwiderstehlichkeit überzeugt.

„Ja“, beantwortete sie seine letzte Frage kurz angebunden. Er sollte sich bloß nicht einbilden, sie wäre entzückt, weil er sie eines Gesprächs für würdig erachtete.

„Es wird Ihnen dort sicher gut gefallen“, meinte er und drehte sich ganz zu ihr. Sie empfand diese fast schon vertrauliche Geste als leicht irritierend. „Firenze ist keine gewöhnliche Stadt, sondern ein unvergessliches Erlebnis!"

Sie lächelte ihn kühl an und atmete erleichtert auf, als das laute Rattern der Servierwagen ein weiteres Gespräch unmöglich machte. Sie klappte das am Vordersitz befestigte Tablett herunter und beobachtete aus den Augenwinkeln heraus, wie der Italiener dasselbe tat. Seine Mundwinkel umspielte ein ironisches Lächeln.

Georgia nahm die Plastikschale mit dem Essen entgegen und machte sich als Erstes ein Käsebrötchen zurecht, das sie in eine Serviette wickelte und dann wegpackte. „Wenn Charlotte aufwacht, hat sie gewöhnlich einen Riesenhunger", sagte sie leise zu Tom.

„Niemand weiß das besser als ich", erwiderte er und machte ebenfalls ein Brötchen zurecht. „Als wir an unserem Hochzeitstag nach Paris flogen und spätabends ins Hotel kamen, verlangte meine frisch angetraute Ehefrau erst einmal ein ausgiebiges Dinner, ehe wir unsere Hochzeitsnacht feiern konnten."

Georgia lachte laut auf, verstummte jedoch, als ihr Blick dem ihres Nachbarn auf der anderen Seite des Gangs begegnete. Schnell sah sie weg und ärgerte sich, weil sie spürte, wie sie errötete. Glücklicherweise erschien in diesem Augenblick eine hübsche Stewardess und bot dem attraktiven Spätankömmling etwas zu trinken an.

„Mir scheint, du hast eine Eroberung gemacht", neckte Tom seine Schwägerin leise.

Georgia rümpfte die Nase. „Ich war der einzige weibliche Passagier in seiner unmittelbaren Nähe. Nur deshalb hat er mit mir ein Gespräch angefangen. Er muss irgendeine Berühmtheit sein, sonst würden die Stewardessen nicht so um ihn herumscharwenzeln."

„Irgendwie kommt mir sein Gesicht bekannt vor", stimmte Tom ihr zu. „Aber ich weiß nicht, woher ich es kenne. Vielleicht ist er ein Schauspieler?"

Georgia warf dem Fremden einen verstohlenen Blick zu, doch sein Gesicht war ihr nicht vertraut. „Dem Profil nach könnte er es sein“, sagte sie. „Er hat klassisch geschnittene Gesichtszüge und eine römische Nase.“ Sie erhaschte einen kurzen Blick auf einen langen, schmalen Fuß, der in einem jener eleganten und doch bequemen Schuhe steckte, für die Italien berühmt ist. Dann ließ sich der Mann Kaffee nachschenken, und sie sah ein muskulöses gebräuntes Handgelenk, an dem eine Rolex lose baumelte. „Offensichtlich zählt er zu den oberen Zehntausend und ist daran gewöhnt, bedient zu werden.“

„Nicht so laut, Georgie“, flüsterte Tom. „Er könnte dich hören.“

Der Fremde hatte jedoch die Lider mit den dichten langen Wimpern geschlossen, wie Georgia beruhigt feststellte.

Der kurze Flug nach Pisa dauerte nicht lange. Wie auf Kommando erwachte Charlotte, als das Flugzeug zur Landung ansetzte. Sie war heilfroh, dass ihre Qualen zu Ende waren, und aß heißhungrig die beiden Brötchen.

Sobald die Maschine den Boden berührt hatte, sprang der elegante Italiener auf und holte sein Handgepäck hervor. Er bedachte Georgia mit einem strahlenden Lächeln und verbeugte sich leicht. „Arrivederci! Viel Spaß in Florenz!“ Lässig warf er sich die Wildlederjacke über die Schulter und eilte zum Ausgang, wo er vom Personal wortreich verabschiedet wurde und der Kapitän ihm sogar höchstpersönlich die Hand drückte.

„Wer war denn das?“, erkundigte sich Charlotte neugierig. „Jemand, den man kennen muss?“

„Zumindest glaubt er das“, antwortete Georgia spöttisch.

Nun, da sie wieder festen Boden unter den Füßen hatte, war Charlotte wie verwandelt. „Seht nur diesen wunderbaren blauen Himmel!“, rief sie fröhlich, während sie in der Ankunftshalle auf ihr Gepäck warteten. „Zwei Wochen voller Sonnenschein liegen vor uns, Tom.“

Sie sammelten ihr Gepäck ein und machten sich auf den Weg zum bereits wartenden Zug.

„Schade, dass du nur einen Abend mit uns verbringen kannst,

Georgie", wandte sich Charlotte an ihre Schwester, als der Zug sich in Bewegung setzte.

„Ich hab den Job nun mal angenommen", entgegnete Georgia keineswegs traurig. „Im Übrigen würde sich Tom wahrscheinlich bedanken, wenn ihr mich als lästiges Anhängsel überall mit hinnehmen müsstet."

„Ganz recht", pflichtete Tom ihr breit grinsend bei. „Ich liebe dich zwar heiß und innig, Georgia Fleming, aber im Urlaub habe ich meine Frau lieber ganz für mich."

„Wie kannst du nur so etwas sagen, Tom", entrüstete sich Charlotte.

„Aber es ist nun mal wahr", entgegnete ihr Mann.

„Danke, Liebling." Die beiden lächelten sich verliebt an.

„Nehmt bitte Rücksicht auf meine Jugend und Unerfahrenheit", scherzte Georgia.

Ihre Schwester lachte. „Ich weiß zwar nicht, wie es sich mit Letzterem verhält, aber du bist nur elf Monate jünger als ich. Noch heute erzählt Mom oft von ihrem stressigen Leben als junge Mutter von zwei noch in den Windeln liegenden Babys."

Georgia schnitt ein Gesicht. „Für mich ein Grund mehr, so lange wie möglich frei und ungebunden zu bleiben."

„Magst du denn keine Kinder?", fragte Tom. „Wenn nicht, dann tun mir die armen Kleinen leid, die du unterrichtest."

„Natürlich mag ich Kinder – solange ich sie nach der Schule ihren Müttern zurückgeben kann!" Georgia lachte. „Ich mag auch Babys, aber die Art der Fortpflanzung behagt mir nicht. Warum bin ich nicht als Mann geboren worden?"

Tom Hannay musterte sie ausgiebig von Kopf bis Fuß. „Das ist recht leicht zu beantworten", sagte er lächelnd und drückte seine Frau zärtlich an sich. „Es mag chauvinistisch klingen, aber die Frauen in eurer Familie sind nun mal so ausgesprochen weiblich, dass ich mir keine als Mann vorstellen könnte, eure Mutter eingeschlossen."

Sie erreichten das Hotel in Florenz bei strahlendem Sonnenschein, der den nahe vorbeifließenden Arno in ein golden schimmerndes Band verwandelte. Entzückt betrat Georgia den Balkon ihres Zimmers und schob die Blumentöpfe beiseite, um einen Blick auf den in einiger Entfernung liegenden Ponte Vecchio zu werfen und die Schönheit und ungeheure Vitalität dieser Stadt samt Lärm und Gerüchen in sich aufzunehmen.

Je besser sie Italien kennenlernte, desto mehr liebte sie es. Schon als Studentin hatte sie zweimal während der Semesterferien in einem Ferienlager in Venedig gearbeitet. Nach ihrem Abschluss an der Universität war sie nach Venedig zurückgekehrt und unterrichtete dort seit einem Jahr an einer internationalen Schule Englisch. Zwar war es anstrengend, ihre meist lernunwilligen Schützlinge für diese Sprache zu begeistern, doch ihrer Liebe zu Italien tat das keinen Abbruch.

Allerdings hatte sie den Sommerurlaub diesmal daheim in England verbringen wollen. Aber einer ihrer Schüler hatte zu Hause derart von ihr geschwärmt, dass ein Freund seiner Eltern zu ihr in die Schule gekommen war und sie gebeten hatte, seiner kleinen Tochter während der Sommerferien Englischunterricht zu geben. Zuerst hatte sie ablehnen wollen, hatte dann jedoch den Gedanken an einen Sommer in der Toskana zu verlockend gefunden, um sich eine solche Gelegenheit entgehen zu lassen. Und so hatte sie zugesagt und sich nur ausbedungen, die erste und letzte Woche ihres Urlaubs in England verbringen zu können.

Träumend lehnte sich Georgia über die Balkonbrüstung und beobachtete das Treiben auf der Straße. Bisher hatte sie Venedig für die schönste Stadt Italiens gehalten, doch nun schien Florenz mit seinen prächtigen Renaissancebauten der alten Lagunenstadt den Rang abzulaufen.

Charlotte und Tom hatten beschlossen, am ersten Abend mit Georgia im luxuriösen Hotel Lucchesi zu übernachten. Morgen würden sie dann weiterreisen und sich in der Ruhe und Abgeschiedenheit eines toskanischen Bauernhofes vom stressigen Leben in London erholen, wo Charlotte im Büro ihres früheren Chefs und jetzigen Mannes, eines erfolgreichen Anwalts, als Sekretärin arbeitete.

Für Georgia hingegen war heute der letzte freie Tag, denn Signor Marco Sardi würde morgen einen Wagen schicken, der sie zur Villa Toscana brachte. Dort begannen dann ihre Pflichten als Englischlehrerin der kleinen Alessandra Sardi.

Georgia beschloss, erst einmal unter die Dusche zu gehen. Sie arrangierte die Blumentöpfe wieder so, wie sie vorher gestanden hatten, und war überrascht, als plötzlich Toms besorgtes Gesicht an der beide Balkone trennenden Wand erschien.

„Georgia, bitte komm sofort herüber!"

„Was ist passiert?"

„Charlotte fühlt sich nicht wohl."

Erschrocken eilte Georgia aus dem Zimmer nach nebenan.

„Was hat sie?", fragte sie, als Tom die Tür öffnete. Sein Gesicht war fast so weiß wie der Hotelbademantel, den er trug.

„Sie ist im Badezimmer und übergibt sich", antwortete er. „Du sprichst Italienisch, Georgie. Ich glaube, wir benötigen einen Arzt."

Georgia ging ins Bad und fand ihre Schwester über das Waschbecken gebeugt, wo sie sich Wasser ins Gesicht spritzte.

„Schade um die beiden Käsebrötchen", keuchte Charlotte und griff nach einem Handtuch. „Hör nicht auf Tom. Ich brauch' keinen Arzt. Du weißt ja, dass mir auf Reisen leicht schlecht wird. Wahrscheinlich ist mir die Taxifahrt vom Bahnhof zum Hotel nicht bekommen."

Georgia umarmte ihre Schwester und zog sie an sich. „Du zitterst ja", stellte sie besorgt fest.

„Das würdest du auch, wenn du absolut nichts mehr im Magen hättest!"

Langsam führte Georgia sie zurück ins Schlafzimmer zu einem äußerst beunruhigten Tom.

„Liebling, mir geht es schon besser, wirklich“, versicherte Charlotte, als er sie vorsichtig hochhob und zum Bett trug. „Ich benötige nur eine Dusche, etwas Tee und Kekse oder so was Ähnliches. Wenn das nicht hilft, werde ich diese grässlichen Magentropfen von meiner Mutter nehmen.“

„Wie gut, dass sie sie dir mitgegeben hat“, sagte Tom und deckte seine Frau fürsorglich zu.

Georgia gab eine entsprechende Bestellung beim Zimmerservice auf, und da sie im Augenblick nichts weiter für Charlotte tun konnte, ging sie in ihr Zimmer zurück, um zu duschen.

Als es Zeit fürs Dinner wurde, erschien sie bei den beiden in einem grünen Minikleid, das farblich gut zu ihrer leicht gebräunten Haut und dem von der Sonne aufgehellten langen Haar passte. Charlotte lag noch immer im Bett, sah aber nicht mehr ganz so mitgenommen aus wie zuvor und verkündete stolz, dass sie den von Georgia bestellten Tee mit Toast im Magen behalten habe.

„Oh Georgia, du siehst so unverschämt gesund aus“, meinte sie und stöhnte.

„Nicht nur gesund, sondern geradezu atemberaubend“, scherzte Tom. „Da du nun hier bist, kleine Schwester, gehe ich schnell unter die Dusche.“

Charlotte sah ihn beunruhigt an. „Darling, könntest du nicht lieber in Georgias Bad duschen? Vielleicht will der Toast doch noch raus, und ich muss plötzlich ins Bad.“

Tom Hannay versicherte seiner Frau, alles für sie zu tun, nahm Georgias Schlüssel und verschwand.

„Es tut mir so leid, Georgia, dass ich euch den ganzen Abend verderbe“, sagte Charlotte schuldbewusst, als sich ihre Schwester zu ihr aufs Bett setzte. „Aber ich fühle mich zu schwach, um mit euch zum Dinner zu gehen.“

„Das musst du auch nicht“, tröstete Georgia sie und strich ihr zärtlich eine blonde Strähne aus dem Gesicht. „Wir werden hier oben essen.“

Charlottes Miene verfinsterte sich. „Im Moment stört mich sogar Essensgeruch. Deshalb wäre es mir lieber, wenn ihr beide, Tom und du, unten im Restaurant essen würdet. Ich werde inzwischen ein wenig vor mich hindösen, und ihr beide könntet so das Essen wenigstens genießen."

„Aber wir können dich doch hier oben nicht allein lassen!"

„Klar könnt ihr das." Charlotte schlüpfte tiefer unter die Bettdecke. „Um ehrlich zu sein, ich würde mich jetzt gern ein wenig ausruhen, damit ich morgen fit genug bin, die Fahrt durch die viel gerühmte toskanische Landschaft entsprechend zu genießen." Ein Lächeln erhellte ihr Gesicht, als Tom zurückkam und sich das nasse Haar mit dem Ärmel seines Bademantels rubbelte. „Soeben habe ich Georgia gebeten, mit dir allein zum Dinner zu gehen und mir etwas Ruhe zu gönnen. Wenn ihr zurückkommt, kann sie mir dann noch eine Kleinigkeit zu essen bestellen."

Zuerst protestierte Tom heftig, vermochte aber Charlottes bittendem Lächeln nicht lange zu widerstehen. „Du weißt, wie ungern ich dich allein lasse, Liebling."

Lächelnd hielt sie ihm das Gesicht zum Kuss hin. „Keine Angst, Tom Hannay, dies ist deine letzte Gelegenheit zu einem Date mit einer atemberaubenden Blondine!"

Georgia verzog das Gesicht. „‚Atemberaubend' lasse ich mir gefallen, aber nenn mich nicht blond. Sag lieber, mein Haar sei hell."

Tom lachte. „Das sagte man auch von der schönen Helena. Und was hat sie damit nicht alles angerichtet! Aber wie auch immer, Miss, geben Sie mir noch einige Minuten Zeit bis zu unserem Dinner zu zweit. Ich habe einen Bärenhunger!"

Als Georgia und Tom den Speisesaal betraten, waren nur noch zwei Tische frei. Der Ober führte sie zu einem Fenstertisch, drückte sein Bedauern über das Fernbleiben von Signora Hannay aus, reichte ihnen die Speisekarten, winkte einem Weinkellner und ließ sie schließlich allein, damit sie ihre Wahl treffen konnten.

„Eine gute Idee von dir, hier zu buchen“, sagte Georgia später bei der Vorspeise. Der luftgetrocknete Schinken mit Honigmelone war von edelster Qualität, genau wie der gegrillte Lachs mit feinem Buttergemüse. Als Tom ihr Wein nachschenkte, fing er plötzlich zu lachen an.

„Schau nicht hin, Georgia, aber rat mal, wer dort hinten neben der Tür sitzt!“

„Wer denn?“, fragte sie, noch zu sehr mit dem köstlichen Essen beschäftigt, um wirklich neugierig zu sein.

„Der Typ aus dem Flugzeug, auf den wir warten mussten.“

Unwillkürlich sah Georgia hoch und blickte direkt in die tiefblauen Augen des Fremden. Zu ihrer Verwunderung musterte er sie mit einer Feindseligkeit, die sie selbst auf diese Entfernung hin erkennen konnte.

„Er scheint sich sehr für dich zu interessieren“, bemerkte Tom nach einem flüchtigen Blick auf ihn. „Vielleicht hat er sich an euer Gespräch im Flugzeug erinnert. Seltsam, sein Blick ist irgendwie unfreundlich. Soll ich hingehen und ihn fragen, weshalb er dich so anstarrt?“

„Wag es ja nicht!“, fuhr Georgia ihn an. Dann lächelte sie entschuldigend. „Tut mir leid, Tom. Vielleicht glaubt er, mich zu kennen, was nicht stimmt.“ Sie aß weiter. Ganz sicher würde sie sich von diesem eingebildeten Schönling nicht den Appetit verderben lassen.

„Die Ober umschwirren ihn genauso wie das Personal im Flugzeug“, stellte Tom interessiert fest.

„Ich frage mich, wer er ist.“ Georgia legte das Besteck aus der Hand und tupfte sich mit der Serviette den Mund ab. „Mmh, es hat einfach wundervoll geschmeckt.“

„Wie steht's mit einem Dessert?“

Sie überlegte. „Die Versuchung ist groß, aber nein, lieber nicht. Lass uns zu Charlotte zurückkehren.“

„Gut.“ Tom stand auf und rückte ihren Stuhl nach hinten. „Den

Kaffee können wir ja zusammen mit dem Imbiss für Charlotte beim Zimmerservice bestellen."

Georgia, die vor Tom den Speisesaal durchquerte, versteifte sich unwillkürlich, als sie am Tisch des Fremden vorbeikam. Sie hatte beschlossen, ihn zu ignorieren, doch ihr Blick wurde magnetisch von ihm angezogen. Die unverhüllte Missbilligung in seinen Augen bestürzte sie. Hastig griff sie nach Toms Hand und zog ihn zur Tür.

„Ich hätte schon keine Szene gemacht", beschwerte sich ihr Schwager im Aufzug.

„Ich wollte lieber sichergehen. Vergiss nicht, dass Signor Sardi meine Hotelrechnung bezahlt. Ich möchte nicht, dass er für zerbrochenes Mobiliar aufkommen muss."

„Ich leg mich doch nicht mit jemandem an, der einen Kopf größer ist als ich. Solche Leute erledige ich mit meinem vielfach im Gerichtssaal erprobten Spezialblick."

„Ach, lass uns diesen Widerling vergessen!", sagte Georgia, betroffen darüber, wie sehr der kleine Zwischenfall ihr zugesetzt hatte. „Tom, ich bin hundemüde und verzichte lieber auf den Kaffee. Ich schau nur noch kurz, wie es Charlotte geht, und frage, was sie essen möchte. Dann geh ich ins Bett."

„Schade, dass wir nicht noch einen Tag gemeinsam in Florenz verbringen können, ehe du deinen Job antrittst."

„Ja, das tut mir auch leid, aber es ist nun mal nicht zu ändern. Und Michelangelos David, den ich mir seit Jahren ansehen will, läuft mir nicht davon."

Charlotte ging es mittlerweile wesentlich besser. Hungrig bat sie Georgia, ihr eine Gemüsesuppe und Sandwiches zu bestellen, und war ganz aufgeregt, als Tom ihr erzählte, dass der elegante Italiener aus dem Flugzeug im Hotelrestaurant nur einige Tische von ihnen entfernt gesessen habe.

„Wenn Blicke töten könnten, wäre Georgia jetzt eine Leiche, so böse hat er sie angesehen", berichtete Tom weiter. „Ich wollte ihn zur Rede stellen, aber Georgia hat mich aus dem Speisesaal gezerrt, weil sie Angst hatte, ich würde einen Streit mit ihm anfangen."

„Sehr vernünftig von ihr", lobte Charlotte. „Soweit ich mich erinnere, ist er mindestens einen Kopf größer als du, Darling."

„Seid mir bitte nicht böse, wenn ich mich jetzt zurückziehe", meinte Georgia und gähnte. „Ich bin todmüde."

„Du frühstückst aber morgen früh mit uns auf dem Balkon", befahl Charlotte und gab ihrer Schwester einen Gutenachtkuss.

Als Georgia ihre Zimmertür aufschloss, fand sie auf dem Boden ein Kuvert. Es enthielt eine kurze Mitteilung auf Italienisch, die besagte, dass jemand sie morgen früh um elf an der Hotelrezeption abholen und zur Villa Toscana fahren würde.

Georgia runzelte die Stirn. Sie konnte sich nicht vorstellen, dass der Zettel von Marco Sardi stammte. Der unfreundliche Ton, in dem die kurze Notiz verfasst war, unterschied sich zu sehr von den beiden äußerst höflichen und liebenswürdigen Briefen, die sie bisher von ihrem künftigen Arbeitgeber erhalten hatte. Sie zerknüllte den Zettel und warf ihn in den Papierkorb. Vielleicht handelte es sich um einen Anruf, den ein Hotelangestellter nur sinngemäß notiert hatte.

Sie holte eine Flasche Mineralwasser aus dem kleinen Kühlschrank, schenkte sich ein Glas ein und setzte sich damit auf den Balkon, um die warme Vollmondnacht zu genießen. Sie hatte ihre Müdigkeit nur vorgeschützt, weil sie plötzlich das Bedürfnis verspürt hatte, allein zu sein.

Nachdenklich betrachtete sie den ungewohnt hell strahlenden Mond, der den Ponte Vecchio mit einem silbernen Schimmer überzog. Wieso hatte dieser unbekannte Italiener sie derart böse angesehen? Vielleicht war er ja allergisch gegen Blondinen. Aber entsprach sie mit ihrem hellen Haar nicht sogar dem florentinischen Schönheitsideal der Renaissance? Allerdings hatte sie keine haselnussbraunen, sondern fast schwarze Augen, ein Erbe ihrer spanischen Urgroßmutter. Bisher hatten Männer den Kontrast zwischen ihrem hellen Haar und den dunklen Augen immer bewundert. Der

Italiener von vorhin schien da anderer Meinung zu sein. Nicht dass es ihr etwas ausmachte, denn sie würde ihn wohl kaum noch einmal wiedersehen.

Georgia wartete, bis der Mond aus ihrem Blickfeld verschwunden war, und ging dann widerstrebend ins Bett, wo sie eine unruhige Nacht verbrachte, in der ein blauäugiges Monster durch ihre Träume geisterte.

2. KAPITEL

Am nächsten Morgen wurde Georgia sehr früh von der Sonne geweckt und war schon lange reisefertig, ehe Tom an ihre Tür klopfte und meldete, dass auf dem Balkon nebenan ein Frühstück für drei Personen auf sie warte.

Zu Georgias Erleichterung fühlte sich ihre Schwester wieder völlig gesund und machte sich mit einem wahren Heißhunger über das reichhaltige Frühstück her. Nachdem sie zwei Kannen Kaffee geleert hatten, stand Georgia schließlich auf.

„Ihr wisst ja, unter welcher Nummer ich in der Villa Toscana zu erreichen bin. Ruft mich bitte an, bevor ihr zurückfliegt", sagte sie und küsste die beiden zum Abschied.

„Wir werden dich schon morgen anrufen", versprach Charlotte. „Ich möchte mich vergewissern, dass es dir dort gut geht."

Georgia umarmte ihre Schwester noch einmal und ging dann nach unten zur Rezeption, wohin einer der Pagen bereits ihr Gepäck gebracht hatte. Man teilte ihr mit, dass noch niemand nach ihr gefragt habe, und sie setzte sich in einen der tiefen, mit weinrotem Brokat bezogenen Polstersessel des Foyers, holte eine große Sonnenbrille aus der Handtasche und vertiefte sich in eine der herumliegenden Zeitschriften. Während sie darin blätterte und sich mit den neuesten Kreationen italienischer Modeschöpfer vertraut machte, warf sie hin und wieder einen Blick zur Rezeption, doch niemand schien auf sie zu warten.

Über einige besonders ausgefallene Modelle musste sie lächeln und hoffte, dass ihre legere Reisekleidung Signor Sardis Geschmack entsprechen würde. Sie trug eine sandfarbene Leinenhose, die ihre langen Beine wirkungsvoll zur Geltung brachte, eine weiße ärmellose Seidenbluse, flache braune Ledersandaletten und eine Handtasche in der gleichen Farbe. Das lange blonde Haar hatte sie mit einem goldbraun gestreiften Seidenschal im Nacken zusammengebunden.

Georgia sah erneut zur Rezeption und versteifte sich, als sie dort eine wohlbekannte Gestalt im Gespräch mit einer der Empfangsdamen entdeckte. Schon wieder dieser arrogante Italiener, dachte sie verärgert und versteckte ihr Gesicht hinter einer Zeitschrift in der Hoffnung, er würde weg sein, wenn sie an die Rezeption gerufen wurde.

„Signorina Fleming?“, vernahm sie plötzlich eine ihr seltsam vertraute Stimme. Georgia sah überrascht hoch. Direkt vor ihr stand der Mann aus dem Flugzeug, bekleidet mit einer weißen Leinenhose von edelstem Schnitt und einem Hemd, so blau wie seine Augen, deren Blick sie in der vergangenen Nacht bis in ihre Träume verfolgt hatte.

Sie nickte hoheitsvoll.

„Erlauben Sie bitte, dass ich mich Ihnen vorstelle“, sagte er auf Italienisch. „Ich bin Gianluca Valori.“

Der Name kam ihr irgendwie bekannt vor. Etwa ein Fußballer? Seinem Tonfall nach schien er jedenfalls zu erwarten, dass ihr der Name ein Begriff war. Georgia sah ihn durch ihre dunklen Brillengläser stumm an.

„Ich soll Sie zur Villa Toscana fahren, Miss Fleming“, fuhr er fort, sichtlich irritiert, weil sie so beharrlich schwieg. „Marco Sardi ist mein Schwager. Falls Sie mir nicht glauben, wird der Hotelmanager meine Identität gern bestätigen.“

„Das wird nicht nötig sein, Signor Valori.“ Georgia sprach die Landessprache fließend, aber mit leichtem Akzent, den, wie sie aus Erfahrung wusste, die meisten Italiener jedoch besonders charmant fanden. Dass der Mann vor ihr diese Meinung nicht teilte, war klar. Sein arrogantes Benehmen ärgerte Georgia, und sie stand auf, schwang sich die Handtasche über die Schulter und teilte ihm mit, dass ihr Gepäck neben dem Empfangstresen stehe.

Gianluca Valori brauchte dort nur zu erscheinen, und schon umschwirrte ihn ein Heer von Bediensteten, um sich nach seinen Wünschen zu erkundigen. Man trug Georgias Gepäck hinaus und die roten Teppichstufen hinunter, über die jeden Morgen ein frisch gereinigter weißer Leinenläufer gelegt wurde. Gelassen wartete Georgia an der Eingangstür, während ihr Begleiter ihre Hotelrechnung bezahlte und dann wortreich verabschiedet wurde. Anschließend führte er sie nach draußen zur Lungarno della Zecca Vecchia, wo ein Sportwagen stand, der sie in Form und Farbe an einen geschmeidigen schwarzen Panther erinnerte.

Ach du meine Güte, dachte Georgia entsetzt, als sie sah, wie ihr Gepäck im Kofferraum verschwand. Ist das etwa unser Auto?

Ihr Begleiter half ihr mit unpersönlicher Höflichkeit auf den Beifahrersitz, setzte sich hinters Steuer, und, so kam es zumindest Georgia vor, wenige Minuten später rasten sie bereits in mörderischem Tempo über die Autostrada A1.

„Haben Sie Angst?", erkundigte sich der Fahrer schließlich nach einem kurzen Seitenblick auf ihr bleiches Gesicht.

„Ja", erwiderte sie gereizt. „Könnten Sie bitte etwas langsamer fahren? Mir wird sonst schlecht."

Gleichmütig zuckte er eine Schulter und verlangsamte geringfügig das Tempo. „Es besteht keine Gefahr, Miss Fleming." Er lächelte leicht. Die erste menschliche Regung, die sie seit seinen anfänglichen Flirtversuchen im Flugzeug bei ihm wahrnahm. „Ich bin ein routinierter Fahrer."

„Das bin ich auch", antwortete sie, nicht mehr ganz so blass. „Aber nicht bei diesem Tempo und nicht in einem solchen Auto."

Er schien etwas aufzutauen. „Gefällt Ihnen der Supremo? Er ist unser bestes Produkt."

Georgia runzelte die Stirn. Supremo? Valori? Natürlich! Die Firma Valori war ein kleiner, aber feiner Hersteller von luxuriösen Sportwagen, berühmt in der ganzen Welt. Jeder Autonarr träumte davon, einen Supremo zu fahren. Und in der Welt des Grand Prix war diese Firma fast eine Legende, vor allem seit …

Sie biss sich auf die Lippe und musterte überrascht das markante Profil des Fahrers. Oh nein! Kein Wunder, dass ihr sein Name bekannt vorgekommen war. Gianluca Valori war einer der besten Rennfahrer gewesen, die Italien jemals hervorgebracht hatte. Sie hatte ihn sogar schon im Fernsehen gesehen, auf dem Siegerpodest stehend, mit Schirmmütze und blitzenden weißen Zähnen, als er lachend die sprudelnde Champagnerflasche geschwenkt hatte.

„Fühlen Sie sich nicht wohl, Miss Fleming?", fragte er mit einem kurzen Seitenblick auf sie.

„Oh doch, vielen Dank." Ich komme mir nur ziemlich dämlich vor, setzte sie in Gedanken hinzu.

„Wir sind bald da", informierte er sie. „Die Villa liegt in der Nähe von Lucca, ungefähr dreißig Minuten von Florenz entfernt."

Sie nickte steif. Sicher benötigte ein normaler Fahrer für diese Strecke mindestens doppelt so lange wie Gianluca Valori in seinem Supremo. Sie rasten an dem von einer Stadtmauer umgebenen Lucca vorbei und drosselten dann das Tempo, als sie von der Autobahn auf eine enge Landstraße wechselten, die sich durch eine sanfte Hügellandschaft schlängelte. Ab und zu säumten hohe Zypressen den Straßenrand, als wollten sie mit ihren Ästen auf die großartige Aussicht hinweisen. Auf manchen der vorbeiziehenden Hügeln standen prachtvolle Villen. Dann passierte der Supremo ein altes Kloster und bog schließlich in einen schmalen Kiesweg ein.

Langsam steuerte Gianluca den Wagen durch ein offenes Tor in einen blühenden und mit weißen Statuen durchsetzten Park und fuhr bis direkt vors Haus. Georgia war angenehm überrascht, statt des erwarteten Landhauses im klassizistischen Stil eine zwar relativ kleine, jedoch äußerst stilvolle Villa zu erblicken. Ein perfektes Beispiel italienischer Architektur des späten 18. Jahrhunderts, in tiefem Hyazinthblau und mit weiß gestrichenen Fensterläden.

„Wir sind da", riss Signor Valoris Stimme sie aus ihrer Versunkenheit in den Anblick des Hauses.

„Ja", antwortete Georgia etwas zerstreut. „Ja, natürlich." Es war das erste Mal, dass sie ihn anlächelte. Sie nahm ihre Sonnenbrille ab, um die Farben der Villa Toscana ganz unverfälscht zu sehen, und vergaß sogar für einen Augenblick ihre Abneigung gegenüber Gianluca Valori. „Was für ein zauberhaftes Haus!"

Er musterte sie einige Sekunden lang, zuckte die Schultern und betrachtete dann finster das Gebäude.

„Meine Schwester besaß einen ausgezeichneten Geschmack. Sie hat die Restaurierung der Villa von Anfang bis Ende persönlich überwacht."

Georgia sah ihn voller Mitgefühl an. Marco Sardis verstorbene Frau war also Gianluca Valoris Schwester gewesen.

Plötzlich stürmte eine kleine Gestalt in einem pinkfarbenen T-Shirt und Shorts aus dem Haus, und Gianluca Valori sprang mit einem Satz aus dem offenen Sportwagen, um das Kind aufzufangen. Er küsste es auf beide Wangen, ehe er es durch die Luft wirbelte und dann wieder sanft auf den Boden stellte.

„Komm, Alessa", sagte er, als Georgia nun ebenfalls ausstieg. „Heiße Miss Fleming in eurem Haus willkommen."

Georgia blickte in ein kleines blasses Gesicht, umrahmt von glänzend schwarzem, zu einem dicken Zopf geflochtenem Haar. Die Augen des Kindes waren ebenso blau wie die seines Onkels und musterten die neue Lehrerin zurückhaltend. „Ich weiß doch nicht, wie das auf Englisch heißt, Luca", sagte die Kleine.

Georgia lächelte, als Luca Valori seiner Nichte erklärte, dass sie ruhig Italienisch sprechen dürfe, da Miss Fleming das auch verstehe.

„Hallo, Alessandra, ich freue mich sehr, dich kennenzulernen", sagte Georgia und reichte ihr die Hand.

Die Kleine begegnete ihr mit einem ihrem Alter unangemessenen Ernst. „Willkommen in der Villa Toscana, Miss", sagte sie mit geradezu rührender Förmlichkeit.

„Ich danke dir."

Ein junger Mann erschien und kümmerte sich um das Gepäck, während Georgia mit dem Kind und dessen Onkel die äußerst geschmackvolle Eingangshalle betrat. Der glänzende Parkettfußboden und die je zur Hälfte holzgetäfelten und mit zartgrünem Seidenmoiré tapezierten Wände harmonierten wundervoll miteinander. An einer Wand hing ein großer goldgerahmter Spiegel, in dem sich die bunten Farben der auf zwei Marmortische verteilten Blumentöpfe widerspiegelten.

Eine lächelnde Frau in einem adretten Baumwollkleid begrüßte Luca Valori mit einem Wortschwall in einem stark dialektgefärbten Italienisch, das für Georgia nur schwer zu verstehen war.

„Langsam, Elsa", neckte Luca die Frau. „Miss Fleming spricht zwar unsere Sprache sehr gut, aber sie wird dich kaum verstehen, wenn du wie ein Wasserfall redest."

Die Frau lachte und bemühte sich, langsamer und deutlicher zu sprechen, als sie nun Georgia fragte, ob sie ihr erst ihr Zimmer zeigen solle, ehe sie im Wintergarten Tee oder Kaffee servieren würde.

„Ich würde mich gern vorher etwas frisch machen", erwiderte Georgia dankbar und wandte sich dann an Luca Valori: „Danke, dass Sie mich hergefahren haben."

Er verbeugte sich förmlich. „Tut mir leid, dass Ihnen mein Tempo Angst eingejagt hat."

„Bist du gebraust, Luca?", erkundigte sich Alessa mit blitzenden Augen.

„Ja, aber Miss Fleming hat sich gefürchtet, und ich musste langsamer fahren. Deshalb haben wir so lange gebraucht." Er blickte ironisch lächelnd zu Georgia.

„Tut mir leid, dass Sie sich meinetwegen verspätet haben", erwiderte diese frostig. „Da Sie in Eile sind, will ich Sie nicht länger aufhalten und mich verabschieden." Sie streckte ihm die Hand hin.

Alessa kicherte und schmiegte sich an die langen Beine ihres Onkels. „Luca lebt hier bei uns, seit …" Sie verstummte mitten im Satz, und Luca Valori legte tröstend den Arm um seine Nichte.

Georgia zog die Hand zurück und konnte nur mühsam ihr Entsetzen verbergen.

„Ich habe in Florenz übernachtet, weil ich dort heute Morgen noch einiges zu erledigen hatte. Und natürlich auch wegen des Privilegs, Sie hierher fahren zu dürfen." Luca Valoris spöttische Miene verriet, dass er genau wusste, wie Georgia zumute war. „Marco hat heute einige geschäftliche Termine, und so war ich froh, ihn etwas zu entlasten, indem ich Sie mitnahm. Außerdem", fuhr er fort, „ist es nie vergeudete Zeit, eine Nacht in Florenz zu verbringen. Speziell der gestrige Abend war für mich sehr aufschlussreich."

„Franco hat Ihr Gepäck auf Ihr Zimmer gebracht, Miss", unterbrach Elsa zu Georgias Erleichterung das Gespräch. „Wenn Sie mir bitte folgen wollen."

Georgias Zimmer lag im obersten Stockwerk des Hauses. Unwillkürlich entfuhr ihr ein Ausruf des Entzückens, als sie den sich über zwei Ebenen hinziehenden Raum betrat. Unten befand sich ein kleines Wohnzimmer, von dem einige Mahagonistufen nach oben in den Schlafbereich führten. Die Wände waren mit einer zart gemusterten Rosentapete bespannt, deren Muster sich im Teppich wiederholte. An der Fensterseite standen zwei mit roséfarbenem Samt überzogene Polstersessel und ein kleiner runder Messingtisch und in einer Ecke ein zierlicher Schreibtisch mit einer antiken Lampe. Auf der von einer Balustrade begrenzten oberen Ebene befand sich neben einem großen Fenster mit atemberaubender Aussicht ein breites Bett, auf dem eine weiße Häkeldecke lag.

Elsa drehte einen kleinen Messingknopf und öffnete eine in die Wand eingelassene Tür, hinter der sich ein Kleiderschrank verbarg. Dann stieg sie die Treppe hoch und öffnete eine weitere Tür. „Hier ist das Bad, Miss Fleming. Bitte kommen Sie nach unten, wenn Sie fertig sind. Ich werde Ihnen dann den Weg zum Wintergarten zeigen."

„Vielen Dank", sagte Georgia, der ihr neues Domizil sehr gefiel. „Es ist wirklich zauberhaft hier. Wo schläft Alessandra?"

„Im Zimmer nebenan, Miss, und Pina, ihr Kindermädchen, am Ende des Flurs." Elsa ging zur Tür, dann drehte sie sich nochmals um. „Alle nennen sie Alessa, Miss", erklärte sie mit entschuldigendem Lächeln und verließ das Zimmer.

Georgia ging ins Bad. Bewundernd ließ sie die Finger über die cremefarbenen Marmorfliesen und vergoldeten Armaturen gleiten, ehe sie sich Gesicht und Hände wusch. Sie bürstete ihr Haar, band es wieder im Nacken zusammen und betrachtete sich dann stirnrunzelnd im Spiegel. Wieso hatte sie eine solche Abneigung einem ihr völlig fremden Mann gegenüber? Sie schnitt ihrem Spiegelbild ein Gesicht, zog sich die Lippen nach und ging dann nach unten, wo sie in der Halle von Elsa in Empfang genommen wurde, die sie durch ein großes Esszimmer und einen glasüberdachten Flur entlang zu einem riesigen Wintergarten führte.

Überall standen Pflanzen in verschiedenen Grünschattierungen, und die über den ganzen Raum verteilten Korbmöbel mit den bunten Kissen verliehen ihm eine lockere und gemütliche Atmosphäre, ebenso wie die auf zahllosen kleinen Tischen liegenden Zeitungen und Zeitschriften. Die Sonnenblenden an den hohen Fenstern waren zur Hälfte heruntergezogen, um vor der heißen Julisonne zu schützen, aber die weiten Glastüren standen offen und gaben den Blick auf den Park frei, aus dem leises Wasserrauschen zu vernehmen war, das die Illusion von Kühle vermittelte.

Als Georgia eintrat, stand Luca Valori von seinem Stuhl auf. Alessa jedoch war nirgendwo zu sehen. Elsa fragte, ob die englische Miss Tee wünsche, aber Georgia bat um starken italienischen Kaffee, den sie mittlerweile zu schätzen gelernt hatte. Elsa verschwand und ließ die beiden in betretenem Schweigen zurück.

„Bitte, nehmen Sie Platz“, sagte Luca schließlich.

Georgia setzte sich auf ein Sofa, und Luca nahm wieder auf seinem Stuhl Platz.

„Entspricht das Zimmer Ihrem Geschmack?“, erkundigte er sich höflich.

„Oh ja, es ist bezaubernd“, versicherte Georgia, froh über das unverfängliche Gesprächsthema. Schon wollte sie eine weitere Bemerkung über die Einrichtung machen, da fiel ihr ein, dass Lucas verstorbene Schwester das Mobiliar ausgesucht hatte. Sie ließ den Blick zu einer der geöffneten Glastüren gleiten. „Der Park ist wunderschön. Täusche ich mich, oder höre ich tatsächlich leises Rauschen?“

„Durch das Grundstück fließt ein kleiner Bach.“ Sein Mund verzog sich zu einem sarkastischen Lächeln. „Bewundernswert, wie perfekt Sie die Kunst des Small Talks beherrschen, Miss Fleming.“

Sie betrachtete ihn und entschied, darauf nicht zu antworten. „Wo ist Alessa?“

„Bei ihrem jungen Kindermädchen Pina, von dem sie seit ihrer Geburt betreut wird. Alessa wird mit uns zu Mittag essen.“ Er machte eine Pause und sah Georgia direkt ins Gesicht. „Sie werden Geduld mit ihr aufbringen müssen. Sie sträubt sich dagegen, Englisch zu lernen, und will ihren Vater auch nicht nach England begleiten.“

„Muss sie das denn?“ Georgia erwiderte offen seinen Blick. „Ich weiß, Signor Sardi möchte, dass sie genügend Englisch lernt, um ihn für einige Monate nach London begleiten zu können. Aber wieso muss sie mit ihm kommen? Sicher könnte sie bis zu seiner Rückkehr bei Verwandten wohnen?“

Luca Valoris Blick wurde eisig. Offenbar empfand er ihre Frage als unerwünschte Einmischung in Familienangelegenheiten. „Marcos Schwester würde Alessa gern nehmen, aber er kann es nicht ertragen, monatelang von seiner Tochter getrennt zu sein. Deshalb muss sie mit ihm kommen und vorübergehend eine englische Schule besuchen.“ Er zögerte. „Marco glaubt, es würde ihr guttun, und ich denke das auch.“

„Ich verstehe.“ Georgia verstand nur zu gut. Ihr neuer Job würde nicht leicht sein. Marco Sardi hatte sie engagiert, um seine Tochter auf den Aufenthalt in England vorzubereiten. Aber noch wichtiger war ihm ein liebevoller Umgang mit seinem Kind, daran hatte er keinen Zweifel gelassen.

„Mögen Sie Kinder?“, fragte Luca und sah Georgia durchdringend an.

„Ja. Es war schon immer mein Wunsch, später einmal zu unterrichten." Sie sah lächelnd hoch, als Elsa mit dem Kaffee erschien. „Vielen Dank."

Die Frau nickte ihr freundlich zu und bat sie zu entschuldigen, da sie sich um den Lunch kümmern müsse.

Georgia schenkte aus der Silberkanne Kaffee in die geblümten Porzellantassen und reichte eine davon Luca Valori. Dann tat sie Zucker und einen Schuss Sahne in ihre Tasse, trank durstig einen großen Schluck und machte keinen weiteren Versuch, die Unterhaltung fortzusetzen.

„War Ihr Liebhaber traurig über den Abschied?", fragte Luca Valori so unvermittelt, dass sie sich beinahe verschluckt hätte.

Sorgfältig stellte Georgia ihre Tasse auf den Tisch neben ihr und sah direkt in die durchdringend blickenden blauen Augen ihres Gegenübers. „Bitte entschuldigen Sie, aber ich glaube, ich habe Sie nicht richtig verstanden, Signor Valori."

Er zuckte die Schultern – eine Geste, die ihr allmählich vertraut war. „Das denke ich nicht. Ich wollte wissen, ob Ihr Liebhaber etwas dagegen hatte, Sie meiner Obhut anzuvertrauen. Falls Sie mir weismachen wollen, es gäbe keinen, dann vergessen Sie bitte nicht, dass ich Sie gestern mit ihm im Flugzeug und abends beim Dinner gesehen habe. Ich war ziemlich überrascht, als ich erfuhr, wer Sie sind. Marco hatte mir nämlich erzählt, die von ihm engagierte junge Dame sei den Sommer über allein, da ihr Verlobter bei der britischen Armee auf Zypern Dienst tue. Anscheinend hat er doch noch Urlaub bekommen."

Georgia unterdrückte ihren aufsteigenden Zorn. „Nein, das hat er nicht", entgegnete sie mit ausdrucksloser Miene. „Mein Begleiter sowohl im Flugzeug als auch beim Dinner gestern Abend war der Mann meiner Schwester. Beide wohnten im Hotel neben mir."

Ungläubig sah Luca Valori sie an. „Ist das wahr?"

„Natürlich ist es wahr!"

Er verzog spöttisch den Mund. „Dann ist die Dame zu bemitleiden – sowohl wegen ihres Ehemannes als auch wegen ihrer Schwester." Sein Blick drückte Abscheu aus, und er stand auf und verließ wortlos den Raum.

Georgia sah ihm sprachlos nach, im Moment zu verblüfft, um wütend zu sein. Kurz darauf erschien Alessa, gefolgt von einem schüchternen dunkelhaarigen Mädchen, und Georgia blieb keine Zeit, um sich über Luca Valoris unverschämtes Benehmen noch weitere Gedanken zu machen.

Alessa ging zielstrebig auf sie zu, das kleine Gesicht ernst und konzentriert. „Miss Fleming, mein Onkel lässt sich entschuldigen. Er … er …"

„Hat dringende Geschäfte zu erledigen", half das Kindermädchen ihr liebevoll.

In ihrer Freude über diese Nachricht fiel Georgias Lächeln besonders herzlich aus, und sie hoffte, damit dem jungen Mädchen die Scheu zu nehmen. „Du musst Pina sein", sagte sie.

Pina nickte lächelnd und erklärte dann, sie müsse noch in der Küche helfen.

„Ich wollte, dass Luca mit uns zu Mittag isst", sagte Alessa schmollend und fixierte Georgia rebellisch. „Habe ich heute schon Englischunterricht, Miss?"

„Nein, heute noch nicht. Ich dachte, du würdest mir erst einmal den Garten zeigen, vielleicht auch dein Zimmer und dein Spielzeug, wenn du Lust hast." Georgia lächelte die Kleine freundlich an. „Und nenn mich bitte Georgia. Das gefällt mir besser als ‚Miss'."

„Georgia", wiederholte Alessa stirnrunzelnd. „Ist das ein englischer Name?"

„Ich denke schon." Georgia lachte. „Mein Vater wollte immer einen Jungen, deshalb wurde meine Schwester Charlotte getauft statt Charles oder vielmehr Carlo, wie man bei euch sagt. Und als ich geboren wurde, nannte man mich Georgia statt George oder Giorgo …"

Zu Georgias Entsetzen zuckte es um Alessas Mund. Die Kleine begann zu weinen und schlug verzweifelt die Hände vors Gesicht, um die Tränen zu verbergen. Von Mitleid überwältigt, zog Georgia das Kind sanft in die Arme und versuchte es leise zu beruhigen.

„Was hast du, mein Schatz?", fragte sie. „Kannst du es mir erzählen?"

„Mama hatte ... ein Baby, einen Jungen ... aber sie sind jetzt beide ... im Himmel." Alessa schluchzte verhalten, dann kämpfte sie nicht länger dagegen an, sondern schmiegte sich an Georgias Brust und weinte. Georgia hielt sie fest an sich gedrückt und streichelte ihr beruhigend den Rücken.

„Wein nur, mein Schatz", sagte sie heiser. „Lass es raus." Der Schmerz des Kindes bestürzte sie. Natürlich hatte es niemand für nötig befunden, ihr mitzuteilen, dass Maddalena Sardi im Kindbett und, wie sie mittlerweile ahnte, erst vor Kurzem gestorben war.

Es dauerte einige Zeit, bis Alessa sich wieder einigermaßen beruhigt hatte, und als sie sich schließlich von Georgia löste, waren beide nass von Tränen und das kleine Gesicht des Mädchens rot und verquollen.

„Ich glaube, wir ziehen uns jetzt etwas Trockenes an, Alessa", sagte Georgia. „Sollen wir Pina suchen, oder darf ich dich in dein Zimmer begleiten, und du zeigst mir, wo deine Sachen sind?"

Alessa ließ sich Zeit zum Überlegen und stimmte schließlich nach einem letzten Schluchzer zu, Georgia in ihr Zimmer mitzunehmen. Es war ein entzückender Raum, in Pink und Weiß gehalten, mit vielen Büchern sowie pädagogischem Spielzeug und zahllosen Puppen, die Alessa stolz ihrer Besucherin zeigte.

„Und hier sind meine Kleider." Die Kleine öffnete einen weißen, mit bunten Märchenbildern beklebten Schrank. Georgia ging mit Alessa in das ebenfalls weiße und pinkfarbene Bad, half ihr, Gesicht und Hände zu waschen und ein frisches T-Shirt anzuziehen. Dann bat sie das Kind, mit in ihr Zimmer zu kommen.

„Ich habe dort eine Überraschung für dich", erzählte sie dem kleinen Mädchen auf dem Weg dorthin.

Alessas Miene hellte sich auf. „Eine Überraschung? Für mich?"

„Für dich und niemand sonst.“ Georgia öffnete eine ihrer Reisetaschen und entnahm ihr einen in buntes Geschenkpapier gehüllten länglichen Karton. „Hier, mein Schatz. Das habe ich extra aus England für Signorina Sardi mitgebracht.“

Alessa kniete sich auf den Boden, riss das Papier herunter und öffnete ungeduldig den Deckel des Pappkartons. Ihre Augen leuchteten auf, als sie eine große Puppe mit zu Zöpfen geflochtenem blondem Haar entdeckte, die ein Kleid, Socken und Schuhe trug. Neben der Puppe befand sich ein kleiner Koffer.

„Da sind noch mehr Sachen zum Anziehen für die Puppe drin. Gefällt sie dir?“

Alessa nickte eifrig und klatschte in die Hände. „Sie ist wunderschön, Miss … Georgia! Und du hast sie aus England mitgebracht, für mich?“

„Genau das hab ich getan. Sollen wir sie aus dem Karton nehmen?“ Georgia lächelte erleichtert. Natürlich war das Geschenk reine Bestechung, aber wenn es ihr half, Alessas Vertrauen zu gewinnen, hatte es seinen Zweck erfüllt. Zudem hatte der Anblick der Puppe den letzten Rest von Schmerz aus dem Kindergesicht vertrieben. Allein schon deshalb hat sich das Mitbringsel gelohnt, dachte Georgia, als sie mit Alessa die Treppe hinunterstieg und das Kind in die Küche rannte, um Pina und Elsa die Puppe zu zeigen. Gleich darauf kam sie zurück und teilte mit, dass im Wintergarten zum Lunch gedeckt sei.

„Ich werde sie Luisa nennen, und sie darf heute auf Lucas Stuhl sitzen“, verkündete Alessa. Ihre Miene verfinsterte sich flüchtig. „Luca kann heute nicht mit uns essen, Elsa“, sagte sie zur Haushälterin, die soeben den ersten Gang servierte.

Will nicht mit uns essen, verbesserte Georgia in Gedanken und schalt den abwesenden Signor Valori einen Rabenonkel, weil er seiner Nichte eine Enttäuschung bereitet hatte. Und nicht einmal ein kleines Geschenk hatte er Alessa von seiner Reise mitgebracht!

Als sie bei der Pasta angelangt waren – es gab Spinatnudeln mit einer delikaten Pilzsoße –, hörten sie plötzlich ein Motorengeräusch. Einige Minuten später schlenderte Luca Valori lässig durch die offene Gartentür und ließ seine hocherfreute Nichte wissen, dass er seine Meinung geändert habe. Die Geschäfte könnten bis morgen warten.

„Ich habe entschieden, dass du wichtiger bist als jedes Geschäft", sagte er zu Alessa und blickte dann grimmig zu Georgia. „Ich habe die wirklich wichtigen Dinge mit den weniger wichtigen verwechselt, mich aber noch rechtzeitig eines Besseren besonnen", erklärte er und widmete sich dann mit großem Appetit der ihm eilends servierten Pasta und dem später folgenden Hähnchen nach Jägerart.

Georgia ließ es sich ebenfalls schmecken. Ganz gewiss würde sie sich von einem jähzornigen Italiener nicht den Appetit verderben lassen, schon gar nicht bei einem so exzellenten Essen, wie es in der Villa Toscana serviert wurde. Die Unterhaltung geriet diesmal nicht ins Stocken, da Alessa fröhlich plapperte und dem Onkel stolz die Puppe zeigte.

„Ein wirklich schönes Geschenk", sagte Luca zu der Kleinen und schmunzelte. „Du hast noch gar nicht gefragt, was ich dir mitgebracht habe."

„Papa hat gesagt, das gehört sich nicht", erwiderte Alessa wohlerzogen, doch schnell überwog ihre Neugier die guten Vorsätze. „Was hast du mir denn mitgebracht, Luca? Auch eine Puppe?"

„Nein, keine Puppe. Du bekommst mein Mitbringsel heute Abend, denn du hast ja schon ein so wundervolles Geschenk von Miss Fleming bekommen."

„Sie heißt Georgia", berichtete ihm Alessa eifrig und wandte sich an ihre neue Lehrerin. „Darf Luca dich auch so nennen?"

„Natürlich", antwortete Georgia und fügte mit zuckersüßem Lächeln in Luca Valoris Richtung hinzu: „Falls er es will."

„Sehr freundlich", antwortete er mit ausdrucksloser Miene und wandte sich erneut Alessa zu. „Was hast du denn heute Nachmittag vor, mein Kleines?"

„Kommst du nachher mit mir in den Pool, Luca?“, bat sie.

Er tätschelte ihr bedauernd die Wange. „Tut mir leid, aber ich erwarte einen sehr wichtigen Anruf aus Mailand. Vielleicht später, mein Schatz.“

„Ich könnte Alessa in den Pool begleiten“, bot Georgia an.

Das kleine Mädchen blickte sie zweifelnd an. Ganz offensichtlich war die neue Lehrerin kein Ersatz für den angebeteten Onkel. „Kannst du schwimmen, Georgia?“

„Sicher. Und du?“

Alessa schüttelte den Kopf.

„Dann werde ich es dir beibringen. Noch heute Nachmittag, wenn du willst.“

Alessa klatschte begeistert. „Oh ja, bitte!“, rief sie und griff nach der Puppe. „Komm, Luisa, wir müssen Pina suchen und uns umziehen.“

Georgia stand ebenfalls auf und bedachte Luca Valori mit einem kühlen Lächeln. „Wenn Sie mich bitte entschuldigen wollen.“

„Wir haben heute sicher noch öfter das Vergnügen, uns zu sehen“, erwiderte er spöttisch.

Nicht wenn ich es verhindern kann, dachte sie. Aber das war natürlich Unsinn. Da Luca Valori in der Villa Toscana wohnte, ließ sich eine baldige Begegnung mit ihm schwerlich vermeiden.

Sie seufzte. Zu schade, dass der bestaussehende Mann, der ihr jemals begegnet war, glaubte, sie habe eine Affäre mit dem Mann ihrer Schwester. Sie nahm sich vor, ihn so bald wie möglich darüber aufzuklären, dass dies nicht stimmte. Nicht nur, um ihren guten Ruf wiederherzustellen, wie sie sich eingestand. Es war das erste Mal, dass ein Mann ihr mit unverhohlener Feindseligkeit begegnete, und sie hätte nie gedacht, dass es sie so treffen würde. Verletzter Stolz vielleicht. Jedenfalls verspürte sie den Wunsch, Luca Valoris schlechte Meinung über sie zu ändern, ehe sie die Villa Toscana wieder verließ.

3. KAPITEL

Der Nachmittag brachte Georgia in ihrem Bemühen, Alessa Sardis Zuneigung zu gewinnen, ein großes Stück weiter. Das nierenförmige Schwimmbecken im Park war groß und an einem Ende so tief, dass es Alessa verboten war, ohne Begleitung eines Erwachsenen ins Wasser zu gehen.

„Ich darf nur mit Papa oder Luca in den Pool“, erklärte sie, während sie ins Wasser glitt, wo sie sofort von Georgia aufgefangen wurde. Sie kreischte vor Vergnügen, als Georgia sie an den Händen durch den seichten Teil des Beckens zog.

„Und jetzt halt dich am Beckenrand fest, während ich dir zeige, wie man Arme und Beine gleichzeitig bewegt“, sagte Georgia und schwamm mit langsamen Brustzügen, wie sie es in der Schule gelernt hatte, einmal auf und ab. Dann stellte sie sich an das seichte Ende des Beckens und strich sich das nasse Haar aus dem Gesicht. „So, nun stütze ich dich am Kinn, Alessa, und du versuchst, es mir nachzumachen. So ist es richtig, mein Schatz. Ganz ruhig, ich lass dich nicht fallen.“

Mit Pina als bewundernder Zuschauerin verlief der Schwimmunterricht äußerst erfolgreich und endete mit einer übermütigen Wasserschlacht. Schließlich lieferte Georgia das kleine Mädchen bei der mit einem Handtuch wartenden Pina ab. Unwillkürlich versteifte sie sich, als sie am anderen Ende des Pools eine hochgewachsene, tief gebräunte Gestalt elegant ins Wasser springen und mit kraftvollen Kraulzügen auf sie zukommen sah. Innerhalb weniger Sekunden stand Luca Valori dicht neben ihr im flachen Wasser. Er begrüßte seine aufgeregte Nichte mit einem freundlichen Nicken und wandte sich dann Georgia zu.

„Sie sind eine gute Pädagogin, Miss Fleming. Ich habe den Schwimmunterricht von meinem Schlafzimmerfenster aus beobachtet.“

Die Tuchfühlung mit Luca Valoris aufregendem und fast nacktem Körper machte Georgia nervös, und sie vergaß ihren Vorsatz, ein klärendes Gespräch mit dem Mann zu führen. Nur schnell weg hier, dachte sie. „Glücklicherweise ist Alessa nicht wasserscheu. Bitte entschuldigen Sie mich jetzt. Ich muss duschen und meine Haare trocknen."

Statt zu antworten, schwang er sich mit einem eleganten Klimmzug aus dem Wasser und hielt ihr helfend die Hand hin, die sie notgedrungen nahm und sich von ihm aus dem Becken ziehen ließ. Sie war froh, einen schlichten schwarzen Badeanzug anzuhaben, der eher praktisch als verführerisch war, und schlüpfte schnell in den Bademantel.

„Pina sagt, dass Elsa für dich extra englischen Tee gekocht hat", berichtete Alessa, während das Kindermädchen sie mit dem Handtuch trocken rieb. „Und Kekse hat sie auch gebacken."

„Wunderbar!" Georgia lächelte das kleine Mädchen warm an. „Dann werde ich mich jetzt mit dem Duschen beeilen und dich dann treffen, Alessa. Und wo?"

„Hier draußen, wenn es Ihnen recht ist." Luca Valori deutete auf einen Tisch mit Stühlen unter einem großen Sonnenschirm.

„Das soll Alessa entscheiden", sagte Georgia.

„Hier draußen, hier draußen", sang das Kind fröhlich und blickte den Onkel bittend an. „Du musst auch kommen, Luca."

Er legte theatralisch die Hand aufs Herz und verneigte sich. „Ganz wie die Prinzessin befiehlt."

Alessa lachte entzückt und griff nach Georgias Hand. „Machen wir schnell. Komm, Pina!"

Georgia folgte Alessa und Pina nach oben und versprach, sobald ihr Haar trocken war, in den Park zu kommen. Nachdem sie geduscht und ihre Haare gewaschen hatte, setzte sie sich mit dem Föhn ans Fenster und betrachtete sinnend die hügelige toskanische Landschaft. Irgendwann würde sie den Stier bei den Hörnern packen und Luca Valori fragen müssen, womit sie ihn verärgert und weshalb ihre Erklärung über Tom die Dinge noch verschlimmert habe. Sie wollte nicht, dass er sich eventuell bei seinem Schwager über sie beschwerte und sie möglicherweise vorzeitig ihren Job beenden musste. Das konnte ihrem guten Ruf an der Schule in Venedig zu sehr schaden.

Bei dem Gedanken verdrehte sie genervt die Augen und stand auf, um ein gelbes T-Shirt und eine weiße Baumwollhose anzuziehen. Sie schlüpfte in braune Sandaletten und ließ ihr Haar offen auf die Schultern fallen, damit die letzten feuchten Strähnen von der Nachmittagssonne getrocknet wurden. Sie verteilte etwas Feuchtigkeitscreme auf ihrem Gesicht und zog die Lippen mit einem roséfarbenen Stift nach. Plötzlich klopfte es energisch an der Tür, und sie öffnete. Draußen stand Alessa in einem bunten Sommerkleid, das dunkle Haar zu zwei Zöpfen geflochten und im Arm die neue Puppe, die nun Jeans und ein T-Shirt trug.

„Bist du fertig, Georgia?"

„Bin ich, Miss Sardi. Wo ist Pina?"

„Schon unten, um Elsa zu sagen, dass wir kommen." Alessa legte ihre kleine Hand vertrauensvoll in Georgias und plapperte ohne jede Scheu, während sie gemeinsam die Treppe hinunterstiegen. „Werden wir jetzt jeden Tag zusammen schwimmen?", erkundigte sie sich begierig.

„Sicher – allerdings immer erst nach der Englischstunde."

„Oh." Alessa machte einen Schmollmund.

„Der Unterricht wird dir gefallen, das verspreche ich dir", sagte Georgia.

Der Tisch im Park war bereits mit einem silbernen Teeservice gedeckt sowie einer Kaffeekanne und Tellern mit Keksen, unter anderem dem für Italien typischen Mandelgebäck. Pina stand abwartend am Tischende, und Luca Valori, nun wieder angezogen, wie Georgia erleichtert feststellte, rückte den beiden ankommenden Damen die Stühle zurecht.

„Hat Ihnen das Schwimmen Spaß gemacht, Miss Fleming?",

fragte Luca, während Pina ihm Kaffee einschenkte.

„Sehr sogar. Für mich ist es ein großer Luxus, in einem Haus mit eigenem Swimmingpool zu wohnen“, antwortete Georgia.

„Wo wir früher wohnten, hatten wir auch keinen“, mischte sich Alessa ins Gespräch und sog geräuschvoll an dem Strohhalm, mit dem sie ihre Milch trank.

„Die Restaurierung des Hauses wurde erst kürzlich fertiggestellt“, erklärte Luca, und seine Gesichtszüge verfinsterten sich.

Maddalena Sardi hat also die Früchte ihrer Arbeit nicht mehr lange genießen können, dachte Georgia.

„Ich hatte mich schon gewundert, warum Alessa nicht schwimmen kann“, sagte sie leise.

„Willst du nicht ein bisschen mit Pina Ball spielen, bis Miss Fleming ihren Tee getrunken hat?“, schlug Luca seiner Nichte lächelnd vor.

Alessa verzog das Gesicht, nickte dann jedoch gehorsam. „Aber später musst du mit mir spielen, Luca.“

„Versprochen.“ Er sah der Kleinen nach, als sie über den Rasen hüpfte. Seine blauen Augen waren von Trauer überschattet.

Georgia gab sich einen Ruck. „Signor Valori, ich möchte mich nicht in Ihre Familienangelegenheiten mischen, aber andererseits will ich Alessa auch nicht unwissentlich wehtun. Deshalb bitte ich Sie, mir etwas mehr über ihre Mutter zu erzählen.“

„Gut.“ Luca schenkte sich Kaffee nach. „Maddalena starb vor sechs Monaten, kurz nach ihrem Umzug in die Villa Toscana. Sie war zehn Jahre älter als ich, müssen Sie wissen, zwar körperlich zart, dafür aber eine starke Persönlichkeit mit einem ausgeprägten Willen. Als sie mit dreiundvierzig Jahren noch einmal schwanger wurde, war ihr Arzt sehr beunruhigt.“ Er schwieg und schien zu überlegen, dann meinte er: „Ich bin sicher, dass Marco nichts dagegen hat, dass ich Ihnen das erzählt habe.“

„Alessa hat mir bereits gesagt, dass ihre Mutter mit einem kleinen Jungen im Himmel sei“, sagte Georgia und sah auf ihre verschränkten Hände. „Es war … herzzerreißend."

„Das ist genau das richtige Wort." Er räusperte sich. „Maddalenas Tod hat uns allen das Herz gebrochen. Natürlich hat Marco am meisten gelitten. Ein Ehemann, der seiner Frau in einer solchen Lage nicht helfen kann, fühlt sich in jedem Fall schuldig." Lucas Stimme bekam einen rauen Klang. „Meine Schwester wollte unbedingt einen Sohn haben, und das endete in einer Tragödie."

„Das tut mir alles schrecklich leid …" Georgia versagte die Stimme, und ihre Augen wurden feucht. Sie sah den Ausdruck von Überraschung in Luca Valoris blauen Augen und drehte rasch den Kopf weg. Schweigen breitete sich zwischen ihnen aus, das nur von Alessas fröhlichem Lachen unterbrochen wurde.

„Miss Fleming, ich habe beschlossen, Marco nichts zu sagen", erklärte Luca schließlich.

Georgia blickte ihn verblüfft an. „Glauben Sie, es wäre ihm nicht recht, dass ich mehr über den Tod seiner Frau weiß?"

„Sie haben mich missverstanden. Ich wollte nur sagen, dass ich ihm nichts von Ihrem Schwager berichten werde."

Sie erstarrte. „Signor Valori, da gibt es auch nichts zu berichten."

„Tut mir leid, aber ich bin anderer Meinung", widersprach er mit seidenweicher Stimme.

Sie setzten ihr Streitgespräch nicht fort, da Franco, der Gärtner, aus dem Haus auf sie zukam und mitteilte, dass die englische Signorina am Telefon verlangt werde.

„Wenn man vom Teufel spricht", murmelte Georgia und stand auf.

Luca erhob sich ebenfalls und musterte sie scharf. „Teufel?"

„Damit sind nicht Sie gemeint", versicherte sie ihm. „Bitte entschuldigen Sie mich, und sagen Sie Alessa, ich würde gleich zurück sein."

Georgia eilte mit Riesenschritten ins Haus. Franco führte sie in ein kleines Arbeitszimmer am hinteren Ende der Halle und ließ sie allein. Georgia atmete einmal tief durch.

Wie erwartet war Charlotte am Apparat. „Ein bisschen Beeilung, du Schlafmütze", begrüßte ihre Schwester sie. „Wo treibst du dich denn herum, dass du so lange brauchst, um ans Telefon zu kommen?"

„Ich war draußen im Park. Du solltest sehen, wie schön es hier ist. Ein Juwel von einem Haus, mit Swimmingpool und eigenem Bach!" Georgia klärte ihre überraschte Schwester über die Identität des Mannes aus dem Flugzeug auf, beschrieb ihr die schreckliche Fahrt von Florenz zur Villa Toscana im Wagen eines Formel-1-Asses und erzählte ihr als Krönung des Ganzen von Luca Valoris Verdacht, Tom wäre ihr Liebhaber.

Charlotte brach in schallendes Gelächter aus. „Hast du ihn denn nicht aufgeklärt und ihm von James erzählt?", fragte sie, als sie wieder sprechen konnte.

„Natürlich! Aber er wusste bereits von James, und aus unerfindlichen Gründen wurde er noch wütender, als er erfuhr, dass Tom mein Schwager ist. Doch genug von mir. Geht es dir besser?"

Charlotte, so war zu hören, fühlte sich blendend, fand das Bauernhaus, in dem sie wohnten, unbeschreiblich romantisch, hatte neben sich einen ungeduldigen Tom, der wissen wollte, worüber sie so lache, und eine Telefonkarte, die gleich abgelaufen sein würde.

„Wir werden dich nächste Woche noch mal anrufen, ehe wir zurückfliegen. Und, Georgia, sorg dafür …"

Die Leitung war tot. Auf dem Rückweg in den Park empfand Georgia plötzlich ein wenig Heimweh. Zu ihrer Erleichterung wartete draußen nur Alessa auf sie. Luca Valori war nirgendwo zu sehen.

„Mein Onkel muss noch etwas schreiben", sagte das kleine Mädchen und fragte neugierig: „Mit wem hast du telefoniert?"

„Mit meiner Schwester. Sie macht hier mit ihrem Mann Urlaub. Nun ja, nicht direkt hier, aber nicht weit weg. Hast du Lust, mich jetzt durch den Park zu führen? Zu all deinen Lieblingsplätzen?"

Alessa stimmte eifrig zu, stolz und glücklich, Georgia den Bach zu zeigen, der sich leise plätschernd durch den Park schlängelte, dann den Küchengarten, wo alle möglichen Arten von Gemüse und Kräutern unter Francos kundiger Hand gediehen. Kameliensträucher und andere exotische Blumenbüsche, die Georgia nicht kannte, spendeten den Steinskulpturen Schatten, die überall im Park standen. Dazwischen leuchteten Beete mit Hortensien und Geranien.

In der vom Haus aus nicht zu sehenden hintersten Ecke des Parks, halb verdeckt von Zypressen, stand ein altes, verwahrlostes Sommerhäuschen auf Pfählen. Alessa kletterte die gefährlich aussehenden Holzstufen hinauf und öffnete die Tür zu einem stickigen Zimmer, das nach Sonne und Staub roch und in dem einige schon recht mitgenommen aussehende Korbmöbel standen. Durch die Fenster hatte man einen Blick auf das in einiger Entfernung liegende Kloster.

„Hier bin ich am liebsten“, sagte Alessa und ließ sich auf einen der Stühle fallen. „Aber Papa hat mir verboten, allein hierher zu gehen.“

Georgia verstand, weshalb. „Wir werden künftig zusammen herkommen. Wenn du willst, verlegen wir ab und zu den Englischunterricht hierher.“

Alessas ausdrucksvolles kleines Gesicht hellte sich auf. „Wirklich? Papa dachte, du würdest mich in seinem Arbeitszimmer unterrichten.“

„Wenn er das wünscht, werde ich das natürlich tun. Aber wenn du den Unterricht lieber in deinem Zimmer oder im Wintergarten oder hier hättest, werden wir deinen Vater um Erlaubnis dafür bitten, ja?“

Das Kind stimmte begeistert zu und drückte sein Zutrauen zur neuen Englischlehrerin dadurch aus, dass es auf dem Rückweg wie selbstverständlich ihre Hand ergriff. Dass es so leicht sein würde, Alessas Zuneigung zu gewinnen, hatte Georgia nicht zu hoffen gewagt. Und Luca Valori scheint nicht zu beabsichtigen, Marco Sardi irgendwelche Geschichten über Tom und mich aufzutischen, überlegte sie, während sie mit dem vergnügt plappernden Kind an der

Hand zum Haus zurückging. Wirklich großzügig von Signor Valori, mich bei seinem Schwager nicht anzuschwärzen, dachte Georgia spöttisch und nahm sich vor, bei nächster Gelegenheit nochmals ein ernstes Wort mit dem aufbrausenden ehemaligen Rennfahrer zu reden.

Die Gelegenheit dazu ergab sich früher als erwartet. Elsa teilte dem enttäuschten Kind nämlich mit, dass Signor Sardi erst am späten Abend zurückkommen würde.

„Aber er wird dir ganz bestimmt noch Gute Nacht sagen“, versuchte Elsa die Kleine zu trösten und wandte sich dann lächelnd an Georgia. „Er hat mich beauftragt, Sie in seinem Namen in der Villa Toscana willkommen zu heißen, Miss, und Signor Valori gebeten, sich beim Abendessen um Sie zu kümmern. Falls es heute Abend bei ihm zu spät wird, will er Sie morgen früh begrüßen, ehe er ins Büro fährt.“

„Danke, Elsa.“ Georgia rang sich ein Lächeln ab. Unter anderen Umständen hätte sie sich auf ein Dinner mit einem so gut aussehenden Mann wie Luca Valori gefreut. Aber da ihm ihre Gesellschaft so offensichtlich zuwider war, würde das Essen mit ihm wahrscheinlich eine einzige Tortur werden. Sie erwog, Elsa zu bitten, ihr ein Tablett aufs Zimmer zu schicken, verwarf den Gedanken jedoch wieder. Wahrscheinlich war es als Privileg zu werten, dass die junge Englischlehrerin mit der Familie speisen durfte. Zudem wollte sie dem Hauspersonal nicht durch Sonderwünsche mehr Arbeit aufbürden. Und auf keinen Fall sollte Luca Valori sich einbilden, er hätte die Schlacht gewonnen.

Unwillkürlich musste sie lächeln, als sie Alessa nach draußen folgte, um noch ein wenig mit ihr zu spielen. Ihre Freundinnen zu Hause in England würden sie glühend beneiden, weil sie mit Gianluca Valori zu Abend essen durfte, dem berühmten Rennfahrer, der während seiner kurzen Laufbahn neben Größen wie Mansell, Alesi und dem brillanten und später verunglückten Ayrton Senna auf dem Siegerpodest gestanden hatte.

Als Alessa bat, an diesem Abend unter Georgias Aufsicht zu baden, stimmte diese gern zu. Zu ihrem Erstaunen erbot sich Pina, in der Zwischenzeit Georgias Koffer auszupacken und die Sachen in den Schrank zu hängen.

Ein Angebot, das Georgia mit Freuden annahm, denn sie fand eine Badestunde mit Alessa wesentlich vergnüglicher. Nachdem sie mit zwei Plastikschiffchen einige Rennen in der Wanne veranstaltet hatten, wusch Georgia Alessa das dichte schwarze Haar, wickelte dann das Kind in ein Handtuch und knuddelte und kitzelte es beim Abtrocknen, was der Kleinen sehr gefiel. Dann zog Georgia ihrem Schützling das Nachthemd an, trocknete und kämmte ihm die dunklen Locken, während das kleine Mädchen sich vertrauensvoll an sie schmiegte. Wohlhabenheit und Luxus sind eben kein Ersatz für Mutterliebe, dachte Georgia voller Mitleid. Allein bei dem Gedanken, dass ihre Mutter sterben könnte, verspürte Georgia einen Stich im Herzen, und sie war immerhin eine erwachsene Frau von sechsundzwanzig Jahren. Wie schlimm musste es da erst für ein zwanzig Jahre jüngeres Mädchen sein, die Mutter zu verlieren! Instinktiv drückte sie das Kind liebevoll an sich.

„Natürlich kannst du schon selber lesen", begann Georgia dann diplomatisch. „Aber da heute unser erster gemeinsamer Tag ist, würde ich dir gern eine Gutenachtgeschichte vorlesen, wenn du das willst."

Alessa, deren Lider schon schwer wurden, nickte und sagte, dass ihr Papa ihr auch immer etwas vorlese, wenn er abends rechtzeitig nach Hause komme. Georgia wählte das Märchen vom gestiefelten Kater und nutzte ihr schauspielerisches Talent dazu, die einzelnen Figuren mit unterschiedlichen Stimmen darzustellen.

Bald gesellte sich auch Pina zu ihnen und hörte aufmerksam zu. Ihr Blick ruhte so liebevoll auf dem Kind, dass Georgia sich zumindest in einem sicher war: Mochte Alessa auch die Mutter verloren haben, es fehlte ihr nicht an Liebe. Nicht nur Pina, sondern in erster Linie natürlich Alessas Vater, ihr Onkel und auch die energische und verlässliche Elsa umsorgten die Kleine liebevoll.

Nachdem die Geschichte zu Ende war, sträubte sich Alessa nicht gegen Pinas Anordnung, schlafen zu gehen. Das kleine Mädchen bedankte sich bei Georgia für die Gutenachtgeschichte, nahm ihr das Versprechen ab, am nächsten Tag wieder etwas vorzulesen, und kletterte ins Bett.

„Weißt du, Georgia, ich war böse auf Papa, weil ich Englisch lernen muss. Aber dich mag ich. Magst du mich auch?"

Über Alessas Kopf hinweg begegnete Georgia Pinas Blick. Sie war froh, in den Augen des Kindermädchens nicht die Spur von Eifersucht zu entdecken. „Ja, ich mag dich auch sehr, Alessa. Ich glaube, wir beide werden gut miteinander auskommen."

Beruhigt schloss das Kind die Augen. „Gute Nacht, Georgia."

„Gute Nacht, mein Schatz. Bis morgen früh."

Zu Georgias angenehmer Überraschung hatte das Kindermädchen ihre Sachen nicht nur ausgepackt und in den Schrank gehängt, sondern sie, wo es nötig war, auch noch gebügelt.

„Pina, du bist ein Engel", sagte Georgia laut und durchforstete ihre Garderobe nach einem passenden Kleid für das bevorstehende Dinner. Welchen Aufzug erwartete man wohl von einer Frau, die man verdächtigte, ein Verhältnis mit dem Mann ihrer Schwester zu haben? Sie griff nach einem klassisch geschnittenen schwarzen Leinenkleid und hielt es sich vor dem Spiegel an. Genau das Richtige. Dazu schlichte Perlenohrstecker und schwarze Leinenpumps. Das würde wohl seriös genug sein.

Da sie bis zum Dinner noch mehr als eine Stunde Zeit hatte, beschloss sie, kurz an James zu schreiben. Er hatte in seinem letzten Brief ihren Entschluss heftig kritisiert, in den Ferien zu arbeiten, was sie verärgert und eher noch darin bestärkt hatte, Signor Sardis Angebot anzunehmen. Mit ihrem jetzigen Brief wollte sie James wieder versöhnlich stimmen, weshalb sie ihm ihre derzeitige Umgebung nicht so enthusiastisch schildern wollte, wie es der Villa Toscana angemessen gewesen wäre. Nachdenklich kaute sie an ihrem

Kugelschreiber und versuchte sich James' Gesicht vorzustellen, doch gegen ihren Willen drängte sich immer wieder ein schmales Gesicht mit funkelnden blauen Augen dazwischen. Sie fühlte sich innerlich so weit von James entfernt, dass sie ein schlechtes Gewissen bekam.

Nicht dass sie offiziell mit ihm verlobt gewesen wäre. Sie hatte ihn nur bei Marco Sardi als ihren Verlobten ausgegeben, weil ihr keine andere Bezeichnung für ihn eingefallen war. Dass sie noch keinen Verlobungsring von ihm am Finger trug, war allerdings nicht James', sondern allein ihre Schuld. Sie hatte es nicht eilig, die Frau eines Berufssoldaten zu werden. Lieber wollte sie noch einige Jahre unabhängig sein, sich die Welt ansehen und in ihrem Beruf arbeiten. Da James in der Armee zu bleiben gedachte, hatte er notgedrungen zugestimmt, so lange auf Georgia zu warten, bis sie bereit war, ihn zu heiraten und ihre Berufswünsche seiner Karriere unterzuordnen.

Georgia beschrieb James nun in einem kurzen, lustigen Brief den Flug und den Abend im Luxushotel, unterließ es aber, von der Villa Toscana zu schwärmen. Dann machte sie es sich in dem Sessel am Fenster bequem und las noch ein bisschen in einem spannenden Krimi. Die Handlung zog sie so in ihren Bann, dass sie darüber die Zeit vergaß und ihr nur noch fünfzehn Minuten zum Umziehen blieben. Herzlich wenig, um sich so zurechtzumachen, dass Luca Valoris Vorurteile ihr gegenüber vielleicht ins Wanken geraten würden.

Punkt acht Uhr war sie fertig. Umgeben von einer zarten Wolke teuren Parfüms, dezent geschminkt und das üppige aschblonde Haar im Nacken mit einem schwarzen Samtband zusammengebunden, betrachtete sie sich kritisch im Spiegel und war mit ihrem Erscheinungsbild zufrieden. Außer den Perlenohrclips und ihrer goldenen Uhr trug sie keinen Schmuck, was den raffiniert einfachen Schnitt ihres Kleides wirkungsvoll unterstrich.

Als sie die Treppen hinunterstieg, fühlte sie sich wie ein General vor der Schlacht, bereit, dem Feind zu trotzen, der in Gestalt von

Luca Valori wie auf ein Stichwort gleichzeitig mit ihr in der Halle erschien. Er trug jetzt statt der legeren Hose eine elegante schwarze und hatte schwarze Schuhe angezogen. Sein Hemd war so blau wie das vom Morgen. Georgia fragte sich, ob es eine Sonderanfertigung war. Eitel genug war er.

„Sie sehen heute Abend sehr elegant aus, Miss Fleming", begrüßte er sie und führte sie in einen kleinen Salon, wo auf einem Marmortisch ein Tablett mit Flaschen und Appetithappen stand.

„Vielen Dank", erwiderte sie gelassen.

Er deutete auf das Silbertablett mit den Flaschen. „Was darf ich Ihnen einschenken?"

„Mineralwasser, bitte."

Er zog eine Braue hoch. „Kann ich Sie nicht zu einem Aperitif überreden?"

„Nein danke. Ich trinke wenig, höchstens ein Glas Wein zum Essen."

Er zuckte die Schultern. „Gut, dann eben Mineralwasser."

„Danke." Georgia nahm das Glas und setzte sich, machte jedoch keine Anstalten, sich mit ihm zu unterhalten.

„Sind Sie immer so schweigsam?", fragte er schließlich. Dann lächelte er vielsagend. „Ach nein, natürlich nicht. Gestern Abend, beim Dinner, haben Sie sich recht angeregt mit Ihrem Schwager unterhalten."

„Ich kenne Tom schon sehr lange." Mit ausdrucksloser Miene verfolgte sie, wie er ihr gegenüber am Tisch Platz nahm.

„Offensichtlich. Aber weiß Ihre Schwester auch, dass Ihre Beziehung zu ihm so ... intim ist?" Er musterte sie mit einem boshaften Blick und trank sein Glas Wein zur Hälfte leer.

Sein süffisanter Tonfall erübrigte jede weitere Erklärung. Georgia kochte innerlich vor Wut und verwarf den Vorsatz, Luca Valori für sich zu gewinnen. Warum sollte sie einem völlig Fremden gegenüber ihr Verhalten rechtfertigen? Marco Sardi würde sie natürlich auf Wunsch Rede und Antwort stehen, denn er zahlte nicht nur ihr

Gehalt, sondern war auch ein freundlicher, gütiger Mann, den sie schon bei ihrer ersten Begegnung zu schätzen gelernt hatte. Luca Valori hingegen war nur Alessas Onkel, und es stand ihm nicht zu, über ihr Privatleben Rechenschaft zu verlangen.

Sie trank ihr Glas leer und stand auf. „Signor Valori, Sie werden bestimmt erleichtert sein, wenn ich Sie von meiner Gesellschaft befreie und mich auf mein Zimmer zurückziehe. Bitte haben Sie die Güte, Elsa zu bitten, mir das Essen aufs Zimmer zu schicken."

Luca sprang auf und machte eine entschuldigende Handbewegung. Dann fuhr er herum, als von der Tür her jemand mit ruhiger Stimme sagte: „Ich glaube, das wird nicht nötig sein, jetzt, da ich hier bin, Miss Fleming."

Georgia sah ebenfalls zur Tür und erblickte einen müde aussehenden dunkelhaarigen Mann, der sie beide mit hochgezogenen Brauen musterte.

„Marco, du kommst schon so früh!", rief Luca lächelnd, nicht im Geringsten verlegen über das unerwartete Erscheinen seines Schwagers. Ganz im Gegensatz zu Georgia, die tief errötete.

Marco Sardi reichte ihr die Hand und lächelte amüsiert. „Ich freue mich, Sie zu sehen, Miss Fleming. Ich hatte gehofft, man würde Sie während meiner Abwesenheit gut behandeln."

Luca zuckte unschuldig lächelnd die Schultern. „Nur ein kleines Missverständnis, Marco."

„Freut mich, zu hören, Luca. Miss Fleming ist unser Gast und kommt mit den besten Referenzen zu uns. Es würde mir sehr leidtun, wenn sie sich veranlasst fühlte, mit dem nächsten Flugzeug nach London zurückzukehren."

Dankbar blickte Georgia Marco Sardi in das abgespannte, kluge Gesicht. „Ich habe mich bereits mit Alessa angefreundet, Signor Sardi. Sie ist ganz bezaubernd. Ich würde gern bleiben, wenn Sie es auch wünschen."

„Darüber bin ich sehr erleichtert." Er ließ den Blick seiner dunklen Augen von einem zum andern gleiten. „Bitte kümmere dich um unseren Gast, Luca, während ich nach meiner Tochter sehe und kurz dusche. Ich werde so schnell wie möglich wieder bei euch sein."

Luca Valori lächelte seinem Schwager beruhigend zu, dann wandte er sich bewusst förmlich an Georgia. „Miss Fleming, ich entschuldige mich vielmals bei Ihnen. Bitte verzeihen Sie mir, sonst macht mir Marco das Leben zur Hölle – und Alessa ebenfalls."

Georgia nickte hoheitsvoll.

Zufrieden lächelnd schaute Marco Sardi von einem zum andern. „So, und nun entschuldigt mich bitte, ich werde mich beeilen und Elsa bitten, das Dinner etwas später servieren zu lassen."

4. KAPITEL

Wie Georgia von Luca Valori erfuhr, wurde das Esszimmer der Villa Toscana nur für formelle Mahlzeiten benutzt. Sonst speiste man im Wintergarten, durch dessen geöffnete Türen nun der im Mondlicht schimmernde Park einen fantastischen Anblick bot. Zu Georgias Erstaunen schlug Luca Valori vor, bis zu Marcos Rückkehr einen kleinen Spaziergang zu machen.

Sie stimmte zu. Lieber schlenderte sie mit ihm über einen vom Mond beschienenen Rasen, als in angespanntem Schweigen an seiner Seite im Wintergarten zu sitzen. Zuerst gingen sie stumm nebeneinander her. Georgia fand, dass es bei Luca lag, das Schweigen zu brechen.

„Ich wünschte", sagte er schließlich mit seiner tiefen, rauen Stimme, „wir könnten die Zeit bis zu jenem Moment im Flugzeug zurückdrehen, als ich Sie zum ersten Mal sah."

„Ach ja?" Georgias Ton war wenig ermutigend.

Er musterte sie missmutig von der Seite, während sie nebeneinanderher gingen. „Ich meine, ehe ich bemerkte, dass Sie nicht allein, sondern mit einem Mann zusammen waren." Er zog in der für ihn typischen Art die Schultern hoch. „Das war ja auch nicht anders zu erwarten."

„Was soll das heißen?", fragte Georgia erbost.

„Nichts weiter, als dass Sie sehr schön sind", erwiderte er ebenso heftig.

„Oh." Noch nie hatte jemand sie als schön bezeichnet. Nicht einmal James. Gewöhnlich fand man sie attraktiv, manchmal sogar hübsch, aber keinesfalls schön. Oder hatte das Wort im Italienischen vielleicht eine andere Wertigkeit?

„Beabsichtigen Sie, Ihren Verlobten bald zu heiraten?", erkundigte er sich nach einer Weile.

In einem ersten Impuls wollte Georgia antworten, dass ihn das absolut nichts angehe, doch um des lieben Friedens willen schüttelte sie verneinend den Kopf. „Nein, wir haben es nicht eilig." Zumindest ich habe es nicht eilig, dachte sie. „James ist noch für ein halbes Jahr auf Zypern stationiert, wo es ihm gut gefällt, da er ein leidenschaftlicher Polospieler ist."

„Glauben Sie, dass Ihnen ein Leben als Soldatenfrau zusagt?"

„Ich denke schon."

„Sehr begeistert klingt das nicht." Er betrachtete sie zweifelnd, während sie nebeneinander am Ufer des Bachs entlangspazierten.

„James ist Berufssoldat. Anders gesagt, die Armee ist sein Leben. Ich möchte noch ein bis zwei Jahre in meinem Beruf arbeiten, ehe ich die Frau eines Soldaten werde."

„Zögern Sie die Heirat nicht aus einem anderen Grund hinaus? Etwa weil der Mann, den Sie wirklich haben wollen, bereits verheiratet ist?"

Georgia ballte die Hände zu Fäusten. „Signor Valori, allmählich reicht es mir. Warum genügt Ihnen nicht mein Wort, dass Sie sich irren, was die Art meiner Beziehung zu Tom betrifft?"

„Wie gesagt geht es mich nichts an", erwiderte er kühl.

Sie atmete tief durch. „Richtig. Ich unterhalte mich gern mit Ihnen über Politik, Religion, Fußball, was immer Sie wollen, aber nicht über mein Liebesleben!"

Luca blieb unvermittelt stehen und sah auf sie hinunter. Sein vom Mondlicht beschienenes Gesicht ließ nicht erkennen, was er dachte. „Vielleicht sollten wir noch mal ganz von vorn beginnen."

Wie hypnotisiert blickte Georgia in seine dunkel glänzenden Augen und hatte Mühe, sich davon loszureißen. Sie wandte sich ab, fand es schwierig, in der fremden Sprache die richtigen Worte zu finden, und wechselte ins Englische, um sich so unmissverständlich wie möglich auszudrücken. „Falls Sie damit meinen, dass wir während meines kurzen Aufenthalts hier ein gewisses Maß an Höflichkeit im Umgang miteinander wahren sollten, stimme ich Ihnen zu."

Er lachte bitter. „Ein gewisses Maß an Höflichkeit! Sehr britisch!"

Stumm setzten sie ihren Spaziergang fort, bis Luca erneut das Schweigen brach. „Ich wollte eigentlich nur sagen, Miss Georgia Fleming, dass wir etwas freundlicher miteinander umgehen sollten. Kommen Sie." Er wies mit dem Kopf zum Haus. „Unser Gespräch hat mich hungrig gemacht."

„Mich auch. Ich bin für meinen gesegneten Appetit bekannt."

„Gut. Ich mag Frauen, die gern essen."

„Die italienische Küche wirkt wahre Wunder", sagte Georgia in dem Versuch, einen lockeren Ton anzuschlagen. „Obwohl ich mehr esse als in England, habe ich im letzten Jahr hier in Italien etliche Pfunde abgenommen."

Luca lachte. „Ich bezweifle, dass das bei allen so ist. Vielleicht arbeiten Sie zu viel."

„Natürlich muss ich mir mein Gehalt in der Schule redlich verdienen", gab Georgia ihm recht. „Am Ende des Schuljahrs war ich ziemlich geschafft. Ehrlich gesagt wollte ich auch lieber zu Hause bei meinen Eltern faulenzen, als hierherzukommen und Alessa zu unterrichten."

„Wieso haben Sie dann doch zugestimmt?"

„Wahrscheinlich hat mich Signor Sardis Beschreibung seiner Tochter zu tief berührt", meinte Georgia lächelnd. „Ich dachte, ich könnte ihr vielleicht helfen."

„Damit hatten Sie recht, Georgia. Sie erlauben doch, dass ich Sie mit Ihrem Vornamen anrede, jetzt, da wir uns entschlossen haben, höflich zueinander zu sein?"

„Ja."

„Dass ich Luca heiße, wissen Sie ja bereits." Er hielt ihr die Hand hin.

Georgia zögerte, ehe sie ihre Hand in seine legte. Er drückte sie fest und blickte Georgia dabei auf eine Weise an, dass sie sich fragte, ob sie nicht ein bisschen zu voreilig gewesen war. Lächelnd zog sie die Hand zurück und trat hastig durch die offene Tür in den Wintergarten, wo Marco Sardi bereits auf sie wartete.

„Sehr gut." Befriedigt blickte er von einem zum andern. „Wie ich sehe, herrscht zwischen euch beiden Waffenstillstand. Dann können wir ja jetzt in ungetrübter Freude Elsas Kochkünste genießen. Ich habe seit dem Lunch nichts mehr gegessen."

Zu Georgias Erleichterung herrschte bei Tisch eine überraschend entspannte Atmosphäre. Sie fühlte sich ausgesprochen wohl in der Gesellschaft dieser beiden intelligenten und gebildeten Männer, die sich mit ihr über alle möglichen Themen unterhielten. Unwillkürlich verhielt sie sich Luca gegenüber anders. Als sie ihren Gastgebern versicherte, wie erfrischend es sei, von ihnen als gleichwertige Gesprächspartnerin behandelt zu werden, zeigten sich beide höchst erstaunt.

„Was ist daran so besonders?", fragte Marco Sardi verwundert.

„Offenbar gibt es Männer, die sich nicht vorstellen können, dass eine Frau mit einem solchen Gesicht auch noch klug ist", lautete Lucas verblüffende These.

„Aber ohne Intelligenz wäre Schönheit, wie Georgia sie besitzt, gar nicht möglich", meinte Marco und lächelte entschuldigend. „Jetzt haben wir unseren Gast zum Erröten gebracht."

„Du bist an diese Kombination von Klugheit und Schönheit gewöhnt, Marco", sagte Luca. „Maddalena hat beides in hohem Maß besessen."

Plötzlich wirkte Marcos Gesicht verhärmt. „Wie wahr. Ich vermisse sie in der Fabrik ebenso wie in jeder anderen Hinsicht. Ohne deinen Einsatz in der Firma wäre es mir in den letzten Wochen schlecht ergangen, Luca."

„Meine Schwester und Marco haben die Firma Valori gemeinsam geleitet", erklärte Luca. „Ich habe mich bisher nur um das Design und die Technik gekümmert, doch Marco ist gnadenlos. Er spannt mich immer mehr in den Verkauf ein. Das Flugzeug nach Pisa hat mich von meiner letzten Werbetour zurückgebracht."

„Mit seinem Namen und seinem Gesicht verkauft er mehr Autos, als jede teure Werbekampagne es vermag", sagte Marco, sichtlich bemüht, seinen Anflug von Trauer zu überwinden. Fragend blickte er zu Georgia. „Vermutlich wissen Sie, dass Luca seinerzeit gute Aussichten hatte, bester Rennfahrer der Welt zu werden?"

„Nein, das war mir nicht bekannt", gab Georgia offen zu. „Mein Vater interessiert sich sehr für den Motorsport, aber ich bin kein Grand-Prix-Fan. Allerdings erinnere ich mich, Sie einmal im Fernsehen gesehen zu haben. Auf dem Siegerpodest, mit der üblichen Champagnerflasche", wandte sie sich an Luca.

„Das war, ehe ich Maddalenas Drängen nachgab und mich vom Rennsport zurückzog, um mehr Zeit im Betrieb zu verbringen", antwortete Luca mit ernster Miene. „In den Achtzigerjahren kamen wir kaum mit der Produktion nach, doch die nachfolgende weltweite Rezession traf unsere Branche hart. Unsere Firma hatte sich von Anfang an auf die Herstellung von Luxusautos spezialisiert. Schnelle Sportwagen, die nicht am Fließband, sondern in Einzelfertigung hergestellt werden."

Marco lehnte sich über den Tisch und goss Luca etwas Cognac ins Glas. „Aber wir haben die Flaute überstanden, und zwar ohne fremde Hilfe, im Gegensatz zu vielen anderen Autoproduzenten. Der neue Valori Supremo schlägt alle Konkurrenzmodelle." Er lachte. „Haben Sie die Fahrt darin und mit Luca am Steuer genossen?"

„Nicht sehr", gestand Georgia. „Zumal mir erst während der Fahrt aufging, wer Luca war. Es war grauenhaft!"

Allgemeines Gelächter ertönte, und Luca zuckte in der ihm eigenen nonchalanten Art die Schultern. „Das schöne Gesicht meiner Beifahrerin wurde leicht grün."

Georgia stand auf, und sofort erhoben sich auch die beiden Männer. „Ich ziehe mich jetzt lieber zurück. Sicher haben Sie noch viel zu besprechen, und ich möchte bei meiner ersten Unterrichtsstunde mit Alessa ausgeschlafen sein. Vielleicht könnten wir uns morgen früh noch etwas darüber unterhalten, Signor Sardi?“

„Selbstverständlich, meine Liebe.“ Marco Sardi lächelte freundlich. „Ich bin schon jetzt sicher, dass Sie gut für meine Tochter sind. Wie viel sie mir bedeutet, brauche ich Ihnen wohl kaum zu sagen. Wir eröffnen in Kürze eine Filiale in London, die ich anfangs selbst leiten werde, bis alles einigermaßen läuft. Ich könnte es nicht ertragen, monatelang von Alessa getrennt zu leben, deshalb nehme ich sie mit. Luca glaubt wie ich, dass ihr und mir der Ortswechsel guttun wird.“

„Das denke ich auch“, erwiderte Georgia.

„Im Moment klammert sich Alessa an alles, was ihr vertraut ist“, bemerkte Luca.

„Deshalb wohnt Luca derzeit hier“, sagte Marco. „Sie betet ihn an und möchte, dass er nach London mitkommt. Aber er wird natürlich hier benötigt.“

„Ich werde ihr mein Heimatland in den glühendsten Farben schildern, um es ihr schmackhaft zu machen“, versprach Georgia und lächelte den beiden Männern zu. „Gute Nacht.“

„Gute Nacht, Georgia“, erwiderte Marco. „Willkommen in der Villa Toscana. Ich hoffe, Sie werden den Aufenthalt hier genießen.“

„Dessen bin ich sicher. Und ich werde mein Bestes tun, damit Alessa meine Anwesenheit ebenfalls genießt.“

„Ich begleite Sie noch zu Ihrem Zimmer“, sagte Luca. Aus Furcht, den Waffenstillstand mit ihm zu gefährden, protestierte Georgia nicht. Während sie mit ihm durch das Esszimmer in die Halle und dann nach oben ging, prägte sie sich die Lage der verschiedenen Lichtschalter ein, die er ihr zeigte.

„Vielen Dank“, sagte sie, als sie schließlich vor ihrer Zimmertür stehen blieben. „Gute Nacht.“

„Ich wollte nur wissen, ob Sie vorhin die Wahrheit gesagt haben“, meinte Luca, und sofort verkrampfte sie sich innerlich.

„Über Tom?“

Ungeduldig schüttelte er den Kopf. „Nein! Ich lehne es ab, mich mit Ihnen noch weiter über den Mann Ihrer Schwester zu unterhalten." Er verstummte kurz und schluckte, ehe er brummig fortfuhr: „Ich meine den Waffenstillstand zwischen uns. Den von Ihnen vorgeschlagenen höflichen Umgang miteinander."

Feindselig sah sie ihn an. „Ich sage selten etwas, was ich nicht meine, auch wenn Sie einen anderen Eindruck von mir haben. Jedenfalls werde ich den Waffenstillstand nicht brechen, schon um Alessas willen nicht."

Luca lächelte, und Georgia war froh, ihm von James erzählt zu haben. Wenn nämlich Luca Valori seinen Charme spielen ließ, konnte er geradezu unwiderstehlich sein. Da war es hilfreich, einen Verlobten im Hintergrund zu haben. „Gut", sagte er sanft. „Das wird uns das Zusammenleben in der Villa Toscana erleichtern. Uns allen." Er zog eine Braue hoch. „Übrigens dachte ich, Sie hätten mich im Flugzeug erkannt, weil Sie des Öfteren zu mir herüberschauten."

„Ihr Gesicht kam mir bekannt vor." Sie lächelte etwas boshaft. „Ich hielt Sie für einen Filmschauspieler."

Luca verzog seinen schön geschwungenen Mund. „Das wäre nichts für mich. Ich mach mir lieber die Hände schmutzig."

„Ist es Ihnen schwergefallen, das Rennfahren aufzugeben?", erkundigte sie sich neugierig.

Er nickte. „Sehr schwer sogar. Ich würde lügen, wenn ich das nicht zugäbe. Als dann wenig später Ayrton Senna tödlich verunglückte, war ich entsetzt – und zugleich froh, den Rennzirkus hinter mir gelassen zu haben. Mir wurde plötzlich klar, dass niemand unverwundbar ist." Er zuckte die Schultern. „Valori baut jetzt keine Formel-1-Wagen mehr. Wir haben uns auf schnelle Autos für Liebhaber spezialisiert."

„Ihre Familie war sicher froh über Ihren Ausstieg."

Ein Schatten huschte über sein Gesicht. „Maddalena war darüber glücklich. Zumindest diesen Gefallen konnte ich ihr noch tun, ehe sie starb."

Instinktiv streckte Georgia ihre Hand aus, die er nahm. „Ich sage jetzt besser Gute Nacht und halte meinen Schönheitsschlaf ..." Sie biss sich auf die Lippe.

„Den haben Sie nicht nötig", antwortete er prompt. Georgia entzog ihm ihre Hand, doch er griff wieder danach und lächelte. „Offenbar sind Sie nicht an Komplimente dieser Art gewöhnt. Ist Ihnen der Name Andrea della Robbia ein Begriff?"

Sie nickte. „Ein Bildhauer der Renaissance."

„Für einige seiner Gesichter hätten Sie Modell stehen können."

„Dann werde ich mir demnächst seine Werke ansehen. Schon aus Neugier."

„Ich stehe Ihnen gern als Fremdenführer zur Verfügung, wann immer Sie es wünschen. Falls es die Bedingungen unseres Waffenstillstandes zulassen."

„Es hängt eher davon ab, wie viel Freizeit mir Signor Sardi gewährt", erwiderte sie etwas atemlos. „Gute Nacht."

Er zog ihre Hand an die Lippen und küsste sie. „Gute Nacht, Georgia." Noch immer hielt er ihre Hand fest, und sein Griff verstärkte sich, als er in ihre misstrauisch blickenden Augen sah. Er beugte sich über sie, sah auf ihren Mund, und ihr Herz setzte einen Schlag aus. Dann gab er ihre Hand frei, und Georgia flüchtete sich in die Sicherheit ihres Zimmers.

Georgia schlief besser als erwartet und stand früh auf, um ihre Verabredung mit Marco Sardi einzuhalten. Da bereits morgens die Sonne ziemlich heiß schien, zog sie ein bunt gemustertes leichtes Baumwollkleid an.

„Guten Morgen", begrüßte ihr Arbeitgeber sie, als sie den Wintergarten betrat. „Sie sehen aus, als hätten Sie gut geschlafen."

„Das habe ich auch. Guten Morgen, Signor Sardi." Georgia nahm ihm gegenüber Platz. Er bat sie, sich selbst zu bedienen, und sie schenkte sich Kaffee ein. „Wo ist Alessa? Ich habe gehört, wie sie mit Pina nach unten ging."

„Luca hat sie mit in den Garten genommen, damit wir uns ungestört unterhalten können. Natürlich überlasse ich die Gestaltung des Unterrichts Ihnen. Ich wollte Sie nur bitten, Alessa nicht zu sehr anzustrengen und ihr nach dem Mittagessen einige Stunden Ruhe zu gönnen. Meine Tochter war nicht sehr erbaut darüber, in ihren Schulferien Englisch lernen zu müssen."

Georgia lächelte. „Nur allzu verständlich. Aber keine Angst, Signor Sardi. Zu Beginn werde ich die Stunden ziemlich kurz und so unterhaltsam wie möglich gestalten."

„Unterhaltsam?", wiederholte er und lächelte verzerrt. „Eine solche Lehrerin hätte ich mir als Kind auch gewünscht. Die Donati in Venedig, mit denen ich befreundet bin, haben mir von Ihren Unterrichtsmethoden vorgeschwärmt. Für mich war wichtig, dass Sie Kinder lieben und gut mit ihnen umgehen können."

„Ich werde Alessa nicht nur eine gute Lehrerin, sondern auch eine Freundin sein", versprach Georgia. „Aber das ist bei einem so herzigen Mädchen ja auch kein Kunststück."

„Sie ist ganz das Abbild ihrer Mutter." Er stand seufzend auf, in sein Gesicht hatten sich harte Linien eingegraben. „So, und nun muss ich los. Danke, dass Sie meinetwegen so früh aufgestanden sind, Georgia."

„Papa, Papa!" Alessa stürmte aus dem Park in den Wintergarten. „Sieh mal, was Luca mir aus London mitgebracht hat!"

„Sag Georgia Guten Morgen", ermahnte ihr Vater sie.

Alessa folgte seiner Aufforderung sofort, lächelte Georgia flüchtig zu und zeigte dann stolz die ihr Handgelenk schmückende weiße Uhr mit den großen Leuchtziffern. Marco Sardi bewunderte das Geschenk eingehend, hob seine kleine Tochter hoch, küsste sie zärtlich auf beide Wangen und stellte sie wieder auf den Boden, als Luca lässig zur Tür hereinschlenderte. Er trug einen maßgeschneiderten grauen Anzug und wie üblich ein blaues Hemd.

„Guten Morgen, Georgia", sagte er lächelnd. „Haben Sie gut geschlafen?"

Georgia erwiderte sein Lächeln zurückhaltend. „Guten Morgen. Danke, sehr gut."

„Komm, Luca, wir müssen um neun in Valorino sein", drängte Marco.

„Nur noch eines. Hast du mit Georgia vereinbart, wann sie frei hat?", wollte Luca wissen.

Marco Sardi schlug sich an die Stirn. „Nein, das habe ich vergessen." Er wandte sich entschuldigend an Georgia. „An jedem Wochenende, es sei denn, es gibt einen Notfall in der Fabrik. Falls ich wegmuss, erhalten Sie an einem anderen Tag frei."

Georgia versicherte ihm, es sei ganz selbstverständlich, dass sie jederzeit einspringen werde. „Ich wollte nur nach meinem Aufenthalt hier einige Tage in Florenz verbringen, ehe ich nach Hause fliege."

„Aber Sie müssen auch mal Zeit für sich selbst haben", betonte Luca nachdrücklich. Er sah auf die Uhr. „Wir werden darüber heute Abend noch mal reden. Komm, Marco, lass mich fahren."

„Oh nein!", rief sein Schwager. „Wir beide fahren in getrennten Autos. Das ist zwar Benzinverschwendung, aber es schont meine Nerven."

Einen Moment lang schaute Alessa den beiden etwas verloren hinterher, bis Georgia sie bat, mit ihr zu frühstücken.

„Ich werde Pina bitten, uns noch mehr Saft und frischen Kaffee zu bringen." Alessa übernahm stolz die Rolle der Gastgeberin.

„Du hast ja heute seit Langem wieder richtig gefrühstückt", sagte später Pina verwundert, als sie den Frühstückstisch abräumte.

Die Kleine sah sie überrascht an, als hätte sie es gar nicht gemerkt, und fragte dann Georgia, wann sie zusammen schwimmen würden.

„Nach dem Vormittagsunterricht", erwiderte Georgia und wappnete sich innerlich gegen den flehentlichen Blick der blauen Augen.

„Ich dachte, wir würden erst morgen anfangen", sagte Alessa hoffnungsvoll.

„Dein Vater möchte, dass wir heute beginnen", behauptete Georgia und schalt sich insgeheim einen Feigling. „Wir werden gleich nach dem Frühstück beginnen. Hinterher machen wir einen Spaziergang im Park, und dann schwimmen wir."

Wie Georgia bereits vermutet hatte, entpuppte sich Alessa als gelehrige Schülerin. Und da Georgia auch bunte Fotos und eigene Zeichnungen mitgebracht hatte, gefiel dem kleinen Mädchen die erste Stunde sehr gut. In überraschend kurzer Zeit lernte es einige Zahlen und die wichtigsten Begrüßungsformeln.

„Schon?", fragte das kleine Mädchen, als Georgia ihr das Ende der ersten Unterrichtsstunde ankündigte. „Darf ich jetzt wieder italienisch sprechen?"

„Selbstverständlich. Während des Unterrichts aber nur englisch, Signorina Sardi."

„Hoffentlich kommt Papa heute früh nach Hause. Er wird sich wundern, wenn ich ihn auf Englisch begrüße."

Georgia, die insgeheim aufatmete, weil die erste Stunde so reibungslos verlaufen war, stimmte Alessa zu.

„Luca wird auch überrascht sein", fuhr das Kind voller Genugtuung fort und blickte stolz auf die neue Armbanduhr. „Anna und Chiara sind bestimmt neidisch."

„Wer sind die beiden?"

„Meine Freundinnen in der Schule. Sie haben auch Onkel, aber keinen so berühmten wie ich!"

Georgia lächelte amüsiert. Anscheinend fielen von Luca Valoris Ruhm auch noch einige Brosamen für seine Nichte ab.

Abends las Georgia ihrem Schützling eine weitere Geschichte vor, doch diesmal wurden sie von Marco Sardi unterbrochen, der früher als am Tag zuvor heimkam. Alessa warf sich in die Arme ihres Vaters und sagte stolz in fehlerfreiem Englisch: „Guten Abend, Dad. Wie geht es dir heute?"

5. KAPITEL

So wie der erste Tag verliefen auch alle nun folgenden. Das Wetter war durchgehend heiß und sonnig, und jeden Morgen nach dem Englischunterricht ging Georgia mit ihrem Schützling spazieren und hinterher schwimmen. Nach dem Lunch gab es eine lange Ruhepause, dann spielten die beiden gemeinsam im Park Ball, und Alessa wiederholte noch einmal alle Vokabeln, die sie vormittags gelernt hatte. Jeden Abend glänzte das kleine Mädchen vor Vater und Onkel mit seinem neuesten englischen Wortschatz, ehe es ins Bett ging. Georgia blieb dann noch eine kleine Verschnaufpause bis zum Essen mit den beiden Männern.

Das Dinner war für sie der beste Teil des ganzen Tages, wie sie sich jetzt, da sie sich dafür umkleidete, eingestand. Zwar wuchs ihr Alessa jeden Tag mehr ans Herz, doch Georgia fand den intensiven Einzelunterricht anstrengender als erwartet und war meist froh, wenn das Kind im Bett lag und sie etwas ausspannen konnte.

Nur ungern gab sie zu, dass sie sich vor allem wegen Luca Valori jeden Abend auf das gemeinsame Essen freute. Marco Sardi, dem, wie Georgia wusste, sehr wenig entging, tat, als würde er Lucas wachsende und sehr offen gezeigte Vorliebe für den englischen Gast, wie Marco sie noch immer nannte, nicht bemerken. Dabei ließ Luca recht deutlich erkennen, dass seine frühere Feindseligkeit gegenüber Georgia der Vergangenheit angehörte und er jetzt ihre Gesellschaft außerordentlich genoss. Allerdings irritierte Georgia der siegesgewisse Ausdruck, den sie in seinen blauen Augen zu lesen glaubte. Ganz so, als wäre er sich ihrer Gefühle für ihn völlig sicher.

Als Georgia nach Venedig gekommen war, hatte ihr die Schulleiterin versichert, dass eine vernünftige junge Frau von italienischen Männern nichts zu befürchten hätte. Und genauso war es bisher auch gewesen. Man hatte Georgia zwar Komplimente wegen ihres Aussehens gemacht, sie aber stets sehr respektvoll behandelt. Vielleicht auch deshalb, weil sie hauptsächlich Umgang mit verheirateten Kollegen oder pubertierenden Schülern hatte, die sie bewunderten, ihr aber nie zu nahetraten.

Mit Luca Valori war alles anders. Zum einen unterhielt sie sich mit ihm ausnahmslos auf Italienisch, obwohl er sicher ausgezeichnet Englisch sprach. Als jahrelanges Mitglied der internationalen Rennfahrerelite hatte er seine wahrscheinlich bereits vorhandenen Schulkenntnisse bestimmt perfektioniert. Umso mehr wunderte es sie, weshalb er mit ihr ausnahmslos in seiner Muttersprache redete. Ebenso wie Marco Sardi, der gleichfalls sehr gut englisch sprach, wie er bei der ersten Begegnung mit ihr bewiesen hatte.

Georgia fühlte sich im Italienischen nicht sicher genug, um Luca freiheraus zu fragen, ob er nur ein wenig mit ihr flirten wolle oder – James hin oder her – einen Sturmangriff plane. Da sie seiner Meinung nach ein Verhältnis mit ihrem Schwager hatte, hielt er sie vielleicht für eine leichte Beute. Ein Gedanke, bei dem ihr das Blut in die Wangen schoss.

„Sie wirken erschöpft." Marco deutete ihr Erröten falsch. „War meine Tochter heute wieder sehr anstrengend?" Er trank seinen Espresso aus.

Lächelnd schüttelte Georgia den Kopf. „Nicht wirklich. Ich wünschte, alle meine Schüler hätten eine so gute Auffassungsgabe wie Alessa."

Luca musterte sie eingehend mit einem wissenden Blick, der sie noch tiefer erröten ließ. „Bekommt Ihnen die Hitze nicht, Georgia?" Die Art, wie er mit seiner tiefen, rauen Stimme ihren Namen aussprach, verursachte ihr ein nervöses Kribbeln im Bauch.

„Doch", antwortete sie brüsk. „Ich mag Sonne."

„Das sieht man. Sie glühen ja förmlich." Er fuhr herum, als der Mann neben ihm leise aufstöhnte. „Was ist los, Marco?"

Marco atmete tief durch. „Nichts", sagte er. „Ich sollte weniger rotes Fleisch essen. Es liegt mir zu schwer im Magen."

„Du solltest dir etwas mehr Ruhe gönnen, Marco", sagte Luca streng. „Nimm dir den morgigen Tag frei."

„Nein, nein“, protestierte Marco. „Ich brauche nur etwas Schlaf.“ Er stand auf und verbeugte sich leicht vor Georgia. „Ich werde auf mein Alter Rücksicht nehmen und mich heute früher zurückziehen. Gute Nacht.“

„Gute Nacht.“ Georgia lächelte mitfühlend. „Ich hoffe, es geht Ihnen morgen wieder besser.“

„Ich fühl mich jetzt schon besser“, versicherte er und versuchte Luca mit einem Lächeln zu beruhigen. „Keine Angst, morgen früh bin ich wieder topfit.“

Nachdem er gegangen war, setzte sich Luca auf einen Stuhl neben der gepolsterten Bank, auf der Georgia saß. „Marco macht mir Sorgen.“

„Das kann ich verstehen. War er schon immer so schlank?“

„Nein, keineswegs. Ich muss ihn überreden, zum Arzt zu gehen. Seit Maddalenas Tod arbeitet er viel zu viel.“ Er zuckte die Schultern. „Ich verstehe natürlich, warum. Er hat sie sehr geliebt. Die beiden führten eine sehr leidenschaftliche Ehe, wenn Sie wissen, was ich meine. Ein Leben ohne Maddalena ist für ihn in vielerlei Hinsicht schwierig.“

Georgia errötete, als ihr dämmerte, wovon er sprach.

„Jetzt habe ich Sie verlegen gemacht.“ Luca musterte sie scharf. „Das war nicht meine Absicht.“

„Nein, selbstverständlich nicht.“ Sie lächelte schuldbewusst. „Manchmal, wenn ich müde bin, lässt meine Denkfähigkeit nach, und ich habe Schwierigkeiten, alles zu verstehen. An der Schule in Venedig spreche ich hauptsächlich Englisch, während ich hier ausschließlich Italienisch reden muss, bis auf die Unterrichtsstunden mit Alessa.“

„Ich spreche Englisch“, sagte er, „jedoch nicht so gut wie Sie Italienisch, Georgia. Außerdem unterhalte ich mich mit Ihnen lieber in meiner Muttersprache, weil ich Ihren Akzent ganz entzückend finde. Und nicht nur Ihren Akzent, wie Sie wissen“, setzte er mit Nachdruck hinzu.

Georgia stand schnell auf. „Es ist Zeit, Gute Nacht zu sagen."

Luca sah sie an und erhob sich langsam, ohne den Blick von ihr zu wenden. „Wieso? Haben Sie Angst vor mir?"

„Nicht direkt Angst. Ich bin nur", sie hielt seinem Blick stand, während sie nach dem richtigen Wort suchte, „vernünftig? Nein, vorsichtig. Ja, das ist es", fuhr sie langsam fort, bemüht, sich so präzise wie möglich auszudrücken. „Ich bin vorsichtig, um keinen falschen Eindruck zu erwecken."

Luca kam näher, die Lider halb geschlossen. „Wollen Sie behaupten, dass Sie wegen Ihres Soldaten immun gegen mich sind? Oder ist nicht eher Tom Hannay der wahre Grund?"

Georgia blitzte ihn mit ihren dunklen Augen empört an. „Würden Sie bitte mit diesem Unsinn über Tom aufhören?"

„Ich weiß nur zu gut, dass es kein Unsinn ist", widersprach er heftig. „Aber ich besitze auch die Macht, Sie dazu zu bringen, ihn zu vergessen. Ihn und alle übrigen Männer, einschließlich Ihres James." Mit einer jähen Bewegung zog er sie in die Arme und drückte sie so fest an sich, dass sie das harte Pochen seines Herzens an ihrer Brust spüren konnte. „Sagen Sie mir, dass ich Ihnen völlig gleichgültig bin, wenn Sie das können!"

Georgia war nicht fähig, auch nur ein einziges Wort zu sagen, sei es nun auf Englisch oder Italienisch. So plötzlich in Luca Valoris Armen zu liegen und nur noch von dem Wunsch besessen zu sein, er möge sie küssen, hatte ihr gänzlich die Sprache verschlagen.

Luca stieß ein triumphierendes Lachen aus und neigte quälend langsam den Kopf. Sie zitterte, als er schließlich routiniert den Mund auf ihren presste. Unwillkürlich öffnete sie die Lippen, und Luca hörte auf, den erfahrenen Verführer zu spielen. Sie gerieten beide außer Atem, ihre Körper drängten sich aneinander, von dem gleichen brennenden Verlangen durchflutet, das sie unwiderstehlich zueinander hinzog.

Zum ersten Mal in ihrem Leben verlor Georgia völlig die Kontrolle über sich, wurde von einem Rausch erfasst, der sie vergessen ließ, wo sie war. Erst das schrille Klingeln des Telefons brachte sie in die Wirklichkeit zurück. Mit einem unterdrückten Fluch löste sich Luca von ihr. Nach Atem ringend und am ganzen Körper bebend, versuchte sie sich wieder in den Griff zu bekommen.

Luca nahm das auf einem kleinen Tisch liegende Handy und zerrte an der Antenne. „Valori“, meldete er sich brummig und lauschte einen Moment lang. Sein Gesicht verzog sich grimmig, und zu Georgias Überraschung antwortete er auf Englisch.

„Natürlich. Ich werde sie rufen. Einen Augenblick bitte.“ Er drückte Georgia recht unsanft das Telefon in die Hand. „Für Sie“, sagte er wütend und stürmte dann zur offenen Tür hinaus.

Georgia bemühte sich, einige Male ruhig durchzuatmen, ehe sie sich meldete. „Hallo?“ Sie erkannte ihre Stimme kaum wieder.

„Georgia, bist du das? Hi, hier ist Tom. War das der feindselige Italiener?“

„Ja“, antwortete sie und sank auf den nächstbesten Stuhl. „Das war er. Was macht Charlotte?“

„Sie steht direkt neben mir und kann es kaum erwarten, mit dir zu reden.“

„Rück zur Seite, Tom“, sagte seine Frau ungeduldig. „Georgie?“

„Hallo, Charlotte.“

„Ist alles in Ordnung mit dir? Du klingst so seltsam.“

„Alles bestens“, log Georgia. „Und bei dir?“

„Ebenfalls. Ich bin jetzt genauso braun wie du und von den Einheimischen kaum mehr zu unterscheiden. Gestern haben wir uns zu einem Besuch Sienas aufgerafft. Eine wunderbare Stadt! Tom ist auf diesen Turm gestiegen, aber ich bin lieber unten geblieben. Hast du dir schon etwas angesehen?“

„Nein. Letztes Wochenende bin ich hiergeblieben, weil Alessas Vater und Onkel im Betrieb unabkömmlich waren. Aber kommendes Wochenende werde ich einen Ausflug nach Florenz machen.“ Georgia hörte eine Weile den begeisterten Schilderungen ihrer Schwester zu, ehe sie diese unterbrach, um ihr Grüße an ihre Eltern aufzutragen. Gleich darauf war Charlottes Telefonkarte aufgebraucht.

Georgia drückte auf die Schlusstaste, zog die Antenne ein und legte das Telefon auf den Tisch. Dann eilte sie zur Tür, doch ihr Plan, unbemerkt zu verschwinden, schlug fehl.

Luca war gerade noch rechtzeitig zurückgekommen. „Georgia!"

Zögernd drehte sie sich um und sah ihm ins angespannte, ernste Gesicht.

„Ich wollte mich bei Ihnen für mein Benehmen entschuldigen", sagte er rau.

Georgia fühlte sich auf einmal ungeheuer müde.

„Haben Sie mir nichts zu sagen?" Er kam näher.

„Ich bin zu müde, um Italienisch zu sprechen", erwiderte sie erschöpft auf Englisch. „Deshalb sage ich nichts weiter als Gute Nacht."

„Bitte", bat er in derselben Sprache. „Sie sollten vor allem wissen, dass ich Sie nicht ... nicht überfallen wollte."

„Das weiß ich", antwortete sie überrascht. „Man kann es auch kaum einen Überfall nennen."

„Vielleicht habe ich nicht das richtige Wort gefunden", meinte er missmutig.

„Sie wollten mir zeigen, wie unwiderstehlich Sie sein können", sagte sie kühl und strich sich das zerzauste Haar aus dem Gesicht.

Er straffte sich. „Ich wollte Ihnen beweisen, dass es möglich ist, mit ... mit anderen Männern zu schlafen."

„Anderen Männern?", fragte sie empört.

„Dio! Ich meine, mit einem Mann, der nicht Tom Hannay ist und auch nicht dieser Verlobte von Ihnen."

„Sein Name ist James. Und bevor Sie mich noch mehr beleidigen, wechseln wir lieber wieder ins Italienische", sagte Georgia rasch. „Um die Dinge ein für allemal klarzustellen: Tom ist der Mann meiner Schwester. Ich mag ihn, mehr nicht. James ist der Mann, den ich liebe." Entsetzt wurde ihr klar, dass Letzteres nicht stimmte.

„Das glaube ich Ihnen nicht."

Georgias Augen blitzten zornig. „Ob Sie es mir glauben oder nicht, spielt keine Rolle. Für mich zählt allein Signor Sardis Meinung."

Luca maß sie mit einem feindseligen Blick. „Denken Sie etwa, er hätte nichts dagegen, wenn er von Ihrer Affäre mit dem Mann Ihrer Schwester wüsste?"

„Es gibt keine Affäre. Aber meinetwegen erzählen Sie ihm, was Sie wollen." Georgia drehte sich auf dem Absatz um, doch Luca packte sie am Handgelenk und zwang sie, ihn anzusehen.

„Haben Sie Tom Hannay gesagt, dass er in einem sehr ungünstigen Moment angerufen hat? Aus einer so paradiesischen Stimmung des Glücks und der Leidenschaft unsanft herausgerissen zu werden von der Stimme des Mannes ..." Er zuckte in der für ihn typischen Art die Schultern und zog Georgia an sich, doch sie widersetzte sich seiner Umarmung.

„Und jetzt ist offenbar auch der falsche Moment", sagte er grimmig und ließ sie los.

Georgia blickte ihm direkt in die Augen. „Aus vielerlei Gründen wird es keinen richtigen Moment mehr geben."

„Wieso nicht? Wollen Sie etwa bestreiten, dass Sie auf mich leidenschaftlich reagiert haben?"

„Nein. Aber ich habe nicht die Absicht, noch einmal derart den Kopf zu verlieren. Ihr Schwager hat mich eingestellt, damit ich Alessa unterrichte, und es war sehr dumm von mir, mich zu einer solchen Unbesonnenheit hinreißen zu lassen. Obendrein bezichtigen Sie mich auch noch einer Affäre mit Tom." Ihr versagte die Stimme. „Er ist der Mann meiner Schwester, und ich verbitte mir Ihre Verdächtigungen. James würde sich ebenfalls dagegen verwahren, wenn er da wäre."

Ihre Handflächen waren feucht, und ihr Mund war trocken, und sie hoffte, Luca würde nicht bemerken, welche Anstrengung es sie kostete, ihn von der Sinnlosigkeit seiner Bemühungen um sie zu überzeugen. Sie schloss ihre kleine Ansprache mit einem „Gute Nacht", und ging langsam zur Tür. Gegen ihren Willen wünschte sie sich, er würde ihr folgen und sie in die Arme nehmen. Doch Luca Valori rührte sich nicht vom Fleck, und so blieb Georgia nichts weiter übrig, als hoch erhobenen Hauptes das Zimmer zu verlassen.

Als Georgia und Alessa am nächsten Morgen den Wintergarten betraten, saß dort nur Marco Sardi am Frühstückstisch.

„Luca hat mir die beiden Briefe für Sie gegeben, Georgia. Er ist heute schon früher zum Betrieb gefahren, weil ein neuer Motor für den Supremo getestet werden soll“, sagte Marco und beobachtete mit zufriedenem Lächeln, wie Alessa ihr Frühstück verschlang. „Freut mich, dass es dir so schmeckt, mein Liebling.“

Er selbst aß viel zu wenig, wie Georgia beunruhigt feststellte. Zwar war sie ebenfalls nicht sehr hungrig, doch das würde sich schnell wieder ändern. Eine Auseinandersetzung mit Luca Valori würde ihr bestimmt nicht auf längere Zeit den Appetit rauben. Marco Sardi hingegen aß offenbar seit Tagen fast nichts. Er wurde zusehends schlanker und hatte eine beängstigend graue Gesichtsfarbe. Da Georgia ihn schwerlich nach seinem Wohlbefinden fragen konnte, erkundigte sie sich, ob er das kommende Wochenende daheim verbringen werde.

„Ja, auf jeden Fall“, betonte er nachdrücklich. „Sie sind schon fast zwei Wochen hier und hatten noch keinen freien Tag. Morgen werden Alessa und ich meine Schwester und deren Familie besuchen. Wollen Sie mitkommen? Oder würden Sie lieber bis Lucca mitfahren und sich allein die Stadt anschauen?“

„Kann ich von hier mit dem Zug oder Bus nach Florenz fahren?“, wollte Georgia wissen.

„Haben Sie einen Führerschein?“

„Ja.“

Marco lächelte. „Dann können Sie den Wagen nehmen, mit dem Franco und Elsa zum Einkaufen fahren.“

Alessa wollte daraufhin Georgia nach Florenz begleiten und konnte von dem Wunsch nur mit dem Versprechen abgebracht werden, dass die Unterrichtsstunde diesmal in dem kleinen Sommerhäuschen stattfinden würde. Es war heißer als an den vorangegangenen Tagen und wurde zunehmend schwüler, sodass Georgia den Unterricht verkürzte und stattdessen mit Alessa einige Schwimmübungen machte.

Erstmals, seit sie hier war, sehnte Georgia den Abend herbei und freute sich über Marco Sardis frühe Rückkehr fast ebenso wie seine Tochter, die sie dankbar seiner Obhut überließ. Georgia nahm ein Bad und überlegte, während sie sich in dem lauwarmen Wasser zu entspannen versuchte, ob sie Kopfschmerzen vorschützen sollte, um eine Begegnung mit Luca beim Dinner zu vermeiden. Sie schalt sich einen Feigling und beschloss, am Abendessen teilzunehmen und sich so zu verhalten, als wäre nichts geschehen. Was war denn schon passiert? Bei jedem anderen Mann hätte sie wegen eines Kusses kein solches Aufheben gemacht. Aber die Küsse anderer Männer hatten sie auch noch nie derart aus dem Gleichgewicht gebracht wie der von Luca Valori. Allein bei dem Gedanken daran errötete sie. Nur gut, dass Tom im richtigen Moment angerufen hatte.

Wie sich herausstellte, hatte sich Georgia umsonst Gedanken gemacht, wie sie sich beim Dinner Luca gegenüber verhalten sollte. Er glänzte nämlich durch Abwesenheit. Sie ärgerte sich, weil sie darüber enttäuscht war, und bemühte sich, Marco eine gute Gesprächspartnerin zu sein.

Natürlich hätte sie sich lieber die Zunge abgebissen, als sich bei Marco nach dem Verbleib seines Schwagers zu erkundigen. Marco teilte ihr jedoch mit, Luca würde bei einem alten Freund essen, und Georgia fragte sich, ob es sich dabei nicht eher um eine alte Freundin handelte. Sie war geradezu erleichtert, als sie beim Kaffee ein entferntes Donnern hörte. Wenig später ging ein heftiges Gewitter nieder. Grelle Blitze, gefolgt von lautem Donnern, erleuchteten den Wintergarten und boten fast ein ebenso grandioses Schauspiel wie ein Feuerwerk.

Georgia erfuhr, dass Alessa keine Angst vor Gewittern hatte, und beschloss, sich frühzeitig auf ihr Zimmer zurückzuziehen. Schon deshalb, weil Marco Sardi zu höflich war, um als Erster vom Tisch aufzustehen. Sie las die Erleichterung in seinen müden Augen, als sie ihm eine gute Nacht wünschte und ihren frühen Aufbruch damit begründete, gerade ein sehr spannendes Buch zu lesen.

In ihrem Zimmer angelangt, peinigte der Gedanke sie, was Luca jetzt wohl machte. Sie hatte Angst, dass er bei diesem Wetter mit seinem Supremo unterwegs war, aber die Vorstellung, er würde dort, wo er war, übernachten, sagte ihr ebenso wenig zu. Schließlich machte sie sich fertig, um ins Bett zu gehen. Der immer noch tobende Sturm und der gegen das Fenster peitschende Regen zerrten an ihren Nerven. Zwar lebte sie lange genug in Italien, um an derartige Unwetter gewöhnt zu sein, aber heute wütete es besonders schlimm.

Sie hörte Marco Sardi nebenan in das Zimmer seiner Tochter gehen, was er jeden Abend vor dem Zubettgehen tat. Dann vernahm sie zwischen zwei Donnerschlägen seine sich entfernenden Schritte. Von ihrem Bett aus beobachtete sie durch das Fenster die zickzackförmigen Blitze und die sich im Sturm biegenden Bäume und hoffte mittlerweile, Luca würde bleiben, wo er war – wo immer das sein mochte.

Zwischendurch glaubte sie, ein Motorengeräusch zu hören, konnte aber nicht feststellen, ob es sich um Lucas Supremo handelte. Allmählich ließ das Unwetter nach. Georgia versuchte sich auf ihren Krimi zu konzentrieren, was ihr schließlich auch gelang, da die Identität des Täters preisgegeben wurde.

Gerade als der Kommissar die letzten Rätsel löste, klopfte es heftig an der Tür. Georgia zuckte zusammen und sprang mit einem Satz aus dem Bett. Mit klopfendem Herzen riss sie die Tür auf. Draußen stand Pina im Nachthemd und stammelte mit entsetztem Gesicht unzusammenhängende Worte. Es dauerte eine Weile, bis Georgia begriff, was los war. Sie wurde blass.

„Nein, Pina, Alessa ist nicht bei mir. Sie muss bei ihrem Vater sein."

Verzweifelt rang das Mädchen die Hände. „Nein. Signor Marco ist nochmals nach Valorino gefahren, als der Regen aufhörte, um wichtige Papiere zu holen. Alessa ist auch nicht in seinem Zimmer. Ich habe nachgesehen."

„Gut." Georgia riss sich zusammen und griff nach ihrem Morgenmantel. „Zieh dir etwas über, Pina, dann werden wir beide systematisch nach ihr suchen. Irgendwo muss sie ja sein. Vielleicht ist sie nach unten in die Küche gegangen, um sich etwas zu essen zu holen."

Aber Alessa war nirgendwo im Haus zu finden. Während Pina hysterisch schluchzend Elsa und deren Sohn Franco weckte, rannte Georgia nach draußen zum Pool und schaltete die Lichter an. Sie musste sich zwingen, in das Becken zu sehen, und atmete erleichtert auf, als sie feststellte, dass es leer war. Sie eilte zurück ins Haus und verlangte Taschenlampen.

„Vielleicht hat Signor Marco seine Tochter im Auto mitgenommen", mutmaßte Franco hoffnungsvoll.

Georgia bezweifelte das entschieden, bat Elsa, Pina etwas zur Beruhigung zu geben und Wasser für heiße Getränke aufzusetzen. Dann befahl sie Franco, hinter dem Haus und im Gemüsegarten zu suchen, während sie selbst sich den vorderen Teil des Parks vornehmen würde. Plötzlich kam ihr ein Gedanke.

„Das Sommerhaus!", sagte sie zu Franco.

„Signorina?"

Georgia deutete mit ihrer Taschenlampe in die entsprechende Richtung und suchte verzweifelt nach dem italienischen Wort. „Il padiglione, il padiglione!", rief sie und eilte den Kiesweg entlang zu der entlegenen Ecke des Parks, wo hinter einer Gruppe von Zypressen das Sommerhäuschen lag.

Georgia lief die von der Nässe schlüpfrigen, morschen Holzstufen hinauf, dicht gefolgt von Franco. Sie versuchte die Tür zu öffnen und rief: „Alessa!“ Von innen kam eine leise Antwort, und Georgia rüttelte wild an der Tür, die sich nicht öffnen ließ.

Sanft schob Franco sie beiseite und stieß die Tür mit einem kräftigen Fußtritt auf. Eine kleine Gestalt stürzte sich Georgia in die Arme.

„Ich habe gerufen ... aber ... niemand ist gekommen. Die ... Tür ging nicht ... mehr auf“, schluchzte das verängstigte Kind, während Franco laut ein Dankgebet sprach und dann Georgia erklärte, dass ein Windstoß die vom Regen aufgequollene Tür zugeschlagen haben musste und sie sich wahrscheinlich hinterher nicht mehr habe öffnen lassen.

„Geben Sie mir Alessa, Signorina“, sagte er. „Ich werde sie die Treppe hinuntertragen.“

„Luisa! Luisa!“, schrie das Kind, und Georgia leuchtete den Raum mit der Taschenlampe ab und entdeckte in einer Ecke die Puppe.

„Bist du ihretwegen zurückgekommen, mein Schatz? Warum hast du mir nichts gesagt? Ich hätte sie dir doch geholt!“ Georgia beleuchtete für Franco die Treppe, damit er Alessa heil nach unten brachte. Erst als die beiden auf festem Boden standen, begann sie ebenfalls hinunterzusteigen. Sekundenlang lenkte das Geräusch eines sich nähernden Wagens sie ab, und sie verfehlte eine Stufe.

Taumelnd fasste sie nach dem Geländer und schrie auf, als plötzlich die Treppe unter ihr zusammenbrach. Mit den Händen griff sie ins Leere und stürzte in einem Durcheinander von splitterndem Holz nach unten. Sie spürte, wie sie am Boden aufprallte, fühlte einen heftigen Schlag gegen den Kopf und verlor das Bewusstsein.

6. KAPITEL

Georgia erwachte in einem Zimmer, das sie noch nie gesehen hatte. Keine Rosentapete an den Wänden, sondern elfenbeinfarbene Seide. Und sie lag in einem Himmelbett mit korallenroten Damastvorhängen, die von goldenen Quasten zusammengehalten wurden. Schnell machte sie die Augen wieder zu, weil sie stechende Kopfschmerzen verspürte.

„Ah, Sie sind wach", sagte eine freundliche Männerstimme auf Italienisch.

Georgia brachte nicht die Energie auf zu antworten. Sie nickte nur, was sie sofort bereute. Eine kühle, trockene Hand griff nach ihrem Handgelenk und fühlte ihr den Puls.

„Ganz ruhig, Miss Fleming. Bitte öffnen Sie die Augen." Sie gehorchte und erblickte einen schlanken grauhaarigen Mann in einem dunklen Anzug. Er lächelte aufmunternd. „Lassen Sie sie offen." Er leuchtete ihr mit einer kleinen Taschenlampe in jedes Auge und fragte dann, ob sie sich krank fühle.

Georgia überlegte kurz. „Nein", sagte sie dann auf Englisch. „Nicht direkt. Mir tut nur der Kopf weh."

„Er wurde von einem großen Stück Holz getroffen."

Auf einmal erinnerte sich Georgia wieder an ihren Sturz und fuhr hoch.

„Alessa!", keuchte sie. „Geht es ihr gut? Wo ist sie? Wo bin ich?"

„Alessa geht es ausgezeichnet, Miss Fleming. Sie liegt wohlbehalten in ihrem Bett und schläft." Der Mann lächelte und drückte sie sanft in die Kissen zurück. „Ich bin Claudio Fassi und Arzt, und das hier ist bloß ein anderes Zimmer in der Villa Toscana, das im Erdgeschoss liegt. Luca hat Sie lieber hierher gebracht, statt Sie die vielen Stufen nach oben zu Ihrem Zimmer zu tragen."

„Luca?", wiederholte Georgia schwach.

„Ja. Er wartet ungeduldig vor der Tür. Gemeinsam mit Signor Sardi." Dr. Fassi lächelte beruhigend. „Sie haben allen einen großen

Schrecken eingejagt, doch zum Glück sind Sie nicht ernsthaft verletzt. Eine Beule am Kopf und ein verstauchter Knöchel, aber mit Sicherheit keine Gehirnerschütterung. Es besteht also keine Notwendigkeit, Sie, wie von Luca gewünscht, ins Krankenhaus einzuliefern."

Georgia fiel es schwer, klar zu denken, und sie benötigte lange, um zu begreifen, was der Arzt, der offenbar Englisch verstand, aber nicht sprach, ihr auf Italienisch gesagt hatte.

„Und Sie wissen genau, dass es Alessa gut geht?", fragte sie besorgt. „Ich erinnere mich jetzt wieder. Sie war im Sommerhäuschen eingeschlossen – im padiglione."

„Alessa geht es gut. Wirklich." Er lächelte ihr aufmunternd zu. „Und Sie scheinen sich auch allmählich zu erholen, Miss Fleming. Ihr Italienisch kommt wieder zurück."

Gequält drehte sie den Kopf zur Seite. „Es war alles meine Schuld."

„Dass die Treppe zusammenbrach? Wohl kaum! Signor Sardi macht sich schwere Vorwürfe, weil er sie nicht schon längst hat reparieren lassen."

„Aber die Puppe, die ich Alessa mitgebracht habe, ist doch an allem schuld. Die Kleine ist ins Sommerhäuschen gelaufen, um sie zu holen, und wurde eingeschlossen." Unter Georgias geschlossenen Lidern quollen Tränen hervor. „Tut mir leid." Sie schniefte. „Ich weiß auch nicht, weshalb ich weine."

„Sie waren in großer Sorge und haben dann einen Schock erlitten. Da tun einige Tränen ganz gut."

„Seltsam, hier sagt jeder: *Piangi.* Weine. Bei uns Briten heißt es immer: Weine nicht."

Dr. Fassi lächelte freundlich. „Bei Ihnen gibt es aber auch ein Sprichwort, das lautet: ‚Wenn du in Rom bist, mach es wie die Römer!' So, und jetzt bestelle ich bei Elsa eine Kanne mit Tee und lasse Ihnen ein paar Tabletten gegen Ihre Kopfschmerzen da. Nehmen Sie heute Abend zwei und weitere nur noch, wenn es unbedingt nötig ist."

Georgia dankte ihm mit schwacher Stimme, wartete, bis sich die Tür hinter ihm schloss, und presste dann leise schluchzend das Gesicht in die Kissen. Plötzlich hörte sie eine vertraute heisere Stimme ihren Namen rufen. Sie wandte den Kopf und sah Luca und Marco an ihrem Bett stehen.

Marco Sardi, das Gesicht noch bleicher als sonst, griff nach ihrer Hand. „Georgia, bitte verzeihen Sie mir. Ich wusste, dass die Treppe reparaturbedürftig war, habe es aber vergessen."

„Sie müssen sich nicht entschuldigen. Es war ein Unfall." Sie trocknete sich mit einem Papiertaschentuch, das auf dem Nachttisch lag, die Augen. „Sie hatten in letzter Zeit wirklich andere Sorgen, als sich um das Sommerhäuschen zu kümmern."

„Sie sind eine sehr freundliche junge Dame, aber für meine Nachlässigkeit gibt es keine Entschuldigung", entgegnete er ernst. „Mir blieb der Schreck erspart, Sie stürzen zu sehen. Doch Luca kam vor mir nach Hause und fand Alessa weinend in Francos Armen und Sie bewusstlos unter einem Stapel Holz begraben." Ein Beben ging durch seinen Körper, und Luca legte ihm beschwichtigend die Hand auf den Arm.

„Genug jetzt, Marco. Ich bin sicher, dass Georgia dir keinen Vorwurf macht."

„Luca hat recht", bestätigte Georgia. „Ich mache mir selbst Vorwürfe, weil ich nicht bemerkt habe, dass Alessa ihre Puppe vergessen hat ..."

„Unsinn", unterbrach Luca sie. „Außerdem konnte niemand ahnen, dass Alessa nachts allein zurückgehen würde, um ihre Puppe zu holen. Da sie dachte, Sie würden schon schlafen, und Pina sich vor Gewittern fürchtet, ging sie allein zum Sommerhäuschen. Sie fühlt sich als *mamma* der Puppe und für sie verantwortlich."

Ehe Marco sich noch in weiteren Selbstvorwürfen ergehen konnte, kam Elsa mit dem Tee und übernahm das Kommando im Krankenzimmer. Sie schüttelte Georgia die Kissen auf, zog ihr die Bettdecke bis ans Kinn und legte den beiden Männern nahe, sich zurückzuziehen und Georgia in Ruhe schlafen zu lassen.

„So, und jetzt nehmen Sie erst einmal die Tabletten, meine Liebe", befahl Elsa und reichte der Patientin ein Glas Wasser. „Ich habe noch einige Kekse mitgebracht, die Sie auf Anweisung des Doktors essen sollen, bevor Sie den Tee trinken", setzte sie in energischem Ton hinzu, der keinen Widerspruch duldete.

Georgia fühlte sich zu schwach, um zu protestieren. Nachdem beide Männer das Zimmer verlassen hatten, schluckte sie unter Elsas strengem Blick gehorsam die Tabletten und knabberte lustlos an einem Keks, während die Haushälterin alle Lichter bis auf die Nachttischlampe löschte.

„Ist mit Alessa wirklich alles in Ordnung?", fragte Georgia besorgt.

„Der Arzt hat ihr etwas gegeben, damit sie schläft", beruhigte Elsa sie, „und wenn sie morgen früh erfährt, dass es Ihnen besser geht, wird sie wieder putzmunter sein. Hätten Sie Lust, mit ihr zu frühstücken?"

„Oh ja, bitte." Georgia trank einen Schluck Tee und sah sich ein wenig im Zimmer um, soweit das in dem schummrigen Licht möglich war. „Wo bin ich hier, Elsa?"

„Im Zimmer von Alessas Urgroßmutter. Sie kann keine Treppen mehr steigen, deshalb hat Signora Sardi ihr ein Zimmer im Erdgeschoss eingerichtet, wo sie wohnt, wenn sie zu Besuch ist." Elsa betrachtete ihre Patientin liebevoll. „Als Signor Luca Sie durchnässt und bewusstlos ins Haus trug, habe ich ihm gesagt, er solle Sie hierher bringen. Er war völlig durcheinander und wusste nicht, wohin mit Ihnen. Ich fand es besser, Sie nicht die Treppen hochzutragen, sondern Sie ins nächste Bett zu legen."

Luca war also etwas durcheinander gewesen, was nicht weiter verwunderte, wenn man bedachte, was ihn bei seiner Ankunft erwartet hatte. Georgia lüftete die Bettdecke und sah, dass sie ein blassrosa Seidennachthemd trug, das mit Sicherheit nicht aus ihrer Garderobe stammte. Sie biss sich entsetzt auf die Lippe.

„Nein, nein", sagte Elsa schnell, die ihren Blick missdeutete. „Ich habe Sie ausgezogen."

„Ja, natürlich. Danke." Georgia beunruhigte jedoch etwas ganz anderes. „Elsa, wem gehört dieses Nachthemd?"

„Signora Conte, Signor Marcos Schwester. Sie vergisst fast immer etwas, wenn sie hier zu Besuch ist." Elsa lächelte beschwichtigend. „Bestimmt hätte sie nichts dagegen."

Das hatte Georgia ebenso wenig. Ihr wäre es nur nicht recht gewesen, wenn Alessa sie in einem Nachthemd ihrer Mutter gesehen hätte.

Sobald Georgia allein war, schaltete sie die Nachttischlampe aus und versuchte zu schlafen. Doch immer wieder erlebte sie in der Dunkelheit den Moment, als die Treppe unter ihr zusammengekracht und sie in die Tiefe gestürzt war. Sie erschauerte und knipste wieder das Licht an, wie ein Kind, das nicht gern im Dunkeln allein ist.

Zumindest ließ der stechende Schmerz in ihrem Kopf allmählich nach, wie sie nach einer Weile erleichtert feststellte. Sie tastete nach der Beule und verzog das Gesicht. Entweder hatte ihr dichtes Haar sie vor einer Gehirnerschütterung bewahrt oder ihr in der Familie berüchtigter Dickschädel. Doch als sie sich zur Seite drehte, spürte sie einen Stich in ihrem Knöchel, und sie überlegte niedergeschlagen, dass sie damit in nächster Zeit nicht nach Florenz fahren, geschweige denn dort herumspazieren konnte.

Ein Klopfen an der Tür unterbrach sie in ihren düsteren Grübeleien.

„Herein", rief sie und bekam große Augen, als Luca das Zimmer betrat und leise die Tür hinter sich schloss.

„Ich habe gesehen, dass bei Ihnen noch Licht brennt", sagte er schnell und kam zu ihr ans Bett. „Da musste ich einfach kommen und mich überzeugen, dass mit Ihnen alles in Ordnung ist."

Um ihre Aufregung zu verbergen, zog sich Georgia die Bettdecke bis zum Kinn. „Mir geht es prima", sagte sie auf Englisch. „Ich habe Schmerztabletten genommen, und mir tut der Kopf nur noch ein wenig weh. Dafür habe ich Schwierigkeiten mit meinem Italienisch."

Er lächelte ironisch. „Ich habe für mein schlechtes Englisch keine solche Entschuldigung", erwiderte er in ihrer Muttersprache.

Doch Georgia fand das völlig unwichtig. Ihrer beider Augen drückten mehr aus, als Worte es konnten.

„Du hast mir einen Riesenschreck eingejagt", sagte Luca und duzte sie erstmals. „Im ersten Augenblick ... dachte ich, du seist tot."

Georgia brachte ein verzerrtes Lächeln zustande und betastete die Beule am Kopf. „Anscheinend braucht es mehr als ein Stück Holz, um mir den Garaus zu machen."

Luca beugte sich über sie und sah sie auf eine Art an, die ihren Puls erheblich beschleunigte. „Als ich dich dort draußen reglos liegen sah, konnte ich einen Augenblick an nichts anderes denken, als dass wir im Streit auseinandergegangen waren. Dann entdeckte ich, dass dein Herz schlug und ..."

„Jetzt schlägt es auch", flüsterte sie und sah ihn an.

Luca neigte sich tiefer über sie, wandte sich dann aber jäh ab. „Vergib mir", sagte er auf Italienisch. „Ich hätte heute Abend nicht mehr kommen dürfen. Ich habe mir eingeredet, mich nur kurz vergewissern zu wollen, dass es dir gut geht, aber das war nur ein Vorwand, dich zu sehen." Er drehte sich zu ihr um. Seine Miene war ungewöhnlich ernst, die blauen Augen funkelten wie Saphire. „Als ich dich hierher trug, hast du wie eine Tote in meinen Armen gelegen. Glücklicherweise kam dann Marco und kümmerte sich um Alessa. Ich wollte mich dir widmen, aber Elsa und Pina scheuchten mich aus dem Zimmer. Ich konnte nicht schlafen, ehe ich nicht ..."

„Ehe du was?", fragte Georgia sanft.

Er schloss die Augen und atmete tief durch. Dann kniete er sich vor ihr Bett, legte die Arme um sie und schmiegte seine Wange in ihr Haar. „Ehe ich dich nicht in meinen Armen gehalten und deine Wärme gespürt und gefühlt habe, dass du auf meine Berührung reagierst.“ Er sah sie an, und ihre Lippen fanden sich zu einem leidenschaftlichen Kuss. Georgia legte ihm die Arme um den Nacken und überließ sich ganz der lustvollen Begierde, spürte weder Kopf- noch sonstige Schmerzen. Sie fühlte, wie Luca erschauerte und sie noch enger an seine breite Brust drückte.

„Geh noch nicht“, flüsterte sie, als er den Kopf hob.

„Ich möchte überhaupt nicht mehr gehen“, stöhnte er und küsste sie auf den Hals, ließ die Lippen über ihr Kinn gleiten und küsste sie erneut voller Verlangen. Er presste sie noch fester an sich, bis Georgia plötzlich aufschrie, da sie einen stechenden Schmerz im Kopf spürte.

Erschrocken ließ Luca sie los und blickte ihr schockiert in die geöffneten Augen, die in ihrem wachsbleichen Gesicht pechschwarz leuchteten. „Habe ich dir wehgetan?“

Sie versuchte zu lächeln. „Nein, mein Kopf hat mich nur daran erinnert, dass ich eine Beule habe.“

„Und ich habe mich wie ein Wüstling benommen, obwohl du verletzt bist“, sagte er entsetzt. „Soll ich Elsa rufen?“

„Nur das nicht. Wie würdest du ihr denn deine Anwesenheit in meinem Zimmer erklären?“

„Ich musste einfach kommen“, sagte er barsch.

„Darüber bin ich sehr froh.“ Mit glänzenden Augen sah sie ihn an. „Ich konnte auch nicht einschlafen. Es war ein langer, schlimmer Tag, Luca.“

„Für mich ebenfalls.“ Er nahm ihre Hand und lächelte Georgia dabei so strahlend an, dass sie sich wie verzaubert fühlte.

„Sind wir wieder Freunde?“

„Freunde?“ Er lachte leise. „Ach, ihr Engländer! Wie können wir beide, du und ich, Freunde sein, Georgia? Du weißt genau, dass ich dein Liebhaber sein möchte.“

Das Leuchten verschwand aus ihren Augen. „Das ist unmöglich!“

„Warum?“

„Ich werde dir bis morgen eine lange Liste von Gründen anfertigen."

Wie zwei Gegner musterten sie einander feindselig, dann zuckte Luca die Schultern. „Verzeih mir. Du bist müde und musst dich ausruhen. Wir sprechen morgen darüber." Er ließ den Blick besitzergreifend auf ihr ruhen. „Du wirst mir all deine Gründe nennen, warum ich nicht dein Liebhaber sein kann, und ich werde jeden einzelnen widerlegen. Ich begehre dich, Georgia. Ich begehre dich so sehr."

„Und du bekommst immer, was du begehrst?"

Er nickte, von Kopf bis Fuß strotzend vor Selbstbewusstsein. „Immer!"

Georgia lag noch lange wach, nachdem sich die Tür hinter Luca geschlossen hatte. Nun liegen also die Karten offen auf dem Tisch, dachte sie. Und Gianluca Valori wird zum ersten Mal in seinem Leben erfahren, dass er nicht alles bekommt, was er haben will.

Verzweifelt ließ sie den Blick durch das wunderschöne Zimmer schweifen. Warum konnte er nicht jemand anders sein? Irgendein ganz gewöhnlicher Mann. Luca besaß alles, was sie sich von einem Mann jemals erträumt hatte: gutes Aussehen, Charme, Intelligenz und die Fähigkeit, sie bei der geringsten Berührung zu entflammen. Und er wollte sie. Problematisch war nur, was er von ihr wollte.

Georgia zählte im Geiste die Hindernisse auf, die einer Beziehung zu Luca Valori im Weg standen. Solange sie unter Marco Sardis Dach wohnte, war es unmöglich, mit Luca eine Affäre anzufangen. Und nach Beendigung ihres Ferienjobs würde sie nach England zu ihren Eltern fliegen und erst zu Beginn des neuen Schuljahres nach Italien zurückkommen. Als Lehrkraft an der internationalen Schule in Venedig konnte sie sich erst recht keine Liebesaffäre mit dem berühmten Luca Valori leisten, der durch seinen spektakulären Rückzug auf dem Höhepunkt seiner Karriere in Italien geradezu ein Idol geworden war. Mrs. Blanchard, die Schulleiterin, hatte bei ihrer Einstellung sehr deutlich zu verstehen gegeben, dass sie nur Lehrkräfte mit untadeligem Ruf beschäftigte.

Außerdem gab es da noch James. Er sollte eigentlich ganz oben auf der Liste stehen, dachte Georgia schuldbewusst. Sein letzter Brief fiel ihr ein, in dem er ihr geschrieben hatte, wie sehr er sie vermisste und sich auf das Wiedersehen mit ihr freute. Sie hingegen hatte, seit sie Luca kannte, die wöchentlichen Briefe an James nur noch als lästige Pflicht betrachtet.

Gequält von ihrem schlechten Gewissen und stärker werdenden Kopfschmerzen, versuchte sie sich über ihr Verhältnis zu James klar zu werden. Ehrlicherweise musste sie sich eingestehen, dass sie ihn nie wirklich geliebt und nur deshalb, und nicht wegen ihres Berufs, die Hochzeit immer wieder hinausgeschoben hatte – eine Erkenntnis, die ihr für den Rest der Nacht den Schlaf raubte.

Als Elsa am nächsten Morgen zu Georgia ins Zimmer kam, traf sie ihre Patientin nicht sonderlich ausgeruht an. Die energische, mütterliche Frau beklagte die Ringe unter Georgias Augen, half ihr ins Bad, damit sie den verstauchten Knöchel schonte, und bürstete ihr dann vorsichtig die dichten blonden Haare.

„Sie haben wohl schlecht geschlafen?“, erkundigte sie sich, während sie Georgia in das frisch gemachte Bett half.

„Ja. Mein Kopf tat ziemlich weh.“ Georgia lächelte dankbar. „Tut mir leid, dass ich Ihnen so viel Arbeit mache.“

„Unsinn!“, schnaufte Elsa. „Ich schicke Ihnen jetzt Pina und Alessa mit dem Frühstück. Aber heute gibt es Tee, keinen Kaffee. Anweisung von Dr. Fassi.“

Georgia sah, dass draußen wieder strahlend die Sonne schien, als hätte es kein Gewitter gegeben. Dann wurde die Tür aufgerissen, und Alessa stürmte zu Georgia ans Bett.

„Geht es dir wieder besser, Georgia?“, erkundigte sich das Kind mit sorgenvoller Miene.

Lächelnd streckte Georgia die Arme aus. „Ja. Aber nun komm in meine Arme, dann wird es mir gleich noch besser gehen.“

Alessa legte Georgia die Arme um den Nacken und gab ihr einen Kuss. „Du bist gestürzt und hast dir den Kopf verletzt, und ich bin daran schuld."

„Nein, dich trifft keine Schuld. Ich bin daneben getreten. Und mein Kopf ist wieder in Ordnung", versuchte Georgia das Kind zu trösten. „Sieh, da kommt Pina mit unserem Frühstück."

Das junge Mädchen sagte Guten Morgen und erkundigte sich schüchtern nach dem Befinden der Patientin. Sie stellte das schwere Tablett ab, rückte einen Tisch zum Bett und dazu einen Stuhl für Alessa, die wie ein Wasserfall redete, während Pina das Frühstück servierte.

„Falls Sie keinen Wunsch mehr haben, werde ich jetzt Elsa helfen", sagte das Mädchen zu Georgia.

„Ich werde Georgia bedienen", bot Alessa eifrig an.

„Wie du siehst, Pina, bin ich bestens versorgt", meinte Georgia lachend.

Beruhigt durch Georgias Anblick, ließ Alessa sich das Frühstück schmecken, umsorgte jedoch geradezu rührend ihre kranke Lehrerin.

„Ich würde heute viel lieber bei dir bleiben, als zu Zia Claudia zu fahren", sagte das Kind.

„Ich werde heute wahrscheinlich den ganzen Tag schlafen", meinte Georgia lächelnd. „Und du kannst deine Cousinen mit deinen Englischkenntnissen beeindrucken."

Alessa wirkte nicht sehr begeistert. „Aber Dr. Fassi hat gesagt, dass du noch zwei Tage im Bett bleiben musst."

„Ja, leider." Georgia seufzte, war darüber aber nicht allzu unglücklich. Es war ihr ganz lieb, dass Marco mit seiner Tochter den ganzen Tag weg war und sie sich in Ruhe erholen konnte. „Aber wenn ich schon hier liegen muss, könntest du mir einen Gefallen tun und mir einige Bücher aus meinem Zimmer bringen, Alessa."

Glücklich, ihr behilflich sein zu können, rannte das Kind auf und ab hüpfend davon.

Am späten Vormittag kam Dr. Fassi und erneuerte den Verband um Georgias Knöchel, untersuchte sie noch einmal sorgfältig und erklärte, sie dürfe aufstehen, den verstauchten Fuß aber mindestens zwei Tage nicht belasten. Marco Sardi hatte sich vor der Abfahrt mit seiner Tochter nochmals nach Georgias Befinden erkundigt, nur Luca ließ sich nicht sehen.

Mit Elsas Hilfe nahm Georgia unter einigen Verrenkungen und großem Gelächter ein Bad, bei dem der verletzte Fuß nicht nass werden durfte. Hinterher saß sie in einem roten Baumwollkleid, das Bein ausgestreckt, auf dem Bett und ließ sich von Elsa die Haare kämmen. Plötzlich klopfte es, und im Türrahmen erschien Luca so strahlend lächelnd, dass ihr das Herz überging.

„Ist sie fertig?“, fragte er Elsa.

„Ja. Das Mittagessen ist in einer halben Stunde fertig.“ Elsa nickte Georgia lächelnd zu und versicherte ihr, dass sie ihr gern geholfen habe. Dann verschwand sie in Richtung Küche.

In Georgias Augen sah Luca noch unwiderstehlicher als sonst aus in seinem blütenweißen T-Shirt und den alten ausgeblichenen Designerjeans sowie den weichen Ledermokassins an den nackten Füßen. Ohne ein weiteres Wort hob er Georgia vom Bett hoch, ignorierte ihren überraschten Aufschrei und trug sie in den Wintergarten, wo er sie auf ein Sofa setzte und einen Stuhl zurechtrückte.

„Leg den Fuß hier drauf“, sagte er, während er heftig atmete.

Georgia, mindestens ebenso atemlos wie er, gehorchte schweigend und errötete, als er sich neben sie setzte und ihre Hand nahm.

„Wie geht es dir heute Morgen?“, fragte er mit heiserer Stimme in so liebevollem Ton, dass sie plötzlich alarmiert war.

„Danke, gut. Im Übrigen“, fuhr sie fort, „bin ich kein Invalide. Sicher gibt es hier irgendwo einen Spazierstock. Du brauchst mich nicht zu tragen.“

„Da täuschst du dich. Ich musste dich unbedingt in meine Arme nehmen“, erklärte er ihr und lächelte dabei so selbstgefällig, dass sie ein Schmunzeln nicht unterdrücken konnte. „Dich zu halten und deinen Duft einzuatmen hat mich ganz schwindlig gemacht. Ach, Georgia, du hast ein wunderbares Lächeln."

Du auch, dachte sie, ganz versunken in seinen Anblick. „Ich habe mich schon gewundert, wo du heute Morgen warst", platzte sie heraus und hätte sich am liebsten auf die Zunge gebissen, als sie sein triumphierendes Lächeln sah.

„Du hast mich vermisst!", stellte befriedigt fest. „Ich wusste, dass du das tun würdest!"

„Hast du dich deshalb heute Morgen rar gemacht?"

Er schien gekränkt. „Natürlich nicht. Ich bin nur ganz früh nach Valorino gefahren, um mit einem Mechaniker noch etwas zu besprechen und dir dann für den Rest des Tages zur Verfügung zu stehen."

Georgia schaute weg. Den ganzen Tag mit Luca verbringen, was für ein Vergnügen! Oder war es purer Wahnsinn? „Das ist sehr freundlich von dir, aber du bist nicht verpflichtet, mir Gesellschaft zu leisten", sagte sie kühl. „Ich will noch verschiedene Bücher lesen, bin mit einigen Briefen in Verzug, was mich daran erinnert, dass ich heute noch meine Eltern anrufen muss. Wäre das möglich?"

Luca zog erstaunt die Brauen hoch. „Du brauchst nicht zu fragen. Ruf deine Eltern an, sooft du willst. Oder jemand anders", fügte er widerstrebend hinzu. „Es sei denn, dein Liebhaber schreibt so viele Briefe, dass du ihn nicht anrufen musst."

„Ich will ihn nicht unnötig beunruhigen. Aber ich würde gern mit meiner Mutter sprechen." Lächelnd wies sie auf ihren Fuß. „Ich würde ihr gern erzählen, was gestern Abend passiert ist."

„Was meinst du?", fragte er schnell. „Deinen Sturz oder unsere leidenschaftlichen Küsse?"

Wütend sah sie ihn an. „Das sind zwei ganz verschiedene Dinge, die nur eines gemeinsam haben: Sie werden sich nicht wiederholen."

Luca lehnte sich gegen seine Ecke des Sofas und streckte die langen Beine aus. Er betrachtete Georgia eine Zeit lang stumm, dann schüttelte er langsam den Kopf. „Es ist sinnlos, dagegen anzukämpfen, Georgia. Das Schicksal hat uns zusammengeführt. Wir sind dazu bestimmt, ein Liebespaar zu werden."

„Das sind wir nicht!" Sie fühlte sich auf dem Sofa als leichte Beute, ohne Chance, ihm zu entkommen. „Selbst wenn ich es wollte, würde ich mich für Signor Sardis Freundlichkeit nicht mit einem so schlechten Benehmen unter seinem Dach revanchieren. Schließlich hat er mich als Lehrerin für seine Tochter eingestellt. Abgesehen davon hast du James vergessen."

„Keineswegs", antwortete Luca grimmig. „Weder ihn noch Tom Hannay."

Georgias Miene verfinsterte sich. „Würdest du bitte Tom vergessen?"

„Gern, wenn du es auch tust."

Pina kam, um den Tisch zu decken, und die beiden mussten ihre Unterhaltung abbrechen. Als wenig später Elsa die Crostini brachte und Luca bat, Georgia zum Tisch zu tragen, hatten sich die Gemüter der beiden schon etwas abgekühlt. Georgia entwickelte unter den gegebenen Umständen sogar einen unerwarteten Appetit und ließ sich die gefüllten Pasteten schmecken.

Da Pina sie während des Essens bediente, unterhielten sie sich höflich über Nebensächlichkeiten und widmeten sich der delikaten Hauptspeise, einem mit Rosmarin eingeriebenen Schweinebraten, auf Italienisch *arrosta* genannt, der mit Artischocken serviert wurde.

Nachdem Luca noch einige Tassen schwarzen Kaffee und sie, wie vom Arzt verordnet, Tee getrunken hatte, glaubte Georgia, das leidige Thema von vorhin wäre vergessen. Doch kaum waren sie wieder allein, setzte Luca die Unterhaltung da fort, wo sie unterbrochen worden waren.

„Wir werden miteinander schlafen", sagte er zu ihrem Entsetzen in höflichem Plauderton. „Ich glaube, das Schicksal hat uns nur aus diesem Grund zusammengeführt."

„Das ist nicht fair“, wehrte sie sich mit einer für sie ungewohnten Heftigkeit. „Ich kann im Moment nicht einmal gehen, geschweige denn vor dir davonlaufen.“

Überrascht sah er sie an. „Weshalb solltest du vor mir davonlaufen?“

Sie stieß einen verzweifelten Seufzer aus. „Du willst mich einfach nicht verstehen. Dass du etwas haben willst, bedeutet noch lange nicht, dass du es bekommst. Ich möchte nicht mit dir schlafen, Luca Valori!“

„Du lügst“, erwiderte er ungerührt, hob sie vom Stuhl hoch und drückte sie fest an seine Brust. „Siehst du? Schon schlägt dein Herz schneller.“ Er neigte den Kopf und küsste sie auf den Mund, ehe sie das Gesicht wegdrehen konnte. „Was möchtest du jetzt tun? Soll ich dich in dein Zimmer bringen, damit du dich etwas ausruhen kannst?“

„Ja, bitte“, sagte sie mit rauer Stimme und drehte das Gesicht von ihm weg, während er sie durch die Halle zurück in das Zimmer seiner Großmutter trug. Er setzte sie sanft auf dem Bett ab, schüttelte ihr fürsorglich die Kissen auf und küsste sie dann zart, aber auch sehr besitzergreifend. Er hob den Kopf und sah ihr in die dunklen, wachsam blickenden Augen. „Ich komme wieder, wenn es draußen nicht mehr so heiß ist. Dann werden wir zusammen im Park Tee trinken. Und jetzt schicke ich dir Elsa, damit sie dir beim Ausziehen hilft.“

Georgia fühlte sich einem so unerschütterlichen Selbstvertrauen gegenüber einfach machtlos, hasste sich für die heiße Welle der Erregung, die sie durchflutete, als Luca sie jetzt nochmals küsste, und hasste auch ihn, weil er wusste, was sie empfand. Schließlich löste er sich schwer atmend von ihr und betrachtete sie eine Weile mit glänzenden Augen. Dann richtete er sich langsam auf und lächelte so wissend, dass sie tief errötete. „Schlaf jetzt“, sagte er mit seiner tiefen, rauen Stimme, deren Klang allein ihr schon wohlige Schauer über den Rücken jagte. Er drehte sich um und verließ das Zimmer.

Schlafen! Georgia setzte zaghaft einen Fuß auf den Boden und sah erschrocken zur Tür, als diese sich erneut öffnete, aber es kam nur Elsa.

„Sie sollen doch den Fuß nicht belasten", schimpfte die Haushälterin. „Warten Sie, ich helfe Ihnen ins Bad, und dann müssen Sie sich ausruhen."

Später, als sie im kühlen Seidennachthemd von Marcos Schwester in dem von Elsa inzwischen neu bezogenen Bett lag, hatte Georgia das Gefühl, ihre ganze Welt wäre aus den Fugen geraten.

Luca Valori begehrte sie und war offenbar nicht nur als Rennfahrer an schnelle Siege gewöhnt. Es fiel ihr zusehends schwerer, ihm zu widerstehen, da sie sich sehr stark zu ihm hinzogen fühlte. Und er wusste es. Er war in jeder Hinsicht ein Traummann, doch ließ man besser die Finger von ihm. Schlimm genug, dass er James immer mehr aus ihrer Erinnerung verdrängte. Sie versuchte sich dessen ehrliches, kantiges Gesicht vorzustellen, aber vor ihrem inneren Auge entstand nur ein verschwommenes Bild von James, vor das sich Gianluca Valoris klassischer Patrizierkopf schob.

Lucas Absichten waren klar und zielten nicht auf eine Heirat oder auch nur eine längerfristige Beziehung ab. Immerhin hatte er sie darüber nie im Unklaren gelassen. Eine Affäre mit Alessas Englischlehrerin würde für ihn nichts weiter als eine kleine Abwechslung bedeuten, bevor er dann irgendwann eine toskanische Schönheit aus einer alteingesessenen Familie heiratete und dafür sorgte, dass der Name Valori nicht ausstarb.

7. KAPITEL

Der Gedanke an eine Heirat Lucas war für Georgia überraschend schwer zu ertragen und trieb ihr Tränen in die Augen. Hastig wischte sie diese weg und erklärte sich ihre ungewohnte Empfindlichkeit als Nachwirkung auf den Sturz vom vergangenen Abend. Sie verdrängte alle Gedanken an Luca und versuchte sich zu entspannen, doch es dauerte eine ganze Weile, bis sie in einen leichten Schlaf fiel.

Sie erwachte plötzlich, als sich jemand über sie beugte, und stieß einen Schrei aus, der jedoch von einem warmen, suchenden Mund erstickt wurde. Heiße Erregung erfasste sie, ehe sie ganz wach wurde und Luca wegzustoßen versuchte. Er überwand ihren Widerstand mit Leichtigkeit, als hätte er damit gerechnet. Sie begann zu beben, da ihr dämmerte, dass er nun offenbar tun wollte, was er beim Lunch angekündigt hatte.

„Keine Angst, carissima", sagte er in einem Mischmasch aus Englisch und Italienisch, der einen seltsam betörenden Reiz auf Georgia ausübte. „Du schläfst noch halb, deshalb werden wir in deiner Sprache reden – bis die Zeit des Redens vorbei ist."

Seine letzten Worte ließen Georgia hellwach werden, und sie begann sich nun ernsthaft zu wehren, aber er lachte nur und hielt sie mühelos fest.

„Hör auf!", keuchte sie. „Ich habe gemeint, was ich sagte. Ich möchte nicht … Du kannst nicht …"

„Ich kann und ich will", sagte er und begann sie erneut zart und verführerisch zu küssen. Gleichzeitig hielt er sie mit einem Arm fest, streichelte und liebkoste sie mit seiner freien Hand und ließ den Finger aufreizend über ihren Rücken gleiten. Durch den dünnen Seidenstoff spürte Georgia jede Bewegung seiner schlanken Finger und überließ sich für einige Momente den lustvollen Berührungen, bis ihr jäh ein Gedanke durch den Kopf schoss.

„Elsa!"

Ohne sie loszulassen, drückte Luca sie sanft in die Kissen und legte sich neben sie. „Franco hat Elsa und Pina zum Einkaufen nach Lucca gefahren", sagte er mit vor Verlangen heiserer Stimme. „Niemand wird uns stören, tesoro."

Zu ihrem Entsetzen bebte Georgia am ganzen Körper und spürte alle möglichen Empfindungen, die sie nicht mehr auseinanderzuhalten vermochte. „Das kann doch nicht wahr sein", stöhnte sie.

„Dass ich dich begehre?", flüsterte Luca und senkte den Kopf, um nun mit Zunge und Lippen ihren Körper zu erforschen. Heiße Wellen der Lust durchfluteten sie und machten sie vor Verlangen ganz schwach, gleichzeitig aber auch wütend wegen ihrer unkontrollierten Reaktionen.

„Nein …" Die süße Qual, die er mit seinen erfahrenen Händen bei ihr auslöste, war kaum mehr zu ertragen. „Luca, bitte …"

„Oh carissima, wie schön du bist, und wie wunderbar du dich in meinen Armen anfühlst! Ich bin verrückt nach dir. Kämpf nicht länger gegen mich an!" Seine tiefe, kehlige Stimme weckte in ihr den Wunsch nach Hingabe. Sie versuchte das zu ignorieren und protestierte erneut, doch Luca brachte sie mit Mund und Händen zum Schweigen und schürte mit seinen Liebkosungen die Flamme der Leidenschaft in ihr, bis Georgia sich nicht länger sträubte und vor Wonne leise aufschrie, als er sie mit geschmeidiger Leichtigkeit nahm. Der Schock, ihn plötzlich in sich zu fühlen, brachte sie wieder zur Besinnung, und sie begann sich erneut zur Wehr zu setzen.

Doch es war zu spät. Lucas vitaler Körper war auf sexuelle Eroberung und Erfüllung programmiert und nicht mehr aufzuhalten. Mit kraftvollen Stößen bewegte sich Luca in ihr, sie spürte, wie er erbebte und dann schwer atmend den Kopf zwischen ihre Brüste bettete.

Georgia stieß ihn mit zittrigen Händen weg, und er setzte sich auf. Noch immer atmete er heftig, seine Wangen waren gerötet, und die blauen Augen leuchteten, als er ihren Blick suchte. Er las den Vorwurf in ihrem Blick, stand auf und suchte seine Sachen zusammen, die er, ohne dass sie es bemerkt hatte, ausgezogen hatte, und begann sich anzuziehen. Sie drehte den Kopf weg und zog die Bettdecke bis ans Kinn.

„Carissima ...", sagte er bittend.

„Geh jetzt", befahl sie leise, doch in so scharfem Ton, dass er sich über sie beugte und ihre Hand nahm. Sie entriss sie ihm.

„Wir müssen miteinander reden", sagte er rau. „Du bist wütend über das, was geschehen ist, aber ich war überzeugt ..."

„Wovon überzeugt?", unterbrach sie ihn.

„Dass du das gleiche Verlangen nach mir fühlen würdest wie ich nach dir", sagte er einfach. „Du sagtest zwar Nein, aber dein Körper sagte Ja. Gib es zu, Georgia, denn es wäre physisch gar nicht möglich gewesen, dich so schnell zu nehmen, wenn du mich nicht ebenfalls begehrt hättest."

Georgia biss sich beschämt auf die Lippe. Er hatte natürlich recht. Sie hatte ihn begehrt. „Aber ich hätte nie gedacht, du würdest das ausnutzen", entgegnete sie heiser. „Ich wollte, dass du mich küsst und berührst, aber nicht ... nicht ..." Sie schluckte und fasste sich an den Kopf.

Erschrocken kniete sich Luca neben ihr Bett. „Che cosa ...?"

„Mein Kopf." Sie tastete nach der Beule. „Geh jetzt. Bitte!"

Georgia spürte seine Hand auf ihrem Haar, schüttelte sie jedoch ab und hörte ihn unterdrückt fluchen. Dann, endlich, schloss sich die Tür hinter ihm. Sofort warf sie die Bettdecke zurück, hielt sich am Bettpfosten fest und stand auf. Hinkend erreichte sie das Bad, ließ heißes Wasser ein, legte sich hinein und hätte sich am liebsten einige Stunden nicht von der Stelle gerührt.

Als sie schließlich nach einem langen Bad, in ein Handtuch gehüllt, mühsam ins Zimmer zurückhinkte, wartete dort bereits Luca auf sie – frisch geduscht und in einer makellos weißen Leinenhose und dem unvermeidlichen blauen Hemd. Wortlos nahm er sie auf die Arme und trug sie zur Couch am Fußende des Bettes.

„Du hast den Verband abgenommen", stellte er mit einem besorgten Blick auf ihren geschwollenen Knöchel fest.

„Ich musste unbedingt ein Bad nehmen“, erwiderte sie bissig.

„Ich werde dir Elsa schicken.“

„Nein!“

„Doch. Sie ist zurück.“ Er hielt ihren Blick fest. „Als ich dich vorhin verließ, kam gerade Elsa mit meiner Großmutter ins Haus. Nonna hat gesehen, wie ich aus diesem Zimmer kam, und mich gefragt, was ich dort getan hätte. Es ist ihr Zimmer, wenn sie hier zu Besuch ist, verstehst du? Elsa hat ihr von dir erzählt, und nun wollte meine Großmutter wissen, weshalb ich allein bei dir im Zimmer gewesen sei. Sie hat ihre eigenen Schlussfolgerungen gezogen und war nicht sehr erbaut.“

Georgia schloss entsetzt die Augen. „Du hast ihr doch nicht erzählt, was passiert ist?“

„Nein. Hältst du mich für einen solchen Dummkopf?“ Luca verzog den Mund. „Ja, natürlich tust du das! Ich habe ihr sehr wenig erzählt, befürchte aber, dass sie gewisse Vermutungen hat.“

Georgia stöhnte gequält. „Dann reise ich am besten sofort ab.“

„Das kannst du nicht!“, rief er. „Nicht in deinem Zustand.“

„Vorhin hat dich mein Zustand auch nicht interessiert!“, warf ihm Georgia an den Kopf. Luca zuckte zusammen, drehte sich auf dem Absatz um und ging. Gleich darauf kam Elsa mit einer Armvoll Kleidern, die sie auf einer Kommode ablegte. Sie musterte Georgia kurz und nahm sie mütterlich in die Arme.

„Weinen Sie“, befahl sie.

Gerührt von Elsas Herzlichkeit, versuchte Georgia zu gehorchen, stellte aber fest, dass ihr eigentlich nicht nach Weinen zumute war. Sanft strich Elsa ihr das zerzauste Haar aus dem Gesicht. „Ich helfe Ihnen nun beim Anziehen, und dann trinken Sie mit Signora Valori im Wintergarten Tee.“

„Oh nein!“ Georgia verdrehte die Augen, aber ihr war klar, dass an einer Aussprache mit Lucas Großmutter kein Weg vorbeiführte.

Sie ließ sich von Elsa eine Bandage anlegen, zog frische Unterwäsche an und das rote Kleid, das sie beim Lunch getragen hatte. Sie ließ sich von Elsa kämmen und schminkte sich dann noch leicht, was Elsas Missbilligung fand.

„Nach einer solchen Erfahrung ist doch so etwas nicht mehr wichtig."

„Oh doch, es hebt mein Selbstvertrauen", widersprach Georgia.

„Signora Valori ist eine sehr liebenswürdige Dame. Sie brauchen keine Angst vor ihr zu haben."

Georgia lächelte ironisch. „Ich habe keine Angst. Es ist mir nur peinlich, ihr gegenüberzutreten."

Elsa nickte ihr aufmunternd zu und ging, um Luca zu holen. Er kam sofort, blieb jedoch nach einem Blick in Georgias kaltes, abweisendes Gesicht stumm. Schweigend hob er sie hoch und trug sie in den Wintergarten, wo Emilia Valori würdevoll auf einem Stuhl thronte.

Die vornehme alte Dame wirkte etwas überrascht, als Luca mit Georgia auf den Armen den Wintergarten durchquerte, seine süße Last auf einem Stuhl neben dem Tisch absetzte und ihr einen weiteren Stuhl für den Fuß zurechtrückte. „Nonna, das ist die junge Dame, die Alessa Englischunterricht erteilt."

„Guten Tag, Signora", sagte Georgia errötend. „Ich habe mir den Knöchel verstaucht."

Luca presste die wohlgeformten Lippen aufeinander, als ihm seine Großmutter einen fragenden Blick zuwarf. „Die Verletzung hat sie sich bei dem gestrigen Unfall zugezogen, von dem ich dir erzählt habe, nonna", erklärte er barsch. „Nicht im Umgang mit mir."

„Ich bin sehr erleichtert, das zu hören. Und nun mach uns bitte miteinander bekannt, wie es sich gehört."

Georgia kam sich vor wie in einem zweitklassigen Theaterstück, als Luca sie seiner Großmutter formell mit vollem Namen vorstellte, als würden sie sich zufällig bei einem Teekränzchen begegnen.

„Sie sprechen unsere Sprache sehr gut, Miss Fleming", lobte Signora Valori und wies auf das Silbertablett vor ihr auf dem Tisch.

„Möchten Sie Tee oder Kaffee?“

„Sie darf keinen Kaffee trinken“, mischte sich Luca ein.

„Kaffee, bitte“, sagte Georgia, die seinen Einwand geflissentlich überhörte, und die alte Dame schenkte lächelnd Kaffee in eine Tasse und gab, ohne Georgia zu fragen, einen Löffel Zucker dazu.

„Das wird Ihnen guttun“, meinte sie und wandte sich an ihren grimmig blickenden Enkel. „Ich denke, du lässt uns jetzt besser allein, Luca.“

„Nonna“, begann er, doch Signora Valori schüttelte den wohlfrisierten Kopf.

„Du bist nicht in der Position, Forderungen zu stellen.“

Luca blieb vor Georgia stehen. „Das war nicht meine Absicht, verstehst du?“

Sie sah ihn stumm an. Er zuckte die Schultern, verbeugte sich knapp vor den beiden Frauen und ging in den Park hinaus.

„Jetzt wird er wieder in seine gefährliche Maschine steigen und in halsbrecherischem Tempo über die Autobahn rasen, um seine Wut und Scham abzureagieren.“ Signora Valori seufzte und richtete den Blick ihrer blauen Augen auf Georgia. „Nun, Miss Fleming, ich habe meinen Enkel aus dem Zimmer kommen sehen, das Sie seit Ihrem Unfall bewohnen. Niemand war zu der Zeit im Haus, deshalb möchte ich wissen, ob Sie ihn eingeladen haben.“

„Nein, das habe ich nicht“, sagte Georgia ausdruckslos.

Signora Valori musterte sie nachdenklich. „Haben Sie Gianluca Anlass gegeben, zu glauben, seine Annäherungsversuche seien Ihnen willkommen?“

Es dauerte einige Augenblicke, bis Georgia verstand, was die alte Dame meinte. Sie hob trotzig das Kinn. „Falls das heißt, ob ich Ihren Enkelsohn attraktiv finde, muss ich Ihre Frage bejahen.“ Sie seufzte. „Der bei dem Unfall erlittene Schock hat vorübergehend meine Denkfähigkeit beeinträchtigt, das gebe ich zu. Wir waren hinterher beide etwas durcheinander und haben uns geküsst. Insofern könnte man mir einen Vorwurf machen. Aber als er ohne Umschweife sagte, er möchte mein Liebhaber werden, habe ich ihm gesagt, es sei unmöglich.“ Georgia biss sich auf die Lippe. „Ich konnte nicht ahnen, dass er meine Weigerung als Herausforderung empfinden würde.“

„Dann hat er also mit Ihnen geschlafen?“, fragte Signora Valori ruhig.

Georgia sah sie entsetzt an. „Hat er Ihnen das erzählt?“

„Nein. Er hat sich geweigert, den Grund für seine Anwesenheit in Ihrem Zimmer zu nennen. Sie haben nur meine Befürchtungen bestätigt. Nun, Miss Fleming, darf ich fragen, was Sie von Gianluca als Wiedergutmachung erwarten?“

„Absolut nichts, vielen Dank“, antwortete Georgia. „Es sei denn, Sie könnten ihn dazu überreden, bis zu meiner Abreise nach England aus der Villa Toscana auszuziehen.“

„Das lässt sich sicher arrangieren.“ Signora Valori runzelte die Stirn. „Aber vielleicht finden Sie nach einer Weile, dass das nicht genug ist?“

Georgia stellte mit Nachdruck ihre Tasse auf den Tisch.

„Bitte verzeihen Sie mir“, fuhr die alte Dame erbarmungslos fort, „aber darf ich fragen, wie alt Sie sind, Miss Fleming? Waren Sie noch Jungfrau, als Sie Luca begegneten?“

„Ich bin sechsundzwanzig“, sagte Georgia und lächelte grimmig. „Und dies war, wie Sie zu Recht vermuten, nicht meine erste sexuelle Erfahrung. Ich bin mit einem Captain der britischen Armee so gut wie verlobt, möchte aber noch ein wenig in meinem Beruf arbeiten, bevor ich ihn heirate.“

„Und nun haben Sie meinen Enkelsohn kennengelernt.“ Die alte Dame seufzte. „Wusste Luca, dass er Ihnen nicht gleichgültig war?“

„Ja.“ Georgia wurde rot. „Aber ich habe ihm auch gesagt, dass eine Beziehung, wie er sie wünscht, für mich nicht infrage kommt.“

„Wieso nicht?“

Georgia sah die alte Dame erstaunt an. „Ich dachte, Sie würden das verstehen. Ich will Ihnen offen sagen, dass die Versuchung groß war. Aber nur weil Gianluca Valori ein kleines Abenteuer suchte, wollte ich nicht die Heirat mit einem zu mir passenden Mann und meine gute Stelle an einer Schule in Venedig riskieren. Ich eigne mich nicht zur Gespielin eines so bekannten Mannes."

„Ich verstehe", sagte Signora Valori nachdenklich. „Haben Sie schon daran gedacht, dass der heutige Vorfall Folgen haben könnte?"

Georgia nickte betroffen, und die alte Dame zuckte die Schultern auf eine Art, die Georgia nur allzu vertraut war.

„Wer weiß? Manchmal bekommen ausgerechnet diejenigen Kinder, die keine wollen. Aber ich hoffe, Sie werden es mich wissen lassen, falls Sie ein Kind von Luca erwarten."

Allein der Gedanke versetzte Georgia in helle Panik. Sie wollte kein Kind. Nicht jetzt und nicht auf diese Weise. „Ich glaube nicht, dass ich mir darüber Sorgen machen muss", sagte sie zuversichtlich und lächelte Signora Valori an. „Bestimmt wird es Sie interessieren, zu erfahren, wie leicht Alessa der Englischunterricht fällt."

„Womit Sie sagen wollen, das Thema sei für Sie erledigt", sagte die alte Dame trocken. „Na schön, Miss Georgia Fleming, sprechen wir nicht mehr darüber, zumindest nicht im Moment." Sie nahm aus ihrer Handtasche eine Visitenkarte und gab sie Georgia. „Hier haben Sie meine Adresse und Telefonnummer. Sie können mich jederzeit anrufen, falls Sie es für nötig halten."

Sie seufzte tief. „Da wäre noch etwas, meine Liebe. Ich glaube, dass es für alle Beteiligten besser ist, wenn Marco nichts erfährt. Er mag Luca sehr gern, und das Ganze würde ihn zusätzlich zu seinem Schmerz über Maddalenas Tod belasten." Einen Augenblick sah ihr Gesicht müde und alt aus. „Stimmen Sie mir zu?"

„Von ganzem Herzen", versicherte Georgia.

Emilia Valori nickte, richtete sich hoch auf und lächelte Georgia aufmunternd an. „Und jetzt werde ich tun, was Sie offenbar gern möchten, nämlich mich mit Ihnen über meine Urenkelin unterhalten. Ist sie so klug, wie Marco glaubt?"

In den folgenden Stunden herrschte in der Villa Toscana verstärkte Aktivität. Elsa bereitete Signora Valori zu Ehren ein spezielles Dinner zu, das zudem früher als sonst serviert wurde, damit Alessa daran teilnehmen konnte.

„Ich bin auf dem Weg nach Siena zu meiner Schwester", erzählte die alte Dame Georgia. „Eigentlich wollte ich nicht länger als eine Stunde hierbleiben, aber nun warte ich doch noch auf Alessas Rückkehr und fahre nach dem Dinner. Außerdem will ich mir Luca nochmals vorknöpfen."

„Danke", sagte Georgia erleichtert. „Würden Sie Luca bitten, Signor Sardi nichts über den heutigen Nachmittag zu erzählen?"

„Zuerst wollte ich es ihm befehlen." Signora Valori zwinkerte Georgia zu. „Aber ich werde ihn lieber bitten, da Luca auf Befehle meist allergisch reagiert. Würden Sie bitte nach Pina läuten, mein Kind? Ich habe da etwas für Sie, das Sie für einige Tage sehr nützlich finden werden."

Pina wurde zu Signora Valoris Chauffeur geschickt, um den schwarzen Ebenholzspazierstock zu holen, der im Wagen aufbewahrt wurde.

„Nichts wäre mir im Moment lieber", bedankte sich Georgia. „Jetzt fühle ich mich nicht mehr so hilflos."

Als sie in ihr Zimmer zurückkehrte, fand Georgia dort nicht nur das Bett frisch bezogen, sondern sogar eine neue Tagesdecke. Ihre sämtliche Garderobe war nach unten gebracht und in den Schrank gehängt worden, und sie beschloss, zum Dinner das schwarze Kleid anzuziehen, das sie am ersten Abend getragen hatte.

Dass sie dazu nur einen Schuh tragen konnte, würde zwar die Wirkung des Kleides schmälern, aber das war eben nicht zu ändern. Georgia schminkte sich sehr sorgfältig und fasste das Haar im Nacken zu einem schlichten Knoten zusammen. Zuletzt befestigte sie die Perlenohrclips und betrachtete sich zufrieden im Spiegel.

Als es an der Tür klopfte, versteifte sie sich, aber es war nur Pina, die schüchtern lächelnd den Kopf zur Tür hereinsteckte. „Signor

Luca lässt fragen, wann Sie zum Dinner getragen werden wollen, Signorina."

Luca war also zurück. Georgia schwenkte lächelnd den Spazierstock. „Sag Signor Luca bitte, ich würde ihn nicht benötigen."

Entschlossen, lieber Höllenqualen zu erleiden, als sich von Luca helfen zu lassen, humpelte Georgia durch die Halle. Sie stützte sich schwer auf den Stock, um auf dem spiegelglatten Boden nicht auszurutschen, und kam nur langsam voran.

„Stupidità!", schimpfte plötzlich eine raue Männerstimme, und ohne viel Federlesens entwand Luca Georgia den Stock, warf ihn auf ein langes Sofa und hob Georgia hoch. „Du riskierst wohl lieber noch einen Sturz, als dir von mir helfen zu lassen?" Er sah ihr in die zornig blitzenden Augen.

„Richtig", erwiderte sie wütend.

„Wir müssen miteinander reden", sagte er grimmig, während er mit ihr zum Wintergarten unterwegs war.

„Es gibt nichts mehr zu sagen." Sie drehte den Kopf von ihm weg, und gleich darauf rannte Alessa auf sie zu und machte eine weitere Unterhaltung unmöglich.

„Geht es dir besser, Georgia?", erkundigte sich die Kleine ängstlich, als Luca seine Last auf einem Stuhl in unmittelbarer Nähe von Signora Valori absetzte.

„Es geht mir prima, mein Schatz, bis auf den dummen Fuß. Aber in ein paar Tagen werde ich wieder genauso schnell laufen können wie du." Georgia gab Alessa einen Kuss auf die vor Aufregung gerötete Wange und begrüßte dann etwas verspätet Signora Valori und Marco Sardi.

„Haben Sie die Ruhe und den Frieden heute Nachmittag genossen?", erkundigte sich Marco freundlich.

„Ja, sehr", antwortete Georgia rau und beugte sich über ihren Fuß, um ihre Verlegenheit zu verbergen.

„Gib ihr etwas Champagner, Luca", sagte seine Großmutter schnell. „Eine meiner Schwächen", erklärte sie Georgia, die sich wieder aufgerichtet hatte. „Ich genehmige mir pro Woche ein Glas. Heute werden es vielleicht sogar zwei sein."

„Gibt es was Besonderes zu feiern, Emilia?", fragte Marco amüsiert.

„Es kommt nicht oft vor, dass du einen englischen Gast hast", erwiderte sie nichtssagend und lächelte Georgia zu. „Wir haben einen sehr interessanten Nachmittag miteinander verbracht."

„Dann waren Ihre Ruhe und Ihr Frieden wohl nur von kurzer Dauer", meinte Marco zu Georgia, die sich sehnlichst in ihr Zimmer zurückwünschte.

Glücklicherweise verhinderte Alessas Anwesenheit weitere Peinlichkeiten. Sie saß auf Lucas Knie und gab ihm einen minutiösen Bericht über den Besuch bei ihren Cousinen.

„Sie haben an Alessa wahre Wunder vollbracht", sagte Signora Valori leise zu Georgia. „Sie ist wie verwandelt."

Luca beobachtete irritiert den vertraulichen Umgang der beiden Frauen miteinander. Als Georgia dem Blick seiner blauen Augen begegnete, wandte sie schnell das Gesicht ab.

„Sind Sie sicher, dass es Ihnen gut geht?", fragte Marco stirnrunzelnd. „Sie sehen so erhitzt aus, Georgia."

Sie lächelte. „Das kommt vom Champagner."

Während des Dinners saß Georgia zwischen Marco Sardi und Alessa. Ihr Gegenüber war Luca, der seine Großmutter neben sich hatte. Jedes Mal wenn sie vom Essen aufsah, war sein Blick auf sie gerichtet, und um diesem zu entgehen, ermunterte sie Alessa, ihr von dem Besuch bei ihrer Tante zu berichten.

„Ich habe meinen Cousinen erzählt, wie ich geschrien habe, als die Treppe mit dir zusammenkrachte", sagte Alessa, die vor Aufregung fast nichts aß.

„Ein Glück, dass Georgia mit einem verstauchten Knöchel davongekommen ist", bemerkte Luca mit grimmiger Miene. „Ich hatte keine Ahnung, dass die Treppe so morsch war."

„Ich wollte sie schon die ganze Zeit reparieren lassen", sagte

Marco schuldbewusst. „Aber in letzter Zeit …“ Er verstummte, und Signora Valori lächelte ihm verständnisvoll zu.

„Glücklicherweise ist alles gut ausgegangen, Marco.“

Georgia bedachte Luca mit einem vorwurfsvollen Blick. „Es war allein meine Schuld“, betonte sie. „Ich hätte bemerken müssen, dass Alessa die Puppe hatte liegen lassen.“

Ab diesem Zeitpunkt wurde Luca merkwürdig still und erntete von seinem Schwager, dem das offenbar auffiel, verwunderte Blicke. Es blieb Signora Valori überlassen, die Unterhaltung in Gang zu halten, doch nur Alessa sprach ihren Onkel auf sein Schweigen an.

„Du sagst gar nichts, Luca. Geht es dir nicht gut?“, fragte sie ängstlich.

Er lächelte sie herzlich an. „Mir geht es sehr gut, Liebling, danke. Und da Georgia einen verletzten Fuß hat, werde ich morgen mit dir schwimmen.“

Alessa war über dieses Versprechen so erfreut, dass sie keine Einwände erhob, als Pina kam, um sie ins Bett zu bringen. Das kleine Mädchen küsste alle Anwesenden, und ehe sie mit Pina hinausging, bat sie ihre Urgroßmutter, sie bald wieder zu besuchen.

„Ich werde mich nun ebenfalls verabschieden“, sagte Signora Valori, die auf einmal sehr erschöpft wirkte. „Es war mir eine große Freude, Alessa so fröhlich und lebhaft zu sehen, Marco.“

Er nickte ernst. „Das haben wir Georgia zu verdanken. Sie hat meiner Kleinen sehr gutgetan.“

„Alessa wird sie vermissen“, stimmte die alte Dame ihm zu und erhob sich.

Luca sprang auf, um ihr zu helfen. „Wir alle werden Georgia vermissen.“

„Vielleicht willigt sie ja ein, etwas länger zu bleiben, wenn alle sehr nett zu ihr sind“, sagte Emilia Valori mit Nachdruck. Sie beugte sich über Georgia und küsste sie auf beide Wangen. „Auf Wiedersehen, mein Kind. Vergessen Sie nicht, was ich Ihnen gesagt habe.“

Georgia, die allein am Tisch zurückblieb, überkam plötzlich

große Müdigkeit und Heimweh nach ihrer Mutter. Der pochende Schmerz in ihrem Knöchel vereinte sich mit dem stechenden Schmerz in ihrem Kopf, und sie blickte flehentlich zu Elsa, die gekommen war, um den Tisch abzuräumen.

„Was ist?“, fragte die Haushälterin kurz angebunden. „Müssen Sie ins Bad?“

„Ich möchte ins Bett gehen“, sagte Georgia heiser. „Würden Sie mir bitte meinen Stock holen, Elsa?“

„Selbstverständlich, sofort. Ich werde Ihnen beim Auskleiden helfen und Sie bei Signor Sardi entschuldigen.“

Wenig später lag Georgia in ihrem breiten, kühlen Bett, den Kopf mit dem frisch gebürsteten offenen Haar gegen einen Berg von Kissen gelehnt, neben sich ein Tablett mit Tee und kalten Getränken und auf dem Schoß ein Buch. Befreit von dem Zwang, ständig zu lächeln und höfliche Konversation zu machen, begann sie sich allmählich zu entspannen und versuchte, ihre Gedanken zu ordnen.

Es war unmöglich, den Vorfall mit Luca einfach aus ihrem Gedächtnis zu verbannen. Sie beschloss stattdessen, alles noch einmal Revue passieren zu lassen, um Klarheit zu gewinnen. Denn auch wenn Luca sie im Schlaf überrascht und die Nachwirkungen des durch den Unfall ausgelösten Schocks schnöde ausgenutzt hatte, durfte sie sich nicht über ihre starke Reaktion auf ihn hinwegtäuschen. Noch nie hatte ein Mann derart leidenschaftliche Empfindungen in ihr zu wecken vermocht, schon gar nicht James, bei den wenigen Gelegenheiten, wo sie mit ihm geschlafen hatte.

In Lucas Armen hatte sie sowohl höchste Verzückung als auch flammenden Zorn über seine männliche Selbstherrlichkeit gespürt, mit der er ihr seinen Willen hatte aufzwingen wollen. Sie hatte sich in jeder Beziehung herausgefordert gefühlt, und das war etwas, was James nie gelungen war.

Diese Erkenntnis ließ nur einen Schluss zu: Auch wenn sie Gianluca Valori nie wiedersehen würde, durfte sie James nicht heiraten. Schlagartig fiel alle Müdigkeit von ihr ab, und sie beschloss, trotz ihrer heftigen Kopfschmerzen noch heute Abend an James zu schreiben. Es fiel ihr schwer, die richtigen Worte zu finden, und sie verbrauchte fast ihren gesamten Vorrat an Briefpapier, bis es ihr gelungen war, James auf so freundschaftliche und taktvolle Art, wie er es verdiente, mitzuteilen, dass sie nicht seine Frau werden konnte.

Hinterher quälten sie schwere Gewissensbisse, wenngleich sie in gewisser Weise auch erleichtert war, wie sie sich ungern eingestand. Sie versuchte zu lesen, während sie mit einem Ohr auf die Geräusche im Hause hörte. Sie wusste, dass Pina und Elsa sich frühzeitig schlafen legen würden, da sie sonntags früh zur Kirche gingen. Was Luca trieb, wollte sie lieber nicht wissen.

Nach einem weiteren schmerzhaften Gang zum Bad versuchte Georgia zu schlafen, doch vergeblich. Sie ärgerte sich, weil sich ihre Gedanken nicht mit James, sondern fast ausschließlich mit Luca befassten. Würde er ihren Wunsch befolgen und die Villa verlassen? Er musste irgendwo noch eine andere Wohnung haben, da er ja offenbar erst nach dem Tod seiner Schwester hier eingezogen war. Natürlich wäre es am einfachsten, wenn sie gehen würde, doch das konnte sie Alessa nicht antun. Die Kleine hatte sich an sie gewöhnt und würde darunter leiden, wenn sie sie früher als geplant verließ.

Es gab also keine andere Lösung, als bis zum vereinbarten Termin hier auszuharren. Seufzend streckte Georgia die Hand aus, um die Lampe auszuschalten. Mitten in der Bewegung hielt sie inne und blickte mit klopfendem Herzen starr auf die sich öffnende Tür. Luca trat ein und machte hinter sich geräuschlos die Tür zu.

8. KAPITEL

Ich werde dir nichts tun, ich schwör's", sagte Luca hastig. „Aber ich muss mit dir sprechen." Georgia sah ihn feindselig an. „Dann rede bitte englisch. Ich bin zu müde, um mich heute Abend noch mit einer fremden Sprache herumzuplagen. Abgesehen davon gibt es sowieso nichts mehr zu sagen."

Um seinen Mund erschien ein angespannter Zug. „Es gibt sehr viel zu sagen", erwiderte er, ins Englische überwechselnd und mit stärkerem Akzent als sonst sprechend. „Zuerst möchte ich mein Bedauern über das, was geschehen ist, ausdrücken. Es war ein Fehler."

„Ein Fehler?", wiederholte sie erbost.

Er zuckte ungeduldig die Schultern. „Vielleicht drücke ich mich falsch aus, aber du bestehst ja darauf, dass ich englisch spreche. Ja, es war ein Fehler. Aber du musst wissen, dass du mich auf eine Weise anziehst, wie noch keine Frau es zuvor getan hat. Und heute habe ich einfach den Kopf verloren. Vielleicht war der Unfall von gestern daran schuld, dass ich durchgedreht bin. Jedenfalls quälte mich der Gedanke, du würdest mit deinem James … oder diesem Tom Hannay …" Er suchte nach Worten. „Ich wollte dir beweisen, wie es zwischen dir und mir sein könnte, dass du in meinen Armen beide Männer vergessen würdest. Und als du meine Küsse so … so stürmisch erwidert hast, dachte ich … glaubte ich …"

„Ich würde dich in meinem Bett mit offenen Armen empfangen, wenn wir, wie heute, sturmfreie Bude hätten", unterbrach sie ihn mitleidslos und bemerkte mit Genugtuung, wie sein Gesicht rot wurde.

Luca zog sich einen Stuhl heran. „Du erlaubst?", fragte er höflich, und da sie gleichgültig die Schultern zuckte, setzte er sich an ihr Bett, offenbar auf eine längere Diskussion vorbereitet. „Ich weiß, dass die Bräuche in deinem Land anders sind", begann er zögernd. „Eure Religion, bestimmte Verhaltensweisen …"

„In Bezug auf Sex, meinst du wohl", sagte sie mit ausdrucksloser Miene. „Du dachtest, weil ich sechsundzwanzig bin, ein passables

Gesicht und eine einigermaßen gute Figur habe und von zu Hause weggegangen bin, um im Ausland zu arbeiten, hätte ich neben James noch eine Reihe von anderen Liebhabern. Auf einen mehr oder weniger, so glaubtest du, käme es da nicht an."

„Das ist nicht wahr", widersprach er heftig, beugte sich vor und sah sie eindringlich an. „Ich glaubte, du hättest nur einen Liebhaber, wenngleich ich auch deinen cognato verdächtigte, diesen Tom Hannay. Ich wollte, dass du alle Männer außer mir vergisst, aber es war nicht meine Absicht ..." Er verstummte und atmete tief durch. „Bitte glaub mir, Georgia. Ich begehrte dich so sehr, tue es immer noch. Du hast mich nach dem Unfall hier in diesem Zimmer geküsst. Ich hab dich in den Armen gehalten, und du hast voller Leidenschaft auf mich reagiert. Ich dachte ..."

„Du dachtest, du wärst in einer guten Startposition, um es im Grand-Prix-Jargon auszudrücken", sagte sie sarkastisch und drehte müde den Kopf zur Seite. „Schon gut, Gianluca Valori. Ich vergebe dir. Vermutlich war ich nach dem Unfall auch nicht ganz bei Verstand. Du hast mich gestern Abend mit deinen Küssen regelrecht überrumpelt." Sie wandte ihm das Gesicht wieder zu. „Aber ich hätte nicht im Traum daran gedacht, welche Schlussfolgerungen du daraus ziehen würdest. Verdammt, Luca, ich hatte einen verstauchten Knöchel, eine Beule am Kopf und lag im Bett deiner Großmutter!"

„Ich weiß, ich weiß", sagte er missmutig und fuhr sich durchs dichte schwarze Haar. „Aber ich bin gestern durch die Hölle gegangen, als ich dich zuerst für tot hielt und dann merkte, dass du lebst." Er sah sie mit leuchtenden blauen Augen an und hielt ihren Blick fest. „Von dem Augenblick, da ich dich im Flugzeug sah, war ich von dir fasziniert. Und heute, als ich dich nach dem Lunch in dein Zimmer getragen habe und du so hilflos in meinen Armen gelegen hast ..." Er hob ratlos die Hände. „Na ja, da hab ich einfach den Kopf verloren."

„Keine Angst, ich werde dich nicht belangen."

„Belangen? Was heißt das?"

Georgia überlegte einen Moment. „Citare in giudizio?"

„Du brauchst nicht vor Gericht zu gehen!", erwiderte er scharf und sprang auf, ganz rot im Gesicht vor gekränktem Stolz. „Wir Valori bezahlen unsere Schulden. Sag mir, was du von mir willst, und du bekommst es."

Sie sah ihn schweigend an, dann lächelte sie schwach. „Alles?"

„Alles."

„Dann verlange ich, dass du …" Georgia machte es Spaß, ihn auf die Folter zu spannen. „… ausziehst."

Er schien wie vom Donner gerührt. „Cosa?"

„Dass du ausziehst", wiederholte sie geduldig. „Ich möchte, dass du die Villa Toscana bis zu meiner Abreise in drei Wochen verlässt. Du kannst Alessa an meinen freien Tagen besuchen. Elsa wird dich immer anrufen, wenn ich nicht im Haus bin."

„Aber Alessa möchte, dass ich hier wohne. Du wirst doch nicht das Kind dafür büßen lassen." Seine blauen Augen funkelten so triumphierend, dass Georgia ihn am liebsten geschlagen hätte.

„Solange sie mich hat, wirst du ihr nicht allzu sehr fehlen", meinte sie spitz. „Du hast gesagt, ich könne alles verlangen. Willst du etwa einen Rückzieher machen?"

„Nein, das will ich nicht!" Gianluca Valori maß sie mit einem vernichtenden Blick und ging zur Tür. Dann drehte er sich noch einmal um. „Meine Großmutter hat mich gebeten, auszuziehen, doch ich habe ihr nicht geglaubt. Sie sagte, ich hätte Glück gehabt. Manche Frauen würden unter diesen Umständen Geld verlangen, oder, noch schlimmer, auf einer Heirat bestehen."

„Ich habe bereits einen Bräutigam, der nur darauf wartet, dass ich den Hochzeitstermin festsetze." Georgia bat James im Stillen für diese Lüge um Verzeihung, aber immerhin hatte sie den Brief an ihn noch nicht abgeschickt.

„So?" Luca lächelte skeptisch. „Würdest du diesem Soldaten nicht den Laufpass geben, wenn ich dich bitten würde, meine Frau zu werden?"

Georgia packte kalte Wut. „Denk, was du willst, aber ich will dich weder zum Ehemann, noch bin ich scharf auf dein Geld. Und jetzt geh bitte. Goodbye."

„Goodbye?" Ungläubig schaute er sie an. „Du meinst das wirklich ernst?"

„Ja."

Er kam zurück zum Bett, blickte hinunter auf ihr gerötetes und von dichtem zerzausten blonden Haar umrahmtes Gesicht. Ein Funke blitzte in seinen Augen auf, und ehe Georgia wusste, wie ihr geschah, hatte er sich zu ihr hinuntergebeugt und sie in seine Arme gerissen. Er küsste sie zornig, als wollte er sie bestrafen. Georgia hing leblos in seinen Armen. Instinktiv wehrte sie sich nicht, um ihn nicht durch Widerstand noch mehr zu reizen.

Er blickte auf und sah sie an. „Oh nein", sagte er rau, „ich werde nicht noch einmal die Kontrolle verlieren. Aber wenn das ein Abschied sein soll, dann möchte ich, dass er dir unvergesslich bleibt."

Diesmal war sein Kuss sanft und verführerisch, aber auch voll leidenschaftlicher Inbrunst, und Georgia konnte nicht verhindern, dass sie vor Lust erbebte. Mit einem Arm zog Luca sie noch enger an sich und streichelte mit der anderen Hand ihre nur von hauchdünnem Satin bedeckten Brüste. Unwillkürlich stöhnte sie auf. Sofort verstärkte er den Druck seiner Lippen auf ihrem Mund und küsste sie wild und fordernd, bis sie alles darum gegeben hätte, ihm die Arme um den Nacken legen zu können und ihn zu bitten, sie noch einmal zu lieben. Doch Stolz und Vernunft hielten sie davon ab, und sie versteifte sich. Luca ließ sie los, und sie sank in die Kissen zurück. Er stand auf und sah mit brennenden Augen auf sie hinunter.

„Na schön, Englischlehrerin, ich werde morgen ausziehen. Zwar fällt es mir schwer, dir einfach nachzugeben, aber ein Valori hält sein Wort." Er wartete einen Moment, und da sie nichts sagte, beschränkte er sich darauf, die Schultern zu zucken und aus dem Zimmer zu stürmen.

Am nächsten Morgen brachte Pina allein das Frühstück und teilte Georgia mit, Alessa würde etwas später kommen. Sie würde heute mit ihrem Vater und ihrem Onkel frühstücken, da Signor Luca für längere Zeit weggehe.

„Geht er auf Geschäftsreise?", fragte Georgia beiläufig.

„Nein, Miss. Er fährt zu seinem Haus, weil dort einige Ausbesserungsarbeiten nötig sind."

„Ach so." Umsonst kämpfte Georgia gegen ihre Neugier an. „Wo wohnt er denn?"

„In den Bergen, nur wenige Kilometer von hier entfernt." Pina schenkte Tee ein und begann das Zimmer sauber zu machen. „Sein Haus ist ein ehemaliger Bauernhof, den Signor Luca umgebaut hat."

Georgia stellte keine weiteren Fragen mehr, obwohl sie gern noch mehr gewusst hätte. Als Alessa kam, war Georgia bereits geduscht und angezogen und bereit, mit Hilfe des Stocks in den Wintergarten zu humpeln. Marco Sardi hatte auf sie gewartet, um sich nach ihrem Befinden zu erkundigen, und sie versicherte ihm, dass sie fast keine Beschwerden mehr habe.

„Übertreiben Sie trotzdem nichts", riet er ihr. „Dr. Fassi wird heute Nachmittag noch mal vorbeikommen. Und dann soll ich Ihnen noch Genesungswünsche von Luca bestellen. Er wird eine Weile nicht kommen. An seinem Haus seien einige Arbeiten nötig, sagt er."

„Pina hat es mir bereits erzählt." Georgia setzte sich auf ein Sofa und lächelte dankbar, als Alessa ihr einen Stuhl für den verstauchten Fuß brachte. „Danke, mein Schatz."

„Ich werde aufpassen, dass Georgia sich schont, Papa", versprach die Kleine. „Und ich werde sehr streng mit ihr sein."

Marco Sardi lachte und küsste seine Tochter zärtlich. „Dann kann ich ja beruhigt nach Valorino fahren, mein Herz."

In den nächsten Tagen musste Georgia feststellen, dass sie Luca schrecklich vermisste. Ohne Vorfreude auf seine Gesellschaft beim Abendessen war das Leben plötzlich seltsam eintönig. Sie tröstete sich damit, dass zumindest ihr Knöchel täglich besser wurde. Am Ende der Woche konnte sie bereits ohne Stock gehen, der Arzt empfahl ihr jedoch, weiterhin im Erdgeschoss wohnen zu bleiben, da das Treppensteigen den Heilungsprozess hinauszögern würde.

Georgia bedauerte das. Weiterhin in dem Bett zu schlafen, in dem Luca sie nackt in den Armen gehalten hatte, machte es ihr noch schwerer, ihn zu vergessen. Allabendlich bestellte ihr Marco Sardi gewissenhaft die ihm von seinem Schwager aufgetragenen Genesungswünsche, für die sie sich höflich bedankte. Gleichzeitig hoffte sie, er würde nicht bemerken, dass sich allein bei der Erwähnung von Lucas Namen ihr Puls beschleunigte und ihr Appetit verringerte.

Da Marco täglich weniger zu essen schien, und Georgias Appetit ebenfalls zu wünschen übrig ließ, wollte Elsa wissen, ob sie neuerdings beim Kochen etwas falsch mache. Man versicherte ihr, dass ihr Essen so ausgezeichnet wie eh und je schmecke, aber sie war trotzdem beunruhigt, wie sie später Georgia gestand, als sie allein waren.

„Er trauert immer noch“, sagte die Haushälterin beunruhigt. „Er kommt mir ohne die Signora wie ein Verlorener vor. Ich glaube, dass nur Alessa ihn am Leben erhält.“

Obwohl Marco Sardis tiefe Trauer um seine verstorbene Frau für Georgia nicht ohne Romantik war, fand sie Elsas Sorge berechtigt und bot deshalb ihrem Arbeitgeber an, sich am kommenden Wochenende um Alessa zu kümmern, damit er sich ausruhen könne.

„Das kommt gar nicht infrage, meine Liebe, dass Sie Ihren Ausflug nach Florenz ein weiteres Mal verschieben. Ich genieße jede Minute, die ich mit meiner Tochter verbringen kann. Außerdem kommt Luca zu Besuch. Sie können uns also ruhigen Gewissens allein lassen.“ Er zwinkerte ihr zu. „Solange Sie wiederkommen, entbehren wir Sie gern für einige Stunden.“

„Vielen Dank“, sagte sie automatisch, denn ihre Begeisterung für Florenz hatte durch die Tatsache, dass sie Luca nicht treffen würde, einen empfindlichen Dämpfer erhalten.

„Georgia“, sagte Marco Sardi und rührte bedächtig den Zucker in seinem Kaffee um, „Sie würden es mir doch sagen, wenn irgendwas nicht in Ordnung wäre?"

Sie sah ihn betroffen an. „Nicht in Ordnung?"

Er zuckte die Schultern. „Sie haben in den letzten Tagen noch weniger als ich gegessen, und Luca ist merkwürdig schweigsam und schlecht gelaunt und arbeitet wie ein Besessener in der Fabrik. Ich möchte Ihnen nicht zu nahetreten, aber da Sie unter meinem Dach leben, fühle ich mich für Sie verantwortlich. Ich weiß, dass Luca Sie attraktiv findet, und doch ist er Hals über Kopf hier ausgezogen unter dem fadenscheinigen Vorwand, sein Haus bedürfe einiger Reparaturen, was ich nicht glaube. Ich vermute vielmehr, dass Sie beide sich gestritten haben. Falls er Sie in irgendeiner Weise beleidigt hat, möchte ich es wissen."

„Es ist nichts passiert, das versichere ich Ihnen", antwortete Georgia schlechten Gewissens, weil sie ihn anlog. „Und mein mangelnder Appetit kommt allein von zu wenig Bewegung. Sobald ich wieder normal laufen kann, wird auch mein Appetit wieder wie früher sein."

Marco Sardi schien nicht überzeugt. „Na gut, meine Liebe, wenn Sie es sagen. Und nun zu morgen. Bedauerlicherweise benötigt Franco das Auto, aber dafür werde ich Sie zum Bahnhof fahren, und Sie können den Zug nach Florenz nehmen. Abends werden dann entweder er oder ich Sie wieder am Bahnhof abholen."

„Das ist mir sogar noch lieber, als selbst zu fahren. Dr. Fassi meint, ich solle mit dem Autofahren noch eine Woche warten. Ich habe einen Stadtplan und einen Reiseführer, mehr brauche ich nicht zur Eroberung von Florenz!"

Im goldenen Licht eines toskanischen Sommermorgens stieg Georgia am nächsten Tag in den Frühzug nach Florenz. Sie genoss die Fahrt durch die herrliche Landschaft und stieg an der Stazione Santa Maria Novella aus. Mit dem Reiseführer in der Hand bahnte sie sich einen Weg zum Ausgang und machte dann einen Schaufensterbummel durch die Via Tornabuoni, in deren Palazzi und prachtvollen Renaissancegebäuden sich exklusive Läden befanden. Nach einem Blick auf den Stadtplan spazierte sie dann zur Piazza della Signoria und den Uffizien, einer der reichsten Gemäldesammlungen der Welt mit Werken der bekanntesten italienischen Renaissancemaler.

Geduldig reihte sie sich in die Schlange der nach Eintrittskarten anstehenden Touristen und Studenten aus aller Welt ein und stieg dann erwartungsvoll die zur Galerie führende breite Steintreppe hinauf. Georgia hatte gehofft, eine Besichtigung dieser wundervollen Gemälde würde ihre Gedanken von Luca ablenken, doch genau das Gegenteil war der Fall. Während sie von einem Bild zum andern schlenderte, verspürte sie das dringende Bedürfnis, diesen Kunstgenuss mit ihm zu teilen. Das machte ihr nicht nur klar, wie stark Luca sie körperlich anzog, sondern auch, wie sehr sie auch seine kultivierte Lebensart schätzte.

Ihre Stimmung hob sich ein wenig beim Anblick der eine faszinierend lebendige Sinnlichkeit ausstrahlenden Mädchen von Botticellis „Frühling". Aber auch vor diesem Gemälde hätte sie viel lieber gemeinsam mit Luca gestanden.

Einige Stunden später verließ Georgia, leicht benommen von den vielen Eindrücken, den Palazzo degli Uffizi und fand einen freien Tisch in einem der vielen Straßencafés. Sie bestellte einen Cappuccino und beschrieb die Postkarten, die sie gekauft hatte. Es bedrückte sie, dass James statt einer Beschreibung von Florenz ihren Abschiedsbrief bekam, den sie mitgebracht hatte, um ihn hier einzuwerfen.

Seufzend bestellte sie einen zweiten Cappuccino und machte sich dann auf den Weg zum Bargello, der früher ein Gefängnis gewesen war und jetzt mit seinen Skulpturen das Pendant zu den Uffizien bildete. Voller Bewunderung betrachtete sie die beeindruckenden Werke von Michelangelo und Donatello, die beide über achtzig geworden und stets mit Aufträgen eingedeckt gewesen waren, wie sie einer Tafel entnahm. Als sie Donatellos langhaarigen David in Bronze sah, verstand sie, weshalb.

Sie war mit ihrem Rundgang gerade fertig, als der Bargello schloss. Da sie leichtes Kopfweh hatte und auch der Knöchel zu schmerzen begann, entschied sie sich, früher als geplant mit dem nächsten Zug zurückzufahren.

Der Einfachheit halber nahm sie sich ein Taxi vom Bahnhof zurück zur Villa Toscana, statt anzurufen und darum zu bitten, man möge sie abholen. Als sie dort ankam, herrschte im Haus großer Aufruhr. Alessa lief ihr entgegen und warf sich ihr bitterlich weinend in die Arme, gefolgt von einer fast ebenso verzweifelten Pina.

„Signor Sardi wurde von Signor Luca ins Krankenhaus gebracht", teilte das Kindermädchen ihr mit.

„Ins Krankenhaus?", fragte Georgia erschrocken und drückte Alessa noch fester an sich. „Beruhige dich, mein Liebling."

„Papa ist krank", schluchzte Alessa und blickte Georgia flehentlich an. „Geht er jetzt zu Mama in den Himmel?"

„Aber nein, mein Schatz", sagte Georgia mit fester Stimme und hoffte, dass sie recht behielt.

„Aber Papa hatte große Schmerzen, und Dr. Fassi hat gesagt, er muss ins Krankenhaus." Das Kind barg das Gesicht an Georgias Schulter. „Als du krank warst, musstest du nicht weg."

„Was hältst du davon, dir von Pina das Gesicht waschen zu lassen, während ich kurz mit Elsa spreche?", schlug Georgia liebevoll vor. „Und dann trinken wir beide, du und ich, im Wintergarten zusammen Tee, mein Schatz."

Nur widerwillig ging Alessa mit Pina nach oben, und Georgia eilte in die Küche.

„Es sah aus wie ein Herzinfarkt", bestätigte die Haushälterin Georgias schlimmste Befürchtungen und stieß einen tiefen Seufzer aus. „Gott sei Dank war Signor Luca hier und hat sofort alles Nötige veranlasst. Ich bin froh, dass Sie jetzt schon gekommen sind."

„Ich hätte gar nicht wegfahren sollen", entgegnete Georgia bedrückt. „Florenz wäre mir nicht weggelaufen, aber Signor Sardi bestand …"

„Sie sind jetzt hier, und das genügt", unterbrach die Haushälterin sie energisch und rang sich ein Lächeln ab, da Alessa mit Pina in der Tür erschien. „Und jetzt werde ich Tee machen und vielleicht eine Kleinigkeit zum Essen. Sind Sie hungrig?"

Georgia schüttelte den Kopf und legte den Arm um das kleine Mädchen. „Nur Tee und ein paar von Ihren herrlichen Mandelkeksen. Komm, mein Schatz."

Sobald sie im Wintergarten waren, kletterte Alessa auf Georgias Schoß. „Ich möchte Papa sehen", klagte sie.

„Sobald der Arzt das erlaubt, kannst du ihn sehen", versprach Georgia und überredete sie, einen der Kekse zu essen, die Elsa inzwischen mit dem Tee gebracht hatte.

„Gut, dass Sie da sind", sagte Elsa und beobachtete, wie das Kind sich in Georgias Armen allmählich beruhigte.

„Ich werde wieder in mein altes Zimmer ziehen, um näher bei Alessa zu sein", entschied Georgia kurz entschlossen. Sichtlich froh, sich nützlich machen zu können, eilte Pina davon, um Georgias Sachen nach oben zu bringen.

Mittlerweile war Alessa, erschöpft von der Aufregung und den Tränen, an Georgias Schulter eingenickt, und Elsa vertraute Georgia in leisem Ton an, dass sie sich schon seit einiger Zeit um ihren Arbeitgeber gesorgt habe.

„Ich auch", erwiderte Georgia ebenso leise und strich Alessa beruhigend übers dunkle Haar. „Er hat in den letzten beiden Wochen fast nichts mehr gegessen."

Elsa nickte zustimmend. „Glücklicherweise war Luca hier. Er ist in Notfällen wie ein Fels in der Brandung." Sie lächelte ein wenig ironisch. „Das einzige Mal, da ich ihn den Kopf habe verlieren sehen, war, als Sie bewusstlos in seinen Armen lagen."

Georgia errötete, wich jedoch dem Blick der Haushälterin nicht aus. „Er wird natürlich jetzt wieder hier wohnen."

Elsa nickte. „Er hat keine andere Wahl, Alessa braucht ihn."

Ich auch, dachte Georgia. „Elsa", sagte sie hastig, „weiß Signora Valori Bescheid?"

Die Haushälterin schüttelte den Kopf. „Sie ist schon alt, und Signor Luca wollte lieber warten, bis ..."

„Bis es Signor Marco wieder besser geht", beendete Georgia mit zuversichtlicher Stimme den Satz.

Elsa nickte, und ihre Miene erhellte sich. „Ja. So, und jetzt werde ich mit dem Dinner anfangen."

Alessa schlief eine Weile und schreckte dann plötzlich hoch. Die Erleichterung, sich in Georgias Armen zu befinden, stand ihr im Gesicht geschrieben. „Papa?", fragte sie hoffnungsvoll.

„Noch nichts Neues vom ihm, mein Schatz." Georgia schob sie sanft von ihrem Schoß und stand auf. „Komm, Liebling, wir werden Pina suchen, damit sie dich badet, und hinterher lese ich dir eine Geschichte vor."

Folgsam machte sich Alessa an Georgias Hand auf die Suche nach Pina. Georgia bemühte sich, ihr die Zeit in der Badewanne so kurzweilig wie möglich zu vertreiben.

Plötzlich kam Elsa schnaufend und mit strahlendem Gesicht ins Bad. „Signor Luca hat angerufen und mitgeteilt, dass es deinem Papa schon viel besser geht. Er lässt dich herzlich grüßen und dir sagen, dass du ein sehr tapferes Mädchen bist."

Das Strahlen in Alessas Gesicht war so anrührend, dass Georgia trocken schluckte.

„Ich hab Hunger!", verkündete Alessa, und Elsa versprach, Pina mit einem dem Anlass entsprechenden Festmahl heraufzuschicken.

Es war schon nach neun, als Alessa endlich eingeschlafen war und Georgia sich duschen und umziehen konnte. Sie zog ihr grünes Minikleid an, warf noch einen Blick in Alessas Zimmer und ging dann nach unten, wo sie in der Halle auf Elsa stieß.

„Ich werde das Essen in wenigen Minuten im Wintergarten servieren", sagte die Haushälterin, die es sichtlich eilig hatte, in ihre

Küche zurückzukehren.

Bewaffnet mit einem Buch ging Georgia weiter und war froh, sich vor dem Dinner noch etwas entspannen zu können, indem sie einige Seiten las.

Als sie den Wintergarten betrat, wurde sie bereits erwartet. Luca Valori, elegant wie immer, aber mit müdem Gesicht, erhob sich höflich.

„Elsa meinte, du würdest bereits wissen, dass ich während Marcos Aufenthalt im Krankenhaus hier wohnen werde“, sagte er ohne Umschweife oder ein Wort der Begrüßung. „Ich habe keine andere Wahl.“

„Selbstverständlich nicht.“ Georgia befeuchtete nervös ihre Lippen. „Ich hatte kein Recht zu fordern, dass du weggehst. Aber das ist jetzt nicht weiter wichtig. Wie geht es Signor Sardi?“

Luca rückte ihr einen Stuhl zurecht und wartete, bis sie sich gesetzt hatte. „Es geht ihm schon besser. Es war nicht, wie befürchtet, ein Herzinfarkt, sondern eine Entzündung der Speiseröhre.“

Georgia stieß einen lauten Seufzer der Erleichterung aus. „Mir fällt ein Stein vom Herzen! Mein Vater hatte vor einem Jahr dasselbe. Es ist die Vorstufe zu einem ...“ Sie suchte nach dem richtigen Wort, und Luca lächelte.

„Magengeschwür“, ergänzte er. „Es kommt von zu viel Stress.“

Georgia lächelte ihn so strahlend an, dass seine blauen Augen aufleuchteten. „Er musste eine winzige Kamera schlucken“, sagte er und schnitt ein Gesicht.

Georgia nickte. „Ich weiß nicht, wie es auf Italienisch heißt, aber bei uns nennt man das eine Endoskopie. Man kann auf dem Bildschirm sehen, an welcher Stelle sich die Entzündung befindet. Mein Vater musste Diät halten und verschiedene Medikamente nehmen. Wenn man sich daran hält, ist es nicht weiter gefährlich.“

„Bei Marco wird es ähnlich sein.“ Luca sprang jäh auf. „Bitte verzeih mir, dass ich dir noch nichts zu trinken angeboten habe. Ich dachte, wir könnten die gute Nachricht mit Champagner feiern.“

„Ich muss zuerst etwas essen“, entschuldigte sie sich. „Seit dem Frühstück habe ich außer zwei Cappuccinos und einer Tasse Tee nach meiner Rückkehr nach Hause nichts mehr zu mir genommen.“

Luca sah sie forschend an, dann lächelte er. „Das freut mich.“

„Dass ich nichts gegessen habe?“

Er schüttelte den Kopf. „Nein, dass du die Villa Toscana als dein Zuhause betrachtest – trotz allem, was passiert ist.“

9. KAPITEL

Beim anschließenden Dinner tat Georgia ihr Bestes, um zwischen ihnen eine möglichst unbefangene Atmosphäre zu schaffen, und Luca half ihr dabei. In ihrer Erleichterung darüber, dass Marco Sardis Erkrankung weniger gefährlich war als angenommen, ließen sie sich Elsas berühmtes *bistecca fiorentina* schmecken. Der Chianti, den sie dazu tranken, hatte ein so herrliches Bukett, dass Georgia alle Vorsicht in den Wind schlug und sich zu einem zweiten Glas verleiten ließ, trotz des zusätzlichen Glases Champagner, das sie auf Marcos Genesung getrunken hatte.

Sie unterhielten sich über die Gemälde und Skulpturen, die Georgia in Florenz gesehen hatte, über Renovierungsarbeiten in Lucas Haus und die sich häufenden Bestellungen für den Supremo. Es war, als hätte es den Vorfall in Emilia Valoris Schlafzimmer nie gegeben.

„Du warst also heute in Florenz, ohne Michelangelos David gesehen zu haben", neckte Luca sie lächelnd, als sie beim Kaffee angelangt waren.

Georgia nickte reumütig. „Ich wollte ihn mir als Krönung des Tages aufheben, aber nach dem Besuch des Bargello war ich todmüde, und mein Knöchel tat weh. Deshalb nahm ich den nächsten Zug zurück."

„Es muss ein Schock für dich gewesen sein, als du hier angekommen bist und gehört hast, was mit Marco war."

„Das kann man wohl sagen." Sie schüttelte sich. „Die arme Alessa war in einer schrecklichen Verfassung und überzeugt, ihr Papa würde sterben, genau wie ihre Mama."

Mit finsterer Miene betrachtete Luca seine Kaffeetasse. „Er hatte solche Schmerzen, dass ich offen gesagt ihre Befürchtungen teilte." Er hob den Kopf und sah Georgia lächelnd an. „Zum Glück waren sie unbegründet, und wir können beruhigt schlafen."

Sie nickte. „Und falls Alessa doch aufwacht, werde ich sie hören."

„Dann bist du also wieder nach oben gezogen?"

„Ja."

„Du konntest es wohl in dem anderen Zimmer nicht länger aushalten?"

Er hatte das Gesicht abgewandt, und sie betrachtete ihn von der Seite. „Das stimmt nicht. Auf Dr. Fassis Rat hin bin ich bis heute unten geblieben, aber nun finde ich es besser, neben Alessa zu schlafen, falls sie mich nachts braucht."

„Dann ist es also reiner Zufall, dass du nach oben gezogen bist?"

„Absolut."

Er zog spöttisch eine Braue hoch und hielt ihr stumm die leere Tasse hin.

Georgia schenkte ihm mit bewundernswert ruhiger Hand Kaffee nach. „Du solltest nicht mehr so viel Kaffee trinken um diese Zeit."

„Ich schlafe neuerdings sowieso schlecht, mit oder ohne Kaffee", sagte er mit plötzlicher Heftigkeit und trank die Tasse in einem Zug leer.

Georgia erhob sich hastig. „Es ist schon spät. Zeit, ins Bett zu gehen. Gute Nacht."

Luca stand ebenfalls auf und betrachtete sie finster. „Ich werde morgen Alessa nach Pisa mitnehmen und mit ihr Marco besuchen. Ruh dich in ihrer Abwesenheit aus, Georgia. Du siehst erschöpft aus."

„Es war ja auch ein anstrengender Tag."

„Wie wahr." Er verbeugte sich leicht. „Gute Nacht. Ich werde mir wohl besser den Wunsch verkneifen, dich zu deinem Zimmer zu begleiten."

Sie biss sich auf die Lippe, dann streckte sie ihm spontan die Hand hin. „Luca, können wir nicht vergessen, was geschehen ist, und versuchen, bis zu meiner Abreise wie Freunde miteinander umzugehen? Um Alessas willen."

Er führte ihre Hand an die Lippen und küsste sie. „Wie du meinst, Georgia", meinte er lächelnd. „Nur ein Narr würde einer schönen Frau die Freundschaft verweigern. Und ich mag zwar alles Mögliche sein, aber kein Narr." Er verzog den Mund. „Bis auf eine Ausnahme natürlich."

Georgia entzog ihm ihre Hand. „Ich wiederhole es noch einmal, Luca: Vergessen wir, was war. Gute Nacht."

Am nächsten Morgen saß Luca bereits am Frühstückstisch, als Georgia mit Alessa nach unten kam. Mit der guten Nachricht, dass er bereits mit Marco telefoniert und dieser gesagt habe, er freue sich schon auf Alessas Besuch, gelang es ihm, ein strahlendes Lächeln auf Alessas Gesicht zu zaubern.

Durch das fröhliche Geplapper des kleinen Mädchens kam zwischen den beiden Erwachsenen während des Frühstücks keine Spannung auf. Später schwammen sie alle drei im Pool und aßen hinterher einen kalten Lunch im Park.

„Luca sagt, dass du dich ausruhen musst, während wir weg sind", meinte Alessa.

„Sein Wunsch ist mir Befehl", erwiderte Georgia gespielt demütig, und sowohl Luca als auch Alessa lachten.

„Ich hätte noch mehr Wünsche", sagte Luca wenig später zu Georgia, als Alessa mit Pina ins Haus gegangen war, um sich umzuziehen.

„Du weißt genau, wie das vorhin gemeint war", antwortete Georgia.

„Ich weiß nie, wie du etwas meinst!"

„Dabei bin ich sehr leicht zu verstehen."

„Ich auch."

„Dann dürfte es ja bis zu meiner Abreise keine Verständigungsschwierigkeiten mehr zwischen uns geben."

„Vielleicht nicht." Luca lächelte. „Aber ich glaube, du solltest wissen, dass ich jedes Wort ernst gemeint habe, Georgia."

Sie musterte ihn argwöhnisch. „Wovon sprichst du?"

„Dass ich mir immer noch wünsche, dein Liebhaber zu werden, unabhängig davon, dass ich dein Freundschaftsangebot akzeptiert habe. Ich begehre dich sogar noch mehr als zuvor."

„Was soll das heißen?"

Er ließ lässig den Autoschlüssel an seinem schlanken Zeigefinger hin und her schwingen und sah sie dabei lächelnd an. „Ich bin besessen von dem Verlangen, dir zu zeigen, wie wundervoll die körperliche Liebe zwischen Frau und Mann sein kann." Seine Augen schimmerten plötzlich warm. „Ich empfinde deinen überraschenden Mangel an Erfahrung als Herausforderung, deine Erziehung auf diesem Gebiet zu vervollkommnen, Englischlehrerin. Genau das hält mich nachts wach, nicht der Kaffee."

Georgia wurde über und über rot, musste sich jedoch eine Antwort verkneifen, da Alessa hüpfend aus dem Haus kam.

„Ich bin fertig, ich bin fertig!", rief das Kind und hielt Georgia die Wange zum Kuss hin. Dann griff es nach der Hand seines Onkels. „Bis später, Georgia."

„Bis später, mein Schatz", sagte Georgia und rang sich ein Lächeln ab. „Richte deinem Vater herzliche Grüße von mir aus."

Lucas Augen funkelten vor verhaltenem Lachen. „Ruh dich gut aus, Georgia", sagte er sanft, und sie musste sich beherrschen, um ihn nicht zu ohrfeigen. Zähneknirschend blickte sie ihm hinterher, als er mit Alessa fröhlich pfeifend zum Wagen ging.

Georgia kochte vor Wut und hätte es jetzt in ihrem Zimmer nicht ausgehalten. Deshalb legte sie sich auf einen im Schatten stehenden Liegestuhl und versuchte sich zu beruhigen. Natürlich ging es Gianluca Valori nur darum, ihr als bester Liebhaber aller Zeiten in Erinnerung zu bleiben. Das war ihm bereits jetzt gelungen, doch er würde es nie erfahren, das schwor sie sich.

Sie war ehrlich genug, sich einzugestehen, wie sehr er sie schon verzaubert hatte. Sie fand ihn in jeder Beziehung unwiderstehlich, sexy und aufregend. Ganz anders als alle Männer, die sie bisher kennengelernt hatte. Aber auf keinen Fall wollte sie sich in ein kurzes Abenteuer mit ihm stürzen. Es gab genügend Gründe, die dagegen sprachen.

Als Pina ihr den Nachmittagstee brachte, berichtete sie, Signor Luca habe angerufen und mitgeteilt, dass er mit Alessa noch einen Besuch bei Signor Sardis Schwester machen und etwas später kommen werde.

Georgia war froh darüber. Sie gönnte sich ein weiteres kühles Bad im Pool, las ein bereits angefangenes Buch zu Ende und machte den wöchentlichen Anruf bei ihren Eltern. Hinterher fühlte sie sich sonderbar ruhelos und vergeudete viel Zeit damit, aus ihrer kleinen Garderobe ein Kleid für das Dinner auszusuchen und sich zurechtzumachen. Obwohl sie es ablehnte, Luca Valoris neueste Gespielin zu werden, war sie doch eitel genug, um beim abendlichen Dinner zu zweit gut aussehen zu wollen.

Doch dann wurde Franco gebeten, Alessa bei ihrer Tante abzuholen. Luca, hieß es, sei in die Fabrik gerufen worden.

An einem Sonntagabend? Ziemlich unwahrscheinlich, dachte Georgia bissig, während sie nur mit einem Ohr Alessas Bericht über den Besuch im Krankenhaus lauschte. Sie bezweifelte nicht, dass Luca gerufen worden war, aber wohl eher von einer Dame, die sich etwas entgegenkommender zeigte als Alessas Englischlehrerin.

„Der Doktor sagt, dass Papa viel Ruhe braucht“, erzählte Alessa. „Deshalb muss er noch ein paar Tage im Krankenhaus bleiben. Aber es geht ihm schon viel besser, Georgia.“

Da sie sich so viel Mühe mit ihrem Aussehen gemacht hatte, entschied sich Georgia, nachdem sie Allessa ins Bett gebracht hatte, lieber allein unten zu essen als auf ihrem Zimmer.

In der stillen Abgeschiedenheit des Wintergartens saß sie einsam und verlassen an dem prachtvoll gedeckten Tisch und stocherte lustlos in ihrem Essen herum, während sie in Gedanken wilde Spekulationen darüber anstellte, wo und mit wem Luca jetzt wohl zu Abend aß.

Wütend über ihren völlig irrationalen Anfall von Eifersucht und trotzig entschlossen, sich den Abend nicht durch Lucas Abwesenheit verderben zu lassen, machte sie nach dem Essen noch einen Spaziergang durch den Park. Grimmig betrachtete sie den mit Sternen übersäten Nachthimmel, als sie plötzlich einen Wagen näher kommen hörte. Sie erkannte das unverwechselbare Motorengeräusch des Supremo, und ihr Herz begann schneller zu schlagen.

Ohne zu überlegen, lief Georgia ins Haus, dann verlangsamte sie ihren Schritt und schlenderte betont lässig in die Eingangshalle, wo Luca im Begriff war, die Treppe hochzustürmen. Zu ihrer Verblüffung war seine Kleidung völlig verschmutzt.

„Du warst tatsächlich in der Fabrik?", platzte sie heraus und hätte sich die Zunge abbeißen mögen, als sie seine weißen Zähne in dem schmutzigen Gesicht aufblitzen sah.

„Hast du daran gezweifelt?", fragte er spöttisch lächelnd.

Sie zuckte die Schultern. „Es schien mir ziemlich ungewöhnlich, an einem Sonntagabend."

„Wir hatten einen kleinen Brand in der Fabrik. Nichts Ernstes. Ich habe beim Löschen geholfen."

„Nicht die Feuerwehr?"

„Die kam auch, aber da hatten wir die Flammen schon unter Kontrolle. Wir sind auf solche Unfälle vorbereitet." Seine Miene wurde ernst. „Jemand hat das Nichtraucherschild missachtet."

Nun kam auch Elsa aus der Küche und stieß bei Lucas Anblick einen leisen Schrei aus. „Luca! Was ist passiert?"

Er erklärte es ihr, und sie befahl ihm, sofort diese dreckigen Sachen auszuziehen und sich zu duschen, ehe sie wieder eiligst in der Küche verschwand.

Luca lächelte trocken. „Du wirst über mein vertrauliches Verhältnis zum Personal sicher verwundert sein."

„Nein." Georgia schmunzelte. „Ich weiß nicht, wie man mit Personal umgeht, weil wir zu Hause keines haben."

„Elsa war schon vor meiner Geburt bei uns. Sie ist fast wie eine Angehörige Sie ist in mancher Hinsicht sehr eigenwillig, aber von einer unerschütterlichen Loyalität ..."

„Und ist sogar noch am späten Sonntagabend um dein leibliches Wohl besorgt!“

„Es wäre sinnlos, sie davon abhalten zu wollen“, sagte Luca. „Außerdem sterbe ich vor Hunger. Bitte entschuldige mich jetzt, ich muss unter die Dusche.“ Er drehte sich auf halber Treppe noch mal um. „Leistest du mir Gesellschaft, während ich esse? Oder bist du dazu schon zu müde?“

Es wäre ein Leichtes gewesen, Müdigkeit vorzuschützen, aber Georgia wollte keine erneute Unstimmigkeit aufkommen lassen. Zumindest redete sie sich das ein. „Nein.“

„Nein, du willst nicht bleiben oder nein, du bist nicht müde?“

„Ich bin nicht müde“, sagte sie wahrheitsgemäß. „Wenn du es wünschst, leiste ich dir Gesellschaft.“

„Danke. Ich bin in zehn Minuten unten.“

Georgia sah ihm nach, wie er, zwei Stufen auf einmal nehmend, nach oben eilte, und ging nachdenklich in den Wintergarten zurück. Sie wollte zwar keine Liebesaffäre mit Luca, aber deshalb brauchte sie sich nicht das Vergnügen seiner Gesellschaft zu versagen.

Er erschien in weniger als zehn Minuten im Wintergarten, das schwarze Haar noch feucht, und trank erst eine Unmenge Mineralwasser, ehe er sich ein Glas Wein genehmigte. „Es war eine Arbeit, die durstig macht, aber Gott sei Dank wurde niemand verletzt.“

„Du scheinst für euer Personal große Verantwortung zu empfinden“, stellte Georgia fest.

„Wir haben nicht sehr viele Arbeiter, aber viele von ihnen sind schon in der zweiten Generation bei uns.“ Luca lächelte. „Natürlich fühle ich mich für sie ebenso verantwortlich wie schon zuvor mein Vater. Traurig genug, dass er starb, als ich noch zur Schule ging, und Maddalena die Verantwortung für den Betrieb übernehmen musste, bis ich alt genug war, um sie zu entlasten.“

„Und was ist mit deiner Mutter?“, erkundigte sich Georgia zögernd. „Ich möchte nicht in deiner Familiengeschichte herumschnüffeln, aber starb sie ebenfalls jung?“

„Bei meiner Geburt“, antwortete er kurz angebunden. „Genau wie Maddalena, als ihr Sohn geboren wurde.“

Georgia sah ihn bestürzt an. „Tut mir leid, ich hätte nicht fragen sollen.“

„Warum nicht? Es ist kein Geheimnis.“ Luca schien erleichtert, als nun Elsa mit einem üppig beladenen Tablett in den Händen erschien.

„Nur gut, dass ich etwas für dich aufgehoben habe“, sagte Elsa brummelnd. „Warum überlässt du die Dreckarbeit nicht anderen, Luca?“

„Weil ich gerade die am meisten liebe“, entgegnete er mit jungenhaftem Lachen und griff nach dem Besteck. „Und jetzt lass mich in Frieden essen, Weib. Ich bin zu alt für deine Strafpredigten.“

Elsa schnaufte verächtlich, ließ den Blick aber liebevoll auf ihm ruhen, ehe sie sich anschickte, für Georgia Tee zu holen.

„Hängt dir dieser viele Tee nicht manchmal zum Hals raus?“, wollte Luca wissen.

Georgia schmunzelte. „Offen gesagt schon, aber Elsa ist überzeugt, dass wir Briten nichts anderes trinken, und ich habe nicht das Herz, sie eines Besseren zu belehren. Sag mir“, fuhr sie fort, „wird Signor Sardi wirklich schon bald wieder aus dem Krankenhaus entlassen, wie Alessa behauptet?“

Luca versicherte ihr, dass Marco nach einigen Tagen der Ruhe wieder nach Hause kommen werde. „Allerdings muss er strenge Diät halten. Keinen Wein oder sonstigen Alkohol, weder Kaffee noch Essig im Salat und keine Zitrusfrüchte.“

Georgia nickte. „Um die Magensäure zu verringern.“

Luca verzog angeekelt das Gesicht. „Der Arme tut mir jetzt schon leid. Er liebt Wein und Kaffee, aber ich habe ihm gesagt, dass er schon Alessas wegen dieses Opfer bringen müsse.“

Nach dem Essen schlug Luca einen Spaziergang im Park vor. „Um meine Lungen vom Rauch zu befreien“, sagte er und hüstelte.

Georgia war einverstanden. „Man hat das Gefühl, als wären die

Sterne einem hier näher", meinte sie, während sie über den gepflegten Rasen schlenderten.

„Italien liegt eben um einiges südlicher als dein Land." Luca atmete tief durch. „Wo ich wohne, ist es kühler, weil mein Haus weiter oben in den Bergen liegt. Willst du mich nicht einmal dort besuchen, ehe du abreist, Georgia? Wenn du willst, kannst du Alessa als Anstandsdame mitbringen."

„Gut, dann komme ich. Bist du mit deinen Arbeiten am Haus fertig?"

Er zuckte die Schultern. „Es war nicht viel zu tun. Mein Schlafzimmer wurde neu gestrichen, und an der Fassade gab es einige Ausbesserungsarbeiten. Mein Haus ist nicht so exklusiv wie die Villa hier. Es ist ein ehemaliger Bauernhof, und ich möchte seinen Charakter bewahren."

„Klingt interessant. Charlotte und Tom haben auch auf einem Bauernhof hier in der Nähe ..." Georgia verstummte jäh und wünschte, Toms Namen nicht erwähnt zu haben, als Luca sie am Arm packte und zum Stehenbleiben zwang. Das leise Plätschern des nahe vorbeifließenden Baches vermittelte eine Illusion von Kühle, doch Lucas Finger brannten heiß auf ihrer Haut. Georgia bewegte sich nicht, sondern atmete den würzigen Duft von Gras und Blumen ein und wusste, dass sie sich für immer an diesen Augenblick erinnern würde.

„Sag mir, dass du diesen James nicht liebst", befahl Luca, und Georgia seufzte, wissend, dass sie ihn nicht belügen konnte.

„Wahrscheinlich nicht", gestand sie widerwillig. „Zumindest nicht auf die Art, wie du es meinst."

„Es gibt nur eine Art", flüsterte er. „Diese hier." Er zog sie in seine Arme und küsste sie, und Georgia schmiegte sich an ihn, als er ihr eine Hand auf den Rücken legte und mit der andern ihr Gesicht umfasste. Sein zärtlicher, verführerischer Kuss weckte in ihr ein so drängendes Verlangen, dass sie ihm die Arme um den Hals legte und ihr Körper weich und nachgiebig wurde. Was sanft begonnen hatte, schlug schnell in heftige Leidenschaft um, und bald waren sie beide außer Atem. Luca presste Georgia noch enger an sich und barg aufstöhnend das Gesicht in ihrem Haar.

„Ich begehre dich so sehr, Georgia“, sagte er so leise, dass sie seine Worte mehr erriet als hörte.

„Ich weiß.“

„Und du sehnst dich nicht nach mir?“

Sie zögerte mit der Antwort so lange, bis er den Kopf hob und ihr einen Finger unters Kinn legte, um ihr ins Gesicht zu sehen. „Willst du mir mit deinem Schweigen sagen, dass du nichts für mich empfindest, obwohl ich weiß, dass es nicht so ist? Ich weiß, wann eine Frau unter meiner Berührung erbebt und sich ihre Lippen wie eine Blume unter meinen öffnen.“

„Ich weiß, dass du es weißt, und genau das ist mein Problem.“

„Dein Problem?“ Er hielt sie von sich ab und studierte ihr Gesicht. „Ich kann dich im Dunklen nicht richtig sehen“, sagte er und verstärkte den Griff um ihre Arme. „Was meinst du?“

„Dass du zu viel über Frauen weißt, was bei deinem Aussehen und deinem Ruf nicht verwunderlich ist.“

„Meinem Ruf?“, wiederholte er erbost.

„Als Rennfahrer“, sagte Georgia hastig. „Wahrscheinlich haben dir damals die Frauen zu Füßen gelegen, wegen deiner Berühmtheit, deiner Ausstrahlung, deines Sex-Appeals und wie immer man es nennt.“

„Was immer es ist, dich lässt es jedenfalls kalt“, erwiderte er mit finsterer Miene und ließ sie los.

„Nein.“ Sie seufzte. „Sosehr ich es mir auch wünschte. Aber in zwei Wochen fliege ich nach England zurück, und bald darauf werde ich wieder in Venedig unterrichten.“ Unvermittelt wechselte sie ins Englische, um sich unmissverständlich klar auszudrücken. „Auch wenn es keinen James gäbe, könntest du nicht mein Liebhaber werden. Du bist hier in Italien zu bekannt, und ich würde meinen Job an der Schule verlieren, wenn ich deine neueste Gespielin würde.“

„Gespielin?", wiederholte er voller Abscheu.

„Oder wie immer du deine Damen nennst", sagte sie mit unverblümter Direktheit. „Ich müsste eine Nonne sein, wenn ich an einem warmen Sommerabend unter eurem sternenübersäten Himmel nicht auf dich reagierte. Aber wir beide, du und ich, entstammen verschiedenen Welten, und ich möchte mich nicht mit dir einlassen, Luca. Du hast zugestimmt, dass wir Freunde seien. Willst du dein Wort brechen?"

Luca atmete tief durch und schüttelte den Kopf. „Nein", sagte er müde. „Du hast gewonnen, Georgia. Wenn es Freundschaft ist, was du willst, dann werde ich dich nicht mehr anfassen." Er fuhr sich durchs zerzauste Haar. „Schon deshalb nicht, weil es mich wahnsinnig macht, dich zu berühren und dann immer wieder zurückgewiesen zu werden. Noch nie habe ich eine Frau so sehr begehrt wie dich."

„Das tust du nur, weil du mich nicht haben kannst, Luca", sagte sie sanft, drehte sich um und ging allein zum Haus zurück, gequält von dem Gedanken, einen nicht wiedergutzumachenden Fehler begangen zu haben.

10. KAPITEL

Von nun an sah Georgia Luca sehr wenig, da er wegen Marcos Abwesenheit mehr Zeit als sonst in der Firma verbrachte. Es gab weder gemeinsame Dinners noch Mondscheinspaziergänge im Park. Sie wechselten nur ein paar belanglose Worte, wenn er spätabends heimkam. Georgia redete sich ein, darüber froh zu sein, weil es die Dinge während der letzten Tage ihres Aufenthalts wesentlich vereinfachte.

Nach einer knappen Woche wurde Marco entlassen. Luca fuhr ihn nach Hause, verbrachte auf Alessas Wunsch den Nachmittag in der Villa und verabschiedete sich von Georgia mit einem höflichen, unpersönlichen Lächeln, ehe er wieder in sein Auto stieg.

Marco Sardi sah um vieles besser aus, und zur Feier seiner Rückkehr wurde das Dinner vorverlegt, sodass auch Alessa mitessen konnte. Außerdem erwartete man Signora Valori.

„Sie isst auch lieber gern etwas früher", erklärte Marco. „Anders als Luca, der gern so spät wie möglich diniert. Er vertritt mich heute bei einem Geschäftsessen in Florenz."

Die Aussicht, mit Emilia Valori am Tisch zu sitzen, und das auch noch in Lucas Abwesenheit, ängstigte Georgia. Sie war gerade dabei, sich dafür umzuziehen, als Pina an ihre Tür klopfte und ihr ausrichtete, dass Signor Sardi sie bitte, vor dem Abendessen in sein Arbeitszimmer zu kommen. Georgia band sich das Haar mit einer schwarzen Samtschleife zusammen, stopfte die bernsteinfarbene Seidenbluse unter den Bund des engen schwarzen Leinenrocks und ging nach unten.

Sie klopfte an die Tür des Arbeitszimmers und trat lächelnd ein. „Sie wünschen mich zu sehen, Signor Sardi?"

Er trug einen hellen Leinenanzug, ein Polohemd und sah wesentlich jünger aus als vor seinem Krankenhausaufenthalt. Lächelnd stand er auf und wies auf den Stuhl vor seinem Schreibtisch.

„Bitte nehmen Sie Platz, Georgia." Er setzte sich ebenfalls. „Ich wollte Ihnen dafür danken, wie liebevoll Sie Alessa während meiner Abwesenheit umsorgt haben. Sie bei Ihnen, Elsa und Pina in guten Händen zu wissen hat mir den Aufenthalt im Krankenhaus wesentlich erleichtert."

„Das war doch selbstverständlich", erwiderte Georgia leise.

Er musterte sie nachdenklich. „Und nun möchte ich an Ihre Freundlichkeit appellieren und Sie um einen großen Gefallen bitten."

„Wenn ich es kann, helfe ich Ihnen gern."

„Wäre es möglich, dass Sie Ihren Aufenthalt bei uns noch etwas verlängern? Wenn Sie bleiben könnten, bis Alessas Schule anfängt, wäre ich Ihnen zutiefst dankbar."

„Ich dachte, Sie würden Ende August mit Alessa nach England abreisen?", fragte Georgia erstaunt.

„Das haben mir meine Ärzte verboten, weshalb wir die Eröffnung unserer Londoner Filiale auf nächstes Jahr verschoben haben."

„Ich verstehe." Georgia betrachtete ihre im Schoß gefalteten Hände. „Eigentlich wollte ich noch einige Tage bei meinen Eltern verbringen."

„Natürlich, natürlich", meinte er lächelnd. „Da ich auf den Rat meiner Ärzte hin noch einige Tage zu Hause bleiben muss, könnten Sie vielleicht dieses Wochenende heimfliegen. Ich habe mit der Leiterin Ihrer Schule in Venedig gesprochen, und sie gibt Ihnen die erste Woche des beginnenden Schuljahres frei, sodass Sie, wenn Sie die Villa endgültig verlassen, erneut zu Ihren Eltern fliegen könnten." Er lächelte, wie um Entschuldigung bittend. „Ich hielt es für besser, erst die Genehmigung Ihrer Schule einzuholen, ehe ich Ihnen mein Plan unterbreitete."

Georgia hatte nicht das Herz, Nein zu sagen. „Na gut, wenn Sie wirklich wollen, dass ich noch bleibe."

Er stand auf und hielt ihr die Hand hin. „Ich kann Ihnen nicht genug danken, Georgia. Und nun folgen Sie mir bitte in den Wintergarten. Emilia erwartet uns bereits."

Zu Georgias Erleichterung verlief das Dinner mit Signora Valori ohne Peinlichkeiten. Hinterher blieben die beiden Frauen allein im Wintergarten zurück, da Alessa ins Bett musste und Marco Sardi im Park die ihm von seinen Ärzten täglich erlaubte Zigarre rauchte.

„Es freut mich, das Kind so glücklich zu sehen, Georgia", sagte Emilia Valori. „Und ich bin Ihnen sehr dankbar dafür, dass Sie noch etwas länger bleiben."

„Man kann es nicht gerade als Strafe bezeichnen, in einer so wundervollen Umgebung ein aufgewecktes Kind wie Alessa zu unterrichten", antwortete Georgia trocken.

„Sicher, meine Liebe." Die alte Dame blickte sie forschend an. „Aber nach dem Vorfall mit Luca dachte ich, Sie wären froh, baldmöglichst wegzukönnen."

Georgia erwiderte den Blick, ohne mit der Wimper zu zucken. „Wie ich schon sagte, handelte es sich mehr um ein Missverständnis, das wir aber mittlerweile geklärt haben. Luca und ich haben uns geeinigt, Freunde zu sein."

„Freunde?", wiederholte Emilia Valori ironisch. „Und damit gibt Luca sich zufrieden?"

Georgia lächelte gezwungen. „Mehr oder weniger."

„Nach meinen Erfahrungen ist reine Freundschaft zwischen einer schönen Frau und einem heißblütigen Mann außerordentlich schwierig, mein Kind. Selbst wenn die körperliche Anziehung nur einseitig ist." Die alte Dame lächelte und fügte augenzwinkernd hinzu: „Sie fühlen sich also nun nicht zu meinem Enkel hingezogen?"

„Leider ja." Georgia lächelte reumütig. „Aber ich gebe diesem Gefühl nicht nach. Wir beide, er und ich, kommen aus verschiedenen Kulturkreisen."

„Und Sie gehören verschiedenen Religionen an."

„Das nicht. Ich bin ebenfalls katholisch, wenngleich nicht so religiös wie meine Eltern."

„Weiß Luca das?"

„Nein. Es bestand überhaupt kein Anlass, es ihm oder sonst jemandem zu erzählen, Signora."

„Und auch mich geht es nichts an, aber der Respekt vor meinem Alter verbietet Ihnen, es mir ins Gesicht zu sagen", meinte die alte Dame mit einem vergnügten Lachen.

Georgia genoss den kurzen Aufenthalt zu Hause bei Ihren Eltern. Am Sonntag kamen Charlotte und Tom zum Lunch, und sie musste einige Neckereien wegen des feindseligen Italieners über sich ergehen lassen, ehe Charlotte vor versammelter Familie verkündete, dass sie schwanger sei.

„Ich habe es schon damals in Florenz vermutet", sagte sie, als Georgia sie umarmte. „Aber ich wollte ganz sicher sein, deshalb habe ich nichts gesagt."

„Dann warst also du an allem schuld", wandte Georgia sich lachend an Tom.

Er grinste. „Das hoffe ich doch."

Die wenigen Tage in England waren wie im Flug vergangen, und Georgia fühlte sich einsam und verlassen, als sie in Pisa die Ankunftshalle betrat. Dann sah sie ein ihr nur allzu vertrautes Gesicht, und ihr Puls beschleunigte sich.

Lucas große Gestalt überragte alle Wartenden. Ihre Blicke trafen sich, und er bahnte sich einen Weg zu Georgia und nahm ihr die Reisetasche ab. „Willkommen in Italien, Georgia. Ich musste geschäftlich nach Pisa und konnte so Franco die Fahrt hierher abnehmen. War es schön zu Hause?"

„Ja, sehr", erwiderte sie etwas atemlos, verärgert über ihre Freude, ihn zu sehen. „Am liebsten wäre ich dageblieben."

Luca runzelte finster die Stirn, während sie zum Ausgang gingen. „Du wolltest nicht mehr zurückkommen?"

„Doch, sicher. Allein um Alessas willen."

„Aber meine Gefühle sind dir egal?", beschwerte er sich und schloss den schwarz glänzenden Supremo auf. Er verstaute ihre Reisetasche im Kofferraum, war Georgia beim Einsteigen behilflich und setzte sich hinters Steuer. Überwältigt von seiner Nähe, musterte Georgia ihn verstohlen von der Seite.

Sie sah den dunklen Bartschatten an seinem frisch rasierten Kinn, roch den schwachen Zitrusduft seines Aftershaves, und als er nun seine Wildlederjacke nach hinten warf, streifte er mit der Hand ihre Schulter. Ein angenehmer Schauer durchrieselte sie. So viel zu unserer platonischen Freundschaft, dachte sie trocken. Ich hätte nicht zurückkommen dürfen.

Auf der Fahrt unterhielten sie sich wie zwei Menschen, die sich nur flüchtig kannten. Erst als sie in die zur Villa führende Straße einbogen, sah Luca sie mit einem gefühlvollen Blick von der Seite an. „Du hast mir gefehlt, Georgia."

„Du bist doch sowieso kaum zu Hause."

„Dann hast du mich also ebenfalls vermisst", stellte er triumphierend fest und lächelte.

„Sicher. Jeder in der Villa Toscana vermisst dich, wenn du nicht da bist", entgegnete sie sachlich, doch sein Lächeln vertiefte sich noch, als er den Wagen über den Kiesweg zum Haus lenkte.

Georgia war kaum ausgestiegen, da rannte auch schon eine kleine Gestalt auf sie zu und umarmte sie und küsste sie. Angesichts dieser stürmischen Begrüßung durch Alessa war Georgia froh, zurückgekommen zu sein.

Während sie alle drei zum Haus gingen, griff das Kind nach Georgias Hand und sagte stolz in fehlerfreiem Englisch: „Willkommen daheim, Georgia. Ich habe dich sehr vermisst."

„Was für ein kluges Mädchen!", lobte Georgia, der in der Eingangshalle auch von Elsa und Pina ein so begeisterter Empfang bereitet wurde, als wäre sie nicht fünf Tage, sondern fünf Jahre weg gewesen, wie Marco Sardi amüsiert meinte, als er sie ebenfalls willkommen hieß.

Beim Ankleiden für das Dinner beschloss Georgia nun, da sie zurück war, jeden Tag so zu nehmen, wie er kam, und ihren restlichen Aufenthalt in der Villa zu genießen als eine Zeit, an die sie sich später gern erinnern würde. Ein löblicher Vorsatz, dachte sie ironisch. Aber wie würde es wirklich sein, wenn sie von hier wegging?

Es war schön, wieder in Gesellschaft der beiden Männer zu dinieren, über Marco Sardis Murren zu lachen, als Elsa ihm das auf ihn abgestimmte Diätessen servierte. Interessiert hörte sie ihren Tischgenossen zu, als diese ihr von einer neuen politischen Krise in Italien berichteten, und erzählte ihnen dann von einer Opernaufführung im Fernsehen, die sie zu Hause gesehen hatte.

„Wie geht es Ihrer Familie?“, erkundigte sich Marco.

„Danke, sehr gut. Vor allem meiner Schwester. Sie erwartet ein Baby ...“ Georgia biss sich auf die Lippe, doch Marco schüttelte den Kopf.

„Schon gut, Georgia. Das Leben geht weiter, und Babys werden geboren. Ihr Schwager ist sicher sehr glücklich über die Neuigkeit?“

Georgia nickte und vermied es, Luca anzusehen. „Und meine Eltern auch.“

Nach dem Dinner entschuldigte sich Marco, dass er ins Bett müsse. „Ich stehe noch unter Aufsicht“, scherzte er. „Luca ist ein strenger Arbeitgeber und hat mir angedroht, ich dürfe nicht nach Valorino zurückkommen, wenn ich mich nicht an die ärztlichen Anordnungen halte.“

Luca nickte grimmig. „Ich habe Dr. Fassi versprochen, darauf zu achten, dass du deine Diät einhältst und genügend Ruhe bekommst. Deshalb also gute Nacht, Marco. Schlaf gut.“

„Das Wetter eignet sich heute nicht zu einem Spaziergang“, sagte Luca zu Georgia, nachdem sein Schwager gegangen war. „Bleib ein wenig bei mir sitzen. Es ist noch zu früh fürs Bett.“

Georgia setzte sich in die Ecke eines Sofas und lauschte dem auf das Glasdach prasselnden Regen. Einen Moment lang stand Luca vor ihr und betrachtete sie, als wolle er ihr Bild in sich aufnehmen.

Dann setzte er sich neben sie, nahm ihre Hand und sah ihr in die Augen.

„Sorgst du dich, weil deine Schwester schwanger ist?"

Das tat Georgia nicht, aber sie empfand merkwürdigerweise so etwas wie Neid. „Nein, dazu besteht kein Anlass", antwortete sie. „Charlotte fühlte sich nicht wohl, als wir in Florenz übernachteten. Nun bin ich beruhigt, dass es nur die übliche Schwangerschaftsübelkeit war."

Luca streichelte mit dem Zeigefinger ihren Handrücken. „Ich hoffe, es geht alles gut."

„Dessen bin ich sicher."

„Nicht immer läuft alles glatt." Luca sah plötzlich traurig aus. „Hast du dich nie gewundert, wieso ich nicht verheiratet bin?"

„Doch."

„Wenn ich heirate, erwarten alle einen Erben, damit unser Name nicht ausstirbt." Sein Griff um ihre Hand wurde fester. „Du weißt, was meiner Mutter und Maddalena passiert ist. Ich möchte keine Frau einem solchen Risiko aussetzen."

Georgia sah ihn erstaunt an. „Willst du denn keine eigene Familie?"

„Ich habe Alessa." Seine Augen bekamen jenen verräterischen Glanz, der Georgia stets alarmierte. „Und ich habe nicht die Absicht, mir die Freuden der Liebe zu versagen. Oh Georgia, ich sehne mich so sehr nach dir. Den geschäftlichen Termin in Pisa habe ich nur erfunden, um dich heute vom Flughafen abholen zu können. Kannst du mich mit deinen wundervollen dunklen Augen ansehen und mir sagen, dass du nichts für mich empfindest?"

„Nein", gab sie unumwunden zu. „Das kann ich nicht."

„Warum hältst du dann an diesem grotesken Vorschlag fest, wir sollten nur Freunde sein?", fragte er heiser. „Ich würde nicht von dir verlangen, dass du gegen deine Prinzipien verstößt und mit mir unter Marcos Dach schläfst. Aber in meinem eigenen Haus ..."

„Du meinst, wir sollten uns an den Wochenenden heimlich in

dein Haus davonschleichen?“, fragte sie empört.

„Nein!“ Er nahm die Hand, die sie ihm entrissen hatte. „Hör zu Georgia. Geh nicht an die Schule in Venedig zurück, sondern komm zu mir auf den Hof.“

„Wieso? Du brauchst keine Englischstunden.“

„Nein, aber ich brauche das.“ Luca zog sie in die Arme und küsste sie, doch sie stieß ihn weg.

„Ich hätte nicht zurückkommen dürfen“, sagte sie erbittert und stand auf.

Luca versperrte ihr den Weg. „Weshalb nicht?“, fragte er mit zornblitzenden Augen. „Wolltest du bei diesem James bleiben, der dir so oft schreibt? War er ebenfalls in England?“

„Nein, ich hab dir doch gesagt, dass er auf Zypern stationiert ist“, entgegnete sie müde. „Ich habe ihn nicht gesehen.“

„Gut!“ Lucas Miene drückte Befriedigung aus, wie Georgia wütend feststellte. „Lass uns nicht länger streiten, Georgia. Wir sind füreinander bestimmt. Das weißt du doch.“

„Ich weiß nichts dergleichen.“ Georgia stieß ihn zur Seite, doch er umfing sie mit seinen Armen. Sie versteifte sich, aber er schüttelte den Kopf.

„Es ist sinnlos“, sagte er sanft. „Dein Körper sagt mir, was du nicht zugeben willst.“

„Vielleicht“, antwortete sie hitzig. „Du bist sehr sexy, und ich bin eine normale, gesunde Frau, aber das ist auch alles. Wenn ich hier weggehe, werden wir uns niemals …“

Luca erstickte ihren weiteren Protest mit seinem Mund und küsste sie so besitzergreifend und fordernd, dass sie vor ohnmächtiger Wut mit den Fäusten gegen seine Brust schlug. Er hielt ihre Hände fest, hob den Kopf und sah sie an.

„‚Niemals‘ ist eine sehr lange Zeit“, flüsterte er. „Nachts wache ich auf und denke daran, wie seidig sich deine Haut angefühlt hat, als du nackt in meinen Armen lagst …“

Georgia versuchte ihre Ohren vor dem Klang seiner tiefen, rauen

Stimme zu verschließen, die sie über alle Maßen erregte und ihren verräterischen Körper weich und hingebungsvoll werden ließ. Ihr Atem ging schwer, und wohlige Schauer überliefen sie, als Luca die Lippen liebkosend über ihren Hals gleiten ließ. Das Gefühl, dass er sie erneut zu überrumpeln versuchte, verlieh ihr schließlich die Kraft, sich von ihm loszureißen.

Als er ihren kalten, abweisenden Blick sah, wich er zurück. „Was ist los?"

„Hör zu, Luca, ich werde nicht mit dir leben. Wenn … wenn es keinen James gäbe und du nicht so bekannt wärst, würde ich es mir vielleicht überlegen. Aber so leben wir beide in zu verschiedenen Welten."

Sein Gesichtsausdruck wurde hart. „Willst du damit sagen, ich muss dich erst heiraten, ehe du mit mir das Bett teilst?"

„Lieber Himmel, nein!" Sie war so verblüfft, dass sie unwillkürlich englisch sprach. „Daran habe ich wirklich nicht gedacht."

„Es fällt mir schwer, das zu glauben", erwiderte er mit seidenweicher Stimme in perfektem Englisch. „Willst du mir etwa weismachen, du würdest Nein sagen, wenn ich dir einen Antrag machte?" Mit einem zynischen Lächeln schüttelte er den Kopf.

Georgia packte kalte Wut. „Du kannst natürlich glauben, was du willst", sagte sie ruhig, „aber es ist die Wahrheit. Im Augenblick möchte ich weder dich noch sonst jemanden heiraten. Nicht einmal James. Mir gefällt mein Leben, so wie es ist, und James ist bereit, zu warten, bis ich zu einer Ehe mit ihm bereit bin."

„Du darfst dich glücklich schätzen, einen so zahmen Liebhaber zu haben", sagte Luca höhnisch. „Wenn du meine …"

„Bin ich aber nicht", unterbrach sie ihn kühl. „Gute Nacht."

Als Georgia Minuten später ihr Zimmer erreichte, fühlte sie sich so erschöpft, als hätte sie nicht zwei Treppen, sondern die Eigernordwand erklommen. Mit sonderbar fahrigen Bewegungen machte sie sich zum Schlafengehen fertig. Als sie schließlich im Bett lag, blätterte sie in ihrem Notizbuch, um den Tag ihres Rückflugs einzutragen. Noch vier Wochen musste sie hier ausharren, und wenn Luca sie weiterhin so ausdauernd umwarb, würde sie wohl all ihre Willenskraft aufbieten müssen, um ihm zu widerstehen.

Schon wollte sie das Notizbuch zuklappen, da fiel ihr Blick auf eine Eintragung. Sie begann zu rechnen und wurde bleich. Entsetzt sank sie in die Kissen zurück und presste verzweifelt die Hände vors Gesicht.

11. KAPITEL

Nachdem Marco Sardi seine Tätigkeit in der Fabrik wieder aufgenommen hatte, ließ Luca sich nur noch an Georgias freien Tagen in der Villa Toscana blicken. Einmal begegneten sie sich kurz, und seine blauen Augen musterten sie mit einer Kälte, die sie erschaudern ließ. Ganz offensichtlich war er nicht mehr an ihr interessiert.

An einem Samstag zwei Wochen später, als sie von einem weiteren Ausflug nach Florenz zurückkam, den sie fast ausschließlich in der Gemäldesammlung des Palazzo Pitti verbracht hatte, teilte Marco Sardi ihr beim Abendessen mit, dass Emilia Valori angerufen habe.

„Sie würde sich freuen, wenn Sie morgen mit ihr zu Mittag essen würden", richtete er Georgia aus. „Falls sie nichts Gegenteiliges von Ihnen hört, schickt sie gegen zwölf einen Wagen."

„Das ist sehr freundlich von ihr", sagte Georgia überrascht.

„Sie weiß, dass Alessa und ich den Sonntag bei meiner Schwester und deren Familie verbringen, und dachte, Sie hätten vielleicht Lust, ihr Gesellschaft zu leisten."

Georgia nahm die Einladung gern an. Doch als am nächsten Tag Emilia Valoris herrschaftliche Limousine bei der Villa Toscana vorfuhr, um sie abzuholen, saß die Besitzerin im Fond und lächelte verschmitzt. Der Fahrer öffnete Georgia eilfertig die Tür, und sie stieg in den Wagen.

Emilia tätschelte Georgia freundlich die Hand. „Ich fand es interessanter, auswärts zu speisen. Gianni wird uns durch einen Teil der Toskana fahren, den Sie wahrscheinlich noch nicht kennen, und wir essen dann an einem Ort, der Ihnen sicher gefallen wird."

Georgia lächelte. „Ganz wie Sie meinen, Signora. Es war sehr freundlich von Ihnen, mich einzuladen."

Sie musterte Georgia aus blauen Augen scharf. „Sie sehen müde aus, mein Kind. Ist Alessa so anstrengend?"

„Nein, es ist das Wetter. Wir Nordeuropäer schlafen nicht gut, wenn es so heiß ist."

Emilia nickte nachdenklich, wandte sich dann jedoch der Landschaft zu und wies Georgia auf einen besonders prächtigen Landsitz hin, der in einiger Entfernung auf einem Hügel lag. Sie bemühte sich, ihrem Gast die Schönheit ihrer geliebten Toskana nahezubringen, und machte hin und wieder auf besonders markante Punkte aufmerksam, während sie im gleißenden Sonnenschein einen schmalen Höhenweg hochfuhren. Georgia war froh, dass der Wagen eine Klimaanlage hatte.

Nach einigen Haarnadelkurven, die er mit elegantem Schwung nahm, hielt Gianni schließlich vor einem Haus mit schrägem Dach und einer rustikalen, von Arkaden durchbrochenen Fassade, das inmitten von Weinbergen lag. In den offenen Türen des Laubengangs wehten rostrote Vorhänge, und die rauen ockerfarbenen Mauern waren mit Efeu bewachsen.

„Ein recht abgelegener Ort für ein Restaurant", bemerkte Georgia verwundert und half ihrer Gastgeberin aus dem Wagen.

„Es ist nicht direkt ein Restaurant, meine Liebe", gestand die alte Dame. „Es ist „La Casupola", das Haus meines Enkelsohns. Und da kommt er ja auch schon und erspart mir so Ihre Vorwürfe."

Lächelnd kam Luca um die Ecke gelaufen, in weißen Jeans und blauem Hemd, an den nackten Füßen ausgeblichene Espadrilles. Sein Haar war nass, und er knöpfte sich das Hemd zu. Offensichtlich hatte er gerade geduscht. Er küsste seine Großmutter auf beide Wangen und zog dann Georgias Hand an die Lippen.

„Entschuldigt bitte. Ich habe Vito bei der Reparatur seines Lasters geholfen. Willkommen in meinem Haus, Georgia. Verzeih meiner Großmutter, dass sie dich auf meine Bitte hin hierher entführt hat. Eine Einladung von mir hättest du sicher nicht angenommen."

Georgia schenkte ihm ein Lächeln, hinter dem sich eine unverhüllte Drohung verbarg. Luca wusste genau, dass sie ihm vor seiner Großmutter, die amüsiert von einem zum andern blickte, keine

Szene machen würde. „Was ist da schon zu verzeihen? Es ist mein freier Tag, die Sonne scheint, und Signora Valori hat mir einen Teil der Toskana gezeigt, den ich sonst wahrscheinlich nie kennengelernt hätte."

„Dann bist du also nicht verärgert?", fragte Luca und trat beiseite, um seinen Gästen den Vortritt zu lassen.

Georgia wich einer Antwort aus und bewunderte stattdessen den bäuerlichen Charme von „La Casupola", was, wie sie erfuhr, so viel wie „Bruchbude" hieß. Luca hatte sein Heim scherzhaft so getauft, weil es nicht so kultiviert und luxuriös wie die Villa Toscana war, dafür aber mehr seinem persönlichen Geschmack entsprach.

Die im Erdgeschoss liegenden Räume waren nur spärlich eingerichtet, und zwar mit dunklen massiven Möbeln, die Luca im Lauf der Jahre zusammengetragen hatte. Fast überall an den Wänden standen altmodische Ruhebänke mit bequemen Polstern in ausgeblichenen Leinenbezügen, und an den Fenstern hingen die gleichen rostroten Vorhänge wie in den Arkaden, die den Steinmauern einen warmen Schimmer verliehen und zugleich einen passenden Rahmen für die atemberaubende Aussicht bildeten.

Luca führte seine Großmutter zu einem der hochlehnigen Stühle an dem großen Tisch und schenkte seinen Gästen einen perlenden Weißwein ein, der, wie er Georgia erklärte, aus seinem Weinberg stamme. Er rückte ihr einen Stuhl zurecht und ließ sich lässig auf einem Fenstersims nieder. Er sah so unglaublich attraktiv aus, tief gebräunt und fit, wie er war, dass sie eine fast schmerzliche Sehnsucht nach ihm verspürte.

„Gefällt dir die Aussicht, Georgia?" Voller Besitzerstolz wies er aus dem Fenster.

„Es gibt wohl kaum jemanden, dem sie nicht gefallen würde", antwortete sie wahrheitsgemäß. „Das hier ist das idyllischste Fleckchen, das ich bisher in der Toskana gesehen habe."

„Nach einem Tag im turbulenten Florenz wird es Ihnen hier sehr ruhig vorkommen", meinte Emilia und nippte an ihrem Wein.

„Nicht ruhig, eher friedlich." Georgia lächelte. „Ich war in der Gemäldesammlung des Palazzo Pitti und habe es sogar noch geschafft, David zu besuchen."

„David?", fragte die alte Dame.

„Michelangelos David, nonna", sagte Luca lachend. „Und? Warst du enttäuscht?"

Georgia schüttelte heftig den Kopf. „Nein! Ich stand lange Zeit in Ehrfurcht versunken vor ihm. Ein echtes Meisterwerk!"

Das Essen wurde von einer kleinen rundlichen Frau serviert, die Signora Valori ehrerbietig grüßte, als sie die aus selbst gemachten Nudeln mit pikanter Tomatensoße bestehende Vorspeise brachte.

„Wie ich sehe, haben sich Rosas Kochkünste nicht verschlechtert", stellte die alte Dame fest, aß allerdings nur wenig.

„Seit Maddalenas Tod war ich bis auf die letzten beiden Wochen nur selten hier", meinte Luca. „Rosa hält das Haus perfekt in Ordnung und beschwert sich nie, wenn ich unerwartet hier auftauche. Ihr Mann und ihr Sohn kümmern sich um den Weinanbau", setzte er für Georgia erklärend hinzu und lächelte Rosa zu, die eine dampfende Schüssel mit dunklem Fleisch in einer für Georgias Geschmack sonderbar süßen Soße brachte.

Nachdem Georgia ihre Portion zur Hälfte gegessen hatte, legte sie das Besteck aus der Hand. „Ich hätte nicht so viel Pasta essen dürfen", entschuldigte sie sich.

„Das Gericht ist sicher nicht nach jedermanns Geschmack", sagte Emilia nachsichtig. „Die Soße wird mit Essig, Zucker und Schokolade verfeinert, eine für diese Gegend übliche Zubereitung von Kaninchen."

Kaninchen? Georgia spürte, wie sich ihr der Magen umdrehte. Hastig griff sie nach ihrem Glas Wasser und trank es in einem Zug aus, wobei sie jeden weiteren Blick auf den Braten vermied.

„Tut mir leid, Georgia", entschuldigte sich Luca. „Ich habe Rosa gebeten, etwas typisch Toskanisches zu kochen. Möchtest du lieber noch etwas anderes?"

„Nein, vielen Dank. Nur noch etwas Wasser, bitte."

Nach dem Essen verkündete Signora Valori, sie würde jetzt gern ein kleines Nickerchen auf einer der gepolsterten Ruhebänke halten. Luca legte ihr fürsorglich einige Kissen zurecht, küsste sie auf die Wange und blickte dann fragend zu Georgia.

„Möchtest du dich auch ein wenig ausruhen? Oder würdest du lieber einen Rundgang durchs Haus machen und anschließend spazieren gehen?"

Georgia nickte. Sie verspürte immer noch leichtes Unbehagen beim Gedanken an das toskanische Kaninchen, als sie mit Luca die breite Steintreppe zum oberen Stockwerk hinaufstieg. Er führte sie in einen großen Raum mit bequemen Polsterstühlen und Sofas, auf deren Beistelltischen sich Berge von Büchern stapelten. An den Wänden hingen Landschaftsbilder aus der Toskana, und in einer Ecke standen eine Stereoanlage mit Fernseher und Videorecorder sowie ein Schreibtisch mit Faxgerät und Computer.

„Hierher kannst du dich also zurückziehen und zugleich Kontakt zur Außenwelt halten." Georgia schlenderte durch das gemütliche Zimmer und begutachtete einige CDs. Sie trug ein blauweiß gemustertes Baumwollkleid, dessen dünner Stoff sich in der durch die offenen Fenster wehenden Brise leicht bewegte. Luca lehnte mit verschränkten Armen an der Wand und musterte die schlanke blonde Frau mit brennendem Blick.

„Wieso bist du so abweisend?", fragte er unvermittelt. Georgia wappnete sich innerlich gegen die Verführungskraft seiner trotz aller Rauheit so melodischen Stimme. „Ich dachte, wir wären übereingekommen, Freunde zu sein", fuhr er fort und stieß sich von der Wand ab. „Aber du verhältst dich mir gegenüber eher feindlich. Dabei bleibt uns bis zu deiner Abreise nur noch wenig Zeit."

Sie drehte sich absichtlich langsam zu ihm um und begegnete dem Blick seiner blauen Augen mit ausdrucksloser Miene. „Ich will ehrlich sein, Luca. Du bist ein in jeder Hinsicht attraktiver Mann. Nein!" Sie machte eine abwehrende Handbewegung, als er näher kam. „Bitte, rühr mich nicht an. Wir wissen beide, wohin das führt, und ich möchte mich aus den dir bekannten Gründen nicht mit dir einlassen. Bitte, lass mich bis zu meiner Abreise in Ruhe."

„Das kann ich nicht!", sagte er schnell auf Italienisch. „Nie hätte ich gedacht, dass ich diese Worte jemals zu einer Frau sagen würde, aber ich liebe dich!" Er schluckte trocken. „Wie kannst du mich so kalt ansehen, als wärst du aus Marmor?"

Seine Frage entbehrte nicht einer gewissen Komik, wie Georgia leicht benommen feststellte, denn ihr war glühend heiß, und auf ihrer Stirn bildeten sich Schweißperlen. „Luca, wo ist das Bad?", fragte sie stockend auf Englisch.

Sofort war er an ihrer Seite, und Sekunden später befand sich Georgia in einem kühlen weiß gekachelten Bad und trennte sich nicht nur von dem Kaninchen, sondern von allem, was sie seit dem Morgen gegessen hatte. Als sie mit weichen Knien das Bad verließ, wartete Luca vor der Tür.

„Georgia, du siehst bleich wie ein Gespenst aus", rief er auf Englisch. „Komm, cara, leg dich eine Weile auf mein Bett."

„Aber deine Großmutter ..."

„Wird es verstehen", unterbrach Luca ihren schwachen Protest. „Ich lass dich dort allein. Es besteht also keine Gefahr für deine Tugend."

Im Moment kümmerte Georgia nichts weniger als ihre Tugend, und sie ließ sich von Luca in ein großes, kühles Zimmer mit geschlossenen Vorhängen führen. Er setzte sie auf das breite Bett und verschwand hinter einer Tür. Sie hörte Wasser laufen, und gleich darauf war er zurück und wusch ihr mit einem feuchten Handtuch die Schweißperlen vom Gesicht.

„Ruh dich aus, carissima", sagte er zärtlich. „Ich schau später wieder nach dir."

Georgia gehorchte dankbar, und als sie nach einiger Zeit aus einem tiefen traumlosen Schlaf erwachte, erblickte sie am Fußende des Bettes Luca. Unvermittelt setzte sie sich auf und hielt sich stöhnend die Hand vor Augen, als sich das Zimmer um sie zu drehen begann. Sofort war Luca an ihrer Seite und drückte sie sanft in die Kissen zurück. Seine Miene war ungewöhnlich ernst.

„Signora Valori ...", begann Georgia, doch Luca legte ihr einen Finger auf die Lippen.

„Sie musste nach Hause fahren, weil sie mit einer Freundin zum Dinner verabredet ist, und bittet dich, sie zu entschuldigen."

„Aber ich wollte mit ihr zurückfahren."

„Nein." Luca betrachtete sie auf eine Weise, die Georgias Unbehagen noch verstärkte. „Wir beide, du und ich, müssen miteinander reden. Und zwar hier, wo wir nicht ständig von Marco oder Alessa oder sonst jemandem unterbrochen werden."

„Ich wüsste nicht, weshalb." Trotz der Hitze begann Georgia plötzlich zu frösteln.

„Das wirst du gleich erfahren. Bitte komm nach unten, wenn du dich frisch gemacht hast. Ich habe deine Handtasche hierhin gelegt."

Sobald er die Tür hinter sich zugemacht hatte, setzte sich Georgia noch einmal versuchsweise auf, und diesmal war alles in Ordnung. Sobald sie sich ein wenig zurechtgemacht hatte, ging sie nach unten und fand Luca auf der Terrasse.

Er stand vom Tisch auf und rückte ihr einen Stuhl zurecht. „Bitte setz dich, Georgia."

Sie musterte ihn misstrauisch, weil er so verändert wirkte, ganz anders als der leidenschaftliche, verführerische Luca vor zwei Stunden. Gerade wollte sie fragen, was los sei, da erschien Rosa mit dem Teetablett in Händen und erkundigte sich besorgt, ob die Signorina auch etwas essen möchte.

„Nein, vielen Dank", erwiderte Georgia lächelnd.

Nachdem Rosa weg war, herrschte eine Weile spannungsgeladenes Schweigen zwischen ihnen, bis Luca schließlich zu sprechen begann.

„Während du geschlafen hast, hatte ich ein sehr aufschlussreiches

Gespräch mit meiner Großmutter, bei dem mir nochmals in aller Deutlichkeit klar geworden ist, wie idiotisch ich mich benommen habe.“

Georgia runzelte die Stirn. „Idiotisch?“

Er nickte. „Nonna sagte, nur ein Narr hätte versucht, einen Gast der Familie zu verführen.“

Im Gegensatz zu sonst sprach er sehr langsam, sodass Georgia jedes einzelne Wort verstand und sich nicht, wie schon oft, vieles zusammenreimen musste.

Luca sah auf und suchte ihren Blick. „Meine Großmutter machte mich darauf aufmerksam, dass du vielleicht ein Kind von mir erwartest.“

Da dieser Verdacht Georgia bereits seit zwei Wochen quälte, wusste sie darauf nichts zu erwidern, sah nur, wie aus Lucas Gesicht alle Farbe wich.

„Du bist schwanger?“, fragte er entsetzt.

Sie zuckte die Schultern. „Ich weiß es nicht.“

„Aber es gibt gewisse Anzeichen dafür?“, meinte er taktvoll.

Sie atmete tief ein. „Ich fürchte, ja. Aber es ist so unfair“, brach es plötzlich aus ihr heraus, und Luca zuckte zusammen.

Er zog ein Taschentuch hervor, fuhr sich damit über die Stirn und sah dabei so elend aus, wie Georgia sich nach dem Essen gefühlt hatte. „Ich werde Dr. Fassi bitten, dich zu untersuchen. Wir müssen umgehend Gewissheit haben.“

„Wieso?“, fragte sie mit versteinerter Miene.

„Wieso? Das ist doch wohl klar.“

„Falls ich schwanger bin“, sagte sie auf Englisch, um jedes Missverständnis zu vermeiden, „ist es allein mein Problem.“

Luca sprang auf und zog sie vom Stuhl hoch. „Was soll das heißen, es sei dein Problem? Un aborto? Hast du das vor?“

Empört schlug Georgia ihm ins Gesicht und griff nach ihrer Handtasche. „Bitte fahr mich zur Villa zurück“, sagte sie mit zornbebender Stimme.

„Nicht ehe du mir gesagt hast, was du vorhast", antwortete er ebenso wütend und packte sie an beiden Händen.

„Na schön. In zwei Wochen fliege ich nach England und hoffe, dich danach niemals mehr wiederzusehen."

„Diese Hoffnung wird sich nicht erfüllen", rief er. „Wenn du von mir schwanger bist, werde ich dich heiraten."

„Ich möchte dich aber nicht heiraten!"

„So?" Er zuckte gleichmütig die Schultern. „Du wirst mich trotzdem heiraten. Ein Valori bezahlt seine Schulden. Ich bin schuld an deinem ... deinem Zustand und übernehme dafür die Verantwortung."

„Das kannst du nicht", widersprach sie heftig. „Wenn wir heiraten, sind wir unser ganzes Leben aneinandergekettet. Ich bin wie du katholisch, deshalb wollte ich mich bisher noch nicht für immer binden."

„Darum hast du mich also geschlagen, als ich von einer Abtreibung gesprochen habe?"

„Nein, das hatte damit nichts zu tun. Ich fand nur deine Verdächtigung kränkend. Aber wie auch immer, ich werde mein Problem ..."

„Unser Problem", verbesserte er sie.

Georgia entzog ihm ihre Hände. „Nein, Luca", sagte sie müde. „Es ist mein Problem. Ich habe nicht die Absicht, dich zu heiraten. Eine alleinerziehende Mutter ist in England keine Seltenheit. Jedenfalls werde ich keinen Mann ehelichen, der generell nicht heiraten möchte und schon gar nicht mich."

Luca fuhr sich durchs Haar und blickte sie finster an. „Das war, ehe ich wusste ..."

„Noch wissen wir nichts", unterbrach sie ihn, obwohl sie fast schon sicher war, schwanger zu sein.

„Wieso war dir dann heute Mittag schlecht?"

„Wegen des Kaninchens."

„Das glaube ich nicht."

„Denk, was du willst“, fuhr sie ihn an. „Bring mich jetzt bitte zur Villa zurück, und wag es nicht, Signor Sardi auch nur ein Wort zu sagen.“

„Glaubst du, ich würde meine Dummheit überall herumposaunen?“ Er ging vor ihr zum neben dem Haus parkenden Supremo.

Georgia musterte das Auto voller Widerwillen. „Würdest du mir den Gefallen tun, heute einmal in normalem Tempo zu fahren?“, sagte sie müde. „Ich fühle mich noch etwas schwach.“

Er warf ihr einen giftigen Blick zu. Dann veränderte sich sein Gesichtsausdruck plötzlich dramatisch, und er nahm sie in die Arme und hielt sie so behutsam, als wäre sie todkrank. „Vergib mir, Georgia. Ich habe kein Recht, böse zu sein. Die Schuld liegt allein bei mir, und ich werde dafür sorgen, dass das allen klar ist.“

Einen Augenblick lang gab Georgia ihren Gefühlen nach und lehnte sich an ihn, dann trat sie zurück und straffte die Schultern. „Dazu besteht keine Veranlassung“, sagte sie schroff. „Niemand hier braucht etwas zu erfahren, da ich in zwei Wochen für immer weg bin.“

„Aber es ist kein Geheimnis mehr. Ich weiß es, meine Großmutter ebenfalls und sicher auch Elsa.“ Er öffnete ihr die Beifahrertür. „Und Dr. Fassi wird auch bald darüber im Bilde sein.“

„Ich habe nicht vor, mich von Dr. Fassi untersuchen zu lassen“, widersprach sie und presste fest die Lippen aufeinander, als Luca die erste Haarnadelkurve nahm.

Ihr Protest war umsonst gewesen. Kaum hatte Marco Sardi am nächsten Morgen das Haus verlassen, kam Dr. Fassi, um sie zu untersuchen. Des Kämpfens müde, ließ Georgia es geschehen. Zwei Tage später rief er sie an und teilte ihr mit, das Ergebnis sei positiv.

„Nehmen Sie es nicht tragisch“, versuchte er sie zu trösten. „Luca hat mir gesagt, dass Sie so schnell wie möglich heiraten werden.“

„Luca weiß es schon?“

„Er hat mich gebeten, ihn sofort zu informieren.“

Abends schmerzten Georgia die Gesichtsmuskeln, weil sie Alessas wegen den ganzen Tag eisern gelächelt hatte.

„Ich bin froh, dass es Ihnen wieder gut geht“, sagte Marco Sardi beim Dinner und erzählte, Luca befinde sich auf einer mehrtägigen Geschäftsreise. Sonderbarerweise fühlte sie sich von ihm im Stich gelassen und schalt sich deshalb eine sentimentale Närrin. Nach dem Essen kam ein Anruf von Signora Valori für sie.

„Bitte vergeben Sie einer alten Frau, dass sie sich eingemischt hat“, eröffnete Emilia Valori das Gespräch. „Luca sollte erfahren, was er angerichtet hat.“

„Wie sind Sie überhaupt darauf gekommen?“, fragte Georgia.

„Nennen Sie es weibliche Intuition oder meinetwegen auch Neugier. Als ich Sie am Sonntag sah, war ich überzeugt, dass Sie schwanger sind, und Ihre Reaktion auf das Kaninchen hat meinen Verdacht bestätigt. Keine Sorge, mein Kind. Luca wird Sie, sobald Sie es wünschen, heiraten.“

„Ich wünsche es aber nicht. Die Zeiten haben sich geändert, und man heiratet deswegen nicht gleich. Ich möchte noch keinen Ehemann.“

„In manchen Situationen sind Ehemänner ganz praktisch“, entgegnete Emilia Valori trocken. „Außerdem denke ich, dass Sie keine Wahl haben.“

Die alte Dame hatte recht. Zwei Tage später erschien Luca in der Villa und ließ Georgia durch Pina bitten, ihn vor dem Abendessen im Park zu treffen. Als sie wenige Minuten später nach draußen kam, stand er am Swimmingpool und blickte starr ins Wasser. Unvermittelt drehte er sich um, als er dort ihr Spiegelbild erblickte.

„Wie geht es dir?“, erkundigte er sich und nahm ihre Hände.

Georgia entzog sie ihm mit ausdrucksloser Miene. „Du weißt es doch.“

„Ich komme gerade von einem Besuch bei deinen Eltern“, erzählte er im Plauderton. „Ich habe ihnen berichtet, was passiert ist.“

„Du hast was?“ Georgia sah ihn entsetzt an. „Du hattest kein Recht, mit ihnen zu sprechen, bevor ich es getan habe.“

Er ging darauf nicht ein, sondern redete schnell weiter – so schnell, dass sie Mühe hatte, ihm zu folgen. „Ich habe ihnen alles gebeichtet, dann um deine Hand gebeten, und nachdem deine liebenswürdigen Eltern sich von ihrem Schock erholt hatten, stimmten sie mir zu, dass Heirat die einzig mögliche Lösung sei.“

„Und wenn ich mich weigere?“, rief sie wutentbrannt.

„Das wirst du nicht“, sagte er ungewohnt autoritär. „Keiner von uns beiden hat sich das gewünscht, das gebe ich offen zu. Doch du bekommst mein Kind, und deshalb bleibt dir keine andere Wahl. Wir heiraten so bald wie möglich. Später bleibt es dir überlassen, ob du die Ehe fortsetzen willst oder nicht. Das Kind bleibt dann natürlich bei mir.“

„Um das Kind kümmere ich mich! Mag ich auch ungewollt schwanger geworden sein, so trage ich dennoch die Verantwortung für mein Kind, dessen kannst du sicher sein, Luca Valori.“ Mit vor Zorn blitzenden Augen sah sie ihn an.

Luca zuckte die Schultern. „Jedenfalls wird mein Sohn oder meine Tochter hier in der Toskana zur Welt kommen und hier als Valori aufwachsen.“

„Und wenn ich von meinem Kind nicht getrennt werden will, muss ich ebenfalls hierbleiben. Das meinst du doch, oder?“

„Ist das denn ein so großes Opfer?“, fragte er sanft und griff nach ihrer Hand. „Wir wollten doch Freunde sein. Das können wir auch, wenn wir Mann und Frau sind, Georgia.“

„Hast du eine Ahnung, was es für mich bedeutet, dich an mich gekettet zu wissen, obwohl du das nie wolltest?“

Lucas gut geschnittenes Gesicht wirkte plötzlich um Jahre reifer und älter. „An jenem Nachmittag habe ich mir genommen, was du mir nicht hattest geben wollen. Bei uns gibt es ein Sprichwort: ‚Wer sich einfach nimmt, was er will, muss dafür bezahlen!‘“

12. KAPITEL

Die Sterne blitzten wie Diamanten am dunklen Nachthimmel, als Luca mit seiner frischgebackenen Frau die zu „La Casupola“ führende Straße hochfuhr. Im ganzen Haus brannten die Lichter, und Rosa und ihr Mann Vito empfingen das Brautpaar freudestrahlend vor der Tür.

Zum Entzücken aller trug Luca Georgia über die Schwelle. Dann schüttelte er Vito die Hand und bekam einen Kuss von Rosa, und Georgia ließ die gleiche Prozedur über sich ergehen.

Nachdem Vito das Gepäck nach oben getragen und Rosa sich überzeugt hatte, dass es dem jungen Paar an nichts fehlte, ließ das Hausmeisterpaar die Jungvermählten allein und fuhr zum eigenen Haus im nur wenige Kilometer entfernten Dorf.

Verloren stand Georgia in dem großen Wohnzimmer, fühlte sich fremd und verlassen.

„Rosa hat einen kalten Imbiss für uns vorbereitet“, sagte Luca leise. „Möchtest du vor dem Essen noch duschen?“

Georgia nickte stumm. Er ließ ihr auf dem Weg nach oben den Vortritt, und sie zögerte, als sie zu seinem Schlafzimmer kam.

Luca nahm sie bei der Hand und zog sie mit sich. „Das Bett ist breit genug für uns beide. Ich werde dich nicht anfassen.“

„Bestimmt gibt es hier noch ein anderes Schlafzimmer.“

„Sogar zwei.“

„Dann werde ich in einem von ihnen schlafen.“

Luca versperrte ihr den Weg. „Nein, das wirst du nicht. Du bist meine Frau, und ich möchte nicht, dass Rosa, die hier aufräumt, merkt, was los ist. Ich verlange nur, dass du neben mir schläfst, nicht mit mir.“ Er nahm seine Krawatte ab und warf auf dem Weg zur Tür sein Jackett auf einen Stuhl. „Bitte komm nach unten, wenn du fertig bist.“

Georgia blickte auf die geschlossene Tür. Sie fühlte sich seltsam unberührt von allem, was heute geschehen war. Die morgendliche

Trauung in London im Beisein ihrer Familie und Alessa und Marco Sardi. Hinterher dann die kleine Feier im Ritz, auf der ihre Eltern, die mit ihrem neuen Schwiegersohn wesentlich besser zurechtkamen als mit James, bestanden hatten. Bis zur letzten Minute hatte Georgia gehofft, aus irgendeinem Grund würde die Hochzeit nicht stattfinden, und nun war sie verheiratet, an einen Mann gefesselt, der sie nicht liebte.

Sie hatte sich geweigert, mit Luca auf Hochzeitsreise zu gehen, sich aber damit einverstanden erklärt, dass er zwei Wochen zu Hause Urlaub machte, um den Schein zu wahren.

Nachdem Georgia geduscht hatte, kramte sie in ihrem Koffer nach einem Nachthemd. Nach kurzem Überlegen packte sie lächelnd Charlottes Hochzeitsgeschenk aus: ein bernsteinfarbenes Seidennachthemd mit dazu passendem Negligé. Sie streifte es über und begutachtete sich im Spiegel. Ihre Brüste waren voller geworden, doch ihrer Taille war die Schwangerschaft noch nicht anzusehen. Hastig zog sie das Negligé an, band den Gürtel fest und schlüpfte in Satinslipper. Dann verließ sie das Zimmer und ging lautlos nach unten.

Die Treppe führte mitten ins Wohnzimmer, und auf halber Höhe blieb Georgia stehen und betrachtete von oben Luca, der mit einem Glas Whisky in der Hand auf einer Bank saß und so deprimiert zur Decke starrte, wie es einem frischgebackenen Ehemann nicht geziemte. Sie seufzte, und er wandte den Kopf und schaute zu ihr hoch. Sein Blick folgte ihr, als sie langsam die letzten Stufen hinunterstieg.

Höflich stand er auf. Sekundenlang sah Georgia Verlangen in seinen Augen aufblitzen, das er sofort verbarg, indem er den Blick senkte. „Wie fühlst du dich?"

„Ein wenig müde vom Reisen, sonst gut."

„Bene." Er lächelte. „Hast du bemerkt, wie gut ich bin?"

„Gut?" Gegen ihren Willen musste sie ebenfalls lächeln.

„Ich habe heute den ganzen Tag englisch gesprochen."

Georgia lächelte amüsiert. „Tatsächlich."

„Nur heute. Zu Ehren meiner englischen Frau." Luca deutete in Richtung Esszimmer. „Komm. Unser Hochzeitsessen liegt schon Stunden zurück."

„Sieht das hübsch aus!", rief Georgia entzückt beim Anblick der brennenden Kerzen und des liebevoll gedeckten und mit frischen Blumensträußen verzierten Tisches.

Luca rückte ihr einen Stuhl zurecht und verbeugte sich tief. „Nimm Platz. Heute Abend werde ich dich bedienen."

Georgia fühlte sich nun schon wesentlich besser und verfolgte gespielt erstaunt, wie Luca eine Delikatesse nach der anderen aus dem Kühlschrank zauberte und dann mit der Grandezza eines Obers selbst den Salat anmachte.

„Rosa wollte uns bei Tisch bedienen", erklärte er. „Aber ich dachte, so wäre es dir lieber." Seine blauen Augen strahlten sie an. „Du brauchst nichts vorzutäuschen, sondern wir können wie gute Freunde miteinander essen. Lass uns mit diesem ausgezeichneten Brunello auf unsere Freundschaft anstoßen!"

„Du sprichst sehr gut Englisch. Wieso musste ich eigentlich die ganze Zeit Italienisch sprechen?"

Lachend schenkte er ihr ein. „Weil du einen überaus charmanten Akzent hast und so ...", er suchte nach dem richtigen Wort, „... accattivante?"

„Reizend", übersetzte Georgia errötend.

„Reizende Fehler machst. Ich hoffe, dir gefallen meine Fehler ebenso." Seine Miene verfinsterte sich. „Mit Ausnahme natürlich des einen, den du mir wahrscheinlich nie verzeihen wirst."

Georgia legte ihr Besteck nieder. „Luca, lass uns die Karten auf den Tisch legen und offen zueinander sein. Ich weiß, es klingt verrückt, aber ich habe bis zum letzten Augenblick gehofft, unsere Heirat würde sich erübrigen."

„Hast du gehofft, das Baby zu verlieren?", fragte er zornig.

„Nein!"

„Was dann? Dass ich meine Meinung ändere und mein Kind nicht bei mir aufwachsen lassen will?“

Georgia sank der Mut. „Ich weiß, es klingt albern. Aber ich wollte eigentlich nur sagen, dass ich jetzt, da wir verheiratet sind, das Beste daraus machen möchte.“

„Va bene, ich auch.“ Er hielt ihr seine schlanke Hand hin, und Georgia nahm sie mit einem Lächeln, das in ein Gähnen überging.

„Tut mir leid, Luca. Der heutige Tag hat mich geschafft.“

„Allora, gehen wir ins Bett. Rosa wird das alles morgen aufräumen.“ Er stand auf und sah ihr direkt in die Augen. „Ja, ich habe ‚wir‘ gesagt. Wenn du jetzt allein nach oben gehst, wirst du vor Nervosität nicht einschlafen können und gespannt warten, bis ich komme. Deshalb werden wir gemeinsam ins Bett gehen und uns vor dem Einschlafen wie gute Freunde unterhalten, weiter nichts. Du hast von mir nichts zu befürchten, Georgia.“

„Ich weiß.“ Sie lächelte ein wenig verlegen. „Du musst etwas nachsichtig mit mir sein. Ich habe noch nie zuvor ein Zimmer mit einem Mann geteilt.“

Luca lächelte unverschämt. „Ich auch nicht.“

In der Nacht wachte Georgia plötzlich auf und merkte, dass neben ihr jemand im Bett lag, der fast den ganzen Platz für sich beanspruchte. Luca Valori hatte sich quer auf dem Bett ausgestreckt, während sie zusammengerollt an der äußersten Bettkante lag.

Sie wagte sich nicht zu rühren, um ihn nicht zu wecken, und lächelte im Dunkeln, als ihr einfiel, dass die Müdigkeit sie abends mitten im Gespräch übermannt hatte. Und das neben einem Mann wie Luca!

„Du bist wach?“, fragte er plötzlich mit tiefer, rauer Stimme und zog die langen Beine zurück. „Entschuldige, Georgia, ich habe dich fast aus dem Bett geschubst.“

Sie lachte leise. „Ich wollte mich nicht wehren.“

„Weil du Angst hattest, mich zu wecken“, erwiderte Luca resigniert. „Ich hab dir doch mein Wort gegeben." Er schaltete die Nachttischlampe ein und setzte sich auf. „Ich habe Durst. Möchtest du auch was trinken?"

Georgia nickte. „Fruchtsaft?"

„Was immer du willst." Er stand auf und streckte sich, wobei ihm die seidene Pyjamahose über die schmalen Hüften rutschte, und verließ dann das Zimmer.

Georgia sprang aus dem Bett, rannte ins Bad, kämmte sich hastig die Haare und saß wieder im Bett, als Luca mit Champagner, Orangensaft und Gläsern in den Händen zurückkehrte und das Tablett auf seiner Seite abstellte.

„Möchtest du etwas Champagner in deinen Saft?"

„Frühmorgens um drei?" Georgia versuchte ihre Nervosität mit einem Lächeln zu überspielen. „Ziemlich dekadent."

Luca zuckte die nackten Schultern, reichte ihr ein Glas und goss sich auch eines ein, ehe er wieder ins Bett schlüpfte. „Immerhin ist es eine besondere Nacht." Er betrachtete sie von der Seite, und sein Blick wurde sanft. „Fällt es dir sehr schwer, dich als meine Frau zu fühlen, innamorata?"

Da er sie „Liebste" nannte, fiel es Georgia erstaunlich leicht, und sie sah ihn unter halb gesenkten Lidern an. „Nein. Jetzt, da wir Brief und Siegel darauf haben, ist es einfacher, als ich dachte."

„Aber so weit, dich in mich zu verlieben, würdest du natürlich nicht gehen." Finster betrachtete er sein Glas. „Ich wünschte, ich hätte eine so eiserne Selbstbeherrschung wie ihr Briten", brach es aus ihm hervor. „Georgia, ich muss dir etwas beichten."

„Beichten?"

„Als ich sagte, du müsstest in meinem Bett schlafen, war das nicht wegen Rosa, sondern ich hatte hier drinnen", er legte die Hand aufs Herz, „das Gefühl, dass unsere Ehe scheitern würde, wenn wir von Anfang an getrennt schlafen würden." Er wandte den Kopf und suchte ihren Blick. „Und ich bin nicht aus Stein. Du bist schön und meine Frau, und ich wollte, dass du bei mir schläfst."

Georgia hielt ihm ihr leeres Glas hin und lächelte schelmisch. „Ich weiß."

„Trotzdem hast du nicht protestiert?" Er füllte ihr Glas.

„Nein." Sie trank einen Schluck. „Du hast den Orangensaft vergessen."

„Hab ich nicht, ich versuche dich nur mit Champagner zu verführen", sagte er mit seidenweicher Stimme und lächelte dabei so umwerfend, dass ihr Herz einen Schlag aussetzte.

„Sagtest du nicht, ich könne die Regeln unserer Ehe bestimmen?"

Seine Augen funkelten. „Habe ich versucht, dir meinen Willen aufzuzwingen?"

„Ich glaube, du versuchst es gerade." Georgia trank ihr Glas aus und gab es ihm.

Luca stellte beide Gläser auf das Tablett, drehte sich langsam zu ihr um und zog sie sanft an seine Brust. „Erlaubt unser Freundschaftsvertrag diesen winzigen Körperkontakt, Georgia?"

Vom Champagner wohlig entspannt, wehrte sie sich nicht gegen die Umarmung, sondern nickte nur. „Ja."

„Gut. Ich muss dich nämlich noch etwas fragen. Heute habe ich Tom Hannay kennengelernt und ihn äußerst sympathisch gefunden. Doch an jenem Abend …"

„Welchem Abend?"

„In Florenz, im Hotel Lucchesi. Mein Zimmer lag auf demselben Flur wie deines, Georgia. Ich habe mich an der Rezeption danach erkundigt, weil ich mich dir vorstellen und einen Abfahrtstermin vereinbaren wollte. Als ich um die Ecke bog, sah ich Tom Hannay aus deinem Zimmer kommen, mit nichts als einem Bademantel bekleidet."

„Deshalb hast du ihn für meinen Liebhaber gehalten!" Georgia schüttelte sich vor Lachen. „Du dachtest, er käme von einem Schäferstündchen mit mir?"

„Was sollte ich denn sonst denken?"

Georgia klärte ihren Mann über die näheren Umstände auf, und er sah sie überrascht an. „Du meinst, ich habe mich die ganze Zeit umsonst gequält?“, stöhnte er, dann zog er die Brauen zusammen. „Aber da ist noch immer dieser James. Wieso hast du ihn nicht zur Hochzeit eingeladen?“

Georgia seufzte. „Ihm gegenüber habe ich ein sehr schlechtes Gewissen, weil ich ihn benutzt habe, um mir dich vom Leib zu halten.“ Sie sah zu ihrem Mann hoch. „Bevor ich dich kennenlernte, hatte ich nie Schwierigkeiten mit italienischen Männern. Du aber warst ganz anders.“

„Weil ich mich in dich verliebt hatte“, erwiderte er heftig. „Du weißt, dass ich dich von Anfang an begehrte und dann dachte, ich könnte dich in mich verliebt machen, wenn ich mit dir schlafen würde. Was für ein Irrtum!“

„Nicht unbedingt“, murmelte Georgia an seiner Brust.

Unvermittelt setzte er sich gerade auf. „Was soll das heißen?“

„Ich war damals schon in dich verliebt“, gestand sie zögernd. „Ich habe mich dagegen gewehrt, aber umsonst. Niemand hätte mich zwingen können, dich zu heiraten, Luca. Wir leben nicht mehr im Mittelalter. Wenn ich mein Kind wirklich allein hätte aufziehen wollen, hätte mich keiner davon abhalten können. Ich habe dich geheiratet, weil ich es wollte.“

„Du liebst mich also?“, fragte er gebieterisch.

„Es scheint so.“

Er stieß einen lauten Seufzer aus und neigte den Kopf und küsste sie lange und ausdauernd, bis sie schließlich beide nach Atem rangen.

„Carissima“, sagte er schwer atmend und begann mit bebenden Händen ihre vollen Brüste zu liebkosen. Plötzlich schloss er verzweifelt die Augen und schob Georgia von sich weg.

„Dio, ich habe vergessen, dass du schwanger bist!“

„Unser Kind hat nichts dagegen.“

„Bist du sicher?“ Luca zog sie erneut in seine Arme und rieb die Wange an ihrem Haar. „Ich verbrenne vor Sehnsucht nach dir,

Georgia. Spürst du es?“

Ihre Wangen glühten, als er sie mit einer Hand an sich presste. „Es ist unsere Hochzeitsnacht“, flüsterte sie atemlos und legte den Kopf zurück. Das Versprechen, das Luca in ihren glänzenden Augen las, entlockte ihm ein Stöhnen. Langsam und mit sichtlichem Vergnügen streifte er ihr das Nachthemd ab und drückte sie aufs Bett. Sein besitzergreifender Blick steigerte ihre Erregung so sehr, dass sie verlangend die Arme nach Luca ausstreckte.

Triumphierend folgte er ihrer Einladung, blickte ihr lächelnd in die funkelnden Augen und begann sie mit aller ihm zur Verfügung stehenden Geduld und Meisterschaft so raffiniert zu lieben, um sie alles, was vorher gewesen war, vergessen zu machen. Mit eiserner Beherrschung erkundete und liebkoste er ihren Körper, bis sie sich hilflos unter ihm wand und ihn anflehte, zu ihr zu kommen. Erst dann gab er seinem Verlangen nach und führte sie zu schwindelnden Höhen der Lust, während er ihr in seinem melodischen Italienisch sagte, wie schön und wundervoll sie sei und wie sehr er sie liebe, sodass die frischgebackene Signora Valori nicht mehr den geringsten Zweifel daran hatte, wie viel sie dem Mann bedeutete, mit dem sie seit einigen Stunden verheiratet war.

An einem sonnigen Frühlingstag des darauffolgenden Jahres nahmen Georgia und Gianluca Valori im Dom von Siena an der jährlichen Feier zum Palmsonntag teil. Ihr blonder Sohn lag zufrieden in den Armen seines Vaters und betrachtete mit seinen blauen Augen die vielen hellen Lichter.

Nach dem Gottesdienst erstand Luca drei geweihte Olivenzweige und reichte einen davon seiner Frau, die ihm mit einem Kuss dankte. Den zweiten schob er in die winzige Faust seines Sohnes und den dritten in seine Jackentasche. Dann gingen sie langsam mit der Menge nach draußen.

„Ich hab auch einen Palmzweig“, sagte Alessa, die ihnen mit ihrem Vater und ihrer Urgroßmutter gefolgt war. Voll zärtlicher Bewunderung blickte sie das Baby an. „Er hat nicht einen Mucks gemacht, Georgia."

„Nein." Georgia lachte schelmisch. „In Gesellschaft benimmt er sich großartig. Aber nachts stellt er seine Forderungen."

„Er ist eben ein Mann", raunte Luca seiner Frau ins Ohr und genoss ihr leichtes Erröten.

„Das war eine wundervolle Idee, Luca", sagte Emilia Valori. „Danke, dass du mich hierher eingeladen hast."

„Ich wollte mich bedanken, dass mein Sohn gesund und meine Frau wohlauf sind", erwiderte Luca schlicht.

„Du siehst sehr gut aus, Georgia", bemerkte Marco Sardi, als sie gemeinsam über den Domplatz schlenderten.

„Ich fühle mich auch prächtig." Georgia blickte augenzwinkernd zu ihrem Mann. „Selbst während der Schwangerschaft hat Luca mehr gelitten als ich."

„Sie hat mir zwar immer wieder versichert, dass es in ihrer Familie keine schweren Geburten gibt." Luca reichte seiner Frau das Baby. „Aber ich war froh, als alles vorüber war."

„Georgia bestimmt auch", meinte seine Großmutter trocken, und alle lachten.

Später, als Luca mit seiner Familie wieder zu Hause war, saß er mit seiner Frau im gemütlichen oberen Zimmer und sah zu, wie Georgia den kleinen Carlo stillte.

„Was ist los? Du bist so schweigsam", sagte Georgia nach einer Weile.

„Ich habe gerade daran gedacht, dass ich mir früher nichts sehnlicher gewünscht habe, als weltbester Rennfahrer zu werden. Ich war sogar bereit, mein Leben dafür zu riskieren."

Georgia fröstelte. „Ich bin froh, dass ich dich damals noch nicht gekannt habe."

„Warum? Wegen der vielen weiblichen Fans?", neckte er sie lächelnd.

„Nein." Georgia lehnte ihren Sohn an die Schulter und klopfte ihm den Rücken. „Weil ich dich so sehr liebe, Luca Valori, und vor jedem Rennen verrückt vor Angst gewesen wäre." Sie atmete tief durch und legte das Baby wieder an die Brust. „Ich mag nicht einmal daran denken."

Luca beugte sich über den blonden Schopf seines Sohnes und gab ihr einen Kuss. „So viel Glück habe ich gar nicht verdient. Ich hab mir an jenem Nachmittag einfach genommen, was ich wollte …"

„Und dafür bezahlen müssen", zog ihn seine Frau auf und küsste ihn ebenfalls.

Luca lächelte triumphierend. „Mit Hand, Herz und meinem restlichen Leben, tesoro – herzlich wenig für einen so kostbaren Schatz."

– ENDE –

Carter / Gregor / Proctor

Liebesreise nach Afrika

Drei spannende Romane aus der faszinierenden Welt Afrikas:
Rosemary Carter: Der Zauber Afrikas
Carol Gregor: Gefährliche Wildnis
Kate Proctor: Safari der Leidenschaft

Band-Nr. 15022
8,95 € (D)
ISBN: 978-3-89941-510-0
432 Seiten

Wentworth / Field / Mayo

Liebesreise auf die Kanarischen Inseln

Erleben Sie die Liebe auf den sonnigen Kanarischen Inseln:
Sally Wentworth:
Stürmisches Spiel auf Lanzarote
Sandra Field:
Komm mit mir nach Teneriffa
Margaret Mayo:
Unser Traum begann auf La Gomera.

Band-Nr. 15019
8,95 € (D)
ISBN: 978-3-89941-509-4
416 Seiten

Mortimer / Ker / Peters
Liebesreise nach Mallorca
Band-Nr. 15008
8,95 € (D)
ISBN: 978-3-89941-368-7
400 Seiten

Spencer / McMahon / Darcy
Liebesreise in die Karibik
Band-Nr. 15010
8,95 € (D)
ISBN: 978-3-89941-374-8
448 Seiten

Helen Sebald
Das Traumschiff auf Liebesreise
nach Mexiko und
zu den Seychellen
Band-Nr. 15016
8,95 € (D)
ISBN: 978-3-89941-452-3
352 Seiten

Helen Sebald
Das Traumschiff auf Liebesreise
nach Neuseeland und Burma
Band-Nr. 15017
8,95 € (D)
ISBN: 978-3-89941-454-7
304 Seiten

Mather / Reid / Graham
Liebesreise nach Griechenland
Band-Nr. 15012
8,95 € (D)
ISBN: 978-3-89941-376-2
416 Seiten

Reid / Graham / Marton
Liebesreise in 1001 Nacht
Band-Nr. 15011
8,95 € (D)
ISBN: 978-3-89941-375-5
432 Seiten

Devine / Lamb / Fraser
Liebesreise nach Cornwall
Band-Nr. 15007
8,95 € (D)
ISBN: 978-3-89941-367-0
448 Seiten

Miranda Lee
Liebesreise nach Australien
Band-Nr. 15009
8,95 € (D)
ISBN: 978-3-89941-371-7
432 Seiten

Jane Sigaloff
Wie die Mutter, so die Tochter
Band-Nr. 25277
7,95 € (D)
ISBN: 978-3-89941-457-8
384 Seiten

Nora Roberts
Wo mein Herz wohnt
Band-Nr. 25278
7,95 € (D)
ISBN: 978-3-89941-458-5
304 Seiten

Emilie Richards
Sehnsucht nach Neuseeland
Band-Nr. 25203
6,95 € (D)
ISBN: 978-3-89941-296-3
304 Seiten

Emilie Richards
Das Geheimnis des Opals
Band-Nr. 25214
6,95 € (D)
ISBN: 978-3-89941-331-1
304 Seiten